MOTORCYCLE CLUB

DEMONS HELL

Devil

Kimmy Reeve

Kimmy Reeve
Demons Hell MC: Devil

© 2018 Written Dreams Verlag
Herzogweg 21
31275 Lehrte
kontakt@writtendreams-verlag.de

© Covergestaltung: Sabrina Dahlenburg
(www.art-for-your-book.weebly.com)
Bestellung und Vertrieb:
Nova MD GmbH, Vachendorf
Druck und Bindung: Sowa Sp. z o.o. ul. Raszynska 13 05-500 Piaseczno, Polska

ISBN ebook: 978-3-96204-000-0
ISBN print: 978-3-96111-525-9

Widmung

Ich widme dieses Buch den Outlaws.

Prolog

Shaileen

»Sie ist wach«, hörte ich eine mir unbekannte Stimme sagen.

Warum meine Augen mir nicht gehorchen wollten, konnte ich mir nicht erklären, aber es fiel mir unglaublich schwer, die Lider zu öffnen. Das alles hier fühlte sich falsch an. Dann dieses piepende Geräusch um mich herum, dass mich fast in den Wahnsinn trieb. Es sollte aufhören, denn ich wollte den Stimmen horchen, die sich in meiner unmittelbaren Nähe befanden. Doch sie verstummten, niemand sagte mehr ein Wort, aber sie waren nicht verschwunden. Ich hörte, wie jemand atmete.

Krampfhaft versuchte ich, etwas sehen zu können, was die schwerste Aufgabe in meinem Leben zu sein schien, doch dann kam ein Lichtstrahl. Nach einigen Anläufen, klappte es dann endlich. Mir brannten die Augen, dennoch wehrte ich mich dagegen, sie wieder zu schließen. Mehrmals blinzelte ich, bis sich der Nebelschleier langsam verzog. Ich machte Umrisse aus, konnte aber noch nichts Deutliches erkennen.

»Lassen Sie sich Zeit, Ms. Sullivan«, vernahm ich wieder diese fremde männliche Stimme. Allerdings hörte sie sich warm an, fast schon lieblich und ich verspürte keine Angst.

Nach und nach nahmen die Bilder vor mir Farbe an und nach wenigen Minuten konnte ich alles klar erblicken.

Rechts neben mir stand ein Mann in einem weißen Kittel. Er war älter, hatte graue Haare, blaue Augen und ein freundliches Gesicht. Wer war das? Er sah aus wie ein Arzt! Verwirrt betrachtete ich ihn, nicht wissend, was hier los war. Der Doc lächelte mich an, und machte einen Schritt auf mich zu. Derweil schaute ich an mir herunter und erkannte, dass ich mich in einem Krankenhausbett befand. Was zum Teufel ging hier vor?

»Mein Name ist Dr. Todd Henney«, stellte sich der Mediziner vor. »Sie befinden sich im Tucson Hospital. Wie fühlen Sie sich?«

»Ich weiß nicht«, flüsterte ich wahrheitsgemäß, denn es stimmte, ich war völlig verwirrt.

»Haben Sie Schmerzen?«, wollte er wissen.

»Nein!« Nur meine Kehle brannte, sobald ich sprach. Es fühlte sich an, als würden meine Stimmbänder gleich zerreißen, aber ansonsten spürte ich einfach nichts.

»Können Sie sich noch an irgendetwas erinnern, bevor sie hier aufgewacht sind?«, kam die nächste Frage.

Zuerst schüttelte ich den Kopf, bis mir allmählich wieder einfiel, was passiert war. Zuerst waren es nur einzelne Fetzen, bis schließlich alle Ereignisse förmlich auf mich niederprasselten. Bei den Gedanken zuckte ich zusammen, riss meine Lider auf und fing an, am ganzen Leib zu zittern.

Sofort spürte ich Hände auf meinen Schultern, denen ich mich zuwandte und ein weiteres männliches Gesicht erspähte, das jünger war als das des Arztes und mich freundlich anlächelte. Mit seiner Art beruhigte er mich irgendwie, keine Ahnung wie er das schaffte, denn am liebsten wäre ich aus dem Bett gesprungen und weggelaufen.

»Ich bin Darrel«, begrüßte er mich. »Sie sind hier in Sicherheit. Wir werden uns um Sie kümmern, Shaileen.«

Der Pfleger war groß, vielleicht um die ein Meter achtzig. Irgendwie erinnerte er mich an das Militär und der Gedanke, dass der Job als Pfleger überhaupt nicht zu ihm passte, ließ mich absolut nicht los. Dennoch konzentrierte ich mich auf seine Worte, die für mich glaubhaft waren, aber die Tränen, die unweigerlich über meine Wangen flossen, konnte ich nicht aufhalten. Wieder sah ich zu dem Doktor, der mich nun mit besorgter Miene betrachtete.

»Meine Familie?«, krächzte ich.

Darrel hielt mir sofort ein Gefäß mit Wasser vor, welches ich entgegennahm und langsam austrank. Dabei ließ ich den Arzt nicht aus den Augen. Bislang hatte er nicht auf meine Frage geantwortet, und warum auch immer, fürchtete ich mich vor seiner Antwort.

»Ms. Sullivan«, fing er an. »Ich würde Ihnen gerne zwei Beamte vorstellen. Sie möchten mit Ihnen über die Geschehnisse sprechen. Fühlen Sie sich dazu in der Lage?«

Aus unerfindlichen Gründen nickte ich, obwohl ich eigentlich überhaupt keine Lust verspürte, mit jemandem über die schrecklichen Dinge zu reden, die vorgefallen waren. Am liebsten wäre es mir gewesen, zu vergessen, nie wieder daran zu denken. Mir einreden, dass es meiner Familie gut ging und ich sie einfach nur nicht sehen konnte. Aber ich wusste, dass ich über kurz oder lang mit der Wahrheit konfrontiert werden würde.

Dr. Henney schlenderte zur Tür und auch Darrel verließ den Raum, lächelte mich aber vorher noch mal an.

Keine fünf Minuten später betraten zwei große, mit dunklen Anzügen bekleidete Männer das Zimmer. Sie waren muskulös, jagten mir für einen Moment Angst ein, doch ich wollte mich dem stellen, was nun unweigerlich auf mich zukommen würde.

»Ich bin US Marshal Trent Hardy«, stellte sich der Größere von beiden vor und deutete dann auf seinen Kollegen, ehe sich beide auswiesen. »Das ist US Marshal Cliff Rooney. Wir sind vom United States Federal Zeugenschutzprogramm, Ms Sullivan. Wir müssen Ihnen einige Fragen stellen.«

Zeugenschutzprogramm?

»Was ist mit meiner Familie?«, wollte ich wissen, bevor ich über seine Worte weiter nachdenken konnte.

Die beiden Männer sahen sich an, bevor sie sich mir wieder widmeten. Ihre Gesichtsausdrücke waren nicht von dieser Welt. Es bewegte sich nämlich kein einziger Muskel.

»Leider müssen wir Ihnen mitteilen …«, antwortete Rooney und kam mit langsamen Schritten auf mich zu. »… dass Ihre Familie den Überfall nicht überlebt hat.«

Erneut rannen die Tränen über meine Wange, innerlich wurde mir eiskalt, und ich hatte das Gefühl zu ersticken.

»Keiner?«, flüsterte ich, obwohl ich die Antwort bereits kannte.

»Es tut uns leid, Ms.« Ich schaute auf, direkt in die Augen von Hardy und glaubte ihm seine Worte. Aber das brachte mir nichts, denn meine Eltern, meine beiden Schwestern Kathy und Leslie sowie mein großer Bruder Scott, waren nicht mehr da. Sie waren mir einfach genommen worden.

Bilder dieser schrecklichen Nacht kamen zurück, und ich sah mich unter das Bett kriechen, konnte mich schreien hören, als ich an den Beinen gezogen wurde, spürte diesen widerlichen Atem auf meiner Haut. Aber ich konnte die Einbrecher nicht erkennen. Im Prinzip wusste ich gar nichts, nur, dass es mehrere gewesen und sie groß und breit gebaut waren.

Ich versuchte mich aufzusetzen, spürte aber Schmerzen. Mit meinen Fingern tastete ich an meinem Körper hinab, bemerkte Verbände um meinen Leib und weinte noch mehr.

Meine Familie war tot und ich hatte überlebt. Warum? Warum tat Gott mir das an und ließ mich ohne die Menschen zurück, die ich über alles geliebt hatte?

»Wir müssen Ihnen leider ein paar Fragen stellen«, hörte ich die Stimme von Rooney, konnte mich aber kaum auf sie konzentrieren. »Woran können Sie sich noch erinnern?«

Ich konnte nur wispern, mein Hals brannte, meine Stimme war kaum noch vorhanden, weil ich versuchen wollte, nicht völlig die Fassung zu verlieren.

Ich war noch nie der Typ Mensch gewesen, der vor anderen seine Gefühle preisgab, sondern litt lieber still und heimlich in meinem Kämmerchen. Das hatte ich von meinem Daddy geerbt. Aber hier und jetzt schaffte ich es einfach nicht, meine Tränen zu stoppen, egal, wie sehr ich es auch versuchte.

»Ich erinnere mich, dass mehrere Männer im Haus waren«, sagte ich leise. »Aber ich weiß nicht, wer sie waren. Sie trugen Masken, schienen groß und breit, aber nicht dick.«

Mein Gesicht legte ich in die Hände, konnte ein Schluchzen nicht verhindern und weinte um alles, was ich verloren hatte.

»Wir werden Sie ins Zeugenschutzprogramm aufnehmen, Ms Sullivan«, teilte Hardy mir mit und ich sah ihn mit aufgerissenen Augen an, brachte jedoch kein Wort heraus. »Wir haben einen Verdacht, wer dahinterstecken könnte, aber leider keine Beweise, um die Täter dingfest zu machen.«

»Und warum muss ich ins Zeugenschutzprogramm? Ich habe doch nichts gesehen.« Das verstand ich überhaupt nicht, und ich hatte auch nicht wirklich eine Ahnung, was das zu bedeuten hatte. Ja, aus dem Fernseher wusste ich ungefähr was das hieß, aber das hier war die Realität und ich gerade erst siebzehn Jahre alt.

»Weil es sich dabei um sehr gefährliche Menschen handelt«, erklärte Rooney mir. »Drogen, Waffen, Prostitution, Mord. Die Presse hat offiziell bekannt gegeben, dass die Familie Sullivan bei einem Einbruch ums Leben kam. Das schließt Sie mit ein. Für die Öffentlichkeit sind Sie tot, Shaileen. Wir würden es gern dabei belassen.«

Das war deutlich ausgedrückt. Mehr als ein Nicken bekam ich nicht zustande, wehrte mich auch nicht gegen die aufsteigende Übelkeit. Langsam legte ich mich zurück in die Kissen, schloss meine Augen und wünschte mich ganz weit weg.

»Nehmen Sie sich etwas Zeit, Shaileen«, sagte Hardy. »Wir werden in den nächsten Tagen, die Einzelheiten besprechen und Sie auch noch mal befragen müssen. Aber jetzt sollten Sie sich erst einmal ausruhen und das Geschehene verarbeiten.«

Auch dazu äußerte ich mich nicht. Als ich die Tür ins Schloss fallen hörte, überwältigte mich dieser alles umfassende Schmerz. Mein ganzer Körper schüttelte sich und ich weinte so lange, dass ich glaubte, nie wieder weinen zu können.

Nichts war mehr, wie es noch vor einigen Tagen war. Mein Elternhaus existierte nicht mehr, meine Geschwister, sowie Mom und Dad auch nicht. Sie waren mir genommen worden und nun war ich ganz alleine auf dieser Welt.

***

»Shaileen, wach auf.« Jemand rüttelte an meiner Schulter und riss mich aus dem Schlaf, aus dem ich nicht aufwachen wollte. Ich sah meine Familie in meinem Traum, und wollte sie nicht gehen lassen. Sie fehlten mir doch so sehr. Allerdings schien das den Störenfried nicht davon abzubringen, weiterhin an mir zu rütteln. Irgendwann gab ich auf und öffnete meine Lider.

Darell?

»Was ist denn los?«, wollte ich wissen.

»Mädchen, du bist in Gefahr«, flüsterte er und zog die Decke von meinem Körper. »Du musst schnell hier weg. Komm, ich helfe dir.«

Ich kam gar nicht dazu nachzufragen, was hier los war, als er mir auch schon half, aufzustehen. Mein Bauch und der Rücken schmerzten, aber ich versuchte, mich ausschließlich auf den Pfleger zu konzentrieren, der mir gerade Angst einjagte. Dieses Gefühl hatte ich erst vor kurzem erlebt, so schnell hatte ich damit eigentlich nicht erneut Bekanntschaft machen wollen.

»Darell, was ist denn passiert?«, wisperte ich.

»Ich bringe dich hier weg«, war alles, was er sagte. »Ich kann dir das jetzt nicht im Einzelnen erklären. Dafür fehlt uns die Zeit. Ich habe dir ein paar Klamotten besorgt. Zieh die an.«

Er gab mir eine Jogginghose, die mir zu groß war, sowie ein Shirt, in dem ich versank. Schuhe besaß ich keine, aber er zog mir wenigstens Socken an. Als ich fertig war, wickelte er mir eine Wolldecke um die Schultern, hob mich auf seine muskulösen Arme und setzte mich in einen Rollstuhl. Bevor wir das Zimmer verließen, setzte er mir noch ein Cap auf den Kopf und ließ darunter meine gesamten schwarzen Haare verschwinden.

Ich hätte mich wehren sollen, schreien, kreischen, aber aus irgendeinem undefinierbaren Grund tat ich nichts dergleichen. Warum vertraute ich ihm? Diesen Mann kannte ich nicht, immerhin hätte er rein von seiner großen und breit gebauten Statur her, einer von den Angreifern sein können, die meine Familie ausgelöscht hatten. Doch auch bei diesem Gedanken geriet ich nicht in Panik, weil mein Bauchgefühl mir etwas anderes sagte.

Vertrau ihm, Shaileen, rief mir mein Inneres zu.

Da war etwas in Darrels Augen, das ihn von denen der Männer unterschied, die meine Familie abgeschlachtet hatten. Denn die hatte ich trotz der Maske gesehen. Die des Pflegers wirkten zwar hart, aber nicht mordlüstern oder falsch und es war darüber hinaus eine gewisse Freundlichkeit darin zu finden. Jetzt musste ich mich binnen weniger Sekunden entscheiden, also hörte ich auf meinen Instinkt.

Es dauerte ein paar Minuten, bis wir auf dem Parkplatz ankamen und Darell mir half, in einen dunklen Geländewagen einzusteigen. Nachdem er mich angeschnallt hatte, schloss er die Tür, rannte um das Auto und setzte sich hinter das Lenkrad, um den Motor zu starten und Gas zu geben.

»Die Menschen, die deine Familie umgebracht haben«, unterbrach der Mann neben mir die Stille. »Sie sind gefährlich, Honey. Sollten sie herausfinden – und glaube mir, das werden sie – dass du noch lebst, ist das dein Todesurteil.«

»Aber was ist mit den Marshals?«, hakte ich nach.

»Vergiss es, Shaileen.« Zur Untermauerung seiner Aussage schüttelte er noch den Kopf. »Die können dich nicht auf Dauer beschützen. Wenn diese Typen involviert sind, wissen immer zu viele Menschen Bescheid. Selbst der Arzt wusste deinen echten Namen. So wird das nichts. Vertraue niemanden. Wir haben alles für deine Flucht vorbereitet. Stell bitte keine Fragen. Tu einfach, was ich dir sage.«

»Gerade sagtest du, dass ich keinem vertrauen soll«, ließ ich den Klugscheißer heraushängen.

Darell lächelte mich traurig an, bevor er sich wieder auf die Straße konzentrierte. »Das stimmt auch. Aber mir kannst du vertrauen. Ich war sehr gut mit deinem Vater befreundet. Er hat vorgesorgt.«

»Dad … Was?« Ich bekam vor Schock keinen Satz heraus. Mein Vater hatte vorgesorgt? Für was? Hatte er so etwas kommen sehen?!

»Bitte Kleines, stell keine Fragen, das macht alles nur schlimmer, nicht besser«, bat er mich und auch wenn ich noch tausende Antworten haben wollte, so schloss ich dennoch den Mund. »Wir bringen dich erst mal hier weg«, meinte Darell.

»Wir?«, hörte ich mich sagen.

»Meine Leute und ich«, gestand er mir, ging aber nicht weiter darauf ein. »Wir dürfen keine Zeit verlieren. Du kommst weit weg. Niemand soll dich jemals finden. Anweisung deines Vaters. Sieh deine neue Identität als dein Erbe, die er eigens für so einen Fall vorbereitet hat. «

Neue Identität? So würde dann wohl ab sofort mein Leben aussehen. Aus irgendeinem Grund hatte Daddy für so einen Fall, vorgesorgt. Das ließ den Schluss zu, dass er eine Vorahnung gehabt haben musste, dass so etwas Schreckliches eines Tages passieren könnte. Hatte er in Schwierigkeiten gesteckt? Mit wem hatte er Kontakt? Warum musste meine gesamte Familie sterben? Fragen über Fragen, und keine davon durfte ich stellen.

Traurig schaute ich aus dem Fenster, ließ die Häuser und Bäume an mir vorbeiziehen. Mein Leben, dass ich bisher kannte, war vorbei. Das wäre auch im Zeugenschutz nicht anders gewesen, weshalb ich mich mit diesem Aspekt bereits angefreundet hatte.

Ich war ab sofort alleine auf dieser verfluchten Welt … und die Narben auf meinem Körper, würden mich nie vergessen lassen, was ich einst hatte und mir in einer Nacht genommen worden war.

Kapitel 1

Blake alias Shaileen – Vier Jahre später

Meine Freundin Rachel ging mir schon seit Tagen tierisch auf den Geist. Sie suchte nach einem passenden Outfit für irgendeine bescheuerte Party, die ihre aktuelle Affäre und seine Freunde gaben. Es handelte sich um einen Motorradclub, der in dieser Gegend bekannt war. Ich wollte mit solchen Leuten nichts zu tun haben, weil sie für meine Begriffe glaubten, die Welt zu regieren, nur weil sie auf ihren Bikes herumfuhren, mit Lederjacken und Westen gekleidet waren und grimmig dreinschauten. Aber meine Mitbewohnerin hing mit diesen Kerlen ab und versuchte, mich davon zu überzeugen, dass die Typen nett waren. Vor allem aber ihr Lover, den sie immer Shadow nannte, sollte angeblich ein Traumprinz sein. Nun, wenn sie meinte!

Rachel Hayward war in meinem Alter, gerade mal einundzwanzig und lebte ihr Leben in vollen Zügen aus. Die College-Jungs interessierten sie nicht, meine Mitbewohnerin meinte, dass die Kerle ihr zu kindisch seien. Das konnte ich bestätigen, auch ich schenkte den Typen keine Aufmerksamkeit. Das lag aber daran, dass ich mich auf mein Studium konzentrieren wollte und an dem männlichen Geschlecht kein großes Interesse hatte. Ich war nicht lesbisch, wie Rachel anfänglich vermutet hatte, sondern hielt mich einfach nur zurück. Meine Zukunft war mir wichtiger als alles andere. Für Beziehungen und den ganzen Kram konnte ich mir getrost noch ein paar Jahre Zeit lassen.

Na gut, um ehrlich zu sein, redete ich mir das alles auch nur ein, weil ich nämlich der wahrscheinlich unerfahrenste Mensch auf der Welt war. Darauf würde ich wetten! Mit einundzwanzig hatte ich nicht viel Erfahrungen mit Männern sammeln können. Wie auch? Mit sechszehn hatte ich einen Freund gehabt, Jimmy. Wir hatten uns geküsst, gestreichelt und wir waren auch etwas weitergegangen, aber zum Geschlechtsverkehr war es nie gekommen. Danach war … *diese* Sache passiert und ich zu Blake geworden. Kein guter Zeitpunkt, um jemanden in mein Leben zu lassen, immerhin hatte ich mich erst einmal fangen müssen. Das hieß wiederum, dass ich noch Jungfrau war. Vermutlich die Einzige auf dem College!

Aber die letzten Jahre waren auch alles andere als normal für mich verlaufen. Ich musste mich auf Dinge konzentrieren, worüber junge Frauen nicht nachdenken sollten.

Es war nicht so, dass Typen mich nicht ansprachen, aber irgendwann in der Unterhaltung schien ich ihnen unterschwellig zu verdeutlichen, dass ich sie nicht in meinem Leben haben wollte. Das stimmte nicht, denn ich hätte gerne mal ein Date. Aber dann wurde mir jedes Mal bewusst, dass ich mich auf all das nicht einlassen konnte, da ich nie wirklich jemandem vertrauen durfte. Auf One-Night-Stands stand ich nicht – das glaubte ich zumindest – weil ich in der Hinsicht altmodisch war und Gefühle beim Sex eine Rolle spielen sollten. Etwas, was mir wahrscheinlich nie wiederfahren würde, wenn sich mein Leben nicht irgendwann änderte.

Warum ich mit einem Mädchen wie Rachel befreundet war, konnte ich bislang nicht beantworten. Meine Mitbewohnerin war heiß, verrucht und hatte eine große Klappe. Wir waren so unterschiedlich, dass es eigentlich nicht passte. Aus mir unerklärlichen Gründen jedoch, verbrachte sie gerne ihre Zeit mit mir und ich musste zugeben, dass ich mich in ihrer Nähe auch sehr wohl fühlte.

Sie trug ihre langen, blonden, lockigen Haare immer offen. Ich war davon überzeugt, dass es sich um eine Pferdemähne handelte. Mit einem normalen Haargummi waren sie kaum zu bändigen. Dazu kam noch ihre perfekte Figur, traumhafte Oberweite und ein Gesicht, das wie gemeißelt aussah. Die Kerle brauchten ihr nur in die grauen Augen zu schauen, dann fielen sie reihenweise in Ohnmacht. Aber Rachel ließ sie ständig abblitzen, ohne mit der Wimper zu zucken. Meine Freundin stand einfach auf Bad Boys. Je böser, desto besser für sie. Nun hatte sie einen Typen, der genau diesem Klischee entsprach und traf sich so oft es ging mit dem Mann. Ich hatte ihn einmal gesehen, als er sie mit seinem Chopper nach dem letzten Kurs abgeholt hatte. Mir war sofort aufgefallen, dass seine Arme und die Brust, die aufgrund des V-Ausschnittes seines Shirts zu sehen war, übersät waren mit Tattoos. Was ich ihm aber zugestehen musste war, dass er wirklich nicht übel aussah.

Gesprochen hatte er mit mir nicht, sondern mir nur zugenickt, als Rachel mich vorstellte und war dann mit meiner Freundin abgerauscht.

Diese Reaktion konnte ich durchaus verstehen, denn ich passte überhaupt nicht in diese Szene. Dafür hatte ich zu viele Kilos auf den Rippen, was bei meinen ein Meter achtundsechzig auch noch schön zur Geltung kam. Ich aß nicht viel, aber wenn ich etwas in mich hineinstopfte, setzte es an Arsch, Bauch und Beinen an. Und das SOFORT. Zwar war ich nicht dick, aber ich entsprach auch nicht dem weitverbreitetem Ideal.

Natürlich betrieb ich regelmäßig Sport, denn seit einem halben Jahr ging ich jeden Morgen Joggen. Allerdings nahm ich an, dass ich niemals wirklich schlank werden würde, womit ich mich längst abgefunden hatte. Zumindest redete ich mir das ein.

»Aha«, rief Rachel und strahlte über das ganze Gesicht.

Endlich hatte sie das knappe Oberteil gefunden, welches sie seit gefühlten Stunden suchte und zog es sich über. Das schwarze Nichts fügte sich wie eine zweite Haut an ihren Körper. Die dunkle Jeans mit den hohen Pumps rundeten das Bild perfekt ab. Mit diesen Absätzen war sie fast zwei Köpfe größer als ich und wieder kam ich mir vor, wie eine kleine übergewichtige Ente. So konnte das auf keinen Fall weitergehen. Ich musste dringend mehr Sport treiben. Vielleicht sollte ich einfach aufhören zu essen. Wäre eine Möglichkeit, über die ich später mal in Ruhe nachdenken sollte.

»Warum sitzt du immer noch?«, wollte Rachel mit hochgezogener Augenbraue wissen. »Wir müssen in einer halben Stunde los.«

Irgendwie hatte ich das Gefühl, dass mir meine Mitbewohnerin einfach nicht zuhörte. Denn mir fiel schon seit zwei Jahren auf, egal ob ich *»Nein«, »Nö«* oder *»Auf keinen Fall«*, sagte, sie diese Aussagen strikt ignorierte, wenn sie ihr nicht in den Kram passten.

»Ich habe dir gesagt, dass ich da nicht mit hingehe«, antwortete ich ihr zum tausendsten Mal und widmete mich wieder meinen Büchern.

Plötzlich wurden mir meine Hefte und alles, was sich auf meinen Beinen befand, weggerissen und auf den Boden geworfen. Mit tellergroßen Augen betrachtete ich meine Freundin, die ich gerade gerne erwürgen wollte.

»Du weißt das schon seit Wochen, Blake«, informierte sie mich mit verschränkten Armen. »Du gehst nur zu Uni, lernst, isst und schläfst. Du bist wie alt? Neunzig? Jetzt bewege deinen süßen Arsch und sieh zu, dass du dir einen heißen Fummel anziehst und dich fertig machst. So kann es mit dir nicht weitergehen. Und solltest du weiter mit mir diskutieren, werde ich dich zwingen. Ich liebe dich, Honey, aber gleich wird es schmerzhaft.«

Über ihre Drohung musste ich lauthals lachen, und warf mich zurück auf die Matratze. Ich hatte keine Chance gegen sie und das war mir auch klar.

Rachel war meine beste Freundin geworden und ich hatte so oft davor gestanden, ihr die ganze Wahrheit über mich zu erzählen. Aber ich hatte es nie getan, denn immer, wenn ich es fast über die Lippen gebracht hatte, war Darells Warnung präsent gewesen. *Du darfst niemandem Vertrauen*, hörte ich immer wieder seine Worte.

Wenn mich jemand Blake nannte, musste ich unweigerlich an meine Schwester Kathy denken und wieso sie mich immer so genannt hatte. Die Anekdote an diesem Tag, als ich für meine Schwester nicht mehr Shaileen geheißen hatte, sondern Blake, wärmte mein Innerstes.

Kathy war zwei Jahre älter als ich und etwas neidisch darauf gewesen, dass meine Hautfarbe einen gleichbleibenden braunen Teint hatte. Egal, ob Winter oder Sommer, ich sah immer so aus, als wäre ich gerade aus der Karibik gekommen.

Kathy war irgendwann auf den Namen Blake gestoßen. Er kam aus dem schottischen und bedeutete – dunkel, dunkelhaarig. Und nur wegen diesen beiden Worten hatte sie mich fortan, Blake genannt. Ich hatte es mir gefallen lassen, weil ich den Namen irgendwie interessant fand.

Als ich meine neuen Papiere von Darell erhalten und gesehen hatte, dass ich nunmehr Blake Crawford hieß, hatte ich bitterlich geweint. Mein Daddy hatte nicht nur für eine eventuelle Flucht Vorbereitungen getroffen, sondern mir einen Namen verpasst, der mir unendlich viel bedeutete. Er hatte zugehört, war aufmerksam gewesen und hatte mich geliebt. Egal, ob er etwas mit dem Überfall auf meine Familie zu tun hatte, ich hatte ihn verehrt.

Ich liebte meine gesamte Familie. Es verging nicht ein Tag, an dem ich nicht an die vier denken musste … nicht ein Tag, an dem ich nicht um sie trauerte … kein Tag, an dem ich mir nicht wünschte, bei ihnen zu sein.

Kapitel 2

Blake

Warum ich jetzt vor dem Spiegel stand, fertig angezogen und von Rachel wie eine Diva geschminkt, konnte ich nicht beantworten. Meine schwarzen langen Haare, die mir mittlerweile bis zum Hintern reichten, hatte mir meine Freundin extrem lockig geföhnt und so viel Haarlack reingesprüht, dass ich sie vermutlich nie wieder ausgekämmt bekäme. Verflucht, eigentlich wollte ich ja gar nicht mit zu dieser dämlichen und meiner Meinung nach, völlig sinnfreien Party.

Motorradclub? Gott, ich hatte dort nichts zu suchen.

»Ich sehe aus wie eine billige Walross-Nutte«, seufzte ich.

Rachel hatte für diesen Satz nur das obligatorische Augenverdrehen übrig. »Ich kann es langsam nicht mehr hören und ich weiß auch nicht, wie oft ich dir das sagen soll. Du bist nicht dick oder gar fett. Du hast eine tolle Figur, reichlich Kurven aber trotzdem sexy. Für dein Gesicht würde ich nach wie vor sterben. Das nur mal am Rande. Und wieso siehst du aus wie eine Nutte? Du trägst enge Jeans und ein schönes, schulterfreies weißes Shirt. Von nuttig kann hier also keine Rede sein. So, und nun hüpf mal in die Pumps und lass dich ansehen.«

Schnaubend schlüpfte ich in die hohen Teile, die sie mir hingestellt hatte. Was ich doch für ein Glück hatte, dass Rachel und ich dieselbe Schuhgröße besaßen. Sneakers konnte meine Freundin nicht leiden, ich hingegen liebte sie. Aber sie zwang mich immer dazu, diese Mörder-Treter anzuziehen, mit denen ich mich nicht wohlfühlte. Ja, sie sahen sexy aus, aber es waren eben keine Turnschuhe. Zwar besaß ich Pumps, aber sie waren eher Dekoration und verstaubten von Tag zu Tag mehr. Keine Ahnung, warum ich mich von meiner Mitbewohnerin ständig zwingen ließ, mir sowas zu kaufen.

Als ich mich resigniert vor sie stellte, pfiff sie anerkennend. Jetzt war es an mir die Augen zu verdrehen, denn meiner Meinung nach übertrieb sie maßlos. Wieder starrte ich in den Spiegel, betrachtete meine schwarz umrandeten Augen und Lider. Eines musste ich zugeben, Rachel hatte es wirklich drauf, andere zurecht zu machen. Durch diese Farbkombination stachen meine hellblauen Augen noch intensiver hervor, obwohl das kaum noch möglich war. Im Übrigen war die Farbe meiner Iriden das Einzige, was mir gefiel. Sie waren so hell, dass sie an das karibische Meer erinnerten – so hatte es zumindest mein Vater immer gesagt.

Bevor ich mir noch weitere Gedanken machen konnte, stopfte sie mir meine Jeansjacke unter den Arm sowie die Tasche, schnappte sich meine Hand und zog mich hinter sich her. Fast wäre ich gestolpert, weil ich in diesen High-Heels nicht unbedingt rennen konnte.

Keine zwanzig Minuten später standen wir vor einem riesigen und dunklen Gebäude, das sicherlich mal ein Hotel gewesen war, in Springfield, Oregon. Unser College befand sich in Eugene, wo es viel freundlicher aussah. Die Gegend, in der wir uns jetzt aufhielten, war furchteinflößend und ich hätte diese Straße noch nicht mal am helllichten Tag betreten. Ich war davon überzeugt, dass man hier ganz schnell *geklaut* werden könnte.

Rachel parkte und sprang aus ihrem Auto. Dann wurde meine Tür aufgerissen und erneut zog sie mich an der Hand, bis ich vor ihr stand. Verdammt, sie war so unglaublich dominant, dass es mir manchmal kalt über den Rücken lief. Aber ich wusste, dass sie – aus welchem Grund auch immer – auf mich aufpasste, obwohl das nicht nötig war, denn wehren konnte ich mich allemal selbst. Dennoch ließ sie es sich nicht nehmen, jedem zu zeigen, dass ich ihre Freundin war und niemand mich auch nur falsch anzusehen hatte. Gelegentlich musste ich darüber lachen, weil ich es herzallerliebst fand.

»Bereit?«, fragte sie mich.

»Nein!« Und um diese Antwort noch zu untermauern, schüttelte ich energisch meinen Kopf.

Rachel lachte und zog mich weiter. »Komm schon. Das wird witzig.«

Wenn sie das sagte! Ich war davon nach wie vor nicht überzeugt. Gott, ich fühlte mich hier völlig deplatziert und gerade vor solchen Menschen, sollte ich eigentlich weglaufen. Sie waren auf höchster Ebene kriminell. Nicht, dass ich viel Erfahrungen mit Bikern hatte, aber die Nachrichten berichteten ständig und nicht unbedingt positiv über diese Banden. Mir gefiel es nicht sonderlich, mit Verbrechern unter einem Dach zu sein. Hatte ich Vorurteile? Bestimmt sogar. Aber mich hatte auch noch niemand vom Gegenteil überzeugt.

Vor dem Eingang befanden sich unzählige Motorräder, rauchende Männer sowie Frauen, die dermaßen knapp bekleidet waren, dass ich mich fragte, warum sie nicht gleich im Bikini herumliefen. Die Kerle trugen Westen oder Jacken mit dem Aufnäher *Demons Hell.* War ja klar, dass so ein Club sich ausgerechnet einen Namen aussuchen musste, der Dämonen und Hölle implizierte. Wahrscheinlich wollten sie damit zum Ausdruck bringen, wie gefährlich sie waren und sich niemand mit ihnen anlegen sollte. Genau der Ort, an dem ich unbedingt schon immer mal sein wollte.

Bei einigen der etwas jüngeren Typen, die den Anschein machten, als passten sie hier auf alles auf, konnte ich jedoch keine Aufnäher erkennen. Warum? Doch lange konnte ich mich nicht mit dem Gedanken beschäftigen, denn Rachel führte mich, fast schon hüpfend durch die Menschenmasse, direkt zum Eingang. Bevor sie die Tür aufschob, hielt ich sie zurück. Ein letzter Versuch, nicht in dieses Haus gehen zu müssen. Verdammt, sie dürfte mich unter gar keinen Fall alleine lassen.

»Wehe du rauscht mit deinem Kerl ab und lässt mich stehen«, drohte ich ihr.

»Als würde ich das tun«, meinte sie und musterte mich mit hochgezogener Augenbraue.

Gut, das würde sie nicht machen, dass hatte sie noch nie getan.

Bevor ich auch nur noch einen weiteren Ton sagen konnte, öffnete sie die Tür und schubste mich fast schon hinein.

Willkommen in der Welt meiner Mitbewohnerin!

Überall sah ich Menschen, große, breite muskulöse Männer, einige mit Glatze, manche aber auch mit langer Mähne und auch alle Varianten dazwischen. Viele rauchten, andere tranken und wieder andere ... knutschten mit irgendwelchen Frauen in der Ecke herum. Hier ging es nicht nur ums flirten, sondern darum, mit irgendeinem Biker die Nacht zu verbringen. Rachel hatte mir das eine oder andere von den Mädels erzählt, die hier im Clubhaus anzutreffen waren. Es gab die Sorte, die einfach nur gern Spaß hatte. Dann gab es diejenigen, die sich unbedingt an einen Biker haften wollten. Was diese Kategorie betraf, sprach Rachel von einer *Old Lady*. Aber was das betraf, hatte ich nicht sonderlich gut zugehört, weil es mich schlichtweg nicht interessierte.

Ich gab mir dreißig Minuten, dann würde ich still und heimlich die Biege machen. Rachel würde ich meinen Abgang schon schmackhaft machen, da sie dann mehr Zeit mit ihrem Freund hatte. Allein!

In diesem Moment kam Shadow auf sie zu, riss Rachel in seine Arme – und mich direkt mit – weil meine Freundin nach wie vor meine Hand hielt. Vor versammelter Mannschaft verpasste er ihr einen Zungenkuss, der mir unweigerlich die Röte ins Gesicht schießen ließ. Sofort wandte ich mich ab, versuchte, aus dem Klammergriff meiner Freundin zu entkommen, die allerdings gar nicht einsah, mich loszulassen. Wie peinlich war das denn?

»Wird auch Zeit, dass du kommst«, hörte ich die tiefe Stimme von Shadow, als er seine Lippen endlich von Rachel löste.

»Wir sind ja jetzt hier«, antwortete meine Mitbewohnerin und zog mich mit einem Ruck erneut an ihre Seite. »Meine Freundin Blake kennst du ja noch.«

Nun stand er direkt vor mir und saß nicht, wie vor einigen Wochen, auf dem Motorrad. Damals hatte er nicht so hünenhaft gewirkt, jetzt schätzte ich ihn locker auf über einen Meter neunzig. Shadow trug seine dunkelblonden Haare seitlich etwas gestutzt, oberhalb länger, was er mit Gel zu einer coolen Frisur fixierte. Unterhalb seiner Lippe hatte er eine lange Narbe, die ihn irgendwie verwegen erscheinen ließ. Die war mir bei unserem ersten Treffen gar nicht aufgefallen. Aber so genau hatte ich ihn auch nicht betrachtet.

Der große Biker musterte mich mit seinen hellbraunen Augen und nickte mir erneut nur zu, ohne mich vernünftig zu grüßen. Aber dieses Mal erwiderte ich seine Geste mit derselben Höflichkeit. Im Gegensatz zu ihm brach ich schnell den Blickkontakt ab und schaute in eine andere Richtung. Erst als Rachel meine Hand fast zerquetschte, betrachtete ich sie. Sie deutete mit ihrem Kinn zu *Mr. Unhöflich*, den ich daraufhin erneut musterte. Sein Blick war eindringlich aber er machte mir keine Angst. Da ich keine Gedanken lesen konnte, wusste ich beim besten Willen nicht, was er mit diesem kleinen Starrduell erreichen wollte. Deswegen zog ich eine Augenbraue hoch und hielt seinem Blick stand.

Irgendwann, es fühlte sich an wie eine Ewigkeit, hob sich sein rechter Mundwinkel. Eine Regung, die eigentlich kaum auffiel und im nächsten Moment auch schon wieder verschwunden war.

»Blake«, sprach er das erste Mal mit mir und hielt mir seine Hand entgegen. »Freut mich, dich wiederzusehen.«

Weil ich völlig überrumpelt war, dass der Mann vor mir doch so etwas wie Manieren besaß, reagierte ich nicht. Rachel war es, die meine Hand in seine legte, sodass wir uns wie zivilisierte Menschen begrüßten.

»Shadow«, erwiderte ich und ließ seine Finger wieder los.

»Wir sollten euch etwas zu trinken besorgen«, schlug der Biker vor und zeigte mit einer Handbewegung zur Bar.

Schon machten wir uns auf den Weg dorthin und ich musste mich an gefühlten einhundert Menschen vorbeischieben, die nicht einsahen, auch nur einen Schritt zurückzuweichen. Doch wir schafften es schließlich.

Bevor ich meinen Getränkewunsch äußern konnte, drückte Shadow mir einen Becher Bier in die Hand, stieß mit seinem dagegen, und war im Begriff zu trinken. Als ich aber keine Anstalten machte, ebenfalls einen Schluck zu nehmen, hob dieses Mal *er* seine Augenbraue. Seufzend setzte ich den Rand des Plastiks an meinen Mund und nahm einen Hieb. Vielleicht würde der Abend doch nicht so übel werden, wie ich anfänglich vermutet hatte.

Als Shadow und Rachel sich erneut innig küssten, hatte ich nicht minder Lust, die beiden einfach für sich zu lassen. Mir war klar, dass meine Freundin bei mir stehen bleiben würde, um mich nicht alleine zu lassen. Aber ich wusste auch, dass sie gerne etwas Zeit mit Shadow verbracht hätte. Deswegen nahm ich mir vor, nach dem Bier für einen Augenblick zu verschwinden. Ich fühlte mich unbehaglich und wollte Rachel den Abend einfach nicht vermiesen, indem ich wie ein Magnet an ihr klebte. Die beiden sollten sich erst einmal ganz in Ruhe begrüßen und erste … Spannungen in Form einer heftigen Knutscherei abbauen. Um das Ganze zu beschleunigen, trank ich das Bier auf ex aus, was irgendjemanden hinter mir einen leisen Pfiff ausstoßen ließ.

Jetzt musste ich mich nur noch unauffällig von meiner Freundin Schrägstrich Glucke lösen. »Ich bin mal eben für kleine Mädchen«, sagte ich leise und klopfte meiner Mitbewohnerin auf den Rücken.

»Blake, warte, wo willst du hin?!«, rief sie mir nach, als ich mich bereits einige Meter entfernt hatte.

Da ich ihr diese Antwort gerade zugeraunt hatte und ich nicht den Wunsch verspürte, das über die Entfernung hinweg zu wiederholen, deutete ich mit dem Finger in Richtung Tür, weil ich annahm, dass sich dort auch die Toiletten befanden. Ich hätte auch einfach fragen können, aber da hatten die beiden Turteltauben noch Körperflüssigkeiten ausgetauscht.

Rachel schüttelte den Kopf und gestikulierte mit den Händen wild um sich. Keine Ahnung, was sie mir damit sagen wollte und ich reagierte auch nicht darauf. Wir konnten gleich weitersprechen. Deswegen setzte ich meinen Gang fort.

Nach gefühlten dreißig Minuten hatte ich endlich die Klos gefunden, doch die Schlange davor war mir zu lang, sodass ich auf dem Absatz kehrt machte und zurücklief. Die zwei hatten jetzt genug Zeit gehabt, sich angemessen zu begrüßen. Als ich an der Bar ankam, war von Rachel und Shadow nichts mehr zu sehen.

Wo waren sie denn?

Das sah ihr überhaupt nicht ähnlich.

Mit meinem Getränk in der Hand schlenderte ich zu einer leeren Ecke, in der Hoffnung Rachel würde gleich wieder auftauchen. Niemand beachtete mich, fiel mir auf. Es beruhigte mich, denn in der Hinsicht verlief diese Biker-Party nicht anders als andere. Das widerlegte zumindest meine Sorge, Biker könnten Frauen wie Freiwild behandeln.

Mit dem Rücken lehnte ich mich an eine Mauer, wo nicht sonderlich viel Licht war. Hier könnte ich in Ruhe warten und Ausschau nach Rachel und Shadow halten.

Ich holte mein Handy aus der Hosentasche, um Rachel eine Nachricht zu schreiben. Dummerweise hatte ich keinen Empfang und steckte es schnaubend wieder weg.

Mist!#

Kapitel 3

Devil

Die Schlampe unter mir rekelte sich und machte dabei Geräusche, die ich eher nervig als sexy fand. Dennoch musste ich Druck abbauen, und stieß meinen Schwanz immer härter in sie. Die Blondine krallte ihre spitzen Fingernägel in meinen Rücken, und ich dachte nur an die Striemen, die zurückbleiben würden. Großartig!

»Oh ja«, rief sie und ich verdrehte die Augen.

Anschauen konnte ich die Perle nicht länger, fragte mich, was mich dazu bewogen hatte, sie mit in das Zimmer hier zu nehmen. Immer wieder pumpte ich in sie hinein, und ich musste feststellen, dass mir ihre Pussy auch nicht unbedingt zusagte. Natürlich wusste ich, dass sie schon mit dem einen oder anderen meiner Brüder eine Nummer geschoben hatte und insbesondere Thunder von ihr angetan war. Allerdings fragte ich mich gerade ernsthaft, warum. Sie war ein Nichts, eine dahergelaufene Nutte. Unwichtig!

Als mein Höhepunkt herangerollt kam, stieß ich noch einmal heftig zu und ergoss mich in ihr. Natürlich nur mit Kondom, alles andere kam für mich nicht infrage. Wer wusste schon, welche Krankheiten die Clubschlampen hatten.

Sofort zog ich mich aus ihr zurück, es interessierte mich nicht, ob sie ebenfalls gekommen war oder nicht. Hier ging es nicht um sie, sondern um mich.

»Hast du Lust auf eine Wiederholung?«, gurrte sie vom Bett aus, als ich bereits stand, mir das Kondom abstreifte, verknotete und in den Müll warf. Dann bückte ich mich, hob meine Kleidung auf und zog mich an. Als ich fertig war, wandte ich mich ihr zu, griff nach meiner Weste und schaute sie angewidert an.

»Nicht in diesem Leben«, sagte ich und verließ das Zimmer.

Auf der Treppe kamen mir immer wieder Brüder mit irgendwelchen Tussen entgegen, die genau wie ich, einfach Druck ablassen wollten.

Unten angekommen, schnappte ich mir ein Bier, die die Anwärter – auch Prospects genannt – herumreichten und schlenderte zu Death, der mit Steel an einem Tisch saß. Auch ich nahm Platz und sah mich um.

Die Partys waren früher einfach besser gewesen, oder ich wurde zu alt für den Mist. Kein Plan woran es lag, dass mich die Weiber hier kaum noch interessierten. Vor ein paar Jahren war kein Rock vor mir sicher gewesen. Ich hatte viele, unzählige Schlampen gefickt und war nie satt geworden. Auch jetzt war ich nicht gesättigt, aber es gab kaum noch eine, die mich herausforderte oder ansprach.

»Warst du bei Chantal?«, erkundigte sich Steel lachend. »Ihre Pussy ist doch bestimmt schon ausgeleiert.«

»Kann man so sagen«, erwiderte ich und trank einen Schluck von meinem Bier. »Sie ist oben, kannst dich ja davon überzeugen.«

Steel prustete los und ich war überzeugt, dass er diese Chantal noch nicht hatte. Er war extrem wählerisch, was die weibliche Spezies betraf. Bislang hatte ich noch nicht herausgefunden, nach welchem Schema er vorging, aber im Prinzip, interessierte es mich auch nicht. Er konzentrierte sich mehr auf seinen Kampfsport und den Club, als auf irgendwelche Weiber, was mir recht war. Er war ein guter Bruder und ein noch besserer Freund, auf den ich nie etwas kommen lassen würde. Auf keinen meiner Jungs.

Steel hatte nicht umsonst seinen Spitznamen von uns bekommen. Wenn er zuschlug, dann hatte man das Gefühl, seine Fäuste bestünden aus Stahl. Ich sprach aus Erfahrung. Auch wenn es den Anschein machte, dass er der Freundlichste von uns war, so besaß er eine Seite an sich, die dunkler nicht sein könnte.

»Was war heute los?«, hörte ich Death fragen, der mich intensiv musterte.

»Ich musste O´Brian in den Arsch treten«, erklärte ich. »Ich lasse mich nicht verarschen und schon gar nicht von einem dahergelaufenen Junkie. Noch so ein Fehltritt und ich mach ihn fertig.«

O´Brian war einer unserer Drogenkuriere. Dummerweise hatte in den letzten Monaten immer mal wieder ein Gramm gefehlt. Da ich dafür verantwortlich war, und ganz genau wusste, wie viel im Umlauf war, konnte er sich einen anderen

Idioten suchen. Der Schaden war gering, aber er hatte mich hintergangen. Das ließ ich keinem durchgehen.

»Behalt ihn im Auge«, befahl Death, woraufhin ich nur nickte.

Death war der Präsident vom *Demons Hell, MC.* Ich sein Vize und rechte Hand. Wir entschieden so ziemlich alles zusammen. Mittlerweile gehörte ich dem Club seit einundzwanzig Jahren an und konnte mir nichts anderes vorstellen, als bis an mein Lebensende ein Teil davon zu sein. Die Jungs waren meine Familie. Darüber hinaus existierte keine.

»Ey, du Sack«, hörte ich Angel neben mir rufen, was definitiv an mich gerichtet war. Mit hochgezogener Augenbraue betrachtete ich den großen Kerl, der – meiner Meinung nach – seine langen braunen Haare mal abschneiden lassen sollte und sah, dass neben ihm auch Thunder stand. Was hatten sie jetzt schon wieder vor?

»Was gibt's?«, wollte ich wissen.

»Du bist an der Reihe«, lachte Thunder.

»Mitkommen«, verlangte Angel und zog an meinem Arm.

Ich ließ es mir gefallen und folgte ihnen zur Bar. Auch Steel gesellte sich zu uns, weil Death mit einer Schlampe beschäftigt war.

»Bislang hast du dich ja schön aus der Pflicht herausgewunden«, fing Angel an. »Aber jetzt bist du fällig. Jeder von uns muss mal. Sogar Death hat mitgemacht.«

Verdammt Scheiße, ich wusste, wovon die Jungs sprachen. Diese dämliche Wette, die vor einem Jahr ins Leben gerufen worden war. Dummerweise hatte Angel recht. Bislang hatte ich mich aus der Affäre ziehen können, wie es schien, war meine Glückssträhne vorbei. Ich musste es jetzt schnell hinter mich bringen und dann sollten die Penner mich in Frieden lassen.

»Wir haben auch schon eine Kandidatin für dich ausgesucht«, teilte Angel mir mit boshaftem Grinsen mit und mir wurde leicht übel. Meine Brüder machten sich einen Spaß daraus, den Auserwählten zu quälen und würden sich gerade bei mir nicht zurücknehmen. Das hieß, es würde mit Sicherheit eines der hässlichen Weiber werden. »Bevor wir dir die Muschi zeigen, hier noch mal die Regeln«, fuhr Angel fort. »Zwei Wochen hast du maximal Zeit, sie gefügig zu machen. Sie muss sich in dich verlieben, und aus Liebe für dich die Beine breitmachen. Danach das Höschen mitgehen lassen und zu den anderen an die Wand heften. Hast du das geschafft, bist du keine Pussy, sondern weiterhin unser gefürchteter Devil. Zwar wollen wir dich nicht unter Druck setzen, aber der Rekord liegt bei zehn Tagen.«

Arschloch! Zwei Wochen mit ein und demselben Mädel zu verbringen, hörte sich schon nach Folter an. Aber dann auch noch so zu tun, als würde mir etwas an ihr liegen, überspannte den Bogen. Auch wenn ich keinen Bock auf den Mist hatte und mir auch beileibe die Zeit dafür fehlte, hatte ich keine Wahl und musste den Scheiß durchziehen. Ein halber Monat? Solange wollte ich auf keinen Fall für dieses Kinderspiel investieren. Ich würde das in wenigen Tagen hinter mich bringen und dann sollten die Arschlöcher mich in Ruhe lassen.

»Okay«, gab ich mich geschlagen. »Wer soll es sein?«

Angel und Thunder lachten laut auf und deuteten mit dem Finger zu einer Tussi, die in einer abgelegenen Ecke stand. Sie hielt ihren Becher fest umklammert und schaute sich gelangweilt um. Mir fiel auf, dass sie nicht nur allein war, sondern sie auch keiner meiner Brüder zu bemerken schien. Als würden sie gar nicht existieren. Ein Phänomen, wenn man mich fragte, denn in der Regel gab es hier keine Tussi, die nicht irgendwann einen Schwanz für sich fand.

Sie war klein und kurvenreich. Genau die Art von Braut, der ich absolut nichts abgewinnen konnte. Ob sie hässlich oder wenigstens einigermaßen gut aussah, konnte ich von meiner Position aus nicht erkennen, weil sie ihr Gesicht abgewandt hatte und in einem etwas dunklen Bereich stand. Ihr schwarzes Haar reichte ihr bis zum Arsch und das Einzige, was mich ansprach, waren ihre üppigen Titten, die deutlich unter ihrem Oberteil hervorstachen.

»Wollt ihr mich verarschen?«, brummte ich.

»Viel Glück, Vize«, grinste Steel und schob mich in die Richtung von dem Küken. Denn mehr war sie nicht. Sie war sicherlich erst Anfang zwanzig, vielleicht sogar noch jünger. Verdammt, das würde keinen Spaß machen, so viel stand fest.

Als ich bei ihr ankam, lehnte ich mich mit der Schulter direkt neben sie an die Wand und schaute zu ihr herab. Wenn ich schätzen müsste, war sie um die einen Meter siebzig, vielleicht etwas kleiner. Ich ließ meinen Blick weiter an ihr hinabgleiten. Sie trug hautenge schwarze Jeans und ein weißes Shirt, das ihre Schulter halbseitig nackt zeigte. Dazu kamen hohen Schuhe.

»Hi«, sagte ich laut.

Sie erschrak, drehte sich plötzlich zu mir und schüttete mir den Inhalt ihres Bechers mitten ins Gesicht.

Fantastisch!

»Oh Gott«, rief sie und ich konnte meine Jungs hinter mir lauthals lachen hören. »Es tut mir leid. Das war ein Versehen.«

Mit einer Hand wischte ich mir über das Gesicht, in der Hoffnung, dass das hier nur ein schlechter Traum war. Doch so war es nicht, weshalb ich sie durch verengte Augen betrachtete. Mir war klar, dass bei meinem Blick die meisten Menschen vor Angst schlotterten. Nur dieses Mädel schien sich nicht einmal ansatzweise vor mir zu fürchten, denn auch sie verengte ihre Lider und starrte zurück, ohne auch nur zu blinzeln.

War sie lebensmüde?

»Es ist nur Bier«, zickte sie mich an. »Und du siehst nicht so aus, als seist du aus Zucker.«

Mit dem letzten Satz drückte sie mir ihren scheiß Becher an die Brust, wandte sich um und verschwand wenige Sekunden später aus meinem Blickfeld.

Ich drehte mich zu meinen Brüdern um, die sich vor Lachen kaum noch halten konnten und hätte vor Wut am liebsten gegen die Mauer geschlagen.

Den Becher warf ich auf den Boden, marschierte an meinen Jungs vorbei, direkt zur Bar, wo ich mir ein Handtuch schnappte und dieser Schlampe folgte. So hatte noch niemand mit mir gesprochen. Schon gar keine dahergelaufene Tussi.

Und ich war nicht bereit, ihr das durchgehen zu lassen. Ich sollte dieses Spiel spielen? Fein, dann nach meinen Regeln.

Kapitel 4

Blake

Der hatte sie doch nicht mehr alle! Strafte mich mit einem tödlichen Blick, obwohl *er* es doch war, der an der Misere die Schuld trug. Ich war ja wenigstens noch so höflich und hatte mich entschuldigt. Was glaubten die Männer in diesem Club eigentlich, wer sie waren? Gott, ich hasste solche arroganten Menschen, die meinten, ihnen gehörte die Welt.

Aber nicht mit mir!

Bevor ich aus diesem Laden verschwinden wollte, musste ich endlich meine Blase entleeren, also schob ich mich an sämtlichen Leuten vorbei und dieses Mal nahm ich keine Rücksicht darauf, sie auch bloß nicht anzurempeln. Aber sie schienen sich daraus nichts zu machen, sie sahen mich ja noch nicht einmal an. Als sei ich ein Geist, der durch die Gänge schwebte.

Früher, als ich noch ein normales Leben führte, hatte ich immer zu den coolen Cliquen gehört, denn ich war damals beliebt gewesen. Aber das hatte sich geändert, als mir alles genommen wurde. Man hatte mir gesagt, ich dürfte kein Aufsehen erregen, müsste mich von Kameras und der Öffentlichkeit fernhalten. Also blieb mir keine andere Wahl, als mich unsichtbar zu machen. Und die Menschen um mich herum, gaben mir heute das Gefühl, als hätte ich es geschafft. Ich war nicht mehr sichtbar, war ein graues Mäuschen, das versuchte, irgendwie ein Leben zu führen, welches nicht ihr gehörte.

Vor den Toiletten stellte ich fest, dass niemand dort stand. Mein Glück, weshalb ich mir sofort eine freie Kabine suchte. Warum war ich mit auf diese Party gekommen? Warum versuchte ich, jemand zu sein, der ich nicht war? Rachel und ich waren so verdammt unterschiedlich, dass ich mich erneut fragte, warum sie immer wieder Zeit mit mir verbringen wollte. Sie war ein Vamp, ich ein Loser. Hinzukam, dass ich auf meine Freundin sauer war. Sie hatte mich stehen lassen, obwohl ich sie gebeten hatte, es nicht zu tun.

In meinen Augen brannten Tränen, aber das Weinen verbat ich mir. Seit Jahren hatte ich nicht mehr geweint, weil es mich nicht weiterbrachte. Den einzigen Wunsch, den ich hatte, konnte mir keiner erfüllen: Meine Familie wiederzubekommen.

Noch nicht einmal zum Grab meiner Lieben durfte ich gehen, ich wusste nicht einmal, wo sie lagen. Darell hatte mir nichts darüber gesagt. Auch hatte er sich geweigert, mir zu erklären, wer für den Tod meiner Familie verantwortlich war. Da Darell mir verboten hatte, weitere Fragen zu stellen, hörte ich auch irgendwann damit auf, meiner Neugierde nachzugehen. Allerdings hatte ich schon seit zwei Jahren keinen Kontakt mehr zu dem Mann, der mich aus dem Krankenhaus gebracht und mich aus Tucson geschafft hatte.

Mein Dad hatte nicht nur für eine neue Identität gesorgt, sondern auch dafür, dass mir genügend Geld zur Verfügung stand, womit ich mein Studium und die Hälfte der Wohnung, die ich mir mit Rachel teilte, zahlen konnte. Im Prinzip mangelte es mir an nichts und dennoch hätte ich alles, was ich besaß, zurückgegeben, nur um bei meinen Verwandten sein zu können.

Am Waschbecken wusch ich meine Hände und betrachtete mich im Spiegel. Wer war ich? Was war aus mir geworden?

Tief durchatmend verließ ich das Klo, wollte endlich die Bude hier verlassen und erstarrte auf dem Flur zu einer Salzsäule, als ich diesen *Todesblick-Kerl* an der Wand mir gegenüber lehnen sah.

Hatte er auf mich gewartet? Was hatte er vor? Mich verprügeln?

Ohne ein Wort warf er mir ein Handtuch entgegen, welches ich umständlich auffing. »Du hast die Chance, deinen Bierangriff von mir zu wischen.« Seine Stimme war tief, tiefer als die von Shadow und dabei noch unglaublich rau. Sie erzeugte auf meinem Körper eine Gänsehaut und ich wusste nicht, ob es positiv oder negativ zu deuten war.

Moment! Hatte er gerade gesagt, ich hatte die Möglichkeit, ihn zu säubern? Hatte er Egoprobleme? Was stimmte mit diesem Typen nicht?

Jetzt war ich es, die ihm den Stoff entgegenpfefferte, nur dass er ihn nicht auffing, sondern zu Boden gleiten ließ.

»Geht's noch?«, fauchte ich. »Hast du das Gefühl, ich sei eine von den Ischen hier? Wasch dich selber. Scheinst schon groß zu sein.« Okay, nicht das Originellste aber auf die Schnelle fiel mir nichts Besseren ein.

Er machte einen Schritt auf mich zu, drängte mich zurück an die Wand. Mein Puls beschleunigte sich, weil ich keine Ahnung hatte, was er vorhatte. Dann lehnte er seine Handflächen neben meinen Kopf an die Wand, womit er mich einkesselte. Verdammt, war der groß. Wenn ich schätzen sollte, bestimmt um die ein Meter neunzig. Die Lippen waren zu einem schmalen Strich gezogen und der Blick, mit dem er mich betrachtete, hätte nicht tödlicher sein können. Angst hatte ich jedoch nicht vor ihm, denn als ich in seine dunklen Augen starrte – war das schwarz? – konnte ich kein Monster darin entdecken. Und was das betraf, war ich eine Expertin. Vor vielen Jahren hatte ich in genau solche geschaut und würde diesen leeren sowie toten Blick niemals vergessen. Wenn man mir Angst machen wollte, musste man mir schon ein Monster vorsetzen.

»Bist du auf den Kopf gefallen?«, knurrte er und holte mich aus meinen Gedanken. »Oder bist du einfach nur lebensmüde? Hast du eine Ahnung, mit wem du hier sprichst?«

Antworten konnte ich nicht sofort, weil ich mich nicht an ihm sattsehen konnte. Der Typ war wirklich eine Augenweide, was eine absolute Untertreibung war, denn er war der schönste Mann, dem ich jemals begegnet war. Und auch wenn man männliche Wesen nicht als schön bezeichnen durfte – laut eigener Aussage dieser Spezies – so traf es auf diesen Mann zu. Für mich war er aus einem Modekatalog entsprungen.

Als seine Aktion, mir Angst einzujagen, komplett in die Hose gegangen war, schien mein Körper Östrogene der vergangenen Jahre ad hoc auszuschütten. Mieser Zeitpunkt, charakterlich dürfte der Biker ebenfalls für die Tonne sein, aber immerhin war ich untenherum offenkundig nicht tot.

Daher gönnte ich mir noch eine weitere Runde schmachten. Sein Gesicht war wie gemalt. Hohe Wangenknochen, perfekte Augenbrauen, als würde er sie täglich zupfen. Die Wimpern waren dicht, lang und so geschwungen, wie eine Frau es sich nur wünschen würde.

Was genau dachte ich hier eigentlich? War ich noch bei Trost?

»Sprache verloren?«, murrte er und rüttelte mich damit wach.

»Nein. Und nein, ich habe keine Ahnung, wer du bist. Hast du denn eine Vorstellung, mit wem *du* hier redest?«, stellte ich die Gegenfrage.

»Wer bist du denn?«, wollte er mit hochgezogener Braue wissen und ich starrte auf seine Lippen, was keine besonders gute Idee war. Sie waren nicht dick und auch nicht dünn, sondern … perfekt. Dann scannte ich seine Nase, die nicht zu klein aber auch nicht groß und schon gar nicht zu spitz war. Sie war nämlich auch … PERFEKT. Das Einzige, was ich nicht erkennen konnte, war seine Haarfarbe, da er eine Strickmütze trug, die bis über seine Ohren ging.

Blake, konzentriere dich, und vergiss verdammt noch mal nicht, dass er ein Arsch ist!

»Ich weiß nicht, was dich das angeht«, antwortete ich endlich, weil mir wieder nichts Intelligentes einfallen wollte. Mein Kopf war irgendwie leer.

»Mich geht jeder etwas an, der sich im Clubhaus aufhält«, informierte er mich mit ziemlich schroffer Stimme. »Und genau dort, hältst du dich gerade auf.«

»Oh, kein Problem.« Meine Finger legte ich auf seine verflucht muskulöse Brust und versuchte, ihn von mir zu schieben, was natürlich nicht funktionieren wollte, denn er rührte sich keinen Millimeter. Als ich nach rechts sah, erblickte ich ein Schlupfloch unter seinem Arm. Blitzschnell war ich aus seinem Dunstkreis entflohen und brachte Abstand zwischen uns. »Ich wollte sowieso gerade gehen. Die Party ist langweilig.«

Damit machte ich kehrt und haute ab. Und das schnellen Schrittes.

Auf der Straße angekommen, holte ich einmal tief Luft und zog mein Handy aus der Hosentasche. Immer noch kein Netz. Wunderte mich in dieser trostlosen Gegend nicht wirklich. Deswegen marschierte ich ein paar Schritte und hielt mein Telefon in die Luft. Ein Mythos, denn es würde auch ein paar Zentimeter über mir nicht funktionieren. Dennoch hielt ich es eigen Himmel, warum weiß der Teufel. Aber wen wollte ich eigentlich anrufen? Ein Taxi würde ich mir nicht holen können, weil ich zu wenig Geld mitgenommen hatte. Außerdem war ich davon überzeugt, dass sich keines dieser Fahrgelegenheiten hierhin begeben würde. Nicht mal ich wollte hier sein.

Hinter mir hörte ich jemanden schnauben und als ich mich umdrehte, stand dieser große Mann am Eingang. Die Arme vor der Brust verschränkt, ließ er mich nicht aus den Augen.

Auch wenn ich nach wie vor keine Angst verspürte, wurde mir der Typ so langsam unheimlich. Was wollte er denn von mir? Ich war doch gar nicht mehr in seinem tollen Clubhaus und hatte auch nicht vor, dort wieder hinzugehen.

Er machte einen Schritt auf mich zu und löste eine Kettenreaktion in meinem Körper aus. Wo er vorhin noch fleißig Hormone produziert hatte, wurde er nun von einem anderen Ur-Instinkt überfallen: dem Fluchtinstinkt. Plötzlich kam Bewegung in mich. Ich drehte mich um und lief los. Etwas, das ich auch in Pumps wirklich drauf hatte, denn ich war schnell.

Ich bog um sämtliche Ecken, hatte nicht den leisesten Schimmer, wo ich mich befand, rannte aber immer weiter.

Als ich mich nach ein paar Minuten umsah, erkannte ich, dass mir keiner folgte. Somit blieb ich stehen und versuchte, zu Atem zu kommen. Auf meinem Smartphone hatte ich wieder Empfang und machte die Navigation für Fußgänger an, die mich nach Hause führen sollte. Und genau dahin wollte ich jetzt.

Gleichzeitig erschien eine eigengehende Nachricht von Rachel, die ich aber ignorierte, denn ich war wütend. Sollte sie nach Hause kommen, egal wann, würde ich sie kalt machen. Sobald ich damit fertig sein würde, müsste ich ihr genau erklären, dass ich nie wieder mit ihr dorthin gehen würde. Genau in dieser Reihenfolge nahm ich es mir vor.

Die Straßen waren leer, kaum jemand war zu sehen. Die Laternen brachten wenig Licht und es funktionierten auch nicht alle. Meine Jeansjacke zog ich noch fester um mich, weil es mich fröstelte.

Wieder dachte ich an den großen Mann, der mich so unglaublich bedrängt hatte. Hatte er doch, oder? Also ich war ja der Meinung, dass er ein wenig übertrieben reagiert hatte. Allerdings lautete für mich die alles entscheidende Frage: Wieso hatte er mich überhaupt angesprochen? Oder es zumindest versucht. Vermutlich würde ich darauf nie eine Antwort erhalten, weil wir uns wohl nicht mehr über den Weg laufen werden.

Ich zog meine Mördertreter aus, hob sie auf und setzte meinen Gang fort. Ich musste, so schnell es ging, nach Eugene, wo sich meine Wohnung befand. Die Fahrt hierher hatte nicht lange gedauert, doch der Fußmarsch würde mich wahrscheinlich umbringen.

Aber ich hatte keine Wahl.

Kapitel 5

Devil

Diese Schlampe! Was glaubte sie eigentlich, wer sie war, oder wo sie sich hier befunden hatte? Aber eines musste ich ihr lassen: Sie war schnell, obwohl sie nicht die Schlankeste war. Außerdem musste ich ihr zugestehen, dass sie gar nicht schlecht aussah. Vielleicht hatte sie keine Traumfigur, dafür aber ein niedliches Gesicht. Die Aufgabe, sie zu knacken, wäre damit nicht unmöglich. Aber ich würde einen Teufel tun, und überhaupt den Versuch starten. Ihr Verhalten kotzte mich nämlich tierisch an.

Nachdem sie weggelaufen war, drehte ich mich um und begab mich wieder zurück zu den anderen. So eine Scheiße brauchte ich nicht und mir fehlte verdammt noch mal die Zeit für diesen Schwachsinn.

Also suchte ich meine Jungs, die mir den Mist eingebrockt hatten. Als ich auf sie zumarschierte, lachten sie immer noch und ich hatte nicht wenig Lust ihnen das Maul zu stopfen.

»Sucht mir eine andere aus«, forderte ich bestimmend.

Doch sie sahen das nicht ein, denn alle drei schüttelten unisono ihren Kopf. Natürlich lachten sie dabei weiter.

»Das kannst du vergessen«, rief Angel und hielt sich seinen Bauch fest. Wenn er so weitermachte, würde ich ihm gleich exakt dorthin schlagen. So lange, bis er Lumpen kotzen würde.

»Sie ist weg«, teilte ich ihnen mit.

»Dann such sie«, forderte Thunder. Wenn er nicht gleich mit dem Mist aufhörte, würde ich ihn zusammenschlagen. Mir gingen meine Brüder auf den Sack, und zwar erheblich.

»Sie ist mit der Kleinen von Shadow gekommen«, informierte mich Death, der sich zu uns gesellte und sich sein Lachen verkniff.

Super, sogar er fiel mir in den Rücken.

»Wo ist Shadow?«, verlangte ich zu erfahren und meine Jungs bemerkten, dass ich nicht weiter für Späße aufgelegt war.

Keiner lachte mehr, sondern jeder wurde ernst, als sie mich betrachteten. Ich verstand einen gewissen Grad an Heiterkeit, aber es hielt sich in Grenzen. Meine Männer hatten mit ihrem Mist den Bogen überspannt und ich war schlecht gelaunt.

»Komm Alter, wir suchen dir eine andere«, versuchte, Steel einzulenken.

Doch jetzt war ich es, der mit dem Kopf schüttelte. Mein Kampfgeist war geweckt und ich wollte ganz bestimmt nicht als Lusche vor meinen Brüdern dastehen. Sie verlangten, dass ich das Mädel fickte? Dann sollten sie zusehen und vom Meister lernen.

»Lass stecken«, entgegnete ich und wandte mich an Death. »Wo ist Shadow?«

Dieser erkannte an meinem Gesicht, dass ich es vollkommen ernst meinte und das Spiel, nunmehr als meinen persönlichen Schrein sehen würde.

Vierzehn Tage, um dieses Biest zu zähmen.

Vierzehn Tage, meiner kostbaren Zeit.

Vierzehn Tage, um diesem Mädchen zu zeigen, dass sie sich besser nicht mir angelegt hätte.

»Er ist oben«, teilte Death mir mit und ich machte mich auf den Weg.

Ich musste nicht fragen, welches Zimmer, denn mein Bruder nahm immer dasselbe, egal welche Schlampe er gerade vögelte. Er hatte es für sich reserviert.

Klopfen war auch nicht unbedingt eine meiner Stärken, weshalb ich die Tür öffnete und hinter mir zuknallte.

Anscheinend waren die beiden soeben mit vögeln fertig, was für mich nur gut war. Zwar liebte ich Sex, musste anderen aber nicht unbedingt dabei zusehen. Außerdem brauchte ich Antworten und die Kleine konnte sie mir geben.

»Was kann ich für dich tun, Devil?«, wollte mein Freund wissen, der gerade dabei war, sich anzuziehen.

»Wer ist deine Freundin?«, stellte ich die Frage direkt an das Mädchen, die bei meinem Tonfall kurz zusammenzuckte.

»Wen meinst du?«, hakte sie nach und zog sich ihr Top über.

»Was für eine dumme Frage«, seufzte ich, weil ich diese Aussagen hasste, wie die Pest. »Die Perle, mit der du hier aufgetaucht bist.«

»Du meinst Blake?«, flüsterte sie jetzt und starrte mich mit aufgerissenen Augen an, als könnte sie nicht glauben, dass ich nach ihr gefragt hatte.

»Klein, dunkle Haare … klingelt es?«, verdeutlichte ich ihr mein Anliegen und die Braut vor mir nickte. Fantastisch. Denken kann sie also doch! »Blake und weiter?«

Sie schluckte, schaute zu Shadow, der sie nur ansah und belustigt mit dem Kopf schüttelte. Erst als sie keine Hilfe von meinem Bruder zu erwarten hatte, betrachtete sie mich erneut. »Crawford.«

Geht doch! Blake Crawford. Das war ein Anfang.

»Erhebst du Anspruch auf sie?«, erkundigte ich mich bei Shadow und nickte in Richtung seines Betthäschens.

»Nein, Bruder«, lachte er. »Wenn *sie* will, kannst du sie haben.«

Zwar sprach er die Worte gelassen aus, aber irgendetwas in seinem Blick verriet mir, dass es gesünder für mich wäre, wenn ich die Finger von dieser Frau lassen würde. Sie war nicht seine *Old Lady*, aber die beiden verbrachten enorm viel Zeit miteinander. Vielleicht war Shadow noch nicht bereit und ich würde ihm ganz gewiss nicht in die Quere kommen.

»Erzähl mir von deiner Freundin«, forderte ich die Kleine stattdessen auf, die mich mit aufgerissenen Lidern anstarrte. Sie hatte Angst vor mir, das war deutlich zu erkennen. Das war mir jedoch gerade vollkommen egal, denn sie war die Einzige, die mir die nötigen Informationen geben konnte, um die Wette zu gewinnen.

»Was willst du wissen?«, krächzte sie und spielte nervös mit ihren Fingern.

»Alles!« Und sie sollte sich nicht wagen auch nur einen Teil auszulassen.

»Wi … wir wohnen und studieren zusammen«, stotterte sie. »Sie ist vor zwei Jahr … Jahren hierhergezogen und studiert Biologie. Blake ist einundzwanzig und mehr weiß ich nicht.«

Und das war es? Das war ein Scheißdreck. Da wusste ich mehr über die neuesten Anwärter.

»Freund? Familie?«, hakte ich nach.

»Kein Freund«, flüsterte sie. »Familie weiß ich nicht. Sie erzählt nichts von sich.«

Was sollte das denn für eine Freundschaft sein? Wie konnte man eine Person über Jahre kennen und dann nichts über sie wissen? Das wollte nicht in meinen Kopf.

Blake Crawford war eine einundzwanzigjährige Studentin, die keinen Freund hatte. Anscheinend auch keine Familie. Das waren nicht viele Information, eigentlich keine, aber zumindest Anhaltspunkte.

»Wo studiert ihr?«

»Eugene. University of Oregon.«

»Ihr teilt euch eine Wohnung oder ein Zimmer auf dem Campus?«, erkundigte ich mich.

»Appartement in der Nähe der Uni«, teilte sie mir so leise mit, dass ich sie kaum verstehen konnte.

Mit den Fingern fuhr ich mir über meine Mütze. Mein Gefühl sagte mir, dass ich meine Zeit mit dieser beschissenen Wette vergeuden würde. Das alles würde wohl nicht so einfach werden, wie ich es mir ausgemalt hatte.

Mit wenigen Schritten stampfte ich zum Schreibtisch, der sich in dem Raum befand, zog eine Schublade auf und holte einen Notizblock und Kuli heraus. »Ich möchte ihren genauen Tagesablauf erfahren«, meinte ich zu der Braut, die bei meinem schroffen Tonfall abermals zusammenzuckte und warf beides auf das Bett. »Schreib alles auf den Zettel und bring ihn mir später oder gib ihn Shadow. Lass nichts aus.«

Ich wartete nicht auf ihre Antwort, nickte Shadow nur zu, der erneut mit dem Kopf schüttelte und gemeinsam mit mir das Zimmer verließ.

»Willst du mir das erklären?« Shadow betrachtete mich von der Seite, während wir die Stufen nach unten stiegen.

»Wette«, war alles, was ich zu sagen hatte. Mein Bruder verstand anscheinend sofort, denn er prustete laut los.

Wunderbar, noch einer, der seinen Spaß an der ganzen Scheiße hatte.

»Das wird nicht einfach für dich werden, Bro«, meinte er.

»Wie kommst du darauf?«

Shadow antwortete nicht, sondern zuckte nur gut gelaunt mit den Schultern, bevor er in dem großen Saal verschwand.

Alles klar! Vielleicht würde diese Blake nicht leicht zu knacken sein, aber ich würde sicherlich nicht den Schwanz einziehen.

Zwei Wochen standen auf meiner Agenda. Und dieses Mädel würde genauso unter der Wette leiden, wie ich.

Kapitel 6

Blake

Als ich am nächsten Morgen wach wurde und meine Füße auf den Teppich stellte, stöhnte ich auf. Sie brannten wie Feuer und pochten, als würde mein Herz in jedem von ihnen stecken.

Mit langsamen Schritten begab ich mich in die Küche. Die Tür zu Rachels Zimmer war geschlossen, weshalb ich davon ausging, dass sie noch tief und fest schlief. Anscheinend war es bei ihr etwas später geworden.

Ich setzte Kaffee auf, und erledigte in der Zwischenzeit meine Morgenroutine. Als ich fertig war, schlenderte ich zurück und goss mir meine Jumbotasse bis zum Rand mit dem Kaffee voll, bevor ich mich an den Tisch setzte.

Ich hatte keine Ahnung, wie lange ich gestern Abend gebraucht hatte, um nach Hause zu gelangen. Es war mir wie eine halbe Ewigkeit vorgekommen. Und wenn ich an meine Füße dachte, war es auch der Fall. Heute konnte ich Joggen vergessen, ich würde meine geschundenen Treter in keinen Schuh hineinquetschen. Andererseits sollte ich aber auch keinen faulen Tag einlegen. Immerhin musste ich mich bewegen, ansonsten würde der Speck auf meinen Rippen nie verschwinden.

Hin und wieder nahm ich einen Schluck von meinem heißen Kaffee, als Rachel aus ihrem Zimmer trat. Sie trug nur ein Höschen und das schwarze Top von gestern, ihre Haare standen in alle Himmelsrichtungen ab und trotzdem sah sie granatenhaft aus. Fair war etwas anderes.

»Guten Morgen«, begrüßte sie mich und goss sich ebenfalls eine große Tasse mit der warmen Flüssigkeit ein, bevor sie sich mir gegenüber niederließ. »Warum bist du gestern einfach verschwunden?«

Machte sie Witze?

»Ich wollte nur kurz auf die Toilette«, antwortete ich etwas zu schroff. »Als ich zurückkam, wart ihr weg. Ich hatte dich gebeten, mich nicht alleine da stehen zu lassen. Und was machst du? Ziehst mit Shadow ab. Dann hat mich irgendein *Todesblick-Typ* doof angequatscht, weshalb ich gegangen bin. Und ganz ehrlich Rachel, bitte frag mich nicht noch einmal, ob ich mitkomme. Diesen Club werde ich sicher nie wieder betreten. Was glauben die denn, wer sie sind? Götter? Ach ne … Dämonen. Hatte ich ganz vergessen.« Mir entwich ein undamenhaftes Schnauben, weil mich das in den Wahnsinn trieb. Alles Machos!

»Warte mal, wieso Toilette? Du hattest auf die Tür gedeutet und ich habe gedacht, du willst abhauen. Ich habe dir noch zugewunken, dass zu zurückkommen sollst, aber du bist einfach gegangen. Daraufhin habe ich dir eine WhatsApp geschrieben, weil ich nicht verstanden habe, warum du nach gefühlten zwei Sekunden schon wieder wegwillst«, erklärte sie und mir fiel prompt die Nachricht ein, die ich aber ignoriert und bislang noch nicht gelesen hatte. Verdammt! »Und von welchem Todesblick-Typen redest du?«

»Ich wollte nur aufs Klo«, sagte ich versöhnlicher. »Ich dachte, das hättest du mitbekommen. Deine Mitteilung habe ich noch nicht gelesen, weil ich sauer war.«

»Das tut mir leid«, entschuldigte sie sich. »Du weißt doch, dass ich dich nicht alleine lassen würde.«

»Es war ein Missverständnis. Schwamm drüber. Und zum Thema Todesblick-Typen. Er hat mich angesprochen, dass aber von hinten gemacht, sodass ich mich erschrocken habe«, berichtete ich. »Da habe ich ihm versehentlich mein Bier ins Gesicht gekippt. Wofür ich mich sogar entschuldigt habe. Und dann erdreistet der Kerl sich, mir ein Handtuch zu geben, damit ich ihn sauber mache? Geht's noch?«

Immer wieder schüttelte ich meinen Kopf, weil ich es einfach nicht fassen konnte, wie er sich verhalten hatte. Proll!

»Und was geschah dann?«, hakte sie nach.

»Er hat genervt«, fuhr ich fort. »Und ich bin abgehauen.«

»Details?« Gott, wie ich ihre knappen Fragen hasste. Konnte sie nicht einen kompletten Satz bilden? Irgendwie nervte mich gerade alles.

»Er hat mich mit seinem Körper an die Wand gedrückt«, erzählte ich weiter. »Und wegschieben ließ er sich nicht. Ein Idiot eben. Wahrscheinlich läuft dem sonst jede hinterher.«

»Und du fragst dich insgeheim, warum er ausgerechnet *dich* angesprochen hat, richtig?« Wieso zum Teufel kannte mich diese Frau besser, als ich es wollte?

Von Anfang an konnte sie in mir lesen, wie in einem Buch. Das brachte mich überwiegend um den Verstand. Ich wollte nicht, dass sie erkannte, wie unsicher ich hin und wieder war, weil es mir ihr gegenüber peinlich war. Immerhin wusste Rachel wahrscheinlich nicht mal, wie *Unsicherheit* geschrieben wurde.

»Wenn du den gesehen hättest«, seufzte ich, »dann hättest du dich dasselbe gefragt.«

Ich senkte den Blick, wollte meiner Mitbewohnerin nicht in die Augen sehen, da sie sofort erkannt hätte, wie sehr mich diese Situation insgeheim beschäftigte.

Die ganze Zeit hatte ich alleine und vereinsamt in der Ecke gestanden und niemand hatte Kenntnis von mir genommen. Und urplötzlich stand Adonis in voller Pracht neben mir, schaute auf mich herab und sprach mich an. Warum? Da liefen gestern wunderschöne Frauen umher. Er hätte nur mit dem Fingern schnipsen müssen.

»Du scheinst ihm aber die Stirn geboten zu haben, oder?« Mit ihrer Frage brachte sie mich aus dem Gleichgewicht.

Aber jetzt wo sie es sagte, fiel es mir selber auf. Ich hatte von der ersten Sekunde an nicht klein beigegeben, weil er mich einfach genervt hatte. Im Normalfall hielt ich mich bei Fremden zurück, weil ich mich ungern stritt oder herum diskutierte. Aber bei dem Exemplar von gestern hatte ich die Krallen ausgefahren.

»Wahrscheinlich lag es daran, dass er ein arroganter Sack war«, schlussfolgerte ich und erklärte mir so mein eigenes Verhalten. Außerdem, was spielte das denn auch für eine Rolle? Warum dachte ich überhaupt darüber nach?

Vielleicht stimmte etwas nicht mit mir!

»Schon möglich«, antwortete Rachel und betrachtete mich eindringlich. »Oder er wollte sich einfach nur nett mit dir unterhalten. Soll ja für gewöhnlich vorkommen.«

Ja, genau! Und der Osterhase existierte ebenfalls und trank mit dem Weihnachtsmann Kakao. Was für eine bescheuerte Aussage.

»Du glaubst vielleicht, ich sei ein wenig beschränkt, was Männer betrifft«, fuhr ich sie an. »Aber da war gestern niemand, der sich nur *nett unterhalten* wollte. Da ging es ums

Abschleppen und abgeschleppt werden. Ich hatte dir gesagt, dass ich dort nicht reinpasse. Das ist deine Welt, aber ganz sicher nicht meine. Mit solchen Leuten will ich keinen Kontakt haben.«

Rachel nickte, erwiderte zu meiner Ansprache allerdings nichts weiter. Das machte mich stutzig, denn ich hatte mit einer ausgewachsenen Diskussion gerechnet. Doch nichts dergleichen geschah, stattdessen widmete sich meine Freundin ausschließlich ihrem Kaffee.

Was genau stimmte nicht mit ihr? Wieso zum Teufel versuchte sie nicht, auf Biegen und Brechen auf mich einzureden?

»Du hast nichts weiter dazu zu sagen?«, fragte ich vorsichtig nach, weil ich dem Braten nicht traute.

»Was möchtest du denn hören?« Rachel zuckt mit ihren Schultern, lehnte sich in ihrem Stuhl zurück und betrachtete mich. »Du hast mir gesagt, du willst mit denen nichts zu tun haben und ich habe keine andere Wahl, als deine Entscheidung zu akzeptieren.«

War ich hier im falschen Film? Wer war das und was hatte diese Frau mit Rachel gemacht?

Seit zwei Jahren lebte ich nun schon mit ihr zusammen und, niemals hatte sie klein beigegeben oder meine Entscheidungen einfach so hingenommen. Teilweise hatte sie so lange auf mich eingeredet und argumentiert, bis mir schwindelig geworden war, sodass ich letztendlich annahm, die Ideen hätten auch von mir stammen können. Aber sie jetzt auf einmal so zu erleben, warf mich aus der Bahn und überforderte mich.

»Gehst du heute nicht joggen?«, wechselte sie das Thema, erhob sich und bereitete sich eine weitere Tasse Kaffee zu.

»Da ich in der Nacht zu Fuß nach Hause laufen musste …« Ich hob meine Füße in ihre Richtung, damit sie meine geschundene Haut sehen konnte. »… werde ich es wohl eher nicht tun.«

»Solange du keine Blasen hast«, meinte sie mit dem Rücken zu mir gewandt, »dürftest du in deinen Turnschuhen nichts merken.«

Wollte sie mich loswerden? Hatte sie Shadow mitgebracht? Denn dann würde ich auf jeden Fall verschwinden. Das konnte ich mir auf keinen Fall reinziehen. Er hatte sich gestern zwar ganz okay verhalten, aber näheren Kontakt brauchte ich nicht zu ihm.

»Vielleicht hast du recht«, sagte ich schneller, als ich denken konnte. »Ich sollte mein Training nicht unterbrechen.«

Ohne auf ihre Antwort zu warten, erhob ich mich und wanderte zurück in mein Zimmer. Scheiß auf meine Füße, ich musste hier raus. Das Verhalten von Rachel war mehr als seltsam und sollte ihr Sexkandidat noch hier sein, hatte ich keine Lust auf eine Vorstellung von den beiden.

Schnell schlüpfte ich in meine Laufsachen und als ich mit den Füßen in die Turnschuhe glitt, war ich überrascht. Es setzte kein Schmerz ein, womit Rachel dann wohl richtig lag. Dann schnappte ich mir meinen iPod und machte mich auf den Weg.

Rachel war nicht mehr in der Küche, sondern – so vermutete ich – wieder in ihrem Raum, denn die Tür war geschlossen. Vielleicht war sie heute einfach nicht gut drauf. Eventuell brauchte sie etwas Zeit für sich, und heute Abend würde ich sie fragen, ob es ihr gut ging. Bis dahin wollte ich ein bisschen Ruhe für mich, weshalb ich mich auf mein Joggingprogramm freute.

Mittlerweile lief ich seit zwanzig Minuten und genau so viel hatte ich noch einmal vor mir. Vielleicht sogar ein bisschen mehr. Ich wollte mich täglich steigern, bis ich wirklich fit genug war, um auch die Langstrecken zu laufen, die bei richtig guter Verfassung drei Stunden dauerten. Bis ich so weit war, hatte ich noch einen langen Weg vor mir, aber es war ein Ziel, welches ich verfolgte.

Hin und wieder traf ich ein bekanntes Gesicht, das man gelegentlich sah, wenn man seinem Sport nachging. Man nickte sich zu und rannte weiter.

Der heutige Tag war herrlich. Nicht zu warm und auch nicht zu kalt. Es war perfekt und auch das Vogelgezwitscher war wunderbar.

Irgendwo aus weiter Ferne hörte ich Motorradgeräusche und musste unweigerlich an den *Todesblick-Typen* denken. Mir kam keine vernünftige Erklärung in den Sinn, warum mich gerade so ein Mann ansprechen sollte. Immer wenn mich ein gutaussehender Typ betrachtete, hatte ich das Gefühl, da steckte eine fiese Absicht dahinter. Zum Beispiel, dass er mich nur verarschen, kränken oder einfach nur verletzten wollte.

Mein Selbstwertgefühl war echt für die Tonne, wahrscheinlich, weil ich mich und meinen Körper nicht mochte. So ein Kerl, wie der vom Club, hatte mit solchen Dingen nichts am Hut. Er sah fantastisch aus, war groß und hatte eine Menge Muskeln. Vom Aussehen her sabberte ich solchen Männern aus der Ferne hinterher, wusste aber genau, dass ich so einen niemals abbekommen würde. Diese Exemplare waren für Frauen wie Rachel vorherbestimmt.

»Hey, schöne Frau«, vernahm ich neben mir eine bekannte Stimme und musste direkt lächeln. »Lust auf Gesellschaft?«

»Du darfst mich immer begleiten«, antwortete ich und sah ihn von der Seite an. Er grinste und schon liefen wir schneller.

Bruce Jenkins. Mein Freund und Kommilitone. Wir hatten von der ersten Sekunde an einen guten Draht zueinander gehabt und verstanden uns bisher wirklich gut. Hin und wieder unternahmen wir etwas zusammen oder saßen einfach nur blöd vor dem Fernseher. Meistens jedoch lernten wir gemeinsam in der Bibliothek, weil er nicht so gerne zu mir nach Hause kam. Rachel war nicht unbedingt sein Fall, obwohl sie ihn gerne mal für eine Nacht gehabt hätte.

Bruce war groß, so um die ein Meter achtzig würde ich schätzen und ein Jahr älter als ich. Seine blonden Locken fielen ihm immer wieder in die Stirn, was nicht nur ich niedlich fand, sondern auch zig andere Mädels. Mein Freund war einer der angesagtesten Typen auf dem Campus, hatte auch seinen Ruf als Womanizer, aber er war trotzdem ein liebenswerter Trottel. Ihn hatte ich vor langer Zeit mal nach dem Grund gefragt, warum er sich mit mir angefreundet hatte. Seine schlichte Antwort hatte mich damals aus den Schuhen gehauen: *»Du bist authentisch und siehst mehr in mir, als jeder andere. Ich mag dich einfach.«*

Damit war seine Erklärung ausgesprochen, ich hatte keine Fragen mehr und das Thema war vom Tisch. Niemand von uns hegte gegenüber dem anderen, Gefühle und das gefiel mir außerordentlich gut. Wobei er wirklich ein Leckerbissen war.

Wenn er mich mit seinen grünen Augen ansah, spürte ich Vertrautheit und Freundschaft. In gewisser Weise erinnerte er mich an Scott, was ich aber natürlich nie laut sagte. Es fühlte sich einfach so an, als wäre er eine Art großer Bruder für mich.

Als wir mit der Runde fertig waren, stoppten wir und dehnten uns.

»Was hast du heute Abend vor?«, wollte er wissen und streckte sein Bein.

»Eigentlich nichts«, antwortete ich und setzte mich auf die Wiese.

»Lust, später mit mir Essen zu gehen?«

»Klar«, stimmte ich zu und freute mich bereits sehr auf unser Treffen. Viel zu lange war unser letztes Mal schon her. »Wo wollen wir hin?«

Er zuckte mit den Schultern. »Ins *Sibills*?«

Über den Vorschlag musste ich grinsen, weil wir andauernd ins *Sibills* gingen. Aber wir mochten die Atmosphäre dort und außerdem konnte man da nicht nur gut essen, sondern auch Billard und Dart spielen, weshalb ich nickte.

Wir sprachen noch darüber, dass er mich um sechs abholen würde. Dann trennten sich unsere Wege und jeder von uns marschierte in eine andere Richtung.

Vor meiner Haustür betrachtete ich zwei Harleys. *Merkwürdig*, dachte ich, vorhin waren sie noch nicht da gewesen, oder?

Innerlich schüttelte ich den Kopf, weil ich ständig an diesen Club von gestern Abend dachte, wenn ich einen Chopper sah. Also verdrängte ich den Gedanken und ging die Treppen hinauf zu unserer Wohnung. Dort schloss ich dir Tür auf, warf sie hinter mir zu und marschierte gut gelaunt ins Wohnzimmer.

Als ich den *Todesblick-Typen* auf MEINEM Sessel sitzen sah, stolperte ich über meine eigenen Füße und konnte ein »Fuck«, leider nicht unterdrücken.

Der bevorstehende Fall, war nicht mehr aufzuhalten. Ich sah mein Gesicht schon auf den Parkettboden krachen und schloss die Augen. Alles geschah in Zeitlupe und ich dachte nur: *Verdammt, wie peinlich!*

Doch kurz bevor ich mich zum Affen machen konnte, spürte ich einen Griff an meinen Schultern, der mich in der Waagerechten hielt. Ich musste aussehen wie ein Brett. Lange konnte ich mich mit dem Gedanken jedoch nicht aufhalten, denn in der nächsten Sekunde wurde ich wieder auf die Beine gestellt. Erst als ich meinen Kopf hob, traf Schwarz auf Blau und seine Hände umschlossen meine Oberarme. Über das Gefühl, das mir bei dieser unschuldigen Berührung durch den Körper schoss, wollte ich lieber nicht nachdenken. Verdrängen war eine super Option!

Er sah mich nur an, grinste nicht, kein Muskel bewegte sich in seinem Gesicht. Mein Blick wandert ein Stück weiter nach unten und blieb fasziniert an seinen perfekten Lippen hängen.

»Oh, du bist schon wieder zuhause?«, hörte ich Rachels Stimme, die mich damit aus meiner Lethargie riss. Unwirsch und auch nicht sonderlich höflich, machte ich mich von ihm los und brachte zwei Schritte Abstand zwischen uns.

Als ich zu meiner Freundin sah, erkannte ich Shadow neben ihr, der mich anlächelte. Dieses Mal erwiderte ich es, fragte mich aber insgeheim, was die beiden hier suchten.

»Das ist Devil«, stellte Rachel mir den *Todesblick-Typen* vor und bei der Erwähnung seines Namens schnaubte ich abfällig. Sein Name wunderte mich gerade überhaupt nicht, wenn ich ehrlich war. Ich fand ihn sogar sehr passend gewählt. »Devil, das ist meine Mitbewohnerin, Blake.«

Wunderbar! Jetzt wusste der Idiot auch noch, wie ich hieß.

Nach wie vor betrachtete er mich auf eine Art, die ich nicht einordnen konnte. War er von mir angewidert? Ekelte er sich vor mir? War er immer noch sauer auf mich?

Fragen über Fragen, von denen ich mich nicht traute, auch nur eine zu stellen.

Kapitel 7

Devil

Eines musste ich bei dieser Frau feststellen: Sie war die reinste Katastrophe. Hätte ich nicht so schnell reagiert, wäre sie vornüber mit der Nase auf den Boden gedonnert. Normalerweise hätte ich mich köstlich darüber amüsiert und rein gar nichts unternommen, nur damit ich dem Schauspiel beiwohnen könnte, aber ich musste eine Wette gewinnen. Und da wäre es nicht hilfreich gewesen, sie fallen zu lassen.

Doch ich musste erneut feststellen, dass sie Wahnsinns-Augen und ein makelloses Gesicht hatte. Allerdings war ich davon überzeugt, dass das Girl hier, mir meine Aufgabe nicht einfach machen würde. Irgendwie schien sie das erste Mädel zu sein, das nicht so auf mich reagierte, wie die übrigen Frauen. Ich hatte jedoch nicht vor, das Handtuch zu werfen. Hier ging es um meine Ehre und die würde die Kleine mir sicherlich nicht zerstören.

Wo wir beim nächsten Thema anlangten, das mir absolut gegen den Strich ging: Ihre Reaktion auf meinen Namen. Sie konnte froh sein, dass es hier um eine beschissene Wette ging und gewiss nichts mit Spaß zu tun hatte. Das Gefühl, die Braut sei lebensmüde, verstärkte sich in mir und ich hoffte für sie, dass sie den Bogen nicht überspannte. Meine Zündschnur, war nicht sonderlich lang.

Was mich am allermeisten ankotzte, war ihr Verhalten mir gegenüber und der Blick, mit dem sie mich betrachtete. Zwar sah sie mich an, aber ohne jedes Verlagen, sondern eher, als sei ich in ihren Augen nur eine Gefahr oder ein Störfaktor. Und das war ich nicht gewohnt.

»Freut mich«, presste sie zwischen den Zähnen hervor und ich hob eine Augenbraue. »Und … danke.« Dann wandte sie sich an Rachel. »Ich mache mich jetzt fertig, bin gleich mit Bruce verabredet.«

Ohne mich eines weiteren Blickes zu würdigen, wandte sie sich ab und stolzierte an mir vorbei. Dieses Mal, ohne über ihre kleinen Füße zu stolpern.

Erst jetzt erkannte ich, dass sie Sportsachen trug und mir fiel ein, dass diese Rachel mir gestern Abend in allen Einzelheiten aufgeschrieben hatte, wie der Tagesablauf ihrer Mitbewohnerin aussah. Zuerst hatte es mich ein wenig gewundert, dass Blake trainierte. Bei ihrem Körperbau hätte ich nicht vermutet, dass sie sich sportlich betätigte. Wobei ich zugeben musste, dass sie in ihrem Lauf-Dress keine schlechte Figur machte.

Irgendwann hörte ich eine Tür ins Schloss fallen und wandte mich an Shadows Tussi. »Hattest du nicht gesagt, sie hätte keinen Typen am Start?!« Meine Stimme war gefährlich leise und dieses Weibsbild sollte sich ganz genau überlegen, was sie von sich gab. Ich hasste es, wenn man mich anlog oder Details verschwieg, die wichtig wären.

»Ich habe dir alles gesagt, was ich weiß«, antwortete sie hastig. »Bruce ist ihr platonischer Freund. Mit dem geht sie hin und wieder aus. Aber zwischen den beiden läuft nichts.«

Da hatte sie noch mal die Kurve bekommen.

»Finde heraus, wohin sie geht«, befahl ich dem Blondchen. »Und dann sagst du es Shadow. Verstanden?«

Sie nickte, schluckte hin und wieder und ich wusste, dass ich sie zu allem bewegen konnte, was mir vorschwebte. Rachel war tough, keine Frage, aber sie hatte Angst vor mir und das stand deutlich in ihrem Gesicht geschrieben. Insgeheim freute es mich, denn wer Angst vor mir hatte, tat alles, was ich befahl.

Shadow und ich hielten uns noch zwanzig Minuten in der Wohnung auf, ohne dass diese Blake aus ihrem Zimmer kam, sodass ich meinem Bruder ein Zeichen gab, damit wir endlich verschwinden konnten. Allerdings warf ich dem Blondchen noch einen scharfen Blick zu, damit sie nicht vergaß, sich zu melden. Ich brauchte Antworten und sie war in der Lage, mir welche zu besorgen. Sie verstand wortlos und nickte kaum merklich. Dann wandte ich mich um und verließ die Wohnung, dicht gefolgt von Shadow.

Vor der Tür stiegen wir auf unsere Bikes.

»Ich mag die Kleine«, hörte ich meinen Bruder sagen und betrachtete ihn mit hochgezogener Augenbraue. »Diese Blake scheint sich nicht einschüchtern zu lassen. Bin gespannt, wie du sie kleinkriegen wirst.«

Kleinkriegen? Das war wohl ein Scherz? Von *Kleinkriegen* war ich meilenweit entfernt. Sie hatte mich mit ihrer Art herausgefordert und stahl mir meine kostbare Zeit. Hier ging es mir nicht mehr nur um eine Wette. Ich würde sie gefügig machen und dann zerstören. So, wie sie es verdient hatte. Erst dann würde ich sie von der Leine lassen. Die Kleine dachte, sich mit mir anlegen zu müssen? Sie wusste nicht im Entferntesten, mit wem sie es zu tun hatte.

»Mach dir darüber mal keine Gedanken«, meinte ich. »Sie wird bald Butter in meinen Händen sein.«

Shadow lachte, als er sich seinen Helm aufsetzte. Auch ich zog mir den Kopfschutz auf, ließ den Motor an und gab Gas.

Fünfzehn Minuten später kamen wir am Clubhaus an. Das Gebäude war vor vielen Jahren ein kleines Hotel über fünf Stockwerke gewesen. Der Besitzer hatte Insolvenz anmelden müssen und Death hatte es gekauft. Es wurde komplett renoviert und saniert, was mein Präsident damals veranlasst hatte. Er steckte eine Stange Geld in die Arbeiten, was sich letztendlich bezahlt gemacht hatte. Keiner von uns lebte dort, sondern es war das Gebäude unserer Zentrale.

Von hier aus gingen wir unseren Geschäften nach, einige der Prospects schliefen hier, wenn sie kein Zuhause hatten. Wir nahmen nur Zimmer in Beschlag, wenn wir ficken wollten, damit wir ungestört waren. Darüber hinaus hatte ich vielleicht fünf Mal im Haus übernachtet, wenn ich nach einer Party zu voll war, um nach Hause zu fahren. Sonst befand sich noch unser Besprechungszimmer im Keller, sowie einige Räume, in denen wir Verhöre durchführten. Hier war unser Anker, der Ort, an dem wir alle zusammenkamen.

Vor der Tür standen zwei neue Anwärter, die die Bikes und die Straße im Blick behielten. Sie hatten sich ihre Aufnäher noch nicht verdient, dazu brauchte es einiges an Zeit. Aber ich war davon überzeugt, dass Piper und Dragon sich bald beweisen würden.

Im Inneren des Gebäudes herrschte reges Treiben. Die Clubmädchen, die sich regelmäßig bei uns aufhielten, waren dabei, alles zu säubern. Dafür waren sie da und um für uns ihre Beine breitzumachen. Einen anderen Zweck hatten sie nicht und mit dem Arrangement waren beide Seiten zufrieden. Wir zwangen keine, herzukommen. Wer die Schnauze voll von uns hatte, konnte gerne wegbleiben.

Schnellen Schrittes ging ich auf Death zu, der an einem Tisch saß und nahm ihm gegenüber Platz. Shadow war nicht mit reingekommen. Keine Ahnung, was er vorhatte.

»Was gibt es?«, fragte ich, als ich erkannte, wie seine Stirn in Falten lag.

»Eine Lieferung von uns wurde überfallen«, setzte er mich in Kenntnis. »Fünfzig Kilo und einhundert Tausend Dollar sind weg. Das ist die zweite Fuhre, die uns gestohlen wurde. Soldier hat ebenfalls angerufen, um mir zu sagen, dass die Ware für uns verschickt, aber abgefangen wurde.«

»Hast du eine Vermutung?«, erkundigte ich mich.

Die einzigen Personen, die unsere Routen kannten, waren die auserwählten Kuriere, sowie unsere Verbündeten, zu dem Soldier zählte. Die Fahrer, die die LKWs lenkten, gehörten unseren Clubs an. Es waren Brüder, deswegen ging ich davon aus, dass sie ihre Strecken nicht verraten würden. Doch genau konnte man das nicht sagen.

»Ich habe keine Ahnung«, knurrte Death und lehnte sich in seinem Stuhl zurück. »Dolph meinte, dass er ein Clubmitglied der *Cold Bastards* erkannt hat, bevor er bewusstlos wurde.«

Die *Cold Bastards* waren unsere Feinde. Ein Club, der noch nicht lange existierte, uns aber ständig in die Suppe spuckte. Vor allem der Präsident, River, war ein Bastard, wie er im Buche stand und darüber hinaus, war er ein Sadist. Für ihn galt nur eines: Macht! Diese wollte er mit aller Gewalt an sich reißen, dafür ging er sogar über Leichen.

River war krank und schreckte vor nichts zurück. Sein letztes Vergehen hatte Kreise gezogen, als er einem jungen Mädchen in den Kopf schoss, die ihm nicht ordentlich einen geblasen hatte. Das hatte der Wichser öffentlich gemacht und den Körper der Kleinen in unserem Viertel abgeladen.

Dieser Penner kam uns ständig in die Quere. Hin und wieder verschwanden einige unserer Kuriere. Danach fehlten auch ein paar Nutten, die für unsere verschiedenen Clubs tätig waren. Bislang hatten wir nie Beweise gefunden, dass River und sein Chapter dahintersteckten, sodass wir derzeit noch keine Angriffsfläche hatten.

Das Problem bei der Sache war jedoch, dass wir ihn schon längst ausgeschaltet hätten, wenn wir ihn finden würden. Aber er hielt sich im Untergrund auf und niemand – nicht mal unsere Verbündeten – wussten, wo genau er war.

»Wir müssen uns langsam etwas einfallen lassen«, brummte ich. »Sie haben keinen Respekt vor uns. Das können wir nicht akzeptieren.«

Death nickte. »Das würde allerdings bedeuten, dass wir einen Krieg anzetteln.«

»Der ist bereits im vollen Gange«, rief ich ihm ins Gedächtnis. »Wir sollten nicht noch länger warten. Das ist *unsere* Gegend. Er will den Bereich für sich?« Ich zuckte mit den Schultern. »Dann soll er kommen und versuchen, ihn sich zu holen. Es ist an der Zeit, dass wir uns aufstellen.«

Erneut nickte Death und das erste Mal fiel mir auf, dass er müde wirkte.

Death war bereits der Präsident der *Demons Hell* geworden, da war er gerade Dreißig. Das war vor einundzwanzig Jahren gewesen. Ihm war seine Kutte von seinem Vater – Slayer – übergeben worden, der im Alter von vierundfünfzig an Krebs starb.

Zu diesem Zeitpunkt war ich acht gewesen, und lernte Death kennen, als er mit einigen seiner Jungs den Trailer meiner Eltern stürmte. Sein Ziel war es, beide auszuschalten, was ich damals nicht sonderlich schlimm fand, immerhin waren meine Mutter und mein Vater die letzten Wichser auf Erden gewesen. Death gabelte mich auf und führte mich in seine Welt ein. Seither befand ich mich an seiner Seite und hatte mir meinen Aufnäher durch harte Arbeit verdient.

Death hatte mich stets und überall als seinen Sohn präsentiert, was ich nie abstritt. Niemand tat das! Vielleicht war er nicht mein leiblicher Vater, aber als genau diesen, sah ich ihn an. Er war meine Familie, genau wie alle Mitglieder des Clubs. Er hatte mir alles beigebracht, was ich fürs Leben wissen musste. Er schickte mich zur Schule und auf die Uni, wo ich Betriebswirtschaft studierte. Vor einem Jahr ernannte er mich dann zu seinem Vize. Ich hatte diesem Hundesohn alles zu verdanken und stand tief in seiner Schuld.

»Wir werden das mit dem Gegenschlag in der Versammlung besprechen«, murrte Death und holte mich mit seiner Antwort auf meine Äußerung wieder zurück ins Hier und Jetzt.

»Okay«, stimmte ich zu und erhob mich. »Ich geh mal ins Büro und überprüfe die Unterlagen. Hast du schon die Bilanzen der Bars und Clubs?«

»Liegt alles auf deinem Schreibtisch«, murmelte Death und ich konnte nichts gegen das Gefühl der Sorge unternehmen, dass sich in mir ausbreitete.

Irgendwas stimmte nicht mit ihm und ich hatte keine Ahnung, was genau es war. Fragen wollte ich ihn allerdings auch nicht, da er generell nicht gerne über sich sprach. Ich musste einen anderen Weg finden und nahm mir vor, ihn erst einmal im Auge zu behalten. Vielleicht war er heute einfach nicht gut drauf.

Bevor ich ganz aus dem Raum verschwand, hörte ich ihn hinter mir meinen Namen rufen. Mit hochgezogener Augenbraue blieb ich stehen und sah ihn fragend an. »Wie läuft es mit deiner Wette?« Wenige Momente hatte ich *nicht* an das Mädel oder gar an die Wette denken müssen, die mir aufgebrummt wurde, weshalb ich schnaubte. Death fing an zu lachen und schüttelte den Kopf. »Die Kleine scheint stur zu sein, ist mir gestern schon aufgefallen.«

»Ganz unwesentlich«, gab ich sarkastisch zurück. »Aber ihr könnt schon mal das Bier kaltstellen. Dieses Weib knacke ich auch noch. Bislang hat mich noch jede angefleht.«

»Als ich die Wette ins Leben rief, dachte ich, dass es vielleicht eine Scheißidee sei«, sagte er und lachte. Ich verengte meine Augen, weil ich nun wusste, wer an dem ganzen Mist die Schuld trug. Der Präsident selbst. Arschloch! »Aber jetzt finde ich sie ausgesprochen amüsant.«

»Und was willst du mir damit sagen?«, wollte ich wissen und verschränkte meine Arme.

»Ich glaube, dass du das erste Mal in deinem Leben verlieren wirst, mein Sohn.« Erneut schüttelte er mit dem Kopf und betrachtete mich grinsend. Wenn er meinte!

»Lass dich überraschen, alter Mann«, antwortete ich, nickte und wandte mich ab.

Bislang hatte ich alle Menschen um mich herum kleinbekommen und dieses Miststück würde meine Erfolgsbilanz nicht durchkreuzen! Sie wusste es noch nicht, aber vor ihr lagen die schwersten vierzehn Tage ihres Lebens.

Als ich mich hinter den Schreibtisch setzte, vibrierte mein Handy und zeigte mir eine eingehende Nachricht an.

Shadow: *Die Kleine wird heute Abend im Sibills sein.*
Ich: *Wir auch.*

Die Bar war mir bestens bekannt, immerhin gehörte sie dem Club. Sie würde in der Gegend kaum ein Lokal finden, das sich nicht im Besitz des *Demons Hell, MCs* befand. Wir hielten uns nur nicht in solchen Szenen auf, weil das Klientel nicht zu uns passte. Es war in den letzten Jahren zu einem Studententreff geworden.

Damals, zu meiner Collegezeit, hatte ich auch einige Abende im *Sibills* verbracht, was schon eine halbe Ewigkeit her zu sein schien. Jetzt würde ich wieder dort aufschlagen und egal, was das Mädchen sich vorstellte, ich war ein Hurrikan und würde über sie hinwegfegen.

Kapitel 8

Blake

»Kannst du mich nicht einfach mal gewinnen lassen?«, moserte Bruce, nachdem ich nun die dritte Partie Billard gewonnen hatte.

»Wieso sollte ich?«, fragte ich lachend und nahm ein Schluck Bier. »Ich genieße meinen Sieg. Sollen wir noch eine Runde spielen?«

»Ich versuche mein Glück lieber beim Dart«, meinte er und wieder musste ich lachen.

»Wenn du meinst, dass du da mehr Chancen hast, dann gerne«, sagte ich und stellte den Queue zurück in die dafür vorgesehene Vorrichtung.

Wir schnappten uns unsere Getränke und suchten eine freie Dartscheibe, die wir schnell fanden. Heute war Samstag und der Laden noch nicht so voll, wie es für gewöhnlich der Fall war. Das lag sicherlich daran, dass wir seit gestern Sommer-Semesterferien hatten. Die meisten Studenten waren nach Hause gefahren. Selbst Bruce würde nächste Woche mit seiner Mutter in den Urlaub fliegen.

Diese Möglichkeit hatte ich nicht, immerhin besaß ich keine Verwandten mehr. Somit würde ich die kommenden Monate zuhause verbringen und das tun, was ich immer tat. Joggen, lernen, lesen und schlafen.

Rachel würde ebenfalls in Eugene bleiben, da sie wie ich, keine lebenden Familienmitglieder mehr hatte. Doch sie würde ihre Zeit sicherlich nicht mit Lernen verschwenden, sondern – so vermutete ich – in dem Biker-Club oder mit Shadow. Anders konnte ich es mir nicht vorstellen. Nun, mich störte es nicht, Hauptsache, sie ließ mich mit dem Scheiß in Frieden.

Nachdem ich heute aus meinem Zimmer gekommen war und festgestellt hatte, dass Devil und Shadow nicht mehr anwesend waren, hatte ich Rachel gebeten, mir ab sofort Bescheid zu geben, wenn die beiden bei uns aufschlagen sollten. Dann konnte ich mir etwas anderes vornehmen, weil ich keine Lust auf diesen *Todesblick-Typen* hatte. Ich wollte keinen Kontakt zu ihm haben.

Rachel hatte nur mit den Schultern gezuckt, was mir ehrlich gesagt, ein wenig Angst bereitete. Sie diskutierte überhaupt nicht mit mir, oder widersprach. Eigenschaften, die sie sonst immer an den Tag legte, wenn ich mich sträubte, völlig egal wogegen.

Was das Thema Club und Devil betraf, schien sie meine Meinung jedoch zu akzeptieren. Allerdings machte sich ein komisches Gefühl in meinem Bauch breit, das ich nicht ganz einordnen konnte. Irgendwas stimmte nicht, ich musste nur noch herausfinden, was genau.

»Hör auf zu Träumen«, holte Bruce mich aus meinen Überlegungen. »Zeig mir, was du drauf hast.«

Grinsend schüttelte ich den Kopf und warf meinen ersten Pfeil. Natürlich traf er genau die Mitte, womit ich volle Punktzahl erreichte. Bruce seufzte, weshalb ich laut auflachte.

»Ich verstehe das nicht.« Mein Freund hörte sich an, wie ein weinerliches Baby. »Wieso kannst du beide Spiele so gut?«

Das fragte er mich bereits seit zwei Jahren und wie immer, zuckte ich nur mit den Schultern und versuchte, meine Fröhlichkeit im Gesicht, aufrechtzuerhalten, obwohl ich mich am liebsten traurig in die Ecke gesetzt hätte. Immerhin konnte ich ihm nicht sagen, dass mein Dad ein Meister im Billard war.

Als ich alt genug war, einen Queue zu halten, brachte er es mir bei. Meine Geschwister hatten keine Ambitionen dazu, aber ich liebte es, gegen meinen Vater zu spielen. Auch im Dart war er unschlagbar gewesen, als hätte er in seinem Leben nie etwas anderes gespielt. Beides brachte er mir bei und ich hatte erst damit aufgehört, als er gestorben war.

Nachdem ich Bruce kennenlernte und er mich das erste Mal mit ins *Sibills* genommen hatte, war mir schlecht geworden, als ich die Billardtische gesehen hatte. Aber ich wollte wieder spielen, dieses Gefühl in mir heraufbeschwören, welches ich immer gehabt hatte, wenn ich Stunden mit Dad in unserem Keller verbrachte. Und es war eine gute Entscheidung gewesen, denn sobald ich den Queue in der Hand hielt, kam es mir so vor, als sei ich meinem Vater nah. Hörte sich vielleicht dumm an, aber an diesen Gedanken klammerte ich mich fest.

Allerdings konnte ich all das nicht vor meinem Freund erwähnen. Daraufhin würden Fragen kommen, die ich nicht beantworten konnte, ohne zu lügen. In dieser Hinsicht jedoch war ich ein Trottel. Ich besaß absolut kein Talent zum Lügen und falls ich es mal tat, vergaß ich meist, was ich erzählt hatte. Das wiederum würde Konsequenzen nach sich ziehen, die mich schlimmstenfalls ins Grab bringen könnten. Nein, ich musste still sein und mein Geheimnis für mich behalten.

Natürlich gab es Tage, an denen ich Rachel und Bruce reinen Wein einschenken, mir alles von der Seele reden wollte, aber jedes Mal, wenn ich kurz davorgestanden hatte, schossen mir Darells Worte durch den Kopf: *»Vertraue niemanden. Ein Fehler könnte zu deinem Tod führen.«* Somit durfte ich meine Deckung nicht aufgeben. Hier in Eugene war ich Blake Crawford, einundzwanzig und Biologie-Studentin. Mehr gab es dazu nicht zu sagen. Punkt!

Neben mir hörte ich Bruce sich räuspern und mir fiel auf, dass ich schon wieder in Gedanken versunken war. Das passierte in letzter Zeit ziemlich oft.

»Ich bin eben ein Naturtalent«, gab ich endlich eine Antwort auf seine Frage und grinste, obwohl mir bei all den Grübeleien eher zum Heulen zumute war.

»Oder, sie hat einfach nur Glück«, vernahm ich hinter mir eine tiefe, dunkle und gleichzeitig raue Stimme, die mir mehr als bekannt vorkam und die ich eigentlich nicht wieder hören wollte.

Verdammt, was suchte der *Todesblick-Kerl* hier? Das hier war *meine* Welt und hatte rein gar nichts mit einer Biker-Bande zu tun. Die hatten ihren eigenen Club.

Meine Gedanken klangen ein wenig kindisch, glücklicherweise sprach ich sie nicht laut aus. Mist, am liebsten hätte ich mit einem Fuß trotzig auf den Boden gestampft.

Langsam drehte Bruce sich um und reagierte nicht ängstlich, wie ich vermutet hätte, sondern grinste vielmehr?

Was ging denn hier ab? Auch ich wandte mich um, und stand vor Shadow, Devil und noch einem Typen, den ich nicht kannte.

»Thunder«, begrüßte mein Kumpel – baldiger *Ex*-Kumpel – den gut aussehenden Mann per Handschlag. »Was macht ihr denn hier?«

»Meine Brüder und ich wollten ein wenig spielen«, meinte dieser Typ – der sich tatsächlich *Thunder* nannte. Ernsthaft? Devil, Shadow, Thunder? Wollten die mich verarschen? »Wie ich sehe, zieht die Kleine dich ab.«

Dieser Thunder war nicht so groß wie Devil, vielleicht um die ein Meter achtzig, dafür aber ebenfalls ein Muskelpaket. Seine dunkelbraunen Haare waren sehr kurz, vielleicht drei Millimeter und auf seiner Nase ruhte eine Pilotenbrille. Logisch. Hier drinnen brannte einem natürlich die Sonne ins Gesicht, war ja immer so in Bars. Innerlich musste ich Schnauben. Auf mich wirkten solche Möchtegern-Machos eher lächerlich.

Bruce kam zu mir und legte seine Hand auf meinen Rücken, um mich etwas vorzuschieben. Nur, dass ich daran ganz gewiss kein Interesse hatte und meine Fersen so gut es ging, auf den Boden stemmte.

»Das ist Blake Crawford«, stellte Bruce mich den Leuten vor, die nicht eine Miene verzogen. Doch … Shadow hob seinen rechten Mundwinkel und zwinkerte mir zu.

»Blake«, sagte Rachels Affäre und nickte.

Sprechen und nicken war bei mir nicht möglich, weshalb ich ihn wie einen Trottel anstarrte. Mein Hirn war noch immer der festen Überzeugung, dass das hier eigentlich Biker freies Territorium sein müsste, und weigerte sich, sie hier zu akzeptieren.

»Das ist also Blake«, meinte Thunder und nahm endlich seine Brille ab. Er betrachtete mich durch seine hellgrauen Augen, als sei ich sein Nachtisch.

Ich konnte erkennen, dass die anderen Gäste ziemlich viel Abstand zwischen uns brachten. Feiglinge!

Moment … *das ist also Blake?* Was meinte er damit?

»Ja, wir studieren zusammen«, erklärte Bruce, wobei ich ihm am liebsten den Mund zugehalten hätte. Das ging die Typen absolut nichts an. »Wenn ich sie nicht hätte, wäre ich wahrscheinlich durch meine letzten Prüfungen gerasselt.«

Er übertrieb, wie so oft, denn Bruce war sehr gut in der Uni, nur leider zu faul. Das war sein einziges Problem. Aber ich würde das natürlich nicht laut aussprechen. Eigentlich wollte ich überhaupt nichts sagen, genau wie es Devil tat. Der Typ saß – arrogant wie er war – mit einer Arschbacke auf dem

Billardtisch und stellte ein Bein auf den Boden. Die Arme hielt er verschränkt, was seinen Bizeps deutlich zur Geltung brachte.

War er mit einem Fitnessstudio verheiratet?

Wie konnte man so viele Muskeln haben?

Vor allem fiel mir auf, dass seine Arme voll mit Tätowierungen waren. Genau konnte ich die Bilder nicht ausmachen, doch es war einiges an Tinte unter seiner Haut.

Sein Blick ruhte ausschließlich auf mir, und wanderte an meinem gesamten Körper rauf und runter. Sofort fing ich an zu zittern, weil ich es nicht gewohnt war, dass ein Mann mich dermaßen intensiv betrachtete.

Wollte er sich über mich lustig machen, oder was?

Mir war klar, dass ich nicht wie ein Model aussah, immerhin besaß ich zuhause einen Spiegel. Dass ich nicht ansatzweise so heiß wirkte, wie die Girls in seinem Club, bestritt ich nicht.

Warum zum Teufel machte ich mir eigentlich Gedanken darüber, was der Mistkerl über mich denken könnte? War ich bescheuert?

»Also bist du mit einem kleinen Streber befreundet?«, sagte Thunder, den ich daraufhin durch verengte Augen betrachtete.

»Das hört sich aus deinem Mund an, als sei es etwas Schlimmes, wenn man gute Noten hat«, rutschte es aus mir heraus, ohne dass ich die Worte aufhalten konnte.

»Du hast ja richtig Feuer, Süße«, lachte Bruce' Bekannter.

Süße? Ging's noch?

Darauf ging ich nicht ein, sondern legte meine Dartpfeile auf den Bistrotisch und wandte mich meinem NOCH-Kumpel zu. »Ich bin dann mal weg.« Bruce zog eine Augenbraue hoch, was ich ihm nachtat. Was glaubte er? Dass ich hier stehenblieb und mich blöd anmachen ließe? Mit Sicherheit nicht.

»Wir spielen eine Runde«, bestimmte Devil, den ich daraufhin wie einen Alien musterte. Sprach er mit mir? Befahl er mir gerade etwas? Offensichtlich! »Zeig mir, ob du wirklich so gut bist.«

»Ich glaube nicht, dass ich dir etwas beweisen muss«, meinte ich etwas schroffer, als ich es wollte.

»Und ich glaube, dass du deinen Tonfall mir gegenüber überdenken solltest«, konterte er. »Entweder spielen oder wir trinken was. Such es dir aus. Vorher lassen wir dich nicht gehen.«

»Ist das eine Drohung?«, erkundigte ich mich ruhig und verschränkte meine Arme, genauso, wie es Devil tat.

»Ich drohe nicht, Baby.« Er schüttelte den Kopf und erhob sich. »Das war ein Versprechen.«

Er kam einen Schritt auf mich zu und auch wenn ich zurückweichen wollte, blieb ich an Ort und Stelle stehen. Dieser Scheißkerl würde mir keine Angst einjagen.

»Ich habe keine Lust, mit dir zu spielen«, sagte ich und überdachte dann erst meine Wortwahl. Das konnte man auch zweideutig verstehen.

»Interessiert mich nicht sonderlich«, erwiderte er, und ich schnappte erschrocken nach Luft. Der Typ hatte ein wirklich riesiges Ego-Problem.

»Meine Lieblings-Jungs sind ja hier«, begrüßte die Besitzerin des *Sibills* die Biker und nahm einen nach dem anderen in den Arm, womit sie die unangenehme Spannung zwischen uns unterbrach. Na toll! Anscheinend waren sie hier bekannt.

Während die vier sich so unbekümmert unterhielten, drehte ich mich zu Bruce. »Wieso zum Teufel weißt du, wer das ist?«, flüsterte ich barsch.

»Thunder ist mein Onkel«, gestand er mir, als sei es das Normalste der Welt und ich riss die Augen auf. »Der Bruder meiner Schwester. Aber woher kennst du Devil?«

»Ich kenne ihn nicht«, fauchte ich leise. »Daran will ich auch nichts ändern! Keine Ahnung, was sein Problem ist. Kannst du mir helfen, hier rauszukommen?«

»Sorry, Kleines.« Bruce schüttelte den Kopf. »Ich lege mich auf gar keinen Fall mit Devil an. Er hat einen ziemlich üblen Ruf und so, wie ich ihn kenne, ist er ein echt harter Kerl. Spiel einfach eine Runde mit ihm und danach bringe ich dich nach Hause. Die werden dir nichts tun. Also spiel einfach, okay?«

»Ich habe ihm Bier ins Gesicht geschüttet, dass er mir nichts tut, würde ich so nicht unterschreiben«, gestand ich. Aber ich war nach wie vor davon überzeugt, dass das nicht unter die Todesstrafe bei Bikern fiel.

Bruce legte den Kopf in den Nacken und lachte. Super, ging es noch etwas lauter? Jedenfalls hörte ich hinter mir keine

Stimmen mehr, sodass ich mich umdrehte. Devil stand nach wie vor mir gegenüber und beobachtete mich.

Schnaubend ging ich zu den Queues und schnappte mir einen sowie die Kreide. Dann sammelte ich die Kugeln ein und ordnete sie.

»Ich bin gespannt, was du drauf hast«, teilte Devil mir mit und ich beugte mich vor, brachte den Stock in die richtige Position, blickte auf und grinste den arroganten Sack diabolisch an.

Ich würde ihn fertigmachen, egal, wie sehr ich mich dafür anstrengen musste.

Arschloch!

Kapitel 9

Devil

Diesen Blick, den die Kleine mir zuwarf, bevor sie die weiße Kugel gekonnt anstieß, würde ich ihr mit der Zeit austrichtern. Darauf konnte sie Gift nehmen.

Dummerweise hatte ich ihre Billard-Fähigkeiten unterschätzt, denn sie spielte wie ein Profi. Bislang hatte ich noch mit keinem gespielt, der wirklich eine Herausforderung für mich darstellte. Aber die Maus hatte tatsächlich was auf dem Kasten. So war mein Plan, sie hierbei mit links zu besiegen zwar gescheitert, doch dafür hatte ich möglicherweise mal eine echte Herausforderung im Spiel. Nicht die schlechteste Wendung.

»Du bekommst Konkurrenz, Bruder«, hörte ich Shadow neben mir sagen.

»Sie ist gut«, gab ich zu und ließ ihr Spiel nicht aus den Augen. »Aber nicht gut genug.«

Ich war nicht von mir eingenommen, aber es gab kaum jemanden, der mich in diesem Spiel schlagen konnte. Mein Leben lang hatte ich von den Besten gelernt.

Blake verfehlte ihre Kugel und stellte sich hin. Nun war ich an der Reihe. Gekonnt versenkte ich einige meiner halben, bis die Kleine sich direkt mir gegenüber an den Tisch stellte. Kurz sah ich hoch und unsere Blicke trafen sich. In ihrem war nichts weiter als Ablehnung zu erkennen, was mich stinksauer machte. So sehr, dass ich versehentlich eine volle Kugel traf, und sie ins Loch stieß.

»Danke, das wäre aber nicht nötig gewesen«, säuselte sie.

Shadow und Thunder erstickten fast an ihrem Lachen, weshalb ich ihnen einen bösen Blick zuwarf. Sofort hörten sie auf, schmunzelten aber weiter.

Nach und nach versenkte sie die Kugeln, bis nur noch die Schwarze übrigblieb. Sie deutete auf das Loch, in die sie diese über Bande schießen würde. Ich war tatsächlich im Begriff, mein erstes Billardspiel zu verlieren. Das durfte doch nicht wahr sein!

Sie traf und versenkte, legte den Queue auf den Tisch, nickte mir zu und wollte tatsächlich verschwinden.

Sofort machte ich einen Satz nach links und packte sie am Arm. Mit tellergroßen Augen betrachtete sie mich. Sie hatte Angst, egal, wie sehr sie versuchte, sich zu verstellen.

»Revanche«, war alles, was ich sagte.

»Ich habe keine Lust mehr«, meinte sie und schaute an mir vorbei.

Wahrscheinlich, um ihren Bruce anzusehen, damit er ihr zur Hilfe eilte. Wenn er wusste, was gut für ihn war, würde er ihre Bitte ausschlagen. Ich würde ihm nichts tun, er gehörte zu Thunders Familie. Dennoch sollte er klug handeln und sich nicht einmischen.

»Was ist los, Blake?«, zog ich sie auf. »Schiss, vielleicht doch noch zu verlieren, oder warum schlägst du einem ebenbürtigen Gegner eine Revanche aus?« Ihre Augen verengten sich, von Furcht war nichts mehr zu sehen.

Sie war tough, so viel musste ich ihr zugestehen. Blake bot mir die Stirn und auch wenn mich das anpisste, gefiel mir ihre Kratzbürstigkeit langsam doch auf eine gewisse Weise.

»Wenn du dich weiter von einer Frau abziehen lassen willst, bitteschön«, murrte sie und schaute auf ihren Oberarm, den ich immer noch festhielt. »Wenn du mich dann loslassen könntest?«

Nach einem kurzen Blickduell gab ich sie frei und deutete mit dem Kinn zum Tisch. Seufzend nahm sie ihren Queue wieder in die Hand und ich baute die Kugeln auf.

Der Verlierer fängt an! Und ich begann.

Bis auf einen Fehler fegte ich fast den ganzen Tisch leer. Nur noch ihre Kugeln lagen vereinzelt umher. Nun war ich es, der sie mit einem diabolischen Grinsen betrachtete. Blake verdrehte die Augen, konnte sich aber ein kleines Lächeln nicht verkneifen.

Sie spielte, schoss ihre Kugeln alle in die Löcher, bis erneut die Schwarze vereinsamt da lag. Die Kleine biss sich auf die Lippe, deutete auf ein Loch, wo sie die letzte Kugel versenken wollte. Mir brach so langsam der Schweiß aus, weil ich nicht glauben konnte, dass sie mich hier tatsächlich ein zweites Mal abzog. Aber zu meinem Glück verfehlte sie und ich war davon überzeugt, dass sie am liebsten ihre Stirn auf den Tisch gerammt hätte.

Ich beugte mich vor, versenkte meine letzte und dann befand sich nur noch die schwarze Acht auf dem Filz. Jetzt war ich es, der auf das letzte Loch deutete, ausholte und gewann.

Na, ging doch!

»Du hast bewiesen, dass du besser bist als ich«, verkündete sie und war im Begriff, erneut ihren Queue hinzulegen. »Herzlichen Glückwunsch.«

»So könnt ihr das nicht stehen lassen«, mischte sich Thunder ein. »Eins müsst ihr noch machen. Es steht immerhin unentschieden.«

»Na, noch Energie für ein weiteres?«, provozierte ich sie. Mittlerweile war mir klar, wie ich sie greifen konnte. Das war nicht schwer herauszufinden. Blake schnaubte, schnappte sich die Kreide und ließ sie über die Stockspitze gleiten. Dann kam sie auf mich zu, übergab mir das weiße Zeug und baute die Kugeln wieder auf. Bevor sie jedoch den Anstoß machen konnte, hielt ich sie auf.

»Was hältst du von einem Einsatz?« Irgendwann musste ich schließlich mal einen Schritt weitergehen. Dieses zaghafte Hin und Her war Mädchenkram. Ich wollte die verkackte Wette gewinnen, mehr nicht und das konnte ich nicht, wenn wir nur Billard spielten.

Blake stellte sich gerade hin und zog ihre Augenbraue hoch. »Und was stellst du dir vor?«

»Wenn ich gewinne, bringe ich dich nach Hause«, schlug ich vor. »Solltest du gewinnen …«

»Lässt du mich ein für alle Mal in Ruhe«, unterbrach sie mich energisch.

Hinter mir hörte ich meine Brüder wieder lachen, doch ich reagierte darauf nicht. Die Kleine war wirklich lebensmüde. Was stimmte mit ihr nicht? War sie womöglich lesbisch und reagierte deswegen so abweisend?

Mir juckte es in den Fingern, mehr über sie zu erfahren. Ein Bedürfnis, das ich schon lange nicht mehr gehabt hatte. Keiner Tussi schenkte ich besonders viel Aufmerksamkeit. Mein Leben gehörte dem Club und meinen Brüdern. Darüber hinaus war mir so ziemlich alles scheißegal. Dummerweise schaffte die

Maus etwas, was schon viele Jahre keiner mehr hinbekommen hatte: Sie reizte mich und ich wusste nicht, ob mir das gefiel oder nicht.

»Abgemacht«, sagte ich endlich. Ich würde nicht verlieren, davon war ich überzeugt.

Die Runde dauerte länger und jeder von uns machte Fehler. Ich, weil ich wusste, dass ich es nicht versauen durfte, bei Blake konnte ich nur annehmen, dass sie genauso gewinnen wollte und sich unter Druck setzte. Aber schlussendlich versenkte ich die schwarze Kugel im richtigen Loch.

Mit hochgezogener Augenbraue betrachtete ich sie, als ich den Queue niederlegte. Blake knabberte erneut an ihrer Unterlippe. Sie schien nervös zu sein und schaute mich auch nicht an.

»Dann lass uns mal los«, meinte ich und wartete auf ihren nächsten Schritt. Sie seufzte resigniert und verabschiedete sich von Bruce, indem sie seinen Arm streichelte. Seltsam. Er umarmte sie nicht, sondern flüsterte ihr nur irgendwas ins Ohr, was ich nicht hören konnte. Dann schnappte sie sich ihre Tasche, hängte sie über ihre Schulter und nickte Shadow und Thunder zu, bevor sie auf mich zukam.

Gemeinsam verließen wir das Lokal und ich steuerte direkt mein Bike an.

»Ich bin noch nie auf einem Motorrad mitgefahren«, hörte ich sie hinter mir sagen und erkannte ein wenig Panik in ihrer Stimme. Innerlich musste ich lachen. Die Kleine war echt unglaublich.

»Jetzt hast du keine andere Wahl, als aufzusteigen«, nahm ich ihr die Hoffnung, von dem Deal zurückzutreten.

Aus der Koffertasche griff ich nach dem zweiten Helm, den ich ihr überreichte. Zuerst betrachtete sie ihn skeptisch, bevor sie ihn aufsetzte. Sie schien Probleme mit dem Verschluss zu haben, weshalb ich die Distanz zwischen uns verringerte und ihre kleinen Hände wegzog. Sie sah mich nicht an, sondern starrte auf mein schwarzes Shirt, bis ich ihr den Helm festmachte. Dann setzte auch ich meinen Kopfschutz auf und ließ mich auf der Harley nieder.

»Schwing deinen Arsch hier drauf«, befahl ich ihr und klopfte hinter mich, als sie keine Anstalten machte, sich hinter mich zu setzen.

»Kannst du vielleicht auch mal *etwas* höflicher sein?«, motzte sie und ich schloss die Augen. Für Freundlichkeit hatte ich nicht viel übrig.

Blake nahm hinter mir Platz und ich überprüfte, ob sie ihre Füße auf die entsprechenden Vorrichtungen gestellt hatte. Die Kleine schien nicht zu wissen, was sie mit ihren Armen machen sollte, weshalb ich hinter mich griff, ihre Hände schnappte und sie vorne auf meinen Bauch legte. Ihr gesamter Körper verspannte sich und ich konnte ihre Brust sowie ihr hektisches atmen an meinem Rücken spüren. Ihre Titten schienen auf jeden Fall nicht nur groß, sondern auch fest zu sein. Verdammt, mein Schwanz regte sich in der Hose. Ich fragte mich nur, warum dem so war. Die Maus war nicht unbedingt mein Typ. Ich musste sie nur ficken, und zwar dann, wenn sie Gefühle für mich entwickelte.

Ich ließ den Motor an, legte den Gang ein und gab Gas. Hinter mir spürte ich, wie sie ihre Wange an mich presste. Vielleicht hätte ich langsamer fahren sollen, aber ich konnte auch nicht im Seniorentempo in meiner Gegend herumfahren, immerhin kannte man mich. Rasen tat ich nicht, aber übervorsichtig fuhr ich andererseits auch nicht.

Die Fahrt dauerte zwanzig Minuten bis zu ihrer Wohnung und kaum, dass ich angehalten hatte, sprang sie vom Motorrad und blieb plötzlich mit ihrer Jeans an dem Auspuffrohr hängen. Sie schrie auf und hüpfte auf einem Bein. Scheiße, ich hätte ihr sagen sollen, dass sie aufpassen sollte, aber die Kleine war einfach zu schnell abgesprungen.

»Zeig mal«, bat ich in meinem gewohnt dominanten Ton und stieg von dem Motorrad.

»Du bist ein Mistkerl«, schimpfte sie und ihre Augen waren aufgerissen. »Du fährst wie ein Psycho und nun habe ich mir das Bein verbrannt. Warum tust du das alles? Möchtest du mir einfach nur das Leben schwermachen? Was ist das für ein krankes Spiel? Was willst du von mir?«

Mit diesem Ausbruch hatte ich überhaupt nicht gerechnet und war darauf auch nicht vorbereitet. Auf einmal rann eine

Träne über ihre Wange, sie schien absolut aufgewühlt zu sein. Vielleicht hatte ich es ein wenig übertrieben mit meiner Art, aber genau konnte ich es nicht bestimmen, denn ich war definitiv nicht wie ein Psycho gefahren!

»Ich will mir nur die Verletzung ansehen«, überging ich ihren Redeschwall, doch sie wich vor mir zurück. Ihr ganzer Körper bebte.

»Und ich will nur, dass du mich in Ruhe lässt«, flüsterte sie jetzt. »Bitte, ich will keinen Ärger mit dir oder deinem Club. Ehrlich nicht. Ich weiß nicht, warum du dich auf mich konzentrierst aber ich flehe dich an: Komm nicht wieder.«

Mittlerweile krächzte sie und ich war mit der Situation vollkommen überfordert. Noch nie in meinem Leben hatte ein Mädchen dermaßen die Fassung vor mir verloren. Niemals zuvor war es geschehen, dass mich eine Maus davonscheuchte. Das hatte ich anscheinend geschafft und ich fühlte mich … wie ein Riesenarschloch.

Ohne auf ihre Äußerung einzugehen, wandte ich mich ab, stieg auf meinen Chopper und düste davon. Zog ich den Schwanz ein und haute ab oder respektierte ich nur Blakes Wunsch? Genau konnte ich das nicht sagen.

Verdammt, ich bekam ihr Gesicht nicht aus meinem Kopf. Wie sie mich durch ihre tellergroßen, flehenden, roten Augen anstarrte, als sei ich das größte Monster auf der Welt. Und dieser Gedanke setzte mir mehr zu, als er sollte.

Kapitel 10

Blake

»Was ist passiert?«, wollte Rachel wissen, als ich in die Wohnung kam und mein Gesicht tränenüberströmt war. Mit drei Schritten war sie bei mir, wollte mich erst in den Arm nehmen, doch wie immer schüttelte ich den Kopf, sodass sie sich nur meine Hand schnappte und mich zur Couch ins Wohnzimmer führte.

Sofort legte ich mein Bein auf den Tisch. Meine blaue Jeans wies ein Brandloch auf, was sehr ärgerlich war, denn es handelte sich um meine Lieblingshose.

»Scheiße, wie hast du *das* denn hinbekommen?«, fluchte meine Freundin, als sie den kaputten Stoff sah.

Nach wie vor antwortete ich nicht, weil ich mich erst einmal in den Griff bekommen musste, bevor ich ihr überhaupt etwas erzählen konnte. Ich hatte seit Jahren das erste Mal wieder Tränen verloren und ich wusste nicht einmal warum! Klar, Devil hatte sich nicht wie ein Gentleman benommen, aber beileibe auch nicht so schlimm, um so einen Ausbruch zu rechtfertigen. Nicht bei mir!

Rachel verschwand und kam einige Minuten später mit einer Schüssel Wasser und Tüchern zurück.

»Ich habe mich verbrannt«, erklärte ich, als ich es schaffte, endlich mit der Heulerei aufzuhören.

»Wie kann man sich im *Sibills* verbrennen?«, fragte sie erstaunt.

»Da nicht. Aber an dem Auspuff von Devils Bike«, gestand ich. Rachel hielt in ihren Bewegungen inne und betrachtete mich verwirrt.

»Das musst du mir erklären«, verlangte sie.

Doch bevor ich ihr die gesamte Geschichte erzählen konnte, stand ich auf und zog die Jeans aus. Während Rachel sich um meine Wunde kümmerte, klärte ich sie über den Abend auf. »… und da ich das dritte Spiel verloren habe, musste ich zu meinem Wort stehen und habe mich von ihm nach Hause bringen lassen. Woher sollte ich wissen, dass das Rohr dermaßen heiß ist? Und dann habe ich angefangen zu weinen und ihm einiges an den Kopf geknallt. Jetzt weiß ich nicht, ob das ein Fehler war, so mit ihm zu sprechen. Um ehrlich zu sein, habe ich Angst, dass er mir das übel nehmen könnte. Ob ich mir Sorgen machen muss?«

»Was genau hast du denn gesagt?«, wollte meine Freundin mit Blick auf meine kleine Miniwunde wissen, die sie mit einem Tuch immer wieder abtupfte.

»Im Großen und Ganzen habe ich ihn angefleht, mich in Ruhe zu lassen«, berichtete ich ihr. »Und gefragt, ob er mir mein Leben absichtlich schwermachen möchte. Vielleicht habe ich auch angedeutete, dass er ein Spiel mit mir treibt. Sowas in der Art. Eventuell habe ich auch etwas übertrieben, aber erklär mir bitte, warum er seinen Fokus auf mich gerichtet hat.«

Rachel zuckte mit den Schultern, schaute mich aber nicht an. Das war für sie ungewöhnlich und ich wusste plötzlich, dass etwas nicht stimmte. »Rachel? Weißt du etwas?«

Es dauerte einen langen Moment, bevor sie mir das kühle Tuch auf meinen Unterschenkel legte und sich in die Kissen neben mir zurückfallen ließ. »Er hat mich über dich ausgefragt und ich habe ihm deinen Namen verraten. Dann wollte er Details über deinen Tagesablauf wissen und ob du einen Freund hast. Ich bin ehrlich, Blake, ich habe echt keine Ahnung, was er vorhat. Vielleicht findet er dich aber auch einfach nur nett. Kann doch sein! Du bist sehr hübsch und nicht so trottelig wie die Mädels, die sich ständig im Club aufhalten. Ich habe natürlich versucht, aus Shadow etwas herausbekommen, aber der schweigt wie ein Grab.«

Devil hatte sich an Rachel gewandt, um einige Dinge über mich in Erfahrung zu bringen. Gut, meine Mitbewohnerin wusste nicht viel über mich. Eigentlich gar nichts.

So sehr ich Rachel und Bruce mochte und ihnen gerne die Wahrheit über mich erzählt hätte, musste ich mich an das halten, was Darell mir immer und immer wieder sagte: *»Shaileen, wenn es wirklich brenzlig werden sollte, hält kein Freund zu dir oder hilft dir aus der Scheiße. Jeder Mensch ist sich selbst am nächsten. Und wenn es um die Frage »Du oder ich« geht, dann wählen die Leute immer sich selbst. Das ist so, und kann niemandem vorgeworfen werden. Deswegen geh geduckt und versuch zu überleben.«*

Diese Worte hallten täglich in meinem Kopf wider und waren im Hirn eingeschweißt.

»Bist du jetzt böse auf mich?«, flüsterte Rachel. Wahrscheinlich, weil ich immer noch nicht geantwortet hatte.

War ich sauer? »Du hättest es mir sofort sagen müssen«, antwortete ich. »Ich dachte, wir seien Freunde. Dass du mich so dermaßen ins offene Messer laufen lässt und mir sogar noch ins Gesicht lügst, hätte ich dir nicht zugetraut.«

Ja, offenbar war ich sauer. Aus mir hätte umgekehrt nie jemand etwas über meine Freundin herausbekommen. Aber vielleicht hatte ich eine zu hohe Erwartungshaltung an die Menschen, die mir etwas bedeuteten. Auch Bruce hatte mich nicht vor Devil beschützt.

Nun sah ich zu Rachel, die ihren Kopf gesenkt hielt. Von der einst so toughen Frau, war gerade nicht viel zu sehen. Doch seine Fragen erklärten mir immer noch nicht, warum er seinen Fokus auf mich gerichtet hatte.

Neben mir hörte ich Rachel seufzten, dann spürte ich, wie sie meine Hand drückte. »Das hätte ich tun sollen«, stimmte sie mir zu. »Aber, wenn Devil etwas verlangt, springen die Menschen um ihn herum für gewöhnlich.« Mit dieser Äußerung bestätigte sie zumindest meine Vermutung über diesen Mistkerl. »Niemand legt sich ungestraft mit ihm an.«

»Warum haben alle bloß so eine Angst vor ihm?« Frustriert warf ich meine freie Hand in die Luft. Ich verstand das alles einfach nicht. »Er ist ein Mensch wie du und ich. Was macht ihn so … besonders. Erklär mir das mal.«

»*Besonders* ist hier das falsche Wort, Blake. Das, was ihn am besten beschreibt, ist: gefährlich.« Rachels Augen zeigten mir, dass sie wirklich Angst vor Devil hatte. Etwas, das überhaupt nicht zu ihr passte.

Bislang hatte ich immer vermutet, dass nichts und niemanden sie erschüttern oder sie einschüchtern könnte. Dieser Kerl hatte es tatsächlich geschafft, sie regelrecht in Panik zu versetzen. »Er ist der Vize Präsident der *Demons Hell*«, sprach sie weiter und ich hörte aufmerksam zu. »Keiner weiß etwas über ihn. Das Einzige, was ich mal von einem der Mädchen erfahren habe, ist, dass er nicht umsonst den Straßennamen *Devil* verpasst bekommen hat. Er muss mit seinen Feinden wirklich übel umgehen und auch mit Menschen, die er nicht leiden kann. Viele der Clubmädchen wollen schon seit Jahren seine *Old Lady* werden, aber er lässt alle abblitzen. Sogar seine eigenen Männer stehen bei ihm stramm, wobei ich dir versprechen kann, dass die anderen Mitglieder nicht weniger gefährlich sind. Man begeht einen schrecklichen Fehler, wenn man einen von ihnen unterschätzt.«

Ihre Erklärung überging ich, denn da war wieder diese Bezeichnung, die mich irritierte. »Was heißt das überhaupt, *Old Lady*?«

»Das bedeutet, dass die Frau, für die sich ein Biker entscheidet, sein Eigentum wird«, klärte sie mich auf und ich schnaubte. *Eigentum*, war ja klar! Wie sexistisch. »Nein, du verstehst das falsch, Blake. Das mag sich für dich abwertend anhören, aber eine *Old Lady* für einen der Biker zu sein, ist eine Ehre. Du bist für alle anderen unantastbar. Du gehörst nur diesem einen Mann. Als *Old Lady* hast du Narrenfreiheit. Ich habe schon die eine oder andere kennengelernt. Die von Hellboy und Angel, beispielsweise. Das sind tolle und starke Persönlichkeiten …«

»Wunderschön, schlank, graziös …«, beendete ich den Satz meiner Freundin, die im Land der Träume schwelgte und ich verdrehte die Augen. Also eine Frau, die das komplette Gegenteil von mir war. »Und ja, ich finde es sexistisch, dennoch kann ich es nach deiner Erklärung ein bisschen nachvollziehen. Wofür ich jedoch kein Verständnis habe, ist, wieso die *normalen* Mädchen derart mies auf den Partys behandelt werden. Wenn ich daran zurückdenke, wird mir immer noch schlecht. Die werden einfach nur benutzt …«

»Weil sie es selbst *wollen*«, unterbrach Rachel mich. »Die Girls wollen das nicht anders. Viele vögeln mit zig verschiedenen Typen, nur weil sie Bock darauf haben und dort genau das bekommen, ohne dass sie angegriffen werden, weil irgendwer ihnen Manieren beibringen will. Die Biker leben in ihrer eigenen kleinen Welt, aber was sie sich selbst rausnehmen, sprechen sie auch den Frauen zu. Herumvögeln, so viel sie wollen. Heute der, morgen ein anderer, alles kein Problem, da gibt es keinen Stress und keine Eifersucht. Will ein Biker Exklusivität, muss er schon Farbe bekennen oder er hat selbst keinen

Anspruch darauf. Am nächsten Tag gehen sie wieder frisch gestylt zur Arbeit. Du kannst sie nicht verurteilen, nur weil du nicht so leben willst, Blake. Jeder lebt auf seine Weise und entscheidet sich für das, was ihm guttut. Du möchtest keine Beziehung? Keinen Sex? Nicht mal eine simple Affäre? Fein, aber es gibt Menschen, die das wollen. Du willst so akzeptiert werden, wie du bist, dann tu das bitte bei anderen auch. Okay?«

Hoppla! Eventuell hatte ich einen wunden Punkt bei meiner Freundin getroffen. Aber sie hatte nicht ganz unrecht, denn ich bestand aus Vorurteilen. Vielleicht lag es daran, weil ich in jeder Person ein potentielles Sicherheitsrisiko sah.

Allerdings war mir bei den Äußerungen von Rachel nicht entgangen, wie traurig ihre Worte sich in meinen Ohren angehört hatten. Das ließ für mich nur einen Schluss zu: »Du magst Shadow, oder?«, platzte es aus mir heraus.

Rachels Augen wurden nun ebenfalls traurig und am liebsten hätte ich sie in den Arm genommen. Aber ich war dafür einfach nicht der Typ und konnte mich nicht daran erinnern, wann mich das letzte Mal jemand an sich gedrückt hatte, denn das ließ ich nicht zu.

Meine Mitbewohnerin hatte es das eine oder andere Mal versucht, aber ich war immer zurückgewichen. Auch wenn Bruce es zur Begrüßung oder zum Abschied tun wollte, ließ ich das nicht zu.

Und was ist mit Devil?, erkundigte sich meine innere Stimme und ich runzelte die Stirn. Ich hatte ihn *nicht* in den Arm genommen, aber ich hatte meine Brust an seinen Rücken gepresst, meine Hände auf seinen Bauch gelegt und meine Wange an sein Shirt gelehnt. Das alles hatte ich getan, ohne auch nur eine Sekunde über mein Handeln nachzudenken. Nur, warum? *Weil du auf seinem Motorrad gesessen hast*, war die einzige Erklärung, die mir dazu einfiel. Irgendwie musste ich mich schließlich festhalten. Genau!

»Shadow will nur vögeln«, teilte sie mir ungeniert mit und bei ihren Worten schoss mir die Röte in die Wangen. Himmel, dass sie immer so offen redete. »Aber eine Beziehung will er nicht. Ich genieße die Zeit mit ihm und dann verschwinde ich einfach.«

»Schläfst du auch … ich meine … tust du es auch mit den anderen Bikern?« Himmel, ich hatte keine Ahnung, warum ich so etwas überhaupt fragte, aber es interessierte mich gerade brennend.

»Stell keine Fragen, auf die du keine Antwort möchtest«, meinte sie nur und beantwortete mir damit eigentlich das, was ich mir bereits gedacht hatte. Aber ich sagte nichts weiter dazu, weil es mich letztendlich nichts anging. Wenn Rachel mit ihrem Leben zufrieden war, sollte ich es als ihre Freundin ebenfalls sein. Mir war nur wichtig, dass es ihr gut ging. Der Rest, spielte keine Rolle. Ob sie wohl auch mit Devil schon im Bett gelegen hatte? Verdammt, warum interessierte mich das überhaupt? Und wenn schon!

»Ich werde mich jetzt mal aufs Ohr legen«, teilte ich meiner Mitbewohnerin mit und erhob mich. »Danke, dass du dich um mich gekümmert hast.«

»Habe ich gerne gemacht«, erwiderte Rachel und stand ebenfalls auf. »Wenn du etwas brauchst, ruf einfach.«

Ich nickte, lächelte sie an und schlenderte in mein Zimmer, wo ich mich nur mit meinem Shirt und dem Höschen auf die Matratze legte. Das geschundene Bein ließ ich auf der Decke liegen, damit die Wunde heilen konnte. So schlimm war sie eigentlich nicht und mein Ausbruch hatte sicher nicht daran gelegen. Dieser Kerl überforderte mich maßlos und das war mir vorhin zusammen mit der langen körperlichen Nähe über den Kopf gewachsen. Bis auf Bruce kommunizierte kaum ein männliches Wesen mit mir. Und wenn doch, war ich für sie vielmehr der Kumpeltyp, als eine Frau. Mich fragte man, wenn man in der Uni nicht weiterkam. Aber bislang wurde ich noch nie zu einem Date eingeladen. Das lag an mir, das wusste ich nur zu gut. Doch jetzt in diesem Augenblick, gönnte ich mir diese Gedanken und fragte mich, was wäre gewesen, wenn ich nicht die ganze Zeit mit gesenktem Kopf durch die Welt gelaufen wäre?

Kapitel 11

Devil

»Du scheinst etwas Ablenkung nötig zu haben«, vernahm ich die Stimme von Monique, als ich das Clubhaus betreten und direkt in den Saal gehen wollte. Doch die kleine Rothaarige stand im Foyer und betrachtete mich mit hungrigem Blick. Noch bevor ich antworten konnte, griff sie nach meinem Handgelenk. »Komm Devil, ich werde dich wieder zum Lächeln bringen.« Davon war ich zwar nicht überzeugt, aber ich lehnte ihr Angebot auch nicht ab, sondern folgte ihr die Treppen nach oben.

Eigentlich wollte ich – nachdem Blake mich auf offener Straße völlig überrumpelt hatte – nach Hause fahren, entschied mich aber dagegen. So sehr mir ihr tränenüberströmtes Gesicht zunächst zugesetzt hatte, so wütend wurde ich, je weiter ich mich von ihr entfernte. Dieses kleine emotionale Luder schickte mich – Devil … Vize der *Demons Hell* – weg, damit ich sie in Ruhe ließ? Hatte die Tussi wirklich keine Ahnung, wer wir waren? War sie tatsächlich so dämlich?

In einem der freien Zimmer angekommen, zog die Kleine mich hinein und schloss die Tür hinter sich. Langsam fing sie an, sich auszuziehen und stand wenige Sekunden später nackt vor mir. Sie war schön, ohne Frage, schlank und hatte eine üppige Oberweite. Vor allem ihr Arsch war erste Sahne. Hin und wieder hatten wir eine Nummer geschoben und sie war eine Granate im Bett. Doch in meiner Hose regte sich rein gar nichts, was eher ungewöhnlich für mich war. Das war dem Umstand geschuldet, dass mein Kopf sich einfach nicht abschalten lassen wollte, denn meine Gedanken kreisten permanent um Blake.

»Ich glaube, ich muss dich ein wenig verwöhnen, bevor ich dich reite«, gurrte das Clubmädchen, als sie sich vor mich kniete und an meiner Hose herumnestelte.

Als sie den Reißverschluss und Knopf geöffnet hatte, hielt ich ihre Hand fest. Verwirrt starrte sie zu mir auf.

»Das wird heute nichts mit uns«, murrte ich.

»Aber …«

»Nichts aber …«, unterbrach ich sie barsch und machte einen Schritt zurück, bevor ich meine Jeans wieder verschloss. »Ich bin nicht in Stimmung.«

Den letzten Satz hatte ich noch nie ausgesprochen, weil ich grundsätzlich *immer* in Stimmung war.

Schnaubend ging ich an der noch vor mir knienden Monique vorbei, öffnete die Tür und verließ den Raum. Unbefriedigt und sauer.

Schnellen Schrittes begab ich mich auf direktem Weg nach unten, in den Saal, wo einige meiner Brüder saßen und Bier tranken. Auch mir wurde eines vorgesetzt, als ich mich zu Shadow, Thunder, Steel und Angel gesellte.

»Na Alter, wie läuft es mit deiner Wette?«, wollte Shadow wissen.

»Einfach fantastisch«, knurrte ich. »Habt ihr vorher gewusst, dass die Kleine nicht zu knacken ist? War sie überhaupt schon mal hier?«

»Ich habe sie das erste Mal im Club gesehen«, verkündete Steel.

»Mir ist sie nur einmal vorgestellt worden, als ich Rachel abgeholt habe«, teilte Shadow mir mit. »Auf einer unserer Partys war sie noch nie.«

»Die Maus gefällt mir«, teilte Thunder der Runde mit. »Sie ist tough und scheint keine Angst vor uns zu haben. Und sie kann Billard spielen, so viel steht mal fest.«

»Was ist mit deinem Neffen?«, überging ich die Äußerung von Thunder. Wichtiger war, dass ich mehr über die Kleine herausfand. »Weiß er etwas über sie?«

Mein Freund zuckte mit den Schultern. »Nichts Weltbewegendes. Sie konzentriert sich hauptsächlich auf die Uni, geht sonst jedem aus dem Weg und hat nur Kontakt zu Bruce und ihrer Mitbewohnerin. Ansonsten trainiert sie viel mit ihm und geht hin und wieder mit ihm aus.«

»Wie kann es sein, dass dein Neffe und diese Rachel seit zwei Jahren mit Blake befreundet sind, aber keiner etwas über sie weiß?«, fragte ich, denn das wollte mir einfach nicht in den Kopf gehen. »Das Mädel scheint ein wandelndes Geheimnis zu sein, was mir die Wette erheblich erschwert.«

»Soll ich mal ein paar Nachforschungen anstreben?«, vernahm ich hinter mir die Stimme von Ice und wandte mich ihm zu.

»Was machst du denn schon hier?«, erkundigte ich mich und stand auf, damit wir uns brüderlich in den Arm nehmen konnten.

Ice war ein weiteres Mitglied des Clubs und unser Computergenie. Er war unser Schönling, und gab sich immer sehr viel Mühe mit seinem Styling. Ich hatte ihm damals den Spitznamen *Styler* geben wollen, aber nachdem wir erkannt hatten, wie er sich um die Beseitigung einiger Köperteile kümmerte, fanden wir Ice passender.

Dummerweise hatten wir ein Jahr auf ihn verzichten müssen, weil er wegen schwerer Körperverletzung im Knast saß. Es war sein erstes Vergehen – oder eher das erste, das ihm nachgewiesen werden konnte – weshalb er nur zwölf Monate aufgebrummt bekommen hatte. Allerdings sollte er erst in vier Tagen entlassen werden. Ein Blick in die Runde sagte mir, dass ich anscheinend der letzte von uns war, der das mit seiner Rückkehr erfuhr. Hätten die Jungs nicht mal was sagen können?!

»Gute Führung, Mann«, erklärte er mir und ich grinste ihn an. Danach setzten wir uns wieder zu den anderen. »So, um welches Mädchen geht es denn?«

Steel klärte Ice über die Wette auf, woraufhin Letzterer nur den Kopf schüttelte. »Werdet ihr irgendwann auch mal erwachsen?«, witzelte er herum.

Gute Frage. Wahrscheinlich nicht!

»Ich werde morgen mal ein bisschen recherchieren«, versprach er. »Kann ja nicht so schwer sein. Aber jetzt werde ich erst einmal mein Bier genießen und mich danach volllaufen lassen.«

Wir unterhielten uns noch einige Stunden, bis es für mich an der Zeit war, aufzubrechen. Mein Haus lag eine gute Stunde vom Clubhaus entfernt und ich mochte es, in meinem eigenen Bett zu schlafen. Nachdem ich mich von allen verabschiedet hatte, begab ich mich zu meinem Motorrad und machte mich auf den Weg nach Hause.

Auf meinem Grundstück angekommen, parkte ich das Bike und marschierte ins Innere. Hierher brachte ich so gut wie niemanden. Nur ein paar meiner Jungs wussten, wo ich lebte und sie kamen regelmäßig zu Besuch. Wenn das Wetter mitspielte, saßen wir im Garten, zündeten ein Feuer an und unterhielten uns über verschiedenen Mist. Aber nie über Clubangelegenheiten. Die wurden nicht in der Öffentlichkeit geklärt, sondern nur in dem dafür errichteten Raum im Keller des Clubs.

Ohne Umwege lief ich die Treppen nach oben, direkt in mein Schlafzimmer, wo ich nur noch meine Stiefel abstreifen konnte und mich in voller Montur aufs Bett warf.

Was ein beschissener Tag!

Erneut dachte ich an Blake und daran, dass ich nur noch verfluchte zwölf Tage hatte, in denen ich es schaffen musste, dass sie sich in mich verliebte und dann auch noch ihre Beine für mich breitmachte. Nach ihrem Ausbruch war ich mir ziemlich sicher, dass überhaupt kein Herankommen an sie war.

Aber wer war ich, dass ich aufgeben würde? Ich war Devil, ein Mann, der das Wort *Aufgeben* nicht in seinem Wortschatz verwendete.

Kapitel 12

Blake

Am Morgen wachte ich vollkommen gerädert auf und mir tat der gesamte Körper weh. Dennoch war es an der Zeit aufzustehen, sich in die Sportsachen zu schwingen und die Joggingrunde einzuläuten.

Schnaubend erhob ich mich und schlenderte ins Bad, wo ich mir das Gesicht wusch und die Zähne putzte. Danach begab ich mich zurück in mein Zimmer, schlüpfte in meinen Sportdress, sowie Turnschuhe und betrachtete die Verbrennung von gestern Abend auf meinem Schienbein. Es war keine große Sache. Eine rötliche Stelle und in der Mitte eine kleine offene Wunde. Nichts, was ich nicht mit einer Salbe und kühles Wasser in den Griff bekam.

Meine Haare band ich zu einem Knoten und lief in die Küche. Von Rachel war weit und breit nichts zu sehen, wahrscheinlich schlief sie noch. Danach schnappte ich mir eine Flasche Wasser sowie meinen iPod und machte mich auf den Weg.

Im Park nickte ich dem einen oder anderen bekannten Gesicht zu, bis ich von der Seite angestupst wurde. Während ich rannte, nahm ich die Stöpsel aus meinen Ohren und grinste Bruce an.

»Wie es aussieht, hast du den Nachhauseweg mit Devil überlebt«, meinte er und ich seufzte. Für einen kleinen Moment hatte ich nicht an diesen Mistkerl denken müssen. Danke auch, Bruce.

»Ja, es war okay«, sagte ich, auch wenn es nicht ganz der Wahrheit entsprach.

»Ich habe nicht gewusst, dass du mit den *Demons Hell* verkehrst«, fügte er noch hinzu und ich schüttelte den Kopf.

»Tue ich nicht«, widersprach ich. »Ich war nur einmal auf einer ihrer Partys, weil Rachel mich mitgeschleppt hat. Da habe ich Devil kennengelernt. Shadow war mir vorher schon mal begegnet. Rachel hat eher mit denen zu tun. Allerdings hast du mir auch nie etwas von deinem Onkel und dem Motorradclub erzählt.«

Bei Bruce hätte ich wirklich alles vermutet, aber nicht, dass er einen Verwandten in einem Rockerclub hatte. Er kam mir immer so neureich vor, der Liebling des Colleges, jedes Mädchen wollte ihn ins Bett bekommen, alle Kerle mit ihm befreundet sein. Ich hatte mir immer vorgestellt, dass seine Mutter in einer riesigen Villa lebte und ein prall gefülltes Bankkonto hatte. Von einem Vater hatte er nie erzählt, nur von seiner Mom. Auch wenn ich hin und wieder mal nachfragen wollte, tat ich es nicht. Es war *seine* Geschichte, nicht meine und wenn man anfing, Fragen zu stellen, kamen auch immer welche zurück.

Aber ich hatte immer angenommen, dass Bruce in seinen Ferien Golf spielte oder mit Mädchen in der Karibik am Strand lag. Vielleicht stimmte das auch alles, dennoch hatte er einen Onkel bei den *Demons Hell.* Das war irgendwie … seltsam.

»Ob du es mir nun glaubst oder nicht«, fing er an, während wir um den See liefen. »Thunder ist ein herzensguter Mensch. Was er alles für Mom und mich getan hat, geht über deinen Verstand hinaus. Wenn er und seine Brüder nicht gewesen wären, würde ich nicht hier mit dir joggen. Verdammt, wir hätten uns nie kennengelernt.«

Erschrocken schaute ich zur Seite, weil ich nicht ganz verstand, was er mir damit sagen wollte. Allerdings hakte ich auch dieses Mal nicht nach. Vor langer Zeit hatte ich mir abgewöhnt, meiner Neugierde nachzugehen.

»Dann kannst du froh sein, dass du so einen großartigen Onkel hast«, sagte ich und meinte jedes Wort ehrlich.

»Ja, das bin ich auch«, stimmte er mir zu. »Er ist es, der mir das College ermöglicht. Nur seinetwegen bin ich hier, damit ich mir meinen Traum erfüllen kann. Meine Mom und ich stehen tief in der Schuld des Clubs. Was mich dennoch beunruhigt, ist, dass Devil Interesse an dir zu haben scheint. Das ist ungewöhnlich und ich gebe zu, dass mir das nicht gefällt. Ich habe mit Thunder versucht darüber zu sprechen, aber er meinte, dass ich mich nicht einmischen soll. Das werde ich auch nicht, dennoch möchte ich dir einen Tipp geben, Kleines.« Bruce hielt mich am Arm fest und brachte mich dazu, kurz anzuhalten. Er stemmte seine Hände in die Hüften und schaute zur Seite, bevor er mich wieder ansah. »Halte dich von ihm fern, Blake. Er ist ein gefährlicher Mann.«

Ich nickte, obwohl ich ihm einerseits gerne gesagt hätte, dass ich diesen Tipp nicht brauchte, weil ich keinen Kontakt zu diesem *Todesblick-Kerl* haben wollte. Aber ich schwieg und joggte wieder los. Andererseits wollte ich Bruce ausquetschen, um mehr über diesen Devil zu erfahren. Auch wenn mein Kopf mich fast schon anbrüllte, dass ich diesen harten Kerl schleunigst vergessen sollte, so riet mir mein Bauch etwas ganz anderes. Devil jagte mir durchaus manches Mal Angst ein, aber nicht auf die Weise, wie Rachel sie hatte. Bei mir war es irgendwie … anders. Eher die Form von Angst, die ich vor meinem Kampftraining anfangs empfunden habe. Aufregung, ein wenig Schiss, aber auch eine gewisse Form von perverser Vorfreude. Nervosität traf es wohl eher als Angst.

Er war furchteinflößend, aber er hatte auch irgendetwas an sich, das mich faszinierte. Hier ging es nicht nur darum, wie schön ich diesen Mann fand, sondern es waren seine Augen, die mich in ihren Bann zogen. Das hörte sich total bescheuert an, dennoch juckte es mich in den Fingern, mehr über diesen Kerl herauszufinden. Auf eine mir nicht erklärbare Weise hatte ich das Gefühl, dass mehr hinter seiner Fassade steckte, als er nach außen hin präsentierte.

Außerdem konnte ich seine Wirkung auf mich nicht so ignorieren, wie ich es wohl sollte, denn jedes Mal kribbelte etwas in meiner Magengegend und meine Knie wurden weich. Es fühlte sich weder gut noch schlecht an. Ich wusste nicht, was ich davon zu halten hatte. Jedenfalls hatte ich mich in der Nähe eines Mannes noch nie so gefühlt.

Nach vierzig Minuten brauchte ich dringend ein Sauerstoffzelt, denn ich war fix und fertig. Meine Schenkel glichen Gummi und ich wollte nur noch eins … in mein Bett. Aber ich musste mich dehnen und stretchen, bevor ich mich auf den Nachhauseweg begeben wollte.

»Sehen wir uns noch mal, bevor ich abhaue?«, erkundigte sich Bruce.

»Wir sehen uns doch beim Joggen«, ließ ich die Klugscheißerin heraushängen.

»Ich meinte auch abends.«

Dann berührte er mit seinem Finger die Spitze meiner Nase. Keine Ahnung, warum er plötzlich so anders zu mir war, aber ich versuchte, mir darüber keine Gedanken zu machen. Wir witzelten häufig rum und scherzten. Das hatte sicherlich nichts zu bedeuten.

»Wir waren schon lange nicht mehr im Kino«, schlug ich vor.

»Hört sich gut an.« Bruce zwinkerte mir zu, drehte sich um und lief in die entgegengesetzte Richtung. Auch ich machte mich auf den Weg nach Hause.

Glücklicherweise standen heute keine Motorräder vor unserem Haus, sodass ich tief durchatmend die Treppen nach oben lief.

In der Wohnung roch es nach Kaffee, was bedeutete, dass Rachel wach war. Aber bevor ich mich zu ihr setzen wollte, musste ich dringend unter die Dusche.

Im Bad entledigte ich mir meine Klamotten und stieg unter das warme Wasser. Nachdem ich fertig war, rubbelte ich meine Mähne, damit sie nicht mehr klatschnass war, cremte mich ein, band mir ein großes Handtuch um und verließ das Bad. Meine langen Haare zog ich mir über die rechte Schulter und fuhr immer wieder mit meinen Fingern durch die Strähnen. Gut gelaunt schlenderte ich am Wohnzimmer vorbei, um in mein Zimmer zu gelangen.

»Das ist ja mal ein netter Anblick«, hörte ich Shadows vertraute Stimme.

Geschockt, dass er hier war, drehte ich mich um und erkannte Devil neben ihm. Letzterer ließ seinen Blick nicht von mir, sondern starrte mich an. Jetzt verfluchte ich den Umstand, dass ich nur ein Handtuch umgebunden hatte, das mir gerade bis zur Mitte meiner Oberschenkel reichte und meine ausladenden Schenkel zeigte.

Verdammt, konnte Rachel mich nicht vorwarnen? Hatten wir uns nicht exakt darauf geeinigt?! Ich funkelte sie wütend an, aber sie senkte den Kopf. Warum war sie so dermaßen eingeschüchtert? Ich verstand das einfach nicht.

»Hallo zusammen«, begrüßte ich die Eindringlinge so selbstbewusst, wie es mir möglich war.

»Mach dich fertig, du hast etwas vor«, vernahm ich Devils Stimme und konnte nicht glauben, dass er hierherkam und mir weiterhin Befehle erteilte. Ich war doch nicht sein Hund.

»Ach, ist das so?«, fragte ich sarkastisch und zog eine Augenbraue hoch.

Er antwortete nicht, aber sein Blick sprach Bände. Vielleicht sollte ich aufhören, mich mit ihm zu streiten und diesem Kerl noch einmal in aller Ruhe erklären, dass ich null Interesse hatte, meine Zeit mit ihm zu verbringen.

Konnte er sich nicht irgendein Mädchen aus dem Club angeln und die stalken?

Genug willige Kandidatinnen gab es doch bestimmt. Außerdem verstand ich ehrlich gesagt überhaupt nicht, warum er sich mir gegenüber so … so bescheuert benahm! Er war doch derjenige, der *mir* hinterherlief. Wenn er mich nicht mochte, sollte er mir verdammt noch mal fernbleiben. Vielleicht sollte ich ihn einfach mal geradeheraus fragen, welches Problem er genau hatte? Wobei: Musste ich das? *Nein*, beschloss ich. Das musste ich nicht.

Verärgert über sein Verhalten machte ich auf dem Absatz kehrt und verschwand in meinem Zimmer. Vorsorglich schloss ich hinter mir ab. Man konnte ja nie wissen.

Ich stieg in eine enge schwarze Jeans, dazu zog ich ein rotes Off-Shoulder-Shirt an und schlüpfte in dunkle Sneakers. Dann föhnte ich meine Haare lockig und band sie mir anschließend zusammen. Nicht besonders spektakulär, aber das wollte ich auch nicht sein.

Auf Make-up verzichtete ich, weil meine Haut einen pfirsichfarbenen Touch hatte, der diese Paste überflüssig machte. Das Einzige, was ich immer auftrug, war ein Hauch Mascara, wobei ich den auch nicht nötig hätte, da meine Wimpern extrem lang waren. Ein Erbgut, das ich von meiner Mutter hatte.

Bevor ich das Zimmer verließ, erkannte ich Devils Helm, den ich vergessen hatte, ihm zurückzugeben. Das konnte ich ja jetzt nachholen.

Nach wie vor saßen die drei im Wohnzimmer. Die beiden Männer unterhielten sich leise, sodass ich nicht verstand, worüber sie sprachen.

»Ich habe gestern vergessen, dir deinen Helm zurückzugeben«, sagte ich an Devil gerichtet, als ich den Raum betrat.

Sachte legte ich ihn auf den Sessel, nickte noch mal in die Runde, drehte mich um und marschierte schnellen Schrittes Richtung Wohnungstür. Ich hatte zwar keine Ahnung, wo ich hingehen sollte, aber mit Devil würde ich ganz gewiss keinen Ausflug machen.

Hinter mir vernahm ich ein lautes Lachen, das von Shadow stammte, aber ich konzentrierte mich darauf nicht, sondern ließ die Tür hinter mir ins Schloss fallen.

Leider kam ich nicht alle Stufen herunter, denn vorher wurde ich am Oberarm gepackt und mit dem Rücken an die Flurwand gedrückt. Vor mir stand kein anderer als Devil. Und er sah zornig aus.

»Nimm den Helm«, verlangte er und drückte ihn mir gegen die Brust. »Wir haben etwas vor.«

»Das glaube ich nicht«, konterte ich mutiger, als ich mich fühlte.

»Blake, übertreib es nicht«, drohte er und obwohl mir eine zickige Erwiderung auf der Zunge lag, schluckte ich sie runter. Manchmal war es klüger, den Mund zu halten. Vor allem gegenüber diesem Mann. Davon war ich gerade ziemlich überzeugt.

Sein Griff um meinen Oberarm ließ etwas nach, aber er löste sich nicht von mir, sondern führte mich nach draußen.

Als ich seinen Chopper und den Auspuff betrachtete, pochte meine kleine Verbrennung am Schienbein.

Elegant und sexy – das musste ich wirklich zugeben – schwang Devil sich auf seine Harley und setzte seinen Helm auf. Eigentlich war es nur ein Deckel. Währenddessen stand ich einfach nur blöd daneben, glotzte ihn an und wusste nicht, was ich tun sollte. Abhauen oder seinen Anweisungen Folge leisten!

»Komm her«, wies Devil mich an.

Ich hasste es, wenn er so mit mir umging. Dennoch widersprach ich nicht, sondern tat, worum er mich so *höflich* gebeten hatte.

Er nahm mir den Helm aus der Hand, drehte mich um und löste das Band aus meinem Haar. Dann setzte er mir die kleine

Schüssel auf den Kopf und ich wandte mich ihm wieder zu, wartete, dass er mir den Verschluss zumachte. Ich schaute ihn an, aber er konzentrierte sich auf das Band unterhalb meines Kinns. Erst als er fertig war, trafen sich unsere Blicke und erneut musste ich feststellen, dass er faszinierende Augen hatte.

»Schwing deinen Hintern auf den Sitz.« Ich tat es, wenn auch schnaubend.

Mit einem Ruck packte er meine Hände und zog sie nach vorne, sodass meine Brust an seinen Rücken prallte. Dann legte er meine Finger auf seinem Bauch und startete den Motor.

Im Gegensatz zu gestern Abend machte mir die Fahrt schon weniger Angst. Entweder fuhr er langsamer oder ich gewöhnte mich daran.

Mir war nicht klar, wohin wir fuhren, aber aus irgendwelchen unerfindlichen Gründen glaubte ich nicht, dass er mich an einen Ort brachte, wo es für mich gefährlich werden könnte. Das war ein naiver Gedanke und irgendwie mochte ich Devil und seine Art nicht, aber ich war davon überzeugt, dass er mir nichts tun würde.

Kapitel 13

Devil

Keine Ahnung, was ich hier tat, aber ich fuhr mit ihr aus Eugene raus, durch die Felder in Richtung Albany. Rachel hatte mir geraten, eine Freundschaft zu Blake aufzubauen, wenn ich sie knacken wollte. Für diesen Schwachsinn hatte ich eigentlich keine Zeit, doch wenn ich die Wette gewinnen wollte, musste ich die Zähne zusammenbeißen.

Mir fiel ein Park ein, den ich früher – als ich noch jünger war – gerne besucht hatte. Es war ein Ort, wo man in Ruhe nachdenken konnte. Diese Momente schienen mir mittlerweile eine halbe Ewigkeit her zu sein, dennoch schlug ich den Weg ein.

Als ich Blake vorhin, nur mit diesem kleinen Handtuch bekleidet gesehen hatte, musste ich zugeben, dass mir dieser Anblick besser gefiel, als er sollte. Sie war nicht schlank, besaß keinen flachen Bauch, keinen kleinen Arsch und auch keine dünnen Oberschenkel, dennoch konnte ich meine Augen nicht von ihr lassen. Sie war hübsch, aber das hatte ich im Club bereits festgestellt.

Dieses Mädchen war nicht wie die anderen Weiber, die sich im Club aufhielten, soviel musste ich mir bereits eingestehen. Blake trug kein Make-up, keine Röckchen oder Kleidchen. Nein, ihr Körper steckte in Jeans, Shirt und Sneakers. Die Kleine war weit entfernt von einem Vamp und dennoch hatte sie etwas an sich, was mich irgendwie herausforderte. Nur konnte ich noch nicht ganz beurteilen, was genau das sein sollte.

Nach etwas mehr als einer halben Stunde stellte ich das Bike auf einem abgelegenen Parkplatz ab. Ein Ort, den nicht viele kannten und der entsprechend leer war.

»Bleib sitzen«, befahl ich meinem Sozius und schob mich von der Harley. Zwar schnaubte das Luder erneut, widersetzte sich mir aber nicht. Das war ja schon mal ein Fortschritt.

Zuerst nahm ich meinen Helm ab, bevor ich ihren ebenfalls entfernte. Beide hängte ich an das Lenkrad, griff mit einer

Hand unter Blakes Bein und mit der anderen hinter ihren Rücken. Dann hob ich sie hoch.

»Hey«, schimpfte sie, krallte sich aber mit ihren Armen an meinem Hals fest. Als ich sie hielt und einen Schritt zurückmachte, ließ ich sie wieder runter. »Was sollte das?«, wollte sie wissen, als sie genügend Abstand zwischen uns gebracht hatte.

War das nicht offensichtlich? Ich deutete auf ihr Bein.

»Du hättest mir auch einfach sagen können, dass der Auspuff so heiß ist«, erwiderte sie. Die Kleine war streitsüchtig. Unfassbar!

»So schnell, wie du das letzte Mal abgestiegen bist? Jetzt weißt du es«, konterte ich, schnappte mir ihre Hand und zog sie mit mehr Kraft, als ich wollte, sodass sie stolperte und fast zu Boden fiel. Blitzschnell griff ich um ihre Schultern und konnte somit das Schlimmste verhindern. Als Blake mich ansah, schien sie wirklich sauer zu sein. Mit ihren kleinen Fingern stieß sie mich gegen die Brust.

»Warum zum Teufel behandelst du mich so … so scheiße?«, warf sie mir vor.

»Bist du vielleicht ein bisschen sensibel?«, stellte ich ihr die Gegenfrage.

»Nein, aber du bist unhöflich, herablassend und feindselig. Ich verstehe nur nicht warum …« Sie sprach nicht weiter, sondern schüttelte nur mit dem Kopf. Dann seufzte sie. »Sollen wir uns irgendwo hinsetzen?«

Blake ruderte zurück und war anscheinend gewillt, etwas runter zu kommen. Im Prinzip konnte sie nichts dafür, dass meine Brüder ein Wettopfer aus ihr gemacht hatten. Allerdings war es auch nicht meine Schuld. Aber jetzt gehörte sie für ein paar Tage mir und ich musste versuchen, aus der Scheiße das Bestmögliche zu machen.

Innerlich schnaubend hielt ich ihr meine Hand entgegen, die sie zuerst misstrauisch beäugte, dann aber erneut seufzte und ihre Finger mit meinen verflocht.

Schweigend schlenderten wir durch den kleinen Wald in Richtung See. Ich führte sie direkt zum Steg – gut, den Namen hatte das kleine Stückchen nicht verdient – wo sich eine Bank befand. Um uns herum war keine Menschenseele zu sehen. Die meisten Leute wollten nicht unbedingt durch einen dichten

Wald wandern, um hierher zu kommen. Blake schien das jedoch nichts auszumachen.

Gemeinsam setzten wir uns hin und starrten auf das Wasser. Ehrlich gesagt hatte ich keine Ahnung, über was ich mich mit ihr unterhalten sollte.

»Es ist schön hier«, flüsterte sie.

»Ganz okay«, erwiderte ich. Ich war auch nicht unbedingt der redseligste Mensch.

»Darf ich dich etwas fragen?«, hörte ich sie neben mir leise sprechen, und ich schaute sie an, bevor ich nickte. »Warum hast du mich hierhergebracht?«

»Ich dachte, es könnte dir gefallen«, antwortete ich. Was sollte ich auch sonst sagen?

»Aber … warum ich? Das verstehe ich nicht.« Blake schien nach den richtigen Worten zu suchen. »Du bist …«

»Was bin ich?«, knurrte ich, als sie ihren Satz nicht zu Ende führte. »Deiner nicht würdig? Ein Monster? Ein Krimineller?«

»Das habe ich doch gar nicht gesagt«, verteidigte sie sich schnell, dennoch schwang in ihrer Stimme etwas mit, was meine Vermutung bestätigte. »Aber ist schon irgendwie seltsam, findest du nicht auch?«

»Keine Ahnung, was du meinst«, gab ich zurück und langsam nervte mich diese Unterhaltung.

»Hör mal.« Tief durchatmend wandte sie ihren Oberkörper in meine Richtung, indem sie ihr Bein anwinkelte und den Fuß des anderen auf den Boden stellte. »Ich weiß nicht, warum du … Zeit mit mir verbringen willst, denn du kennst mich nicht und ich habe das Gefühl, dass du mich auch nicht sonderlich magst. Also lass uns doch einfach wieder fahren und jeder geht seiner eigenen Wege. Was hältst du davon?«

Die Aufrichtigkeit, die ich in ihrem Gesicht ausmachte, beeindruckte mich. Die Kleine war mutig und ehrlich. Das rechnete ich ihr hoch an.

Kurz betrachtete ich ihren Mund, der irgendwie nach mir zu rufen schien. Ohne über meinen nächsten Zug nachzudenken, griff ich mit meiner rechten Hand durch ihr Haar und umschloss ihren Nacken. Mit dem Daumen fuhr ich über ihre dunkelrote Unterlippe. Dann beugte ich mich vor und presste meine Lippen auf ihre.

Ich war selbst erstaunt über meine Tat, weil ich mich nicht erinnern konnte, wann ich das letzte Mal eine Frau geküsst hatte. Es muss Jahre her sein. Aber ich zog mich nicht zurück, schon gar nicht, als sie in meinen Mund seufzte. Dadurch öffnete sie ihren Mund einen Spalt und ich nutzte diese Gelegenheit. Sofort schob ich meine Zunge hinein und berührte ihre. Zuerst verspannte sich die Kleine, bevor sie sich aufrichtete und den Kuss erwiderte.

Er war unschuldig und mir schoss ein einziger Gedanke durch den Kopf: Sie war keine geübte Küsserin. Es war keusch und ich war davon überzeugt, dass sie nicht viel Erfahrung hatte. Und auch wenn mich das zum größten Arsch der Nation machte, dieser Gedanke gefiel mir mehr, als ich zugeben würde. Ich hatte schon einige Tussen flachgelegt, aber bislang war mir noch nie eine untergekommen, die so unschuldig war, wie Blake.

Wer war dieses Mädchen? Und verdammt, woher kam sie?

In meinem Hirn gab es einige Fragen, auf die ich unbedingt Antworten haben wollte. Allerdings nicht hier und nicht jetzt. Im Moment spielte all das keine Rolle. Gerade kam ich mir vor, wie auf der Highschool. Und ob ich darüber nachgrübeln wollte oder nicht, aber wenn sie sich so verhielt, dann hatte sie auch im Bett nicht viele Erfahrungen. Das allein ließ mir das gesamte Blut in den Schwanz schießen. Auch wenn ich die Wette anfänglich beschissen gefunden hatte, so gefiel sie mir gerade doch sehr gut.

Lange würde es nicht mehr dauern – da war ich mir sicher – bis ich die Kleine soweit hatte, dass sie ihre Beine freiwillig für mich spreizte und mich anflehte, mich komplett in ihr zu versenken. Dafür müsste ich nur ein wenig Geduld aufbringen!

Kapitel 14

Blake

Devil küsste mich. Oh. Mein. Gott. Damit hatte ich überhaupt nicht gerechnet. Ich war auf einen Streit vorbereitet gewesen, eine lange Diskussion, weil ich ihn mit meinen Aussagen bombardiert hatte. Aber er hatte nicht so reagiert, wie ich es vermutet hatte, sondern vollkommen anders.

Seine Hand um meinen Nacken war warm, seine Finger rau, dennoch streichelten sie mich liebevoll. Unsere Zungen berührten sich und ich krallte mich – ohne mein Zutun – an seinem Shirt fest. Ich konnte mir ein kleines Stöhnen nicht verkneifen, aber er schluckte es, ohne mich auszulachen. In diesem Moment ging mir tatsächlich das erste Mal auf, dass ich eine einundzwanzigjährige *Jungfrau* war. Bis heute hatte ich nie darüber nachgedacht, aber in diesem Augenblick kam ich mir unglaublich lächerlich vor. Das alles lag nur daran, weil ich mich seit Jahren versteckte, und damit die schönsten Dinge im Leben verpasste.

Ich hatte mich unsichtbar gemacht und das sogar perfektioniert, denn ich wurde tatsächlich übersehen.

Nur nicht von Devil.

Er hatte mich entdeckt und auch wenn ich es immer noch nicht verstand, wollte er seine Zeit mit mir verbringen. Ob ich ihm trauen konnte oder nicht, wusste ich nicht. Noch nicht! Er war gefährlich, ein Mann, von dem ich eher weglaufen sollte, als mich in seine Arme zu stürzen. Darüber hinaus war er gemein, herrisch und viel zu unfreundlich. Dennoch gefiel es mir, wie er mich berührte, wie er mich ansah … so richtig ansah.

Kurz löste er sich von mir und unsere Blicke trafen sich. »Bist du immer noch der Meinung, dass ich dich nicht leiden könnte?«, erkundigte er sich mit heiser Stimme.

Sprechen war mir nicht mehr möglich, weshalb ich nur leicht den Kopf schüttelte. Ich starrte auf seinen Mund, leckte mit der Zunge über meine Lippen und wollte mehr von ihm haben. Deswegen nahm ich meinen ganzen Mut zusammen und beugte mich vor. Dieses Mal war *ich* es, die ihn küsste und es wurde noch intensiver, leidenschaftlicher. Ich glaubte, dass mein gesamter Körper in Flammen stand.

Devil löste seine Hand von meinem Nacken, dann spürte ich sie auf meinen Hüften. Ohne Probleme hob er mich hoch, als wöge ich nichts, und setzte mich rittlings auf seinen Schoss. Meine Arme schlangen sich wie von selbst um seinen Hals, und ich spürte ein Pochen zwischen meinen Schenkeln. Verdammt, ich hatte noch nie das Gefühl von Verlangen gehabt, aber hier und jetzt hatte ich es. Meine Mitte zuckte schmerzhaft und ich wusste nicht, was ich dagegen unternehmen sollte.

Plötzlich krallte Devil seine Finger in meinen Hintern und zog mich noch weiter zu sich heran. Dabei streifte ich die Beule in seiner Hose und keuchte auf. Aber vor Schreck, denn ich mochte unerfahren sein, aber nicht dumm. Das war sein harter Schwanz. Abrupt löste ich meine Lippen von ihm und starrte ihn mit aufgerissenen Augen an. So sehr ich ihn gerade begehrte, aber mein Gehirn schaltete sich wieder ein und ließ alle Alarmglocken losschrillen. Das ging zu schnell. Vielleicht lag es an meinem nicht vorhandenen Selbstbewusstsein, wenn es um Männer ging, aber mein Kopf forderte von mir, nachzudenken.

»Ich glaube, das sollten wir nicht tun«, hörte ich mich sagen, obwohl diese Worte selbst in meinen Ohren vollkommen falsch klangen. Aber auf einmal traute ich der Situation nicht mehr und konnte nicht einmal sagen, woran genau das lag. Seine Iriden waren unglaublich dunkel, sein Blick unergründlich auf mich gerichtet und seine Finger berührten meine Hüften. Mein Herz schrie, ich sollte ihn einfach nehmen, mich auf alles einlassen, was er mit mir vorhatte, aber mein Hirn ermahnte mich, schlau vorzugehen.

»Du glaubst?«, fragte er mit hochgezogener Braue.

»Ich denke, dass es keine gute Idee ist«, meinte ich und versuchte, von ihm herunterzuklettern. Doch Devil hielt mich fest, sodass ich mein Vorhaben in den Wind schießen konnte.

»Du denkst?« So langsam ging mir seine klugscheißerische Art tierisch auf den Nerv.

Ich wusste ja selbst nicht genau, was ich ausdrücken wollte. Es war eben alles gerade ein wenig viel für mich. Ich war überfordert. Bevor ich mich dazu äußern konnte, sprach er schon weiter. »Ich mag dich«, meinte er und zuckte mit den Schultern, als wäre das die ultimative Antwort auf all das hier. »Ich will dich kennenlernen, etwas Zeit mit dir verbringen.«

»Aber …«

»Es ist leichtsinnig, alleine hier zu sein, Devil«, wurde ich von einer tiefen, rauen und gefährlich klingenden Stimme unterbrochen, bei der mir umgehend die Haare zu Berge standen. Ich sah gerade aus, erkannte drei Personen auf uns zukommen, löste meinen Blick aber schnell, als sich Devils Körper erheblich anspannte. Sofort betrachtete ich sein Gesicht, das sich komplett verhärtet hatte und seine Augen wirkten eisig.

Langsam löste er meine Hände von seinem Hals und schob mich von seinen Beinen, sodass ich mich hinstellte. Devil erhob sich ebenfalls und wandte mir seinen breiten Rücken zu, womit er mich vor den drei Männern, abschirmte. Dennoch wagte ich, an seinem Oberarm vorbei zu spähen, und starrte nun auf die Typen, die aussahen, als wären sie gerade aus dem Knast gekommen.

Ich musste unbedingt an meinen Vorurteilen arbeiten!

Wie Devil waren sie voll mit Tattoos, nur dass der vordere Hüne dazu noch mehrere Narben im Gesicht hatte. Haare befanden sich nicht auf seinem Kopf, nur eine kahlrasierte Glatze, die mit Tinte überzogen war. Seine Augen waren verengt und seine Muskeln so ausgeprägt, dass er Hulk Konkurrenz machen könnte.

Dann betrachtete ich seine beiden Freunde, die rechts und links neben ihm standen. Der eine hatte dunkelblondes, schulterlanges Haar, das er offen trug. Ein Vollbart zierte sein Gesicht und auch seine Arme, sowie sein Hals waren voll mit irgendwelchen Bildern. Er schien jung zu sein, nicht viel älter als ich.

Ich schaute zu dem anderen Kerl, der mir nicht ganz so groß erschien, aber verdammt viele Muskeln besaß. Das konnte ich deutlich erkennen, denn er trug kein Shirt. Seine Brust, sowie jedes Stück seiner sichtbaren Haut, waren tätowiert. Auch er hatte lange, allerdings schwarze Haare, die er zu einem Pferdeschwanz gebunden trug.

Was mir aber sofort auffiel, war, dass die drei andere Lederwesten trugen. Den Aufnäher konnte ich aus der

Entfernung leider nicht genau erkennen, aber es war nicht der Gleiche, den Devil auf seiner Weste hatte.

»Shorty, du befindest dich im falschen Revier«, brummte Devil.

Shorty? Im Ernst? Der Typ sah nach allem aus, aber nicht nach einem Shorty.

»River hat eine Nachricht für euch«, erwiderte der Hüne, ohne auf Devils Äußerung einzugehen. »Ihr solltet euch vorsehen. Das mit euren Lieferungen ist erst der Anfang. Wir wollen Oregon. Wenn ihr euch weiterhin querstellt, wird es Krieg geben.«

»Ich weiß gerade nicht, ob ihr vollkommen bescheuert oder doch mutig seid«, stellte Devil fest.

»Dir wird deine große Klappe bald vergehen, Devil«, schnauzte der Glatzkopf, während die Gruppe immer weiter auf uns zukam. Sie befanden sich nun in unserer unmittelbaren Nähe.

Der Überbringer der Nachricht starrte plötzlich an Devil vorbei, als wollte er einen Blick auf mich erhaschen, aber ich versuchte mich, hinter Devil zu verstecken. »River wird es freuen, was ich ihm zu berichten habe.«

Devil stieß mich zurück, sodass ich ins Taumeln kam, machte einen Satz nach vorne und hechtete über die Bank. Dabei riss er etwas aus dem Bund seiner Hose und stürzte sich auf die Männer. Er sah aus wie ein Todesengel.

Mir blieb die Luft weg, als einer der drei Kerle, den Devil bei seinem Angriff nicht rechtzeitig zu packen bekam, mit einem Messer auf ihn losgehen wollte. Von hinten, wie feige! Ohne nachzudenken, sprintete ich los und trat dem schwarzhaarigen Mistkerl mit voller Wucht gegen den Arm, sodass er mit einem Schrei die Klinge losließ.

Kurz trafen sich Devils und mein Blick, doch ich konnte mich nicht weiter auf ihn konzentrieren, weil der Typ, den ich soeben angegriffen hatte, mit einem Knurren auf mich losging. Ich befand mich immer noch in der Nähe vom Steg und wusste ehrlich gesagt nicht, wohin ich sollte. Ins Wasser?

Von der ganzen Situation vollkommen überfordert, stand ich wie erstarrt da und wurde im nächsten Moment auch schon über die Schulter des schwarzhaarigen Mistkerls geworfen. Ich strampelte, rief nach Devil, der aber noch mit den anderen beiden beschäftig, war.

Blake, denk nach, schrie meine innere Stimme mich an. *Du weißt, wie du dich zu verteidigen hast.*

Und genau das wusste ich auch! Ich stemmte mich hoch, sodass mein Oberkörper horizontal in der Luft hing, breitete meine Hände aus und donnerte die Ballen mit voller Wucht gegen die Schläfen meines Feindes. Er ließ mich los, aber ich konnte mich dummerweise nirgendwo festhalten, sodass ich durch die Luft flog und mit dem Rücken und Kopf gleichzeitig auf dem Boden aufschlug.

Für einen Moment sah ich Sterne und keuchte vor Schmerzen auf. Aber ich hatte keine Zeit, um liegen zu bleiben, und stemmte mich umgehend wieder nach oben. Mein Angreifer kam auf mich zu, wollte nach mir greifen, aber ich holte aus, und trat ihm zwischen die Beine. Doch ich traf nicht richtig, weil das Arschloch einen Satz nach hinten machte. Bevor ich mich neu orientieren konnte, spürte ich seine Faust in meinem Gesicht, die mich derart hart traf, dass ich auf dem Hintern landete. Hinter mir vernahm ich Schmerzgeräusche, aber ich hatte nur Augen für meinen Gegner. Erneut rappelte ich mich hoch und wurde durch zwei weitere Schläge wieder zurück auf den Boden katapultiert.

»Du musst lernen, deine Atmung so flach wie möglich zu halten. Denk nach, bevor du handelst. Lass deinen Feind im Glauben, er hätte die alleinige Macht über dich. Spiel ihm das kleine Mädchen vor, das in Panik verfällt. Wenn du ihn soweit hast, greifst du an.«, schossen mir plötzlich die Worte meines Krav Maga Trainers durchs Hirn, und ich versuchte, mich zu entspannen.

Mein Gesicht brannte, der Schädel dröhnte, aber ich durfte jetzt nicht nachlassen.

»Du dreckige kleine Nutte«, spie der Typ mir entgegen. »Dich nehme ich mit und werde dich als meinen Hund behalten.« Dann sah er mich an, seine Augen wurden tellergroß, als wäre ich eine Erleuchtung. »Moment mal … du …«

Weiter ließ ich ihn nicht kommen, denn er beugte sich genau jetzt zu mir herunter und gab mir die ultimative Gelegenheit für einen Gegenschlag. Ich rollte meine Finger ein, und klatschte ihm erneut meinen Handballen mit ganzer Kraft gegen die Nase. Er wich schreiend zurück.

Sofort reagierte ich, kam auf die Beine, boxte ihm ins Gesicht und in den Solarplexus. Fluchend taumelte er zurück, verlor sein Gleichgewicht und ich trat ihm in die Eier – dieses Mal richtig! –, sodass er rückwärts ins Wasser fiel.

Sofort drehte ich mich um, sah, das Devil wie ein Geisteskranker mit einem Schlagstock auf den Glatzkopf eindrosch. Der andere lag bewegungsunfähig direkt daneben.

»Hör auf«, brüllte ich und versuchte, seinen Arm zu greifen. Aber er schubste mich weg. Erneut griff ich nach ihm. »Devil, du bringst ihn um.«

Mitten im nächsten Schlag hielt er inne und schaute mich an. Seine Augen verengten sich und ich wich zurück. Sein Blick war eiskalt und jetzt verstand ich, warum sie ihn *Devil* nannten.

Kapitel 15

Devil

Ihr Gesicht war blutig, die Haut auf ihren Fingern offen und sie hielt sich mit ihrer rechten Hand ihre linke Seite im Bereich der Rippen. Sie sah mitgenommen aus und hatte einiges abbekommen. Aber verdammt, die Kleine war alleine mit einem großen Rocker fertig geworden.

Ich sah herunter, auf das zerschlagene Gesicht von Shorty, der nur noch röchelte. Dann betrachtete ich seinen Bruder von den *Cold Bastards*, der sich nicht mehr bewegte. Wahrscheinlich hatte ich ihn umgelegt.

Umgehend erhob ich mich, zückte mein Handy aus der Hosentasche und schaute mich um. Keine Menschenseele war zu sehen.

»Ich brauche euch hier«, rief ich ins Telefon, als Shadow das Gespräch entgegengenommen hatte. Sofort berichtete ich ihm, wo ich mich befand.

»Alles klar bei dir?«, wollte ich von Blake wissen, nachdem ich das Telefonat beendete.

Sie nickte, sagte aber kein Wort und sah mich nicht einmal an, sondern starrte erschrocken auf die Gestalten am Boden. Ich griff nach ihr, wollte sie von hier wegführen, aber sie stolperte zurück und wich mir aus. »Geh zu den Bäumen da vorn«, bat ich sie. »Ich hole dich gleich.« Wieder bekam ich nur ein Nicken, dann drehte sie sich um und humpelte in die Richtung, auf die ich gezeigt hatte. Verdammt, ich musste sie schnellstmöglich zu Doc bringen.

»Wir werden dir die Kleine scheibchenweise zurückschicken«, vernahm ich hinter mir eine laute und hustende Stimme und wandte mich ihr zu.

Der Kerl, den Blake gerade gekonnt zusammengeschlagen hatte, stand klatschnass und mit blutigem Gesicht mehrere Meter von mir entfernt. Ich hatte gar nicht mitbekommen, dass er aus dem Wasser gewatet war. Scheiße, ich war nicht konzentriert gewesen. »River wird sich freuen, wenn ich ihm von der Schlampe erzähle. Sie gehört ihm, du Wichser. Hat sie schon immer. Das ist ein Versprechen.«

Gerade als ich mich auf ihn stürzen wollte, drehte er sich um und rannte fort. Ich konnte ihm unmöglich folgen, weil ich dann die beiden Arschlöcher auf dem Boden zurücklassen müsste und damit Gefahr lief, dass sie wachwurden und Blake jagten, oder verschwanden.

Zwanzig Minuten später hörte ich Motorradgeräusche.

»Ice«, rief ich meinem Freund zu. »Einer ist entkommen. Vielleicht kannst du ihn finden. Es ist zwar schon einige Zeit her, aber versuch es. Schwarze lange Haare, Zopf, nass.« Ice gab Gas und jagte ihm nach.

Steel, Death, Angel, Thunder und Shadow hielten ihre Bikes neben mir.

»Was ist passiert?«, wollte mein Präsident wissen.

»Sie haben mir eine Nachricht von River überbracht«, teilte ich ihm mit. »Wir sollten hier aufräumen und im Club weitersprechen. Ich muss Blake hier wegbringen.«

»Sie ist hier?«, wollte Shadow wissen.

»Wäre sie nicht gewesen, würde ich womöglich nicht mehr so gut gelaunt hier stehen«, klärte ich meine Brüder auf und übertrieb damit nicht im Geringsten. Immerhin hatte ich mitbekommen, dass der Wichser mit einem Messer auf mich losgehen wollte. Wie konnte ich nur so dämlich sein, und meine Knarren in den Koffertaschen meines Bikes lassen?

Dann wandte ich meinen Blick in Richtung Blake. Sie hatte Kampferfahrung, und zwar nicht zu knapp, was mich verwirrte. Sie wusste genau, was sie tat und schaffte es, ihren Angreifer mit gezielten Schlägen niederzustrecken. Ich musste dringend mehr über die Kleine herausfinden. Das war kein normales Mädchen, sie war anders.

Hier ging es mir nicht mehr um die beschissene Wette, die war mir absolut egal geworden. Sie schwebte in Gefahr, sollte Ice den Wichser nicht schnappen. Wenn River von dem Mist hier erfuhr, dann würde er ihr seine ganze Aufmerksamkeit schenken. Was mich allerdings wunderte, waren die Worte von dem Zottel gerade. Sie gehörte River? Das hatte sie schon immer? Irgendetwas lief hier, wovon wir alle keine Ahnung hatten.

»Piper ist mit dem Bulli gekommen«, klärte Angel mich auf und holte mich aus meinen Gedanken. »Wir bringen die Bastarde dann mal in den Keller.«

Ich nickte und schaute wieder zu Blake, die an einen Baum gelehnt auf dem Boden saß. Umgehend marschierte ich auf sie zu. Als sie mich sah, versuchte sie aufzustehen, schaffte es aber nicht. Ohne lange zu überlegen, hob ich sie auf meine Arme. Death war mir gefolgt.

»Bring sie in den Club«, befahl er. »Doc ist da. Er soll sie sich ansehen.«

»Das war auch mein Plan«, sagte ich und machte mich auf den Weg zu meinem Bike.

Vorsichtig ließ ich sie auf dem Sitz nieder, setzte ihr den Helm auf und tat es mir mit meinem nach.

Nachdem auch ich mich vor sie gesetzt hatte, zog ich sachte ihre Arme nach vorne und legte ihre Finger auf meinen Bauch. Erst dann warf ich die Maschine an und fuhr los.

Jedes Mal, wenn ich an einer roten Ampel stand, streichelte ich ihr über die Finger und versuchte, im Spiegel einen Blick auf sie zu erhaschen, aber sie hatte ihre Wange an meinen Rücken gelehnt, sodass ich sie nicht sehen konnte.

Es dauerte keine ganze Stunde, bis ich im Clubhaus angekommen war. Ich stieg vom Chopper, entfernte unsere Helme und hob Blake erneut auf meine Arme. Sie hatte bislang kein Wort von sich gegeben und schaute mich auch weiterhin nicht an. Wahrscheinlich stand sie unter Schock.

Ich achtete nicht auf die Blicke von Dragon und den anderen Prospects, sondern marschierte direkt auf Docs Raum zu.

Mit dem Fuß stieß ich die Tür auf und mein Bruder betrachtete mich mit hochgezogener Augenbraue. Als er Blake bemerkte, veränderte sich sein Gesichtsausdruck. Er sprang sofort von seinem Stuhl und kam auf uns zu.

»Leg sie auf das Sofa«, ordnete er an und ich kam seinem Wunsch nach. Sachte ließ ich die Kleine runter und betrachtete sie eingehend. »Sobald ich etwas weiß, gebe ich dir Bescheid. Lass uns für einen Moment allein.«

Kurz betrachtete ich Blake noch mal, wandte mich ab und verließ das Zimmer. Als ich an der Bar stand und mir ein Bier schnappte, tauchten Ice, Death, Steel und Shadow auf. Von

Angel und Piper war weit und breit nichts zu sehen, wahrscheinlich waren sie mit unseren Feinden beschäftigt.

»Hast du den Penner schnappen können?« Ice sah wütend aus, was nichts Gutes hieß. Als er den Kopf schüttelte, wusste ich auch, warum. Fuck! Das war nicht gut.

»Was ist mit dem Mädchen?«, wollte Death wissen.

»Doc kümmert sich um sie«, informierte ich ihn, dann wandte ich mich an Ice. »Tu mir einen Gefallen und versuch, etwas über Blake herauszufinden. Hier ist ihr Portemonnaie.« Es war ihr vorhin aus der Hosentasche geglitten, als ich sie auf mein Bike gesetzt hatte. Ich hatte es aufgehoben und eingesteckt.

»Wird erledigt«, sagte er und war daraufhin verschwunden.

»Erzähl mir alles ganz genau«, forderte Death.

Gemeinsam setzten wir uns an den Tisch. Ich berichtete ihnen von dem Vorfall, gab die Aussage von Shorty wieder und dass ich sie angegriffen hatte. »Obwohl ich selbst beschäftigt war, habe ich mitbekommen, wie Blake den Kerl mit gezielten Schlägen, außer Gefecht gesetzt hat. Das war kein Glück oder irgendein Selbstverteidigungskurs für Frauen, den sie da angewendet hat. Sie wusste genau, was sie tat und konnte auch einstecken. Sowas habe ich noch nie bei einer Frau gesehen. War beeindruckend.«

»Um ehrlich zu sein, ist mir schon beim ersten Mal aufgefallen, dass Blake eine Beobachterin ist. Sie macht sich bewusst klein, als wolle sie nicht gesehen werden«, mischte sich Shadow plötzlich ein und kratzte sich am Hinterkopf.

»Wenn jemand etwas über sie herausfindet, dann ist es Ice«, sagte Death. »Wir haben gerade größere Probleme, als diese verdammte Wette.«

»Die Wette ist mir scheißegal«, gab ich ihm zu verstehen. »Blake ist ins Visier der *Cold Bastards* geraten. Der Typ, der entkommen ist, hat mir gesagt, dass sie River gehört und das schon immer der Fall gewesen sei. Als würde er sie kennen. Ice hat den Wichser nicht erwischt, das heißt, er wird River über alles in Kenntnis setzen. Den einzigen Vorteil, den wir derzeit haben, ist, dass wir zwei seiner Leute hier haben.«

»Der kackt auf seine Männer«, warf Steel ein. »Er wird Rache einfordern aber nicht, weil ihm die Jungs so viel bedeuten.

Ob die tot sind oder nicht, wenn er von deiner Kleinen erfährt, ist hier die Hölle los.«

Meiner Kleinen? Hatte er ein Tumor im Kopf?

»Ich stimme Steel zu«, erwiderte Death. »Wenn einer der Bastards sagt, sie gehört River, muss sie etwas mit dem Club zu tun haben. Das ist nicht unbedingt gut. Wie sieht dein Plan aus?«

»Keine Ahnung«, sagte ich. »Das Mädel ist nicht besonders umgänglich. Sie wird sich sicherlich nicht beschützen lassen. Zwang ist hier die einzige Alternative. Wenn wir nichts tun, wird sie draufgehen. Allerdings bin ich mir gerade nicht schlüssig darüber, warum sie *mein* Problem sein soll. Sollte sie wirklich zu River gehören, wäre es das Schlauste, ihr eine Briefmarke auf den Arsch zu kleben und sie ihm zu schicken.«

»Wir sind Biker, keine Arschlöcher, Devil«, herrschte Death mich an. »Du kennst meine Devise.« Innerlich musste ich die Augen verdrehen, weil mir die absolut klar war. Death hatte uns immer eingeschärft, dass er nicht einer von den Clubs sein wollte, von denen es hunderte gab. Sein Ziel war es, dass seine Brüder ihre Seele und Menschlichkeit behielten. Wer damit nicht einverstanden war, war in unserer Mitte nicht willkommen.

Mein Ziehvater wollte niemanden in seinem Clan haben, der aus der Reihe tanzte. Hier stand das Thema *Respekt* an oberster Stelle. Aus diesem Grund – da war ich mir sicher – waren wir alle eine Einheit. Jeder würde für den anderen sterben.

Wir waren Rocker, Biker und Wichser, aber wir kämpften nicht grundlos. Wir wussten, wer wir waren und mussten uns nicht asozial verhalten, um es jedem zu präsentieren.

»Sie ist nur aus einem Grund in die Schusslinie geraten, und zwar, weil ihr sie für die Wette ausgesucht habt«, fuhr Death fort. »Jetzt liegt es an uns, ihr die Scheiße vom Hals zu schaffen. Und ob du mir glaubst oder nicht, ich bin der Meinung, dass die Kleine nichts mit River zu tun hat. Schau dir das Püppchen doch mal an. Sie passt genauso wenig in unsere Welt, wie wir in ihre.« Mich kotzten seine Worte an. Ich war kein Babysitter und nicht für sie verantwortlich. Bevor ich ihm das sagen konnte, sprach Death auch schon weiter. »Der Club wird auf sie aufpassen. Du stehst in ihrer Schuld, weil sie dir geholfen hat. Also wirst du sie nicht aus den Augen lassen. Wir müssen herausfinden, was River vorhat und warten, was Ice an Informationen ausgräbt. So lange wird sie bei dir bleiben.«

»Hast du sie noch alle?«, rief ich aus. » Soll sich jemand anderes um sie kümmern. Und was die Schuld betrifft, kaufe ich ihr einen Blumenstrauß.«

»Stellst du gerade meinen Befehl infrage?«, wollte der Präsident wissen.

Verdammte Bullenscheiße!

»Nein.« Immerhin war ich nicht hirnverbrannt und legte mich mit Death an. Seinen Namen hatte er nicht von ungefähr.

»Das ist mein Junge.« Grinsend wandte sich Death von mir ab und schüttelte den Kopf. »Wir müssen den Club sicherer machen. Ich werde mich nun mit unseren anderen Chapters in Verbindung setzen. River will unser Revier übernehmen? Dann soll er kommen. Ich trommle die Jungs zusammen. Vielleicht nehme ich auch Kontakt zu unseren Verbündeten auf. Idaho und Nevada schulden uns was. Es kann nicht schaden. Wir wissen nicht, wie gut River aufgestellt ist und ich will vorbereitet sein. Jeder von euch hat seine Aufgabe. Kümmert euch.«

»Devil«, hörte ich Doc hinter mir rufen und ich erhob mich.

Doc war ein weiterer Bruder von mir, der tatsächlich Medizin studiert hatte. Während seiner Zeit als Assistenzarzt, lernten wir uns kennen. Er hatte mir und Death bereits zwei Mal das Leben gerettet, also hatten wir ihm einen Platz in unserer Mitte angeboten, das er ohne zu zögern angenommen hatte. Seit einigen Jahren besaß er nun schon seinen Aufnäher, den er sich wie jeder Anwärter hart erarbeitet hatte, und kümmerte sich um die Jungs, wenn er nicht gerade im Krankenhaus arbeitete. Dort half er nach wie vor aus, aber nicht mehr fest angestellt.

Er war ein guter Kerl, der allerdings etwas Dunkles an sich hatte. Viel wusste ich nicht über ihn, nur, dass er mal verheiratet, seine Frau aber tot war. Wie genau sie gestorben war, war mir nicht bekannt und ich hatte auch nicht nachgefragt. Der Einzige, der über solche Dinge in Kenntnis gesetzt wurde, war Death. Er kannte all unsere kleinen Geheimnisse.

»Was ist mir ihr?«, fragte ich, als ich vor ihm stand. Obwohl ich nach der Kleinen sehen wollte, schloss Doc die Tür und streifte sich die Latexhandschuhe ab. Sein Blick verhieß nichts Gutes.

»Was weißt du über das Mädchen?«, stellte er mir die Gegenfrage, ohne auf meine einzugehen.

»Eigentlich nichts«, antwortete ich. »Warum?«

»Die Verletzung von heute ist nicht lebensbedrohlich«, klärte er mich auf, während er sich von der Tür entfernte und ich ihm folgte. »Sie hat einige Hämatome, Schürfwunden, aber das wird bald verheilt sein. Laut ihrer Erzählung ist sie auf den Rücken gefallen, was die seitlichen Schmerzen verursacht. Nach einer ersten Untersuchung kann ich aber sagen, dass nichts gebrochen ist. Aber …« Doc sah zur Tür, hinter der Blake lag und schüttelte den Kopf. »Irgendetwas hat das Mädel erlebt. Als ich mir ihren Oberkörper angesehen habe, konnte ich zwei alte Schussverletzungen auf ihrem Rücken und eine auf dem Bauch erkennen. Außerdem hat sie eine lange Narbe im Nierenbereich, die von einem Messer stammen muss. Alles ältere Wunden und gut verheilt. Vielleicht drei oder vier Jahre. Aber auf jeden Fall scheint sie mehr als nur Glück gehabt zu haben. Das überlebt man nicht mal eben.«

»Bist du dir sicher?«, hakte ich ungläubig nach, weil ich nicht fassen konnte, was er mir hier gerade erzählte. Drei Schusswunden, eine Messerverletzung?

»Natürlich bin ich mir sicher«, meinte er etwas pikiert.

»Sorry, Alter.« Mir schwirrte der Kopf. Bezüglich der Kleinen gab es immer neue Geheimnisse und ich hasste es, wenn ich etwas wissen wollte und keine Antworten darauf bekam. Vielleicht sollte ich noch mal mit Shadows Tussi sprechen. Sie musste etwas wissen. »Ice ist dran, etwas über Blake herauszufinden.«

»Pass auf sie auf«, meinte er und ich zog eine Augenbraue hoch. So etwas wie Gefühle kannte ich von Doc überhaupt nicht. Er war meiner Meinung nach der Emotionsloseste von uns allen. Vielleicht hatte ich mich getäuscht. »Guck mich nicht so an. Irgendwas geht bei der Kleinen vor sich. Alter, die sitzt da drin, spricht kaum ein Wort und vergießt nicht eine Träne. Die ist hart wie Stein. Ich hasse es, eine junge Frau in solch einer Verfassung zu sehen. Sie sollte weinen und Angst haben, aber nichts, und das ist weder normal noch gesund!«

Mehr als ein Nicken brachte ich nicht zustande, weil mich seine Worte da trafen, wo sie mich nicht berühren sollten. Er machte sich Gedanken um Blake, Death machte sich ebenfalls Sorgen um sie, nur ich wollte sie nicht an der Backe haben. Was stimmt nicht mit mir? Wahrscheinlich bestand ich wirklich nur noch aus Hass und Kälte.

Leise öffnete ich die Tür zu Docs Zimmer. Blake saß aufrecht auf der Couch. Ihre Finger im Schoß ineinander verschlungen und das Gesicht auf das Fenster gerichtet.

»Du kommst erst einmal mit zu mir«, bestimmte ich und sie sah mich an. »Vorher holen wir ein paar Sachen aus deiner Wohnung.«

»Ich möchte nicht mit zu dir«, meinte sie mit ruhiger und gefasster Stimme. »Das ist euer Krieg, nicht meiner. Ich habe meine eigenen …« *Probleme*, wollte sie sagen, davon war ich überzeugt. Aber sie schüttelte nur den Kopf, als wollte sie ihre Gedanken verbannen. Ich hakte nicht nach, denn ich wollte auf den Bericht von Ice warten. »Ich möchte bitte nur nach Hause.«

»Das mag nicht dein Krieg sein, aber du befindest dich leider mittendrin«, versuchte ich, ihr die Augen vor der Realität zu öffnen. »Das hier ist kein Kindergarten, Kleine, das ist eine knallharte Welt. Mir tut es leid, dass du da mit hineingezogen worden bist, aber jetzt ist es nicht mehr zu ändern. Bekommen dich die *Cold Bastards* in die Finger, bist du tot. Vorher werden sie viel Spaß mit dir haben und dich dann mit Haut und Haaren verspeisen. Bleibst du bei mir, hast du eine Chance zu überleben.«

»Wieso konntest du mich nicht einfach in Ruhe lassen?«, flüsterte sie und starrte erneut aus dem Fenster. »Nur weil du mich angeblich magst, sitze ich in der Scheiße.«

Bedank dich bei meinen Brüdern, wollte ich ihr entgegenschleudern, hielt mich aber zurück.

»Das spielt jetzt keine Rolle mehr«, erwiderte ich. »Lass uns deinen Kram holen. Ich bin müde.«

Wortlos erhob sie sich und schob sich an mir vorbei. Wieder sah sie mich nicht an. Kopfschüttelnd folgte ich ihr.

»Ist das deins?«, hielt Death sie auf und reichte ihr die Geldbörse, die ich Ice vorhin gereicht hatte.

»Ja, Dankeschön.« Blake nahm ihr Portemonnaie und steckte es sich in die Hosentasche.

»Du solltest auf Devil hören, Mädchen.« Death Stimme wurde ruhiger, sanfter, wie ich sie noch nie zuvor erlebt hatte. Was war er jetzt? Ihr Daddy? Ich verdrehte die Augen, weil ich von dem Verhalten meiner Brüder langsam ein Magengeschwür bekam.

Blake betrachtete den Präsidenten des Clubs argwöhnisch, nickte dann aber. Death schenkte ihr ein aufmunterndes Lächeln, schaute zu mir und funkelte mich böse an. Wunderbar, also war ich hier der Penner. Großartig!

Für meine Jungs würde ich mir in den kommenden Tagen etwas einfallen lassen, weil sie mir diesen Scheiß mit dem Mädchen eingebrockt hatten. Sie würden leiden, das versprach ich mir selbst.

Blake und ich gingen zu meinem Bike. Wortlos setzten wir unsere Helme auf – dieses Mal half ich ihr nicht, sie schaffte es anscheinend alleine –, nahmen Platz und ich fuhr zu ihrer Wohnung.

Zwanzig Minuten später kamen wir an, und stiegen gemeinsam die Treppe nach oben. Nachdem sie die Tür geöffnet hatte, folgte ich ihr in das Appartement.

»Oh mein Gott, Blake«, rief Rachel, als sie auf uns zugestürmt kam.

Shadows Kleine war wirklich ein heißer Feger, das musste ich ihr lassen. Sie trug knappe Shorts, ein enges Tanktop und ihre Füße waren nackt. Die blonden Haare hatte sie zu einem Pferdeschwanz gebunden und ungeschminkt war sie auch, was sie aber auch nicht nötig hatte. Gar nicht schlecht.

Als Rachel ihre Freundin umarmen wollte, wich Blake so schnell zurück, dass sie mit ihrem Rücken gegen mich prallte. Bevor ich reagieren konnte, trat sie auch schon zur Seite und brachte Abstand zwischen uns.

Irritiert schaute ich zwischen den beiden Weibern hin und her und verstand das Verhalten von der dunkelhaarigen *Kampfmaschine* nicht. Nahmen Mädels sich nicht zu jeder Gelegenheit in den Arm? Blake war tatsächlich komplett anders und ich war gespannt, was ich alles über sie erfahren würde. Meine Neugierde stieg ins Unermessliche.

»Es ist nicht so schlimm, wie es aussieht«, versuchte Blake, ihre Freundin zu beruhigen. »Wir hatten nur ein bisschen Stress. Ich werde ein paar Sachen packen und für einige Tage verschwinden. Du kannst mich übers Handy erreichen.«

»Wenn du sie sprechen willst, rufst du *mich* an«, widersprach ich und fixierte das Blondchen. »Blakes Telefon ist tabu. Entweder du setzt dich mit Shadow oder mit mir in Verbindung. Ansonsten redest du mit niemandem. Verstanden?« Bei meinem Tonfall zuckte sie zusammen. Die Maus hatte tatsächlich Schiss vor mir.

»Soll ich dir helfen?«, erkundigte die Granate sich bei Blake, ohne mich aus den Augen zu lassen.

»Gerne.« Die beiden machten sich auf den Weg in ein Zimmer. Ich folgte ihnen nicht, sondern nahm auf dem Sofa im Wohnzimmer Platz, wo ich am Morgen schon gesessen hatte.

Mit einer Hand fuhr ich mir über das Gesicht. Das würde kein Spaß werden. Babysitter zu spielen gehörte nicht unbedingt zu meinen Lieblingsbeschäftigungen, zumal ich genug zu tun hatte. Fuck, wer sollte sich jetzt um die Geschäfte kümmern?

Wenn es nach mir ginge, würde ich Blake in meinem Haus allein lassen und die *Cold Bastards* mit meinen Jungs ausfindig machen. Irgendwo mussten sie sich verschanzt haben. Dann wäre die Angelegenheit bereinigt und ich bräuchte die *kleine Kampfmaschine* nicht mehr beschützen.

Der Kuss mit ihr war gut gewesen, aber für mich war sie zu unschuldig, zu unerfahren. Egal, was ich mir vorhin am Steg auch eingeredet hatte, sie war jetzt keine Wette mehr, sondern nur noch ein Mädchen, das beschützt werden musste.

Kapitel 16

Blake

»Wo genau gehst du denn hin?«, wollte Rachel wissen, während sie meinen Rucksack aufhielt, damit ich wahllos Klamotten reinwerfen konnte.

Verdammt, ich war kopfüber in einen Misthaufen gestürzt und wusste nicht, wie ich da rauskommen sollte. Hier ging etwas vor sich, was ich nicht verstand und auch nicht verstehen wollte. Von Anfang an wollte ich mit den Rockern nichts zu tun haben. Jetzt bekam ich die Quittung dafür, nicht *nein* gesagt zu haben: Devil würde auf mich aufpassen. Allerdings war ich davon überzeugt, dass er nicht scharf darauf war. Dieser Kerl überforderte mich mit seinem ganzen Verhalten.

Zuerst stalkte er mich, dann behandelte er mich wie eine dumme Gans und aus mir unerfindlichen Gründen gab er mir dann noch den besten Kuss auf der Welt. Und nun? Nun verhielt er sich mir gegenüber wieder wie ein Arschloch. Mir schwirrte von diesem gesamten Hin und Her der Kopf. Ich mochte ihn nicht oder ich versuchte zumindest, mir das einzureden, obwohl mein Körper mich Lügen straffte, sobald er sich in meiner Nähe befand.

Was mir aber am meisten Sorgen bereitete, war der Blick des dunkelhaarigen Bikers am See. Als hätte er gewusst, wer ich war. Aber woher sollte er das wissen? Ich hatte nie mit irgendwelchen Motorradclubs etwas am Hut gehabt. Niemals! Und trotzdem befand ich mich mitten in einem Bandenkrieg, der mit mir nichts zu tun hatte.

»Blake?«, holte Rachel mich aus meinen Grübeleien.

»Entschuldige.« Ich schüttelte kaum merklich meinen Kopf, damit mein Gehirn wieder funktionierte. »Keine Ahnung, wo ich hingebracht werde«, antwortete ich ihr wahrheitsgetreu.

»Erzählst du mir, was passiert ist?«, hakte sie nach.

»Das hat irgendwas mit den *Demons* zu tun«, versuchte ich, ihr die Situation zu erklären. »Bin mir nicht sicher. Aber dummerweise bin ich da direkt mit reingeschlittert. Der Präsident, wie heißt der?«

»Du meinst Death?«

»Genau«, stimmte ich zu. »Er meinte, ich solle auf Devil hören. Und irgendwie glaube ich, dass ich das wohl die nächste Zeit tun sollte. Eine andere Wahl bleibt mir ja nicht. Immerhin weiß ich nicht, warum die mich ins Visier genommen haben.«

»Was soll ich Bruce erzählen, falls er kommt, oder anruft?«, stellte sie mir eine weitere Frage.

»Sag ihm einfach, dass ich für ein paar Tage an den Strand gefahren bin«, legte ich ihr eine passende Lüge zurecht. »Das ich die Semesterferien nicht alleine hier verbringen wollte. Irgendwie sowas.«

»Okay, das mache ich.« Rachel griff nach meiner Hand, als ich gerade dabei war, den Rucksack zu schließen. »Blake, es tut m …«

»Lass es«, fuhr ich sie viel zu barsch an, atmete tief durch und betrachtete meine Freundin. »Es ist nicht deine Schuld. Ehrlich nicht. Das alles ist einfach dumm gelaufen.« Ich schenkte ihr ein Lächeln, was ich mir herausquetschen musste, denn mir war gerade nicht nach Heiterkeit zumute.

»Ich werde dich vermissen«, schniefte sie und haute mich damit völlig aus den Socken. »Wenn ich dich bloß nicht zur Party mitg …«

»Stopp«, unterbrach ich sie erneut. »Du hast nichts falsch gemacht. Ich habe zugestimmt, obwohl ich nicht mitkommen wollte. Es war meine Entscheidung. Und jetzt muss ich los, bevor Devil seinen nächsten Ausraster bekommt.«

Das musste ich auf jeden Fall verhindern. Niemals wieder wollte ich miterleben, wie er jemanden zusammenschlug. Er hatte mir Angst eingejagt, weil ich nicht glauben konnte, dass ein Mensch so eiskalt sein konnte. Seine Augen waren nicht mehr nur hart gewesen, sondern … tot. Zu ihm passte der Name *Devil* außerordentlich gut.

Rachel drückte meine Finger noch einmal, bevor sie von mir abließ. Den Rucksack geschultert, verließ ich das Zimmer, dicht gefolgt von meiner Freundin. Zielstrebig begab ich mich ins Bad, ohne ins Wohnzimmer zu schauen. Ich wusste, dass Devil noch hier war.

Alles was ich brauchte, stopfte ich in mein Beautycase. Als ich fertig gepackt hatte, marschierte ich ins Wohnzimmer.

»Fertig?«, erkundigte Devil sich und ich nickte.

Auch sein Gesicht hatte einiges abbekommen, seine Lippe war an einer Stelle aufgeplatzt und unter seinem rechten Auge bildete sich eine Art Blutbeutel.

Devil stand auf, kam auf mich zu und ich nahm schon fast an, dass er mir das Gepäck abnehmen wollte, doch falsch gedacht, denn er ging einfach an mir vorbei und steuerte die Haustür an.

»Wir sehen uns«, verabschiedete ich mich von Rachel und wich erneut zurück, als sie mich in den Arm nehmen wollte.

Ich konnte diese Nähe einfach nicht ertragen, obwohl ich es gerne versucht hätte. Aber ich war dafür noch nicht bereit.

Ich lächelte, drehte mich um und folgte Devil, der an der Tür auf mich wartete.

Gemeinsam verließen wir das Haus und gingen auf sein Bike zu. Mittlerweile wusste ich, wie man den Helm aufsetzte und den Verschluss verriegelte, immerhin war ich nicht total bescheuert. Dann setzte ich mich auf das Bike, nachdem Devil sich draufgeschwungen hatte. Da ich in einer Hand mein Case trug, konnte ich mich nur mit der anderen an ihm festhalten.

Schnaubend entriss er mir meinen Kulturbeutel, sodass ich mich an ihm festhalten konnte.

Eigentlich war ich der Meinung, dass er etwas freundlicher mit mir umspringen würde, nachdem wir uns so innig und leidenschaftlich geküsst hatten, aber leider tat er das nicht. Er mochte mich? Nie im Leben! Warum mich diese Erkenntnis in der Magengegend traf, konnte ich nicht mit Bestimmtheit sagen, aber der Gedanke, dass er mich eigentlich doch nicht leiden konnte, setzte mir mehr zu, als ich zugeben würde.

Die Fahrt – ich hatte keine Ahnung, wohin es ging – dauerte etwas länger als eine Stunde. Als ich das Ortseingangsschild erkannte, wusste ich, wo wir uns befanden. In Salem, der Hauptstadt von Oregon.

Devil lenkte den Chopper um einige Straßenecken, bis wir einen kleinen dichten Waldweg entlangfuhren. Nachdem wir dem Gestrüpp entkommen waren, erblickte ich ein wirklich schönes helles Haus mit einer großen Veranda. Es sah freundlich aus, einladend, warm. Dinge, die überhaupt nicht zu Devil passten. Der Rasen vor den Stufen war kurz und gepflegt. Auf der Terrasse standen Bänke und ein Tisch, sowie eine Stehheizung. Die Fenster waren sauber und mit Rollladen versehen.

Die Harley hielt an und Devil stieg nicht ab. Für einen Moment wusste ich nicht, worauf er wartete, bis mir einfiel, dass ich vielleicht zuerst runterklettern sollte.

Mit dem schweren Rucksack auf meinen Schultern, gestaltete sich das alles gar nicht so einfach, zumal ich auch noch über eine Stunde auf dem Motorrad gesessen hatte. Aber irgendwie schaffte ich es, stolperte aber nach hinten, weil ich unbedingt dem Auspuff fernbleiben wollte. Reaktionsschnell schoss Devils Hand nach vorne und schaffte es, mich am Shirt festzuhalten. Durch den Gegensatz dieser Wucht prallte ich nach vorne, direkt mit dem Brustkorb an seinen Oberarm. Für einen winzigen Moment blieb mir die Luft weg.

»Du bist die reinste Katastrophe, Mädchen«, schimpfte er und ich stieß mich von ihm weg.

»Deshalb musst du dich aber nicht ständig im Ton vergreifen«, spie ich ihm entgegen. Wieso sprach er mit mir, als hielte er mich für total beschränkt?

»Halt einfach die Klappe«, knurrte er.

Arschloch!

Devil stieg vom Motorrad, griff nach meinem Helm, den ich immer noch auf dem Kopf trug und nahm auch seinen eigenen ab. Dann schnappte er sich das schwarze Case und schob sich an mir vorbei. Schweigend folgte ich ihm.

Nachdem er mehrere Schlösser an der Eingangstür aufgeschlossen hatte, öffnete er sie und stolzierte ins Innere. Als ich einen Schritt nach vorne machte, befand ich mich direkt in einem großen Wohnzimmer, das wirklich toll eingerichtet war. Devil mochte anscheinend helle Möbel.

In der Mitte des Raumes stand eine ausladende beige Couch, davor ein weißer Tisch und an der Wand gegenüber eine passende Wohnwand. Dazwischen hang ein Flachbildfernseher, der so riesig war, wie ich ihn nur einmal in einem Elektrogeschäft gesehen hatte. Zwei Kommoden sowie eine Stehlampe machten das Mobiliar komplett.

Mir wurde der Rucksack zu schwer, sodass ich ihn von meinen Schultern gleiten ließ und hinter das Sofa stellte. Dann schlenderte ich weiter, da ich von Devil weit und breit nichts sehen konnte. Ich lief durch einen kleinen Flur und kam in eine Küche.

Auch dieser Raum wirkte freundlich und hell und passte meiner Meinung nach überhaupt nicht zu einem Junggesellen, schon gar nicht zu einem Rocker.

Blake, ermahnte ich mich. *Hör auf mit deinen Vorurteilen.*

Es war die typisch amerikanische Küche. Rundherum befanden sich Schränke und Elektrogeräte in den Farben Silber und matt Grau. Die Arbeitsplatte hatte etwas von Marmor, so ähnlich, wie wir sie damals in Tucson gehabt hatten. Alles war sauber, ich erkannte nicht ein Staubkorn.

Rückwärts verließ ich den Raum und begab mich weiter auf Erkundungstour. Oben hörte ich Schritte und schaute auf, als würde ich durch die Decke spähen können. Innerlich schüttelte ich den Kopf.

Ich fand noch ein Badezimmer sowie eine Art Büro. Auch in diesen beiden Räumen war alles hell, freundlich und vor allem … extrem *sauber*. Unfassbar!

»Blake«, hörte ich Devil meinen Namen rufen und zuckte bei seiner scharfen und schroffen Stimme zusammen, hatte mich aber schnell wieder im Griff.

Ich lief zurück ins Wohnzimmer, schnappte mir meinen Rucksack und steuerte die Treppe an, die sich zwischen zwei Wänden befand. Langsam überbrückte ich Stufe für Stufe, bis ich oben ankam. Dabei tat mir meine Seite im Rippenbereich ein wenig weh, aber ich versuchte, den Schmerz, weitestgehend zu ignorieren.

»Wo bist du?«, rief ich, als ich ihn nicht entdecken konnte.

»Zweite Tür, linke Seite«, vernahm ich ihn brummend und ich schnaubte. Wieso konnte er nicht ein bisschen freundlicher sein?

Ich machte mich auf den Weg und hielt im Türrahmen inne. Devil war gerade dabei, Decken und Kissen auf das Kingsize-Bett zu werfen, als er sich mir zuwandte.

»Das wird für die nächste Zeit dein Schlafplatz sein«, setzte er mich in Kenntnis. Mir war mittlerweile klar, dass er mich absolut nicht hierhaben wollte. Verdammt, ich hätte doch auch einfach verschwinden können. Darin war ich schließlich geübt. Aber das konnte ich ihm unmöglich sagen. »Gegenüber befindet sich das Bad. Unten eine weitere Toilette. Am Ende des Flurs ist mein Schlafzimmer. Das ist für dich tabu. Ich meine es ernst. Sehe ich dich da drin, haben wir ein Problem.« Ich nickte, nahm mir allerdings vor, sobald er mal nicht hier wäre, unbedingt einen Blick hineinzuwerfen, um zu wissen, weshalb er ein Riesengeheimnis daraus machte. »Jetzt pack deinen Kram aus und komm anschließend nach unten.«

Ich machte einen Schritt zur Seite, damit ich ihn vorbeilassen konnte, und stiefelte dann in den Raum. Sofort schloss ich die Tür hinter ihm und lehnte meine Stirn an das Holz.

Nachdem ich einige Male durchgeatmet hatte, stellte ich den Rucksack aufs Bett, wo sich auch schon das Beautycase befand. Dann sah ich mich um. Auf dem Boden zierte ein weicher flauschiger dunkler Teppich. Das Bettgestell war schwarz und die Möbel um mich herum, im silbrigen und weißen Ton gehalten. Der Kleiderschrank war typischerweise in der Wand eingefasst. Ein kleiner Fernseher hang über der Kommode gegenüber vom Bett.

Erschöpft ließ ich mich auf die Matratze sinken und schloss die Augen. Das würde eine harte Zeit werden und ich hatte keine Ahnung, wie ich mit alledem umgehen sollte. Der einfachste Weg wäre, Darell anzurufen und ihm zu sagen, dass ich in Schwierigkeiten steckte. Dann würde mein Notfallplan in Aktion treten. Aber aus einen mir völlig undefinierbare Grund kam das für mich nicht in Frage. Noch nicht.

Bevor ich einschlief und Devil damit den Ausraster des Jahrhunderts bekommen würde, erhob ich mich und fing an, meine Klamotten in den Schrank und die Kommode zu räumen. Den Rucksack stopfte ich in den Bettkasten.

Tiefdurchatmend begab ich mich wieder nach unten. Im Wohnzimmer war von Devil nichts zu sehen, also ging ich in die Küche, wo er vor einer Tasse mit dampfenden Kaffee am Tisch saß. Ich hätte auch nichts gegen ein bisschen Koffein. Der Tag war lang und ich hatte weder etwas gegessen, noch genug getrunken, schon gar nicht von meinem Suchtmittel. Aber ich hütete mich, ihn nach einer Tasse zu fragen, also blieb ich einfach still stehen und beobachtete diesen wunderschönen Mann.

Verdammt Blake, bekomm dich wieder in den Griff. Der Typ kann dich nicht mal leiden.

»Willst du mich weiter anstarren?«, vernahm ich seine tiefe Stimme und schrak zusammen. »Setz dich.«

Ich tat, wie mir befohlen, ohne zu widersprechen, weil ich wusste, dass es sowieso nicht viel brachte. Deswegen nahm ich mir vor, einfach die Klappe zu halten, seinen Anweisungen zu folgen und mich ansonsten von ihm fernzuhalten. Wenn ich mich an die Regeln halten würde, könnte ich unbeschadet aus der Angelegenheit herauskommen und Devil wie auch seine Gang hinter mir lassen.

Aber aus irgendeinem Grund schien mein Herz nicht mit dem Plan einverstanden zu sein, denn ein Ziehen machte sich bei dem Gedanken in meinem Magen breit. Allerdings ignorierte ich das komische Gefühl und konzentrierte mich auf den Kerl, der mir nun gegenübersaß, seinen Blick über mein Gesicht gleiten ließ und an meinen Lippen hängenblieb.

Oh, verdammt. Fernhalten würde sich wohl doch etwas schwieriger als angenommen gestalten.

Kapitel 17

Devil

Fuck, diese Lippen schienen mich anzuflehen, sie erneut in Besitz zu nehmen. Aber ich durfte nicht, denn hier ging es nicht mehr um die Wette, sondern um eine gefährliche Angelegenheit. Sie musste beschützt werden und da ich meine Befehle hatte, würde ich auch genau das tun. Nichtsdestotrotz musste ich zugeben, dass es mir ihr Mund verdammt schwermachte, mich nur darauf zu konzentrieren, und das ging mir wiederum auf den Sack.

»Im Kühlschrank ist nicht viel«, fing ich an, nachdem ich einige Male tief durchgeatmet hatte. »Mach mir einen Zettel und ich werde Einkaufen fahren. Solltest du etwas brauchen, sagst du es mir und ich besorge es.« Ich schnaubte. Verfickte Scheiße, ich war jetzt zur Nanny abkommandiert worden. »Du wirst das Grundstück nicht ohne meine Erlaubnis verlassen. Wenn du irgendwo hingehen möchtest, unterrichte mich darüber. Niemand, bis auf ausgewählte Leute, wissen von diesem Haus und ich will, dass es so bleibt. Wenn dich jemand fragt, lüge oder stell dich dumm. Mir egal.« Die Kleine betrachtete mich absolut emotionslos, nichts in ihrem Gesicht regte sich. »Jetzt gib mir dein Handy.«

Blake blinzelte ein paar Mal, bevor sich ihre Stirn in Falten legte. »Warum?«, wollte sie wissen.

»Weil du es nicht benutzen wirst«, klärte ich sie auf. »Die *Cold Bastards* werden versuchen, an dich heranzukommen, und glaub mir Baby, sie werden dich finden. Unterschätz die Wichser nicht. Für die Bande ist es ein Leichtes, an deine Daten zu gelangen und dann dein Handy zu orten. Also, her damit.«

»Aber …«

»Merk dir schnell eins, Mädchen«, unterbrach ich sie unwirsch, »ich hasse es, zu diskutieren, und ich kann es noch weniger leiden, wenn man nicht macht, was ich verlange. Wir sollten versuchen, aus der Scheiße das Bestmögliche zu machen. Du tust, was ich befehle. Das ist eine ganz einfache Kiste. Ich habe keine Zeit für Spielchen oder Zickenterror. Du stehst nun unter meinem Schutz und ich habe vor, diese Aufgabe vernünftig zu erledigen. Entweder wir ziehen hier an einem Strang, oder …«

»... wir haben ein Problem«, beendete sie meinen Satz.

»Du hast es verstanden. Freunde sind derzeit tabu. Wenn deine Mitbewohnerin dich sehen will, wird sie sich mit Shadow oder mir in Verbindung setzen. Solltest du das Verlangen haben, sie zu treffen, gibst du mir Bescheid und ich arrangiere es. Klar soweit?«

»Sicher.« Blake griff in ihre Hosentasche und legte mir ihr Telefon vor. In ihren Augen erkannte ich Tränen, aber sie hatte sich schnell wieder unter Kontrolle.

»Gib mir deinen PIN-Code«, forderte ich noch und Blake nannte mir vier Zahlen, 0612. Für mich klang es nach einem Datum. Es musste etwas Bedeutungsvolles für Blake sein, da war ich mir sicher. Sie schien mir kein Mädchen zu sein, die irgendetwas unwillkürlich tat. Also würde ich Ice diesen Pin ebenfalls nennen, damit er ein wenig recherchieren konnte.

Ich nahm ihr iPhone und verstaute es in meiner Tasche. Sobald ich in den Schuppen ging, der sich vor dem Haus befand, würde ich es zerstören. »Ich habe noch etwas zu erledigen. Fertige mir eine Liste an, damit ich später oder morgen einkaufen gehen kann.«

»Okay«, flüsterte sie, hielt meinem Blick aber stand.

Mir kam es so vor, als hätte sie aufgegeben, sie wirkte erschöpft. Dinge, die mich nicht zu interessieren hatten und es dennoch taten. Scheiße, ich mutierte zur Pussy.

Kopfschüttelnd erhob ich mich, warf ihr einen Block sowie Kuli auf den Tisch, wandte mich um und marschierte nach draußen. Ich brauchte dringend Abstand von der Kleinen. Von ihr und vor allem von ihrem Mund. Verdammt, wann hatte ich das letzte Mal das Bedürfnis, ein Weib zu küssen? Ich konnte mich daran nicht mehr erinnern. Bei Blake allerdings, konnte ich an nichts anderes denken und das kotzte mich an.

Die Tür zum Schuppen kickte ich mit dem Fuß auf, nachdem ich das Schloss entfernt hatte. Hier befand sich mein Arbeitsbereich, meine Waffen, alles, was ich brauchte. Umgehend nahm ich auf dem Drehhocker Platz, gab den PIN-Code für ihr Handy ein und durchstöberte die Nachrichten. Keine vorhanden, alle gelöscht. Danach war die Anrufliste dran, aber auch hier zeigte das Telefon mir keine Namen an. Die Liste war leer. Weder war eine Social-Media-App installiert noch E-Mail-Accounts. Hier gab es nichts. Das Mädchen war einundzwanzig Jahre und verwischte ihre Spuren, wie ein Profi. Sofort erinnerte ich mich an Docs Aufklärung: Drei Schusswunden, ein Messerstich! Wer war die Kleine?

Bevor ich ihr Handy zerstörte, besann ich mich und checkte ihre Kontakte. Erstaunt fand ich drei Nummern. Rachel, Bruce und eine, die unter dem Namen *Data* gespeichert war. Data? Auch wenn ich es nicht wusste, so war ich davon überzeugt, dass es sich hierbei um etwas Bedeutungsvolles handelte. Aus dem Impuls heraus, wollte ich die Nummer wählen, hielt mich aber in letzter Sekunde zurück. Dieses Handy würde ich nicht zertrümmern, nein, ich würde es Ice geben. Also nahm ich mein Smartphone in die Hand und rief meinen Bruder an. Nach dem dritten Klingeln hörte ich seine Stimme.

»Was gibt's Alter?«

»Wenn ich dir das Handy der Kleinen gebe, könntest du versuchen, gelöschte Daten wiederherzustellen?«, fiel ich direkt mit der Tür ins Haus.

»Versprechen kann ich es nicht, aber ich würde mich dran wagen«, meinte er. »Bring es einfach vorbei. Dann sehe ich es mir an.«

»Notiere dir auch 0612«, bat ich ihn.

»Ein Datum?«, wollte er wissen.

»Gute Frage«, schnaubte ich. »Es muss etwas Wichtiges sein. Keine Ahnung, vielleicht irre ich mich auch. Aber versuch, irgendwas herauszufinden. Entweder ist das Tag und Monat oder Monat und Jahr.«

»Was ist mit dem Mädchen?«, hakte er nach. »Doc hat mich über seine Entdeckung aufgeklärt. Angeschossen? Ernsthaft? Dann die Kampfsporttechnik? Was ist sie? Ein Ninja?«

»Um das zu erfahren, solltest du dich an die Arbeit machen«, verlangte ich. »Vor allem müssen wir wissen, inwieweit sie mit den *Cold Bastards* in Verbindung steht.«

»Meinst du, sie hat was mit River am Hut?«

»Death glaubt es nicht«, erwiderte ich. »Ich bin mir persönlich da nicht so sicher. Jedenfalls ist sie keine normale Frau. Versuch einfach, an Informationen zu gelangen.«

»Wird erledigt«, stimmte er zu.

Ohne mich zu verabschieden, legte ich auf. Blakes Handy steckte ich wieder zurück in die Hosentasche und stützte meine Ellenbogen auf den Tisch. Mein Gesicht verbarg ich in den Händen.

Ich könnte jetzt im Club sein, mir ein Bier genehmigen und irgendeiner Schlampe befehlen, mir den Schwanz zu lutschen. Aber nein, ich durfte Babysitter spielen, für ein Mädchen, die anscheinend einen Keuschheitsgürtel trug. Was war ich doch für ein Glückspilz!

Draußen war es bereits dunkel, als ich die Hütte verließ und hinter mir wieder abschloss. Im Haus brannte kein Licht, wahrscheinlich war die Kleine schon ins Bett gegangen, wobei es erst neun Uhr war.

Schnaubend begab ich mich ins Innere und verbarrikadierte die Eingangstür. Weder im Wohnzimmer noch in der Küche war Blake aufzufinden. Um sicherzustellen, dass sie in ihrem Zimmer war, lief ich die Treppen nach oben. Doch wie es der Zufall wollte, war sie natürlich *nicht* in ihrem Bett. Zorn stieg in mir hoch, weil ich genau wusste, dass ich ihr befohlen hatte, das Haus nicht zu verlassen, ohne mich vorher in Kenntnis zu setzen.

Nachdem ich jeden Raum abgesucht hatte, blieb ich im Wohnzimmer stehen, als ich im Garten eine Bewegung wahrnahm. Sie war kaum zu erkennen, nur durch den Lichtstrahl des Mondes. Ich machte einen Schritt zum Fenster und spähte hinaus. Blake saß auf der Wiese und starrte in die Feuerstelle, die wir immer anzündeten, wenn meine Jungs und ich zusammensaßen.

Kurz nahm ich mir die Zeit, die Kleine genauer in Augenschein zu nehmen. In Schneidersitz und mit hängenden Schultern residierte sie auf der grünen Fläche. Hin und wieder zupfte sie Grashalme aus dem Boden und zog regelmäßig ihre Nase hoch. Weinte sie? Ihre schwarzen langen Haare wehten hin und her, es war windig draußen und dennoch trug sie nichts weiter als ein Shirt und Jeans. Anscheinend war sie eine der wenigen Frauen, die nicht unentwegt froren.

Ohne ein Geräusch zu verursachen, öffnete ich die Tür und schritt auf sie zu. Ihr Körper verspannte sich, das konnte ich genau erkennen, aber sie sah nicht zu mir auf.

»Was machst du hier draußen?«, verlangte ich zu erfahren und verschränkte die Arme.

»Ich wollte nur ein bisschen an der frischen Luft sitzen«, wisperte sie. »Ich dachte, das würde dich nicht stören. Aber ich kann auch auf mein Zimmer gehen, wenn es dir lieber ist. Ich will schließlich nicht, dass du mich öfter sehen musst, als unbedingt nötig.«

Sie war wieder in den Streitmodus umgestiegen und so gefiel sie mir deutlich besser. Diese zerbrechliche Haltung passte nicht zu der *kleinen Kampfmaschine*.

»Hast du den Einkaufszettel fertig?«, wollte ich wissen, ohne auf ihre Provokation einzugehen.

»Er liegt auf dem Tisch«, meinte sie und erhob sich. »Ich werde natürlich für die Lebensmittel aufkommen. Mein Geld ist oben.«

Sie schob sich tatsächlich an mir vorbei, und war im Begriff mir Geld zu geben, damit ich Besorgungen machen konnte? War sie noch bei Trost?

»Ich denke, dass ich den Einkauf gerade noch bezahlen kann«, teilte ich ihr mit. »Behalt deine Kohle. Wer weiß, wofür du sie noch brauchst.«

»Warum tust du das?«, fragte sie mich plötzlich und wirbelte zu mir herum. Sie war bereits auf der ersten Stufe zur Terrassentür.

»Wie bitte?« Mit verengten Augen machte ich einen Schritt auf sie zu. Blake wich zurück.

»Wenn du mich nicht hierhaben willst, dann lass mich gehen. Gib mir mein Handy zurück und ich verschwinde ein für alle Mal aus deinem Leben. Du musst dir auch keine Gedanken machen, ich komme schon zurecht. Bin ich immer.«

Mit zwei Schritten stand ich vor ihr und bugsierte sie mit dem Rücken an die Wand. Meine Hände lehnte ich rechts und links neben ihrem Kopf und beugte mich zu ihr herunter.

»Blake, ich warne dich zum letzten Mal«, flüsterte ich nah an ihren Lippen. »Überdenke deinen Tonfall mir gegenüber. Ich kann Zicken nicht leiden und du solltest mich nicht herausfordern. Dieses Spiel, würde dir nicht gefallen, glaub mir das.«

»Ich möchte doch nur in Frieden gelassen werden«, murmelte sie und ich erkannte, dass ihre Lippen zitterten. »Wieso willst du überhaupt auf mich aufpassen?«

»Von *wollen* ist hier nicht die Rede«, erklärte ich ihr wahrheitsgemäß. »Aber wir wissen, wenn River dich in die Finger bekommt, wird es für dich nicht witzig. Unterschätze uns nicht, Kleines. Nur weil wir dich beschützen, heißt das nicht, dass wir deine Freunde sind. Aber du bist dummerweise in unsere Welt hineingeschlittert und stehst auf der Liste der *Cold Bastards*. Bekommen sie dich, bist du tot, was unsere Schuld wäre und ich habe keinen Bock, dein Blut an meinen Fingern oder denen des Clubs zu haben. Ist das angekommen?«

»Sehr deutlich«, hörte ich sie leise sagen. »Wenn es dir nichts ausmacht, gehe ich jetzt ins Bett.«

Eine Weile betrachtete ich sie noch und wusste, dass ich mich zurückziehen sollte. Aber irgendwas an ihr zog mich in ihren Bann. Keine Ahnung, was genau das war, aber sie köderte mich, wenn auch unbewusst.

Ich beugte mich noch weiter herunter. Blake riss ihre Augen auf und lehnte ihren Kopf weit nach hinten, als wollte sie versuchen, durch die Mauer zu fliehen. Ihr Atem ging hektisch, ihre Brust hob und sank in einem schnellen Tempo.

Bei diesem Anblick rührte sich mein Schwanz und es kostete mich alles, ihr nicht die Kleidung vom Leib zu reißen, um sie für ihre spitze Zunge hier und jetzt zu ficken.

Knurrend stieß ich mich von der Wand ab, schob mich an ihr vorbei und rauschte in die Küche. Hinter mir hörte ich, wie die Tür zur Terrasse geschlossen wurde und Schritte, die nach oben führten.

Auf dem Küchentresen fand ich Blakes Zettel vor.

Wollte sie mich verarschen?

Es stand nichts weiter darauf als: Toast, Marmelade und Wasser.

In diesem Moment war mir vollkommen klar, dass die nächsten Tage unglaublich anstrengend für mich werden würden.

Blake Crawford würde mich über kurz oder lang in den Wahnsinn treiben und ich hatte keine Chance, diesen Tornado aufzuhalten.

Kapitel 18

Blake

»Blake, verdammt, wach auf«, hörte ich aus weiter Ferne jemanden rufen. Dann spürte ich, wie etwas an mir zerrte. Mit all meiner Kraft schlug ich um mich und versuchte, dem Angreifer zu entkommen. Aber er hielt mich fest, packte zu und tat mir weh. »Verflucht, sieh mich an.« Plötzlich pochte meine Wange und ich riss die Lider auf.

Ich lag auf dem Boden, Devil saß rittlings auf mir, meine Arme über den Kopf ausgestreckt. Der Schleier vor meinen Augen lichtete sich und ich spürte etwas Nasses auf meine Haut tropfen. Erst dann sah ich auf, direkt in das kalte und eisige Gesicht des Hausherrn. Einige Male musste ich blinzeln, als ich erkannte, dass der Blutbeutel unter seinem Auge, an einer Stelle, gerissen war.

»Bist du wieder klar im Kopf?«, wollte er wissen.

»Mir geht es gut«, sagte ich und nickte auch noch. »Warum sitzt du auf mir?«

Devil zog eine Augenbraue hoch und musterte mich, als wüsste er nicht, ob er mich erwürgen oder aus dem Fenster werfen sollte. Wenn ich entscheiden dürfte, nahm ich letztere Möglichkeit.

»Du hast wie eine Geisteskranke gebrüllt und mich damit aus dem Schlaf gerissen«, informierte er mich und ließ mich endlich los.

Mit den Fingern tastete ich an meine Wange. »Hast du mich geschlagen?« Ungläubig schaute ich ihn an.

»Du hast um dich geboxt, mir blieb keine andere Wahl«, erklärte er und wieder tropfte Blut auf meine Stirn.

»Du blutest«, stellte ich unnötigerweise fest.

»Dank dir«, entgegnete er und erhob sich.

Auch ich stand auf, nachdem ich ein paar Mal durchgeatmet hatte. Devil war schon längst aus meinem Zimmer verschwunden, aber ich hörte im Bad das Wasser rauschen. Wegen seiner Wunde machte ich mir Gedanken, anscheinend hatte ich ihn hart getroffen. Deswegen dachte ich nicht lange nach und folgte ihm.

Erst als ich in der Tür stand, erkannte ich, dass er nur in Boxershorts bekleidet da stand und versuchte, seine Wunde zu säubern. Ich nahm mir einen Moment und betrachtete diesen Mann, der so unglaublich schön war, dass ich es kaum in Worte fassen konnte.

Devil befand sich mit nacktem Oberkörper vor dem Waschbecken und tupfte immer wieder mit einem Tuch auf die Wunde, aber das Blut schien nicht versiegen zu wollen. Mein Blick wanderte zu seinen starken Oberarmen, die unglaublich ausgeprägt waren und tatsächlich bis zur Schulter mit Tattoos bedeckt waren. Aber nicht übermäßig, sondern auf eine Art und Weise, die zugleich sexy und verrucht wirkte. Die genauen Motive konnte ich nicht erkennen, dafür stand ich zu weit weg.

Seine Brust bestand aus einem Sixpack, hügelartigen Muskeln und ich konnte nicht ein Haar ausmachen. Devils Haut war schön gebräunt, nicht zu dunkel und auch nicht zu hell. Meine Augen wanderten weiter an ihm herab und stoppten auf seiner linken Wade. Auch diese war bemalt, aber genau konnte ich es nicht sagen, dafür befand ich mich zu seitlich. An seinem Hals war vom Rücken aus ebenfalls Tinte zu erkennen, aber leider konnte ich auf diese Partie seines perfekten Körpers keinen Blick erhaschen. Schade.

Immer wieder musste ich schlucken, benetzte mit der Zunge meine Lippen, die unglaublich trocken waren. Sogar meine Kehle hätte nichts gegen ein wenig Flüssigkeit einzuwenden gehabt.

»Geh ins Bett«, forderte Devil und holte mich aus meinen Sabber-Gedanken.

»Hast du einen Verbandskasten oder sowas ähnliches?«, wollte ich wissen und musste Husten, weil meine Stimme sich leicht belegt anhörte.

»Ich brauche deine Hilfe nicht.« Gott, ich hätte ihn so gerne dahin getreten, wo es richtig wehtat.

»Hast du einen oder nicht?« So langsam wurde ich wütend, weil er sich wie ein kleiner Junge benahm, der seinen Willen nicht bekam.

Ohne ein Wort deutete er auf den Schrank hinter sich. Sofort steuerte ich ihn an, öffnete die Tür, fand einen kleinen

Korb mit Verbandsmaterial und nahm ihn heraus, bevor ich mich zu ihm umdrehte. Als ich seinen Rücken sah, fiel mir die Kinnlade herunter. Erschrocken schnappte ich nach Luft, als ich das überdimensionale Kreuz erkannte, das sich über die gesamte Fläche zog. Die Ränder waren verschnörkelt, machten auf mich den Eindruck, als seien es Schlangen. In der Mitte des Symbols deutete ein Diamant und darin stand das Wort *Pain.* Daneben, auf der geraden Fläche war in Latein der Satz geschrieben: *Niemand wird mich brechen.* Auf der anderen Seite, ebenfalls in Latein: *Ich bin der, der ich bin.*

Aus unerfindlichen Gründen schossen mir die Tränen in die Augen, aber ich schaffte es gerade eben noch, sie zurückzudrängen.

»Könntest du bitte auf dem Wannenrand Platz nehmen?«, bat ich ihn mit krächzender Stimme.

»Ich sagte, ich brauche deine H…«

»Bitte«, unterbrach ich ihn und unsere Blicke trafen sich im Spiegel.

Zu meiner Überraschung tat er das, worum ich ihn bat und ließ sich breitbeinig nieder. Auch wenn mir das Herz bis zum Hals schlug, nahm ich einige Tupfer aus dem Korb, sprühte etwas Alkohol darauf und stellte mich zwischen seine geöffneten Schenkel. Mit meinen Fingern umschloss ich sein Kinn und hob es an, damit er sein Gesicht nach oben streckte. Erneut trafen sich unsere Blicke, aber lange konnte ich seinem nicht standhalten und fing an, seine Wunde zu desinfizieren. Er zuckte nicht einmal zusammen, obwohl ich aus eigener Erfahrung wusste, wie sehr das brannte.

»Wer bist du, Blake Crawford?« Seine Stimme war tief und rau aber nicht unfreundlich, wie ich es sonst von ihm kannte. Es schwang Interesse darin mit, als hätte er sich diese Frage schon ein dutzend Mal gestellt.

»Ich bin ein niemand«, antwortete ich, weil ich genau das war.

»Irgendwann werde ich es …«

»Deine Wunde muss nicht genäht werden«, fiel ich ihm ins Wort, weil ich diesen Satz auf keinen Fall zu Ende hören wollte. Er sollte nichts über mich herausfinden, weil ich … weil ich es einfach nicht wollte. Es *durfte* nicht sein.

Nachdem ich es tatsächlich geschafft hatte, die Blutung zu stoppen, erkannte ich, dass sich ein weiterer Beutel unter seinem Auge gebildet hatte. Ich wusste genau, wie man damit umgehen musste.

»Das Blut muss da raus«, klärte ich ihn auf. »Wenn du willst, mache ich den Beutel auf.«

»Weißt du denn, was zu tun ist?«, erkundigte er sich und ich konnte nur nicken, weil ich seine Fingerspitzen an meinen Beinen spürte, die nach oben strichen. Verdammt, er durfte mich doch nicht einfach so berühren. Und obwohl ich ihn hätte aufhalten müssen, tat ich nichts dergleichen, denn mir gefiel es viel zu sehr.

»Du kannst mir vertrauen«, platzte es aus mir heraus, ohne dass ich die Worte überhaupt sagen wollte. Aber sie fühlten sich nicht falsch an, sondern insgeheim wollte ich, dass er mir vertraute, genauso, wie ich ihm vertraute. Warum? Ich hatte keinen blassen Schimmer.

»Dann zeig, was du kannst«, forderte er mich heraus, ohne explizit auf meine Äußerung einzugehen.

Erneut nickte ich, löste mich von ihm und lief in mein Zimmer. Dort wühlte ich in meiner Tasche, bis ich das Etui fand, dass ich immer bei mir trug. Sofort begab ich mich zurück zu Devil, der nach wie vor auf dem Wannenrand saß und mich eindringlich betrachtete. Unter seiner intensiven Musterung fühlte ich mich nackt, verletzlich und gleichzeitig begehrenswert. Möglich war, dass ich mir Letzteres nur einredete, aber ich wollte für einen kurzen Moment an diesem Gedanken festhalten.

Ich öffnete den Reißverschluss, und klappte das Etui auf, indem sich einige Utensilien befanden, die man zum Überleben benötigte. Das Skalpell zog ich aus seiner Vorrichtung, desinfizierte es mit der dabei liegenden Flasche und stellte mich wieder zwischen seine Beine.

»Ich mag mein Gesicht, Kleine.« Er griff nach meinem Handgelenk, als er sich mir zuwandte. »Mach keinen Blödsinn. Ich kann ziemlich wütend werden. Klar?«

»Ich weiß«, gab ich zu. Ich brauchte nur an den Vorfall in Albany zurückdenken. »Keine Sorge, ich werde vorsichtig sein.« Dann schenkte ich ihm noch ein kleines zittriges Lächeln und konzentrierte mich auf meine Aufgabe.

Nach zehn Minuten war alles vorbei. Der Beutel war auf, das Blut versiegt, die Wunde gereinigt und mit fünf Pflastern versehen.

»Das hast du gut gemacht«, hörte ich Devil sagen, während er sich im Spiegel betrachtete. »Wo hast du das gelernt?«

»Man schnappt im Leben das eine oder andere auf«, log ich und verstaute mein gereinigtes Werkzeug wieder. Im Rücken konnte ich seinen Blick spüren und wusste, dass er mir nicht glaubte. Devil war aufmerksam, ein Beobachter, genau wie ich. Das erschwerte es mir, meine Fassade aufrecht zu halten.

»Wenn ich etwas auf den Tod nicht ausstehen kann, sind es kleine Mädchen, die mich anlügen. Also, wieso kannst du wie ein Ninja kämpfen, Wunden wie ein Soldat versorgen und durch die Weltgeschichte gehen, ohne gesehen zu werden?« Schweigend und ohne ihn anzusehen, wollte ich mich an ihm vorbeischieben, kam aber nicht weit, denn er packte mich am Oberarm. »Blake!« Sein Tonfall war warnend, weshalb ich zusammenzuckte und mich ihm zuwandte.

»Jeder hat seine Geheimnisse, Devil«, erwiderte ich und versuchte, seine Finger sachte von meinem Oberarm zu lösen. »Deine, gehen mich nichts an, und meine dich nichts. Du bist ein jemand und ich bin ein niemand. Belassen wir es dabei.«

Devil ließ von mir ab und ich verschwand in meinem Zimmer. Erschöpft und zutiefst traurig warf ich mich auf das Bett und zog mich zu einer Kugel zusammen.

In diesem Moment, wollte ich mich das erste Mal von jemanden in den Arm nehmen, mich trösten lassen und der Einzige, bei dem ich es zulassen würde, war der Mann, der mich nicht hierhaben wollte. Mein Herz tat weh, meine Seele litt und ich wollte mich einfach nur noch in Luft auflösen.

Kapitel 19

Devil

»Jeder hat seine Geheimnisse, Devil«, hatte sie gesagt. *»Deine, gehen mich nichts an, und meine dich nichts. Du bist ein jemand und ich bin ein niemand. Belassen wir es dabei.«*

Ich wusste nicht warum, aber diese vier Sätze trafen mich mitten in den Magen. Sie fühlte sich als ein Niemand, was ich vollkommen anders sah. Sie war jemand, nur wusste ich noch nicht, wer! Aber als Blake mich versorgt hatte, nahm ich mir felsenfest vor, dass ich alles in meiner Macht stehende tun würde, um jedes ihrer Geheimnisse aufzudecken. Sie wollte mir nicht antworten? Fein, dann musste ich sie auf meine Art aufklären.

Erneut betrachtete ich mich im Spiegel und staunte nicht schlecht, wie gut die Kleine meine Wunde versorgt hatte. Doc hätte es nicht besser machen können.

Im Bad löschte ich das Licht und begab mich in mein Schlafzimmer. Erst als ich mich auf das Bett legte, gönnte ich mir den Gedanken an Blakes Albtraum. Sie hatte geschrien, sodass ich schon befürchtete, sie würde in ihrem Zimmer abgeschlachtet werden. Doch so war es nicht gewesen. Sie hatte in der einen Sekunde noch auf dem Sessel gesessen, in dem sie statt dem Bett eingeschlafen sein musste, und in der nächsten war sie auf den Boden gefallen. Sie hatte versucht, sich unter das Bett zu stehlen, war aber nicht weit gekommen, weil es keinen Weg darunter gab. Mir war es so vorgekommen, als wollte sie eine Szene in ihrem Traum nachspielen. Immer wieder rief sie *nein*, oder *lasst uns in Ruhe*. Sie war außer Rand und Band gewesen und ich fragte mich nicht zum ersten Mal, was ihr zugestoßen war. Aber ich konnte mir noch so viele Gedanken machen, ich würde auf keinen Nenner kommen.

Am nächsten Morgen wachte ich bereits gegen acht auf. Mit meinen Fingern fuhr ich mir über die Wunden im Gesicht und wartete auf den Schmerz, aber er trat nicht ein.

Im Bad betrachtete ich mich im Spiegel und musste feststellen, dass nichts geschwollen war, sondern die Wunde anfing zu heilen.

Nachdem ich geduscht, mich rasierte und fertig angezogen hatte, begab ich mich nach unten. Verwundert stellte ich fest, dass bereits frischer Kaffee gekocht wurde, nur von Blake war keine Spur zu sehen. Nach und nach suchte ich jedes Zimmer ab, angefangen mit ihrem, doch sie war nicht da. Wut stieg in mir auf, weil ich mich gestern klar und deutlich ausgedrückt hatte. Sofort machte ich mich auf den Weg nach draußen, aber auch dort war sie nicht aufzufinden. Weder vorne vor dem Haus noch hinten, wo sie gestern gesessen hatte.

Bevor ich mich auf meine Maschine schwingen konnte, hörte ich links von mir aus dem Wald Geräusche und drehte mich um. Wie aus dem Nichts joggte Blake an einem Baum entlang, direkt auf mich zu.

Wollte die Kleine mich verarschen? Ihr flog gerade ein Riesen Haufen Scheiße um die Ohren und sie ging joggen?

»Morgen«, begrüßte sie mich, und blieb stehen.

»Habe ich mich gestern nicht klar ausgedrückt?«, herrschte ich sie sofort an, weswegen sie zusammenzuckte. »Ich bin mir sicher, dass ich gesagt habe, du sollst im Haus bleiben oder mich ansprechen, wenn du wohin willst. Was war daran nicht deutlich?«

»Ich bin doch nur durch den Wald gelaufen«, verteidigte sie sich trotzig und verschränkte ihre Arme. »Während ich gejoggt bin, habe ich mich ständig umgesehen. Da war niemand.«

»Das ist mir scheiß egal«, knurrte ich. »Solange du hier bist, befolgst du meine Regeln. Ist das angekommen?«

»Ich habe nicht darum gebeten, hier zu sein«, fauchte sie und rannte die Stufen zur Eingangstür hoch.

Umgehend folgte ich ihr und bekam sie im Wohnzimmer zu greifen.

»Ich habe dir die Situation jetzt mehrfach erklärt«, meinte ich ruhig. »Meine Zeit ist begrenzt und ich verschwende sie nicht damit, ständig mit dir diskutieren zu müssen. Wenn du gehen willst, dann verschwinde, aber du wirst schneller tot umfallen, als dir lieb ist. Bleibst du hier, überlebst du vielleicht, aber dann spielst du nach *meinen* Regeln. Deine Entscheidung.

Ich habe keinen Bock auf diesen Kindergartenmist. Du bist erwachsen, verhalte dich entsprechend.«

Ich hatte mich, während ich mit ihr gesprochen hatte, stetig auf sie zubewegt und leicht heruntergebeugt, sodass unsere Münder vielleicht noch eine Handbreit voneinander entfernt waren. Blakes Blick schoss zwischen meinen Augen und Lippen hin und her. Ich ließ mir kaum eine Sekunde, um über mein Handeln nachzudenken, da presste ich meinen Mund schon auf ihren.

Ihre kleinen Finger krallten sich in mein Shirt und meine in ihr volles Haar, dass sie zusammengebunden hatte. Langsam löste ich ihr Gummi aus der Mähne, sodass ihre Locken über den Rücken flossen. Mit einer Hand griff ich an ihren Hinterkopf, mit der anderen packte ich ihre Pobacke. Dann hob ich sie hoch und das Mädchen schlang ihre Beine um meine Hüfte. Genau so mochte ich es. Immer wieder entkam ihr ein kleines Stöhnen, dieses Luder war mehr als empfänglich für meine Berührungen.

Langsam drehte ich uns um, legte sie vorsichtig mit dem Rücken auf die Couch und mich direkt zwischen ihre Schenkel. Auch wenn ich Jeans und sie Shorts trug, konnte ich ihre Wärme deutlich spüren. Mein Schwanz zuckte so extrem, dass ich – so befürchtete ich – gleich in meiner Hose kommen würde.

Blake kitzelte mit ihrer Zunge über meine und ich intensivierte den Kuss, durchforstete jeden Teil ihres Mundwinkels und musste feststellen, dass sie nicht nur gut küssen konnte, sondern auch verdammt gut schmeckte.

Ich löste meine Lippen von ihren und schaute sie an. Ihre hellblauen Pupillen glitzerten vor Verlangen und verdammt, ich würde sie so hart ficken, dass sie bis an ihr Lebensende nur noch an mich und meinen Namen denken würde. Die Kleine machte mich wahnsinnig, bot mir die Stirn, diskutierte mit mir, widersprach mir. Dafür würde ich mich revanchieren.

Mit meiner Zunge glitt ich über ihr Kinn, über ihren Hals bis zu der Wölbung ihrer Kehle. Ihr Shirt zog ich etwas nach oben, befreite ihren Bauch, der nicht so flach war, wie ich es gewöhnt war und es auch bevorzugte, aber dieser Anblick turnte mich dennoch absolut nicht ab, sondern stachelte mich sogar noch weiter an. Ja, sie war nicht dünn, aber verdammt, sie zog mich in ihren Bann, und diese Augen würden mich irgendwann verrückt machen.

Als ich mit meiner Zunge an ihrem Bauchnabel angekommen war, bog sie ihren Rücken durch und krallte ihre Finger in den Stoff der Couch. Ich wollte tiefer wandern, hatte schon den Knoten ihrer Shorts aufgemacht, als es an der Tür donnerte.

Blake schob mich mit Panik in den Augen von sich, krabbelte in der nächsten Sekunde unter mir weg, knallte mit den Knien auf den Boden und rappelte sich auf. Sie atmete schwer, während ich wie ein Volltrottel auf der Couch mit einer Latte in der Hose kniete, die nicht schmerzhafter sein könnte.

Verdammte Bullenscheiße!

»Ich … ich bin dann oben«, sagte sie mit zittriger Stimme und war im nächsten Moment auch schon verschwunden.

Erneut hämmerte es an der Tür. Fluchend erhob ich mich und marschierte zum Eingang.

Mit Wucht riss ich die Tür auf und davor standen Shadow, Death und Ice. Alle drei grinsten mich an, als wüssten sie genau, was hier gerade zwischen Blake und mir geschehen war. Arschlöcher!

»Ganz schlechter Zeitpunkt«, murrte ich, drehte mich um und ging in Richtung Küche. Hinter mir hörte ich die Jungs lachen, und hätte sie dafür am liebsten zusammengeschlagen.

»Das haben wir uns bereits gedacht«, vernahm ich Shadows Stimme, ging aber nicht auf seine Äußerung ein.

In der Küche gab ich allen eine Tasse Kaffee und gemeinsam nahmen wir am Tresen Platz.

»Gibt es einen besonderen Grund, warum ihr hier seid?«, wollte ich wissen.

»Nevada und Idaho reisen heute an«, setzte Death mich in Kenntnis. »Wir sollten Blake präsentieren, nachdem wir mit ihnen gesprochen haben.« Er kratzte sich am Hinterkopf und mir gefiel sein Gesichtsausdruck gerade gar nicht. »Du kennst die Jungs aus Idaho. Wenn sie erfahren, dass keiner auf Blake Anspruch erhebt, könnten einige von ihnen auf falsche Gedanken kommen. Für sie spielt es keine Rolle, ob sie unter unserem Schutz steht oder nicht. Du weißt selbst, wie die drauf sind und ich kann es ihnen nicht verübeln. Wir sind teilweise nicht anders.«

»Was genau willst du mir damit sagen?«, hakte ich nach, denn mir gefiel die Richtung nicht, in die das Gespräch verlief. Ganz und gar nicht.

»Keine Sorge, du sollst sie nicht zu deiner *Old Lady* erklären«, meinte er und die Übelkeit, die sich in mir breitgemacht hatte, verging langsam wieder. »Aber sie sollte an deiner Seite bleiben. Sie ist jung, hübsch und die Kerle stehen auf unschuldig. Shadow und Ice werden euch den Abend über nicht aus den Augen lassen und Cynthia ist ebenfalls eingeweiht.«

Cynthia war die *Old Lady* von Hellboy, einem weiteren Bruder, der allerdings als Soldat im Auslandseinsatz war. Auch wenn ihr Kerl nicht bei uns war, so gehörte sie zur Familie und hielt sich regelmäßig bei uns auf.

Aber keiner grub sie an, niemand stellte sich ihr in den Weg. Sie war für alle Kerle unantastbar, weil sie Eigentum meines Kumpels war. Wenn sie sich um Blake kümmerte, würde der Kleinen auf der Party nichts passieren.

»Die übrigen Chapter?«, stellte ich die nächste Frage.

»Sind alle informiert und bereit, sobald der Krieg beginnt«, klärte Shadow mich auf. »Die Buschtrommel hat uns zugeflüstert, dass River etwas plant. Es kann also nicht mehr lange dauern.«

Ich wandte mich an Ice. »Hast du schon irgendwas herausgefunden?«

»Nichts«, teilte er mir mit und ich schnaubte. »Weder ist etwas über den Namen Blake Crawford bekannt noch über die Zahlen. Was mich jedoch wundert, ist, dass alles, was ich über sie finden konnte, nicht älter als vier Jahre ist. Eingeschrieben ist sie am College in Eugene in Biologie, Wohngemeinschaft mit ihrer Freundin Rachel. Ihre Noten sind herausragend. Ansonsten keine Eintragungen, polizeilich ist nichts bekannt. Als sei sie erst seit vier Jahren auf der Welt.«

»Falsche Identität?«, äußerte ich meinen Verdacht, denn anders konnte ich mir das nicht vorstellen.

»Darauf tippen wir auch, aber eine Eigene, keine der Marshalls, die ist nämlich richtig gut. Außerdem hätten wir sonst längst ihren zuständigen Kontaktmann am Arsch gehabt«, erwiderte er. »Das würde auch ihre alten Verletzungen erklären. Ich bleibe aber weiter dran, denn irgendwas muss es über sie geben. Nur müssen wir erst mal in Erfahrung bringen, wer sie wirklich ist.«

Ich nickte, sagte aber nichts, weil ich Geräusche auf der Treppe wahrnahm. Keine drei Sekunden später stand Blake frisch geduscht, in Jeans und Shirt bekleidet in der Küche. Als sie meine Brüder sah, wich sie zwei Schritte zurück, bekam sich aber schnell in den Griff.

»Hallo«, begrüßte sie die Runde. »Ich wollte euch nicht stören, sondern mir nur einen Kaffee holen, wenn das in Ordnung ist?«

»Guten Morgen, Blake. Wir wollten sowieso gerade gehen«, meinte Death und meine Brüder erhoben sich. »Wir sehen uns später.«

»Shadow«, sprach ich meinen Freund an, der mich mit hochgezogener Augenbraue betrachtete. »Kannst du für eine halbe Stunde auf sie aufpassen? Ich muss kurz weg.«

»Kein Problem«, stimmte er zu.

Ohne auf Blake zu achten, verließ ich mit Death und Ice das Haus, immerhin musste ich einkaufen gehen, damit wir nicht verhungerten.

Bevor ich mich verabschiedete, fiel mir das Handy ein.

»Ice, ich habe das Telefon von ihr. Eine Nummer ist drauf, die unter Data abgespeichert ist. Ansonsten ist rein gar nichts auf dem Ding zu erkennen. Check einfach, ob du irgendwelche Daten wiederherstellen kannst.«

Er nahm es mir ab und ich teilte ihm den PIN mit. »Ich kann, wie gesagt, nichts versprechen. Aber ich werde schauen, was sich machen lässt.«

Wir nickten uns zu, und ich stieg auf mein Bike.

Sie würde heute im Club nicht von meiner Seite weichen, das würde wiederum bedeuten, dass die Jungs annehmen mussten, ich hätte einen Anspruch auf sie.

Wer mich kannte, wusste, dass ich keine *Old Lady* wollte. Sie würden mich wahrscheinlich den ganzen Tag damit aufziehen. Dennoch hatte Death nicht ganz unrecht.

Die Jungs aus Idaho waren heftig im Umgang mit Frauen und auch wenn ich es nur ungern zugab, Blake gehörte nicht zu den Weibern, die so was gut verkrafteten.

Kapitel 20

Blake

»Hast du etwas von Rachel gehört?«, fragte ich Shadow frei heraus, als ich mich mit meinem Kaffee ihm gegenüber an den Tisch setzte.

»Nein«, antwortete er knapp und ich ließ meine Schultern hängen.

Irgendwie hatte ich das Bedürfnis, mit meiner Freundin zu sprechen. Vor allem darüber, was ich vorhin mit Devil auf der Couch getan hatte und wie ich mich dabei fühlte. Es war so anders, so wundervoll und mein Körper stand nach wie vor in Flammen, wenn ich nur darüber nachdachte. Ich hatte ihn nicht aufgehalten, sondern war blind vor Verlangen gewesen. Gott, ich hatte mich verhalten wie eine leichte Beute, die nichts anderes wollte, als mit diesem super heißen Kerl zu schlafen.

Aber ich war noch Jungfrau und wusste kaum, was ich tun sollte. Dennoch war ich unglaublich feucht geworden und meine Mitte hatte fast schon schmerzlich gepocht, regelrecht nach ihm geschrien. Obwohl ich ihn unbedingt spüren wollte, war ich nicht enttäuscht, dass seine Freunde uns unterbrochen hatten, denn ich war mir sicher, dass ich Devil nicht aufgehalten hätte, sondern mit ihm bis zum Äußersten gegangen wäre. Im Nachhinein hätte ich es bereut, wenn er mich genommen hätte, da war ich mir sicher. Mochte sein, dass ich noch unerfahren war, aber ich wollte mein erstes Mal mit jemanden erleben, der mich mochte und den ich gern hatte.

Den ich gern hatte? Gott, ich war sowas von am Arsch, denn ich mochte Devil nicht nur, der Kerl ging mir absolut unter die Haut. Wann hatte ich das zugelassen? Er behandelte mich oft wie Müll und ich hatte nichts anderes übrig, als ihn mit Herzchenaugen zu betrachten?

Ich *wollte* ihn nicht leiden können, dummerweise konnte ich nichts gegen das Klopfen in meiner Brust unternehmen, sobald er sich in meiner Nähe befand. Ich begehrte diesen Mann, mehr als irgendwen vor ihm. Aber ich wäre letztendlich nur eine weitere Kerbe in seinem Bettpfosten geworden. Egal, wie mädchenhaft meine Gedanken in Bezug auf ihn waren, so war ich nicht blöd, denn ich war mir absolut sicher, dass Devil niemals eine Frau wirklich an sich heranlassen würde.

»Soll ich sie für dich anrufen?«, holte Shadow mich aus meiner Lethargie und ich spürte, wie warm meine Wangen wurden. »Wenn du sie sprechen willst, sag einem von uns Bescheid. Wir arrangieren dann ein Treffen.«

»Darf ich dich etwas fragen?«, wollte ich wissen und Shadow nickte. »Wenn ich darauf bestehen würde, dass Rachel und ich uns treffen, bringe ich sie damit nicht dann auch in Gefahr?«

Eigentlich brauchte ich diese Frage nicht stellen, weil ich sie mir insgeheim selbst beantworten konnte. Sollte ich wirklich von den Cold Bastards beschattet, verfolgt oder was auch immer werden und sie würden mich mit Rachel zusammen sehen, könnten sie meine Freundin benutzen, um an mich heranzukommen. Aber ich musste die Worte aus Shadows Mund hören.

»Das liegt im Bereich des Möglichen«, teilte er mir mit und ich seufzte. »Wenn wir es allerdings gut planen und organisieren, dürfte nichts geschehen.«

Das konnte ich nicht zulassen, auch wenn ich Rachel vermisste und unglaublich gerne mit ihr sprechen wollte. Erst jetzt wurde mir vollends klar, wie viel sie mir bedeutete. Sie war die einzige Person, die mich so nahm, wie ich war. Sie stellte nie Fragen, oder versuchte, etwas über meine Vergangenheit herauszufinden. Rachel war bedingungslos meine Freundin und ich würde den Teufel tun, und sie in Gefahr bringen. Das musste ich verhindern.

»Nein, ich kann mit ihr reden, wenn alles vorbei ist«, sagte ich entschlossen.

Shadow betrachtete mich eingehend, bevor er sich wieder seinem Handy widmete.

Außerdem wäre es den Jungs gegenüber ebenfalls nicht fair, zu verlangen, auf Biegen und Brechen ein Treffen zu organisieren. Sie versuchten, mich zu beschützen, damit taten sie mehr, als sie eigentlich bräuchten. Irgendwie würde ich mit der Situation zurechtkommen, so wie ich es immer getan hatte.

»Wie geht es jetzt eigentlich weiter?«, wechselte ich das Thema. »Muss ich die ganze Zeit bei Devil bleiben und warten, bis ihr das mit dem anderen Club geklärt habt?«

»Das ist der Plan«, antwortete er, wieder mal ein wenig knapp. »Devil wird dich auf dem Laufenden halten. Wieso kannst du eigentlich kämpfen?«

Mit dem letzten Satz warf er mich aus der Bahn, weil ich damit überhaupt nicht gerechnet hatte. Wie kam er jetzt darauf? Normalerweise wechselte *ich* die Themen immer sehr schnell, aber Shadow stand mir wohl in nichts nach. Innerlich seufzte ich, denn ich hätte mir denken können, dass Devil seinen Leuten erzählen würde, wie ich mich am See verhalten hatte.

»Ich habe mich schon immer für Krav Maga interessiert«, nutzte ich eine Halbwahrheit und zuckte mit den Schultern. »Also habe ich irgendwann angefangen zu trainieren.«

Die Wahrheit war, dass Darell damals darauf bestanden hatte, dass ich ein Trainingsprogramm bei seinem Freund Donald, einem bekannten Krav Maga Kämpfer, absolvierte. Wir hatten täglich trainiert, sieben Tage die Woche, mehrere Stunden. Während dieser Zeit lernte ich intensiv, wie ich mich verteidigen konnte.

Diese Erfahrung war lehrreich aber auch verdammt schmerzhaft gewesen. Donald hatte keine Rücksicht darauf genommen, dass ich ein Mädchen war. Die blauen Flecken und Verstauchungen, die ich mir durch das Training zugezogen hatte, konnte ich nicht mehr zählen. Dennoch wollte Darell, dass ich alleine zurechtkam und wenn es hart auf hart kommen würde, in der Lage war, mich zu verteidigen. Und das war ich. Wenn ich nicht gerade mit Donald trainiert hatte, brachte Darell mir bei, wie man eine Knarre bediente. Während dieser Zeit hatte ich mich an Darell gewöhnt und vertraute ihm. Zwar durfte ich keine Fragen stellen, aber die Monate bei ihm hatten mich gelehrt, dass ich nicht immer alles wissen musste. Ich wäre gerne bei ihm geblieben, aber er hatte gemeint, dass es für mich zu gefährlich wäre …, dass ich nicht in seine Welt passen würde. Das musste ich – auch wenn es wehtat – akzeptieren. Es war nicht so, dass ich mich in ihn verliebt hätte, nein, aber er war der einzige Mensch, der mir nach meiner Familie geblieben war.

Wieder schaute ich Shadow an, der mich betrachtete, als würde er mir nicht ein Wort glauben. Zum Glück hatte ich nur teilweise gelogen, so schlecht, wie ich darin war, sonst hätte er mir jetzt wohl offen widersprochen.

»Wie auch immer, Devil meinte, dass du gut bist«, gab er mir zu verstehen. »Steel, keine Ahnung ob du ihn kennst, ist ein MMA-Fighter. Wenn dich der Kampfsport so sehr begeistert, kannst du gerne hin und wieder mit ihm trainieren. Der Club hat ein eigenes Kampfsportcenter. Ich kann das für dich in die Wege leiten.«

Super, das hatte man nun davon, wenn man Details preisgab und diese mit einer Lüge garnierte. Ich hatte überhaupt keine Lust, weiter zu trainieren, auch wenn mir die Einheiten mit Donald damals Spaß gemacht hatten. Aber wenn ich jetzt sagen würde, dass ich kein Interesse hätte, würde ich alles nur noch schlimmer machen. Außerdem konnte ich ganz offensichtlich eine Auffrischung vertragen, so unsicher, wie ich am See zuerst reagiert hatte.

»Warum nicht!«, meinte ich und konnte mir gerade noch ein resigniertes Seufzen verkneifen.

»Ich werde ihn nachher fragen, dann sage ich dir Bescheid«, klärte er mich auf, und ich verspürte nicht wenig Lust, meine Stirn auf den Tresen zu donnern.

Mit einem Biker namens *Steel* zu trainieren, hörte sich in meinem Kopf nicht unbedingt nach Spaß an. Er würde mich wahrscheinlich genauso zermalmen, wie Donald damals. Wenn ich nur an die blauen Flecken und Verstauchungen zurückdachte, zuckte mein Körper vor Schmerzen. MMA und Krav Maga hatten, meiner Meinung nach, nicht viel gemeinsam. Die Mix-Material-Arts Fighter konnten verschiedene Kampfsporttechniken und da würde ich mit meiner einzigen Kampfart klar gegen abstinken. Ich hätte heulen können.

Eine Stunde saßen Shadow und ich gemeinsam in der Küche und schwiegen die restliche Zeit über, denn der Kerl war genauso gesprächig wie ich: gar nicht. Während Shadow in einer Tour mit seinem Handy beschäftig war, schaute ich zur Decke, betrachtete die Wände oder den Kaffee in meiner Tasse, was natürlich total aufregend war! Ich musste zugeben, dass ich Shadow um sein Telefon beneidete, denn ich sehnte mich nach meinem, das Devil mir weggenommen hatte. Aber wahrscheinlich existierte es gar nicht mehr. Auf der einen Seite machte mir der Verlust kaum etwas aus, es waren nur drei Nummern darin gespeichert. Es ging mir auch nicht um *mein* Handy, sondern nur um *ein* Handy, denn ich hatte nie persönliche Sachen darauf, sondern verwischte meine Spuren, indem ich alles löschte. Aber es war eine Verbindung zur Außenwelt!

Irgendwann flog die Tür auf und Devil kam hereingeschneit, beladen mit mehreren Einkaufstaschen. So wie es aussah, hatte er nicht nur nach meiner Liste eingekauft.

»Danke, Alter«, sagte der Hausherr zu seinem Freund und stellte die Tüten auf die Anrichte. »Wir sehen uns später.«

Shadow nickte zuerst Devil zu und dann mir, bevor er sich umdrehte und das Haus verließ.

»Kann ich dir dabei helfen?«, fragte ich und deutete auf die Taschen.

»Wenn du willst, tu dir keinen Zwang an«, antwortete er und ich war erstaunt, dass er diesmal einen normalen Ton anschlug.

Nach und nach räumten wir die Tüten aus und verstauten die Lebensmittel in den Schränken. Außer dem Toast und der Marmelade, war alles weggeräumt.

»Wo hast du die Messer?«, erkundigte ich mich, weil ich nicht einfach an seine Schubladen gehen wollte. Ohne zu antworten, öffnete Devil eine und wandte sich wieder von mir ab. Ich griff nach einer Klinge und schloss die Vorrichtung.

»Lass dir nicht einfallen, mir das Ding in den Rücken zu rammen«, hörte ich ihn sagen und stoppte in meinen Bewegungen.

»Das würde ich *nie* tun!« Erschrocken über seine Äußerung blieb mir tatsächlich der Mund offen stehen.

Devil drehte sich zu mir um und lehnte sich mit seiner Hüfte an die Arbeitsplatte. Unsere Blicke trafen sich. »Gut zu wissen.« Nichts deutete darauf hin, dass er einen Scherz gemacht hatte, wobei ich davon ausging, dass der Kerl gar nicht wusste, was Humor war. Sein Gesicht war absolut unbewegt, als bestünde es aus Eis.

»Möchtest du auch … ich meine, willst du auch einen Toast?«, wechselte ich das Thema. Warum zum Teufel war ich in seiner Gegenwart bloß so nervös?

»Klar. Ich verhungere gleich«, erwiderte er und mir entging seine heisere Stimme dabei ganz und gar nicht. Ich war mir sicher, dass er nicht nur von dem Toast sprach, sondern auch von etwas anderem.

Plötzlich spürte ich ein Kribbeln zwischen meinen Schenkeln und presste meine Beine so fest zusammen, sodass mein Gegenüber davon ausgehen musste, dass ich dringend mal aufs Klo musste. Wieso verhielt ich mich so peinlich, wenn er sich im gleichen Raum befand, wie ich?

»Wir werden am Abend in den Club gehen«, setzte Devil mich in Kenntnis. »Wenn wir dort sind, wirst du dich nicht von meiner Seite entfernen. Solltest du Pinkeln müssen, gibst du mir Bescheid und ich besorge dir eine Begleitung. Bin ich mal nicht da, bleibst du bei Ice und Shadow. Keine Alleingänge. Heute werden andere Clubs kommen und die sind nicht alle so nett wie wir.«

Nett, war ein wenig übertrieben, denn ich hatte noch keinen von den Jungs kennengelernt, den ich als *nett* bezeichnen würde. Okay, Death war in Ordnung und machte auf mich den Eindruck, als sei er der Vater der Biker. Mich hatte er vernünftig behandelt. Auch Doc hatte sich tadellos mir gegenüber benommen.

Devil war definitiv nicht nett, sondern unfreundlich, arrogant, heiß wie das Feuer, sexy sowie der Teufel persönlich. UND er brachte mich ganz durcheinander.

»Okay«, gab ich mich versöhnlich, weil ich auf eine weitere Diskussion keine Lust hatte. Letztendlich würde ich sowieso verlieren und er mich wieder anschnauzen.

»Du widersprichst nicht?«, zog er mich auf. »Bist du krank, kleine Kampfmaschine?«

»Ich will nicht mehr streiten«, gab ich zu und legte ihm seinen Toast auf den Tresen. »Du bist hier und versuchst, mich vor irgendwelchen Rockern zu schützen, die mich aus welchem Grund auch immer, ins Visier genommen haben. Dafür werde ich mein Bestes geben, mit dir zusammenzuarbeiten. Außerdem finde ich die Aussicht, für die Dauer meines Aufenthaltes die ganze Zeit von dir angeschrien zu werden, wenig prickelnd.« Ich zuckte mit den Schultern. »Wäre vielleicht nicht schlecht, wenn wir versuchen, irgendwie miteinander auszukommen. Wir wollen dieses Arrangement beide nicht und müssen es trotzdem durchziehen. Dann lieber friedlich.«

Ich spürte seinen Blick auf mir, der sich fast schon in mein Gesicht brannte. Meine Haut kribbelte, die Beine wurden zittrig. Warum auch immer, aber ich reagierte auf ihn mit jeder Faser meines Seins.

»Wenn du tust, was ich dir sage«, er zuckte beiläufig mit den Schultern, »dürfte das kein Problem sein. Das Joggen ist im Übrigen gestrichen. Dafür müsste ich dich begleiten und das werde ich auf gar keinen Fall tun.«

Das Messer, vollbeladen mit Marmelade, hielt ich in die Luft, als ich seine Worte in mir aufnahm. Er verbot mir, laufen zu gehen und obwohl ich gerne aus der Haut gefahren wäre, besann ich mich sofort. Es brachte einfach nichts, mich gegen ihn zu stellen.

»Kein Problem«, krächzte ich, weil meine Wut innerlich stieg und ich sie mit aller Macht unterdrückte. »Shadow hat mir sowieso angeboten, mit Steel zu trainieren. Das habe ich bereits angenommen. Somit bist du nicht verpflichtet, die ganze Zeit bei mir zu bleiben. Du hast sicherlich auch noch andere Dinge zu tun, als meine Nanny zu spielen.«

»Das hat Shadow dir angeboten?«, wollte er überrascht wissen, während ich mich weiterhin auf meinen Toast konzentrierte, der viel zu dick beschmiert war. *Verdammt, konzentrier dich Blake!*

»Ja, du hast ihm gesagt, dass ich Erfahrung mit Kampfsport habe und er erzählte mir von eurem Sportcenter.« Jetzt war ich es, die wieder mit den Schultern zuckte, spülte das Messer in dem Becken ab, bevor ich es in die Spülmaschine stelle.

»Darüber sprechen wir im Club noch mal«, meinte er und ich schloss für einen kurzen Moment die Augen.

»Ich muss auf jeden Fall Sport betreiben«, teilte ich ihm mit. »Du willst nicht, dass ich Joggen gehe, also muss ich etwas zum Ausgleich machen.«

»Warum?«, wollte er wissen und diese Frage überforderte mich.

»Weil ich in Form bleiben will.«

Dann wandte ich mich wieder um und nahm meinen Toast in die Hand. Mutig, wie ich war, schaute ich endlich zu Devil, der sich nach wie vor nicht einen Zentimeter bewegt hatte. Gott, er sah wirklich gut aus und sein Erscheinungsbild machte es mir nicht leichter, mich in seiner Nähe aufzuhalten.

Er trug enge, dunkelblaue Jeans und ein schwarzes Shirt, darüber seine Lederweste. Dazu seine Bikerstiefel. Mich juckte es in den Fingern, mir alle seine Tätowierungen genau anzusehen, traute mich jedoch nicht, diesem Bedürfnis nachzugehen. Er würde mich wahrscheinlich direkt erschießen.

»Gefällt dir, was du siehst?« Seine Stimme war noch rauer als sowieso schon und als ich nach oben schaute, trafen sich unsere Blicke. Dabei musste ich hart schlucken, weil seiner so verflucht intensiv war.

»Ich denke, du weißt, dass du gut aussiehst«, gab ich zurück, da ich kein Problem damit hatte, ihm das zu sagen. Immerhin müsste man schon blind sein, wenn einem das nicht auffiel.

Devil hob zu meiner Überraschung tatsächlich seinen rechten Mundwinkel, als Anzeichen eines Lächelns. Kaum zu glauben, dass er dazu fähig war.

»Du solltest dich fertigmachen«, überging er meine Äußerung. Der Anflug eines Grinsens, gehörte der Vergangenheit an und machte der Ernsthaftigkeit Platz. »In einer Stunde fahren wir los.«

Ich nickte, schob mich mit meinem Toast an ihm vorbei und lief die Treppen nach oben, in mein Zimmer. Erst als ich die Tür hinter mir schloss, atmete ich tief ein und aus. Die nächsten Tage mit ihm würden verdammt schwer werden.

Gegen ein Uhr machten wir uns auf den Weg zum Club. Die Fahrt dauerte eine Stunde und so langsam gewöhnte ich mich daran, auf einer Maschine zu sitzen. *Vielleicht sollte ich auch einen Motorradführerschein machen,* schoss es mir durch den Kopf. Das wäre auf jeden Fall eine Idee, die ich im Hinterkopf behalten sollte.

In Springfield angekommen, parkte Devil sein Bike. Nachdem wir unsere Helme abgelegt hatten, gingen wir hinein. Vor der Tür befanden sich zwei Männer, die zwar eine Weste trugen, aber keinen Aufnäher wie Devil und seine Freunde trugen. Wie auch schon an meinem ersten Abend hier auf der Party wunderte ich mich darüber, erkundigte mich aber nicht nach dem Grund.

Im großen Raum war reges Treiben. Mehrere junge Frauen, die mal wieder spärlich bekleidet waren, räumten auf und bereiteten anscheinend alles für die bevorstehende Versammlung vor.

Devil griff nach meinem Handgelenk, und zog mich hinter sich her zu einer Gruppe von Männern, von denen ich sofort Doc, Thunder, Shadow, Ice und Death ausmachen konnte. Den Rest der Kerle kannte ich nicht.

»Das sind Steel und Angel«, stellte mir Devil die Jungs vor, denen ich nur zunickte, was sie mir gleichtaten. Meinen Namen erwähnte er nicht, was wohl auch überflüssig war, denn sie kannten mich wahrscheinlich schon von Erzählungen. »Wann kommen unsere Gäste«, erkundigte er sich an Death gewandt.

»Idaho in circa einer Stunde«, erwiderte Death, ohne seinen Blick von mir zu nehmen. Warum betrachtete er mich so eingehend? »Nevada gegen Nachmittag. Der Rest sollte am Abend auflaufen.«

»Dann wird es heute ziemlich voll werden«, schlussfolgerte Devil und fuhr sich mit den Händen durch die Haare. Er wandte sich an mich. »Halte dich daran, was ich dir gesagt habe. Du bleibst bei mir. Bin ich nicht da, weichst du Ice oder Shadow nicht von der Seite.«

Ich nickte erneut, eine andere Wahl hatte ich schließlich nicht.

»Shadow hat mir erzählt, dass du mit mir trainieren willst«. Steel betrachtete mich mit hochgezogener Augenbraue und ich verkniff mir, ihn zu berichtigen, denn von *wollen* konnte keine Rede sein. »Wenn du möchtest, zeige ich dir das Studio, es befindet sich drei Minuten zu Fuß von hier entfernt.«

Steel war ein wirklich heißer Typ, musste ich feststellen und seine Stimme sanft und rau zugleich. Er war so groß wie Devil, vielleicht sogar etwas größer und braungebrannt. Sein Alter konnte ich nicht einschätzen, irgendwas zwischen Ende zwanzig und Anfang dreißig. Seine hellgrünen Augen waren sehr intensiv und ich musste bei seinem Blick hart schlucken. Dieses Grün wurde durch seine schwarzen kurzen Haare noch deutlicher. Verdammt, er sah fantastisch aus.

Wenn ich mich in der Runde umsah, musste ich leider feststellen, dass die Jungs *allesamt* Leckerbissen waren. Hätte ich sie auf der Straße und ohne ihre Lederwesten getroffen, wäre ich niemals darauf gekommen, dass sie einem Motorradclub angehörten. Das zum Thema Vorurteile. Ich musste unbedingt daran arbeiten.

»Tick Tack«, vernahm ich Steels Stimme erneut und erwischte mich selbst dabei, wie ich ihn gerade angesabbert hatte. Was stimmte bloß nicht mit mir?

»Ich …« Sofort schaute ich zu Devil, der mich durch verengte Augen betrachtete. Warum war er schon wieder sauer auf mich? Was hatte ich denn getan? »Ist das okay für dich?«

Es dauerte, bevor er seinen Mund aufmachte. »Du bleibst ausschließlich bei ihm. Bring dich nicht in Schwierigkeiten.«

»Mache ich nicht«, versprach ich ihm und folgte Steel, der sich bereits umwandte und nicht in die Richtung ging, aus der Devil und ich gerade reingekommen waren, sondern in den hinteren Teil des Gebäudes.

Als wir an der frischen Luft standen, konnte ich endlich wieder vernünftig ein und ausatmen. Ohne ein Wort schlenderte ich neben Steel her und gönnte mir einen Moment, mich zu sammeln.

Kapitel 21

Devil

»Hast du sie jetzt geknallt, oder nicht?«, fragte Thunder und starrte mich mit einem diabolischen Grinsen an.

»Ist dir entgangen, dass wir derzeit genug Mist am Arsch haben?« Kaum zu glauben, worüber die sich Gedanken machten. »Die Wette ist hinfällig. Ich bin ihr Babysitter.«

»Alter, die wohnt bei dir«, stellte Angel fest. »Wenn das nicht die optimale Lösung ist, die Wette zu gewinnen. Du passt auf sie auf und fickst sie nebenbei.«

»Habt ihr eigentlich auch noch andere Sorgen?« Kopfschüttelnd wandte ich mich an Death. »Hast du schon einen Plan, wie das hier ablaufen soll?«

»Wir werden unsere Verbündeten in den großen Saal im Keller bringen«, klärte er mich auf. »Sobald wir gemeinsam eine Lösung gefunden haben, feiern wir. Für die Party ist alles organisiert. Was ist mit dir und der Kleinen?«

»Fängst du jetzt auch schon an?«, fragte ich genervt. »Sie ist ein Kind. Hatte wahrscheinlich noch nie einen Schwanz zwischen ihren Schenkeln. Hinzu kommt, dass sie zickig ist und sich wie ein Baby verhält, falls sie nicht gerade ihre Fäuste springen lässt. Ehrlich gesagt, bin ich froh, sobald der ganze Scheiß vorbei ist und ich das Mädchen los bin.«

Death betrachtete mich, als wollte er in meinem Gesicht lesen. Was war nur los mit ihm? Befand er sich zurzeit in der Midlife-Crisis?

»Wenn du das sagst, Junge«, erwiderte er, klopfte mir auf die Schulter und verschwand in Richtung seines Büros. Irritiert schaute ich ihm hinterher, und sah dann zu Shadow, der meinem Blick gefolgt war.

»Ihm geht es nicht gut«, meinte er. »Irgendwas stimmt nicht mit ihm.«

Der Meinung war ich auch und deswegen hielt ich an der Midlife-Crisis fest. Vielleicht brauchte er einfach nur mal wieder einen guten Fick. Danach würde es ihm bessergehen.

Apropos Fick! Wenn ich mich hier so umschaute, musste ich feststellen, dass ich meinen Schwanz schon eine ganze

Weile nicht mehr in einer Pussy versenkt hatte. Mein Bruder hatte recht damit, dass Blake bei mir lebte, nur mich dummerweise nicht zum Schuss kommen ließ. Küssen, das war das Einzige, was ich von ihr erhielt und diese Tatsache warf mich ein wenig um. Im Normalfall durfte mich keine auf den Mund küssen, das hatte ich jahrelang nicht zugelassen und bei der *kleinen Kampfmaschine* konnte ich mich nicht bremsen? Beide Male hatte *ich* die Initiative ergriffen und fragte mich nach wie vor, warum ich das getan hatte. Blake war ein Mädchen, keine Frau. Sie war unschuldig und … passte nicht in meine Welt.

»Hey, da ist ja die kleine, geile Bonnie.« Thunder befeuchtete seine Lippen mit der Zunge.

Als ich seinem Blick folgte, erkannte ich die rothaarige Braut ebenfalls. Im gleichen Augenblick schaute sie zu mir und grinste mich frech an. Die Maus hatte es drauf und bewegte sich wie eine Nymphe im Bett. Als ich sie das letzte Mal gevögelt hatte, dachte ich, sie würde mir den Schwanz abreißen. Vielleicht war es genau das, was ich jetzt brauchte. Blake war schließlich gerade nicht hier, sondern mit Steel unterwegs.

Warum mich der Gedanke, die beiden könnten Zeit miteinander verbringen, wütend machte, konnte ich nicht mit Bestimmtheit sagen. Mir war auch nicht entgangen, wie sie meinen Bruder angestarrt hatte. Ob sie Interesse an ihm hatte? Sollte mir am Arsch vorbeigehen. Die Kleine verwandelte mein Hirn in Brei und das kotzte mich an.

»Willst du, oder …?«, erkundigte sich Thunder bei mir, dem mittlerweile die Geilheit ins Gesicht geschrieben stand. Angel schüttelte lachend den Kopf. Immerhin hatte er seine *Old Lady* und sich somit für eine feste Beziehung entschieden. Selbst schuld.

»Ne, Bruder, nimm sie dir«, meinte ich.

Mit schnellen Schritten ging Thunder auf sie zu. Wie immer trug sie nichts weiter als einen Gürtel, den sie Rock nannte und ein Top, das gerade mal ihre Brustwarzen bedeckte.

Ich schnaubte, weil ich nicht glauben konnte, dass ich meinem Bruder tatsächlich den Vortritt gelassen hatte. Eine Gelegenheit mit Bonnie auszulassen, war mir noch nie passiert. Langsam sollte ich versuchen, meinen Kopf wieder frei zu bekommen.

»Bist du mittlerweile Priester?«, wollte Angel wissen, der nach wie vor grinste.

»Lass stecken«, entgegnete ich schnaubend. »Ich bin kurz oben.«

Angel erwiderte nichts, aber ich konnte an seinem Gesichtsausdruck erkennen, wie verwirrt er über meine Art war. Allerdings ging ich darauf nicht ein, schließlich hatte ich selbst keine Ahnung, was derzeit mit mir los war.

Ohne ein weiteres Wort verließ ich den Raum und steuerte den zweiten Stock an. Dort befand sich ein Zimmer, indem ich einige meiner Klamotten deponiert hatte. Schlecht gelaunt öffnete ich den Kleiderschrank, schnappte mir ein schwarzes Shirt mit V-Ausschnitt und entledigte mich meines weniger frischem. Als ich fertig war, marschierte ich ins Bad und wusch mir das Gesicht, bevor ich mich im Spiegel betrachtete.

Ich war angepisst und wusste nicht einmal genau, warum. Mich kotzte einfach alles an, die gesamte Situation, Blake, der Angriff der *Cold Bastards*. Aber ich würde alles in meiner Macht stehende tun, damit wir die Scheiße, die uns im Moment umgab, aus der Welt schafften und Blake gleich mit. Schwebte sie nicht mehr in Gefahr, war ich sie los.

Seufzend stieß ich mich vom Waschbecken ab und verließ den Raum. Auf dem Flur kollidierte ich mit Cynthia. »Was ziehst du denn schon wieder für ein Gesicht?«

»Bin schlecht drauf«, setzte ich sie in Kenntnis.

»Wie so selten, lieber Devil«, lachte sie und folge mir die Stufen hinab. »Warum lenkst du dich nicht mit einem Mädchen ab? Mercedes läuft hier irgendwo herum.«

»Kein Interesse«, gab ich kurz angebunden zurück. »Weder sie noch eines der anderen Mädels reizt mich.«

Cynthia grinste und schüttelte den Kopf. »Irgendwann wirst du jemanden finden, der dir den Kopf verdreht, Devil. Dann werde ich danebenstehen und lachen.«

»Wird nicht passieren«, konterte ich.

»Ich habe von Blake gehört«, wechselte sie das Thema. »Das Mädchen muss ich unbedingt kennenlernen. Es verbreitet sich wie ein Lauffeuer, dass sie Seite an Seite mit dir gekämpft hat.«

»Sie hat mir den Arsch gerettet«, gab ich zu, weil es der Wahrheit entsprach. Ich mochte ein Arsch sein, doch ich sprach niemandem seine Fähigkeiten oder Leistungen ab. »Die Kleine hat es drauf, so viel steht fest.«

»Schon, weil sie dich nicht im Stich gelassen hat, verdient sie meinen vollen Respekt«, teilte Cynthia mir mit. »Sie ist noch sehr jung und hätte weglaufen können, das hätte jeder verstanden. Ist sie aber nicht. Außerdem lässt sie es zu, dass der Club sie beschützt. Sie muss ziemlich tough sein. Ice erzählte mir, dass ihr versucht, etwas über sie herauszufinden.«

Was war hier los? Wurden jetzt schon die *Old Ladys* in Clubangelegenheiten eingeweiht? Das hier war ein reiner Männerverein, verflucht noch mal.

Gut, *Old Ladys* waren ein Teil des Clubs, dennoch ging es sie nichts an, was wir Mitglieder intern für Pläne schmiedeten. Frauen konnten nämlich ihren süßen Mund nicht halten und tratschten alles in die Weltgeschichte. Deswegen hatten wir es bislang so gehalten, gegenüber den Ladys kein Wort zu verlieren. Anscheinend hatte Ice das vergessen und vielleicht sollte ich ihn mal daran erinnern.

»Wie geht es Hellboy?«, wechselte nun *ich* das Thema und blieb mit ihr auf einer Stufe stehen.

»Gut. Nicht mehr lange, dann kommt er endlich zurück«, meinte sie und sah mich freudestrahlend aus ihren grün-grauen Augen an.

»Wird auch Zeit«, erwiderte ich.

»Du hast absolut recht«, stimmte sie mir zu.

Cynthia war schon seit vielen Jahren mit Hellboy zusammen. Die Zeit ohne ihn musste ihr zusetzen, dazu brauchte ich kein Hellseher sein. Die beiden waren ein ausgezeichnetes Team und mein Bruder betrachtete seine Frau, als sei sie sein größter Schatz und umgekehrt. Für sie gab es keinen anderen Kerl. Hatte es nie gegeben.

Hellboy war unser Riese, mit großen Pranken und kahlrasiertem Schädel. Er war brutal, hart und riss seine Feinde in Stücke. Mein Bruder diskutierte nicht lange und handelte, bevor es zu einer Auseinandersetzung kam. Er war ein guter Freund und er fehlte in unserer Gruppe.

Im Gegensatz zu den Clubschlampen, die teilweise aussahen, als würden sie in ihrer Freizeit modeln, war Cynthia nicht schlank, sondern eher ein Rubensweib. Aber sie war sehr hübsch, wenn ich ehrlich war. Ihre Augen waren groß, ihre Wimpern wie gemalt, eine gerade kleine Nase und hohe Wangenknochen. Allerdings hatte sie reichlich Kurven, einen ausladenden Arsch, breite Schenkel und alles andere, als einen flachen Bauch. Dennoch passten ihre Proportionen zu ihr, und ließen sie durch ihre Größe von circa einen Meter achtundsiebzig, nicht übermäßig wirken. Ich mochte die *Old Lady* von Hellboy, sie war tough, stur und besaß eine Menge Stolz.

Bis vor Kurzem hatte ich mir über Frauen wie Cynthia niemals Gedanken gemacht, aber jetzt sah ich genauer hin. Ich hätte mir nie eine wie sie ausgesucht, weil meine Augen immer nur nach ein und demselben Typ Weib gesucht hatten. Schlank, vielleicht sogar dünn, hochgewachsen und lange Beine. Mochte sein, dass ich oberflächlich war, doch ich stand dazu, was meine Vorlieben betraf.

Nichts davon besaß Blake und dennoch war sie die erste weibliche Person, die ich nach zig Jahren geküsst hatte. Das war etwas, was ich nicht verstehen konnte. Und ich hasste es, wenn ich etwas nicht begriff.

Anfänglich war ich von Blakes Erscheinungsbild nicht sonderlich überzeugt gewesen, aber ich hatte einen zweiten Blick riskiert. Hier und jetzt bedauerte ich, dass ich genauer hingesehen hatte, denn sie wollte einfach nicht aus meinem verfickten Schädel verschwinden.

Cynthia und ich kamen im Foyer zum Stehen und ich wollte gerade den Saal betreten, als Hellboys Frau mich aufhielt. »Wo ist die Kleine überhaupt?«

»Mit Steel im Sportcenter.«

»Will sie etwa mit Steel trainieren?«, kam es von Cynthia, die mich mit tellergroßen Augen betrachtete. Mehr als ein Nicken bekam ich nicht zustande und machte mich auf den Weg zu meinen Brüdern. Cynthia folgte mir. »Verdammt, die Kleine muss ich unbedingt näher kennenlernen. Mit Steel trainiert in der Regel niemand. Lass sie bloß nicht gehen.«

Abrupt blieb ich stehen und sah sie mit verengten Lidern an. »Sie gehört mir nicht, und das wird sie auch nie«, gab ich ihr zu verstehen. »Wir beschützen sie nur, weil sie dummerweise in die Schusslinie geraten ist. Ich will nur eines: Meine Ruhe haben und das Weib loswerden.«

»Wenn du das sagst«, meinte sie, zwinkerte mir zu und machte sich auf den Weg, in Richtung Küche. Die sollten sich nicht einfallen lassen, mir mit Blake auf den Sack zu gehen, sonst würde ich über kurz oder lang durchdrehen.

Als ich an der Bar stand, orderte ich mir direkt ein Bier, setzte die Flasche an und nahm einen großen Schluck, als mir eine bekannte Frau grinsend entgegenkam. Mercedes! Das kleine geile Luder, war jetzt genau das, was ich brauchte.

Vielleicht konnte sie meinen Hunger stillen, vielleicht konnte sie mir mein Hirn freificken.

Kapitel 22

Blake

»Und? Willst du immer noch mit mir trainieren?« Steels Stimme war härter geworden, sein Blick eindringlicher. Irgendwie hatte ich das Gefühl, dass er mich maßlos unterschätzte und dieser Gedanke ärgerte mich. Nur weil ich erst einundzwanzig war, fast zweiundzwanzig, hieß das noch lange nicht, dass ich ein kleines Mädchen war. Im Gegensatz zu mir waren andere Mädels meines Alters vielleicht noch Kicherliesen, doch das traf auf mich ganz gewiss nicht zu. In meinem Leben hatte ich mehr durchgemacht, als die meisten.

»Klar«, antwortete ich mit entschlossener Miene. Scheiß auf die Schmerzen, die auf mich zukommen würden. Scheiß auf die Konsequenzen. Er könnte mich vermöbeln, ich würde nicht aufgeben. »Wann fangen wir an? Morgen?«

Zu meiner Überraschung schüttelte Steel lächelnd den Kopf. Es gab tatsächlich Biker, die beide Mundwinkel heben konnten. Unglaublich! »Wenn du das möchtest, warum nicht!«, erwiderte er. »Aber ich werde keine Rücksicht nehmen, Kleine. Das muss dir klar sein.«

»Habe ich auch nicht erwartet«, gab ich zurück. Immerhin ging ich davon aus, dass er mir sehr wehtun würde. »Ich will keine Sonderbehandlung. Was ich will, ist, besser zu werden. Wann soll ich hier sein?«

»Wir fangen um acht Uhr morgens an«, teilte er mir mit und ich nickte.

Steel hatte mir gezeigt, wo die Umkleidekabinen waren. Viele Frauen gab es hier anscheinend nicht, denn der Raum, in dem ich mich umziehen würde, besaß gerade mal zehn Spinde. Als ich mich in dem Center umsah, konnte ich lediglich Männer ausmachen. Allerdings sagte Steel mir, dass er mit mir in einem abgelegenen Raum trainieren würde, dort, wo er nur mit wenigen seiner Brüder Sport trieb. Das war für mich okay, so unwohl fühlte ich mich in seiner Nähe gar nicht.

»Wir sollten uns auf den Weg zurück zum Club machen«, vernahm ich die Stimme meines zukünftigen Trainers neben mir. »Unsere Leute müssten bereits eingetroffen sein. Also, lass uns gehen.«

Gerne hätte ich ihn gefragt, ob ich hierbleiben dürfte, aber ich verkniff es mir, weil ich davon ausging, dass er Devils Befehle nicht infrage stellen würde. Mein neuer Mitbewohner hatte gemeint, dass ich Steel nicht von der Seite weichen sollte und ich tat gut daran, seiner Aufforderung nachzukommen. Wobei ich keinen Schimmer hatte, was ich den ganzen Abend dort machen sollte.

Steel wandte sich um und ich folgte ihm. Es war nicht einfach, mit ihm Schritt zu halten, weil er verflucht lange Beine hatte. Für mich glich es quasi einem Joggingprogramm.

Als wir am Hintereingang des Gebäudes ankamen, war der Parkplatz voll. Überall standen Bikes oder große, dunkle Autos. Zwar hatte ich mit einer Menge Menschen gerechnet, aber nicht mit so vielen. Fantastisch! Ich hasste es, in einer riesen Schar Personen zu sein, weil man schlicht den Überblick verlor. Das mochte ich nicht.

Gemeinsam marschierten wir in den Saal, wo die Party stattfinden sollte. Zu meiner Erleichterung war es hier drinnen doch nicht so voll, wie ich anhand der Fahrzeuge draußen befürchtet hatte. Es hielt sich noch in Grenzen.

Plötzlich packte Steel mich am Oberarm, und führte mich zu Shadow und Ice, die an der Bar standen und sich mit drei Mädchen unterhielten.

»Ich will da nicht hin«, flüsterte ich Steel zu. »Die sind beschäftigt und ich werde sie nur stören.«

Er lachte und schaute zu mir herunter. »Sie sind heute deine Aufpasser«, klärte er mich unnötigerweise auf, denn das hatte ich bereits am Morgen verstanden, als Devil es mir fast schon ins Gehirn tätowiert hatte. »Es gibt für die beiden nichts anderes, als dich im Auge zu behalten. Also, sei brav und tu, was wir dir sagen.«

Ohne über meine nächsten Worte nachzudenken, blieb ich stehen. »Könnte ich nicht … vielleicht … einfach bei dir bleiben?«

»Auch wenn du wirklich süß bist, Kleine, und ich mich tatsächlich ein bisschen geschmeichelt fühle, muss ich mich jetzt leider um Clubangelegenheiten kümmern.« Enttäuscht verzog ich mein Gesicht und sah wieder zu Shadow und Ice. Letzterer steckte gerade einer Blondine die Zunge in den Hals. Angewidert schüttelte ich den Kopf, bevor ich erneut aufschaute. Steel grinste mich an und kam mir mit seinem Gesicht viel zu nah, sodass ich ein wenig mit dem Kopf zurückwich. »Ich mache dir einen Vorschlag. Sobald ich zurück bin, kannst du zu mir kommen, wenn du das dann noch willst.«

Verdammt, seine Worte hörten sich zweideutig an, obwohl ich doch nur neben ihm stehen wollte, anstatt bei Shadow und Ice, die gerade beide dabei waren, Mädels abzuschlecken. Am liebsten hätte ich mich in irgendeinen Raum verkrochen, oder mich in eine Ecke gesetzt, um dort auf das Ende der Party zu warten.

»Alles wird gut, Kleine«, meinte Steel und streichelte mir über den Oberarm. »Sobald ich wieder zurück bin, trinken wir ein Bier zusammen, okay?«

»Okay«, seufzte ich und nickte auch noch zur Untermauerung.

Steel legte mir seine Hand auf den Rücken und schob mich weiter zur Bar. Shadow entdeckte mich zuerst und löste sich von der Blondine. Danach folgte der Blick von Ice, der seine Tussi ebenfalls auf Abstand brachte.

»Ich bin im Keller«, meinte Steel an seine Freunde gerichtet und deutete dann mit dem Kinn auf mich. »Bis ich zurück bin, lasst ihr sie nicht aus den Augen. Die Jungs hier machen einen hungrigen Eindruck.«

Bitte was?!

Sofort sah ich mich um. Verdammt, einige der Kerle, die hier herumstanden, starrten mich tatsächlich gierig an. Bei dieser Erkenntnis stolperte ich zurück, und rammte mit dem Rücken die Brust von Shadow. Umgehend drehte ich mich um und schaute zu ihm auf.

»Setz dich«, verlangte Ice mit seiner tiefen Stimme, griff nach meinem Oberarm und half mir auf den Hocker, der zwischen den beiden Männern stand.

»Schau keinem der Kerle direkt in die Augen«, befahl Shadow. »Sie könnten es in den falschen Hals bekommen. Verstanden?«

»Verstanden«, stammelte ich vor mich hin und versuchte überall hinzusehen, nur nicht auf irgendeine Person. Das war gar nicht so leicht, weil ich neugierig war, was die Leute hier taten.

»Trainierst du jetzt mit Steel?«, wollte Ice wissen.

»Ab morgen«, antwortete ich wahrheitsgemäß.

»Möchtest du etwas trinken?«, kam es von Shadow.

»Ein Wasser, bitte«, gab ich meine Wunschbestellung preis.

»Du siehst aus, als bräuchtest du etwas Härteres, Mädchen«, schlug Ice mir vor, doch ich schüttelte mit dem Kopf. »Na gut, also ein Wasser für die kleine Kampfmaschine.«

Ich hasste diesen neuen Spitznamen, den die meisten hier mittlerweile anscheinend verwendeten. Vielleicht konnte ich mich wehren, aber ich war gewiss keine *Kampfmaschine*. Davon war ich weit entfernt.

Shadow hielt mir den Becher mit dem Wasser entgegen, von dem ich einen kleinen Schluck trank.

»Ich bekomme schon beim bloßen Anblick von der kleinen Schlampe einen Ständer«, hörte ich eine männliche Stimme und verspannte mich am ganzen Körper.

In meinem nach wie vor gesenkten Sichtfeld tauchten Bikerstiefel auf und aus einem Impuls heraus hob ich den Blick. Ich starrte in dunkelbraune Augen, die keinerlei Freundlichkeit ausstrahlten. Mehrmals musste ich schlucken, als mir bewusst wurde, dass er über *mich* gesprochen hatte. Moment, hatte er mich gerade als Schlampe tituliert? »Na, Lust meinen Schwanz zu lutschen?«

Wie … was?

»Paint, zieh Leine«, meinte Shadow. »Sie ist unantastbar.«

»Von wem ist sie denn die *Old Lady*?«, hakte dieser Paint nach, ohne den Blick von mir zu nehmen, der gerade auch noch unwirsch über meinen Körper wanderte.

»Sie gehört zu Devil«, teilte Ice ihm mit, mit einer Stimme, die nicht hätte gefährlicher sein können.

»Ihr wollt mich wohl verarschen?«, lachte der blonde, langhaarige Typ vor mir auf, der noch dazu einen ungepflegten Rauschebart trug. »Devil hat keine Schlampe für sich eingefordert. Das wüssten wir. Demnach ist sie doch frei, oder?«

»Willst du dich deswegen vielleicht mit Devil kurz unterhalten, sobald er zurück ist?«, wollte Shadow wissen.

»Wollt ihr sie mir verweigern?« Diesem Paint verging das Grinsen, jetzt machte er eher den Eindruck, als wollte er gleich eine Schlägerei anzetteln.

Ice erhob sich, was Shadow ihm nachtat. Oh Gott, hier wurde es brenzlig. Mein ganzer Körper zitterte mittlerweile. Was wollte dieser Typ eigentlich von mir? Ich war nicht mal angezogen, wie diese hübschen Mädchen, die hier umherliefen. Ich trug eine enge schwarze Jeans und ein rosafarbenes Shirt, das nur einem Teil meiner rechten Schulter Nacktheit verlieh. Nicht einmal hohe Schuhe hatte ich an den Füßen, sondern einfache Sneakers. Meine Haare waren zu einem Pferdeschwanz gebunden und geschminkt war ich auch nicht. Ich war ein *Nichts*, im Gegensatz zu den Damen im Club.

»Sie steht unter unserem Schutz, Bruder«, hörte ich Shadow knurren. »Wenn du sie auch nur schief ansiehst, wird Devil dich auseinandernehmen. Und sollte er das nicht tun, wird es Death übernehmen. Ansonsten tun wir es. Kapiert?«

Bevor dieser Paint zu einer Erwiderung kommen konnte, stand auf einmal eine große Blondine neben ihm, die irgendwie anders aussah, als die Clubgirls.

Erstens: Sie trug eine Weste, mit einem Aufnäher, auf dem stand. *Eigentum von Hellboy, Demons Hell, MC.*

Zweitens: Sie war absolut perfekt geschminkt.

Drittens: Sie war nicht mal annähernd so schlank, wie die Weiber, die ich ständig im Hotel antraf.

Wer zum Teufel war sie?

»Paint, schieb deinen süßen Arsch zu einem der anderen Girls «, sagte sie und klopfte ihm auf die Schulter. »Die hier gehört Devil. Du weißt, was er mit dir anstellen wird, wenn du die Kleine nicht in Ruhe lässt. Ich kann dir gleich Monique schicken, die magst du doch, oder?«

Shadow, Ice und Paint starrten sich noch eine Weile an, bevor er sich an die Frau wandte. »So schön, wie eh und je, Cynthia. Wo ist dein Mann?«

»Bald wieder hier, du Süßholzraspler«, sagte sie und schenkte dem Mann mit dem langen Bart ein Lächeln.

»Dann schick mir mal die kleine, geile Schlampe, von letztens«, meinte er, ließ noch mal seinen Blick über mich wandern und schüttelte seinen Kopf. »Nichts für ungut, Mäuschen, aber Devil und ein Mädchen? Das ist nicht normal.«

»Ich stopf dir gl …«

»Jungs, keine Schwanzvergleiche«, unterbrach Cynthia Shadow, der einen Schritt nach vorne gemacht hatte. »Geh zurück zu deinen Brüdern, Paint. Ich lasse dir gleich ein Bier bringen, sowie Monique.«

Er nickte, grinste mich noch mal diabolisch an und machte sich auf den Weg zu einer Sitzecke, auf der bereits einige andere Männer saßen und sich von den verschiedenen Weibern, die Zunge lutschen ließen. Ekelhaft!

»Du solltest dich nicht ständig von ihm provozieren lassen, Shadow«, meinte die Blondine. »Du weißt, dass er das absichtlich macht. Wenn Devil davon Wind bekommt, wird er ihn sowieso kalt machen. Und wer wäre ich, ihm das nicht zu stecken? Also beruhige dich.« Dann wandte sie sich an die halbnackte Bardame. »Schick ein paar Getränke an Paints Tisch, Minni. Er braucht etwas für seine Kehle.«

Die dunkelhaarige kleine Schönheit nickte, verdrehte aber lachend die Augen und bereitete ein Tablett vor.

Ich war vollkommen überfordert mit der Situation.

»So, und nun zu dir«, sagte sie nun an mich gewandt. »Ich bin Cynthia. Old Lady von Hellboy. Meinen Mann kennst du noch nicht, er ist Soldat im Auslandseinsatz.« Sie streckte mir die Hand entgegen, die ich ohne zu zögern ergriff.

»Hi. Ich bin Blake.« Meine Stimme hörte sich belegt und krächzend an.

»Freut mich, Blake.« Ihr Lächeln war ehrlich, weshalb ich es erwiderte, obwohl ich wegen Paint gerade wirklich Angst bekommen hatte.

Wann hatte ich mich das letzte Mal so gefühlt? Ich erinnerte mich: In der Nacht vor vier Jahren, hatte ich eine ähnliche Panik gehabt. Und so wollte ich mich nie wieder fühlen.

»Mädchen, du siehst so aus, als bräuchtest du mal frische Luft oder ein wenig Ruhe. Komm mit mir.« Cynthia hielt mir erneut ihre Hand hin, doch ich schaute erst zu Shadow. Er nickte mir aufmunternd zu, sodass ich ihre Finger ergriff und vom Hocker hüpfte. Als könnte ich nicht richtig laufen, stolperte ich der großen Blondine ungelenk hinterher. Dabei wagte ich es nicht, auch nur einen Kerl hier direkt anzusehen, sondern starrte ausschließlich auf Cynthias Rücken. Insgeheim war ich ihr dankbar, dass sie mich fortbrachte, weil ich keine Sekunde länger unter diesen Leuten hätte verbringen wollen, ohne völlig den Verstand zu verlieren. Ich musste mir schnell etwas einfallen lassen, hier konnte ich unmöglich noch wochenlang ausharren.

Kapitel 23

Devil

»Wir sollten uns versammeln und die Bastards endgültig auslöschen«, rief Roger von der anderen Seite des Tisches. »Es ist doch nicht normal, dass wir uns dieses Verhalten gefallen lassen. Er hat einen unserer Brüder mit seiner Frau angegriffen. In *eurem* Revier.«

Was? Meine Frau? Das musste ich korrigieren, nur leider kam ich nicht dazu, weil Death bereits sprach. »Das ist die Wut, die uns antreibt. Aber wir können River nicht einfach angreifen, dafür müssen wir erst mal herausfinden, wo der Wichser sich aufhält. Wenn das erledigt ist, brauchen wir einen Plan, um ihn fertigzumachen. Keiner von uns weiß, wie viele Männer er hinter sich stehen hat, mit denen er uns vernichten will. Derzeit sind wir blind. Das Einzige, was wir wissen, ist, dass er unser Revier für sich beanspruchen will, weil er selbst noch keins hat.«

»Was daran liegt, dass er erst seit ein paar Monaten der Präsident der *Cold Bastards* ist«, mischte sich nun der Anführer von Idaho ein, der sich *Soldier* nannte. Er war jahrelang ein Soldat bei den Marines gewesen und befand sich nunmehr im Ruhestand. »River gehörte damals dem *Dark Bloods MC* an. Der Vorsitzende ist *Killer*. River wurde seinerzeit aus dem Club verbannt. Vielleicht sollten wir den Präsidenten informieren, und uns Hintergrundinformationen einholen. Wäre keine schlechte Idee.«

Dark Bloods MC war ein ruhiger, aber nicht minder gefährlicher Verein, der sein Revier in England hatte. Ein Mitglied zu verbannen, hieß in der Regel nichts Gutes, weshalb ich davon ausging, dass River die Clubregeln nicht einhalten konnte.

Wir lebten alle so, wie wir es wollten, dennoch gab es einen Kodex unter den Motoradclubs, der nicht einfach beiseite gewischt werden konnte. Rivalitäten standen an der Tagesordnung, keine Frage, doch River überspannte den Bogen.

»Was will der Penner eigentlich von der Kleinen?«, wollte Seal wissen.

Seal deswegen, weil er ein Mitglied der Navy Seals gewesen war und dieser Einheit, den Rücken gekehrt hatte, nachdem er sich voll und ganz den Bikern verschrieben hatte.

»Das versuchen wir gerade herauszufinden«, erklärte ich. »Auf jeden Fall scheinen die *Cold Bastards* ein reges Interesse an ihr zu haben.«

»Erhebst du Anspruch auf sie?«, wollte Roger wissen und ich hob eine Augenbraue. »Das muss ich erfahren, Alter. Ich habe sie gerade gesehen. Die Unschuld in Person. Genau die Richtige für mich. Die ist echt süß.«

Die ist echt süß? Sprach er etwa über mein *schwarzhaariges Gift*? Ich würde ihm gleich die Augen ausstechen, wenn er seinen Mund noch mal öffnete.

»Sie steht unter unserem Schutz und damit ist das Thema vom Tisch.« Death hatte gesprochen und niemand widersprach.

»Stimmt es, dass sie dir den Arsch gerettet hat?«, hakte Soldier nach.

Verdammt, mich sollte es nicht wundern, dass sich diese Neuigkeiten bereits über Oregon hinaus verbreitet hatten.

»Sie hat mit Devil gekämpft und damit meinen Respekt«, erklärte Death. »Zurück zum Thema. Steht ihr uns bei, wenn es zum Krieg kommen sollte?«

»Wir sind Verbündete«, meinte der Präsident von Idaho. »Sicherlich werden wir dich nicht alleine lassen. Dennoch will ich mich mit den *Dark Bloods* in Verbindung setzen. Bis dahin müssen wir die Füße stillhalten. Unsere Kuriere sorgsam auswählen und nur noch die losschicken, denen wir wirklich vertrauen. Es sind zu viele Lieferungen abhandengekommen und Brüder umgelegt worden.«

»Zwei von den Bastards haben wir in Gefangenschaft«, klärte Death die Männer auf. »Devil und Thunder werden versuchen, so viel wie möglich aus ihnen herauszubekommen. Sobald wir zu Ergebnissen gekommen sind, lassen wir es euch wissen.« Dann wandte Death sich an Soldier. »Wenn du etwas von Killer erfährst, würde ich die Infos auch gerne erhalten. Wir müssen vorsichtig sein, denn keiner weiß, was River genau geplant hat.« Alle an dem riesigen Tisch nickten zustimmend. »Wenn das vorerst alles war, sollten wir endlich zum angenehmen Teil des Tages übergehen. Die Zimmer für euch sind vorbereitet, die Bar gefüllt und die Mädchen willig. Tobt euch aus und genießt euren Aufenthalt.«

Allesamt erhoben wir uns und ich sah, wie Steel auf mich zukam. »Ab morgen früh acht Uhr werde ich mit Blake trainieren. Bringst du sie, oder soll ich sie abholen?«

»Ich denke, sie zu dir zu fahren, werde ich gerade noch hinbekommen«, erwiderte ich wenig begeistert davon, dass die beiden ab sofort miteinander trainieren wollten. »Sie wird pünktlich da sein. So kann ich wenigstens einige meiner anderen Aufgaben erfüllen, statt nur die beschissene Nanny zu spielen.«

Steel betrachtete mich eingehend, schüttelte dann lachend den Kopf und wandte sich um. »Lass uns was trinken gehen.«

Wortlos folgte ich ihm und versuchte, mir keine Gedanken über sein Verhalten zu machen. So langsam war ich es leid, dass alle annahmen, Blake gehörte zu mir. Vielleicht sollte ich später mal ein Statement setzen, dass dem nicht so war. Mittlerweile war bekannt, dass sie unter dem Schutz der *Demons* stand. Es würde sich also keiner trauen, sie anzufassen.

Steel und ich verließen gemeinsam das Kellergewölbe, gingen nach oben, wo früher einmal die Lobby des Hotels gewesen war. Auf der gegenüberliegenden Seite befand sich der Saal, in dem auch die Feierlichkeiten stattfanden.

Wir marschierten an mehreren Männern vorbei, einige kannte ich, sodass ich hin und wieder dem einen oder anderen zunickte. An der Bar machte ich Shadow und Ice aus, die mit zwei Tussis beschäftigt waren. Dummerweise war von Blake keine Spur zu sehen. Denen würde ich was erzählen!

Wütend machte ich mich auf den Weg zu den beiden, umschloss den Oberarm einer Rothaarigen, die gerade die Zunge von Ice im Mund hatte, und schubste sie zur Seite.

»Wo ist sie?«, herrschte ich meinen Freund an.

»Beruhige dich, Alter«, lachte er. »Sie ist mit Cynthia unterwegs. Keine Ahnung wo die sind.«

»Wir sind hier«, hörte ich hinter mir die Stimme von Hellboys Frau und drehte mich um.

Vor mir standen Cynthia und Blake. Erstere betrachtete mich intensiv mit hochgezogener Augenbraue, die kleine

Kampfmaschine jedoch hielt den Blick auf die Bar gerichtet. Sie sah aus, als hätte sie Angst, ein Verhalten, dass ich in der Form nicht von ihr kannte.

Steel beugte sich zu ihr herunter, flüsterte ihr irgendwas ins Ohr, woraufhin sie nickte. Keine Ahnung, was er ihr gesagt hatte, aber er legte seine Hand auf den unteren Teil ihres Rückens und verschwand mit ihr und zwei Flaschen Bier.

Was zum Teufel …?

»Ich denke, du bist abgeschrieben, Mann.« Ice lachte erneut, doch ich schenkte ihm keine Beachtung, sondern starrte den beiden hinterher. »Deine Wette kannst du wohl in den Wind schießen.«

»Sie war dafür sowieso nicht geeignet«, murrte ich. »Die trägt einen Keuschheitsgürtel mit unzähligen Schlössern daran. Bin froh, wenn ich die los bin. Soll Steel sich um das Gift kümmern.«

»Gift? Wette?!« Shit, ich hatte Cynthias Anwesenheit vergessen. »Bitte sagt mir nicht, dass ihr Blake für diesen Scheiß ausgewählt habt?« Angewidert schüttelte sie den Kopf. Anscheinend war ihr zu Ohren gekommen, was meine Brüder seit einem Jahr abzogen. Hellboy hatte es ihr bestimmt verraten. Dieser Judas! »Du solltest dich auf deinen Job konzentrieren, Devil«, zischte sie mich plötzlich an. »Die Kleine gehört nicht in diese Welt und musste sich hier von Paint beleidigen und anbaggern lassen. Sie ist völlig verstört. Sei froh, dass sie in Steel anscheinend jemanden gefunden hat, dem sie vertraut, denn er ist traurigerweise der Einzige, der das Mädchen nicht wie eine Last, Müll oder ein Stück Fleisch behandelt. Blake hat das hier nicht verschuldet, sie ist vollkommen blind und nur dank des MCs in diese Sache geschlittert. Also solltet ihr euch nicht wie Höhlenmenschen verhalten, sondern ihr wie Männer gegenübertreten. Ihr wolltet euch immer von diesen Kerlen …« Sie deutete in den Saal auf alle Typen aus den anderen Motorradclubs, die sich mehr als asozial verhielten. »… abheben. Keiner von euch wollte jemals so sein und das habt ihr bislang auch gut hinbekommen. Nur bei Blake scheint euch die Menschlichkeit abhandengekommen zu sein.«

»Was war mit Paint?«, hakte ich nach, ohne auf ihre Äußerungen einzugehen. Darüber wollte ich mir gerade keinen

Kopf machen. In wenigen Sätzen klärte Shadow mich auf und ich sah rot.

»Du bist Devil«, fuhr Cynthia unbeirrt fort. »Sei verdammt noch mal der Mann zu ihr, den ich kenne. Sie ist so …«

»Du vergisst, mit wem du sprichst, Weib«, unterbrach Cleans Stimme Cynthias Redeschwall und tauchte neben mir auf. Kurz schloss ich die Augen, um tief ein- und wieder auszuatmen. Der Wichser traute sich tatsächlich in meine Nähe. Entweder war er mutig oder hatte sich das letzte bisschen Hirn bereits weggekokst. »Das ist der berühmt berüchtigte Devil. Jeder kennt ihn und weiß über ihn Bescheid. Der lässt sich doch nichts von einer *Old Lady* sagen. Wir können froh sein, dass er wenigstens den Anweisungen seines Präsidenten folgt.«

»Wenn du den Abend überleben möchtest«, entgegnete Shadow ihm und erhob sich, »solltest du jetzt zu deinen Brüdern gehen. Oder willst du noch mal sowas erleben, wie neulich? Dieses Mal halte ich ihn nicht zurück, Clean. Mach keine unserer Old Ladys dumm von der Seite an. Wenn wir uns streiten, ist das intern, das ist *unsere* Familie!«

Damit hatte Shadow recht. Wir waren ein Team, eine Einheit. Wir würden für den jeweils anderen unser Leben geben. Meine Brüder und ich, waren nicht immer einer Meinung, hin und wieder diskutierten wir, wurden auch mal lauter, aber es artete nie aus. Im Prinzip konnten wir uns über einige Dinge streiten, tranken eine Stunde später aber wieder ein Bier zusammen. Das hier war meine … unsere Familie. Und ich, sowie jeder meiner Jungs, würde ohne zu zögern, für diese in den Krieg ziehen.

Clean war ein Mitglied des Clubs aus Nevada. Die Jungs waren anscheinend angekommen, als wir unser Treffen im Keller hatten. Wahrscheinlich klärten Death und Soldier den Präsidenten dieser Einheit gerade über den Stand der Dinge auf.

Mein Problem mit Clean bestand im Wesentlichen darin, dass er seine Fresse nicht halten konnte, ständig irgendwelche Interna rausposaunte und Gerüchte über mich in Umlauf gebracht hatte. Einmal hatte ich ihm bereits das Maul gestopft, offensichtlich hatte er das noch nicht ganz verstanden.

Langsam drehte ich mich zu ihm herum und Ice schob Cynthia zur Seite, die daraufhin verschwand. Um uns herum wurde es still, keiner sagte mehr etwas.

»Du hast eine Chance, Alter«, sagte ich in einem ruhigen Tonfall. »Geh zu deinen Brüdern, genieße die Party und halte dich von mir fern. Ansonsten werden wir ein Riesenproblem haben. Wie entscheidest du dich?«

»Ich habe keine Angst vor dir, Devil«, brummte Clean und machte einen Schritt auf mich zu. »Du glaubst vielleicht, du seist der Größte hier, das bist du aber nicht. Und deine Kleine? Überlass sie mir und Paint, wir werden uns um sie kümmern.«

Wortlos holte ich aus und ließ meine Stirn gegen seine Nase krachen. Clean taumelte blutend zurück. Ohne ihm Zeit zum Nachdenken zu geben, verpasste ich ihm einige Faustschläge ins Gesicht und in den Magen. Er ging zu Boden. Ich riss ihn an seinen Haaren wieder hoch, rammte mein Knie in seine verdammte Fresse und der Wichser landete abermals auf dem Parkett. Erneut zog ich an seinem Zopf, dieses Mal aber hinter mir her, zu Paint.

Dann beugte ich mich zu Paint, der mich mit ängstlich aufgerissenen Augen betrachte. Der Penner war klüger als sein Bruder. »Kommst du Blake noch einmal zu nah, oder sprichst sie ohne den gebotenen Respekt an, breche ich dir das Genick. Klar soweit?« Er nickte einige Male. Ich stellte ich mich wieder aufrecht hin, drehte mich um und sprach nun die gesamte Bande an. »Ich warne jeden hier in diesem Raum. Die Kleine ist tabu. Sie steht unter meinem Schutz und ist sie unantastbar. Wer sich nicht daran hält, kennt die Konsequenzen. Ich hoffe, das war jetzt verständlich.«, rief ich in den Saal.

Ich betrachtete Clean, der nach wie vor bewegungslos am Boden lag und marschierte dann zu meinen Jungs an die Bar. Jetzt brauchte ich erst mal ein Bier.

»Ansonsten geht es dir gut?«, wollte Angel wissen, der mich schmunzelnd ansah.

»Ganz ausgezeichnet«, konterte ich, nahm die Flasche, die mir vorgesetzt wurde und trank sie bis zur Hälfte aus.

»Hey, Devil«, gurrte Mercedes seitlich von mir. Diese Stimme würde ich unter tausenden wiedererkennen.

Ich drehte mich zu ihr um, und stützte meine Ellenbogen hinter mir auf den Tresen ab. Mein Blick wanderte über ihren schmalen Körper und in ihren Augen erkannte ich Feuer. Genau das, was ich gerade dringend brauchte. »Wenn du nicht anderweitig beschäftigt bist, würde ich mich gerne um dich kümmern. Ich habe gehört, dass du gerade sehr angespannt bist. Da habe ich genau das Richtige für dich. Also, was meinst du? Gehen wir hoch?«

Ich trank den Rest meines Bieres aus und stellte die Flasche auf die Theke. Dann wandte ich mich an Shadow. »Behaltet Blake im Auge, bis ich zurück bin oder seht zu, dass Steel den Job übernimmt. Ich muss mal eben etwas Druck ablassen.«

Mercedes rieb ihre Titten an meiner Brust, leckte mit ihrer Zunge über meine Kehle und nahm meine Hand in ihre. Innerlich grinsend machte ich einen Schritt nach vorne und schaute zur Seite in Richtung Saaleingang. Dort standen Steel und Blake. Mein Bruder unterhielt sich gerade mit irgendjemandem, den ich nicht kannte, dafür starrte Blake mich regelrecht an. Besonders glücklich sah sie nicht aus und für den Bruchteil einer Sekunde meldete sich ein schlechtes Gewissen bei mir.

Doch das schob ich schnell beiseite. Ich war keine Pussy! Außerdem war Blake nur ein Mädchen, aber ich brauchte mehr als das. Wir lebten zwar auf demselben Planeten aber in unterschiedlichen Welten.

Ich war kein Mann, den man seinen Eltern vorstellte. Ich war ein Killer, der Teufel höchstpersönlich. Und all das sollte sie schnell begreifen.

Kapitel 24

Blake

Ich hasste ihn und ich hasste *sie*. Ihn, weil er mich hatte etwas spüren lassen, als er mich geküsst hatte und sie, weil … weil sie einfach perfekt aussah. Wieso hatte Devil mich geküsst? Im Vergleich zu dieser dunkelhaarigen Schönheit, die gut und gerne ein Model hätte sein können, stank ich total ab. Dennoch musste ich zugeben, dass mir das Bild, das die beiden gerade abgaben, einen Stich versetzte und ich das dringende Bedürfnis verspürte, mich in eine Ecke zu setzen, um Rotz und Wasser zu heulen. Diese Emotionen verstand ich einfach nicht, immerhin führten Devil und ich keine Beziehung. Und obwohl ich das wusste, fühlte ich mich gerade unglaublich leer und einsam.

Ich ließ die beiden nicht aus den Augen und beobachtete, wie sie die Treppen nach oben gingen. Sie lachte, er fasste ihr an den Hintern. Gott, was würde ich darum geben, so auszusehen, wie diese Frau? Im Gegensatz zu ihr war ich nur ein Mädchen von einundzwanzig Jahren, die nichts anderes trug als Jeans, Shirt oder Pullover und Sneakers. Deren Körper voll mit Narben war.

Welcher Kerl sollte sich da für mich interessieren, wenn er erfahrene Damen, wie sie bekommen konnte? Kein Wunder, dass ich noch Jungfrau war.

Die Girls, die sich in diesem Club aufhielten – auch wenn sie als *Clubschlampen* tituliert wurden – waren alle bildschön. Sie wussten, dass sie hier her passten, wussten, dass die Kerle – egal, wie sie diese weiblichen Geschöpfe behandelten – nicht auf sie verzichten könnten. Nein, ohne die Mädchen, wäre dieser Club nicht derselbe.

In diesem Moment wurde mir erst wirklich bewusst, was Rachel mir versucht hatte, zu erklären. Hier ging es gar nicht darum, die Männer glücklich zu machen, sondern darum, sich das zu nehmen, was das weibliche Geschlecht wollte. Nicht die Biker hatten hier die Macht, das waren die Frauen selbst. Diese Erkenntnis durchströmte mich wie ein Wasserfall und ich zollte den Ladys meinen Respekt. Ich selbst war dafür nicht geschaffen, das gestand ich mir ein, nur würde ich die Mädchen sicherlich nicht mehr verurteilen, denn sie lebten ihr Leben in vollen Zügen. Etwas, das ich vor vier Jahren aufgegeben hatte, damit ich überleben konnte. Was in Gottes Namen hatte ich bloß alles verpasst?

Ja, ich hatte einen Freund gehabt, als ich sechzehn war. Aber wir hatten uns nur geküsst und ein bisschen befummelt. Okay, ich hatte ihm einen geblasen, weil alle meine Freunde davon schwärmten. Ich wollte nicht als Spätzünder gelten, also hatte ich das auch getan. Es hatte mir gefallen und ihm ebenfalls. Sehr sogar, wenn ich mich zurückerinnerte. Darüber hinaus, war niemals etwas geschehen.

Noch nie in meinem Leben hatte ich einen Orgasmus, obwohl ich diese Erfahrung so gerne gemacht hätte. Mir wurde klar, dass ich das alles nicht erleben würde, falls ich weiterhin nur unsichtbar blieb. Mehr hatte ich die letzten Jahre doch nicht getan, oder? Niemand würde mich jemals als Frau wahrnehmen. Weder Steel, noch Ice, Shadow und schon gar nicht Devil. Letzterer würde mir nie das geben, was ich mir wünschte.

Mit seiner jetzigen Aktion hatte er mir eine klare Botschaft übermittelt. Für ihn war ich ein niemand, so wie ich es ihm vor Tagen selbst gesagt hatte. Ja, er ging mir unter die Haut, berührte meine geschundene Seele, nur musste ich mein Herz verschließen und durfte ihn nicht weiter an mich heranlassen.

Vielleicht konnte ich es schaffen, mich ein wenig in mein altes *Ich* zurück zu verändern, wenn der ganze Mist hier vorbei war. Dann würde ich mir Tipps von Rachel einholen. Zwar musste ich weiterhin geduckt durch die Welt laufen, aber dabei konnte ich wenigstens gut aussehen. Außerdem gab es einen Unterschied zwischen Vorsicht und Unsichtbarkeit. Ersteres durfte ich niemals schleifen lassen. Ich konnte allerdings auch vorsichtig sein *und* ein Leben haben.

»Wo starrst du denn hin, Liebes?«, vernahm ich neben mir Cynthias Stimme, der ich mich zuwandte. Steel unterhielt sich nach wie vor mit einem Kerl. Sein Arm ruhte an meinem Rücken, wahrscheinlich um sicherzugehen, dass ich noch da war und vor allem auch blieb.

»Zu nichts Besonderem«, versuchte ich, zu lügen, doch Cynthia durchschaute mich, das sah ich in ihrem Gesicht. Warum zum Teufel konnte ich nicht lügen? Scheiße!

»Ich würde dir gerne etwas Positives sagen, Kleine«, fing sie an und seufzte. Dann zog sie mich ein Stück von Steel weg, der sofort zu uns schaute, bevor er sich seinem Gesprächspartner wieder zuwandte. »Aber ich denke, dass du dir bei Devil keine Hoffnung machen solltest. Er ist … ein schwieriger Mann. Niemand hier weiß wirklich viel über ihn. Er führt nie Beziehungen und behandelt Frauen … na ja, nicht unbedingt sehr respektvoll.«

»Ich habe gar nicht …«

»Doch, das hast du Blake«, unterbrach sie mich mit sanfter Stimme. »Ich bin nicht blind. Er ist nicht der Ritter auf einem weißen Pferd. Versteh mich nicht falsch, ich liebe Devil, nur, er hat eigene Dämonen, mit denen er kämpfen muss. Ich würde sogar so weit gehen, dass er niemals sesshaft wird. Such dir einen netten Jungen, der dir die Welt zu Füßen legt. Das hier …« Sie deutete mit ihren Händen umher, »… ist nicht das Richtige für dich. Dafür bist du zu unschuldig.«

Sie sagte all das, was mir bereits klar war. Und ich hasste es, dass man mich so schnell durchschaute. Noch viel mehr hasste ich es, dass sie bemerkt hatte, wie ich Devil ständig musterte. Aber sie hatte zu viel hineininterpretiert, denn ich war auf keinen Fall in diesen Mann verliebt. Deswegen musste ich mich ja von ihm fernhalten, damit das auch erst gar nicht geschah. Richtig? Genau!

Fuck!

Ich hätte Cynthia widersprechen müssen, ihr zeigen, dass sie falsch lag, aber nichts dergleichen tat ich.

Hinter mir spürte ich eine Hand an meinen Schultern und drehte mich zu der dazugehörigen Person um. Es war Steel, der mir zuzwinkerte und mit seinem Kinn nach draußen deutete. Um mich von Cynthia zu verabschieden, wandte ich mir ihr wieder zu, doch sie war nirgends mehr zu sehen. Seufzend folgte ich Steel aus dem Gebäude.

»Das sind Piper und Dragon«, stellte Steel mich den beiden jungen Männern vor, die ständig vor der Tür Wache hielten, oder was auch immer taten.

Piper war ungefähr in meinem Alter, gut aussehend, hatte aber einige Narben im Gesicht. Er war nicht ganz so groß wie die anderen Jungs. Dragon dagegen war bestimmt um die ein Meter neunzig.

»Hi«, begrüßte ich die zwei höflich, und sie lächelten mich freundlich an. »Ich bin Blake.«

»Ich weiß, wer du bist«, sagte Piper und ich zog eine Augenbraue hoch, da ich nicht ganz verstand. »Wir waren zusammen auf dem College in Eugene.«

»Ach ja?«, fragte ich verwirrt, da er mir absolut nicht bekannt vorkam.

»Wir hatten mal denselben Kurs«, teilte er mir mit. »Professor Rusko? Erinnerst du dich?« Mit schuldbewusster Miene schüttelte ich den Kopf. »Du hast mir in dem Fach mal deine Unterlagen gegeben, weil ich drei Wochen gefehlt habe. Dann bist du mit mir in die Bibliothek gegangen, um mir für den Test alles beizubringen.«

Es fiel mir wie Schuppen von den Augen. Wieso war mir das nicht früher aufgefallen? Ich hatte ihn zwar lange nicht mehr gesehen, aber eigentlich hätte ich ihn dennoch erkennen müssen. »Thomas, richtig? Natürlich weiß ich noch, wer du bist. Wir haben bis Mitternacht da gesessen und gepaukt. Du hast letztendlich mit Bestnote bestanden. Deine Haare waren länger und lockig, oder? Wie klein die Welt ist. Warum habe ich dich irgendwann nicht mehr auf dem Campus gesehen?«

Ich freute mich gerade wie ein Schneekönig, weil ich jemanden aus *meiner* Welt traf. Das war unglaublich.

»Du hast mir damals echt den Hintern gerettet, Blake«, meinte er und lächelte mich aufrichtig an. »Ohne dich hätte ich das niemals geschafft und wäre durchgerasselt.« Er schüttelte den Kopf und sah zu Steel, der nur kurz nickte, bevor Piper mich wieder betrachtete. »Thomas ist mein bürgerlicher Name, der Club ist mein neues Zuhause. Aus diesem Grund habe ich mich entschieden, das College abzubrechen und von vorne anzufangen. Ich will ein vollwertiges Mitglied der *Demons Hell* werden.«

Der Stolz in seiner Stimme war nicht zu überhören.

»Ich drücke dir für deine Pläne die Daumen«, meinte ich ernst. »Wahrscheinlich werden wir uns in nächster Zeit des Öfteren über den Weg laufen. Dann können wir vielleicht bei einer Tasse Kaffee reden.«

Besorgnis flackerte in seinem Gesicht auf, als er erneut zu Steel schaute. Nun betrachtete ich ihn ebenfalls, und er ließ die Augen nicht von Piper. Hatte ich etwas Falsches gesagt?

»Piper ist ein Prospect, Blake«, klärte Steel mich auf. »Ein Anwärter auf eine Mitgliedschaft. Er dürfte sich nicht mal mit dir oder mir unterhalten, wenn ich es ihm nicht erlauben würde. Bei uns läuft das alles etwas anders, als in deiner Welt, Kleine.«

»Oh«, meinte ich nur, da mir die ganzen Regeln nicht bekannt waren. »Sorry, das wusste ich nicht.«

Steel lachte und schüttelte den Kopf. »Ich kann aber mit Devil sprechen«, teilte er mir mit und ich zog eine Augenbraue hoch. Wieso Devil? Anscheinend hatte Steel mein unausgesprochenes Anliegen an meinem Gesicht gesehen. »Devil ist der Vize des Clubs. Er entscheidet, was die Prospects dürfen und was nicht. Aber ich werde ihn bei nächster Gelegenheit fragen, okay?«

Ich nickte und schaute wieder zu Piper, der mir lächelnd zuzwinkerte.

Plötzlich hörte ich quietschende Geräusche, doch bevor ich mich umdrehen konnte, schrie Piper, »Runter.« In der nächsten Sekunde wurde ich hart umgeworfen.

Im ersten Moment verstand ich überhaupt nicht, was gerade passierte, bis ich Schüsse wahrnahm. Immer wieder zerschellte Glas an der Hausfront. Als Feuer aufflammte, war mir klar, dass – wer immer uns auch angriff – Molotov Cocktails warf.

»Bleib liegen«, befahl Steel, der aus seinem Hosenbund eine Waffe zog und zurück feuerte.

Dann schaute ich zu Piper, der auf dem Boden lag und sich nicht rührte. Wut stieg in mir auf. Ich erkannte in Steels Gürtel eine weitere Knarre, die ich mir, ohne zu überlegen, griff, sie entsicherte, mich neben ihn kniete und ebenfalls das Feuer eröffnete.

Man schoss auf uns. Aus dem Nichts heraus. Überall flogen Kugeln umher. Ich sah nur noch Blitze, Feuer, Bikes und große, schwarze Wagen. Doch ich versuchte anzuvisieren, was ein Ziel abgab, und feuerte auf alles und jeden, der sich bewegte.

Ich schoss so lange, bis mein Magazin leer war. Dann bückte ich mich wieder und tastete Steel ab, ob er Ersatz hatte, aber vorher glitt mein Blick erneut zu Piper. Sein Brustkorb bewegte sich nicht mehr. Er lag einfach nur so da.

Sofort ließ ich die Knarre fallen und versuchte, zu dem Niedergeschossenen zu krabbeln. Dafür musste ich ein wenig aus der Deckung gehen.

»Blake«, schrie Steel. Er packte mich und riss mich nach unten. Ein Brennen machte sich an meiner Schulter bemerkbar, worauf ich mich aber nicht konzentrierte, sondern zu Piper krabbelte, der nach wie vor nur da lag. Erst jetzt konnte ich erkennen, dass seine Augen weit aufgerissenen waren und seine Stirn ein Loch aufwies. Er hatte mir das Leben gerettet, und dafür seines gelassen.

Umgehend zog ich ihm seine Waffe aus dem Gürtel, drehte mich um und schoss weiter.

Die Eingangstür flog auf und mehrere Kerle kamen herausgestürmt. Sie feuerten alles ab, was sie besaßen. Auch Devil erkannte ich, der meinen Blick suchte, doch ich wandte mich ab, weil ich nur darauf aus war, wenigstens eines der Schweine zu erwischen, die Piper auf dem Gewissen hatten.

Verdammt, er war erst einundzwanzig Jahre alt, genau wie ich. Jetzt war er tot. Wieder einmal war jemand gestorben, ohne dass ich das *Wieso* und *Warum* hinter dieser Tat verstand. Doch im Vergleich zu damals konnte ich nun zurückschlagen. Ich schoss weiter, bis auch das zweite Magazin leer war.

Der Kugelhagel unserer Angreifer ließ nach, es waren nur noch wegfahrende Autos sowie Bikes zu hören, denn sehen konnte ich nichts mehr. Der Rauch stieg auf und die Welt verschwand im Nebel.

Erschöpft ließ ich mich direkt neben Pipers leblosen Körper auf den Hintern fallen und die Waffe glitt mir aus den Fingern.

Jetzt, wo die Gefahr vorüber war, begann mein Verstand wieder zu arbeiten, statt mich nur zum Handeln anzutreiben.

Was war hier geschehen?

Irgendwer hatte uns töten wollen und es bei Piper sogar geschafft. Wer konnte mir das hier erklären? Und wieso fühlte ich mich auf einmal so schwach?

Erinnerungen flackerten vor meinem inneren Auge auf. Bilder von damals, als meine Familie in einer einzigen Nacht ausgelöscht wurde. Schüsse, Geräusche, die ich niemals vergessen würde, nahm ich wahr, obwohl nur Stimmen um mich herum, zu hören waren.

Unter mir verschwand der Boden, irgendjemand trug mich. Der Geruch kam mir bekannt vor, aber ich schaute nicht hoch, wollte nicht in Devils Gesicht sehen, dem Mann, der mir so unglaublich zusetzte. Eigentlich wollte ich gar nichts mehr, wollte nur schlafen und vergessen.

»Doc«, hörte ich Steels Stimme. »Blake ist angeschossen worden.«

War ich das? Ich spürte gar nichts, als wäre alles taub. Dann fiel es mir ein, der Schmerz, den ich vorhin wahrgenommen hatte.

Angeschossen! Wieder einmal.

Das würde auch meine einsetzende Lethargie erklären. Darrell hatte es mal erwähnt. Auf jeden Schuss folgt ein Schock, da fragt der Körper gar nicht erst um Erlaubnis.

Ich wurde auf etwas Weiches gelegt, und dann war da Doc, der meinen Ärmel aufschnitt.

»Blake, kannst du mich hören?« Docs Stimme hallte in meinen Ohren wider und ich schaffte es kaum, ihn anzusehen. Meine Kehle war trocken, und die Stimmbänder schienen nicht mehr zu funktionieren. Ich wollte nicken, aber der Kopf bewegte sich nicht. »Devil, sie steht unter Schock. Ich muss ihr etwas zur Beruhigung geben.«

Dann spürte ich einen Stich und sofort drehte sich alles. Ich hob meinen Blick, erkannte Steel und Devil aber ihre Gesichter verschwammen. Und dann war da nichts mehr.

»Sie hat wie ein Profi geschossen.« Das war Steels Stimme, die aus der Ferne zu mir durchdrang. *Wer hatte geschossen?* »Sie wusste genau, was sie da tat. Sowas habe ich noch nie im Leben bei einem Mädchen gesehen. Keine Ahnung, was das für ein Supergirl ist.«

»Ich bin bei ihr auch überfragt«, hörte ich jetzt Devils Stimme.

Ich öffnete meine schweren Lider und spähte in dem Raum hin und her. Dieses Zimmer kam mir nicht bekannt vor, es hatte aber Ähnlichkeit mit einem Hotelzimmer.

Hotel?

Ich befand mich wohl noch immer im Club.

Die Tür stand ein stückweit offen, sodass ich die Unterhaltung der beiden mitbekam. Wahrscheinlich dachten sie, ich würde noch schlafen. »Ice gräbt schon«, sprach Devil weiter und ich fragte mich, was denn die Aufgabe seines Bruders war. »Doc kümmert sich um die Verletzten und einige von uns … um die Toten. Soldier setzt sich mit den *Dark Blood*s in Verbindung. Das war ein gezielter Angriff auf uns.«

»Vielleicht wollten sie ihre Männer hier herausholen?«, mutmaßte Steel. »Wir sollten uns eventuell langsam mit ihnen unterhalten. Wir haben sie jetzt über Tage schmoren lassen. Ich denke, es reicht, denn wir brauchen Antworten.«

»Sehe ich genauso«, stimmte Devil zu. »Ich spreche mit Death. Wenn Blake aufwacht, bring ich sie zu mir. Alles Weitere werden wir besprechen.«

»Die Kleine hat einiges durchgemacht«, hörte ich wieder Steel.

»Wirst du jetzt weich?«, verhöhnte Devil seinen Gesprächspartner.

»Nein, ganz und gar nicht, Alter«, lachte Steel. »Ich habe nur meine Menschlichkeit noch nicht verloren. Blake, hat nicht nur mit *dir* gekämpft, sondern auch mit *mir*. Sie läuft nicht weg, versteckt sich nicht, stattdessen versucht sie, sich und uns zu verteidigen, obwohl sie keinen Grund dazu hat. Denk mal darüber nach. Jedenfalls hat sie meinen Respekt und ich akzeptiere sie. Mehr brauche ich nicht zu wissen. Wieso, weshalb und warum sie kann, was sie eben kann, ist mir egal. Ich kann mich auf sie verlassen und das ist alles, was zählt.«

Seine Worte gingen runter wie Öl, und mir schossen die Tränen in die Augen. Bevor ich hier noch losheulen würde und die beiden mich dabei erwischten, drehte ich mich auf die Seite, direkt auf meine frische Wunde. Ein Zischen konnte ich mir nicht verkneifen, als mich der Schmerz überkam. In der nächsten Sekunde flog die Tür auf, und Devil wie auch Steel stürmten wie zwei Rächer in den Raum.

»Sorry, ich habe mich nur falsch bewegt«, entschuldigte ich mich. »Geht schon wieder.«

»Wir sollten zu mir fahren«, sagte Devil, in dessen Gesicht nichts weiter zu erkennen war, außer der üblichen Härte. Was hatte ich auch anderes erwartet?

»Natürlich«, seufzte ich und erhob mich.

Als Devil nach mir greifen wollte, machte ich jedoch einen Satz zur Seite. Nicht, weil ich nicht von ihm angefasst werden wollte, sondern weil ich mich erschrocken hatte. Ich war es einfach nicht von ihm gewohnt, dass er sich um mich kümmerte. Jedoch bereute ich meine Reaktion sofort, als Devil mich durch verengte Augen betrachtete. Daraufhin musterte er seinen Bruder, dem er nur zunickte und den Raum verließ. Steel schnaubte und legte mir einen Arm um die Hüfte.

»Ich brauche keine Hilfe«, moserte ich.

»Sei nicht so stur«, widersprach er mir und begleitete mich den Flur entlang und die Stufen nach unten.

Zu meiner Überraschung war alles ruhig und von den anderen Clubs, niemand mehr zu sehen. Wo waren die denn alle? Und vor allem, wie spät war es?

»Wie geht es dir?« Death stand unten am Treppensims und schaute zu uns auf.

Neben ihm war Devil, der sich mit dem Rücken an der Wand lehnte. Er war sauer auf mich. Wieder einmal!

»Ganz gut«, log ich. Ich fühlte mich schrecklich und hätte nichts lieber getan, als zu weinen.

»Fahr mit Devil nach Hause und ruh dich aus«, schlug er vor, als ich direkt vor ihm stand. »Du hast heute gute Arbeit geleistet, Mädchen. Wir reden, wenn du wieder fit bist.«

»Okay«, antwortete ich.

Was sollte ich auch anderes sagen?

Devil kam nicht mehr auf mich zu, sondern marschierte schnellen Schrittes nach draußen. Steel und ich folgten ihm.

Vor dem Bike griff ich mir den Helm und setzte ihn auf meinen Kopf, was ein wenig im Oberarm schmerzte.

Dann stieg ich auf das Bike. Dabei lächelte ich Steel an, der mir zuzwinkerte, sich abwandte und verschwand.

Als Devil vor seinem Haus parkte, stieg ich schnell ab. Den Helm legte ich auf den Sitz und ging schon mal zur Eingangstür. Devil konnte ich nicht anschauen, sonst hätte ich direkt losgeheult. Das wollte ich nicht … nicht vor ihm. Wenn ich Schwäche zeigte, würde er mich fertigmachen. So schätzte ich ihn mittlerweile ein.

Nachdem er aufgeschlossen hatte, schob ich mich wortlos an ihm vorbei. Dabei starrte ich auf die Uhr. Es war vier in der früh. Unglaublich!

Sofort lief ich die Treppen rauf und verschwand in meinem Zimmer. Aber ich konnte mich nicht direkt ins Bett legen, denn als ich mich im Schrankspiegel betrachtete, erkannte ich Blut auf meinem Gesicht. So würde ich nicht schlafen können, vorher musste ich duschen.

Umgehend schnappte ich mir neue Klamotten und hastete ins Badezimmer. Dort zog ich mich in Windeseile aus, achtete nicht auf den Schmerz meiner Wunde und öffnete den Wasserhahn.

Um meinen Oberarm war nur ein kleiner Verband gelegt, deswegen ging ich davon aus, dass es nicht so schlimm sein konnte. Mir war es auch scheißegal, ob die Binde nass wurde oder nicht, ich wollte mir alles, was geschehen war, einfach nur noch abwaschen.

Das Wasser prasselte auf mich nieder, wie eine Irre griff ich nach Devils Seife, weil ich mein Waschzeug vergessen hatte mitzunehmen. Immer wieder ließ ich das Stück über meine Haut scheuern, als müsste ich mich von allem reinigen. Dabei ließ ich endlich den Tränen freien Lauf, die durch den Strahl verschwanden.

Mein Brustkorb und Rücken bebten, als ich meine Stirn an die Fliesen lehnte und bitterlich weinte.

Meine Kraft war erschöpft, mein Kampfgeist erloschen, wenigstens für ein paar Minuten. Ich wollte nicht mehr kämpfen, wollte nur noch gehalten werden.

Kraftlos rutschte ich auf die Knie und ließ mich anschließend auf den Hintern fallen, sodass mein Rücken an der kalten Fläche lehnte. Die Beine zog ich an meinen Körper, umschlang sie und bettete mein Gesicht hinein. Dann ließ ich richtig los und heulte.

Kapitel 25

Devil

Als ich die Treppen nach oben stieg, um ins Bett zu gehen, blieb ich abrupt stehen. Aus dem Bad hörte ich seltsame Geräusche, die nicht vom Wasser herrührten.

Ohne zu überlegen, drehte ich den Knauf und öffnete die Tür. Dampf schlug mir entgegen und ich machte mich langsam auf den Weg zur Kabine. Als ich direkt davorstand, schockte mich der Anblick, der sich mir bot. Blake saß zusammengekrümmt auf dem Boden und hielt sich mit ihren Armen umschlungen, als würde sie sonst auseinanderbrechen. Sie weinte, und das war es, was ich gerade vernommen hatte. Ich wollte mich umdrehen und verschwinden, aber ich konnte mich nicht bewegen.

Über meine Handlung dachte ich nicht lange nach. Ich zog mir die Lederweste aus und hängte sie an einen Haken. Dann schlüpfte ich aus den Stiefeln und schnappte mir ein Badehandtuch. Tief durchatmend drehte ich das Wasser ab und beugte mich vor. Sie schien mich gar nicht wahrzunehmen, denn sie hob nicht für eine Sekunde ihren Kopf. Ich griff unter ihre Arme, löste damit ihre Position und stellte sie auf die Beine. Auch wenn es nicht angemessen war, konnte ich meine Augen nicht von ihrer Nacktheit lassen. Verdammt, sie war sexy und ich verstand nicht, warum sie ihre Kurven ständig unter den schlabbrigen Klamotten versteckte.

Aber darüber sollte ich mir jetzt keine Gedanken machen. Die Kleine war am Boden zerstört und ich ihr Aufpasser. Also sollte ich das tun. Sie beschützen.

Umgehend schlang ich den Stoff um sie, bückte mich und hob sie auf meine Arme. Während dieser Prozedur weinte sie weiter, wehrte sich aber nicht gegen mich. Mit ihr zusammen marschierte ich in das Gästezimmer.

Glücklicherweise war das Bett aufgeschlagen, sodass ich sie sanft auf die Matratze legen konnte. Da mir klar war, wie sie auf körperliche Nähe reagierte, deckte ich ihren Körper zu und begab mich zu dem Sessel, der vor dem Fenster stand.

Eine Weile schaute ich nach draußen, überlegte, wie wir die Angelegenheit mit River bewältigen konnten, aber mir fiel partout keine Lösung ein.

»Piper ist tot«, unterbrach Blake plötzlich die Stille. »Wenn er nicht gewesen wäre, hätte ich die Kugel abbekommen. Warum hat er das getan?«

Steel hatte mich darüber unterrichtet. Unser Prospect hatte sein Leben für sie gegeben. Mein Bruder hatte erwähnt, dass Piper und Blake sich von der Uni kannten und sie ihm aus der Patsche geholfen hatte.

»Das war seine Aufgabe«, antwortete ich ruhig. »Er hat dich beschützt.«

»Und dafür sein Leben gegeben. Das wollte ich nicht«, wisperte sie. »Meinetwegen darf niemand sterben.«

»Deinetwegen passiert das auch nicht«, versuchte ich, sie zu überzeugen.

Dann erhob ich mich, ging zu ihr und nahm auf der Bettkante Platz. Ihre Augen waren geöffnet und geschwollen vom Weinen. »Dich trifft keine Schuld.«

»Was ist, wenn dir etwas zustößt oder Steel, oder einem deiner anderen Freunde?«, erkundigte sie sich leise. »Vielleicht … vielleicht sollte ich einfach verschwinden. Es hat schon einmal funk …« Sie unterbrach sich selbst.

Mir kam es so vor, als hätte sie etwas ausgesprochen, was sie niemals laut sagen wollte. Mich juckte es in den Fingern, nachzuhaken, aber ich tat es nicht. Im Moment hatte Blake eine Schonfrist verdient.

»Weglaufen bringt dich nicht weiter, Kleine«, erwiderte ich. »Nicht auf Dauer.«

Dazu sagte sie nichts, sondern schloss ihre Augen und atmete einige Mal tief ein und wieder aus. Es dauerte einige Sekunden, bis sie mich wieder ansah. Bei ihrem Blick musste ich schlucken, denn er war unglaublich traurig.

»Könntest du … würdest du dich für einen Moment zu mir legen?«, fragte sie auf einmal mit zittriger Stimme.

Ich erinnerte mich noch genau, wie sie Umarmungen aus dem Weg ging, Nähe nicht zulassen konnte. Das musste für sie eine große Sache sein, mich darum zu bitten.

Seufzend nickte ich. Blake hob die Decke an und ich ließ mich neben ihr nieder. Als ich sie an mich zog, verspannte sich ihr Körper, was aber nicht lange anhielt. Ihre Finger berührten meine Brust, das Gesicht ruhte an meinem Hals und ich stützte das Kinn auf ihrem Kopf ab. Engumschlungen verweilten wir hier und ich konnte mich nicht erinnern, wann ich das letzte Mal eine Frau in meinen Armen gehalten hatte. Wahrscheinlich, weil es noch niemals vorgekommen war.

Minuten später hörte ich ihren gleichmäßigen Atem. Sie war eingeschlafen. Auch mich überkam irgendwann die Müdigkeit und ich schloss die Augen.

»NEIN.« Schmerz durchfuhr mich, als mich irgendetwas hart gegen die Brust traf.

Sofort war ich hellwach und musste mich erst mal orientieren. Ich war in Blakes Zimmer und sie war es auch, die mich geschlagen hatte. Plötzlich spürte ich einen Schlag im Magenbereich, in den Blake mir soeben den Ellenbogen gerammt hatte. Schnell versuchte ich, ihre Hände zu greifen, was gar nicht so einfach war, weil die Kleine wild um sich schlug.

»Blake, verdammt, wach auf«, rief ich, doch sie wollte nicht aufwachen.

»BITTE NICHT«, brüllte sie und kniff dabei fest ihre Augen zusammen. »Dad, Mom … Oh Gott, bitte.« Die Tränen rannen über ihre Wangen und ich wusste mir nicht anders zu helfen, als sie eng an mich zu ziehen, sodass sie kaum Spielraum hatte, sich frei bewegen zu können.

Was zum Teufel war ihr zugestoßen?

»Wach auf, kleine Kampfmaschine«, sagte ich immer wieder und presste sie mit meiner ganzen Kraft an mich.

Mit meinen Beinen umschlang ich ihre, kesselte sie komplett ein. Irgendwann kämpfte sie nicht mehr, nur ihr Atem war noch schnell und hektisch.

»Es tut mir leid«, hörte ich sie flüstern und gleichzeitig ein Schniefen. Tränen tropften auf mein Shirt. Sie weinte!

»Was ist dir passiert?«, wollte ich wissen und wusste, als sich ihr Körper versteifte, dass ich die falsche Frage gestellt hatte.

»Es war nur ein Albtraum«, log sie mich an. Ich glaubte ihr kein Wort. Das waren nicht nur Träume, sondern Erlebnisse.

Traumata. Tief verwurzelt. Keiner wusste das besser als ich. Aber ich sagte nichts dazu.

»Das war heute ein harter Tag für dich«, sagte ich. »Du solltest dir noch ein wenig Ruhe gönnen. Ich werde jetzt in mein Zimmer gehen.«

Sofort schob ich sie von mir und war versucht, aufzustehen. Langsam kam ich mir nämlich vor, wie ein Idiot.

»Bleib«, flüsterte sie. »Geh nicht weg.« Ihre Finger umschlossen mein Handgelenk und hielten mich davon ab, zu verschwinden. Schnaubend ließ ich den Kopf hängen und schloss die Lider. Einatmen und wieder ausatmen. Dann drehte ich ihr mein Gesicht zu.

Super, ich mutierte zum absoluten Lutscher, denn ich stieg nicht aus dem Bett, sondern legte mich wieder neben sie und ließ es zu, dass sie sich erneut an mich kuschelte.

»Das ist nur eine Ausnahme«, verklickerte ich ihr, damit hier keine Missverständnisse aufkamen.

»Schon klar«, wisperte sie und fuhr mit ihren kleinen Fingern über meine Brust.

Das war gar nicht gut, absolut beschissen, um es genau zu sagen. Solche Berührungen war ich nicht gewohnt, und konnte sie auch nicht ausstehen. Aber ich schlug weder ihre Hände weg, noch verließ ich sie. Nein, ich tat etwas, was mich selbst überraschte: Ich schloss die Augen und versuchte, das hier zu genießen.

Zärtlichkeiten und so einen Mist hatte ich nie kennengelernt, hatte auch kein Interesse, entsprechend Erfahrungen nachzuholen. Dennoch stoppte ich sie nicht.

»Du spielst ein gefährliches Spiel, Blake«, gab ich ihr klar und deutlich zu verstehen. »Fang nie etwas an, was du nicht beenden willst. Ich bin nicht irgendein Junge, sondern ein Mann. Und wenn du jetzt nicht aufhörst, bringe ich die Sache hier zu Ende. Deine Entscheidung.«

Sie hielt in ihren Streicheleinheiten inne, doch zu meiner Überraschung fuhr sie plötzlich erneut über meine Haut. Anscheinend hatte sie ihre Entscheidung getroffen. Sie wusste ja nicht, worauf sie sich einließ. Aber wer war ich, sie aufzuklären? Sie war unerfahren, wenn ich ihre Reaktionen Revue passieren ließ, möglicherweise sogar noch Jungfrau.

»Du hast es so gewollt, kleine Kampfmaschine«, brummte ich und rollte sie auf den Rücken.

Sofort fanden meine Lippen die ihren und als sie ihren Mund leicht öffnete, schob ich meine Zunge hinein. Der Kuss war anfänglich unschuldig und zärtlich, wurde aber schnell leidenschaftlich und fordernd. Mit meinem Knie spreizte ich ihre Schenkel und löste das Handtuch von ihrem Körper.

Als ich ihre Knospen mit meinen Fingern zwirbelte und leicht hinein kniff, stöhnte sie in meinen Mund. Verdammt, dieses Geräusch fuhr direkt in meinen Schwanz und ich nahm mir vor, es ihr noch häufiger zu entlocken. Ich löste mich von ihr, wanderte mit den Lippen über ihren Kiefer, hinab zu ihrer Kehle und weiter runter, zu ihren Brüsten. Die eine stimulierte ich nach wie vor mit meiner Hand, an der anderen rosa Brustwarze biss ich leicht hinein. Blake bäumte sich auf und sie stöhnte so heiser, dass mein Schwanz fast explodierte.

Langsam schob ich mich weiter herunter, kniete mich zwischen ihre geöffneten Schenkel und dachte nicht lange über meinen nächsten Schritt nach, denn ich musste sie kosten.

»Wurdest du schon mal geleckt?«, fragte ich gerade heraus und Blake hob ihren Kopf. Sie schüttelte ihn und ihre Wangen wurden knallrot. »Hattest du überhaupt schon mal Sex?« Ich musste es einfach wissen.

»Nein«, flüsterte sie und ich konnte mir gerade noch ein seufzen unterdrücken.

Wie ich vermutete hatte, sie war noch Jungfrau. Kein Mann war jemals in ihr gewesen, ich würde der Erste sein.

Ich machte es mir bequem, öffnete sie noch weiter, teilte mit meinen Fingern ihre Schamlippen und berührte ihre Klit mit meiner Zunge.

»Oh, Gott«, rief sie und krallte sich in den Laken fest.

Nein, Baby, Gott hat damit nichts zu tun. Gleich wirst du den Teufel persönlich kennenlernen und meinen Namen kreischen, dachte ich mir voller Vorfreude.

Meine Zunge bewegte sich immer schneller, abwechselnd saugte und leckte ich sie, wurde härter mit den Berührungen. Vorsichtig schob ich einen Finger in sie, zog ihn wieder zurück und versenkte ihn erneut. Gleichzeitig folterte ich sie weiter mit meinem Mund.

Blake ließ ihre Hüften kreisen, kam mir entgegen. Verdammt, die Kleine war so eng, dass es für mich schwer werden würde, wenn ich mich gleich tief in ihr befand.

Ihre Pussy wurde immer feuchter, nasser und ihr Saft schmeckte süßlich und frisch. Bislang hatte ich noch nie eine Jungfrau gevögelt. Mit Blake hatte ich einige Ausnahmen.

»Ich halte das nicht aus … ich kann nicht …«, stöhnte sie laut und warf ihren Kopf hin und her.

»Doch, du kannst«, sagte ich nah an ihrer Klit.

Ich saugte fester, stieß mit dem Finger noch einmal in sie, als sich ihre inneren Wände um mich zusammenzogen, und sie lauthals mit einem »*Devik*«, explodierte.

Genau so hatte ich es geplant.

Sofort kroch ich hoch zu ihr, schob meine Zunge in ihren Mund und erforschte jeden verdammten Winkel ihres süßen Mundes.

»Ich will dich«, flüsterte sie nah an meinen Lippen und betrachtete mich intensiv. »Bitte, nimm mich ganz.«

Ihre Worte waren mir Befehl. Doch sofort fiel mir ein, dass ich keine Kondome in diesem Raum hatte. Aber ich war sauber, bei der Kleinen machte ich mir dahingehend auch keine Sorgen und wenn ich mich frühzeitig aus ihr herauszog, dann würde auch nichts passieren. Guter Plan!

Ich stieg aus dem Bett, entkleidete mich in Windeseile und positionierte mich dann wieder zwischen ihren Beinen. Mit einem Ellenbogen stützte ich mich neben ihrem Kopf ab, nahm meinen harten Schwanz in die Hand und führte ihn an ihre Öffnung. Gleich würde ich mich in ihr befinden.

Kapitel 26

Blake

Jetzt würde es endlich geschehen.

Ich fühlte seine Spitze an meinem Eingang und dann, wie er sich langsam in mich schob. Nun stützte er sich auch mit dem anderen Ellenbogen neben meinem Kopf ab und schob sich noch tiefer in mich. Dabei dehnte er mich, füllte mich aus. Im nächsten Moment zog er sich aus mir zurück, und stieß mit einer harten Bewegung erneut in mich.

Schmerz erfüllte meinen Körper, sodass ich aufschrie. Doch Devil presste gleichzeitig seine Lippen auf meine, küsste mich so leidenschaftlich, dass ich mich gar nicht auf das Brennen konzentrieren konnte. Wieder verließ er mich, um sich dann wieder in mir zu versenken. Diese Prozedur wiederholte er einige Male, bis ich ihn ganz in mir spüren konnte. Ich spreizte meine Beine noch weiter, versuchte, mich komplett für ihn zu öffnen. Devil hob meinen rechten Schenkel an, in dieser Position konnte ich ihn noch intensiver fühlen.

»Verdammt, kleine Kampfmaschine, du bist verflucht eng«, presste er zwischen zusammengebissenen Zähnen hervor. Eine Schweißperle tropfte mir auf die Wange, der Ausdruck in seinem Gesicht war so verzerrt, als würde er harte Arbeit verrichten.

Weil ich mehr wollte, hob ich mein Becken, kam ihm entgegen, doch plötzlich schüttelte er seinen Kopf und schloss die Augen. »Tu das nicht. Bleib einfach nur still. Gib mir einen Moment, sonst ist das hier schneller vorbei, als dir lieb ist. Verstanden?«

»Ist gut«, flüsterte ich und gab ihm die Zeit, die er benötigte.

Es dauerte einige Minuten, oder vielleicht auch nur Sekunden, bevor er seine Lider wieder öffnete, mich ansah und seine Hüften in Bewegung setzte. Ich biss mir auf die Unterlippe, weil ich ansonsten wahrscheinlich gebrüllt hätte, so intensiv war das Gefühl, welches er in mir auslöste.

Meine Finger krallte ich in seine Schultern, presste meine Augen immer wieder zusammen, weil mich das alles zu überwältigen drohte.

Devil erhöhte sein Tempo, stieß jetzt schneller in mich, legte seine Hand in die Kniekehle meines Beins und presste es an die Seite meiner Hüfte. Fuck, auf diese Weise spürte ich ihn noch deutlicher und konnte mir ein Stöhnen nicht mehr verkneifen. Mein Atem ging schneller, das Herz raste, als wollte es mir aus der Brust springen. Der Blick von dem Mann, mit dem ich soeben Sex hatte, war eindringlich, und gab mir den Rest.

Erneut baute sich eine gewisse Spannung in mir auf, es fühlte sich an, wie Elektrizität. Es war kaum auszuhalten und überforderte mich immens. Immer schneller stieß Devil in mich, füllte mich aus, dehnte mich. Dann auf einmal schrie ich seinen Namen zum zweiten Mal, bog meinen Rücken durch und zerschellte in tausend kleine Teilchen.

»Verflucht«, brüllte Devil, zog sich aus mir zurück, holte sich in einem schnellen Tempo einen runter und spritzte seinen Samen auf meinen nackten Bauch.

Oh Gott, wir hatten das Kondom vergessen. Aber er hatte mitgedacht und war nicht in mir gekommen. Wie konnte ich nur so blöd sein?

Verdammt, Blake, schimpfte meine innere Stimme. *Benutz dein Hirn.*

Devil ließ sich neben mich zur Seite fallen und atmete hörbar ein- und wieder aus. Er sagte nichts, hielt nur seine Augen geschlossen und versuchte, zu Atem zu kommen.

Ich schob mich in der Zwischenzeit zum Nachtschrank und fischte Taschentücher aus der Schublade. Mit dem Stoff säuberte ich meine Haut. Als ich fertig war, erhob ich mich und erschrak, als ich auf die Mitte des Bettes sah. Das Handtuch, das vorhin noch meinen Körper verdeckt hatte, war unterhalb mit etwas Blut versehen, und wenn ich es genau betrachtete, hatte auch das Laken ein bisschen was abbekommen. Ich erstarrte. Sofort fixierte ich Devils Schwanz. Auch dieser war blutig. Mir wurde leicht übel, aber ich versuchte, mich in den Griff zu bekommen. Also schnappte ich mir das Handtuch und wickelte es um mich.

»Jetzt musst du nicht mehr schüchtern sein«, sagte Devil, als er mich betrachtete.

»Ich muss die Laken wechseln und duschen«, meinte ich peinlich berührt. »Das solltest du wohl auch machen«, fügte ich noch hinzu und deutete auf seinen besten Freund. Er folgte meinem Blick und zuckte mit den Schultern.

»Das war zu erwarten«, gab er unbekümmert von sich und schob sich von dem Bett. »Laken werde ich dir bringen. Ich spring schnell unter die Dusche.«

Damit verließ er, nackt wie er war, das Zimmer und ich wusste, dass damit unsere Verbundenheit vorbei war. Das hatte ich vorher bereits geahnt, dennoch stach die Realität mich ins Herz. Er hatte kein liebes Wort gesagt, nichts, was darauf hindeutete, dass ihm der Sex mit mir etwas bedeutet hätte.

War ich wirklich so naiv, wie sich meine Gedanken anhörten? Nein, so war ich nicht, aber ich konnte mich leider auch nicht weiter belügen. Denn mir setzte sein Verhalten zu, mein Herz blutete. Warum tat es nur so unglaublich weh? Wieso zog sich mein Magen so schmerzhaft zusammen?

Er hatte auf mich aufgepasst, mich sogar in meinen Träumen beschützt. Devil war für mich da gewesen, obwohl er das nicht hätte sein müssen. Niemals hätte ich damit gerechnet, dass er so fürsorglich sein könnte, so sanft und liebevoll. All das zusammengenommen, hatte mich überzeugt, ihm meine Unschuld zu schenken. Nicht, weil ich glaubte, ihm etwas schuldig zu sein, nein, sondern weil ich mein erstes Mal mit ihm erleben wollte. Mit ihm wollte ich – wenn auch nur für kurze Zeit – frei sein, ohne an die Konsequenzen zu denken.

Zehn Minuten später kam Devil zurück, nur in Boxershorts bekleidet. In der Hand hielt er ein Laken, das er mir auf das Bett warf. Während seiner Abwesenheit hatte ich mich keinen Zentimeter bewegt, stand immer noch am Rand der Matratze und starrte ihn an.

»Das Bad ist jetzt frei«, teilte er mir tonlos mit. »Ich lege mich noch ein bisschen aufs Ohr. Bei dir alles in Ordnung?«

Ich nickte, zu mehr war ich gar nicht fähig. Er musterte mich noch einen Moment, bevor er sich abwandte und erneut das Zimmer verließ.

Das war es also! Ich hatte ihm meine Jungfräulichkeit geschenkt und er machte weiter wie bisher. Hatte ich wirklich etwas anderes erwartet? Nein, das war ja das Problem. Aber warum zum Teufel fühlte ich mich so beschissen? Warum wollte ich, dass er bei mir blieb, mich in den Arm nahm? Wieso wünschte ich mir, dass er mir seine Aufmerksamkeit schenkte, mich erneut küsste?

Weil du verliebt bist, du dummes Huhn, spie mir meine innere Stimme entgegen.

Bei diesem Gedanken schloss ich die Augen, weil es stimmte. Kurz erinnerte ich mich an das Gespräch mit Cynthia. Sie hatte es bereits erkannt, als ich noch selbst versucht habe, mich zu belügen. Ich konnte nicht genau sagen, wann es geschehen war, ich wusste nur, dass ich dadurch knietief in der Scheiße saß. Und ich hatte keinen blassen Schimmer, wie ich da wieder herausfinden sollte. Auf jeden Fall musste ich mir etwas einfallen lassen. Am besten sofort. Doch es wollte mir keine Lösung in den Sinn kommen, denn mein Hirn war wie leergefegt.

In diesem Moment sehnte ich Rachel herbei, wollte mit meiner Freundin sprechen. In mir tobte ein Hurrikan, mit dem ich nicht umgehen konnte. Meine Mitbewohnerin fehlte mir und ich musste unbedingt mit ihr reden. Doch ich ermahnte mich, denn wenn ich um ein Treffen mit ihr bitten würde, brachte ich sie in Gefahr. Ich durfte nicht für einen Moment vergessen, dass der Club angegriffen wurde und Piper tot war. Rachel durfte nichts geschehen und deswegen atmete ich einige Male tief durch, um mich in den Griff zu bekommen. Wenn die Zeit reif war, wir die Angelegenheit mit unseren Feinden unter Kontrolle hatten, würde ich mich in die Arme meiner Freundin werfen und ihr alles erzählen. Und mit alles, meinte ich wirklich ALLES!

Mit zittrigen Schritten begab ich mich ins Bad. Dort warf ich das Handtuch in die Wäschetonne und stellte mich unter das Wasser. Im Eiltempo wusch ich mich mit Devils Seife, weil meine eigene wieder mal im Zimmer stand.

Nachdem ich fertig war, trocknete ich mich ab und lief zurück in mein Zimmer. Aus dem Schrank angelte ich mir ein frisches Höschen sowie Top, und zog mir beides über.

Mein Intimbereich pochte und nach wie vor konnte ich Devil spüren. Tränen schossen mir in die Augen, während ich das schmutzige Laken abzog und durch das neue ersetzte. Die Decke, wie auch alles andere, hatte nichts von dem Blut abbekommen. Als ich das frische Bett betrachtete, entschied ich mich, auf dem Sessel Platz zu nehmen. Meine Füße zog ich unter meinen Po und starrte aus dem Fenster.

Es war getan. Ich hatte Sex gehabt und dieser hatte mir sehr gut gefallen. Vergleiche hatte ich nicht, aber ich war davon überzeugt, dass mein erstes Mal nicht hätte besser laufen können. Mein Glück war – und das zählte ich jetzt einfach mal zu den positiven Dingen – dass ich es mit einem Mann getan hatte, in den ich verliebt war. Dass er davon niemals etwas wissen durfte, war mir vollkommen klar. Ich würde ihn verlassen, sobald die Angelegenheit mit den *Cold Bastards* geklärt war. Das war mir bereits jetzt schon bewusst. Vielleicht würde ich sogar früher verschwinden. Denn, so stark ich eventuell auch war, was Devil betraf, war ich zu schwach. Auf Dauer würde der Mann mich zerstören, da machte ich mir nichts vor.

Mein Oberarm fing an zu brennen und ich nahm den feuchten Verband ab. Dann begutachtete ich die Wunde. Wie ich es vermutet hatte, handelte es sich nur um einen Kratzer. Pflaster drauf und gut war!

Mir fielen die Augen zu, Müdigkeit überkam mich. Also erhob ich mich und legte mich ins Bett, kuschelte mich unter die Decke und schloss die Lider.

Gegen neun Uhr wurde ich unruhig und stand auf. Ich schlüpfte in enge blaue Jeans, die an den Knien aufgerissen waren, zog mir ein rotes Off-Shoulder-Shirt an und dazu dunkle Sneakers. Im Bad putzte ich mir die Zähne und wusch mich. Zum Schluss kämmte ich meine Haare und band die Mähne zu einem Pferdeschwanz.

In der Küche setzte ich einen Kaffee auf, holte den Toast aus dem Schrank sowie die Marmelade und schmierte mir zwei Scheiben. Dann goss ich mir eine Tasse voll mit dem Koffein ein, gab noch einen Schuss Milch dazu und stellte alles auf einen großen Teller.

Nachdem ich wieder aufgeräumt hatte, begab ich mich nach draußen auf die Veranda. Die Temperaturen waren angenehmen, obwohl es erst Mai war. Bald würde der Sommer kommen, auf den ich mich nicht unbedingt freute, weil ich die sengende Hitze einfach nicht mochte.

Auf der Bank nahm ich Platz und gönnte mir in Ruhe mein Frühstück. Am liebsten wäre ich joggen gegangen, aber das würde ich nicht tun. Devil würde einen Ausraster bekommen. Also nahm ich mir vor, das Gespräch mit Steel zu suchen, sobald ich ihn antraf. Das heutige Training würde ins Wasser fallen, aber ich wollte unbedingt ein wenig Sport treiben, um fit zu bleiben.

»Morgen«, hörte ich Devils Stimme neben mir und konnte mir gerade noch ein Seufzen verkneifen.

»Hey«, begrüßte ich ihn, ohne nach links zu blicken, wo er stand.

»Wir fahren gleich in den Club«, teilte er mir mit und ich vernahm Schritte, die auf mich zukamen. Innerlich schluckte ich mehrmals und bereitete mich auf seinen Anblick vor. »Heute Abend werden wir von Piper und dem Rest Abschied nehmen.«

Piper! Er war tot. Meinetwegen!

»Ist gut«, krächzte ich, weil mir plötzlich schlecht wurde.

»Kriegst du das hin, oder willst du lieber hier bleiben?«, erkundigte er sich und nahm direkt mir gegenüber Platz. Verdammt, hätte er sich nicht woanders hinsetzen können? Genug Stühle standen doch hier.

»Ich schaffe das schon«, erwiderte ich entschlossen, weil ich Piper die letzte Ehre nicht verweigern würde.

»Siehst du mich nicht mehr an, oder hast du etwas in den Bäumen entdeckt, was dir besser gefällt?« Sofort musterte ich Devil.

War das so offensichtlich, dass ich versuchte, ihn nicht zu betrachten? Ich war nicht nur eine beschissene Lügnerin, nein, auch eine Schauspielerin war nicht an mir verloren gegangen. Shit!

»Ich habe nur nachgedacht«, log ich trotzdem, weil ich jetzt keinen Rückzieher machen wollte. Erst jetzt fiel mir auf, dass er kein Shirt trug, sondern nur eine Jogginghose. Verflucht, ich starrte direkt auf seine steinharte, muskelbepackte Brust, die sehr viele Tattoos offenbarte. Es handelte sich um Schriftzeichen, germanische Runen vermutete ich. Was sie bedeuteten, wusste ich nicht, aber es sah faszinierend aus. Rundherum waren Gesichter und Flammen zu sehen. Alles war so abstrakt und surreal, dennoch wunderschön. Als ich selbst bemerkte, dass ich ihn angaffte, hob ich meinen Kopf und fixierte sein Gesicht. Das war auch nicht hilfreich, um meinen Herzschlag zu verlangsamen. »Hatte Piper Familie?« Etwas Besseres fiel mir einfach nicht ein, außerdem wollte ich es wirklich wissen, und konnte somit das Thema wechseln. Ich war nämlich nicht bereit, mit ihm über das zu kommunizieren, was zwischen uns vor wenigen Stunden vorgefallen war. Darüber würde ich beileibe, kein Wort verlieren.

»*Wir* waren seine Familie«, konterte er und ich nickte. Fein, das hieß dann wohl, dass Piper über den Club hinaus keine weiteren Verwandten hatte. »Wie stets mit dir? Hast du noch Angehörige?«

Mit dieser Frage hatte ich nicht gerechnet, obwohl ich damit hätte rechnen müssen. Immerhin erinnerte ich mich noch gut an meinen Albtraum.

»Nein«, gab ich ihm knapp zu verstehen.

»Lebst du schon immer in Eugene?«, kam es als Nächstes von ihm.

»Erst seit ein paar Jahren.« Ich wollte nicht unhöflich sein, aber bald würde er etwas wissen wollen, worauf ich nicht antworten konnte und es auch nicht wollte. Je mehr er über mich erfuhr, desto schneller musste ich hier weg. *Vertraue niemanden*, kamen mir Darells Worte in den Kopf. Bislang hatte ich mich daran gehalten.

»Du sprichst nicht gerne über dich, oder?«

»Es gibt nicht viel zu berichten«, meinte ich und erhob mich mitsamt dem schmutzigen Geschirr. »Ich bin langweilig, keine Leichen im Keller. Nur eine einfache Studentin, die du dummerweise an der Backe hast.«

Damit wandte ich mich ab, und marschierte schnurstracks in die Küche. Den Teller packte ich in die Spülmaschine und goss mir eine zweite Tasse Kaffee ein. Mit dem gefüllten Becher ging ich wieder nach draußen und lehnte mich mit dem

Rücken an die Hauswand. Devil hatte sich nicht bewegt und saß immer noch auf dem Stuhl.

»Wann fahren wir?«, unterbrach ich die Stille und sah ihn an.

Er betrachtete mich intensiv und schüttelte den Kopf. Keine Ahnung, woran er soeben gedacht hatte. Devil stand auf und baute sich vor mir auf. »Ich ziehe mich jetzt an, dann können wir los.«

Wir starrten uns noch einen Augenblick an, bis er sich plötzlich zu mir beugte. Mein Herzschlag setzte für einen Moment aus. Er wollte mich küssen. Das konnte ich allerdings nicht zulassen, egal, wie sehr ich mich nach ihm sehnte. Mein Innerstes brannte bereits wie die Hölle und ich wusste, dass ich mich niemals von ihm erholen würde, wenn ich das zwischen uns nicht aufhielt. Deswegen machte ich einen Schritt zur Seite und ging direkt ins Haus.

»Dann hole ich mal meine Tasche«, rief ich ihm über die Schulter hinweg zu und rannte fast schon die Treppe nach oben in mein Zimmer. Sofort schloss ich die Tür und lehnte mich mit dem Rücken dagegen. Mit meiner Tasse in der Hand rutschte ich an dem Holz herunter und schloss die Lider.

Was sollte ich bloß tun?

Kapitel 27

Devil

Blake zog sich von mir zurück und schaffte es nicht einmal, mir in die Augen zu sehen. Dieses Verhalten ging mir gehörig auf den Zeiger. Ich verstand diese Frau einfach nicht!

Heute Abend würden wir uns von unseren gefallenen Brüdern verabschieden. Shadow hatte mir bereits eine Nachricht geschrieben, dass die Vorbereitungen dafür auf Hochtouren liefen. Darauf hatte ich ihm noch keine Rückmeldung gegeben, weil ich mit meinen Gedanken leider bei einer schwarzhaarigen kleinen Kampfmaschine war.

Sie hatte mir ihre Unschuld geschenkt und obwohl die Kleine keine Erfahrung hatte, musste ich mir eingestehen, dass ich mich wohlgefühlt hatte, als ich mich tief in ihr befand. Eine Empfindung, die ich beim Sex so nicht kannte. Geilheit. Diesen mit nichts zu vergleichenden Druck in den Lenden. Aber … Gefühlskram?!

Dennoch war es gerade das gewesen, was den Sex für mich überwältigend gemacht hatte. Es hatte mich in einen rauschartigen Zustand versetzt, was noch keine vor ihr geschafft hatte. Eigentlich war ich immer davon ausgegangen, dass es solch ein Phänomen nicht geben würde. Vor wenigen Stunden wurde ich eines Besseren belehrt.

Im Bad rasierte und wusch ich mich. Danach ging ich ins Schlafzimmer, um mir schwarze Jeans, gleichfarbiges Shirt sowie Weste anzuziehen und schlüpfte zum Schluss in meine Stiefel. Als ich mich im Spiegel betrachtete, entfernte ich die kleinen Pflasterstreifen unter meinem Auge und konnte sehen, dass die Wunde so gut wie abgeheilt war. Es waren noch blaue Umrandungen zu erkennen, aber der Cut war zu. Deswegen entfernte ich die Pflaster und war mit dem Ergebnis zufrieden.

Mit schnellen Schritten verließ ich meinen Raum und traf Blake auf dem Flur.

»Bist du soweit?«, erkundigte ich mich.

»Klar«, meinte sie, lächelte – was etwas zittrig ausfiel – und machte sich auf den Weg nach unten.

Gut, Madam wollte mir also aus dem Weg gehen, mir wahrscheinlich zeigen, dass ihr die letzte Nacht nicht viel bedeutete. Nichts davon nahm ich ihr ab. Wenn ich eines bei der Kleinen schnell festgestellt hatte, dann war es, dass sie nicht besonders gut lügen konnte. Und hier und jetzt versuchte sie deutlich zu schauspielern. Ich ignorierte es. Wir hatten uns keine Versprechen gegeben, waren im Bett gelandet und hatten großartigen Sex. Wobei ich ehrlich gestehen musste, dass ich nichts gegen eine Wiederholung einzuwenden hätte. Immerhin konnte man sich so die nächste Zeit angenehmer gestalten: Sie wohnte unter meinem Dach, schlief nur wenige Türen von mir entfernt und war leidenschaftlich veranlagt, was sie mir klar demonstriert hatte. Vielleicht sollte ich ihr beizeiten verdeutlichen, was sie verpasste, wenn sie mir weiterhin die kalte Schulter zeigte.

Gemeinsam schlenderten wir auf mein Bike zu. Sie hinter mir zu fühlen, ihre kleinen Hände auf meinem Körper, gefiel mir außerordentlich gut. Eventuell besser, als es sollte.

Vor dem Clubhaus stellte ich mein Bike ab. Die Front des alten Hotels war mit mehreren Einschusslöchern versehen, Fenster waren zersprungen und dunkle Flecken, verursacht durch die Molotow-Cocktails, deutlich sichtbar.

Wie stiegen von der Maschine. Aus den Koffertaschen nahm ich meine beiden Knarren und steckte sie mir in den Hosenbund. Dann schaute ich mich um, suchte die Straße mit meinen Blicken ab, bevor ich der Kleinen meine Hand auf den Rücken legte und sie hineinbrachte.

In der Lobby herrschte reges Treiben, aber als wir sie betraten, hörte das Stimmenwirrwarr plötzlich auf. Die Männer um uns herum visierten Blake an, betrachteten sie auf eine Weise, die mir nicht bekannt war. Wie aus dem Nichts nickten die Biker ihr nach und nach zu und wandten sich wieder ihren Gesprächspartnern zu. Mit ihrer Aktion gestern, hatte sie sich wohl den Respekt der anderen Clubs verdient. Das war heute zum ersten Mal geschehen. Hut ab!

»Hey, Mädchen«, sprach Doc die *kleine Kampfmaschine* direkt an und winkte sie zu sich. Umgehend machten wir uns auf den Weg zu ihm, der in Gesellschaft von Death und Soldier an der

Bar stand. »Lass uns mal nach deiner Wunde schauen. Eventuell einen Verbandswechsel vornehmen.«

»Den habe ich bereits abgenommen«, gestand Blake. »Ist doch nur ein Streifschuss.« Sie sah Doc an, als ob das vollkommen klar war und sie nicht so viel Aufsehen erregen wollte.

»Schon mal was von Entzündungen, Infektionen gehört, Frau Doktor?«, zog Doc sie auf und ich konnte sogar ein knappes Schmunzeln bei ihm entdecken. Unfassbar, wozu die Kleine bei uns Kerlen imstande war. Das hatte noch keine weibliche Person geschafft. Sie respektierten das Mädel, obwohl sie keine *Old Lady* war, nicht zum Club gehörte oder mit uns irgendwie in Verbindung stand. Das würde wohl in die Geschichte der *Demons Hell* eingehen.

»Lass ihn deinen Arm nur mal kontrollieren, Blake«, bat Death sie ruhig und zwinkerte ihr zu. Wenn ich es nicht besser wüsste, würde ich behaupten, dass er für das *schwarzhaarige Gift* bereits die Adoptionspapiere angefordert hatte.

Blake nickte, folgte Doc in den hinteren Bereich, wo sich sein Zimmer befand, während ich an der Bar Platz nahm und einen Jumbokaffee orderte. Ich brauchte dringend Koffein.

»Gibt es schon Neuigkeiten?«, wollte ich wissen.

»Ich habe mit dem Präsidenten der *Dark Bloods* gesprochen«, informierte Soldier mich. »Wir treffen uns gleich zu einer Telefonkonferenz über Skype. Wir möchten, dass du auch dabei bist.«

Ich nickte und trank von meinem heißen Gesöff. Davon würde ich heute eine Menge brauchen. Ich war sau müde und frustriert … wütend über die gesamte Situation … sauer, weil ich das *schwarzhaarige Gift* jetzt erst recht nicht mehr aus dem Schädel bekam.

»Wie geht es der Kleinen?«, hakte Death nach.

»Es ging ihr sicherlich schon mal besser«, gab ich zurück und zuckte mit den Schultern. »Sie hat die Schießerei nicht sonderlich gut weggesteckt. Aber sie ist hart im Nehmen. Die Kampfmaschine packt das.«

»Nun, sie hat gestern jemanden verloren, den sie kannte«, seufzte mein Ziehvater. »Das Mädel scheint vielleicht stark zu sein, aber auch ihre Kräfte geben irgendwann mal nach.«

»Was ist los mit dir?«, erkundigte ich mich bei ihm, weil mir sein Verhalten langsam ziemlich seltsam vorkam. »Sie scheint dir ja mächtig ans Herz gewachsen zu sein.«

»Oder ich werde weich auf meine alten Tage«, konterte er und sah mich durch müde Augen an.

Irgendwas lief hier nicht richtig und so langsam machte ich mir Sorgen um ihn. Vielleicht sollte ich in Kürze das Gespräch mit Doc suchen.

»Lasst uns anfangen«, meinte Soldier. »Es ist gleich soweit und Ice stellt die Verbindung zu Killer her.«

Wir nickten, erhoben uns und marschierten in Death Büro. Dort nahmen wir auf den Sesseln Platz, der Laptop stand bereits vor uns auf dem Tisch und Ice baute die Verbindung auf.

Ein Mann, mittleren Alters mit den Ansätzen grauer Haare, starrte in die Kamera. Auch er war nicht alleine, sondern hatte zwei seiner Leute neben sich sitzen.

Killer war berühmt berüchtigt und jeder kannte ihn. Er hatte halb England in der Tasche aber wirklich negativ war er nie aufgefallen. Die Jungs von den *Dark Bloods MC* waren bekannt für ihre Freundlichkeit, Zuvorkommenheit und engagierten sich für Kinder und Jugendliche. Nach meinen Informationen war Killer bereits in jungen Jahren Mitglied dieses Clubs geworden. Während seiner Teenager Zeit war er der britischen Armee beigetreten und wurde Soldat einer Spezialeinheit. Nachdem er im Einsatz verwundet wurde, konzentrierte er sich ausschließlich auf seine Familie.

»Wie ich erfahren habe, will euch River an die Karre«, fing er das Gespräch direkt an.

»Du bist richtig informiert«, gab Death zurück. »Gestern verübte er den zweiten Anschlag auf uns. Zu seinem Pech wusste er wahrscheinlich nicht, dass sich Idaho und Nevada unter meinem Dach befinden. River gehörte zu deinem Team?«

»Nun, das höre ich nicht gerne«, meinte Killer. »River war Teil der *Dark Bloods* und konnte sein Temperament damals schon nicht zügeln. Er strebt nach Macht, ist gierig nach allem, was ihm diese verleihen könnte. Jetzt, wo er seinen eigenen Club gegründet hat, will er natürlich auch ein Revier für sich beanspruchen. Mich wundert das Verhalten nicht.«

»Wir wissen nicht, wie viele Leute er mittlerweile hat«, mischte Soldier sich ein. »Das Einzige, was mir zu Ohren gekommen ist, dass er einige finstere Kerle angeworben hat. Keine Ahnung, wo er die aufgegabelt hat. Das ist eher ungewöhnlich. Er überfällt unsere Lieferungen, tötet unsere Männer oder versucht, sie für sich zu gewinnen. Woher er seine Informationen hat, wissen wir nicht. Außerdem können wir ihn nicht aufspüren. Niemand weiß, wo er sich befindet. Aber wir sind dran, es herauszufinden. Deswegen sind wir hier.«

»Er hat viele Kerle aus England angeworben«, klärte Killer uns auf. »Keine, die an das Leben als Biker interessiert sind, sondern Ex-Knackis von der harten Sorte. Psychopathen, die, meiner Meinung nach, keine frische Luft mehr atmen sollten. Und noch einige Straßenjungs. Alle zusammengenommen sind nicht zu unterschätzen. River ist ein Sadist und spielt in der oberen Liga mit. Er nimmt sich gerne Zeit für seine Opfer. Ich bin davon überzeugt, dass er eine Armee aufstellen will. Wie viele Leute er bereits hat, kann ich nicht mit Bestimmtheit sagen. Aber ich kenne ihn, für ihn kann sein Club nicht groß genug werden.«

»Was ist damals passiert?«, wollte Death wissen.«

»Nun, alle Einzelheiten, werde ich euch nicht nennen können«, erwiderte er. »Was ich euch allerdings erzählen kann ist, dass er mehrere unserer Clubmäuse auf bestialische Weise abgeschlachtet hat, weil ihm langweilig war. Es waren zehn an der Zahl. Er enthauptete sie danach und spießte die Schädel auf Pfähle auf. Daraufhin hat der damalige Vize-Präsident, die Verbannung veranlasst. Wenn es nach mir gegangen wäre, hätte man ihn umbringen sollen. Dann wäre uns allen eine Menge Scheiße erspart geblieben.«

Das hörte sich nicht sonderlich gut an und so langsam ging River mir richtig auf den Sack. Ich brauchte nur eine Möglichkeit, dann würde ich ihn umlegen. Aber die musste ich erst einmal bekommen, vor allem mussten wir sein Versteck ausmachen.

Die *Cold Bastards* hatten kein Clubhaus, sondern hielten sich irgendwo in Oregon auf. Der Typ war vielleicht gut, clever und ein Sadist. Allerdings waren wir schlauer, brutaler und härter. Das hatte der Wichser wahrscheinlich vergessen oder sich nicht richtig über uns erkundigt. Wir würden den ganzen Club ausrotten, bis auf den letzten Mann, sodass in einem Jahr niemand mehr wusste, wer die *Cold Bastards* eigentlich gewesen waren.

»Soldier hat mir von einem Mädchen erzählt«, fuhr Killer fort und ich spannte meinen Rücken an. »Wie passt sie da rein?«

»Ihr Name ist Blake«, klärte Death seinen Gegenüber auf. »Sie war dabei, als drei von Rivers Leuten, meinen Vize angegriffen haben. Sie kämpfte Seite an Seite mit meinem Sohn.« Death klopfte mir auf die Schulter. »Die Kleine ist verflucht mutig. Einer der Angreifer konnte entkommen, ließ aber verlauten, dass Blake Rivers Eigentum sei und er sie sich holen würde.«

»Stand sie mit den *Cold Bastards* in Kontakt?«, hakte Killer nach.

Ich schüttelte den Kopf. »Sie passt absolut nicht in unsere Welt«, gab ich ihm zu verstehen. »Blake hat keine Ahnung, was hier überhaupt los ist. Außerdem haben wir herausgefunden, dass sie erst seit vier Jahren in Oregon lebt und zwei davon in Eugene Biologie studiert. Was davor war, wissen wir nicht. Einer meiner Brüder ist dabei, etwas über das Mädchen herauszufinden. Bislang ohne Erfolg.«

»Seit vier Jahren sagt ihr?« Killer schien nachdenklich zu sein. »Habt ihr mal ein Bild oder kann ich sie sehen?«

Ein seltsames Gefühl machte sich in mir breit, weil ich nicht ganz sicher war, was ich davon halten sollte.

»Hol sie«, befahl Death mir.

Sekunden vergingen, in denen ich meinen Ziehvater anstarrte. Eigentlich wollte ich nicht, dass noch mehr Leute wussten, wie Blake aussah. Das waren weitere potenzielle Gefahrenquellen, die beseitigt werden müssten. Wenn Killer ein falsches Spiel spielte, würde aus England eine weitere ausgehen.

Death nickte mir noch einmal bestimmend zu und ich erhob mich. Gut, ich vertraute meinem Präsidenten und er wusste, was zu tun war. Also stellte ich seine Befehle nicht infrage.

Blake stand mit Steel und Thunder an der Bar. Die drei lachten und ich sah es bei der Kleinen zum ersten Mal. Bei mir hatte sie noch nie ihrer Heiterkeit freien Lauf gelassen und das störte mich. Allerdings schob ich diesen Gedanken für den Moment an die Seite und steuerte direkt auf sie zu. Als sie mich bemerkte, versteinerten sich ihre Gesichtszüge und ihr Blick wurde desinteressiert. Aber ihre Augen verrieten sie. Blake reagierte auf mich und das erkannte ich daran, wie sie nervös auf ihrer Unterlippe herumkaute und mit ihren verschränkten Fingern spielte. Sie spielte nur ein Spiel, versuchte, mich auf Abstand zu halten. Warum es so war, wusste ich nicht, aber bald würde ich es herausfinden. Nur nicht jetzt!

»Wir brauchen dich kurz«, sprach ich sie an und hielt ihr meine Hand entgegen. »Komm mit.«

Argwöhnisch betrachtete das *schwarze Gift* meine Finger, nahm sie dann aber entgegen. Sachte zog ich sie hinter mir her und führte sie zu meinem Vater.

Vor dem Zimmereingang ließ ich sie los und deutete ihr mit meinem Kinn, einzutreten. Sofort klopfte Death auf den Sessel neben sich. »Komm, setzt dich kurz zu mir und begrüße meinen Freund, Killer. Er ist der Präsident der *Dark Bloods*.«

Blake kam der Aufforderungen meines Ziehvaters nach, ließ sich neben ihm nieder und fixierte den Monitor.

»Hi«, meinte sie und winkte in Richtung Bildschirm.

Ich stellte mich seitlich neben sie und erkannte, dass die Augen von Killer tellergroß wurden. Der Schock stand ihm ins Gesicht geschrieben.

Kannte er Blake?

»Hi, Blake«, krächzte er. »Es ist schön, dich … kennenzulernen. Ich habe von den Angriffen gehört und wollte dich gerne persönlich für deinen Mut beglückwünschen.«

»Das war keine große Sache«, flüsterte sie und schaute verunsichert zu mir auf.

Sie verstand nicht, warum sie hier saß und der Typ sie sehen wollte. Damit waren wir schon zu zweit, denn ich war gerade auch etwas irritiert.

»Death, wir müssen reden.« Killers Stimme war nun gepresst, hart und kalt.

»Geh wieder zu Steel«, forderte ich sie auf. »Ich bin gleich auch da.«

Sie nickte Killer, Soldier und mir zu, schenkte Death ein Lächeln, bevor sie sich erhob und den Raum verließ.

Ich setzte mich wieder neben meinen Präsidenten und bemerkte, wie Killer mich ins Visier nahm.

»In welcher Verbindung stehst du zu ihr?«, wollte er von mir wissen und ich verengte meine Augen. Was ging ihn das an?

»Blake steht unter Devils und dem Schutz des Clubs«, klärte Death ihn auf, bevor ich antworten konnte. »Die Kleine wohnt bei meinem Sohn, wo sie in Sicherheit ist. Ansonsten befindet sie sich hier im Haus.«

»Hast du Anspruch auf sie erhoben?«, überging er die Erklärung meines Vaters.

»Ist das wichtig?«, umging ich seine Frage, weil ich nicht darauf eingehen wollte. Über das *Warum* wollte ich mir gerade keine Gedanken machen.

»Für mich schon«, knurrte er.

»Bislang hat er das noch nicht getan«, fiel Death mir ins Wort und ich starrte ihn an.

Bislang?

»Wir klären das noch vor Ort«, erwiderte Killer. »Ich werde mit ein paar von meinen Jungs zu euch kommen. Nicht mit den Bikes, die Zeit haben wir nicht. Der Flug dauert circa fünfzehn Stunden. Meine Leute werden heute noch buchen. Könnt ihr uns Motorräder zur Verfügung stellen?«

»Kein Problem«, stimmte Death zu.

»Wir werden uns melden, sobald wir gelandet sind«, versprach Killer und die Verbindung war im selben Augenblick unterbrochen.

»Was zum Teufel war das?«, wollte ich wissen und lehnte mich im Stuhl zurück.

»Ich habe keinen blassen Schimmer«, seufzte Death und auch Soldier sah ein wenig überrascht aus.

»Nun, dann warten wir eben, bis er hier eintrifft«, schnaubte ich und stand auf. »Hast du was von O'Brian gehört?«

»Bis jetzt läuft alles wieder nach Plan«, setzte Death mich in Kenntnis und das beruhigte mich. Ansonsten hätte ich mich ein zweites Mal mit ihm unterhalten müssen. »Du solltest dich mit Thunder auf die Vernehmung mit den Wichsern im Keller vorbereiten. Wir brauchen Antworten.«

»Wird heute noch erledigt«, versprach ich ihm und verließ das Zimmer.

An der Bar standen nur Thunder, Angel, Shadow und Steel. Von Blake war weit und breit nichts zu sehen.

»Wo ist sie?«, verlangte ich zu erfahren.

»Mit Cynthia unterwegs«, klärte Steel mich auf und ließ mich nicht aus seinen Augen.

Dann wandte ich mich an Thunder. »Heute werden wir uns die Penner von den Bastards vornehmen. Wir sollten es so schnell wie möglich hinter uns bringen. In der Nacht reisen einige Leute von den *Dark Bloods* hier an. Sie haben Informationen, die uns eventuell im Krieg gegen River weiterbringen werden.«

»Killer taucht hier auf?«, erkundigte Angel sich und ließ einen lauten Pfiff los. »Habe viel über den Hundesohn gehört. Bin sehr gespannt.« Dann grinste er mich an. »Aber jetzt mal zu den wichtigen Themen. Hast du sie flachgelegt?«

»Die Wette ist vom Tisch, Alter«, schnauzte ich ihn an. »Wir haben andere Sorgen.«

»Die Wette ist nie vom Tisch, du Penner«, gab er lachend zurück. »Also, hast du, oder hast du nicht? Zwar hast du noch Zeit, aber ich will auf den neuesten Stand der Dinge gebracht werden. Bislang bist du derjenige, der am längsten braucht. Pussy oder nicht?«

»Was sagt deine *Old Lady* eigentlich dazu, dass du so scharf auf die Wetten bist?«, hakte ich nach und schüttelte den Kopf.

Wenn Madeleine davon Wind bekam, würde sie uns alle dem Erdboden gleichmachen. Sie war einfach zu hart, um sowas zu akzeptieren. Cynthia war gegen die Französin ein Weichei.

»Sie würde mir den Arsch aufreißen«, meinte Angel und grinste. »Was sie nicht weiß, macht sie nicht heiß. Sie kommt erst in ein paar Tagen zurück. Also, hast du oder nicht?«

»Ich habe sie gefickt«, spie ich ihm entgegen. »Zufrieden? Können wir uns jetzt auf das Wesentliche konzentrieren?« Ich hatte keinen Bock, weiter darüber zu sprechen.

Die Wette galt für mich schon lange nicht mehr. Sie spielte keine Rolle. Außerdem hatte ich deswegen sicherlich nicht gewonnen, immerhin müsste sie sich in mich verlieben und das hatte sie nicht. Davon war ich überzeugt.

»Nun, da hast du tatsächlich einen Sieg davongetragen«, klärte Thunder mich auf, weshalb ich ihn verwirrt betrachtete. Anscheinend entging ihm meine Unwissenheit nicht. »Alter, dass sie bereits Herzchen scheißt, ist doch wohl jedem klar, wenn sie dich sieht. Mich wundert es, dass sie nicht ständig zusammenbricht, wenn du auftauchst.« Wovon sprach der Kerl? Blake hatte sich in mich verliebt? Das konnte unmöglich sein ernst sein. »Jetzt brauchen wir nur noch eines ihrer Höschen«, fuhr er fort. »Das mit dem Abschießen kannst du derzeit vergessen, immerhin wohnt sie bei dir. Dennoch beglückwünschen wir dich, Bro.«

Mir gingen seine Worte immer und immer wieder durch den Kopf. *Das mit dem Abschießen kannst du derzeit vergessen.* Allein der Gedanke, sie würde gehen, löste ein seltsames Kribbeln in meinem Magen aus, dass Übelkeit in mir entfachte. Ich schüttelte den Kopf und orderte eine weitere Tasse Kaffee.

»Damit sind die Wetten vom Tisch«, meinte ich und schnappte mir das koffeinhaltige Gesöff.«

Kapitel 28

Blake

Ich war nur eine Wette gewesen. Eine beschissene Wette!

Vor Fassungslosigkeit war ich kaum imstande, richtig zu atmen. Meine Kehle schnürte sich zusammen, Tränen brannten in meinen Augen, Magensäure bahnte sich ihren Weg nach oben. Mir wurde schlecht.

Ich drehte mich um, schob mich an Cynthia vorbei und rannte auf die Toilette. Rechtzeitig kniete ich mich vor eine Schüssel und übergab mich mehrmals. Dabei rannen mir die Tränen über die Wangen, weil diese gemeinen Worte, die die Jungs soeben vom Stapel gelassen hatten, nicht in meinen Kopf gehen wollten.

Was war ich für ein naives Kind! Die letzten vier Jahre hätten mich härter machen müssen, abgewichster, aber sie hatten mir nichts eingebracht, außer Schwäche und Schmerz.

Vor wenigen Momenten hatte ich noch gedacht, dass Steel und ich eine Art Freundschaft aufbauen könnten, aber für die Biker gehörte das alles nur zu diesem perfiden Spiel. Sie hatten mich verarscht. Oh Gott, mir wurde wieder schlecht und erneut übergab ich mich. Dabei weinte ich bitterlich.

Ich hatte mich tatsächlich in einen Kerl verliebt, der genau darauf hinaus war. Um mehr ging es ihm gar nicht. Gefühle für ihn wecken, mich ficken, um mich dann auf den Müll zu werfen. Ein Höschen musste ich ihm noch geben, damit er sie als seine Trophäe präsentieren konnte. Und ich hatte wirklich gedacht, er wollte aus freien Stücken für mich da sein. Er hatte mich getröstet, geküsst und mir wunderbare Augenblicke geschenkt. Nichts davon war echt. Alles gelogen! Ich fühlte mich schmutzig, benutzt und wie ein Haufen Dreck. Genau das war ich doch auch, oder? Es war an der Zeit zu verschwinden. Devil bräuchte mich nicht länger zu beschützen, niemand musste das tun. Vier Jahre war ich alleine zurechtgekommen … vier Jahre, war ich geduckt durch die Weltgeschichte gelaufen und genau das würde ich ab sofort wieder tun. Mit diesem Verhalten hatte ich überlebt und nur, weil ich meine Anweisungen und Prinzipien über Bord geworfen hatte, war ich in diese Situation hineingeschleudert worden.

»Blake, es tut mir so leid«, hörte ich hinter mir Cynthias Stimme.

»Du hast es gewusst«, krächzte ich. Es war keine Frage, sondern eine Vermutung. Sie war eine *Old Lady* und gehörte zu diesen Mitgliedern.

»Ja, das habe ich«, bestätigte sie meine Äußerung und ich lachte verbittert auf. Auch bei ihr hatte ich angenommen, dass sie mich einfach nur um meinetwillen mochte. Aber das war ebenfalls eine Lüge gewesen. All das gehörte nur zu einem Plan. »Aber Devil hatte gesagt, dass die Wette gestorben sei. Dass es ihm nur darum ging, dich zu beschützen. Deswegen habe ich auch nicht mehr interveniert. Hätte ich es gewusst, dann wäre ich zu dir gekommen.«

Natürlich, wenn sie meinte! Als ob sie ihre Freunde aus dem Club verraten würde.

»Kein Problem.« Einige Male musste ich ein- und ausatmen, wiederholte diese Prozedur immer und immer wieder, bis ich mir sicher war, dass ich mich im Griff hatte.

Niemand sollte sehen, wie verletzt ich war. Keiner sollte wissen, dass mir der Boden unter den Füßen weggezogen wurde. Nein, diese Genugtuung wollte ich niemandem geben.

Sobald ich die Möglichkeit fand, würde ich meinen Seesack packen und verschwinden. Von unterwegs könnte ich Darell anrufen – ein neues Handy war schnell gekauft – und mich mit ihm treffen. Dann konnte er mir eine neue Identität geben und ich würde wieder von vorne anfangen. Alles kein Problem! Es hatte einmal geklappt, ein zweites Mal sollte es auch funktionieren.

Mit einem Stück Toilettenpapier wischte ich mir über den Mund. Dann riss ich weitere Blätter ab und trocknete meine Augen. Erst als ich mich einigermaßen beruhigt hatte, erhob ich mich und verließ die Kabine.

Cynthia stand mir direkt gegenüber, doch ich schaute sie nicht an. Ich war fertig mit den Leuten hier. Mit allen!

»Mir geht es schon wieder gut«, sagte ich und war stolz auf meine klare Stimme.

Am Waschbecken wusch ich mir das Gesicht und spülte meinen Mund mehrfach aus, als die Blondine mir eine Zahnbürste sowie Minipaste entgegenhielt. Verwirrt betrachtete ich sie.

»Ich habe die Sachen immer dabei.« Sie zuckte mit den Schultern. »Manchmal übernachte ich spontan bei Freundinnen. Nimm sie einfach.«

»Danke«, meinte ich und griff danach.

Nachdem ich fertig war, gab ich ihr beides zurück und ordnete mein Haar. Ich war Blake Crawford und niemandem würde ich nochmal Macht über mich geben. Keinem!

»Es tut mir wirklich leid«, wiederholte Cynthia und ich nickte.

»Es ist, wie es ist«, erwiderte ich und drehte mich zu ihr um. »Der Plan war wirklich gut durchdacht, das muss ich zugeben. Ich hätte niemals damit gerechnet, dass alle nur ein Spiel mit mir spielen.«

»Hey, das stimmt so nicht«, widersprach sie mir. »Ich bin absolut kein Freund von so einem Scheiß. Vielleicht haben die Jungs mir deswegen vorgegaukelt, dass es hier nicht mehr um diese Wette ging. Devil hatte so überzeugend gewirkt, dass ich ihm ehrlich geglaubt habe. Wenn dem nämlich nicht so gewesen wäre, hätte ich ihm den Arsch aufgerissen und dir alles erzählt. Das kannst du mir glauben. Ich mag dich wirklich, Blake. Das ist nicht gelogen. Es würde mir leidtun, wenn sich unsere Wege trennen würden.«

Kurz dachte ich über ihre Worte nach und ich glaubte ihr. Cynthia war immer nett zu mir gewesen, hatte nie den Eindruck auf mich gemacht, als spielte sie ein falsches Spiel. Sie hatte mir sogar geholfen, versucht, mich zu warnen, aber ich hatte ihren Worten keinen Glauben geschenkt. Vielleicht wollten die Jungs tatsächlich nicht, dass sie davon erfuhr, weil sie sicher sein konnten, dass sie ausrasten würde.

»Okay«, seufzte ich. »Tu mir bitte einen Gefallen und erzähle niemanden, dass ich es weiß. Geht das für dich klar?«

»Meine Lippen sind versiegelt«, versprach sie. »Was hast du jetzt vor?«

»Bis ich einen Plan habe, werde ich das hier weiterlaufen lassen«, klärte ich sie auf. »Wenn ich weiß, welchen Schritt ich als Nächstes mache, wirst du es erfahren. Bis dahin bitte ich dich um Stillschweigen.«

»Tu nur nichts Gefährliches. Das musst du mir versprechen, ja?« Cynthia sah mich eindringlich an.

»Das werde ich nicht«, stimmte ich zu. »Ich will überleben und mich nicht umbringen lassen.«

Sie nickte. »Okay, dann bin ich beruhigt. Lass dir da draußen nichts anmerken. Sie würden dich sofort durchschauen.« Nun war ich es, die nickte. Sie hatte vollkommen recht. Es war an der Zeit, meine Gestik und Mimik unter Kontrolle zu bringen. Meinem Herz würde ich das im Laufe der Tage auch noch zuflüstern. Es hatte in Devils Gegenwart nicht mehr zu klopfen. Es hatte für ihn überhaupt nicht zu schlagen. »Du liebst ihn wirklich, oder?«, wollte sie wissen und brachte mich damit etwas ins Straucheln.

»Liebe ist nur ein Gefühl«, murmelte ich und betrachtete mich noch einmal im Spiegel. »Und Gefühle kann man abstellen.«

Diesen Satz würde ich mir in den kommenden Wochen immer und immer wieder vorbeten, bis ich selbst davon überzeugt war. Liebe war vergänglich, dazu brauchte es nur ein wenig Zeit und Geduld. Davon besaß ich genug!

Wir verließen die Toilette und begaben uns zu den Jungs an die Bar. Auch wenn ich überhaupt keine Lust hatte, mich in deren Gesellschaft zu befinden. Immerhin brauchten sie jetzt nicht mehr so zu tun, als würden sie mich mögen. Eigentlich brauchten sie gar nicht mehr mit mir reden.

Devil und Thunder standen nicht mehr bei Steel, Angel und Shadow. Keine Ahnung wo die waren, es war mir auch scheißegal.

»Da seid ihr ja«, sagte Steel und grinste mich an. Na wunderbar! »Lust auf eine Runde Kampfsport?« Warum tat er das? Er musste sich doch jetzt nicht mehr mit mir abgeben. Er schien an meinem Gesicht die Überraschung seiner Frage zu erkennen und zog die Augenbrauen zusammen. »Ist alles klar bei dir?«, wollte er wissen.

»Sicher«, gab ich kühl zurück und hielt seinem Blick stand.

Irgendetwas schien er zu erkennen, keine Ahnung was, aber seine Augen verfinsterten sich. Es war mir egal, Angst hatte ich nämlich keine. In mir breitete sich eine absolute Leere aus, als würde ich rein gar nichts mehr fühlen. Sehr angenehm, musste ich zugeben.

»Komm, lass uns verschwinden.« Plötzlich kam Bewegung in ihn.

Steel packte mich am Handgelenk und zog mich fast schon hinter sich her. Er ging so schnell, dass ich wieder nur mitkam, indem ich joggte. Was war dieser Kerl auch so groß?! Verwirrt schaute ich zurück zu Cynthia, die mit den Schultern zuckte. Klasse, sie war mir damit keine große Hilfe.

Allerdings wehrte ich mich nicht, auch nicht, als er mich aus dem Gebäude zerrte, über den Parkplatz in die Gasse, die zum Studio führte. Die ganze Zeit über sagte er kein Wort, aber löste auch nicht den Griff um mein Handgelenk. Als könnte ich nicht alleine laufen. Idiot!

Vor dem Center angekommen, öffnete er die Tür und bugsierte mich hinein, direkt auf die Frauen-Umkleide zu. Erst da ließ er mich los.

»Ich bringe dir gleich Sportsachen«, teilte er mir mit. »Du wartest hier.«

Ich war viel zu irritiert, als dass ich auch nur ein Wort zustande gebracht hätte. Außerdem hätte ich gar nicht weglaufen können, auch wenn ich es wollte, denn er stand keine zehn Sekunden später schon wieder vor mir, drückte mir die Klamotten gegen die Brust und schubste mich in den Raum. Hinter mir flog die Tür zu. Nun war ich allein.

Die Fenster, die sich oberhalb des Zimmers befanden, waren mit Gitterstäben verziert. Dadurch würde ich schon mal nicht entkommen.

Schnaubend entledigte ich mich meiner Kleidung, schlüpfte anschließend in schwarze Leggins und ein Stretch-Top. Die Größe war optimal und mir fiel keine plausible Erklärung ein, wieso ich Stoff trug, der mir nicht gehörte aber trotzdem passte.

Da ich keine Turnschuhe erhalten hatte, stieg ich in meine dunklen Sneakers, verschloss meine Kleidung in einem der Spinde und ging wieder nach draußen. An der Wand gegenüber stand Steel, bereits in Sporthose und Tanktop bekleidet und wartete anscheinend auf mich.

»Mitkommen«, befahl er und ich folgte ihm wie eine dusselige Kuh.

Vielleicht hätte ich mal intervenieren sollen, aber wozu sollte ich mich mit ihm anlegen, wenn ich sowieso bald verschwinden würde? Ich durfte mir nichts anmerken lassen, damit meine Flucht auch funktionierte.

Steel ging runter in den Keller, dahin, wo er immer trainierte. Der Raum, den wir gemeinsam betraten, war leer. Erst jetzt drehte ich mich zu ihm um.

»Was soll das werden?«, fragte ich ihn.

»Du wolltest doch trainieren«, brummte er. »Also trainieren wir.«

»Wenn ich ehrlich bin, habe ich keine große Lust«, versuchte ich, ihn zu überzeugen. »Heute Abend ist die Verabschiedung. Nur deswegen bin ich in den Club gekommen. Außerdem tut meine Schulter weh.«

»Erzähl keinen Mist«, fauchte er mich an und machte einen Schritt zurück. »Mach dich warm.«

»Steel, ich …«

»Blake, mach, was ich dir sage«, blaffte er, nahm sich ein Seil, und fing an, zu springen.

Seufzend schnappte ich mir das gleiche Teil und begann ebenfalls mit der Hopserei. Mit diesem Ding musste ich mich bei Donald auch immer warm machen. Also war ich es gewohnt, und konnte es ganz gut.

Wir beide sprangen eine Viertelstunde, bis wir gleichzeitig aufhörten.

»Was jetzt?«, fragte ich zwischen dem ein- und ausatmen. Verdammt, ich war nicht mehr in Form.

»Auf die Matte«, verlangte er. »Und Schuhe aus.«

Zickig stieß ich die Sneakers von meinen Füßen und kickte sie in die Ecke. Das entging Steel nicht, sondern er betrachtete mich mit hochgezogener Augenbraue. Dann zog er selbst auch seine Turnschuhe aus und stellte sich mir gegenüber.

»Greif mich an«, forderte er.

»Das will ich aber nicht«, wehrte ich mich.

»Wenn du es nicht tust«, drohte er mir, »werde ich den Anfang machen.«

Ich dumme Kuh hatte nichts anderes zu tun, als mit den Schultern zu zucken. Böser Fehler, wie ich eine Sekunde später feststellen musste, da ich mich mit dem Rücken auf dem Boden wiederfand. Mir war gar nicht klar, wie er das gemacht hatte.

Schnell erhob ich mich und spürte die Wut und den Zorn in mir aufsteigen. Alles, was ich von den Männern vorhin gehört hatte, schoss mir ins Gehirn, der Schmerz, den ich dabei empfunden hatte, der Verrat, den sie begangen hatten. Ich kompensierte meinen gesamten Zorn und fing an, mich zu konzentrieren.

»So ist es richtig«, meinte Steel und hob seine Fäuste, was ich ebenfalls tat. »Konzentriere dich nur auf deinen Gegner. Paralysiere ihn, finde seine Schwächen heraus, versuche, seine Schritte vorauszuahnen. Wenn du das schaffst, bist du unbesiegbar.«

Er quatschte zu viel, denn all das hatte Donald mir schon beigebracht. Ich suchte nach Fehlern in Steels Bewegungen und erkannte schnell eine, an seiner Schulter. Sie zuckte, wenn er sprang und sich in eine andere Richtung wendete. Das war sein wunder Punkt.

Steel griff an, ich sah den Schlag kommen, bückte mich zur Seite, holte aus und boxte ihn mit meiner ganzen Kraft in die Rippen. Dann ging alles ziemlich schnell, denn ich hatte den Mann vor mir, *leicht* unterschätzt. Zwar keuchte er bei der Wucht meines Hiebes kurz auf, fluchte sogar, ging aber sofort wieder auf mich los.

Die Schmerzen an meiner Schulter, im Magen und Oberschenkel waren nicht von dieser Welt, aber ich versuchte mich, so gut es ging, zu wehren. Leider reichte mein Können bei Weitem nicht aus, sodass ich irgendwann wieder mit dem Rücken auf der Matte lag und Steel rittlings auf mir saß. Meine Arme hielt er mit nur einer Hand ausgestreckt über meinem Kopf fest und die andere legte sich um meinen Hals.

»Du bestehst nur aus Hass und Zorn«, murrte er. »Wenn du deine Gefühle nicht in den Griff bekommst, wirst du verlieren. Du musst dich nur auf deinen Feind einlassen, alles andere vergessen. Rache, bringt dich nicht voran, sondern begräbt dich.«

»Warum willst du überhaupt, dass ich all das lerne?«, wollte ich mit erhobener Stimme wissen. »Es kann dir doch jetzt völlig egal sein, ob ich sterbe. Dich sollte das nicht mehr interessieren, ob die anderen mich kriegen oder nicht.«

»Was erzählst du da für einen Bullshit, Mädchen?« Er beugte sich leicht zu mir herunter, sodass sich unsere Gesichter ziemlich nah waren. »Gestern warst du eine Kämpferin, die nicht lange nachgedacht hat. Heute bist du ein Kind, das sich trotzig benimmt. Wer bist du Blake? Es wird allmählich Zeit, sich für eine Version zu entscheiden.«

»Das geht dich nichts an.« Gott, ich wollte nur noch hier weg, sonst würde ich in wenigen Augenblicken zusammenbrechen. »Keinen von euch geht das was an. Ich hasse euch und Devil besonders. Ihr habt mich verraten, verarscht und benutzt. Mir die ganze Zeit etwas vorgemacht. Ich bin fertig mit euch.«

»Du hast das Gespräch mitbekommen«, mutmaßte er, ließ von mir ab, stand auf und stellte sich vor mich.

»Scheiß drauf.« Ich erhob mich und brachte Abstand zwischen uns. »Ich hätte es wissen müssen. Und ich hatte echt gedacht, dass *ich* nur aus Vorurteilen bestünde.« Tränen brannten mir in den Augen und ich schüttelte den Kopf. »In meinem Hirn hatte ich angenommen, dass wenigstens *du* mich magst. Bei Devil hatte ich es mir gewünscht, ehrlich, aber ich bin auch nicht dumm. Ja, er hat die Wette gewonnen. Hurra! Er ist ein Held, genau wie ihr anderen auch. Glückwunsch.«

»Anfänglich ging es um die Wette«, gestand er mir und die erste Träne löste sich aus meinem Augenwinkel. »Für Devil war der Scheiß nach dem Angriff auf euch am See erledigt. Dass er heute so geredet hat, lag nur daran, weil die anderen ihn in die Ecke gedrängt haben. Er wollte seine Ruhe. Du hättest das nicht mitbekommen sollen, weil es nicht wahr ist. Also, ist es schon, aber eben nicht so, wie du es verstanden hast.« Er machte einen Schritt auf mich zu. »Es gibt viele Clubs, Blake, die sich anders verhalten als wir. Die brutal sind, sich asozial benehmen. Wir wollten nicht so sein, sondern unsere Menschlichkeit behalten. Wir wollen uns von den anderen abgrenzen. Das war Death immer wichtig und uns auch. Mag sein, dass wir ungehobelte Bastarde sind, aber wir sind ehrlich und gerade heraus. Das heißt nicht, dass wir uns nicht auch manchmal daneben benehmen. Wir leben nach unseren eigenen Regeln. Deine, wie auch unsere Welt, sind zwei verschiedene. Das alles ändert aber nichts an der Tatsache, dass ich dich ganz cool finde. Du hast gestern deinen Mann gestanden, mit mir zusammen gekämpft. Darüber hinaus hast du meinem Bruder den Rücken freigehalten. Mehr muss ich nicht wissen. Aber eines solltest du dir merken: Wenn da etwas in deinem Leben ist, was uns vielleicht weiterhelfen könnte, solltest du dich uns anvertrauen. Wir sind keine Neandertaler oder betrunkene Junkies. Wir sind die *Demons Hell*.«

Ich ließ mir seine Worte durch den Kopf gehen und ich verstand ihn. Ehrlich! Dennoch änderte es nichts an der Tatsache, dass ich ursprünglich eine Wette gewesen war. Um es genau zu nehmen, saß *ich* in der Scheiße, weil Devil ein Spiel gewinnen wollte. Das war einfach hart. Mir tat mein Herz weh, mein Kopf war wie leergefegt. Erschöpft taumelte ich zurück und nahm auf der Bank am Rand Platz. Die Tränen versiegten, es waren keine mehr da.

»In meinem Leben gibt es nichts, was euch helfen könnte«, flüsterte ich. »Ich habe nichts mit euch gemein und das werde ich auch niemals. Sobald die Angelegenheit vom Tisch ist, bin ich weg und wir werden uns nie wiedersehen. Das kann ich dir versprechen.«

»Du bist sauer, und das verstehe ich«, sagte er und seine Stimme war lieb und nicht mehr ganz so rau, wie gerade eben noch. »Aber eines kann ich dir sagen: Devil ist kein schlechter Mensch. Er hat nur … seine eigenen Probleme. Aber er würde alles tun, um dich zu beschützen, sogar sein Leben dafür lassen. Sein Respekt gehört dir bereits. Und glaub mir Mädchen, das ist etwas, was sehr schwierig bei ihm ist. Er sieht dich weder als Schlampe, Flittchen, Hure oder was auch immer an. Für ihn bist du Blake. Die erste Frau, die er – ausgenommen von den *Old Ladys* – mit Namen anspricht. Das mag dir nicht viel bedeuten, aber für meinen Bruder ist das eine große Sache.«

»Ich will einfach nur mein Leben zurück«, wisperte ich und wischte mit den Handflächen über meine Wangen um die restlichen Schweißperlen zu entfernen.

»Das wirst du «, erwiderte er. »Wenn du bei Devil bleibst, wird alles wieder gut.«

Humorlos lachte ich auf.

Er nahm an, dass ich das *Leben* meinte, dass ich vor dem Club geführt hatte. Aber das war es nicht. Ich wollte mein *altes* Leben zurück.

Das, in dem meine Familie noch lebte und ich mit Dad Billard spielte … das, in dem ich lachend durch das Haus gerannt war, weil mein Bruder mich jagte … das, in dem ich mit meinen Schwestern über Jungs tratschte … das, in dem ich noch geliebt wurde … das, in dem ich noch ein Mensch war.

»Soll ich mit Devil sprechen?«, wollte Steel wissen, doch ich schüttelte den Kopf.

»Nein, das möchte ich nicht«, bat ich ihn und erhob mich. »Das kläre ich beizeiten selbst, wenn es dir nichts ausmacht.«

Er dachte einen Moment nach, und ich wusste, dass es ihm nicht gefiel, über das hier Stillschweigen zu bewahren. Deswegen hielt ich seinem Blick stand, damit ihm bewusst wurde, wie ernst mir das war.

Seufzend fuhr er sich mit der Hand über den Kopf.

»Gut, das bin ich dir wohl schuldig.« Oh ja, das war er. »Wir sollten langsam zurückgehen. Bist du soweit?« Ich nickte, machte mich auf den Weg zur Tür und steuerte direkt die Kabinen an.

Dort schnappte ich mir eines der frischen Handtücher, die in den Regalen lagen und begab mich zu den Duschen. Sofort entkleidete ich mich und stellte mich unter das Wasser. Verdammt, die Schläge, die ich von Steel erhalten hatte, taten weh. Er hatte keine Rücksicht auf mich genommen. Was eigentlich gut war, denn nur so konnte ich lernen.

Nachdem ich fertig war, trocknete ich mich ab und zog mir meine Kleidung wieder an. Die Sportsachen warf ich einfach in den Korb mit der Schmutzwäsche. Dann löste ich meinen Dutt und zauberte einen neuen, der nicht so verstrubbelt aussah.

Tief durchamtend nickte ich mir im Spiegel selber zu und verließ den Raum. Steel wartete bereits auf mich und gemeinsam machten wir uns auf den Weg zurück, zum Clubhaus.

In wenigen Augenblicken würde ich den Mann sehen, den ich sehr liebte und der mich nur für eine beschissene Wette benutzt hatte.

Kapitel 29

Devil

»Spuck es aus, du Wichser«, knurrte ich und trat Shorty mit dem Stiefel erneut ins Gesicht. Er hatte mittlerweile mehrere Wunden, aus denen Blut rann, hielt aber weiterhin die Fresse. Gut, mit Schlägen kamen wir hier nicht weiter. Dann mussten wir das Werkzeug herausholen.

»Du bist lebensmüde, Shorty«, meinte Thunder und kniete sich vor den fast bewusstlosen Kerl. »Ist River das wirklich wert? Willst du dein Leben für jemanden opfern, der sich null für seine Männer interessiert? So dumm kannst du doch nicht sein, oder?«

Thunder tat es immer und immer wieder. Er gaukelte unseren Feinden vor, dass er der einfühlsamste, verständnisvollste Kerl auf dem Planeten sei, solange, bis seine Geduld am Ende war. Dann war er kaum aufzuhalten. Sein Name kam nicht von ungefähr.

»Er wird kommen und euch alle umlegen«, murmelte Shorty durch seine dicken und geschwollenen Lippen. »Dann werde ich hier sein, und dabei zusehen. Vielleicht winke ich euch auch zu.«

»Definitiv lebensmüde.« Kopfschüttelnd erhob sich Thunder und grinste mich an.

Damit war klar, dass die ruhige Zeit für Shorty vorbei war. Er hatte seine Entscheidung getroffen. Es war ja nicht so, als hätten wir ihm keine Wahl gelassen. Wenn er gesungen hätte, wäre sein Tod schneller vonstatten gegangen. Jetzt würde er leiden.

Thunder holte die Akku-Stichsäge heraus. Die hatte er lange nicht mehr verwendet. Gute Wahl! Ich besorgte unterdessen den Seiten- und die Bolzenschneider.

Er wollte nicht singen? Dann mussten wir schwerere Geschütze auffahren. Vor allem war es für mich eine Ablenkung, die ich derzeit gut gebrauchen konnte. Auf andere Gedanken kommen, war genau das Richtige. Ansonsten würde mein Schädel womöglich bald explodieren, weil das *schwarzhaarige Gift* sich darin eingenistet hatte. Andauernd schlich sie sich wie ein Ninja in meine Gehirnzellen. Jedes Mal, wenn ich zum Luft holen kam, schmeckte ich sie auf meiner Zunge, ihr Geruch kroch mir unabdingbar in die Nase und ständig hatte ich hellblaue Iriden vor meinem inneren Auge. Eigentlich war ich davon überzeugt, wenn ich sie endlich gefickt hatte, dass sich diese Folter legen würde, doch ich hatte mich getäuscht.

Meine Gedanken hörten sich an, als sei ich zu einer Jammertante mutiert, aber ich konnte derzeit nichts gegen den Unmut in mir unternehmen, eben weil sie ständig in meinem Hirn präsent war. Sie schaffte etwas, was keine andere Perle vor ihr geschafft hatte: Ich musste ständig an sie denken.

»Ihr könnt mir keine Angst einjagen, ihr Hurensöhne«, nuschelte Shorty. »River wird euren gesamten Club ausrotten.«

»Mag sein, aber das wirst du nicht mehr erleben, Baby«, konterte Thunder und packte alles, was er für die bevorstehende Show benötigte, auf ein ausgebreitetes Handtuch, das auf unserer Werkbank lag. Dann stellte er den Aluminiumeimer neben Shortys Stuhl und klatschte in die Hände. »Und wer sagt heutzutage denn noch Hurensohn? Shorty, du enttäuscht mich.« Thunder holte aus und ohrfeigte Shorty. »Das ist dafür, dass du unsere Mütter beleidigt hast. Aber ich weiß ja, dass du es nicht so meinst.«

Manches Mal hätte ich gerne Thunders Geduld. Meinem Bruder gefiel das hier unheimlich gut und er reizte das Spiel aus, bis zum Äußersten. »Da ich heute verdammt gut gelaunt bin, habe ich mir überlegt, dass du noch eine Chance hast. Also hier ist der Deal: Du sagst uns, was wir wissen wollen und wir … nun, wir übergehen das hier …« Er deutete auf unser Spielzeug. »… und kommen sofort zur Sache. Du hast zehn Sekunden.« Thunder zählte mit seinen Fingern, die er einzeln in die Luft hielt. Als er die Zehn zeigte, schüttelte er den Kopf, weil Shorty sich doch tatsächlich für die Folter entschieden hatte. »Dann eben auf deine Art«, meinte mein Bruder und ich stellte mich an den Tisch.

»Hol ihn rein«, befahl ich meinen Freund, der mir zunickte und zur Tür lief.

Ich schnappte mir den Seitenschneider und polierte die Spitze mit einem Tuch. Thunder zog den anderen Typen, der Blake und mich am See angegriffen hatte, rückwärts auf dem

Stuhl in den Raum. Seinen Namen hatten wir noch nicht herausgefunden, aber ich vermutete stark, dass wir ganz sicher bald einiges von ihm erfahren würden. Es war nur eine Frage der Zeit.

»Du sitzt in der ersten Reihe, Kumpel.« Thunder tätschelte den Bastard auf die Wange und kniff sogar kurz hinein. Der Typ konnte nicht sprechen – noch nicht – weil er geknebelt war. Ich konnte es nicht sonderlich leiden, wenn die Wichser schrien. Das nervte mich und irgendwann klingelten mir die Ohren. Das war nicht schön!

»Du hast dich also entschieden«, wandte ich mich an Shorty, der das Werkzeug in meiner Hand nicht aus den Augen ließ. Er wusste, was auf ihn zukam und die nackte Panik machte sich in ihm breit. »Du hast den Ruf, ein ganz harter Hund zu sein. Ich brenne darauf zu erfahren, ob du dem gerecht wirst.«

Ich packte sein Handgelenk, das an der Stuhllehne gefesselt war und setzte die Zange so an, dass ich den Fingernagel zu packen bekam. Dann zog ich. Nicht schnell, aber auch nicht zu langsam. Shorty presste seine Zähne aufeinander, riss die Lider auf und sein Gesicht lief knallrot an. Als ich den ersten Nagel vom Zeigefinger gelöst hatte, hielt ich ihn mir vor die Augen. »Du hättest wenigstens ein bisschen auf deine Pflege achten können. Das ist ja widerlich.«

Der Nagel landete im Eimer, den Thunder vorhin neben Shorty gestellt hatte. Dann machte ich mich an den Mittelfinger. »Wie lautet Rivers Plan? Wie viele Personen umfasst euer Club?«

»Leck mich«, spie er mir entgegen und ich riss ihm den Nagel des Mittelfingers raus, woraufhin Shorty laut aufschrie.

Nun war ich am Ringfinger. »Mach's Maul auf. Was will er von der Kleinen?«

»Fick dich«, herrschte er mich an und erneut löste ich den nächsten Nagel. Auch bei diesem brüllte er und Tränen rannen über seine Wange.

»Oh bitte. Du heulst *jetzt* schon?!«, zog Thunder unseren Feind auf. »Also ich an deiner Stelle, würde mich ja schon ein bisschen schämen. Kleines Muttersöhnchen, was?«

»Ich werde dich umlegen«, drohte Shorty meinem Bruder. »Jeden von euch und jeden den ihr liebt.«

»Na, das wird eine kurze Liste«, meinte ich und hörte Thunder hinter mir laut auflachen. Aus dem Augenwinkel erkannte ich, dass er sich an die Seite des zweiten Wichsers stellte, und ihm die Schulter tätschelte.

»Du kommst auch gleich dran, Kumpel«, versprach er der Heulsuse, der so laut schniefte, dass er jeder Pussy Konkurrenz machen könnte. Weichei! »Das dauert nur noch einen kleinen Moment.«

Grinsend schüttelte ich den Kopf, weil Thunder wirklich ein verdammtes Arschloch sein konnte. Erneut setzte ich die Zange an, der kleine Finger war noch übrig.

»Ich will wissen, wann River zuschlagen will«, forderte ich Shorty ein weiteres Mal auf, mir Antworten auf meine Fragen zu geben. »Wie viele seid ihr? Wer spielt mit in eurem Team? Woher wisst ihr, wo sich unsere Ladungen befinden?«

»Du kannst mich noch so oft fragen, ich werde meine Familie nicht ans Messer liefern, du Wichser«, fauchte er. »Du wirst auch noch deine Rechnung bezahlen, Devil, ihr alle, werdet bezahlen. Ihr breitet euch hier aus, wie die Heuschrecken, glaubt, ihr seid besser als die anderen Clubs. Ihr stolziert mit eurem arroganten und selbstgefälligen Lächeln durch die Straßen, als würde euch alles gehören. Aber ich verrate euch mal was …« Shorty atmete ein und wieder aus. »… Ihr seid nur Kakerlaken, nichts weiter. Ihr verdient dieses Revier nicht, es gehört euch nicht. Die *Cold Bastards* werden euch überrennen, ohne, dass ihr davon etwas mitbekommt. Wir werden sehen, wer zuletzt lacht.«

»Das war eine wirklich tolle Ansprache«, vernahm ich hinter mir die sarkastische Stimme meines Freundes. »Findest du nicht auch Devil? Sie war … fast poetisch. Shorty, ich wusste gar nicht, dass du das drauf hast, Mann. Ich bin stolz auf dich. Und vielleicht hat sich sogar ein kleines Tränchen in meinen Augen gebildet. Es war so … rührend.«

»Ich fand auch, dass sie sehr emotional war«, stimmte ich zu und zog nun den Nagel des kleinen Fingers heraus. Wieder brüllte Shorty. »Aber sie hat mich auch ein bisschen beleidigt. Kakerlake sagt man nicht, Shorty.« Nun ging ich auf die andere

Seite, die Daumen spare ich mir immer bis zum Schluss auf, weil sie am meisten schmerzen. Ich wusste es, denn ich sprach aus Erfahrung. Die Zange hielt ich am Zeigefinger. »Rede, du Wichser oder du wirst uns gleich anflehen, dass wir dich umlegen.«

»Von mir erfahrt ihr nichts«, war seine Antwort und ich riss ihm nach und nach jeden verdammten Nagel heraus. Er brüllte, heulte wie ein Baby, bis ich fertig war. »Du Wichser«, schrie er mich an und warf seinen Kopf hin und her. Verflucht, vielleicht hätten wir ihm auch das Maul stopfen sollen. Mir klingelten bereits die Ohren.

»Willst du mir jetzt etwas erzählen?«, erkundigte ich mich höflich.

»Mach mit mir, was du willst«, forderte er mich auf und grinste. »Kein Wort wirst du von mir erfahren.«

Nach und nach zog ich ihm auch die Daumennägel. Und fertig waren die Finger. Das sah schon ziemlich Scheiße aus, wenn man es genau nahm. Den Seitenschneider knallte ich auf den Tisch und schnappte mir den Bolzenschneider. Meiner Meinung nach, hatte er definitiv zu viele Finger. Der Kleine glaubte zuerst dran, danach teilte ich den Zeigefinger. Man musste schließlich auf das Design achten. Mit einem Feuerstrahl brannte ich die Wunden aus, immerhin wollte ich nicht, dass er mir hier verblutete.

Plötzlich verdrehte Shorty die Augen und war in der nächsten Sekunde bewusstlos.

»Er hat ganz schön lange durchgehalten im Gegensatz zu den anderen«, meinte Thunder, der immer noch neben dem heulenden Etwas stand. Er versuchte, was zu sagen und mein Bruder schaute mich an.

»Nimm ihm den Knebel ab«, verlangte ich. »Vielleicht hat er was Interessantes für uns.«

Thunder kam meiner Aufforderung nach und löste den Stoff aus dem Gesicht unseres Feindes. Dieser hustete erst und dann hob er seinen Kopf.

»Ich sage euch alles, was ich weiß«, plapperte er auch schon drauf los. Das wurde auch Zeit, verdammt. Ich wollte endlich aus diesem stinkenden Loch. »Tut mir bitte nur nicht das an.« Er deutete mit seinem Kinn auf den bewusstlosen Shorty.

»Bring ihn nach nebenan«, befahl ich Thunder, der den Penner sofort herausschob.

Den Bolzenschneider ließ ich auf den Tisch fallen und schnappte mir ein Tuch, um meine Hände zu säubern, die mit Blut vollgespritzt waren. Als ich an mir heruntersah, erkannte ich auch Tropfen auf meinen Armen und Klamotten. Zwar waren sie schwarz, aber dennoch sah man es deutlich. Shit!

Mit langsamen Schritten verließ ich den Raum, schloss hinter mir die Tür und begab mich in das Nebenzimmer. Dort befanden sich Thunder und das *Baby*.

»Wie viele seid ihr?«, wollte ich direkt wissen.

»Um die zweihundert«, teilte er mir schniefend mit. »Es werden täglich mehr. River heuert sämtlich Kerle an. Straßengangs, Schwerverbrecher, alles, was er kriegen kann.«

»Was hat er vor?«, stellte ich die nächste Frage.

»Sein Ziel ist, die *Demons Hell* dem Erdboden gleich zu machen«, fuhr er fort. »Danach will er sich eure Verbündeten vorknöpfen. Leider bin ich kein Mitglied des oberen Stabs, aber ich habe mitbekommen, dass er es vor allem auf einen Club in England abgesehen hat. Zu dem soll er früher gehört haben.«

»Du willst uns weißmachen, dass River sämtliche Clubs auslöschen will?«, erkundigte sich Thunder erstaunt. »Was glaubt er? Dass er Gott ist?«

»River leidet an Größenwahn«, erwiderte der Wichser. »Er will jeden hier abschlachten, niemanden am Leben lassen. Den Grund dafür kenne ich nicht. Mir ist nur zu Ohren gekommen, dass er Oregon und alle Staaten im Umkreis für sich einnehmen will.«

»Was will er von dem Mädchen?«, hakte ich nach, weil das für mich eine entscheidende Frage war.

»Über ein Mädchen wusste ich bislang überhaupt nichts«, entgegnete er. »Erst als wir euch am See gesehen haben, meinte Shorty: *Na, sieh mal einer an, wer da von den Toten auferstanden ist.* Damit konnte ich nichts anfangen. Das liegt wahrscheinlich daran, dass ich noch nicht sehr lange dabei bin. Scheiße, ich habe nur eine Weste bekommen mit dem Aufnäher der *Cold Bastards* und war ein Mitglied des Clubs. Ich dachte, dass wir ein paar Drogen verticken, mit Waffen handeln, mit den Bikes rum cruisen und Weiber flachlegen. Von Krieg mit euch oder anderen Clubs, war nie die Rede gewesen.«

»Woher wisst ihr von den Lieferungen?«, wollte ich als nächstes Wissen.

»River hat seine Spione überall«, setzte er uns in Kenntnis. »Vielleicht habt ihr einen Maulwurf. Anders kann ich es mir nicht erklären. Jedes Mal bekommt River Anrufe oder Nachrichten auf sein Handy geschickt. Von wem, weiß ich nicht. Aber dann schickt er uns los und teilt uns die genauen Koordinaten mit, wo sich eure Fuhren befinden.«

Ein Verräter in unseren Reihen? Das konnte unmöglich wahr sein. Niemals! Wir waren eine Familie, standen füreinander ein, starben für den anderen. Hier würde keiner seinen Bruder verraten. Das glaubte ich nicht.

Thunder starrte mich an, an seinem Gesicht erkannte ich, dass er ebenfalls grübelte. Das mussten wir später noch mal in Ruhe besprechen. Wir sollten die Dinge, die wir erfahren hatten, sowieso schnellstmöglich mit Death bereden. Ich schielte auf die Uhr und bemerkte erst jetzt, wie spät es war. Gleich würde der Abschied unserer Gefallenen stattfinden. Dabei durfte ich nicht fehlen.

»Wir sollten uns auf den Weg machen«, teilte ich Thunder mit, der mir zunickte. »Mach ihn fest. Später überlegen wir uns, was wir mit ihm machen.«

»Hey Jungs, ich habe euch doch geholfen.« Seine Stimme zitterte und die Tränen flossen erneut. Er war noch sehr jung, fast noch ein Teenager, wenn ich das richtig einschätzte. Aber er war Mitglied eines Clubs, der uns tot sehen wollte. Es gab keine Alternative. Freilassen konnten wir ihn unmöglich. Er war in diesen Krieg geschlittert, ohne Kenntnis zu haben, was passieren könnte. Im Prinzip war er unschuldig. Für uns jedoch, galt er als Bedrohung und entsprechend war er ein Feind. »Ich könnte doch … vielleicht habt ihr noch Platz für ein weiteres Mitglied?«

Thunder prustete los und ich schüttelte den Kopf. Das konnte unmöglich sein ernst sein. Mein Bruder kettete ihn an, überprüfte die Schlösser und tätschelte den Kopf des Jungen.

»Danke für die Plauderstunde, mein Freund«, sagte Thunder und folgte mir nach draußen. Hinter uns versperrten wir die Tür und schauten uns an.

»Ein Verräter in unseren Reihen?«, flüsterte er nun.

»Kann mir nicht vorstellen«, sprach ich ebenfalls leise. »Wer sollte es sein? Wir sind eine Familie. Es kann nur jemand sein, der an den clubinternen Besprechungen teilnimmt oder für uns arbeitet. Das sind einige Personen. Wir sollten schnellstmöglich mit Death sprechen.«

»Wird gemacht«, stimmte er zu. »Lass uns hochgehen und unseren Jungs die letzte Ehre erweisen.«

Ich nickte und gemeinsam stiegen wir die Stufen nach oben. In der Lobby angekommen, waren einige Männer zu erkennen. Mittlerweile war es sechs Uhr und in einer halben Stunde würde das Lagerfeuer angezündet werden. Umgehend lief ich in den zweiten Stock, wo ich direkt mein Zimmer ansteuerte. Im Bad entledigte ich mich meiner Klamotten, wusch mir das Blut ab, und fischte mir saubere Kleidung aus dem Schrank. Nachdem mein Erscheinungsbild wieder hergestellte war, begab mich nach unten zu den anderen.

Im großen Saal blieb ich stehen und schaute mich um. Vereinzelte Leute schlenderten bereits nach draußen, nur ein paar standen noch an der Bar. Unter anderem Blake. Sie unterhielt sich mit Cynthia und anderen Frauen, die alles *Old Ladys* zu sein schienen. Nicht jede kannte ich, einige gehörten Idaho und Nevada an, wie die Aufnäher ihrer Westen verdeutlichten.

Jedenfalls gefiel mir das Bild, dass ich sah. Blake, die mit diesen Mädels lachte und redete, als wäre das alles vollkommen normal. Hinter ihr erblickte ich Steel, der sich mit Thunder, Angel und Shadow unterhielt. Hin und wieder betrachtete er die *kleine Kampfmaschine* und dieser Ausdruck in seinem Gesicht, störte mich. Und zwar sehr!

Mit schnellen Schritten war ich bei meinen Freunden, Blake schaute mich nur einmal an, bevor sie sich wieder den Weibern zuwandte.

»Gib mir ein Bier«, verlangte ich von Minni, die mir umgehend eine Flasche vorsetzte. Ohne Steel aus dem Blick zu lassen, trank ich es bis zu Hälfte aus. »Wo wart ihr vorhin?«, wollte ich wissen und stellte mich seitlich neben ihn, damit ihm die Sicht auf Blake verwehrt wurde. Keine Ahnung, warum ich mich hier so aufführte.

»Trainieren«, teilte er mir mit. »Hast du ein Problem?«

»Nicht wirklich«, gab ich ihm zu verstehen und trank auch den Rest meines Getränkes aus. »Wir sollten rausgehen«, schlug ich vor, weil der Saal schon fast leer war.

»Gute Idee«, hörte ich Shadow sagen, der Steel auf die Schulter klopfte und gemeinsam mit ihm in den Garten ging.

Ich knallte meine leere Flasche auf den Tisch und wandte mich um. Blake war dabei, mit den Frauen nach draußen zu gehen. Mit wenigen Schritten war ich bei ihr und umschloss ihren Oberarm mit meiner Hand. »Ich glaube, du hast vergessen, dass du bei mir bleiben sollst, sobald ich mich in deiner Nähe befinde. Halte dich daran. Hier laufen genug Kaputte herum.«

»Ich war doch die ganze Zeit bei Steel und Shadow«, verteidigte sie sich. »Sorry, ich hatte vermutet, dass du gleich bei Death stehen würdest, deswegen schloss ich mich den Mädels an.«

»Du bleibst bei mir«, befahl ich und zog sie mit mir.

Wir gingen auf Death zu, der auf der Veranda stand. Daneben befanden sich einige meiner Brüder. In der Mitte auf der Wiese loderte das Lagerfeuer. Rundherum hielten sich sämtliche Männer von uns, Idaho und Nevada auf.

Ich stand hinter Blake und zog sie mit meinen Händen an ihren Hüften ein bisschen näher an mich heran. Verdammt, ihre Nähe stellte irgendetwas mit mir an, was ich nicht ganz verstand. Jedenfalls fühlte sich das gut an, obwohl es für mich ungewohnt war. Außerdem passte es nicht zu mir, dass ich jemanden an mich heranließ. Aber die Vorstellung, sie könnte etwas mit Steel oder einem Anderen anfangen, machte mich sehr zornig. Unbändige Wut mit nur einem Gedanken: Jeden umzulegen, der ihr zu nahe kam.

Kapitel 30

Blake

Seine Nähe brachte mich aus dem Konzept, mein Atem kam abgehakt und ich wollte nur noch eines: dass er mich festhielt. Ja, ein total bescheuerter Gedanke, angesichts dessen, was er für ein Spiel mit mir gespielt hatte. Aber dennoch war der Wunsch da.

Das jedoch änderte nichts an der Tatsache, dass ich meinen Plan in die Tat umsetzen würde. Flucht, war das Einzige, was mir in dieser Situation half. Mein Kopf sagte, dass ich mich ein Stück von ihm entfernen sollte, mein Herz schrie, dass ich an Ort und Stelle stehen bleiben müsste.

Ich spürte, wie seine Finger sich auf meine Hüften legten, genoss dieses Gefühl und hatte Mühe, meine Augen geöffnet zu halten. Was tat ich hier nur? Warum fügte ich mir wissentlich weitere Schmerzen zu? Ich wusste es nicht und das Schlimmste? Ich änderte nichts daran.

Das Feuer vor uns loderte meterweit nach oben. Der Himmel dämmerte bereits, dunkel war es noch nicht. Auf der Veranda stand Death vor uns, Devil und ich direkt hinter ihm. Neben uns Shadow, Steel, Angel, Ice, Cynthia und Thunder.

Steel wagte ich nicht anzusehen. Irgendetwas war beim Training zwischen uns geschehen. Es handelte sich nicht um eine leidenschaftliche Anziehungskraft, sondern um etwas viel Wertvolleres. Vertrautheit! Ein Gefühl, das ich seit Jahren nicht kannte und dachte, es nie wieder zu finden. Doch es war so gekommen. Ich konnte viel von diesem Mann lernen. Nicht nur über das Leben und den Kampfsport, sondern auch über mich selbst.

Ich hätte gerne mit Steel trainiert, wusste aber, dass meine Zeit hier im Club begrenzt war. Einerseits wollte ich nicht gehen, weil das hier eine starke Familie war. Andererseits passte ich hier nicht rein. Ich konnte es nicht noch länger in Devils Nähe aushalten. Dazu war ich zu schwach. Egal, wie sehr ich ihn wollte, er würde mir nie das geben, was ich mir insgeheim von ihm wünschte. Liebe und Geborgenheit. Ich war für ihn nur eine Wette gewesen, jetzt war ich ihm ein Klotz am Bein. Nicht mehr und nicht weniger.

»Die Zeit heilt alle Wunden«, hörte ich Death sprechen, der einige Westen in der Hand hielt. »Aber so viel Zeit kann uns gar nicht geschenkt werden, dass wir den Verlust unserer Brüder verkraften. Sie sind uns gestern genommen worden. Männer, die für ihren Club gestorben sind. Brüder, die ihr Leben gaben, um ihre Lieben zu retten.«

Bei diesen Worten schossen mir die Tränen in die Augen, weil ich sofort an Piper dachte. Ein kleines Schluchzen konnte ich mir nicht verkneifen und legte meine Hand auf den Mund. Devil entging mein Zustand nicht, denn er umschlang meinen Körper mit seinen Armen. Am liebsten hätte ich nun Rotz und Wasser geheult. Seine Umarmung gab mir Trost und es fühlte sich einfach perfekt an.

»Shhh«, murmelte er mir ins Ohr. »Wir schaffen das.«

Ich nickte, sagte aber kein Wort. Was hätte ich auch dazu äußern sollen? Es gab nichts, was sich in diesem Moment richtig angefühlt hätte.

»Es wird der Moment kommen«, fuhr Death fort, dessen Stimme sich belegt und heiser anhörte. Auch ihm setzte der Verlust seiner Leute zu, »wo wir uns für sie Rächen können. Die Schuldigen werden nicht ungestraft davonkommen. Gemeinsam werden wir sie zur Rechenschaft ziehen. Wir sind Geschworene, Richter und Henker in einem. Sie werden uns nicht entkommen. Das schwöre ich hier und jetzt vor Zeugen.« Die Menge jubelte und sie hoben ihre Hände in die Luft. »Monday, Rico, Hurricane«, zählte er die Namen der Gefallenen auf. »Prayer, Fire, Piper, Redeye. Unsere Brüder. Ruhet in Frieden.«

»*Blood*«, rief die Menge immer und immer wieder. Auch Devil und die übrigen seiner Freunde brüllten es. Außer mir, denn ich verabschiedete mich von Piper in meinen Gedanken.

Death verließ die Veranda und ging auf das Feuer zu. Er hielt die sieben Westen in die Luft und warf sie anschließend in die Flammen. Für einige Minuten schwiegen alle, beobachteten, wie die Westen verbrannten und auch ich starrte dorthin.

»Sollen wir nach Hause fahren?«, fragte er mich und ich nickte. *Nach Hause?* Sein Heim war nicht meines. Ich hatte kein

Zuhause, sondern war überall nur Gast. Sogar in meiner eigenen Wohnung, die ich mir mit Rachel teilte.

Apropos Rachel!

Eigentlich hatte ich angenommen, dass sie ebenfalls zu der gestrigen Party erscheinen würde, aber sie tauchte nicht auf. Auch heute glänzte sie durch Abwesenheit und das fand ich seltsam.

Ich nahm mir vor, Shadow zu fragen, wenn ich ihn das nächste Mal traf. Heute wollte ich das nicht mit ihm besprechen, der Zeitpunkt wäre einfach nicht richtig.

»Lass uns fahren«, schlug Devil vor und löste seine Arme von mir.

Ich nickte Steel zu, verabschiedete mich von Cynthia und folgte Devil. Mir war klar, dass die Blondine gerne noch mit mir gesprochen hätte, aber das war jetzt nicht der richtige Augenblick.

»Wie sieht es morgen mit dem Training aus?«, vernahm ich hinter mir Steels Stimme und drehte mich zu ihm.

Mein Blick huschte direkt zu Devil. Er zuckte mit den Schultern, aber sein Gesicht war angespannt. Er schien sauer zu sein, obwohl es doch überhaupt keinen Grund dafür gab. Oder? Hatte ich was verpasst? »Ich werde sie morgen vorbeibringen. Aber nicht um acht. Gegen Mittag werde ich es schaffen.«

»Alles klar, Bruder«, meinte Steel und schaute dann zu mir. »Vergiss deine Sportklamotten nicht.«

»Werde ich nicht«, versprach ich und folgte dann Devil, der sich bereits abwandte und losmarschiert war.

Bei Devil angekommen, schloss er den Eingang auf und ich schob mich an ihm vorbei. Sofort steuerte ich die Treppen an. Es war zwar erst halb neun Uhr, aber ich wollte ins Bett.

»Fickst du Steel?«, knurrte Devil hinter mir und ich blieb auf der ersten Stufe wie erstarrt stehen.

Langsam drehte ich mich um und fixierte sein Gesicht, in der Hoffnung, dass er nur einen Scherz gemacht hatte. Aber er kochte vor Wut, so hatte ich ihn bislang noch nicht erlebt. Mit verschränkten Armen stand er da und musterte mich.

»Wie bitte?« Vielleicht hatte ich mich nur verhört.

»Ich will wissen, ob du Steel fickst?«, wiederholte er seine Worte. »Wenn nicht, scheint es mir so, als ob du es vorhast. Also, ja oder nein.«

»Was bildest du dir eigentlich ein?«, schnauzte ich ihn an und hieß die Wut, die in mir hochkochte, willkommen. Viel zu lange hatte sie auf sich warten lassen. »Ich bin nicht irgendeine deiner Huren. Ich habe dir erst heute Nacht meine Unschuld geschenkt. Meinst du, dass ich jetzt umherlaufe, und jeden Schwanz anvisiere? Du bist ein Mistkerl und ich sag dir eines: Hätte ich gewusst, was du für ein Arschloch bist, hätte ich mich vorher zunähen lassen.«

»Das ist keine Antwort auf meine Frage«, provozierte er mich weiter. Wenn ich schlau wäre, würde ich auf dem Absatz kehrtmachen und ihn stehen lassen, in mein Zimmer laufen und die ganze Nacht heulen, ohne dass er davon etwas mitbekam. Aber anscheinend war ich nicht sonderlich klug, wenn es um Devil ging.

»Sollte es so sein, wüsste ich nicht, was es dich angeht«, schoss ich zurück und fand mich ausgesprochen mutig.

Dumm nur, dass Devil mit einem Satz vor mir stand, mich packte und mit dem Rücken gegen die Wand drängte.

»Willst du Spiele spielen, kleine Kampfmaschine?«, flüsterte er nah an meinen Lippen. »Glaub mir, dazu bist du nicht fähig. Du wohnst unter meinem Dach, der einzige Schwanz, der deine süße Pussy ausfüllt, ist meiner. Ist das soweit klar?«

»Nein«, knurrte ich. »Du hast kein Anrecht auf mich. Außerdem weiß ich gar nicht, was du noch von mir willst. Immerhin hast du doch bekommen, was du wolltest. Du bist der große Gewinner dieses Spiels. Soll ich dir noch schnell ein Höschen holen, damit du es deinen Freunden zeigen kannst?«

Die Worte sprudelten nur so aus mir heraus, obwohl ich doch geplant hatte, ihm von meinem Wissen nichts zu verraten.

Geschockt ließ er mich los, diese Gelegenheit nutzte ich und hüpfte zur Seite. Dann lief ich einfach aus dem Haus in Richtung des Waldweges, wo wir immer lang fuhren, wenn wir hierherkamen.

Leider kam ich nicht sonderlich weit, denn ich wurde am Arm gepackt und herumgewirbelt.

»Woher zum Teufel weißt du davon?«, herrschte er mich an. »Hat Steel dir von der Wette erzählt?«

Er leugnete es nicht einmal. Ich weiß nicht, was ich erwartet hatte, aber nicht, dass er es zugab und auch noch solche Fragen stellte.

»Ich habe euch gehört«, gab ich zu, weil ich Steel nicht reinreiten wollte. Außerdem war es die Wahrheit. »Cynthia und ich wollten wieder zu euch in den Saal, als das Thema zur Sprache kam. Also weiß ich nicht, was du dir von dem ganzen Scheiß hier erhoffst. Lass mich einfach gehen. Ich komme alleine klar. Bin ich immer.«

»Wir werden jetzt zurückgehen und darüber reden«, brummte Devil und zog mich auch schon hinter sich her.

Da ich mich nicht kampflos ergeben wollte, versuchte ich, seinen Griff von mir zu lösen, was ein gewagtes Unterfangen war, denn nicht ein Finger rührte sich. Dann stampfte ich meine Füße in den Boden, um ihm sein Vorhaben wenigstens zu erschweren. Leider erzielte ich damit nicht den gewollten Effekt, denn Devil hielt an, drehte sich zu mir, bückte sich und warf mich über seine Schulter.

Was hatte Steel mir vor wenigen Stunden noch gesagt? *Wir sind keine Neandertaler?* Am Arsch. Devil war auf jeden Fall einer.

Kapitel 31

Devil

Im Haus angekommen, kickte ich die Tür mit dem Fuß hinter mir zu, schloss ab und marschierte ins Wohnzimmer. Dort ließ ich sie runter und Blake kam ins Taumeln. Sofort schnappte ich mir ihre Oberarme und riss sie wieder an mich. Ihren Kopf legte sie in den Nacken um zu mir aufsehen zu können. Unsere Gesichter waren sich nah genug, dass kaum mehr ein Blatt dazwischen passte.

Warum war sie bloß so … so widerspenstig?

»Willst du wirklich abhauen, wegen einer beschissenen Wette?«, knurrte ich und betrachtete sie eindringlich. »Außerdem solltest du dich erstmal nach der Wahrheit erkundigen, bevor du wegläufst.«

Ihre Lippen öffneten sich und mich hielt nichts mehr zurück. Sie zog mich in ihren Bann und wenn ich sie nicht sofort küsste, würde ich durchdrehen. Ohne auf ihre Antwort zu warten – reden konnten wir später auch noch – schob ich meine Zunge in ihren süßen Mund. Zuerst hatte ich das Gefühl, sie wollte sich wehren, das tat sie aber nicht, sondern fällte ihre Entscheidung in der gleichen Sekunde. Der Kuss wurde leidenschaftlich und fordernd. Ich erforschte jeden Winkel ihres Mundes, nahm ihren süßlichen Geschmack auf. Umgehend spürte ich ihre Finger in meinem Nacken und war endgültig verloren, als ich ein kleines Stöhnen von ihr hörte.

Sachte legte ich sie mit dem Rücken auf die Couch, ohne den Kuss zu unterbrechen. Mit meiner Hand streifte ich an ihrer Seite entlang, bis ich ihre wundervolle Brust fand, die ich sanft knetete. Unter mir liegend wand sie sich unruhig, sodass ich mich ein Stück weit von ihr löste und sie genauestens betrachtete. Ihre hellblauen Iriden glitzerten und ich kam nicht umhin zuzugeben, was für ein schönes Gesicht sie hatte. Die Haut war weich und schimmerte pfirsichfarben. Kein Make-up verunreinigte es. Volle Lippen reckten sich mir entgegen und die Wimpern waren lang und dicht. Sie war ein Gemälde. Warum zum Teufel, hatte ich das nicht sofort erkannt?

»Devil, wir sollten das nicht tun«, sagte sie leise und unsere Blicke trafen sich.

»Das ist mir scheißegal«, flüsterte ich, während ich ihre Wangen küsste. »Ich will dich. Jetzt.«

In ihrem Ausdruck erkannte ich, dass sie überlegte. Es dauerte einige Sekunden, bis sie nickte und mir ihre Zustimmung erteilte. Ihre Hände umschlossen mein Gesicht, zogen mich zu sich und ihre Lippen nahmen meine in Besitz. Der Kuss war heiß und feurig und ich musste gestehen, dass Blake mich alleine damit fast zum Explodieren brachte.

Schließlich löste ich mich von ihr, schob ihr den Pulli über den Kopf, zog den BH herunter, sodass ich ihre nackten Nippel mit meiner Zunge verwöhnen konnte. Immer wieder saugte ich und biss in ihre Knospen, bis sie laut stöhnte.

Dieses Geräusch hatte ich noch nie von ihr gehört, und mein Schwanz wurde hart. Langsam erhob ich mich, half ihr, sich ebenfalls aufzurichten und fing an sie zu entkleiden.

Währenddessen sagte sie kein Wort, sondern taxierte mich argwöhnisch. Blake traute mir nicht, was mich nicht wundern sollte. Vielleicht tat sie gut daran, mir dieses auch weiterhin nicht zu schenken. Ich war ein Bastard, der nur an sich und den Club dachte.

Aber aus irgendeinem Grund berührte die *kleine Kampfmaschine* in mir etwas, was ich nicht ganz einordnen konnte. Allerdings wollte ich mich in diesem Moment nicht auf den Gedanken konzentrieren, sondern nur auf das Mädchen vor mir.

Als sie endlich nackt vor mir stand, trat ich zwei Schritte zurück und betrachtete sie eingehend. Gleichzeitig fing auch ich an, mich auszuziehen und bemerkte, dass sie jede meiner Bewegungen genauestens beobachtete.

Nachdem ich ebenfalls mit nichts als meiner bloßen Haut vor ihr stand, zog sie mich blitzschnell an sich und drückte mich zurück auf das Sofa. Rittlings nahm sie auf meinem Schoß Platz und griff nach meiner Erektion. Dafür, dass sie keine Erfahrung mit sich brachte, schien sie Führungsqualität zu besitzen. Ich wehrte mich nicht, sondern war gespannt, was sie mit mir vorhatte. Wenn sie wollte, konnte sie mich für all ihre Wünsche benutzen, solange wir beide zum selben Ergebnis kamen.

Mit ihren kleinen Fingern streichelte sie an meiner Härte fortwährend sanft auf und ab und ich schloss die Augen. Solche sinnlichen Berührungen war ich nicht gewohnt, kostete sie aber in jeder Sekunde aus. Plötzlich saß sie nicht mehr auf mir. Als ich den Kopf etwas hob, sah ich, wie sie zwischen meinen Beinen kniete und spürte daraufhin schon ihre Zunge, die langsam über meinen Schaft glitt. Dann nahm sie ihn ganz in den Mund, und ich musste meine gesamte Willenskraft aufbringen, um nicht sofort abzuspritzen. Ich wollte sie spüren, und zwar so lange wie möglich. Verdammt war die Kleine gut. Das machte sie auf gar keinen Fall heute zum ersten Mal. Das konnte ich mir nicht vorstellen.

Blake streichelte meine Eier, sog immer mal wieder einen Hoden zwischen ihre Zähne, ließ ihn hinausgleiten und kümmerte sich erneut um meinen Schwanz. Meine Hände vergrub ich hinter dem Kopf, zwischendurch zuckte ich, wenn sie energischer leckte. Verflucht, das konnte sie öfters machen. Sie machte das … perfekt.

Ihre Bewegungen wurden schneller, ihr Kopf hob und sank im hohen Tempo und ich griff mit einer Hand in ihr volles Haar. Sofort löste ich ihr Haargummi, warf es an die Seite und packte fest zu. Hin und wieder dirigierte ich sie, forderte eine härtere Vorgehensweise. Zwischendurch würge sie, aber es hörte sich nicht widerlich an, eher verrucht.

Die Spannung in mir baute sich auf, breitete sich aus und überrannte mich, wie ein Tornado. Ich spritzte meinen Samen in ihren hübschen Mund, Blake wich nicht zurück, sondern schluckte alles, was ich ihr gab.

»Fuck«, brüllte ich und zuckte noch, während sie sich von meinem besten Freund löste.

Während ich versuchte, wieder zu Atem zu kommen, schaute ich sie an. Sie kniete noch immer zwischen meinen Schenkeln und betrachtete mich mit roten Wangen.

In diesem Moment glich sie einer Göttin … meiner Göttin. Blake gehörte mir, kein anderer würde jemals in ihre Pussy kommen. Vorher müsste er mich umlegen. Die Kleine war mein … mein persönliches Gift. Ich hatte sie für mich markiert. Wie ich mit dieser Erkenntnis umgehen sollte, wusste ich noch nicht, aber ich würde es … irgendwie schaffen.

Bevor ich mir über all das wahrhaftig Gedanken machen würde, musste ich sie kosten, denn ich brauchte ihren Saft auf meiner Zunge, ihren Geruch in der Nase.

»Jetzt bin ich dran«, informierte ich sie heiser, stand auf und half ihr, sich ebenfalls zu erheben. Sachte schob ich sie zurück, bis sie mit dem Rücken an der Wand lehnte, küsste sie leidenschaftlich und fing an, mich abwärts zu bewegen. Ihre Brüste bekamen zusätzliche Aufmerksamkeit, bevor ich mich weiter Richtung Süden arbeitete.

Vor ihr kniend nahm ich ihr linkes Bein und legte es über meine Schulter. Mit den Fingern teilte ich ihre Schamlippen und massierte mit meinem Daumen ihre Klit. Schließlich schaute ich zu ihr empor und bemerkte, dass sie ihre Lider geschlossen hatte.

»Sieh mich an«, befahl ich mit tiefer Stimme. »Ich will, dass du dir alles genau ansiehst.« Sie folgte meiner Forderung umgehend.

Ihre Augen glitzerten vor Verlangen. Ohne den Blick von ihrem Gesicht zu nehmen, streckte ich meine Zunge raus und berührte ihre feuchte Mitte. Immer schneller ließ ich sie rauf und runter gleiten, bis ich anfing zu saugen.

Sie schmeckte so süß, dass ich bereits in diesem Augenblick süchtig nach ihr wurde. Blake stöhnte und versuchte sich an der Wand abzustützen. Fortwährend kreiste sie mit ihren Hüften, was mich noch mehr anfeuerte. Schließlich glitt ich mit der Zunge in sie und massierte nebenbei ihren Kitzler. Dann ersetzte ich meine Zunge durch einen Finger, stieß immer wieder in sie, bis ich einen zweiten hinzunahm. Gleichzeitig saugte ich an ihrer Klit, biss sogar rein, bevor ich weiter leckte.

Ihre inneren Wände schlossen sich, ihre Hüften kreisten und dann spürte ich ihr Zittern. Daraufhin saugte ich fester, woraufhin sie explodierte. Schnell musste ich sie festhalten, damit sie nicht zusammenbrach.

Ohne zu lächeln, zog sie mich hoch und küsste mich. Währenddessen drehte ich sie um, sodass sie mit dem Rücken zu mir stand.

»Stütz dich an der Wand ab«, ordnete ich an und auch dieses Mal machte sie, was ich verlangte.

Umgehend lief ich zur Wohnwand, öffnete eine Schublade und holte ein Kondom heraus. Wir mussten das mit der Pille schnellstmöglich klären, denn ich wollte ohne etwas zwischen uns, in ihr kommen. Aber nicht jetzt.

Mit den Zähnen riss ich die Verpackung auf, rollte das Gummi über meine Erektion und positionierte mich hinter ihr. Dann holte ich aus und klatschte ihr auf die Arschbacke. Nicht zu fest, aber auch nicht zu zart. Blake machte einen Satz nach oben, stellte sich dabei auf die Zehenspitzen, was mich noch weiter anturnte.

Ich nahm meinen Schwanz in die Hand, der erneut hart wie Stein war und führte ihn von hinten in ihre Pussy. In einer einzigen Bewegung stieß ich in sie, bis ich mich bis zum Anschlag in ihr befand.

Meine *kleine Kampfmaschine* schrie auf, stöhnte mit ihren Lippen an der Wand. Breitbeinig ging ich ein wenig in die Knie, um sie intensiver spüren zu können, und verdammt, es fühlte sich großartig an. Ihre Mitte war unglaublich eng, es verlangte mir alles ab, nicht sofort abzuspritzen, denn ich wollte, dass wir gemeinsam kamen.

Immer wieder glitt ich aus ihr heraus, um mich erneut vollends in ihr zu versenken. Ich zog ihren Rücken an meine Brust, drehte ihr Kinn in meine Richtung und stieß mit der Zunge in ihren Mund. Mit der anderen streichelte ich währenddessen ihre Klit.

»Du gehörst mir«, knurrte ich an ihren Lippen. »Der Einzige, der dich ausfüllt, werde ich sein. Egal, wie lange du unter meinem Dach lebst, deine Pussy, deine Titten, dein Körper und deine Seele, gehören allein mir. Hast du das verstanden?«

Sie keuchte und schloss ihre Augen. An der Seite erkannte ich Tränen, die ich mit meiner Zunge auffing. Blake sagte kein Wort und ich stoppte in meiner Bewegung, griff um ihre Kehle und drückte leicht zu.

»Hast du mich verstanden?«, wiederholte ich mit rauer Stimme.

Das *schwarzhaarige Gift* öffnete ihre Lider und unsere Blicke trafen sich. Tränen sammelten sich, die sie vehement versuchte, zu unterdrücken. Dieses Erscheinungsbild setzte mir zu, obwohl ich das nicht zulassen wollte. Was tat sie nur mit mir? Welche Macht übte sie über mich aus?

Nach wie vor äußerte sie nichts, also verfestigte ich meinen Griff weiter.

»Antworte«, verlangte ich.

»Ja«, flüsterte sie.

»Ja, was?« Ich wollte es aus ihrem verdammten Mund hören.

»Ich gehöre dir, solange ich unter deinem Dach wohne«, sprach sie endlich das aus, was ich wissen wollte.

Nur, dass mir die Art nicht gefiel, wie sie es sagte. *Solange ich unter deinem Dach wohne!* In meinen Ohren fing es an zu klingeln, der Alarm in mir schrillte los. Irgendwas stimmte an dieser Aussage nicht, und ich betrachtete sie durch verengte Augen. Sollte sie vorhaben, bald zu verschwinden, würde ich sie jagen, finden und um den Verstand ficken, bevor ich ihr die Hölle heiß machte. Anscheinend hatte sie die Botschaft in meinen Worten nicht verstanden. Blake Crawford gehörte mir, und zwar so lange, wie ich sie wollte. Über eine bestimmte Zeit dachte ich nicht nach. Es konnten Tage, Wochen, Monate, Jahre oder … für immer sein.

Ich nickte, drückte ihren Oberkörper ein weiteres Mal an die Wand, nahm ihre Hüften und stieß hart in sie. Immer wieder bewegte ich mein Becken vor und zurück, erhöhte das Tempo, wurde schneller. Nichts als das klatschende Geräusch unserer aufeinanderprallenden Haut war zu hören.

»Oh Devil … ich …« Blake stöhnte lauter, und presste ihre Stirn an die Wand.

Ja, dachte ich, *nur ich bin in der Lage, dir das zu geben, was du brauchst. Kein anderer würde jemals dazu imstande sein.*

Kurze Zeit später zog sie sich um mich zusammen. Sie zerquetschte regelrecht meinen Schwanz, molk ihn auf eine Weise, wie ich es nicht gewohnt war.

»*Devil*«, schrie sie und fing im selben Moment an, zu zittern. Ihr Körper bebte und ich stoppte in meinen Bewegungen. Nein, ich war noch nicht bereit loszulassen, denn ich musste ihr – aus welchem Grund auch immer –, ins Gesicht sehen, wenn ich kam.

Also zog ich mich aus ihr zurück, drehte sie zu mir um und schubste sie mit dem Rücken an die Wand. Sofort überbrückte ich die Distanz, packte unter ihren Hintern und hob sie hoch. Wie von alleine schlang sie ihre trainierten Schenkel um meine Hüften. Dann griff ich zwischen uns und positionierte meinen noch immer hart pulsierenden Schwanz vor ihrem Eingang. Hart stieß ich in sie, woraufhin Blake schreiend die Augen schloss.

»Sieh mich an«, verlangte ich und sie öffnete ihre Lider. »Ich werde dich noch mal zum Kommen bringen und dir dabei zusehen.«

»Aber …«, wollte sie einwenden, unterbrach sich, als ich mich herauszog und mich vollends in ihr versenkte. »Ich kann doch nicht schon wi …« Mit aufgerissenen Augen krallte sie sich mit ihren Fingern an meiner Schulter fest.

Unaufhörlich pumpte ich in sie, erhöhte ständig das Tempo und konnte mich gar nicht tief genug in ihr versenken. Am liebsten wäre ich in sie hineingekrochen, um sie von innen heraus zu nehmen.

Eine Arschbacke ließ ich los, stimulierte mit dem Daumen ihre Klit und senkte nicht für einen Moment meinen Blick von ihr. Schweiß rann mir über die Stirn, Brust und Rücken. Aber ich konnte nicht aufhören, bekam nicht genug von ihr.

Erneut baute sich in mir eine ungeahnte Spannung auf, ein Gefühl, das mich fast zerriss. Dann war es soweit, Blakes innere Wände zogen sich ein weiteres Mal um meinen Schwanz zusammen und gemeinsam ergaben wir uns unserem Orgasmus.

»*Fuck*«, brüllte ich.

»*Devil*«, stöhnte sie gleichzeitig.

Ich schob mich noch drei Mal in sie, zuckte am gesamten Körper, das Herz raste wild und mein Kopf drohte zu zerspringen. Das war der mit Abstand beste Sex, den ich jemals hatte.

Wir schauten uns tief in die Augen, bevor ich meine Lippen auf ihre legte und unsere Zungen anfingen, miteinander zu tanzen. Es würde keine andere mehr für mich geben können, die mir das schenkte, was Blake mir gab.

Unwissend und nicht gewollt. Aber sie berührte mich, und ich begehrte sie mehr, als sonst etwas in meinem Leben.

Nachdem wir uns beruhigt hatten, glitt ich aus ihr heraus und stellte sie auf ihre Füße. Als ich sicherstellte, dass ihre Beine sie trugen, löste ich mich von ihr und entfernte das Kondom, knotete es zusammen und warf es in den Mülleimer, der an der Tür stand.

Dann wandte ich mich ihr zu, hob sie hoch und brachte sie in *mein* Schlafzimmer. An einen Ort, der nur für *mich* gedacht war. Niemand … keine Menschenseele hatte ich jemals erlaubt, auch nur einen Schritt dort rein zu wagen. Doch Blake war meine persönliche Ausnahme in vielen Belangen und ihr gestattete ich, mein Reich zu betreten.

Vorsichtig ließ ich sie herunter, hob die Decke und schaute sie an. Mit dem Kinn deutete ich, dass sie sich hinlegen soll und das tat sie auch. Blake krabbelte auf die Matratze und positionierte sich seitlich mit dem Blick zu mir. Umgehend ließ ich mich neben ihr nieder, deckte uns zu und zog ihren kleinen Körper an mich. Ihre Hände ruhten auf meiner Brust, mein Kinn auf ihren Schopf. Mit den Fingern fuhr ich ihr über den Rücken, während ich ihren Atem auf meiner Brust spürte. Zwischen uns hätte nicht mal mehr ein Blatt gepasst, so eng umschlungen langen wir da.

Was morgen geschah, wusste ich nicht, aber ich musste mir über vieles Gedanken machen. Über das, was sich in meinem Inneren abspielte, sobald die Kleine sich in meiner Nähe befand.

Erfahren, warum ich das fühlte, was sich derzeit in mir breitmachte. Zu der Erkenntnis gelangen, wieso sie wie eine Droge für mich war und ich nicht genug von ihr bekam. Es waren einige Punkte, über die ich grübeln musste.

Thunder hatte mir gesagt, dass Blake sich in mich verliebt hatte. Ob ich das nun glauben sollte oder nicht, sei dahingestellt. Ich wartete auf die Panik, die ich bei dem Wort *Liebe* erwartet hatte. Aber sie stellte sich nicht ein. Statt Kälte breitete sich Wärme aus und ich hatte nicht das Bedürfnis, zu fliehen. Nein, ich befand mich dort, wo ich sein wollte.

Bislang hatte niemand Anspruch auf sie erhoben, und ich würde nicht zulassen, dass mir jemand zuvorkam. Bald … ich wusste nicht wann, würde sie in mein Eigentum übergehen.

Egal, wie viel Zeit ich für mich brauchte, um mir über all das klar zu werden, stand für mich hier und jetzt bereits fest: Sie war mein … vielleicht war sie das schon gewesen, als ich sie markiert hatte.

Kapitel 32

Blake

Was tat ich hier? Wieso fügte ich mir selbst Schmerzen zu, anstatt zu handeln, wie ich es mir vorgenommen hatte? Ich war dumm, so verdammt blöd, dass ich eigentlich nichts anderes verdient hatte, als so behandelt zu werden, wie Devil es teilweise tat.

Dennoch, ich war mir nicht sicher, ob ich es mir einredete, aber mein Gefühl sagte mir, dass sich etwas zwischen uns verändert hatte. Sein Blick, den er mir vorhin zugeworfen hatte, seine Küsse, die unglaublich leidenschaftlich, zärtlich und gleichzeitig fordernd waren. Ich war bis über beide Ohren in diesen Mann verliebt, mein Herz gehörte ihm. Ob er das haben wollte, wagte ich allerdings zu bezweifeln. Nichtsdestotrotz musste ich gehen.

Er war nicht Teil meines Lebens und ich nicht seines. Wir waren zu unterschiedlich, zu fremd. Devil war ein Mitglied eines Motorradclubs, ich ein Mädchen, das ständig auf der Flucht war.

»Nun zum Thema Wette«, unterbrach Devil die Stille und ich kniff die Lider ganz fest zusammen. Darüber wollte ich gerade nicht sprechen, mich nicht daran erinnern, wie weh mir die Unterhaltung zwischen den Jungs getan hatte. »Ja, am Anfang ging es um eine beschissene Wette, die hat sich aber nach dem Angriff am Steg für mich erledigt.« Er atmete ein und kuschelte sich enger an mich. »Verdammt, du hast gekämpft wie ein Soldat.« Kurz lachte er auf, dann wurde er wieder ernst. »Außerdem solltest du wissen, dass du die erste Frau bist, die ich seit Jahren geküsst habe. Das ist nicht gelogen und war auch kein Teil irgendeiner Wette.«

Bei diesen Worten rückte ich ein Stück von ihm ab, und schaute ihm in die Augen. Unsere Blicke trafen sich, und ich glaubte ihm jedes Wort. Devil log nicht, das erkannte ich. Auch wenn ich ihn gerne für all das hassen wollte, so konnte ich das gerade nicht.

»Warum?«, flüsterte ich.

»Ich bin nicht mit dem goldenen Löffel im Mund geboren worden, Blake«, erwiderte er und zog mich wieder an sich, sodass ich meine Wange erneut an seine Brust lehnte. »Ich hatte harte Jahre erlebt, bis Death mich fand. Zu diesem Zeitpunkt glaubte ich an gar nichts mehr. Schon gar nicht an ein gutes Leben. Aber das ist ein anderes Thema, über das ich nicht sprechen will.« Auch wenn er darüber nicht reden wollte, so war meine Neugierde geweckt. In diesem Moment wollte ich alles über Devil wissen. Seine Geheimnisse, seine Ängste, seine Gedanken. Einfach alles.

Ich ließ mir ein paar Minuten Zeit, um über seine Beichte nachzudenken. Devil zeigte mir in dieser Nacht eine andere Seite von sich. Eine Seite, die ich ihm niemals zugetraut hätte. Er hatte sein Herz am rechten Fleck, vielleicht hatte er es nur für eine Zeitlang verloren gehabt. Eventuell hatte er nun eine Art Verbindung zu mir entwickelt, was mich wirklich freute, aber er würde mir nie das geben, was ich so dringend von ihm brauchte. Sein Herz! Und ich war der Meinung, dass ich irgendwann genau das verdient hatte. Ich konnte nicht bei ihm bleiben, regelmäßig die Beine für ihn breitmachen, nur um am Ende als gebrochene Frau zurückgelassen zu werden. Devil war dazu imstande, mich zu zerstören, und das setzte mir zu. Noch nie in meinem Leben hatte ich das für einen Menschen empfunden, was ich für diesen Mann fühlte. Um mich also selbst zu schützen, musste ich ihn hinter mir lassen. Egal wie, das war meine einzige Chance, zu überleben.

»Okay«, flüsterte ich und kuschelte mich noch enger an ihn.

»Mehr hast du nicht dazu zu sagen?« Seine Brust zuckte mehrmals, anscheinend lachte er.

»Nein«, erwiderte ich knapp. »Du hast es mir erklärt und damit ist die Sache für mich vom Tisch. Danke, dass du so offen warst.«

»Du bist eine ungewöhnliche Frau, Blake Crawford«, meinte er und streichelte weiter über meinen Rücken.

»Ich bin ein niemand«, wiederholte ich meine Standardantwort und erneut brannten meine Augen.

»Damit liegst du falsch«, flüsterte er. »Du bist jemand. Mehr, als du dir vorstellen kannst.«

So, nun löste sich die erste Träne und ich konnte sie nicht aufhalten. Dermaßen schöne Worte, aus seinem Mund zu hören, darauf war ich nicht vorbereitet. In diesem Moment verliebte ich mich noch ein bisschen mehr in ihn, obwohl ich davon überzeugt war, dass das gar nicht mehr möglich war.

Am nächsten Morgen wurde ich früh wach und befand mich immer noch engumschlungen in Devils Armen. Seine Wärme hüllte mich ein, er schenkte mir Geborgenheit und Schutz. So sicher, wie in diesem Moment, hatte ich mich schon ewig nicht mehr gefühlt. Seufzend kuschelte ich mich weiter an ihn, näher ging es wirklich nicht mehr.

Sein Atem ging gleichmäßig, seine nackte Brust hob und sank sich im ruhigen Rhythmus. Ich wollte nicht gehen und wusste, dass es sein musste. Das hier war nicht echt, nur eine kleine Blase, die wir uns erschaffen hatten. Diese würde bald platzen, sobald der Alltag uns wieder hatte.

Entschlossen löste ich mich aus seinem Klammergriff. Ohne ihn wachzumachen, schaffte ich es aufzustehen. Dann erst schaute ich mich um. Ich war tatsächlich in seinem Schlafzimmer, in jenem, dessen Zutritt er mir verweigert hatte, als ich hier eingezogen war. Die Möbel waren heller, als ich vermutet hatte. Keine Ahnung, was genau ich erwartet hatte, hier vorzufinden. Jedenfalls war der Kleiderschrank riesig, denn er streckte sich über die gesamte Fläche – ich schätzte um die fünf Meter.

Gegenüber dem schwarzen Kingsize-Bett befand sich eine silberne Kommode, darüber ein Spiegel. Nichts lag hier herum, kein einziges Kleidungstück. Es war penibel sauber, was auch auf den Rest des Hauses zutraf. *Für einen Mann ziemlich ungewöhnlich*, dachte ich. Zwar hatte ich diesbezüglich keine Erfahrungen, erinnerte mich aber noch gut an Dad und meinen Bruder.

Die beiden waren nämlich nicht so reinlich. Mom war teilweise sauer gewesen, weil sie keine Ordnung halten konnten. Ständig vergaßen sie, den Müll zu entsorgen, ihre Klamotten wegzuräumen und am schlimmsten war Scotts Zimmer. Auch wenn meine Mutter auf ihn böse sein wollte, schaffte sie es nie, weil mein großer Bruder ein Charmeur war und Mom immerzu um seinen kleinen Finger wickeln konnte. Als ich daran zurückdachte, musste ich grinsen.

Dann betrachtete ich wieder Devils Reich. Es war ein angenehmer Raum, warm und herzlich. Als ich mich umdrehte, musste ich schmunzelnd den Kopf schütteln. Über dem Bett an der Wand hing ein riesengroßes Bild. Darauf waren zwei Frauen zu erkennen, die sich gegenüber auf einer Harley befanden und sich die Zunge gegenseitig in den Hals steckten. Widerlich! Wieso standen Kerle eigentlich auf Lesben? Das verstand ich einfach nicht. Ein letztes Mal betrachtete ich den schlafenden Devil, den Mann, den ich so sehr liebte. Er hatte mir viel gegeben, mir gezeigt, dass ich eine Frau und kein Mädchen war. Dafür war ich ihm dankbar, würde es immer sein.

Auf Zehenspitzen schlich ich zur Tür, öffnete sie und schloss sie genauso leise hinter mir. Schnellen Schrittes lief ich in mein Zimmer, zog mir Höschen, Jogginghose und Shirt an, bevor ich mich nach unten begab.

In der Küche setzte ich Kaffee auf und lief wieder nach oben, direkt ins Bad. Dort wusch ich mir das Gesicht und putzte die Zähne, band meine Mähne zu einem unordentlichen Dutt und grübelte, wo Devil die ganzen Haargummis hingelegt hatte. Jedes Mal, wenn wir zusammen waren, löste er eines, damit meine Locken offen waren. So, wie es aussah, mochte er meine Haare.

Erneut ging ich die Treppen nach unten. Der Kaffee war durchgelaufen und ich goss mir eine große Tasse mit dem heißen Koffein ein. Danach setzte ich mich an den Tresen und genoss mein Getränk.

Oben öffnete sich eine Tür. Minuten später vernahm ich die Klospülung sowie rauschendes Wasser. Devil war wach und mein Herz setzte für einen Moment aus.

»Morgen«, begrüßte er mich und betrachtete mich eindringlich. Dabei musste ich schlucken, weil meine Knie ganz weich wurden. Glücklicherweise saß ich auf einem Hocker, ansonsten wäre ich wohl zusammengesackt. Devil stand vor mir, mit nacktem Oberkörper und nur bekleidet mit einer engen Shorts. »Hast du gut geschlafen?«

»Ja, sehr gut «, meinte ich und nahm einen Schluck von meinem Kaffee.

Dann beobachtete ich ihn, wie auch er sich eine Tasse zubereitete. Als er sich neben mich setzte und mit seinem Knie das meine berührte, sprang ich vom Hocker, als hätte ich mich verbrannt. Verdammt, in seiner Nähe benahm ich mich vollkommen irrational.

»Alles in Ordnung?«, erkundigte er sich mit hochgezogener Augenbraue.

»Ja … ja, sicher«, stammelte ich und hätte mich für meine schauspielerische Unfähigkeit erschlagen können. »Ich wollte nur gerade duschen gehen. Also … bis gleich.«

Wie ein Verbrecher auf der Flucht stürmte ich an ihm vorbei, nahm immer zwei Stufen auf einmal und stolperte förmlich ins Bad. Es hätte wirklich noch gefehlt, dass ich kopfüber in den Raum hineinfiel. Hinter mir schloss ich die Tür und lehnte mit dem Rücken dagegen. Irgendwie musste ich es schaffen, ihm aus dem Weg zu gehen. Scheiße, so schwer konnte das doch gar nicht sein.

Im Eiltempo entkleidete ich mich und stellte mich in die große Dusche, die auf der einen Seite durch ein Mauerwerk ausgestattet war und auf der anderen aus Glas bestand. Die Wärme lullte mich ein und entspannte meinen Körper.

Plötzlich spürte ich Finger auf meiner Haut und drehte mich schreckhaft um. Vor mir stand der Mann, in den ich mich Hals über Kopf verliebt hatte und er war nackt. Genau, wie ich. Oh. Mein. Gott. Wie sollte ich das alles bloß überstehen? Einfach machte er es mir nicht.

»Ich dachte, gegen eine gemeinsame Dusche wäre nichts einzuwenden«, sagte er und presste dann auch schon seine Lippen auf meine. In dieser Sekunde verschwand mein Widerwillen und ich ergab mich ihm mit allem, was ich besaß.

Mit seiner Zunge forderte er mich auf, meinen Mund zu öffnen, und ich tat es. Meine Arme schlang ich um seinen Nacken und ich stellte mich auf die Zehenspitzen, damit ich noch näher bei ihm sein konnte. Irgendwann stand ich mit dem Rücken am Mauerwerk und seine Finger streichelten meine Brüste. Immer wieder zwirbelte er meine Knospen, um sie anschließend zu kneifen. Nicht fest, nur leicht, und dieses Gefühl schoss direkt zwischen meine Schenkel. Nichts war mehr wichtig, nur noch er.

Nur noch wir!

Seine Berührungen wurden forscher und drängender. Gleichzeitig fanden seine Finger meine Klit, die er liebevoll streichelte. Gemeinsam stöhnten wir auf.

»Du bist immer so feucht, Baby«, hauchte er. »Ich muss dich noch mal spüren, ohne Kondom. Ich werde dich zum Kommen bringen und mich dann aus dir zurückziehen. Und nur zu deiner Info: Wir werden dir heute die Pille besorgen. Sobald wir im Club sind, sprichst du mit Doc. Ich will in dir kommen. Okay?« Ich nickte, weil mich der Gedanke, dass er sich tief in mir ergoss, fast schon zum Explodieren brachte.

Devil griff unter meinen Hintern und hob mich hoch. Sofort umklammerte ich ihn mit meinen Beinen. Ohne sich Zeit zu lassen, packte er zwischen uns, nahm seinen Schwanz und führte ihn in mich ein. Er war so groß, so breit und ich spürte ihn jeden verdammten Zentimeter, den er sich in mich schob. Meine inneren Wände weiteten sich, saugten ihn förmlich ein.

»Das ist so wunderbar«, stöhnte ich nah an seinen Lippen und schluckte schwer, als sich unsere Blicke trafen. Er betrachtete mich anders als zuvor. Irgendwie liebevoller, als würde ich ihm wirklich etwas bedeuten.

Hör auf zu Träumen Blake, schimpfte meine innere Stimme. *Hier geht es nur um Sex. An mehr ist dieser Mann nicht interessiert.*

Devil stieß hart in mich, sodass ich mir einen Schrei nicht verkneifen konnte, denn das Gefühl war so intensiv, dass es kaum auszuhalten war. Mit einer Hand hielt er meinen Hinterkopf, damit ich nicht gegen die Fliesen prallte, während er immer schneller in mich hineinpumpte.

Die Spannung in meinem Unterleib baute sich auf, je härter und schneller er mich fickte. Ich hatte Schwierigkeiten mich seinem Rhythmus anzupassen, gab jedoch mein Bestes. Im Prinzip war es egal, denn er übernahm die Führung. Das tat er immer und ich genoss es, dass er mich nahm, wie er es wollte. Der Sex mit ihm war berauschend, machte mich auf eine faszinierende Weise high. Ich bekam einfach nicht genug von ihm.

Seine Zunge tauchte wieder in meinen Mund ein und wir küssten uns fordernd und leidenschaftlich.

Unaufhörlich pumpte er in mich hinein. Mein Stöhnen wurde lauter, sein Knurren pulsierender, als ich in seinen Armen in tausend Stücke zerschellte. Devil zog sich aus mir heraus und spritzte auf meinen Bauch, dabei biss er mir auf die Unterlippe. Es tat nicht weh, sondern erregte mich noch mehr.

Wir beide atmeten schwer, Devils Stirn ruhte auf meiner Schulter und meine Hände fuhren streichelnd über seinen Nacken.

»Du bringst mich um den Verstand, kleine Kampfmaschine«, murmelte er an meiner Haut, hob dann aber seinen Kopf und schaute mir tief in die Augen. »Irgendwann wird die Zeit kommen und du wirst mir erzählen, wer du wirklich bist. Ich muss alles über dich wissen, Blake.«

»Es gibt ni…«

»Hör auf, mich anzulügen«, unterbrach er mich barsch, besann sich aber im nächsten Moment wieder, indem er einige Male durchatmete. »Bevor du mich anlügst, halt lieber deine Klappe. Ich sagte, irgendwann und nicht hier und sofort.«

Mehr als ein Nicken brachte ich nicht zustande, weil alles andere schließlich eine Lüge gewesen wäre.

Nach wie vor verharrten wir in derselben Position. Er ließ mich nicht herunter, sondern schmiegte sich wieder an mich. Seine Wange ruhte an meiner, er atmete nah an meinem Ohr. Diese Nähe jagte mir eine Gänsehaut über den ganzen Körper. Am liebsten wäre ich für immer so mit ihm verbunden geblieben, nur war das nicht möglich. Widerwillig lehnte ich meinen Kopf an die Fliesen und erneut trafen sich unsere Blicke.

Ich streichelte seine Wangen, dann umschloss ich mit meinen Händen sein Gesicht und küsste ihn. Und in diesen Kuss legte ich alles – meine ganzen Gefühle, die ich für ihn hatte.

Die Worte konnte ich nicht aussprechen – das durfte mir nicht passieren.

MOTORCYCLE CLUB DEMONS HELL

Kapitel 33

Devil

Sie ging mir unter die Haut, und zwar immens. Dagegen konnte ich leider nichts mehr tun, auch wenn ich es wollte.

Langsam ließ ich sie runter, stellte sie auf ihre Füße und hielt sie an den Hüften fest, bis ihre Beine sie trugen. Dann drängte ich sie unter den Wasserstrahl.

»Wo ist dein Zeug?«, erkundigte ich mich, weil ich außer meiner Seife, nichts gefunden hatte. »In meinem Zimmer vergessen«, gestand sie.

»Wo genau?«, erkundigte ich mich und machte einen Schritt zurück.

»Auf der Kommode, ich kann das selbst holen«, meinte Blake, aber ich stieg bereits aus der Kabine und machte mich auf den Weg.

Wie sie es erklärt hatte, befanden sich Cremezeug und Shampoo auf dem kleinen Schränkchen. Ich schnappte mir die beiden Flaschen und marschierte zurück zu ihr.

Mit der Duschlotion schmierte ich ihren Körper ein, ließ mir Zeit mit ihren wundervollen üppigen Titten und seifte auch ihren Rücken und den Intimbereich ein. Danach spülte ich alles ab und machte mich an ihre volle und dicke Mähne.

Als ich fertig und der Schaum aus ihrem Haar fortgewaschen war, schnappte ich mir die Seife und hielt sie ihr entgegen. Mit zittrigen Fingern nahm sie mir das Stück ab und fing an, sie über meine Haut zu fahren.

Dabei ließ ich sie nicht aus den Augen, denn ich liebte bereits ihre rosaroten Wangen, wenn ihr etwas peinlich war. Ich hoffte, dass sich diese Eigenschaft niemals bei ihr änderte. Es passte zu ihr. Auch sie drehte mich um und seifte jeden Körperteil von mir ein.

Sogar meinen Schwanz, ohne dass ich sie dazu auffordern musste.

Nachdem wir alles erledigt hatten, stellte ich das Wasser ab, reichte ihr ein kleines Handtuch für den Kopf und ein größeres für ihren Körper.

Dann schnappte ich mir ebenfalls eines und gemeinsam trockneten wir uns ab.

»Ich sollte mich mit meiner Frauenärztin in Verbindung setzen«, meinte sie auf einmal und ich hielt in meinen Bewegungen inne.

»Hast du denn eine?«

Blake betrachtete mich mit hochgezogener Augenbraue, als wollte sie fragen, ob ich einen Witz machte. »Ich war vielleicht noch Jungfrau, aber ich bin natürlich regelmäßig zur Untersuchung gegangen.«

Ich grinste, weil sie recht hatte. Dumm war die Kleine ganz gewiss nicht.

»Dann ruf gleich bei deiner Ärztin an«, schlug ich vor. »Mach Druck, dass du heute noch einen Termin haben willst.«

»Dafür brauche ich ein Handy«, erwiderte sie.

»Du kannst meins benutzen«, teilte ich ihr mit.

Nachdem wir trocken gerubbelt waren und uns in den jeweiligen Zimmern anzogen, trafen wir uns in der Küche. Sofort überreichte ich Blake mein Telefon. Aus ihrem Portemonnaie holte sie eine Visitenkarte heraus und wählte die Nummer.

Dann erhob sie sich und verließ den Raum. Ich blieb zurück, da ich davon ausging, dass sie ihre Ruhe beim Sprechen haben wollte.

Fünf Minuten später tauchte sie wieder auf und reichte mir mein iPhone.

»Und?«

»Wenn ich es schaffe, bis elf in der Praxis zu sein, komme ich ohne Termin dran«, informierte sie mich und ich schob mich von dem Hocker.

Wir hatten bereits nach zehn und wenn ich Gas gab, würden wir rechtzeitig ankommen.

»Schnapp dir deine Klamotten und lass uns losfahren«, bestimmte ich.

Blake rannte nach oben und stand mit einem kleinen Rucksack kurze Zeit später wieder vor mir.

Dann liefen wir nach draußen, setzten uns die Helme auf, stiegen auf das Bike und ich lenkte die Harley schnell und sicher durch den Verkehr.

***

Nachdem wir bei Blakes Ärztin gewesen waren, fuhren wir direkt zum Studio. Vor dem Eingang erkannte ich Steels Bike.

»Weich Steel nicht von der Seite«, befahl ich und nahm ihr den Helm ab. »Nach dem Training kommst du direkt zum Club. Nicht alleine. Sollte etwas sein … Fuck«, fluchte ich, als mir einfiel, dass sie gar kein Handy besaß. »Hier, nimm meins.« Ich hielt ihr mein Smartphone entgegen und teilte ihr den Pin mit. »Sollte etwas sein, auf der eins ist Death abgespeichert, zwei Steel, drei Shadow, vier Thunder, fünf Angel«, setzte ich sie in Kenntnis. »Sollte jemand in der Zwischenzeit anrufen, ignoriere das Gespräch, es sei denn, es ist einer von den Brüdern. Also, egal was ist, klingle durch. Ich besorge dir heute ein neues Telefon. Verstanden?«

»Alles klar«, meinte sie und nickte.

Dann wollte sie sich umdrehen, doch ich hielt sie am Oberarm fest und zog sie zu mir.

»Kein Abschied?«, raunte ich nah an ihren Lippen.

Zu meiner Überraschung beugte sie sich zu mir runter und presste ihren Mund auf meinen. Unsere Zungen berührten sich sofort und ich schluckte ihr kleines Stöhnen. Verdammt, in ihrer Gegenwart war ich eine wandelnde Dauererektion.

Blake löste sich von mir und ich gab sie frei. Da ich genug zu tun hatte, vor allem wegen Killers Ankunft, begleitete ich sie nicht hinein, sondern wartete nur, bis sie im Inneren des Gebäudes verschwand. Als ich sie nicht mehr sehen konnte, setzte ich die Harley in Bewegung und fuhr zum Clubhaus.

Dort angekommen parkte ich und marschierte hinein. Zuerst musste ich zu Death. In seinem Büro fand ich ihn vor, hinter seinem Schreibtisch sitzend.

»Da bist du ja«, begrüßte er mich. »Killer ist vor einigen Stunden eingetroffen. Er und seine Jungs haben sich aufs Ohr gelegt. Sie müssten gleich runterkommen. Wir wollten erst anfangen, wenn ihr hier seid. Wo ist Blake?«

»Mit Steel beim Training«, klärte ich ihn auf. »Sobald sie fertig sind, werden sie zu uns kommen. Hast du schon mit Killer gesprochen?«

Death schüttelte den Kopf. »Als sie eintrafen, war ich schon Zuhause. Heute Morgen haben wir uns kurz unterhalten, aber er wollte erst reden, wenn wir vollständig sind. Also warten wir, bis er runterkommt.«

»Alles klar«, meinte ich. »Ich geh mir einen Kaffee besorgen. Willst du auch einen?«

»Einen Liter, wenn es geht«, scherzte er und ich verließ sein Büro.

An der Bar orderte ich zwei Tassen und sah hinter mich, als ich Stimmen hörte. Ice, Angel und Thunder gesellten sich zu mir und bestellten sich ebenfalls Koffein.

»Bitte sag mir, dass du etwas herausgefunden hast«, flehte ich Ice quasi schon an.

»Nicht viel«, stöhnte er frustriert. »Ich habe mir Zugriff auf ihr Bankkonto verschafft und war erstaunt. Es weist eine hohe Summe auf. Mehr als du und ich jemals verdienen werden. Keine Ahnung, woher das Geld kommt. Es lässt sich nicht zurückverfolgen. Es muss sich um Offshore-Konten handeln. Keinen Schimmer, wer ihr regelmäßig diese hohen Beträge überweist. Ich habe alles versucht. Nichts. Es gibt sie einfach nicht. Keine früheren Schulzeugnisse, Highschool, was auch immer. Ich habe die Suche sogar erweitert. Aber ich sehe echt schwarz. Entweder, sie hat ihre Spuren verdammt gut verwischt, befindet sich im Zeugenschutzprogramm, oder was auch immer. Anders kann ich mir das nicht erklären.«

Hier stimmte etwas nicht und ich sollte verflucht sein, wenn wir das nicht aufdeckten. Es konnte nicht sein, dass Blake seit mehreren Jahren in Oregon lebte, über ihr früheres Leben aber nichts zu finden war.

Zeugenschutzprogramm war irgendwie einleuchtend, wenn ich mich an die Schusswunden und den Messerstich erinnerte. Irgendjemand wollte sie tot sehen. War sie vielleicht gar nicht Blake Crawford? Das würde auch ihr Verhalten erklären, wenn ich sie nach ihrem Leben fragte. Immer wieder betonte sie, dass sie ein niemand sei und dass es nichts zu erzählen gab.

Sollte sie tatsächlich mit den Bullen zusammenarbeiten, mussten wir sie loswerden. Ob sie nun Opfer oder Täter war, mit Verrätern würden wir uns nicht abgeben. Das war ein Biker Kodex, an den wir uns halten mussten. Und so schwer es mir fallen würde, aber sollte es sich entsprechend verhalten, müsste ich sie verstoßen, ohne auch nur einen Blick zurückzuwerfen.

»Sollte sie im Zeugenschutzprogramm sein, Bruder, weißt du, was du zu tun hast«, sagte Thunder und bestätigte meine eigenen Gedanken mit seiner Aussage. Und ob ich das wusste!

»Selbstredend«, brummte ich. »Aber wir müssen warten, was Killer uns zu sagen hat. Wir brauchen Informationen und ich bin mir sicher, dass er welche für uns hat. So wie er Blake angesehen hat, muss er sie kennen. Sobald er runter kommt, fängt die Unterredung an. Dann wissen wir mehr.«

»Ich mag die Kleine«, schnaubte Thunder. »Wäre schade, wenn wir sie verbannen müssten. Aber Kodex ist Kodex. Daran können wir nicht rütteln. Einmal Verräter, immer Verräter.«

Wie recht er hatte, obwohl ich mir das bei Blake einfach nicht vorstellen konnte. Sie war kein Verräter-Typ, sondern ein Kämpfer. Das hatte sie mehr als einmal bewiesen. Scheiße, sie hatte mit uns gekämpft, sich selbst in Gefahr gebracht, ohne darüber nachzudenken.

Ich durfte mir nicht so viele Gedanken machen, denn ich brauchte erst Antworten auf meine Fragen. Und wenn ich die hätte, würde ich wissen, was zu tun wäre.

»Wo zum Teufel ist Blake?«, vernahm ich links von mir, Steels Stimme. »Wir hatten spätestens zwölf Uhr gesagt.«

»Was machst du hier?«, wollte ich umgehend wissen. »Ich dachte, du bist im Studio?«

»Ich habe auf euch gewartet«, erwiderte er und schaute an mir vorbei. »Wo ist das Mädchen?«

»Sie ist im Fitnesscenter«, teilte ich ihm mit. »Sieh zu, dass du dich auch dahinbewegst. Ich will nicht, dass sie alleine ist.«

Steel nickte und machte sich auf den Weg. Mir gefiel es überhaupt nicht, wenn meine *kleine Kampfmaschine* sich alleine irgendwo aufhielt. Gerade im Moment war das mehr als gefährlich für sie.

Zuerst mussten wir einiges über River in Erfahrung bringen. Wenn wir genug Informationen zusammen hatten, konnten wir gegen ihn antreten. Solange wir jedoch nichts wussten, blieb uns keine andere Möglichkeit, als die Füße stillzuhalten.

Ich hasste es, nichts tun zu können. Aber ich musste mich weiterhin in Geduld üben. Eine andere Wahl hatte ich nicht.

Oberste Priorität für mich war, Blake zu schützen, bis ich andere Befehle bekam. Inständig hoffte ich, dass meine *kleine Kampfmaschine* wirklich die war, für die sie sich ausgab. Ansonsten konnte ich für nichts garantieren.

Kapitel 34

Blake

Steel war immer noch nicht da und so langsam hatte ich keine Lust mehr, auf ihn zu warten. Vielleicht hatte er mich vergessen und war im Club. Sollte ich ihn anrufen? Zwar stand ich hier in meinen Sportklamotten, aber Devils Telefon trug ich dennoch bei mir. Immerhin hatte ich ihm versprochen, jemanden zu informieren, wenn etwas nicht stimmte.

Schnaubend zog ich das Smartphone heraus und wollte gerade wählen, als ich meinen Namen hörte.

Verwirrt drehte ich mich um und erstarrte, als ich meinen Freund sah, der auf mich zukam.

»Bruce?«, fragte ich irritiert. »Was suchst du denn hier?«

Er lächelte mich an. Ich freute mich wahnsinnig, ihn zu sehen.

»Mein Urlaub wurde gecancelt«, teilte er mir mit. »Mom musste arbeiten. Irgendein Projekt von höchster Stufe. Also bin ich geblieben. Seit wann gehst du hier trainieren?«

»Erst seit ein paar Tagen«, informierte ich ihn. »Bist du schon lange hier im Fitnesscenter?«

»Ja, schon seit einigen Monaten«, klärte er mich auf. »Thunder hat mich reingebracht. Morgens jogge ich meistens und nach der Uni bin ich hier. Da Semesterferien sind, jogge ich immer hier her und verbinde es mit Fitness. Es tut echt gut dich zu sehen. Rachel erwähnte, dass du für ein paar Tage verreist bist. Wo warst du denn?«

»Ich bin bei ein paar Freunden«, sagte ich, was ja irgendwie nicht ganz gelogen war. »Verreisen war dann doch nicht so mein Ding also bin ich zu denen gegangen.«

Ich wollte so gerne fragen, wie es Rachel ging, verkniff es mir jedoch. Wenn ich etwas über meine Freundin wissen wollte, würde Bruce sicherlich stutzig werden und fragen, was los sei. Da ich ihm nichts erzählen durfte, blieb ich still.

»Die haben nicht zufälligerweise etwas mit den *Demons* zu tun, oder?« Bruce grinste mich wissend an.

»Na ja, schon, aber es ist ganz cool«, gab ich mich lässig, was ja nun gar nicht zu mir passte. »Die Leute sind wirklich nett.«

»Das sind sie, oder?« Bruce schaute nachdenklich an mir vorbei, bevor er mich wieder musterte. Sein Grinsen schien mir dieses Mal nicht echt zu sein, aber das war sicherlich nur Einbildung. »Komm meine Schöne, begleite mich auf eine Zigarette«, bat er mich und ich zog eine Augenbraue hoch.

»Du rauchst doch gar nicht«, erwiderte ich und mein Freund schüttelte belustigt mit dem Kopf. »Nur gelegentlich. Erzähl es nicht Thunder, der killt mich.«

»Du solltest das nicht tun«, gab ich mich als Anstandsdame, obwohl mich das im Prinzip gar nichts anging. Also gab ich nach. »Na komm, ich begleite dich, während du dir deine Lunge kaputtmachst.«

Devils Handy packte ich in die Vorrichtung meiner Sporthose, die extra dafür gemacht wurde, falls man beim Training Musik hören wollte. Eine geniale Erfindung. Ideen musste man haben.

Bruce und ich spazierten zum hinteren Teil des Gebäudes. In seiner Gegenwart hatte ich keine Angst, immerhin war er mein Freund.

Was ich seltsam fand, war, dass seine Hand zitterte, als er sich eine Kippe in den Mund steckte und mit der anderen versuchte, das Feuerzeug zu bedienen. Ob es ihm nicht gutging? So hatte ich ihn noch nie zuvor erlebt.

»Bruce, ist alles in Ordnung?«, fragte ich daher und streichelte ihm über den Oberarm.

»Nicht wirklich«, seufzte er. »Egal, was passiert Blake, ich habe das nicht gewollt. Es war nicht meine Entscheidung.«

»Wovon sprichst du?« In diesem Moment spürte ich Hände auf meinem Körper, ein Tuch auf meinem Mund und wie jemand an mir zerrte.

Mit aufgerissenen Augen starrte ich Bruce an, der vereinzelte Tränen verlor und immer wieder mit dem Kopf schüttelte. Ich wehrte mich mit meiner ganzen Kraft, schaffte es sogar, dass sich die Pranke von meinem Mund löste.

»Bruce«, brüllte ich, während ich versuchte, die vielen Hände von mir zu lösen.

»Es tut mir leid«, schniefte er. »Es tut mir so unendlich leid.«

»BLAKE«, hörte ich Steel schreien, doch es kam aus zu weiter Ferne.

»STEEL, HILF MIR«, schrie ich trotzdem und spürte im nächsten Augenblick auch schon brennende und stechende Schmerzen in meinem Gesicht explodieren. Dann verlor ich den Boden unter meinen Füßen und alles um mich herum verschwamm im dichten Nebel.

***

Als ich meine Lider öffnete, war alles um mich herum dunkel und Kälte schlug mir ins Gesicht. Meine Arme brannten, und ich erreichte den Boden unter mir gerade mal so mit meinen Zehenspitzen. Mein Gehirn setzte ein, und ich bemerkte schnell, dass ich mich in einer hängenden Position befand. Aber wo genau ich war, das wusste ich nicht.

Ich erinnerte mich, dass Bruce vor mir gestanden hatte, weinend und flehend um Vergebung bittend. Er hatte mich verraten, mein guter Freund. Darell hatte recht gehabt, ich hätte nie jemandem Vertrauen dürfen. Jeder stand sich am Nächsten. Diese Erfahrung hatte ich nun am eigenen Leib machen müssen.

Was genau mit mir passieren würde, war mir nicht klar, aber es würde nicht witzig werden, davon war ich überzeugt. Mein Gefühl sagte mir, dass ich mich in den Fängen der *Cold Bastards* befand, aber sicher konnte ich natürlich nicht sein. Nur, dass mir kein anderer nach meinem Leben trachtete. Nur dieser River, wer auch immer das sein mochte.

Plötzlich wurde das Licht angeschaltet, schwere Schritte konnte ich hören, während ich damit beschäftigt war, meine Augen an die Helligkeit zu gewöhnen. Ich schaute an mir herab und bemerkte, dass ich nur den Sport-BH und die Unterhose trug. Dann hob ich den Kopf wieder und sechs Kerle kamen auf mich zu. Einen erkannte ich sofort. Es war der dunkelhaarige Affe, den ich am See fertiggemacht hatte. Feige Sau!

Daneben befand sich ein Mann, der genauso aussah, wie ich mir einen kriminellen Biker vorstellte. Seine dunkelblonden

Haare waren zu einem unordentlichen Pferdeschwanz gebunden, in seinem Gesicht ragte ein langer ungepflegter Bart. Die blauen Augen waren eiskalt und verengt. Er grinste mich an und ich ekelte mich vor seinen gelben, fast schwarzen Zähnen.

»Die verlorene Tochter ist zurückgekehrt«, lachte er laut auf und klatschte in die Hände, als er vor mir stehen blieb. »Wie ich erfahren habe, nennst du dich seit vier Jahren Blake Crawford. Ein netter Name, passt irgendwie zu dir. Aber für mich wirst du immer Shaileen bleiben. Mein Eigentum. Das Kind, dass mir schon sehr lange gehört. Als ich glaubte, du seist tot, war ich wirklich ein kleines bisschen traurig, denn das war ja nicht Sinn und Zweck der Angelegenheit. Und jetzt sieh dich an! Du hängst lebendig vor mir. Es ist ein Wunder.«

»Was wollen Sie von mir«, fauchte ich ihn an und kassierte dafür auch schon einen Faustschlag ins Gesicht.

»Zuerst einmal, erwarte ich Gehorsam von dir und zweitens einen vernünftigen Tonfall. Dein Daddy wird dich doch wohl gut erzogen haben, oder?«

»Wer sind Sie?«, spie ich ihm entgegen und pfiff auf seine Befehle.

Dummerweise provozierte ich ihn anscheinend mit meiner Art, denn es folgten die nächsten Schläge in den Bauch und erneut ins Gesicht. Feiges Arschloch!

»Wie der Vater, so die Tochter«, knurrte er. »Du siehst ihm nicht nur ähnlich, sondern hast genau die gleiche, große Klappe. Das wird dich noch in Schwierigkeiten bringen, mein Mädchen. Und um auf deine Frage zu antworten, ich bin River. Dein Mann.«

»Ich bin nicht Ihr Mädchen«, widersprach ich ihm und spuckte ihm ins Gesicht. »Und mein Mann sind Sie ganz gewiss auch nicht.«

Mit seiner Hand wischte er sich den Speichel von der Haut, deutete mit dem Kinn auf den dunkelhaarigen Wichser und dann wieder auf mich. Er gab ihm wohl ein Zeichen damit, denn er schritt zurück und machte seinem Freund Platz. Dieser stellte sich direkt vor mich, grinste mich diabolisch an und holte aus.

Ich konnte die Schläge nicht zählen, die auf mich einflogen, es waren viele. Er vermöbelte mich solange, bis ich mein

Gesicht nicht mehr spürte und ich Blut spuckte. Meine Lippen waren geschwollen, meine Rippen schmerzten. Ganz zu schweigen von meinem Magen.

»Du weißt, dass du gegen mich keine Chance hättest, wenn ich frei wäre«, nuschelte ich und spuckte weiter Blut. »Am See habe ich dich schon einmal fertiggemacht. Du Mistkerl.«

Erneut boxte er mir ins Gesicht, sodass mein Kopf nach hinten flog. Warum ich ihn weiter provozierte, wusste ich nicht. Wenn ich schlau gewesen wäre, hätte ich einfach mitgespielt. Aber ich konnte meinen Mund nicht halten. Vielleicht, weil mir klar war, dass ich in Kürze sterben würde. Schon seit vier Jahren hatte ich mich darauf vorbereitet. Deswegen war ich immer geduckt durch die Weltgeschichte gegangen. Doch ich hatte meine Deckung aufgegeben, weil ich mich in einen Mann verliebt hatte, der diese Liebe nicht erwiderte. Dafür hatte ich aber das Schönste auf der Welt erlebt: Sex. Darüber hinaus erhielt ich noch mehr: Respekt, das Gefühl von Freundschaft und Loyalität. Die *Demons Hell* hatten mich in ihre Reihen aufgenommen und versucht, mich zu beschützen.

Leider hatte ich der falschen Person vertraut, einem Menschen, den ich meinen Freund genannt hatte, mit dem ich ein halbes Jahr lang, täglich joggen gegangen war. Mit dem ich gelacht und meine Freizeit verbracht hatte. Nun, jetzt war er nicht mehr mein Freund und ich betete gen Himmel, dass Steel ihn erwischt hatte und zu Devil brachte. Wenigstens einer sollte für seine Sünden bezahlen.

»Du bist sehr mutig, Shaileen«, vernahm ich Rivers Stimme, konnte ihn aber nicht mehr deutlich erkennen. Meine Augen waren dafür zu geschwollen und brannten bei jeder Gelegenheit. »Aber Mut ist nicht immer hilfreich. Gerade in deiner momentanen Lage ist sie unangebracht. Findest du nicht auch?«

Ich nickte, weil ich einen Moment zur Ruhe kommen musste. Mein Körper zuckte vor Schmerzen, und ich wurde von Sekunde zu Sekunde schläfriger. Sie sollten mich alleine lassen, damit ich schlafen konnte. Mehr wollte ich gerade gar nicht.

Doch dann spürte ich Hände, die meinen BH runterzogen und somit meine Brüste freilegten. Ich versuchte, mich zu wehren, zu treten, aber es half nichts, denn irgendwer griff mich von hinten so fest, dass ich mich nicht mehr bewegen konnte.

»Du bist so schön geworden, Süße«, säuselte River mir ins Ohr. »Es wird mir großen Spaß machen, dich zu ficken. Auf jede erdenkliche Weise.«

»Ich bin Eigentum von Devil, Demons Hell MC«, schoss es mir umgehend aus dem Mund. Null Plan, warum ich das gesagt hatte, aber ich musste irgendwie versuchen, an der jetzigen Situation etwas zu ändern.

Rivers Hand hielt inne und war auf einmal fort. Hatte ich das Richtige gesagt? Würde er sich jetzt zurückziehen? Nein, würde er nicht, denn er riss mein Höschen herunter, irgendwer spreizte meine Beine und zwei Finger wanderten in meine Mitte. Ich schrie auf, versuchte, die Hüften zu bewegen, um ihn wegzustoßen, aber er ließ nicht von mir ab. Im Gegenteil, er nahm noch einen dritten Finger hinzu und tat mir damit unglaublich weh. Tränen rannen über meine Wangen, weil er mich einfach berührte, obwohl ich das nicht wollte. River war ein Monster und Devil hatte recht gehabt.

Der Gedanke, er würde mich vergewaltigen war für mich schlimmer als der Tod an sich. Er sollte mir eine Kugel in den Kopf jagen, dann wäre alles vorbei. Aber er dufte nicht mit seinem Schwanz in mich eindringen. Das würde ich unter gar keinen Umständen überleben. Ich gehörte nur Devil, nur er durfte das, nur ihm erlaubte ich, meinen Körper für sich zu beanspruchen.

»Das war ein Fehler von dir, sowas zu sagen«, herrschte River mich an. »Jetzt werde ich nicht mehr mit dir spielen, sondern ein Exempel an dir statuieren. Was hältst du davon? Wir werden dich an deinen Herren zurückschicken. Auf eine Weise, die ihm sicherlich nicht gefallen wird.

Das Einzige, was in meinem Kopf ankam, war, dass er nicht mit mir spielen würde, was für mich hieß, dass er mich nicht vergewaltigen würde.

»Ich dachte, wir ficken sie durch?«, vernahm ich links von mir eine enttäuschte Stimme und erneut wurde mir kotzübel.

»Wenn wir das machen, treffen wir Devil damit nicht«, sagte River und zog seine Drecksfinger aus mir zurück. »Ihm wäre es scheißegal, ob zehn oder hundert mit der Hure gefickt hätten. Aber ihren Körper zu zerstören, das Drecksstück zu vernichten, *das* wird ihm eine Lehre sein. Ich kenne Devil. Sein Ruf eilt ihm voraus. Außerdem hat er noch nie eine Nutte für sich beansprucht. Sollte dieses Flittchen ihm etwas bedeuteten, dann tun wir gut daran, ihm sein Eigentum wegzunehmen.«

Dann hörte ich erneut schwere Schritte. »Wir fangen heute Abend an.« Plötzlich war kein Geräusch mehr zu vernehmen und die Dunkelheit war zurückgekehrt.

Kapitel 35

Devil

Seit zwei Stunden durchkämmten meine Brüder und ich, nebst Killer mit seinen Jungs halb Oregon. Wir wussten nicht, wo Blake war, aber wir waren uns alle einig darüber, dass River sie hatte. Ich durfte mir gar nicht vorstellen, was er mit ihr in diesem Moment alles anstellte. Aber über eines war ich mir vollends im Klaren: Er würde ein Aufeinandertreffen mit mir nicht überleben. Keiner seiner sogenannten Mitglieder. Niemand würde mich aufhalten, bevor ich nicht meine Rache erhalten hatte.

Dieser Wichser hatte sich mein Mädchen gegriffen – genau MEIN MÄDCHEN – meine kleine Kampfmaschine und ich musste nicht Einstein sein, um zu wissen, was er ihr antat. Nein, das musste ich gewiss nicht. River war ein Sadist, ein Narzisst, und Psychopath. Aber all das war ich auch, wenn ich meine ganze Wut auf eine bestimmte Person richtete. Mein Name kam nicht von ungefähr, das musste diesem Hurensohn klar sein.

Nach einer weiteren Stunde fuhren wir zurück zum Hotel. Es wurde Zeit, dass ich mich mit Thunders Neffen unterhielt.

Steel hatte ihn vorhin mit ins Clubhaus geschliffen und uns darüber aufgeklärt, was passiert war. Sofort wollte ich auf den Bengel losgehen, doch mein Bruder teilte mir mit, dass er ihn schon eindringlich gefragt hatte, wo Blake festgehalten wurde. Bruce konnte dazu keine Auskunft geben, weil er es anscheinend nicht wusste. Doch das war mir scheißegal, denn ich war der Meinung, dass er irgendwelche Informationen hatte, die zu meinem Mädchen führen könnten. Dennoch entschieden wir, dass wir ihn erst einmal in den Keller sperrten, um zu versuchen, Blake so zu finden. Allerdings hatte uns das nicht weitergebracht.

Vor dem Clubhaus stieg ich vom Bike, feuerte meinen Helm auf den Boden und rannte hinein, direkt runter in den Keller. Mit dem Fuß kickte ich die Tür auf, die sich aus den Angeln hob und marschierte auf den Jungen zu, der an die Wand gefesselt war.

Wortlos prügelte ich auf ihn ein, bis Blut aus Nase und Mund floss. Dann riss ich an seinen Haaren und beugte mich zu ihm herunter.

»WO IST SIE?«, brüllte ich ihn an und schlug ihm erneut hart ins Gesicht.

»Ich weiß es wirklich nicht«, heulte der Bengel. Dann schaute er an mir vorbei.

Ich folgte seinem Blick und sah Ice, Thunder und Shadow dort stehen. Bruce' Onkel machte keine Anstalten, seinem Neffen zu helfen, sondern stellte sich mit dem Rücken an die Wand und verschränkte seine Arme. Gut so! »Bitte, sie haben mich dazu gezwungen. Zwei Typen haben meine Mom entführt und mir gesagt, dass ich ihnen Blake ausliefern sollte. Als ich mich weigerte, drohten sie, meine Mom auf bestialische Weise umzubringen. Was hätte ich denn tun sollen?«

»Dich an mich wenden«, erklärte Thunder. »Du weißt, was wir mit Verrätern machen, Junge. Du hättest es besser wissen sollen. Tut mir leid, aber ich kann hier nichts für dich tun. Sag Devil lieber alles, was du weißt, sonst garantiere ich für nichts. Die *Cold Bastards* haben seine Frau. Du weißt, was das heißt.«

»SAG MIR JETZT SOFORT WO SIE IST«, schrie ich ihn an. »Ich schwöre beim Leben, deiner Mutter, dass ich dich umlegen werde. Sollte meinem Mädchen auch nur ein Haar gekrümmt werden, leg ich dich um. Woher wussten die Bastards, dass Blake im Studio trainiert? REDE ENDLICH! «

»Von mir«, rief Bruce. »Ich habe sie mit Steel trainieren gesehen. Das habe ich weitergegeben. Es tut mir so leid. Aber meine Mom …« Weiter ließ ich ihn nicht kommen, sondern boxte ihm immer wieder ins Gesicht, bis er keuchend zusammenbrach. Trotzdem riss ich seinen Kopf erneut hoch.

»Wie bist du mit ihnen in Kontakt getreten«, verlangte ich zu erfahren.

»Mein Handy«, nuschelte er und hustete. »Sie haben mir Nachrichten geschrieben und telefoniert haben wir auch.«

Sofort durchwühlte ich seine Hosentaschen, als mir plötzlich etwas einfiel. Umgehend wandte ich mich an Ice.

»Kannst du mein Telefon per GPS verfolgen?«, fragte ich und reichte ihm gleichzeitig das Smartphone des Bengels.

»Wenn es eingeschaltet ist, ja«, informierte er mich.

»Versuch es«, befahl ich ihm. »Blake hat mein Smartphone bei sich.«

Ohne zu antworten, wandte er sich um und rannte davon. Dann ging ich zurück zu Thunders Neffen.

»Steckt Blakes Freundin mit in der Sache?«, wollte ich wissen, weil ich überzeugt war, dass River sich nicht nur ausschließlich auf Bruce konzentriert haben konnte. Rachel war immerhin die Freundin meiner *kleinen Kampfmaschine*. Wenn jemand etwas wusste, dann sie. So würde ich jedenfalls vorgehen.

»Ich habe das letzte Mal vor ein paar Tagen von ihr gehört«, flennte der Wichser weiter. »Gerade durch sie, wollte ich an Informationen bezüglich Blake kommen, aber sie hat mir nicht zurückgeschrieben. Auf meine Anrufe reagierte sie ebenfalls nicht. Als ich bei ihr angeklingelt habe, öffnete sie nicht. Keine Ahnung, wo sie ist.«

»Shadow«, sprach ich meinen Bruder an, ohne ihn zu betrachten. »Kümmere dich darum.«

Hinter mir vernahm ich Schritte, die sich entfernten. Jetzt waren nur noch Thunder und ich übrig.

Langsam ging ich in die Knie und beugte mich zu dem blutendem Etwas vor. »Sollte Blake etwas passieren, bist du tot«, drohte ich ihm. »Ich werde dich leiden lassen, foltern auf eine Art, bei der du mich anflehen wirst, dass ich dich abknalle. Du bist den Dreck unter meinen Nägeln nicht wert. Wir sollten dich verrotten lassen.«

Ich erhob mich, wandte mich um und marschierte in den Nebenraum. Dort befand sich immer noch der Wichser, der seine Fingernägel besaß.

Als ich die Tür aufmachte, hockte er auf dem Boden, sein Bart wucherte ihm im Gesicht. Das Fett tropfte fast schon aus seinen Haaren. Und er stank widerlich.

»Wo ist Rivers Sitz?«, wollte ich wissen und umschloss seine Kehle mit meiner Hand. »Wenn du mir jetzt noch einmal sagst, dass du das nicht weißt, zerquetsche ich deine Luftröhre. REDE!«

»Seinen Hauptsitz kenne ich wirklich nicht«, japste er. »Es gibt nur wenige, die wussten, wo er sich niedergelassen hat. Wir anderen trafen uns immer in der Lagerhalle Nähe Hillsboro. Bei Gott, mehr weiß ich nicht. Shorty ist einer derjenigen, die wissen, wo River sich befindet. Der Typ ist irre und vertraut niemanden.«

Dann sollten wir uns noch mal mit Shorty unterhalten. Ich ließ von dem Penner ab, erhob mich und schloss die Tür hinter mir.

»Thunder«, rief ich nach meinem Bruder, der umgehend aus der Zelle seines Neffen trat. »Lust, dich ein bisschen mit Shorty zu unterhalten? Wir müssen wissen, wo sich Rivers Sitz befindet. Der Kleine hier weiß es nicht, quatschte was von einem Lagerhaus in Hillsboro. Ich schicke ein paar Männer dahin. Die sollen sich umsehen. Aber ich will endlich wissen, wo sich das richtige Clubhaus befindet. Bekommst du das hin?«

»Schick mir Angel zur Unterstützung«, bat er und ich nickte.

Thunder marschierte schnellen Schrittes in Shortys Zelle und ich rannte nach oben.

»Angel«, brüllte ich durch die Lobby und mein Freund kam direkt auf mich zu. »Thunder braucht deine Hilfe bei einer Vernehmung.«

»Wird erledigt«, stimmte er zu und machte sich auf den Weg.

Dann ging ich direkt auf Death zu, der mit Soldier, Killer, Steel und ein paar anderen Männern im großen Saal stand. Mein Präsident hielt sein Telefon am Ohr, sprach wild und gestikulierte dabei wütend. Darauf achtete ich aber nicht, sondern steuerte sofort Steel an.

»Trommel ein paar Brüder zusammen«, ordnete ich an. »Schick sie nach Hillsboro. Dort soll sich ein Lagerhaus befinden. Ein Treffpunkt der *Cold Bastards*. Sie sollen nur ausspähen und nichts unternehmen. Ich will wissen, was da vor sich geht. Wenn sie jedoch Blake entdecken, will ich einen Anruf haben. Verstanden?«

»Ist schon erledigt«, sagte er und machte sich auf den Weg. Soldier folgte ihm, wahrscheinlich um meinen Bruder zu unterstützen. Dann wandte ich mich an Killer. Meine Wut stieg ins Unermessliche. Es dauerte nicht mehr lange und ich würde durchdrehen.

»Wer ist Blake?«, verlangte ich, endlich zu erfahren.

»Lass uns kurz hinsetzen«, seufzte Killer und deutete mit der Hand auf die Bank im hinteren Bereich des Saals hin.

Death war noch mit telefonieren beschäftigt und ich folgte dem Präsidenten der *Dark Bloods.* Als wir uns niederließen, gesellte sich mein Ziehvater ebenfalls zu uns und feuerte sein Handy auf den Tisch. Mit hochgezogener Augenbraue sah ich ihn an, aber er schüttelte mit dem Kopf und schenkte Killer seine Aufmerksamkeit. Gut, das musste ich später mit ihm klären. Jetzt brauchten wir erst einmal Antworten.

Killer fuhr sich mehrmals mit der Hand durch die Haare, bevor er anfing zu Sprechen. »Da ich euch vertraue und mitbekommen habe, dass ihr die Kleine beschützen wolltet, werde ich euch ein paar Dinge erzählen. Blake Crawford heißt in Wirklichkeit Shaileen Sullivan.« Seufzend und kopfschüttelnd lehnte ich mich zurück. Ich hatte von Beginn an geahnt, dass Blake nicht die war, für die sie sich ausgab. »Darüber hinaus …«, fuhr Killer fort, »… ist Shaileen mein Patenkind. Vor vier Jahren habe ich sie, ihre Eltern sowie drei Geschwister beerdigt. Aber als ich sie gestern über die Kamera gesehen habe, erkannte ich sie sofort. Zuerst wollte ich es nicht glauben, aber sie ist es. Ohne Zweifel. Deswegen bin ich hier.«

Mir schwirrte der Schädel, weil mir seine Worte nicht in den Kopf wollten.

»Zeugenschutzprogramm?« Ich musste es einfach wissen.

Killer schüttelte den Kopf. »Schwer zu sagen«, meinte er. »Aber würden die Marshals zulassen, dass Shai mit einer Biker-Gruppe Kontakt hat? Die Bullen in Tucson gehen nämlich stark davon aus, dass eine Rockerbande hinter dem Anschlag steckte und hatten in diese Richtung ermittelt. Und wenn die Cops schon auf River gekommen sind, und glaubt mir, das sind sie, dann wird es den Jungs vom Zeugenschutzprogramm nicht anders gehen.«

»Woher wusste die Polizei von River?«, hakte Death nach.

»Nachdem River England verlassen hat und in die USA gereist war, hat er ziemlich viel Mist gebaut«, klärte Killer uns auf. »Es dauerte nicht lange, bis er ins Visier der Bundesfahnder, Cops, Drogenbosse und wer weiß, wer noch, geraten ist. Er machte sich schnell Feinde. Fragt nicht woher ich all das weiß, ich weiß es. Auch ich habe meine Quellen.«

»Wieso ist River an Blak … Shaileen interessiert? Wie passt sie da rein?« Ich konnte mich an ihren richtigen Namen nicht so schnell gewöhnen, er gehörte einfach nicht zu der Frau, die ich kennengelernt hatte.

»Cold, Shaileens Dad und mein bester Freund, war vor vielen Jahren der Vize-Präsident der *Dark Bloods*. Ein harter Schweinehund und verdammt loyaler Bruder«, setzte er uns ins Bild. Blakes Dad war ein Biker gewesen? Damit hatte ich nicht gerechnet. »Cold fand schnell seine *Old Lady*. Melinda. Es dauerte nicht lange, und sie heirateten. Neun Monate später brachte sie ihren Sohn Scott zur Welt. Kurz darauf wurde sie wieder schwanger und bekam Kathy und danach folgte Leslie. Und vor fast zweiundzwanzig Jahren erblickte Shaileen das Licht der Welt. Unser damaliger Präsident, Rocky, übernahm die Patenschaften der drei Großen und ich die von Shaileen. Sie wuchs mir schnell ans Herz. Die anderen Kinder liebte ich auch, aber Shaileen war etwas Besonderes. Das Mädchen kam voll und ganz nach ihrem Dad. Von Beginn an war sie kein normales Mädel, sondern spielte mit ihrem Vater und mir Billard, als sie den Queue gerade mal halten konnte. Ich kümmerte mich um sie, als wäre es mein eigenes Kind, wenn mein Freund beschäftigt war. Cold brachte seine Tochter hin und wieder mit in den Club und all unsere Brüder waren in sie vernarrt.« Lächelnd schüttelte er den Kopf, als würde er sich gerade an genau diese Zeit erinnern, bevor sein Gesicht sich verfinsterte. »River erlangte seinen Aufnäher und wurde Mitglied bei uns. Wobei Cold und ich dagegen waren. Aber aufgrund der Familienfehde wurden wir überstimmt.«

»Wieso habt ihr interveniert?«, hakte ich nach.

»Weil er mit Leuten Kontakt hatte, die wir nicht im Club haben wollten«, teilte Killer uns mit. »River wollte zwei seiner Freunde ebenfalls bei uns einführen. Shorty und Trouble.«

»Shorty ist mir bekannt«, murrte ich, weil ich sofort wieder auf hundertachtzig war, wenn ich nur an den Wichser dachte. »Der Penner sitzt in unserem Keller. Schweigt wie ein Grab. Der andere ist mir vom Namen nicht geläufig. Wir haben noch einen schnappen können, der ist allerdings Anfang zwanzig und erst seit kurzem Mitglied der Bastards.«

»Das Shorty kein Wort sagt, wundert mich absolut nicht«, erwiderte er. »Die drei waren ständig zusammen, bauten nur Scheiße. Zwar konnten Cold und ich uns nicht gegen River auflehnen, schafften es aber bei Shorty und Trouble. Wenn Shorty unterwegs ist, dann nur gemeinsam mit Trouble. Wundert mich, dass ihr ihn nicht kennt.«

»Dann muss es der Scheißkerl sein, den Blake fertiggemacht hat«, überlegte ich laut. »Er konnte entkommen. Okay, wie ging es weiter?«

»River hielt sich nicht an die Regeln«, fuhr Killer fort. »Er machte seine eigenen und killte Menschen, mit denen wir keine Probleme hatten. Verbündete drohten uns daraufhin mit Krieg, und der Flächenbrand war kaum noch aufzuhalten, den der Wichser gelegt hatte. Er wollte die gesamte Macht an sich reißen, und ignorierte Befehle. Als er dann in unserem Hinterhof zehn Clubmädchen hingerichtet hat, um ein Exempel zu statuieren, griff Cold ein. Nachdem er mit River fertig war, verbannte er ihn. Wir konnten ihn nicht killen, weil er der Cousin des Präsidenten war und dieser bat darum, ihn am Leben zu lassen. Wir stimmten als Gemeinschaft zu und nahmen seinen Antrag an. Doch River drohte Cold in seinem Zorn, dass er Shaileen eines Tages als sein Eigentum einfordern würde. Fuck, Cold hätte ihn dafür eine Kugel in den Kopf jagen und sich dem Antrag von Rocky widersetzen sollen. Aber mein Freund lachte nur und dachte, mit der Verbannung wäre die Strafe ausreichend. Immerhin wollte River nie etwas anderes, als ein Mitglied der *Dark Bloods* zu sein. Letztendlich musste die Familie Sullivan für diesen Fehler teuer bezahlen.« Killer seufzte erschöpft und schüttelte immer wieder mit dem Kopf.» Danach stieg Cold aus und wollte sich ganz und gar seiner Familie widmen. Zwar war er kein aktives Mitglied mehr, aber wir standen dennoch im regen Kontakt. Er verließ England und zog mit seinen Lieben nach Tucson, wo er ein neues Leben beginnen wollte. Damit verzichtete er auf das Amt des neuen Präsidenten, sodass ich seinen Platz als Vize einnahm und kurze Zeit später Anführer meines Clubs wurde. Aber auch wenn Cold sein Leben von mir fernhalten wollte, so schickte er mir regelmäßig Fotos von Shaileen, damit ich sie quasi mit aufwachsen sah, aber ich bin nie zu Besuch dort gewesen, denn ich respektierte Colds Entscheidung. Shai kann sich wahrscheinlich gar nicht mehr an mich erinnern. Sie war noch so jung gewesen und selbst wenn sie sich an mein altes Aussehen erinnert hätte, auch an mir sind die Jahre nicht spurlos vorbeigegangen.« Killer warf eine Mappe auf den Tisch, aus der vereinzelte Bilder herausrutschten. Doch weder Death noch ich, griffen danach. »Vor vier Jahren bekam ich eine Nachricht von Cold, in der er mich um Unterstützung bat. Er war davon überzeugt, dass ihm jemand auf den Versen war und seine Familie in Lebensgefahr steckte. Wenn sich einer auf sein Bauchgefühl verlassen konnte, dann war es Cold. Meistens hatte er recht gehabt, mit seinen Vermutungen. Jedenfalls sagte ich sofort zu, trommelte ein paar Jungs zusammen und reiste in die USA. Wir landeten nachts, und als wir am Airport standen, erhielt ich eine weitere Nachricht meines Freundes, in der er mich bat, mich um seine Familie zu kümmern, sollte ihm etwas zustoßen. Wir machten uns direkt auf den Weg zu seinem Haus, aber wir kamen zu spät. Die gesamte Familie war ausgelöscht worden. In den Medien wurde bekanntgegeben, dass es sich dabei um einen brutalen Einbruch gehandelt haben musste und es keine Spuren der Täter gegeben hatte.« Killers Blick war jetzt dermaßen finster, dass ich schon fast annahm, er würde gleich jemanden umlegen.

Damit musste er warten, denn zuerst war ich an der Reihe. Es war mir scheißegal, ob sie Blake oder Shaileen hieß und auch, ob sie gelogen hatte. Sie verließ sich auf mich und ich wusste einfach, dass Blake auf mich wartete, egal, wo sie gerade festgehalten wurde. Wenn ich sie gefunden hatte, würde ich das Gespräch mit ihr suchen.

Unser Barmädchen stellte drei Tassen Kaffee vor uns. Anscheinend hatte sie an unseren Gesichtern erkannt, dass wir Koffein benötigten. Am liebsten hätte ich mir eine ganze Flasche Whiskey reingekippt, aber ich musste bei klarem Verstand bleiben.

»Wir brauchen nicht darüber zu debattieren, dass River die Aufträge gegeben hat, oder selbst beteiligt war«, sagte Death. »Davon bin ich nämlich überzeugt und alles spricht dafür. Aber wie zum Teufel kommt auch er von Tucson nach

Oregon, genau dahin, wo Blake sich aufhielt? Ist das nur Zufall oder wusste er von ihr?«

»Meiner Meinung nach, war das nur Zufall«, erwiderte Killer. »Vor knapp einem Jahr wurde ich darüber in Kenntnis gesetzt, dass River sich mit einem gewissen Santiago zusammengetan hat. Einem Drogenbaron, der sich im Nordwesten Amerikas breitmachte.«

»Dieser Hurensohn ist uns bestens bekannt«, informierte ich ihn, immerhin hatten wir nicht nur einmal Probleme mit dem Wichser gehabt. »Es ist kein Herankommen an Santiago. Der wird besser bewacht, als der Papst.

»Auch davon habe ich erfahren.« Killer nickte. »Wie aus dem Nichts gründete River seinen eigenen Motorradclub. *Die Cold Bastards.* Mit diesem Namen verhöhnt er meinen besten Freund und auch wenn ich es vorher schon wusste, war ich mir dann hundert Prozent sicher, dass er das Killerkommando auf Cold und seine Familie losgelassen hatte. Bis heute jage ich den Bastard, nur war er nie aufzufinden. Ich will, dass er für seine Taten zur Rechenschaft gezogen wird. Ich bin nicht nur wegen Shai hier, sondern auch, um endlich Rache im Namen meines Freundes zu nehmen. Aber die oberste Priorität lautet: Shai zu finden und das lebend. Vier Jahre hatte ich angenommen, sie sei tot. Gestern erfuhr ich, dass sie noch lebt und jetzt ist sie mir wieder weggenommen worden. Das werde ich nicht zulassen. Deswegen werden wir mit euch Seite an Seite kämpfen. Ich will mein Patenkind zurück. Sie ist Teil meiner Familie. Sie muss vieles erfahren.«

Auf seine Äußerung ging ich nicht ein, denn noch war sie auch Teil der *Demons Hell* und das würde sich auch so schnell nicht ändern.

Ich schnappte mir die Akte, die immer noch in der Mitte auf dem Tisch lag und öffnete sie.

Bilder von einer kleinen Blake schlugen mir entgegen, die ich immer und überall in jedem Alter erkennen würde. Ihre schwarzen langen Haare, ihre pfirsichfarbene Haut und diese hellblauen Iriden. Ja, das war mein Mädchen. Es folgten Aufnahmen von ihr mit ihrem Dad, Chester Sullivan auch Cold genannt. Ein Familien-Portrait mit ihrer gesamten Familie.

Blake lachte auf allen und strahlte über das ganze Gesicht. Zu dieser Zeit musste sie verdammt glücklich gewesen sein.

Danach folgten Fotos, als sie älter wurde. Auf jeder Rückseite waren Daten zu erkennen. Auf dem letzteren war sie siebzehn gewesen. Ein wunderschönes Mädchen, die nicht hätte fröhlicher wirken können. Ihr Bruder hatte sie huckepack genommen und beide strahlten in die Kamera.

Zorn stieg in mir hoch, weil mir daraufhin Artikel ins Auge sprangen, die höchstwahrscheinlich das Haus der Sullivans zeigten. Leichen- Rettungs- und Polizeiwagen. Kurz las ich mir die Worte durch, die das wiedergaben, was Killer uns soeben berichtet hatte.

Ich musste sie finden, und zwar schnellstmöglich. Wenn ihr etwas zustoßen würde, wüsste ich nicht, wie ich damit umgehen sollte. Das wollte ich auch erst gar nicht herausfinden. Nach wie vor gehörte sie zu mir, egal was vorgefallen war.

Einst hatte sie mir das Leben gerettet, jetzt war ich an der Reihe.

Kapitel 36

Blake

Als die feigen Schweine irgendwann – ich hatte kein Zeitgefühl, denn der Keller war fortwährend dunkel – zurückkamen, erkannte ich in der Hand des dunkelhaarigen Penners eine Peitsche. Auch River war dabei und lehnte sich mit dem Rücken an die Wand. Die Anderen waren wohl nur Zuschauer. Wenigstens konnte ich das durch eines meiner Augen noch erkennen, das andere war mittlerweile zugeschwollen.

Meinen Körper spürte ich kaum noch, von meinen Armen, die immer noch an einem Stahlrohr hangen, ganz zu schweigen.

Der Typ mit der Peitsche ging an mir vorbei, womit für mich klar war, was nun folgen würde. Irgendwie versuchte ich, mich auf das Kommende vorzubereiten, aber ich glaubte nicht, dass man das schaffte. Dann dachte ich an die Worte, die Donald mir mal gesagt hatte: *Atme tief ein, kompensiere deine Angst, die Wut und den Zorn in dir zu einem Ball. Konzentriere dich nur darauf, was als nächstes Geschehen würde und versuche, es in dich aufzunehmen. Weiche nicht zurück, zeig keine Furcht, sondern verdeutliche deinem Angreifer, wie viel du aushalten kannst. Lass ihn in dem Glauben, dass du bereit bist, für deine Sache zu sterben. Wenn du das schaffst und dein Gegenüber das erkennt, ist er in Zugzwang, ebenfalls bereit sein zu müssen, sein Leben zu geben.*

Vielleicht passte die Äußerung nicht unbedingt zu dieser Situation, weil ich keinen Gegner hatte, den ich ausknocken konnte, dennoch hielt ich mich an jedes einzelne Wort fest.

Steel hatte erst kürzlich gemeint, dass ich stark sei, dass ich alles erreichen könnte, was ich wollte. Und hier und jetzt wollte ich, dass diese Wichser erkannten, dass sie mich nicht zerstören könnten, egal, was sie mir antun würden. Um mich zu brechen, müssten sie mich umbringen. Das würden sie aber nicht tun, weil sie an mir ein Exempel statuieren wollten. Das hatte River selbst gesagt. Für Devil!

Devil!

Er war darüber hinaus mein größter Gedanke, der mich gerade zur Kämpferin machte. Für ihn wollte ich nicht aufgegeben, denn ich hielt mich an der Hoffnung fest, dass ich ihn noch einmal sehen durfte. In diesem Moment nahm ich mir vor: Sollte ich lebend hier herauskommen, würde ich Devil sagen, dass ich ihn liebte. Diese drei Worte mussten aus mir heraus und er konnte selbst entscheiden, was er damit anfangen wollte. Es war im Prinzip nicht wichtig, ob er auch für mich Gefühle hatte oder nicht, Hauptsache, es würde ihm klar sein. Danach könnte ich immer noch verschwinden und mir ein neues Leben aufbauen. Aber Devil musste es wissen und deswegen zwang ich mich, meine ruhigen Atemübungen beizubehalten und mich zu konzentrieren.

Der erste Schlag war schrecklich, aber ich schrie nicht, sondern biss mir schmerzhaft auf die Lippen. Die Haut auf meinem Rücken riss, das konnte ich genau spüren.

»Genieß es, du Hure«, vernahm ich hinter mir die dreckige Stimme meines Peinigers. »Wollen wir mal sehen, wie viel zu aushältst.«

Nach dem sechsten Peitschenhieb rannen mir Tränen unaufhaltsam über die Wangen. Mehrere Schmerzschreie konnte ich mir nicht mehr verkneifen. Ich war davon überzeugt, dass mein Rücken nur noch aus rohem Fleisch bestand. Viel Haut konnte nicht mehr existieren.

Irgendwie versuchte ich, Devils Gesicht in meinem Gehirn heraufzubeschwören, und schaffte es letztendlich.

Die Peitsche schnellte ein weiteres Mal auf meinen Körper.

Devils Blick, mit dem er mich betrachtet hatte: Leidenschaftlich und voller Begehren … Als wäre ich für ihn etwas Besonderes.

Es folge der nächste Hieb.

Devil, wie er mich im Arm gehalten hatte, eng an sich gepresst, als wollte er mich nie wieder loslassen wollen.

Erneut segelte das Leder auf meinen Rücken.

Devils Wange, die an meiner lehnte, nachdem er mich in der Dusche ausgefüllt hatte. Unser Atem, der sich vermischte.

Der nächste Schlag.

Devil, wie er mir sagte, dass ich ihm gehörte und mich zwang, seine Worte zu wiederholen.

Die Peitsche wurde kein weiteres Mal geschwungen, dafür schüttete der Penner hinter mir irgendwas auf meinen Rücken.

Ich schrie auf, es brannte wie Hölle. Wahrscheinlich handelte es sich um Alkohol.

»Ist es nicht fast schon poetisch, dass dein Körper Narben von mir davonträgt?«, vernahm ich Rivers Stimme. »Du bist eine wirklich starke Frau. Das muss ich dir lassen. Weißt du? Ich wollte dich damals in deinem Haus nicht erschießen«, gestand er und ich konnte nicht glauben, was er soeben gesagt hatte. Er war es, der …? War er der Killer meiner Familie?

»Was?«, nuschelte ich, weil ich hoffte, mich verhört zu haben.

»Shaileen, schöne Shaileen«, verhöhnte er mich und bei der Namenserwähnung, zuckte ich innerlich zusammen. So viele Jahre hatte ich meinen richtigen Namen nicht mehr gehört, geschweige denn gedacht. Ich hieß Blake, und so wollte ich auch genannt werden. Für mich hatte er eine Bedeutung. »Hast du es denn immer noch nicht verstanden?« River griff in meine Haare und riss meinen Kopf zurück. Es konnte sich kein Mensch vorstellen, wie schmerzhaft das war. »Ich bin der Mörder deiner gesamten Familie. Du hättest an diesem Abend gar nicht Zuhause sein dürfen, denn eigentlich war es geplant, dass du bei deiner Freundin übernachten solltest. Aber als ich mit Shorty, Trouble und ein paar Leuten das Haus deines Daddys betrat, befandest du dich dummerweise in deinem Zimmer. Du hattest dich gewehrt, sodass ich dir in den Bauch schoss, dann wolltest du unter dein Bett krabbeln. Bei alledem habe ich dein Gesicht nicht erkannt. Das sah ich erst, als ich dir weitere zwei Kugeln in den Rücken jagte und dich umdrehte. Für mich war das ein sehr emotionaler Moment, denn ich hatte andere Pläne mit dir. Nun ja, manchmal passiert eben scheiße. Dumm nur, dass du damals schon nicht kleinzukriegen warst, denn du hattest immer noch geatmet. Zulassen konnte ich das unmöglich, wofür du sicherlich Verständnis hast, oder?« Diese Frage stellte er mir doch gerade nicht im ernst? Der war krank. Absolut durchgeknallt! »Wahrscheinlich nicht, aber das ist mir relativ egal«, fuhr er fort und schlug meinen Kopf zur Seite, sodass ich ihn wieder hängenlassen konnte. »Jedenfalls habe ich an deinem Körper mein neues Messer ausprobieren können. Dann warst du tot. Und doch hängst du hier vor mir. Das ist ein Wunder.« Er klatsche in die Hände und lachte laut auf.

»Warum?«, wollte ich wissen. Ich musste es erfahren.

So lange hatte ich mich gefragt, warum man ausgerechnet meine Familie abgeschlachtet hatte, Menschen, die keinem etwas getan hatten. Sie waren liebevoll gewesen, glücklich und zufrieden. Wir hatten alles, was man sich wünschen konnte. Gott, sie waren mein ein und alles gewesen.

»WEIL DEIN VATER EIN HURENSOHN WAR, DESWEGEN«, schrie er mich plötzlich an. »Er hat mir mein Leben zerstört, obwohl ich für den Club alles getan habe. Ich wollte für uns die gesamte Macht einholen, damit wir der größte Motorradclub auf der Welt würden. Dafür musste es Opfer geben, Kollateralschäden sozusagen. Aber nein, letztendlich hieß es, dass ich den Kodex verraten hätte. Welchen Kodex? Wir Biker sollten keinen Kodex haben. Wir leben nach unseren Regeln, doch die *Dark Bloods* haben das Prinzip einer Biker-Gang einfach nicht verstanden. Es mussten Soldaten gezüchtet werden, die uns im Kampf beiseite standen, ohne Fragen zu stellen. Schwächlinge wurden beseitigt, die konnten wir nicht gebrauchen. Das war ein ganz simples Prinzip. Aber dein Dad hat alle gegen mich aufgehetzt, sogar meinen eigenen Cousin. Obwohl er der Präsident war und dein Alter Herr nur der Vize, musste mein Verwandter einen Antrag stellen, damit seine Männer mich nicht killten. Aber ich hatte deinem Vater versprochen, dass ich dich eines Tages holen würde. Er nahm mich nicht ernst, also musste ich handeln. Und das konnte ich, als ich erfuhr, dass er in Tucson mit euch lebte. Jahre hatte ich gebraucht, meine Rache zu planen, denn ich wollte dich nicht als Kind, sondern als junge Frau. Siebzehn war dementsprechend das optimale Alter. Aber leider ist alles anders gekommen. Schade, aber nicht zu ändern. Und anstatt immer noch die unschuldige und süße Shaileen zu sein, die überlebt hat, wurdest du zu Blake und dann zu Devils Hure. Das ist ein sehr trauriger Abstieg meine kleine Shai. Sehr sehr traurig. Jetzt habe ich für dich keine Verwendung mehr, ich bin mir nämlich zu schade, für Devils Nutten. Tut mir leid. Wir hätten viel Spaß zusammen haben können.«

Das alles konnte ich überhaupt nicht mehr verarbeiten. Was quatschte er da? Mein Vater gehörte niemals einer Biker-Gruppe an. Das wüsste ich. Und wieso nach Tucson gezogen?

Meine Eltern waren doch dort aufgewachsen, genau wie meine Geschwister und ich. Ich erinnerte mich, dass wir umgezogen waren, aber innerhalb der Stadt. Oder täuschte ich mich? War ich vielleicht noch zu jung gewesen, als dass meine Wahrnehmung, was diese Zeitspanne betraf, mich trübte? Nein, ich glaubte River kein Wort von dem, was er über meinen Vater gesagt hatte. Er musste sich täuschen. Es musste ihm ein schrecklicher Fehler unterlaufen sein, als er in unser Haus gestürmt war, um uns zu töten. Aber er kannte meinen Namen. Woher wusste er ihn, wenn wir die falsche Familie gewesen sein mussten?

»Jetzt sag bloß nicht, dass du das alles nicht mehr weißt?«, witzelte er herum, während meine gesamte Welt in Trümmern lag. War mein Leben tatsächlich eine einzige Lüge? »Ruh dich einen Moment aus und genieße deine Schmerzen. Wir sind gleich wieder bei dir. Es ist an der Zeit, die letzten Vorbereitungen zu treffen.«

Schwere Schritte waren zu hören und dann war es wieder dunkel. Dieser Sadist war noch lange nicht mit mir fertig, das wusste ich. Erneut versuchte ich, an meinen Fesseln herumzuzerren, aber sie bewegten sich nicht einen Millimeter.

Wieder ließ ich den Kopf hängen und weinte bitterlich. Dann versuchte ich, mich an das Bild von meinem Vater zu erinnern. Gut, er hatte nie so ausgesehen wie andere Daddys. Er war größer, muskulöser und hatte manches Mal einen Blick drauf, der Wasser zu Eis gefrieren ließ, aber er war der beste Dad der Welt gewesen. Chester Sullivan sollte in seinem früheren Leben der Vize-Präsident einer Biker-Gang gewesen sein?

In diesem Moment starb etwas in mir, weil ich nicht glauben konnte, dass mein Daddy mich mein ganzes Leben angelogen hatte. Ich war in dem Glauben aufgewachsen, dass wir eine ganz normale amerikanische Familie waren. Und nur, weil er mal ein Mitglied einer Gang gewesen war, hatte er Rivers Zorn auf sich gezogen. Deswegen war meine gesamte Familie ausgelöscht worden. Oh mein Gott, ich wollte das alles einfach nicht glauben und doch wusste ich – tief in mir drin – dass es die Wahrheit war.

Dann erinnerte ich mich an den Mann, den ich auf dem Laptop-Bildschirm in Death Büro gesehen hatte. Der Blick, mit dem er mich betrachtet hatte, als würde er mich kennen. Vielleicht stimmte es sogar. War er womöglich mit meinem Vater befreundet gewesen oder eventuell ein Bruder vom Club?

Meine Überlegungen wurden unterbrochen, als ich erneut die Tür aufgehen hörte. Getuschel war zu vernehmen, aber keine klaren Worte zu verstehen.

»Jetzt dauert es nicht mehr lange, kleine Shaileen«, sagte River und ich spürte, wie mir jemand über die Schultern strich. »Noch hier und da ein paar Veränderungen und unser Werk ist vollbracht. Was hältst du davon?« Auf diese Frage antwortete ich nicht, denn ich war viel zu müde und meine Kraft am Ende. »Also, wenn du weiterhin durchhältst, bin ich wirklich beeindruckt. Wobei ich nicht viel Hoffnung habe. Aber du hast mich ja schon mal überrascht. Trouble, verschönere sie noch ein bisschen.«

Trouble? Das war tatsächlich der Name von dem Dunkelhaarigen? Ernsthaft? Doch bevor ich weiter darüber nachdenken konnte, spürte ich schlimme Schmerzen in meiner Seite. Unaufhörlich boxte Trouble mir ins Gesicht, in den Magen oder in die Rippen. Dann folgten Tritte gegen meine Oberschenkel. Dann war da nichts mehr, außer Dunkelheit!

»Sie ist tatsächlich noch einmal wachgeworden«, sagte River. Ich hörte ihn nur, sah aber nichts. »Das finde ich wunderbar, weil du jetzt alles hautnah miterleben kannst.«

Irgendwer machte sich rechts und links an meinen Armen zu schaffen. Ich hing nicht mehr, sondern lag auf etwas Schmalem. Keine Ahnung, was das sein sollte, jedenfalls wurde ich so drapiert, als wäre ich Jesus.

Meine Handgelenke wurden festgebunden, genauso wie meine Beine. Allerdings stellte irgendwer meine Fußsohlen aufrecht, sodass meine Knie leicht anwinkelten. Was war hier los?

»Gib mir den Hammer«, vernahm ich Troubles Stimme und konnte all das nicht einordnen. Erst als ich den schlimmsten und schrecklichsten Schmerz erlebte, den ich mir vorstellen konnte, wusste ich, was sie mir antaten. Ich schrie laut, flehend.

Dann brüllte ich, weinte und kreischte. Alles gleichzeitig, als die Folter immer brutaler wurde.

In diesem Moment wollte ich nicht mehr stark sein, sondern sterben. Innerlich betete ich gen Himmel und flehte Gott an, er möge mich erlösen und zu sich holen. Mir wurde schwindelig, und in diesem Augenblick verabschiedete ich mich von Devil. Von dem Mann, der mir meine erste Liebe geschenkt hatte. Von dem Mann, dem mein Herz gehörte.

Kapitel 37

Devil

Es war spät am Abend, als wir wieder zurück zum Club fuhren. Nach wie vor keine Spur von Blake oder River. Die Straßen waren leer, als würden alle Menschen in ihren Häusern bleiben, weil sie wussten, das Blut in der Luft lag.

Steel hatte mit ein paar unserer Brüder das Lagerhaus in Hillsboro ausgekundschaftet, aber nichts entdecken können, was auf Blake hinwies. Nur vereinzelte *Cold Bastards* waren dort gewesen, nicht mal eine Handvoll. Also hatte der Wichser in unserem Keller nicht gelogen. Dieser Ort gehörte nicht zu Rivers Haupthäusern.

Shadow hatte sich bislang nicht gemeldet. Daher wusste ich nicht, ob er diese Rachel gefunden hatte.

Thunder und Angel hatten ebenfalls nichts erfahren können, informierten mich nur, dass Shorty bis zum Schluss kein Wort gesagt hatte. Die Folter hatte er nicht überlebt.

Auf dem Parkplatz stellten Death, Soldier, ein paar unserer Leute und ich die Bikes ab. Sofort stürmte ich hinein, in Ice' Büro. Er saß vor seinem Computer und tippte wie ein Irrer auf der Tastatur herum.

»Bitte sag mir, dass du was hast«, flehte ich ihn schon fast an.

»Ich kann es nicht hundert Prozent orten«, meinte er und deutete auf eine Karte. »Das Signal stammt aus diesem Bereich. Das Einzige, was mir möglich war, den Ort einzugrenzen. Es befindet sich irgendwo zwischen Newport und Corvallis. Mehr kann ich nicht feststellen.«

»Fuck«, brüllte ich. »Sie ist jetzt schon seit fünfzehn Stunden in seiner Gewalt.«

Ice wandte sich zu mir. »Glaubst du, dass sie noch lebt?«

»Sie muss«, knurrte ich. »Weil ich sie nämlich erwürgen will.«

Damit drehte ich mich um und verließ sein Büro. Schnellen Schrittes ging ich in Richtung Bar. »Extra starken Kaffee«, verlangte ich, als ich an Minni vorbeiging.

Ich würde erst schlafen, wenn ich Blake zurück hatte. Es war mittlerweile drei Uhr in der Früh und mein Adrenalinspiegel war auf höchster Stufe. Mehr war kaum möglich.

Thunder, Angel und Steel kamen auf mich zugestürmt.

»Gibt es etwas Neues?«, wollte Steel wissen und ich klärte ihn über den Stand der Dinge auf. Auch erzählte ich ihnen, was Ice herausgefunden hatte. Was Killer vorhin berichtet hatte, behielt ich vorerst für mich. Das konnte ich ihnen mitteilen, wenn die Zeit dafür reif war. Jetzt war nicht der richtige Moment.

Gegen halb vier am Morgen wurden die Räume immer leerer. Nur Thunder, Angel, Steel, Ice, Death, Soldier, Killer und ich verharrten noch im Saal. Einige hielten Wache am Hinterausgang und zwei Prospects an der Vorderseite. In wenigen Minuten würde der Schichtwechsel kommen. Zwar hatte ich meine Brüder gebeten, ins Bett zu gehen, aber keiner von ihnen hatte sich entfernt. Auch gut.

»Da ist Shadow«, sagte Angel und deutete auf den Eingang. Ich folgte seinem Blick und fixierte das undurchschaubare Gesicht meines Bruders. Irgendetwas stimmte nicht. Ganz und gar nicht.

»Whiskey«, rief er in Richtung Bar und kam auf uns zu. Er setzte sich auf einen freien Platz. Seine Augen waren kalt und hart.

»Was ist passiert?«, fragte ich umgehend.

»Ich habe Rachel gefunden.« Minni kam und reichte Shadow das Glas, das er auf ex leerte. »Sie hat auf ihrem Bett gelegen. Nur leider war nicht mehr viel von ihr übrig. Auf ihrem Rücken waren die Worte: *Sie gehört mir,* eingeritzt. Daher vermute ich, dass Rachel nicht zu den Verrätern zählt.« Mein Bruder atmete einige Male tief durch, bevor er weitersprach. »Nach dem Verwesungsgrad und Geruch zu urteilen, lag sie schon einige Tage dort. Ich habe Doc angerufen. Er wollte sich darum kümmern, dass seine Jungs aus der Klinik, Rachel abholen.«

Verdammt, Blakes Mitbewohnerin war tot. River räumte auf, das musste ich ihm lassen. Aber bald würde er zu keiner Tat mehr kommen. Es wurde Zeit, den Dreck aus Oregon herauszuschaffen. Dreck, der unsere Luft verpestete.

»Sind die Waffen vorbereitet?«, wollte ich an Angel gerichtet wissen.

»Ja, es liegt alles bereit«, informierte er mich.

»Wir müssen weitersu …«

»KOMMT SOFORT RAUS«, brüllte ein Prospect, der uns mit schreck geweiteten Augen anstarrte und mit dem Finger nach draußen zeigte.

Umgehend sprangen wir auf die Beine, zogen unsere Waffen und rannten hinaus. Vor dem Eingang konnten wir nichts erkennen. Also starrte ich Flippie mit hochgezogener Augenbraue an. »Auf der Seite, hinter dem Schuppen.« Flippie beugte sich nach vorne und übergab sich mehrmals. Doch darauf achtete ich nicht, sondern lief als Erster los. Hinter mir vernahm ich Schritte, sodass ich wusste, dass meine Brüder mir folgten.

Es war stockdunkel und ich konnte nichts sehen. Nur ein knirschendes Geräusch war zu hören.

»Ich schalte das Flutlicht ein. Moment«, hörte ich Thunder sagen und im nächsten Moment zogen wir allesamt scharf die Luft ein.

Wir hatten Blake gefunden oder vielmehr … was von ihr übrig war.

»Holt sie da runter, verdammt«, wies ich an, ließ meine Waffen fallen und stürmte auf das stehende Kreuz zu, an dem sie – wie Jesus – angenagelt war.

Auf ihrem Kopf ragte ein Rosenkranz. Ein Messer steckte in ihrer Seite. Ihr Gesicht war nach unten gebeugt. Das Blut tropfte an verschiedenen Stellen herunter. Beine, Arme, Bauch, alles war verletzt.

Shadow, Steel, Thunder und ich setzten unsere ganze Kraft ein, um das Kreuz aus dem Boden zu reißen, aber es war im Boden verankert.

Plötzlich stand Angel mit der Stichsäge vor uns und begann am unteren Rand die Latte durchzusägen.

»Holt Doc«, befahl ich. Mir war scheißegal, wer sich darum kümmerte, Hauptsache, es würde jemand handeln.

Gefühlte Stunden später, hatte Angel das Holz durchgesägt, sodass wir das Kreuz langsam und vorsichtig runterlassen konnten.

Blakes Kopf ruckte nach hinten und dann zur Seite. Noch konnte ich nicht viel erkennen, denn ihre Haare hingen in ihrem Gesicht. Langsam löste ich jede Strähne und musste hart schlucken, als ich ihre Haut sah. Von meiner *kleinen Kampfmaschine* war nichts mehr zu sehen.

»Ich fühle einen Puls«, sagte Steel. »Sehr schwach, aber vorhanden.«

»Blake, kannst du mich hören?«, flüsterte ich ihr zu und wusste nicht, wo ich sie anfassen sollte. Sie reagierte nicht.

»Verdammte Scheiße«, hörte ich Doc laut rufen. »Ich brauche ein Handy.«

Death reichte ihm seines. Sofort tippte er auf dem Nummernfeld herum und hielt es sich ans Ohr, während er sich neben Blake kniete. »Christian, schick mir einen Krankenwagen zum Club«, hörte ich ihn reden. »Bereite alles für eine Notoperation vor. Ich komme mit einem einundzwanzigjährigen Mädchen. Wunden an Händen, Füßen, Kopf. Ein Messer steckt zwischen ihren Rippen.« Er hörte zu, was sein Gesprächspartner ihm sagte. »Sie ist an ein Kreuz genagelt worden. Informiere Connor und sein Team. Ich bereite hier alles für den Abtransport vor.« Dann legte er auf und warf das Handy weg. »Wir müssen das überflüssige Holz absägen, damit wir sie in den Rettungswagen schieben können.«

Angel machte sich sofort an die Arbeit und sägte alles ab, was unnötig war. Es dauerte eine Zeitlang. In der Zwischenzeit rannte Doc wieder ins Haus und kam mit einer großen Tasche zurück. Er legte Blake einen Zugang und hielt den Infusionsbeutel in die Luft. Killer schnappte sich diesen sofort. Sein Blick ruhte ausschließlich auf seinem Patenkind. Sekunden später hing eine Sauerstoffmaske auf ihrer Nase und Mund. »Sobald die Sanitäter da sind, werden wir sie intubieren. Dafür habe ich nichts hier.«

Es vergingen einige Minuten, bis ich das Martinshorn des Krankenwagens hörte. Dann sah ich das Blaulicht. Glücklicherweise war das nächste Krankenhaus nicht weit von hier entfernt, in dem Doc hin und wieder arbeitete.

Shadow rannte, dicht gefolgt von den Sanitätern um die Ecke. Umgehend machte ich ihnen Platz und sie kümmerten sich mit Doc um Blakes Versorgung.

»Alle anpacken«, befahl Doc und jeder von uns griff einen Teil des Kreuzes in dem Versuch, Blake nicht zu berühren.

Gemeinsam trugen wir sie zum Rettungswagen und halfen so gut es ging sie hinein zu befördern. Es war knapp, aber es klappte. Doc stieg sofort mit ein und nickte mir zu. Dann fuhr der Krankenwagen auch schon davon.

Ohne nachzudenken, wandte ich mich um und rannte zu meinem Bike. Doch ich war nicht der Einzige, der das vorhatte, sondern auch meine Brüder starteten ihre Maschinen. Zusammen fuhren wir ins PeaceHealth Hospital.

***

Acht Stunden später saßen wir immer noch im Warteraum der Klinik, ohne auch nur von irgendwem etwas zu erfahren. Weder Doc noch eine beschissene Krankenschwester war erschienen.

Death war mit Soldier zurück zum Club gefahren. Mein Ziehvater versprach, dass er jetzt alle Männer zusammentrommeln und ich meine Rache erhalten würde. Das war der einzige Gedanke, der mich aufrechthielt.

Killer und meine Brüder verharrten weiterhin mit mir in der Klinik. Egal, wer reinkam, sobald sie uns sahen, verließen sie das Zimmer wieder. Meine Hände waren immer noch voll mit Blakes Blut. Aber ich wollte es mir nicht abwaschen, denn es erinnerte mich daran, wem es gehörte und was passiert war. Das durfte ich nicht vergessen. Niemals!

Zwei weitere Stunden später öffnete sich die Tür und ein erschöpfter Doc kam herein, zusammen mit einem Mann Mitte vierzig, der genauso müde aussah. Hinter sich schlossen sie die Tür und nahmen auf zwei Stühlen Platz.

Ich wagte nicht, auch nur ein Wort zu sagen, sondern starrte meinen Freund einfach nur an. Irgendwie wartete ich darauf, dass er mit dem Kopf schüttelte um mir zu signalisieren, dass sie es nicht geschafft hatte. Aber nichts dergleichen geschah.

»Sie lebt«, sprach er den besten Satz der Welt aus. Aber ich hielt mich mit Jubelgeschrei zurück, denn sein Gesicht strahlte nicht, sondern deutete mir, dass diese Auskunft nicht nur positiv war. »Blake hat die OP überstanden. Ihr Zustand ist jedoch kritisch. Zuerst aber die etwas besseren Nachrichten.« Doc rieb sich die Finger an der Hose ab. »Die Nägel, die man ihr durch die Hände und Füße gejagt hat, haben die wichtigen Stellen verfehlt. Sie waren problemlos zu entfernen und die Wunden sauber zu vernähen. Das Messer hat keine lebensnotwendigen Organe getroffen und auch dahingehend konnten wir handeln. Darüber hinaus sind vier Rippen und das Jochbein gebrochen. Über die Prellungen an ihrem gesamten Körper brauchen wir nicht zu reden aber …« Doc holte tief Luft. »… Die Kleine war massiven Schlägen ausgesetzt. Vor allem im Bereich des Gesichts und des Kopfes. Dadurch kam es zu Blutungen und Flüssigkeitsanlagerungen im Gehirn, was gerade dort sehr gefährlich ist. Da das Gehirn von der Schädeldecke umschlossen wird, erzeugt jede Schwellung Druck. Dadurch nimmt die Sauerstoff-Versorgung im Gehirn ab. Die Folge: Gesundes Gewebe wird beschädigt, im schlimmsten Fall gehen wichtige Hirnfunktionen verloren. Mit dem Eingriff haben wir versucht, den Druck zu verringern. Zusätzlich werden wir ihr Mittel verabreichen, die das unterstützen. Wir haben sie in ein künstliches Koma gelegt. Ob und in welchem Zustand sie wieder aus dem Koma erwacht, ist nicht vorhersehbar.« Mir schwirrte der Kopf. Blake lag im Koma? »Erschwerend hinzu kommen die Verletzungen auf ihrem Rücken. Sie wurde ausgepeitscht. Es ist kaum mehr Haut zu erkennen, sondern nur rohes Fleisch. Die Bastarde haben sich an ihr ausgelassen. Dass sie überhaupt noch lebt, ist ein Wunder. Wir müssen abwarten, bis wir etwas Genaueres sagen können.«

Blake kämpfte um ihr Leben, weil ich nicht auf sie aufgepasst und ihr eigener Freund sie verraten hatte. Wir hatten versagt. *Ich* hatte versagt. Es war eine simple Aufgabe gewesen. Blake Crawford zu beschützen. Das hatte ich nicht geschafft, weil ich mich auf andere Dinge konzentriert hatte.

»Sie liegt auf der Intensivstation«, erklärte Doc. »Nur ausgewähltes Personal wird ihr Zimmer betreten und sich um das Mädchen kümmern. Bin ich nicht da, behandelt Christian sie.« Er deutete auf den Mann neben sich. »Drei Krankenschwestern, die zu unserem Team gehören, sind ausschließlich für Blake abgestellt worden. Ansonsten habe ich angeordnet, dass kein anderer sie untersuchen darf. Ich habe dich und Steel in die Liste eintragen lassen für den Fall, dass ihr sie sehen möchtet. Darüber hinaus wird kein Besuch zu ihr gelassen. Blake wird auch nicht im Computer aufgeführt. Offiziell ist sie keine Patientin in diesem Hospital. Somit können wir jedem Risiko aus dem Weg gehen, bis sie wieder auf den Beinen ist.«

Falls sie wieder auf die Beine käme, dröhnte es in meinem Schädel.

Kapitel 38

Devil

Zwei Wochen, nachdem wir Blake gefunden hatten, lag sie noch immer im Koma. Doc und Christian hatten ihr während dieser Zeit den Beatmungsschlauch gezogen, da sie selbstständig atmen konnte.

Täglich saß ich an ihrem Bett, und wenn ich nicht bei ihr sein konnte, übernahm Steel die Wache. Wir wechselten uns ab, damit sie nie alleine war.

Auch nach weiteren zwanzig Tagen machte sie keine Anstalten, wach zu werden. Doc erklärte mir, dass wir ihr Zeit geben müssten, was gar nicht so einfach war, denn ich hielt es langsam nicht mehr aus und die Hoffnung, dass sie überhaupt irgendwann zu uns zurückkehrte, schwand mit jedem Tag.

Die Wunden an ihrem Körper waren teilweise verheilt. Der Rücken wurde täglich frisch verbunden. Auf ihren Händen und Füßen musste mittlerweile kein Verband mehr gelegt werden, da die Verletzungen sich geschlossen hatten. Den Messerstich erkannte man nur noch aufgrund einer weiteren Narbe.

Ihr Gesicht war mittlerweile abgeschwollen, nur noch vereinzelte blaue und gelbe Flecken waren zu sehen. Die Hirnschwellung war nicht mehr zu sehen, wie das CT zeigte. Alles in allem machte meine *kleine Kampfmaschine* auf mich den Eindruck, als würde sie nur schlafen. Aber so war es nicht.

Was River und seine Crew betraf, waren wir keinen Schritt weitergekommen. Als wäre er vom Erdboden verschwunden. Unsere Verbündeten, sowie die Mitglieder der *Dark Bloods*, waren in Springfield eingetroffen und wohnten verteilt in Oregon. Sogar die Wohnung von Blake und der toten Rachel hatten wir einigen Jungs überlassen.

Doc hatte sich mit einem befreundeten Gerichtsmediziner die Leiche der jungen Frau angesehen. Nach den abschließenden Untersuchungen stellte sich heraus, dass die Kleine auf brutalste Weise missbraucht und misshandelt wurde. Er hatte gemeint, dass es kein schöner Anblick war und dass das Mädel sehr gelitten haben musste. Für mich stand außer Frage, wer ihr das angetan hatte. Sollte sie etwas über ihre Mitbewohnerin gewusst haben, hatte sie es ganz gewiss ausgespuckt. Aber was sollte sie schon über Blake sagen können? Nichts, ich würde meine Hand dafür ins Feuer legen, dass die blonde Schönheit genauso ahnungslos gewesen war wie ich.

Jedenfalls hatten sich einige Männer zusammengetan um Blakes Appartement auf Vordermann zu bringen. Rachels Zimmer wurde komplett renoviert, die alten Möbel entfernt und neue in den Raum gestellt. Nachdem alles fertig war, überließen wir sie einigen Jungs, falls River und Co. noch mal da aufschlagen würden. Auch wenn es dafür keinen Grund gab, dennoch konnten wir nicht vorsichtig genug sein.

Seitdem Shadow seine gelegentliche Bettgefährtin gefunden hatte, sprach er kaum noch ein Wort. Er ging seiner Arbeit nach, war ständig schlecht gelaunt und befand sich mehr im Fitnessstudio, als im Club. Ich wollte mit ihm reden, aber Death verbat es mir. Er hatte gemeint, dass unser Bruder Zeit für sich benötigte. Eigentlich verstand ich das nicht ganz, denn ich hatte nie den Eindruck gehabt, dass ihm das Mädel mehr bedeutet hatte, als sie nur flachzulegen. Wieso hatte er keinen Anspruch auf sie erhoben?

Wieder sah ich Blake an, die friedlich in ihrem Krankenhausbett lag. Seit dem Gespräch mit Killer konnte ich an nichts anderes denken, als an das, was sie seit Jahren durchgemacht hatte.

Ich hatte viele Fragen, die mir nur meine *kleine Kampfmaschine* beantworten konnte.

Aber dafür musste sie aufwachen, denn nur dann konnte ich mehr über ihr Geheimnis in Erfahrung bringen. Hier und jetzt schwor ich mir, dass ich sie nicht vom Haken lassen würde, bis ich jedes Detail kannte. Wir hatten genug Zeit damit verschwendet, Spiele zu spielen.

»Ablösung gefällig?«, vernahm ich Steels Stimme und schaute auf. Mein Bruder kam ins Zimmer, schloss die Tür hinter sich und nahm auf der anderen Seite des Bettes Platz. »Gibt es etwas Neues?«

»Nichts«, gab ich müde zurück. »Wie seit Tagen.«

Vor einiger Zeit hatte ich meine Jungs darüber in Kenntnis gesetzt, was Killer uns mitgeteilt hatte. Daraufhin hatte Ice Recherchen angestellt und nur oberflächliches Zeug herausgefunden. Bilder der Polizei, Presseartikel, aber nichts über River oder Verdächtige. Über Chester und Melinda Sullivan gab es ebenfalls wenig. Cold hatte definitiv seine Spuren nach seinem Clubleben verwischt. Dann gab es noch Aufnahmen von Kathy, Leslie und Scott Sullivan. Alle drei waren älter als Blake. Die Kleine hatte in einer Nacht ihren ganzen Halt verloren.

»Sie wird aufwachen.« Als wäre das Steels Mantra, denn diese Worte wiederholte er jeden beschissenen Tag. »Glaub mir. Die lässt dich nicht alleine. Dafür mag sie dich viel zu sehr. Kann ich zwar nicht verstehen, aber es ist so.«

»Arschloch«, beschimpfte ich ihn und wir beide grinsten.

»Hast du was von Shadow gehört?«, wechselte ich das Thema und mein Freund schnaubte.

»Er ist immerzu im Studio und malträtiert den Sandsack«, setzte er mich in Kenntnis. »Unser Bruder spricht kaum ein Wort mit einem von uns. Ich wollte ihn ansprechen, aber ich werde es lassen. Wenn er bereit ist, wird er kommen. Wir sind alle nicht hirnamputiert, Devil, wir wissen, dass er diese Rachel mehr mochte, als er zugegeben hat.«

»Er hätte sie als Eigentum einfordern können«, konterte ich.

»Vielleicht war er noch nicht bereit dazu«, warf er ein.

»Jetzt ist es zu spät dafür, würde ich sagen«, erwiderte ich und betrachtete Blake.

»Für dich aber noch nicht, Bruder.« Mit hochgezogener Augenbraue sah ich Steel an, doch er zuckte nur mit den Schultern. »Sollte Blake aufwachen, dann greif zu. Sonst schnappt sie dir jemand weg, oder sie verschwindet. Killer ist ihr Patenonkel und wenn sie merkt, dass hier nichts ist, was sie hält, könnte sie durchaus nach England gehen.«

»Wer sollte sie sich denn vor mir greifen?«, wollte ich umgehend wissen.

»Keine Ahnung.« Erneut zuckte er mit den Schultern. »Vielleicht ich. Sie ist cool, Alter und ich mag sie.«

»Ich breche dir das Genick, du Penner«, schnauzte ich ihn an und bemerkte erst jetzt, welchen Fehler ich damit begangen hatte. Steel lehnte sich selbstzufrieden mit verschränkten Armen zurück und grinste. Wichser! »Ich fahr jetzt«, sagte ich, ohne weiter auf das Thema einzugehen. »Melde dich, sollte es Veränderungen geben.« Damit stand ich auf, blickte noch einmal zu Blake und verließ das Zimmer.

Auf dem Flur begegnete ich einigen Schwestern, die mich verschmitzt anlächelten, kichernd miteinander sprachen oder versuchten, mit mir zu flirten. Auf nichts davon war ich bislang eingegangen. Bevor Blake in mein Leben getreten war, hatte ich kaum eine Gelegenheit ausgelassen und jetzt? Es interessierte mich nicht mehr. Sogar die Clubmädchen ignorierte ich. Egal, ob Chantal, Mercedes oder wie sie alle hießen, versuchten, mich ins Bett zu bekommen, auf keines der Angebote war ich eingegangen. Nein, wenn ich nicht im Krankenhaus war, arbeitete ich, trank mit meinen Jungs ein Bier oder fuhr nach Hause, um mich frisch zu machen.

Für alle anderen ging das Leben weiter, auch wenn Spannung in der Luft lag. Jeder von uns wollte River in die Finger bekommen, damit die Scheiße endlich aus der Welt geschafft werden konnte.

Da wir keine Lust auf eine Wiederholung hatten, schickten wir sogar Cynthia für ein paar Tage weg, Hellboy war noch nicht von seinem Auslandseinsatz zurück. Angel hatte seine Frau gebeten, ihren Urlaub in Frankreich zu verlängern, bis er sie nach Hause holt.

Sogar die Mitglieder der anderen Clubs forderten ihre Frauen auf, Oregon zu verlassen. Niemand wollte ein Risiko eingehen.

Auf dem Parkplatz stieg ich auf mein Bike und machte mich auf den Weg ins Hotel. Die Fahrt dauerte nicht lange, sodass ich wenige Minuten später schon eintraf.

Unzählige Bikes standen vor und um das Gebäude herum, sodass es schwer war, eine freie Lücke zu finden. Aber ich fand eine. Dann marschierte ich hinein und stiefelte direkt in Death Büro.

Er saß wie in den letzten Tagen auch, konzentriert hinter seinem Schreibtisch. Er baute täglich mehr ab und ich verstand nicht, woran das lag. Er machte sich Sorgen, keine Frage, aber da war noch mehr.

»Hey«, begrüßte ich meinen Ziehvater und nahm ihm gegenüber Platz. »Was gibt's Neues?«

»Wir sind vollzählig«, setzte er mich in Kenntnis. »Jetzt besitzen wir eine kleine Armee. Die Präsidenten haben sich zusammengesetzt und alles geklärt. Die Männer sind unterrichtet. Sobald wir herausfinden, wo sich River befindet, schlagen wir zu.« Das hörte sich gut an. Es war an der Zeit, sich den Wichser zu schnappen. »Was ist mit Blake?«

»Zustand nach wie vor unverändert«, erklärte ich. »Entweder sie wacht bald auf oder nicht. Ihre Entscheidung.« Die Worte kamen hart über meine Lippen. Eigenschutz, denn ich wollte, dass sie sich für das Leben entschied. Aber ich war einfach kein Kerl, der das offen zugeben würde. Noch nicht jedenfalls.

Death beäugte mich auf eine Art, wie ich es nicht von ihm kannte. Ehrlich gesagt, mochte ich diese Intensität auch gerade nicht.

»Du magst die Kleine, oder?«, erkundigte er sich und ich versuchte, meine Gefühle nicht nach außen zu transportieren.

»Ist nicht schwer«, gab ich knapp zurück. »Sie ist cool. Hat was auf dem Kasten. Weiß sich zu wehren. Jeder hier mag sie.«

»Du bist mein Sohn, Devil«, seufzte er und lehnte sich in seinem Stuhl zurück. »Als ich dich damals fand, musste ich nicht lange überlegen und nahm dich auf. Ich sah in deinen Augen etwas, was mich zu dieser Entscheidung veranlasste.«

»Was genau?«, hakte ich nach. »Dass es mir scheiße ging und ich die ganze Welt verflucht habe?«

»Hoffnung«, konterte er und ich zog meine Augenbrauen zusammen. Das konnte er unmöglich ernst meinen, denn davon hatte ich damals nicht mal mehr einen Funken besessen.

»Keine Ahnung, was du gesehen hast«, gab ich zurück, »aber Hoffnung war es ganz gewiss nicht. Weswegen hätte ich auch welche haben sollen? Mein Leben war scheiße, bis zu dem Tag, als du den Wohncontainer betreten hast. Wärst du nicht gekommen, würde ich jetzt hier nicht sitzen. Wahrscheinlich wäre ich schon längst tot und mein Körper würde in meiner eigenen Pisse verrotten.«

»Du warst immer ein harter Hund, mein Junge«, entgegnete er. »Aber ein Lügner warst du nie. Deine Hoffnung war nicht verschwunden und dein Kampfgeist nicht erloschen. Deine Eltern waren Wichser, darüber brauchen wir nicht zu reden, aber du hast dich von denen nicht zerstören lassen. Wenn ich nicht erschienen wäre, glaub mir, du hättest einen Weg gefunden. Dennoch bin ich froh, dass du hier bei mir bist. Vielleicht bist du nicht mein leibliches Kind, aber du bist mein Sohn. Daran wird sich niemals etwas ändern. Klar?«

»Das weiß ich.« Ich nickte, weil ich solche Gespräche nie mit ihm geführt hatte und sie auch nicht mochte. Wenn er emotional wurde, stimmte etwas nicht. Gott, ich musste mit Doc sprechen.

»Blake wird aufwachen.« Mein Blick ruhte auf seinem Gesicht und ich erkannte eine Entschlossenheit darin, die mir irgendwie abhandengekommen war. »Sie wird aufwachen«, wiederholte er, als hätte ich ihn beim ersten Mal nicht verstanden. »Sie mag dich und ich weiß, dass du sie auch gern hast. Mir kannst du nichts vormachen.« Sofort wollte ich etwas dazu sagen, doch Death hob die Hand und schüttelte den Kopf. »Hör auf, dir was anderes einreden zu wollen, das passt nicht zu dir. Du hast zu viele Jahre verschwendet, um auf die ganze Welt sauer zu sein. Jetzt hast du die Möglichkeit, das zu erleben, was ich mit Theresa erfahren durfte. Vielleicht nicht lange, aber die Zeit mir ihr, will ich nicht missen. Sie war für mich die *Eine* und nach ihr gab es keine andere Frau. Ficken kann jeder, lieben nicht. Eventuell ist es an der Zeit, mein Junge, zu erkennen, was für ein Mann du wirklich bist. Irgendwann, wenn ich nicht mehr da bin, wird das alles dir gehören. Dann solltest du nicht alleine sein, sondern einen starken Menschen an deiner Seite haben. Und Blake ist ein solcher Mensch. Sie wird dich halten und unterstützen, Seite an Seite mit dir kämpfen und dir das schenken, was du niemals kennengelernt hast.« Mit hochgezogener Augenbraue stellte ich die stumme Frage. »Liebe, mein Sohn. Unbändige und reine Liebe. Wenn du sie gehen lässt, bist du nicht nur dumm, sondern dann werde ich dich abknallen. Verstanden?«

»Deinen eigenen Sohn?«, lachte ich auf. »Würdest du nie tun. Aber Liebe, alter Mann, ist ein Gefühl, das vergeht. Keine Ahnung, ob ich jemals dazu fähig sein werde. Oder, ob ich das überhaupt will. Blake ist mir nicht egal, damit hast du recht. Aber sie hat mich nach Strich und Faden belogen. Bin mir nicht sicher, ob ich das hinnehmen kann.«

»Hast du sie über deine Vergangenheit aufgeklärt?«, konterte er. Penner!

»Nein, ich habe sie nicht über meine Kindheit aufgeklärt«, antwortete ich knapp. Verdammt, in diesem Moment wusste ich, dass er mich durchschaut hatte.

»Was ist dann der Unterschied?«, wollte er wissen. »Du denkst, dass du nicht gut genug für sie bist, richtig?« Was war der Mann? Profiler? So gut konnte er mich überhaupt nicht kennen. Meine innere Unruhe stieg ins Unermessliche und ich stand auf. Ich hatte keine Lust mehr über all diese Scheiße zu sprechen. Es war sowieso sinnlos! Wir hatten andere Probleme.

»Ich geh mal zu den Jungs«, wechselte ich das Thema und öffnete die Tür.

»Du bist gut genug für sie«, hörte ich ihn hinter mir sagen. »Du bist mehr, als du selbst in dir siehst. Schon mal darüber nachgedacht, ob sie vielleicht denkt, sie könnte nicht gut genug für dich sein?«

Ohne darauf einzugehen, verschwand ich. Ich wollte über seine Worte nicht nachdenken, denn sie verursachten mir Kopfschmerzen. Außerdem musste ich mich auf andere Dinge – wichtige Dinge – konzentrieren. Unter anderem darauf, River und seinen Club auszulöschen. Danach konnte ich mir Gedanken über diesen ganzen Gefühlsscheiß machen.

Zuerst marschierte ich in Docs Zimmer. Da er nicht im Krankenhaus war, konnte er sich nur hier aufhalten. Wie vermutet, saß er in seinem Sessel und durchforstete einige Akten.

»Was ist mit Death?«, fiel ich direkt mit der Tür ins Haus und nahm auf der Couch Platz.

»Was meinst du?« Gespielt verwirrt betrachtete mich mein Bruder. In meinem Gesicht musste er erkannt haben, dass ich auf solch einen Mist gerade keine Lust habe. Er schnaubte. »Ehrlich gesagt, ich habe keinen blassen Schimmer. Ich habe schon drei Mal versucht, mit ihm zu reden, aber er blockt ab. Er gefällt mir nicht, nur kann ich ihn nicht zwingen, sich von mir untersuchen zu lassen.«

»Vielleicht erschöpft?«, versuchte ich, eine Alternative zu dem zu finden, was sich gerade in meinem Kopf abspielte.

»Durchaus im Bereich des Möglichen«, erwiderte er, aber er schien davon nicht überzeugt. »Meiner Meinung nach baut er täglich mehr ab. Seine Gesichtsfarbe gefällt mir nicht und auch nicht, dass er immer dünner zu werden scheint. Die Fingernägel sind dunkel. Du kennst ihn besser als sonst wer. Wenn ich ihn mit Gewalt dazu bringen will, reißt er mir den Arsch auf.« Damit lag er wahrscheinlich gar nicht so falsch.

»Ich kümmere mich darum«, meinte ich und stand auf.

»In einer Stunde löse ich Christian ab«, setzte Doc mich in Kenntnis. »Mach dir keine Gedanken. Wir bekommen das alles hin.«

Ich nickte, sagte dazu aber nichts und verließ den Raum. Shadow und Ice standen an der Bar und tranken Kaffee. Sofort gesellte ich mich zu ihnen und orderte mir auch eine Tasse.

»Das Waffenlager ist gefüllt«, informierte Shadow mich. »Egal wann, wir sind auf alles vorbereitet. Die Lieferungen sind dieses Mal ohne Probleme durchgekommen. Wir konnten unsere Kunden bedienen. Von River und seinen Männern bislang immer noch keine Spur. Wir bleiben dran. Einige von uns haben sich in Hillsboro niedergelassen. Wollen das Lagerhaus im Auge behalten. Vielleicht rührt sich da was. Jedenfalls werden wir informiert.« Mein Bruder ratterte die Informationen tonlos runter, als arbeitete er eine Strichliste ab. »Darüber hinaus haben wir ein Problem mit O'Brian.«

»Inwiefern?«, hakte ich nach und schnappte mir meinen Becher, den Minni mir vorsetzte.

Dass wir erneut mit dem Junkie Probleme bekommen würden, hätte ich nicht erwartet. Er lernte einfach nicht aus seinen Fehlern und so langsam hatte ich die Schnauze gestrichen voll.

»Er ist verschwunden«, setzte er mich in Kenntnis.

»Wir haben überall nach ihm gesucht«, mischte Ice sich ein. »Keine Spur. Dafür fehlen 5 Kilo von unserem Koks. Er muss sich das irgendwie nach und nach zurückgelegt haben. Kunden riefen an, und beschwerten sich, weil sie keine Ware bekommen haben. Dadurch ist es aufgefallen.«

Fuck, in den letzten Wochen hatte ich mich nicht mehr um die Zahlen gekümmert, weil ich anderweitig beschäftigt gewesen war. Ich hatte meine Aufgabe vernachlässigt. Nicht nur, dass ich Blake nicht beschützen konnte, mir sind auch die

Unternehmungen von dem kleinen Wichser durch die Lappen gegangen. Fünf Kilo. Verdammte Scheiße, das war eine Menge Kohle, die uns nun fehlte. Ich hätte kotzen können.

»Findet ihn«, befahl ich. »Dreht jeden Stein um. Fragt euch durch die Gegend. Er muss die Drogen irgendwo loswerden. Erkundigt euch, wer größere Mengen abnimmt. Ich will wissen, wo der Dreckssack sich aufhält. Dann holen wir ihn her und unterhalten uns mit Mr. O'Brian.«

»Wir sind bereits dran«, teilte Shadow mir mit. »Keine Sorge, wir finden ihn.«

Wortlos nickte ich und nahm einen Schluck von meinem Kaffee. Plötzlich piepte mein neues Handy und ich sprach einige Flüche aus, weil mir der ganze Mist langsam auf den Sack ging.

Aus meiner Gesäßtasche fischte ich das Telefon heraus und öffnete die Nachrichten-App.

Steel: *Sie ist wach.*

Mehr schrieb er nicht und auf einmal konnte ich freier Atmen. Als wären mehrere Steine aus meiner Lunge zu Boden gefallen, und füllten sich mit Sauerstoff. Ich stellte den Becher auf den Tresen, wandte mich um und marschierte davon. Hinter mir hörte ich Ice fragen, was los sei, doch ich reagierte nicht. Jetzt war nur wichtig, schnell zu meiner *kleinen Kampfmaschine* zu kommen.

Kapitel 39

Blake

Meine Augen taten weh, immer wieder fielen sie wie von alleine zu. Doch ständig versuchte ich, sie wieder zu öffnen, aber sie brannten fürchterlich. Nach mehreren Anläufen hatte ich es einigermaßen geschafft und blinzelte mehrmals, damit sich der Schleier um mich herum legte.

Das Zimmer, in dem ich mich befand, war weiß und kühl, ich fühlte mich nicht wohl hier. Neben mir hörte ich ein Geräusch und drehte meinen Kopf. Auf einem Stuhl hockte Steel und grinste mich an. Dann schaute ich mich um, in der Hoffnung, auch Devil vorzufinden, aber er war nicht da. Was hatte ich auch erwartet? Tränen stiegen mir in die Augen, als ich Steel wieder betrachtete.

»Wie geht es dir?«, wollte er wissen, doch ich konnte darauf nicht wirklich antworten, weil ich es nicht wusste. Also zuckte ich nur mit den Schultern. »Erinnerst du dich daran, was passiert ist?« Ich nickte. »Schade, ich hatte mir gewünscht, dass du diese Stunden vergisst. Aber Honey, du hast überlebt. Wieder einmal.« *Wieder einmal?* Wovon sprach er? Allerdings ging ich nicht darauf ein, weil mein Hals wehtat und ich Probleme mit dem Schlucken hatte. »Möchtest du etwas trinken?« Erneut nickte ich und Steel erhob sich. Dann umschloss er meinen Hinterkopf mit seiner großen Hand, hob ihn ein Stück an und hielt mir eine Schnabeltasse an den Mund. Mehrere kleine Schlucke schaffte ich, als er mich wieder sachte auf das Kissen legte.

Ich hielt meine Hände hoch, um mir die Wunden anzusehen, doch bis auf fast abgeheilte Narben, konnte ich nichts erkennen. Dann bewegte ich meine Schultern und rieb mit dem Rücken über die Matratze. Allerdings blieb der Schmerz aus, den ich erwartet hatte.

»Wie lange bin ich schon hier?«, fragte ich und hatte Angst vor seiner Antwort.

»Fast fünf Wochen«, setzte er mich in Kenntnis. Erschüttert darüber, schloss ich die Augen und konnte nicht fassen, was ich hier zu hören bekam.

»Habt ihr … River gefunden?«, flüsterte ich, immer noch mit gesenkten Lidern.

»Noch nicht, Kleines«, hörte ich Steel sagen. »Aber wir haben uns aufgestellt und suchen ihn überall. Wir werden ihn aufspüren, das verspreche ich dir. Bis dahin lassen wir dich nicht mehr aus den Augen.«

»Könntest du mir einen Gefallen tun?«, bat ich ihn und sah ihn endlich wieder an. Die Tränen hatte ich wieder zurückgedrängt. Steel nickte. »Würdest du Rachel herholen? Geht das?«

Der Mann neben mir verspannte sich und ich verstand seine Reaktion nicht ganz. Aber ich machte mir darüber keine Gedanken. Ich hatte das Bedürfnis mit meiner Freundin zu reden, wollte ihr so vieles erzählen und wünschte mir, bei ihr weinen zu können. Sie war immer gut zu mir gewesen, aber ich hatte sie auf Abstand gehalten, obwohl sie das nicht verdient hatte.

»Das würde ich wirklich gerne, aber …«, Steel schüttelte den Kopf, »… das geht derzeit nicht. Du bist hier offiziell nicht geführt. Bis auf den Club weiß keiner, dass du hier bist. Wenn du wieder auf die Beine kommst, reden wir, okay? Aber du brauchst erst mal Zeit. Und jetzt werde ich deinen Arzt holen. Den hätte ich schon längst informieren müssen.«

»Okay«, stimmte ich zu und hakte nicht weiter nach. Ich war im Krankenhaus und bis auf die *Demons Hell* Männer, wusste keiner davon. Wenn sie meinten, mich so beschützen zu können, würde ich nicht intervenieren. Noch so eine Folter, wie ich sie vor Wochen erlebt hatte, wollte ich nie wieder durchmachen. Steel erhob sich, nachdem er mich noch einmal intensiv musterte, nickte mir zu und verließ den Raum.

Erneut betrachtete ich meine Hände, bewegte die Finger und gleichzeitig die Füße, als sich die Tür öffnete. Ein Mann, mit dunklen kurzen Haaren betrat das Zimmer und kam lächelnd auf mich zu. Ich kannte ihn nicht, aber irgendwie mochte ich ihn.

»Ms. Crawford«, begrüßte er mich. »Es ist wirklich schön, Sie zu sehen.«

»Danke«, krächzte ich, weil meine Kehle immer noch nicht so wollte, wie ich.

»Mein Name ist Dr. Harris«, teilte er mir mit. »Aber nennen Sie mich Christian. Docs Freunde sind auch meine.«

»Blake«, bot ich ihm ebenfalls an.

»Wie fühlst du dich?«, erkundige er sich.

»Schwach«, antwortete ich. »Krank. Als hätte ich eine Grippe.«

»Das ist vollkommen normal«, teilte er mir mit. »Du hast einiges abbekommen und wenn Doc sich nicht sofort um dich gekümmert hätte, sehe es nicht so rosig aus. Es grenzt an ein Wunder, dass du dich jetzt mit mir unterhalten kannst. Aber ich bin sehr froh über den Ausgang.« Nun, ich selbst wusste nicht wirklich, was ich von alledem halten sollte. Äußerte mich aber nicht dazu. Das brauchte ihn nicht zu interessieren. »Deine Wunden an den Händen, Füßen, Gesicht sowie die Stichverletzung sind gut verheilt. Auf deinem Rücken bildet sich bereits neue Haut.« Ich nickte, was sollte ich auch anderes sagen? »Du hattest viele Prellungen. Vier deiner Rippen waren gebrochen, die nur langsam verheilen. Davon wirst du noch einige Wochen etwas spüren. Vor drei Tagen haben wir dich geröntgt und sind mit dem Ergebnis sehr zufrieden. Leider hattest du erhebliche Verletzungen am Kopf, weshalb wir dich ins künstliche Koma legen mussten. Das war vor fünf Wochen.«

Ohne sie aufhalten zu können, liefen mir die Tränen unweigerlich über die Wangen. All das hörte sich wirklich nicht sonderlich gut an und ich fragte mich erneut, wieso ich noch lebte.

»Dann muss ich wohl einen Schutzengel haben«, wisperte ich, damit ich überhaupt mal etwas sagte.

»Eventuell auch mehrere.« Christian lächelte und notierte einiges auf dem Klemmbrett. »Es wird noch eine Weile dauern, bis du wieder auf den Beinen bist, aber ich bin guter Hoffnung. Doc wird nachher auch zu dir kommen und nach dir sehen. Vorher aber schicke ich dir eine Krankenschwester vorbei, die einige Werte bei dir prüft und dir bei der einen oder anderen Angelegenheit hilft.« Er schloss die Akten und sah mich eindringlich an. Seine Schokoladenaugen ruhten auf mir. »Blake, du kannst sehr stolz auf dich sein. Du bist eine starke Frau. Verliere nie deinen Kampfgeist. Der hat dir das Leben gerettet.«

»Vielen Dank für alles.« Auch ich versuchte, zu lächeln, was vielleicht etwas zittrig ausfiel, aber ich hatte es geschafft.

Christian nickte mir zu, wandte sich ab und verließ das Zimmer. Ich drehte meinen Kopf in Richtung Fenster und ließ der salzigen Flüssigkeit in meinen Augen freien Lauf.

Er hatte gesagt, mein Kampfgeist rettete mich. Davon war ich nicht ganz überzeugt, vielmehr waren es die Gedanken an Devil, die mich haben durchhalten lassen. Wenn ich nur an ihn dachte, schnürte sich mein Brustkorb zusammen. Die Liebe, die ich für diesen Mann empfand, hatte mich gerettet. Aber nicht er hatte an meinem Bett gesessen, nachdem ich wachworden war, sondern Steel. Ein Freund, aber nicht derjenige, den ich über alles liebte. Damit musste ich zurechtkommen, egal, wie schwer es werden würde. Anscheinend hatte Devil mich vergessen, oder ich war ihm schlicht nicht wichtig. Wahrscheinlich würde es eine lange Zeit brauchen, bis ich über ihn hinweg sein würde. Vielleicht würde das auch niemals passieren.

Die Tür ging auf. Mit tränenverschleierten Augen schaute ich zu der Frau, die freundlich und liebevoll lächelnd das Zimmer betrat.

»Ms. Crawford, es ist schön, Sie zu sehen«, begrüßte mich die junge Krankenschwester, die unglaublich hübsch war.

Sie hatte langes, lockiges, rotblondes Haar, das sie zu einem Pferdeschwanz gebunden hatte und ihre intensiv grünen Augen stachen strahlend hervor. Irgendwie passte sie nicht hierher. Innerlich musste ich auflachen, denn genauso wenig passte ich in Devils Welt. »Ich bin Sky.«

»Blake«, sagte ich.

Im nächsten Moment nahm Sky mir Blut ab, überprüfte meine Vitalfunktionen und notierte alles in meiner Akte.

Danach half sie mir aufzustehen, was sich als gewagtes Unterfangen herausstellte. Immerhin war ich fünf Wochen nicht gelaufen und das machte sich gerade bemerkbar. Aber die Schwester ließ mich nicht los, sondern hielt mich fest, sodass ich nicht auf den Boden fallen konnte. Nachdem ich es schaffte, mich auf den Beinen zu halten – wenn auch wackelig – übten wir die ersten Schritte und machten uns auf den Weg ins Bad. Dort stützte ich mich auf das Waschbecken und betrachtete mich im Spiegel. Bis auf ein paar blaue Flecken, die sich mittlerweile gelb verfärbten, sah es gar nicht mehr so schlimm aus. Dann schaute ich an mir herunter und erkannte, dass sich auf meinen Füßen kein Verband mehr befand. Dafür weitere Narben. Erneut bewegte ich die Zehen und spürte ein kleines Ziehen. Was wohl normal war. Meine Rippen stachen ein bisschen, aber wahrscheinlich würde das bald vorbeigehen. Alles würde irgendwann verheilen, aber was war mit meiner Seele? Die war angeknackst, und zwar erheblich.

»Geht es dir gut?«, wollte Sky wissen und unsere Blicke trafen sich im Spiegel. Erst da bemerkte ich, dass wieder Tränen aus meinen Augen kullerten.

»Ich weiß es nicht«, gab ich ehrlich zu und schaute mich wieder an. Würde es mir jemals wieder gut gehen? Das konnte ich nicht beantworten. Es war einfach unglaublich viel passiert und ich wusste nicht, wie ich damit umgehen sollte.

»Irgendwann wird die Zeit kommen, in der die Bilder verschwinden«, flüsterte Sky und ich sah überrascht auf. Ihre Traurigkeit schlug mir fast ins Gesicht, und auch wenn ich die Frau hinter mir nicht kannte, so hatte ich das Gefühl, als sprach sie aus eigener Erfahrung. Kaum merklich schüttelte ich den Kopf. »Lass uns dich jetzt erst mal in Ruhe waschen. Dann wird es dir ein bisschen besser gehen.«

Nachdem Sky mir beim Duschen und Anziehen geholfen hatte – im Prinzip hatte sie alles alleine getan – kämmte sie meine Haare und föhnte sie sogar trocken. Ganz sicher gehörte das nicht zu ihren Aufgaben, dennoch kümmerte sie sich um mich. Als ich endlich fertig war und mich einigermaßen wie ein Mensch fühlte, legte ich mich ins Bett und hätte umgehend wieder schlafen können. Aber ich hatte genug geruht, jetzt war es wichtig, wieder auf die Beine zu kommen. Allerdings hatte ich keinen Schimmer, wie es weitergehen sollte. Was würde ich machen, wenn ich wieder fit genug war? Einfach wieder in meine alte Wohnung zurückkehren? Bei Devil bleiben? Im Clubhaus?

Mein Kopf stand kurz vor einer Explosion und ich wusste weder ein noch aus. Alles war so verworren, nichts mehr wie es war.

Gott, was war nur los mit mir? Ich benahm mich, wie ein weinerliches Baby. Die letzten Jahre hatte ich doch auch gekämpft, ohne mich in Selbstmitleid zu suhlen.

»Ruh dich aus«, sagte Sky und deckte mich ordentlich zu. »Ich sehe später nochmal nach dir.«

»Danke für alles«, meinte ich und schenkte ihr ein aufrichtiges Lächeln, das sie erwiderte.

»Habe ich gerne gemacht.« Damit wandte sie sich ab und verließ den Raum.

Bevor ich überhaupt über all das Nachdenken konnte, was eigentlich passiert war, öffnete sich die Tür ein weiteres Mal, und mein Brustkorb zog sich zusammen, als Devil auf mich zukam. Er war allein, Steel war nicht bei ihm.

Sein Gesicht ließ mich nicht erkennen, was er dachte oder wie er sich fühlte. Wie immer, war sein Ausdruck unergründlich. Aber seine Augen waren ausschließlich auf mich gerichtet.

Devil nahm auf dem Stuhl neben meinem Bett Platz. Ich musste schlucken, weil ich gerade nicht wusste, wie ich mit seiner Anwesenheit umgehen sollte. Immerhin war ich davon überzeugt gewesen, dass er mich vergessen … mich quasi zurückgelassen hatte.

»Wie geht es dir?« Seine Tonlage war weich und sanft.

»Es geht«, meinte ich, weil ich meinen Zustand noch nicht in Worte fassen konnte. Ich musste erst einmal selbst mit der Situation lernen umzugehen, bevor ich ihm erklären konnte, wie mein Innerstes wirklich aussah.

»Du lagst lange im Koma«, informierte er mich. Sein Blick ruhte auf meiner Hand, auf die er wenige Sekunden später, seine legte. Die Berührung ging mir durch Mark und Bein.

»Ja, Christian war schon hier und hat mich über alles aufgeklärt«, teilte ich ihm mit. Gott, ich hätte so gerne mit ihm über andere Dinge gesprochen, eine normale Unterhaltung mit ihm geführt, aber meine Stimmbänder wollten nicht so, wie ich es mir gewünscht hätte.

Noch in Rivers Gewalt hatte ich mir geschworen … sollte ich das überleben, müsste ich Devil sagen, dass ich ihn liebte. Doch irgendwie wollten die Worte nicht raus. Nicht, weil es nicht mehr stimmte, sondern weil seine Mimik es mir einfach verbat. Er war so anders … distanziert, unantastbar. Wieder einmal setzte mir seine Art gehörig zu.

»Hör mal«, seufzte er plötzlich und streichelte mir mit seinen Fingern über den Handrücken. »Es tut mir verflucht leid, was dir zugestoßen ist.« Unsere Blicke trafen sich und ich hatte Mühe, die aufkommenden Tränen zu unterdrücken. »Ich habe versprochen, dich zu beschützen, und habe versagt. Du kannst dir nicht vorstellen … Blake, ich bin beschissen in sowas, aber du musst mir glauben, wenn ich dir sage, dass ich alles dransetzen würde, um das, was dir angetan wurde, wieder gutzumachen.«

Fassungslos riss ich die Augen auf. »Du kannst doch nichts dafür.« Mein Atem ging hektisch, so aufgewühlt war ich. »Das war nicht deine Schuld. Ich dachte … ich habe den Fehler gemacht, und Bruce an mich herangelassen. Ich hätte es besser wissen müssen. Man kann niemandem wirklich vertrauen.« Devil, ihm vertraute ich, aber das würde ich nicht sagen. Nicht jetzt.

»Du hast gar nichts falsch gemacht«, widersprach er energisch. Die ganze Zeit über, hielt er meine Hand, als wollte er die Verbindung zwischen uns nicht unterbrechen. »Ich hatte die Verantwortung für dich und hätte besser aufpassen müssen.«

Wie sollte ich ihn bloß vom Gegenteil überzeugen? »Devil, du bist doch nicht mein Vater. Du hast in den letzten Wochen alles für mich getan. Irgendwie sind wir gemeinsam in diese Scheiße geschlittert. Weil ich einen Fehler gemacht habe, konnte River mich schnappen. Wenn du dabei gewesen wärst, vielleicht … vielleicht hätte man dich erschossen.« Den letzten Satz flüsterte ich, weil allein der Gedanke, er könnte getötet werden, mir die Kehle zuschnürte. »Damit hätte ich nicht leben können«, fügte ich noch leise hinzu.

Devil schnaubte, fuhr sich mit der Hand durch sein Haar und schüttelte den Kopf. »Du verstehst das nicht. Ich hätt…«

»Stopp«, unterbrach ich ihn. »Du hättest gar nichts tun können. Wenn River mich an diesem Tag nicht erwischt hätte, dann an einem anderen. Es ist dir doch gar nicht möglich, mich vierundzwanzigstunden am Tag, im Auge zu behalten. Außerdem bin ich kein Kind mehr. Ja, ich brauche Zeit, um all das zu verarbeiten, aber ich habe schon andere Sachen überstanden. Irgendwann wird es mir wieder gut gehen.«

»Irgendwann«, sinnierte er. »Das hoffe ich für dich, Kleine. Das hoffe ich um unserer beider Willen.«

Ich wollte ihn fragen, was er damit genau meinte, aber als ich meinen Mund öffnete, erhob er sich. Gerade hielt er noch meine Finger, jetzt, wo er sie losgelassen hatte, fühlten sie sich kalt und taub an. Kurz schien er zu überlegen, was er jetzt tun sollte, als er sich über mich beugte und mir einen langen Kuss auf die Stirn gab. Dabei schloss ich die Augen, Tränen sammelten sich, denn diese Geste bedeutete mir gerade alles. Am liebsten hätte ich mich in seine Arme geworfen und bitterlich angefangen zu weinen. Aber ich wollte vor ihm nicht schwach erscheinen, nicht nach dem, was er gerade gesagt hatte. Er machte sich Vorwürfe, hatte Schuldgefühle, obwohl er sie nicht haben musste. Die einzigen Personen, die die Verantwortung für das übernehmen mussten, was mir passiert war, waren Bruce und … River.

»Du solltest dich jetzt ausruhen«, murmelte Devil und brachte Distanz zwischen uns. »Ich werde bald wiederkommen.«

Mehr als ein Nicken brachte ich nicht zustande. Für einen Moment trafen sich noch unsere Blicke, als er das Zimmer und damit auch mich … verließ.

Mit gebrochenem Herzen drehte ich mich auf die Seite, zog meine Knie an die Brust und fing bitterlich zu weinen an. Mein Körper zitterte und ich schaffte es nicht, mich zu beruhigen.

Gott, ich war nicht so stark, wie jeder annahm. In diesem Moment wollte ich nichts anderes, als von jemanden gehalten zu werden, der mich lieb hatte. Doch es war keiner da.

Kapitel 40

Devil

Schnellen Schrittes verließ ich die Klinik. Scheiße, ich hätte bei ihr bleiben sollen, ihr zuhören müssen, aber ich war das erste Mal in meinem Leben ein … Feigling.

Egal, ob sie mir wichtige Dinge verschwiegen hatte, dennoch war das Mädchen, das mir mehr bedeutete, als mir lieb war, verletzt worden. Sie hatte über Wochen im Koma gelegen, um ihr Leben gekämpft und schlussendlich gewonnen. Aber in ihren Augen hatte ich den Schmerz, die Qual, das Gebrochene erkannt und war damit vollkommen überfordert. Sie sollte mir nicht so nah gehen dürfen, aber sie tat es und auch wenn ich mich wie ein Arschloch benahm, so war ich kein Lügner. Allerdings brauchte sie Zeit … Zeit, um wieder auf die Beine zu kommen … Zeit, die Dinge, die sie erlebt hatte, zu verarbeiten.

Vor der Tür wartete Steel auf mich und rauchte eine Zigarette. Die könnte ich auch gebrauchen, deswegen zog ich eine aus der Schachtel, die sich in meiner Weste befand und zündete sie an. Der Rauch schlich sich wie ein Feuer in meine Lungen, den ich tief inhalierte und wieder ausblies. Ich rauchte nicht viel, eigentlich nur sehr selten. Aber ich hatte immer Kippen dabei, falls ich das Bedürfnis dazu hatte. Jetzt war es soweit!

»Du bist schnell wieder zurück«, schlussfolgerte Dr. Watson.

»Sie muss schlafen«, entgegnete ich schroff.

»Du weißt, dass das Mädchen da oben alleine ist, oder?«, konterte er und mir waren seine Worte durchaus bewusst, denn sie sprengten jede einzelne Pore in mir. »Gerade jetzt sollte sie das vielleicht nicht sein.«

»Wer bist du? Mutter Theresa?« Mir war klar, dass meine Art unangebracht war, aber ich hasste es, wenn dieser Mistkerl recht hatte.

»Nein, auch nur ein Arschloch, wie du«, murrte er und zertrat seine Kippe. »Aber die Kleine ist ein Teil von uns geworden und das weißt du. Scheiße, wegen uns lag sie im Koma, da müssen wir uns nichts vormachen. Deswegen solltest du langsam mal anfangen, nachzudenken. Sie wird gehen Bruder, und dann wirst du sie nicht mehr aufhalten können. Mir geht dieser Rosenbullshit mächtig auf die Nüsse, aber ich kenne dich, vermutlich besser als du dich selbst. Fordere sie endlich als die Deine ein, oder sie ist weg. Jetzt bist du derjenige, der entscheiden muss, und zwar schnell.«

Völlig überfahren von seinen Worten, bekam ich kaum mit, dass er sich von mir abwandte und auf sein Bike zumarschierte. Erst als seine Karre aufröhrte, folgte ich seinem Abgang mit meinen Augen.

Pisser!

Gerade er müsste wissen, wie schwer mir solch ein Kram fiel. Ich hatte nicht viel am Hut mit Herzchen und Bienchen und genau das war es doch, was Blake verdient hatte.

Langsam schwirrte mir ehrlich gesagt der Kopf, der mit allerlei Mist vollgestopft war. Wir waren nicht in der Lage, River zu finden … Blake war verletzt worden … die Sorge um meinen Ziehvater … das Auftauchen von Killer … die Wahrheit über meine *kleine Kampfmaschine.*

Derzeit war mein Hirn dermaßen voll, dass ich selbst nicht wusste, worüber ich zuerst nachdenken sollte.

Meine Zigarette war aufgeraucht, mittlerweile quietschte sogar der Filter, sodass ich ihn wegschnippte. Obwohl ich in den Club fahren wollte, stieg ich nicht auf meine Harley, sondern stand weiterhin vor dem Eingang zum Krankenhaus.

Ich konnte sie nicht alleine lassen, damit hatte Steel recht. Deswegen machte ich auf dem Absatz kehrt, ging wieder rein und stieg die Treppen nach oben. Aber ich betrat nicht Blakes Zimmer, sondern verharrte im Wartebereich.

Zwei Stunden später hatte ich genug und schlich in ihren Raum, spähte rein und erkannte, dass sie schlief. Also nahm ich auf dem Stuhl Platz und beobachtete sie. Ihre Atemzüge waren gleichmäßig, die Lippen fest aufeinandergepresst. Ein kleiner, weinender Laut entkam ihrer Kehle, woraufhin sie ihre Lider zusammenkniff. Sie schien zu träumen und mir fiel ein, wie quälend ihre Albträume für sie gewesen waren, die sie in meinem Haus erlebt hatte.

Ob ich die richtige Entscheidung in diesem Moment traf oder nicht, sei dahingestellt, aber in der nächsten Sekunde schlüpfte ich aus meinen Stiefeln, stand auf, rückte ihren

Körper ein Stück an die Seite und legte mich neben sie. Einen Arm schob ich unter ihren Kopf, sodass ihr Gesicht an meiner Brust ruhte und mit der anderen Hand zog ich ihren zittrigen Leib an mich.

Engumschlungen hielt ich sie fest. Mein Kinn ruhte auf ihrem Schopf und mit den Fingern fuhr ich ihr über die Schulter. Sie sollte nicht alleine sein, musste beschützt werden. Der Einzige, der für diese Aufgabe zuständig war … war ich!

***

Weitere zwei Wochen zogen ins Land, die Blake im Krankenhaus verbracht hatte. Sie erholte sich von Tag zu Tag ein bisschen mehr, konnte wieder eigenständig laufen und Schmerzen schien sie kaum noch zu haben. Die Wunden auf ihrem Rücken heilten und auch alles andere sah gut aus. Das Einzige was mir missfiel, waren ihre Augen. Sie schienen leer zu sein, als hätte sie jegliche Hoffnung verloren und das kotzte mich an.

Jede Nacht hatte ich mich zu ihr ins Bett gelegt, und hielt sie einfach nur fest. Dabei durchfuhr mich die Erkenntnis, dass sie keine Albträume hatte, wenn ich bei ihr war. Dennoch schlich ich mich früh morgens, bevor sie wach wurde, aus ihrem Zimmer. Sie sprach mich nie darauf an, wobei mir klar war, dass sie wusste, wer sie Nacht für Nacht beschützte. Auch wenn ich meine Zeit lieber damit verbracht hätte, für sie da zu sein, mussten meine Jungs und ich aber auch herausfinden, wo sich River aufhielt.

In den letzten Wochen hatten wir versucht, sein Versteck zu lokalisieren, aber wir fanden keinerlei Spuren. Ice hatte mir vor ein paar Tagen mitgeteilt, dass er an etwas dran sei, aber noch auf Unterlagen warten müsste. Keine Ahnung, was genau er vorhatte, aber ich hakte auch nicht nach. Er würde auf mich zukommen, wenn er Etwas finden sollte.

Steel war tagsüber bei Blake, wenn ich mich frischmachen musste, oder um arbeiten zu können. Die Clubgeschäfte erledigten sich immerhin nicht von alleine und für manches, war ausschließlich *ich* verantwortlich.

Mittlerweile stieg Killer mir aufs Dach, der ständig verlangte, sein Patenkind endlich sehen zu dürfen. Ich verstand ihn, aber ließ es nicht zu. Blake sollte unter gar keinen Umständen während ihres Aufenthalts im Hospital, von ihrem Onkel erfahren.

Heute allerdings war es soweit, und ich würde Blake abholen, um sie ins Clubhaus zu bringen. Cynthia – die nicht in Australien geblieben war, weil Hellboy endlich zurückgekommen war – wartete bereits aufgeregt auf ihre neue Freundin. Ich war mir ziemlich sicher, dass meine Brüder sich auch freuten. Sie gaben es zwar nicht offen zu, aber sie fragten jeden gottverdammten Tag nach Blake. Sogar Shadow.

Hellboys Frau hatte ihm so viel von meinem Mädchen erzählt, dass er es kaum noch abwarten konnte, sie kennenzulernen.

»Bist du soweit?«, erkundigte ich mich, als Blake ihre restlichen Sachen in ihren Rucksack gestopft hatte, die ich ihr nach und nach vorbeigebracht hatte. In den letzten Wochen hatte sich eine Menge angesammelt.

»Ja, ich bin fertig«, meinte sie und griff nach ihrem Gepäck, welches ich ihr aber umgehend abnahm.

Sie lächelte mich unsicher an und ich öffnete die Tür. Die Kleine schob sich an mir vorbei und ich folgte ihr auf den Flur.

An dem Tresen standen Christian und die Schwester, die sich um Blake gekümmert hatte. Eine hübsche Frau – fast schon schön – aber irgendwas an ihr kam mir seltsam vor. Bereits von Anfang an. Sie behandelte Blake wie Porzellan, aber weder mich noch Steel hatte sie jemals auch nur eines Blickes gewürdigt. Vielleicht redete ich mir das aber auch nur ein.

»Danke für alles.« Meine Kleine reichte dem Arzt und der Schönheit die Hand, wobei ich felsenfest davon überzeugt war, dass die Krankenschwester ihre Patientin gerne in den Arm genommen hätte. Doch wie immer ließ Blake das nicht zu. Nur ich durfte das.

Nachdem die Drei sich verabschiedet hatten, nickte ich den beiden zu, bevor wir uns umdrehten und das Krankenhaus verließen.

»Alles klar?«, wollte ich wissen, nachdem wir uns auf mein Bike gesetzt hatten.

»Sicher«, seufzte sie und lehnte ihre Wange an meinen Rücken.

Dann warf ich die Karre an und fuhr zum Clubhaus.

Dort angekommen nahm ich ihr die Tasche ab und führte sie ins Gebäude. Kaum hatten wir den Saal betreten, riefen die Frauen unisono »Willkommen zurück«, und ich sah Cynthia, wie sie auf Blake zulief. Meine Kleine war davon so überrascht, dass sie sich tatsächlich in den Arm nehmen ließ.

»Es ist so schön dich wiederzusehen«, murmelte die Blondine und drückte ihre Freundin nochmals an sich. Mir war dabei nicht entgangen, wie sich Blakes Körper versteifte, aber sie hielt sich tapfer.

Nach und nach begrüßten die Jungs und Mädels meine Kleine, während ich ihren Rucksack Minni übergab, damit sie diesen hinter die Bar legen konnte. Dann orderte ich mir einen Kaffee und nahm auf einem Hocker Platz.

»Sie gefällt mir nicht«, hörte ich Steel sagen und wir betrachteten Blake, die umzingelt von Frauen dastand.

»Mir auch nicht, Bruder«, schnaubte ich.

»Sie hat viel durchgemacht«, vernahm ich Death Stimme, der sich zu uns gesellte. »Gebt ihr ein bisschen Zeit.«

»Irgendwas Neues?«, wechselte ich das Thema, weil ich über Blakes Blick nicht sprechen wollte, denn er verhieß meiner Meinung nach nichts Gutes. Aber vielleicht hatte mein Ziehvater recht damit, dass sie erst einmal wieder klarkommen musste. Diese Möglichkeit sollte ich ihr einräumen.

»Ice hat sich in seinem Büro verschanzt«, murrte Steel. »Keine Ahnung, was der Kerl wieder ausheckt. Aber irgendwas scheint er gefunden zu haben. Ansonsten immer noch keinerlei Spur von River oder seinen Jungs. Als wären sie vom Erdboden verschwunden. Die letzten Wochen war es so ruhig, dass es für mich schon zu laut ist. Da wird etwas auf uns zukommen, das kann ich spüren. Und das wird nicht witzig werden. Wir müssen dem Wichser zuvorkommen.«

»Blake wird wieder mit zu mir kommen«, bestimmte ich. »Wenn wir nicht in meinem Haus sind, wird sie im Club bleiben. Unter strengster Bewachung. Es darf rein gar nichts mehr passieren.«

»Selbstredend«, stimmte Steel zu. »Ich habe schon mit Angel, Hellboy, Shadow, Ice und Thunder gesprochen. Wir werden uns abwechseln. Sollte etwas sein, sind Killer und seine Jungs auch noch hier.«

»Apropos Killer.« Ich suchte den Raum nach Blakes Onkel ab, konnte ihn jedoch nicht finden. »Wo ist er?«

»Er hat ein Gespräch mit seinem Vize«, informierte Death mich. »Er wird gleich zurück sein.«

»Wann will er mit der Kleinen reden?«, wollte ich wissen.

»Er möchte es so schnell wie möglich hinter sich bringen«, meinte Death. »Aber ich glaube, der hat ein wenig Kacke im Schlüpfer.«

Steel und Death lachten, während ich grinste. Auch wenn ich Killer verstand, so hatte ich mehr Sorge, wie Blake all das aufnehmen würde.

Kapitel 41

Blake

Zwar freute ich mich über die Willkommensfeier, aber dennoch wäre ich lieber für mich geblieben. Mir war auch überhaupt nicht klar, dass mich so viele Leute mochten. Mitglieder standen um mich herum, Cynthia und die Clubmädchen. Alle strahlten mich an, als hätten sie mich vermisst. Mit den meisten Frauen hatte ich noch nie ein Wort gewechselt. Unter ihnen erkannte ich auch das Weib, die seinerzeit mit Devil nach oben verschwunden war. Als Mercedes hatte sie sich vorgestellt. Sie schenkte mir ein Lächeln, das ehrlich gemeint war. Verdammt, war sie schön.

»Du musst unbedingt meinen Mann kennenlernen«, informierte Cynthia mich, schnappte sich meine Hand und zog mich hinter sich her.

Nach wie vor war ich völlig überrumpelt von ihrer Herzlichkeit und überfordert, dass sie mich in den Arm genommen hatte. Aber sie war so überschwänglich gewesen, dass ich gar nicht reagieren konnte. Allerdings musste ich zugeben, dass es mir gefallen hatte. Cynthia hatte mir für einen winzigen Moment, sowas wie Wärme geschenkt und ich hatte es genossen. Vielleicht war bei mir doch noch nicht alles verloren.

Meine neue Freundin schleifte mich zu der Gruppe von Devil, der gemeinsam mit seinen Freunden an der Bar saß. Unter ihnen erkannte ich einen Hünen, mit einem Blick, der nicht hätte tödlicher sein können. Verdammt, eigentlich hatte ich gar keine Lust mehr, ihn kennenzulernen.

Devil bemerkte mich als Erster. Er betrachtete mich auf eine Art, wie ich sie von ihm nicht kannte. Dieser Mann war für mich ein Buch mit sieben Siegeln. Mal war er für mich da, hielt mich fest und in der nächsten Sekunde hatte ich das Gefühl, dass er sich nicht weitgenug von mir entfernen könnte.

Die letzten Wochen jedoch hatte er Nacht für Nacht neben mir gelegen und mich mit seinen Armen beschützt. Zwar war er morgens verschwunden, wenn er annahm, dass ich noch schlief – was mir jedes Mal einen Stich versetzte – aber er kam immer wieder zu mir zurück. Zwischen uns hatte sich etwas verändert und dieses Mal redete ich mir das nicht ein.

Dennoch machte ich mir nichts vor und Rivers Worte hallten nach wie vor in meinem Kopf. Mein Körper war voll mit neuen und alten Narben. Alle stammten von ein und demselben Kerl. Devil würde mich nie wieder anfassen, denn sollte er meine Haut irgendwann mal sehen, würde er sich vor mir ekeln. Ich jedenfalls tat es. Wahrscheinlich würde mich kein Mann mehr anfassen wollen, wenn er mich einmal nackt zu sehen bekam.

Ja, ich liebte Devil, aber genau aus diesem Grund, musste ich ihn zurücklassen. Er sollte sich am besten Mercedes schnappen, mit der er vor einigen Wochen Sex gehabt hatte. Sie war bildschön, und sie würde ihm das geben, was ich nicht konnte: Makellosigkeit.

Nein, ich bemitleidete mich nicht. Die Zeiten waren vorbei. Durch das Erlebte, war ich gereift, erwachsen geworden und realistisch. Meine Naivität hatte ich in dem Raum zurückgelassen, in dem ich gefoltert worden war. Devil würde immer ein Teil meines Herzens bleiben, das wusste ich und damit würde ich zurechtkommen. Aber es war an der Zeit, weiterzuziehen, sobald die Angelegenheit mit River geklärt war. Das war ich mir und Devil schuldig.

»Baby?«, hörte ich Cynthia sagen, als wir an der Bar angekommen waren. »Das ist Blake. Ich habe dir von ihr erzählt.« Dann wandte meine neue Freundin sich an mich. »Honey, das ist Hellboy.«

Innerlich musste ich lachen, alleine wegen dem Namen. Hellboy? Im ernst, wie kamen die Kerle auf diese verschiedenen Namen?

Der Mann hielt mir seine große Pranke entgegen und nickte mir zu. Meine zittrigen Finger legte ich hinein, die daraufhin komplett verschwanden.

»Freut mich, Blake«, begrüßte er mich. Seine Stimme war tief, rauer, als von den anderen, aber dennoch schwang eine Freundlichkeit darin mit, die mich kurz aus den Schuhen warf.

»Mich auch«, gab ich zurück und Hellboy ließ mich los.

Er war nicht so rot, wie der Dämon aus dem Fernsehen und er trug auch keine Hörner. Ansonsten passte alles, außer, dass er wirklich gut aussah. Im Gegensatz zu seinen Brüdern trug er seine Haare vielleicht drei Millimeter lang. Der Ansatz von Blond schimmerte durch, aber das war es dann auch schon. Seine Muskeln hatten tatsächlich Ähnlichkeit mit denen von Hulk und verdammt, ich war davon überzeugt, dass der Kerl einen Billardtisch auf dem Rücken transportieren könnte. ALLEINE!

»Wir alle sind froh, dass du wieder auf den Beinen bist«, sagte er noch und zwinkerte mir zu.

»Danke«, war alles, was ich darauf erwidern konnte.

»Möchtest du etwas trinken?«, erkundigte Devil sich bei mir und ich musste kurz überlegen, ob ich ein Wasser, Kaffee oder mir gleich Wodka bestellen sollte.

»Wenn es dir nichts ausmacht«, bat ich ihn und überging damit seine Frage, »würde ich lieber nach Hau … also zu dir fahren.«

Devil schaute mich einen Moment an, bevor er nickte und sich vom Hocker erhob. »Kein Problem«, meinte er und sofort hatte ich ein schlechtes Gewissen, weil ich ihn von seinen Freunden wegholte.

»Wenn ihr hier ein Zimmer freihabt«, schlug ich vor, »kann ich auch bleiben. Ich möchte mich nur etwas hinlegen.«

»Nein. Wir fahren nach Hause«, bestimmte er. »Gib mir Blakes Rucksack«, wandte er sich an Minni, die sofort nach meiner Tasche griff und sie ihm reichte.

Nachdem wir uns von allen verabschiedeten, und Cynthia mich sogar noch einmal in den Arm genommen hatte, was ich mir dieses Mal freiwillig gefallen ließ, legte Devil mir seine Hand auf den Rücken und führte mich hinaus.

Die Fahrt zu seinem Haus dauerte wie immer etwas länger, als eine Stunde. Ich presste meine Wange auf seinen Rücken, atmete den Geruch von Leder und Devil ein und hielt meine Finger auf seinem Bauch ineinander verschränkt. Ich würde ihn fürchterlich vermissen. So viel stand bereits jetzt schon fest. Wahrscheinlich würde ich nie wieder so lieben, wie ich ihn liebte. Aber das musste ich auch nicht. Er schenkte mir ein Gefühl, an das ich nie geglaubt hatte, es jemals zu erleben.

Wir stiegen von seinem Bike, Devil nahm mir den Rucksack ab, nachdem wir die Helme auf den Sitz legten und marschierten ins Innere.

Sofort schaute ich mich um, weil ich irgendwie annahm, nie wieder hier zu stehen. Aber jetzt befand ich mich in seinen vier Wänden und atmete die Luft ein. Nach wie vor war alles penibel sauber und ich fragte mich, wie er das immer wieder schaffte.

»Sollen wir uns etwas zu essen bestellen?«, wollte er hinter mir wissen.

»Ehrlich gesagt, habe ich keinen großen Hunger«, meinte ich und wandte mich ihm zu. »Wenn es dir nichts ausmacht, würde ich mich gerne etwas hinlegen.«

»Sicher.« Mir schien, als wollte er mehr sagen, aber er schloss den Mund.

Ich nickte, stieg die Treppen nach oben und steuerte direkt mein Zimmer an. Das Bett war gemacht, aufgeräumt war es auch, als hätte ich es heute Morgen erst verlassen. So war es aber nicht.

Meinen Rucksack stellte ich auf den Boden, kickte meine Sneakers in die Ecke und legte mich auf die Matratze, mit dem Blick zum Fenster.

Nun war ich hier und fühlte mich nicht wohl. Es war nicht richtig, Devil noch mehr Zeit zu stehlen, denn er hatte sich noch um andere Dinge zu kümmern. Vielleicht hätte ich darauf bestehen sollen, im Hotel zu bleiben. Damit wäre es für alle einfacher gewesen.

Irgendwie musste ich es schaffen, mir ein Telefon zu besorgen. Es war an der Zeit, Darell anzurufen. Er musste mich hier rausholen, und zwar so schnell es ging. Darell würde wissen wollen, was passiert war, um mir dann bei der Flucht behilflich zu sein.

Nach wenigen Stunden wurde ich wieder wach. Mein Körper fühlte sich steif an und mein Kopf brummte ein wenig. Aber ich gab nicht viel darauf, denn all der Schmerz würde irgendwann vorbeigehen. Also stieg ich aus dem Bett, zog mich aus, um in Jogginghose und Shirt zu schlüpfen. Dann schaute ich auf die Uhr. Es war sechs Uhr am frühen Abend. Leise begab ich mich auf den Flur, in Richtung Bad. Hinter mir schloss ich die Tür und stellte mich vor den Spiegel.

Wenn ich es selbst nicht erlebt hätte, würde ich nicht glauben, dass ich über Stunden gefoltert worden war. Es war kaum noch etwas in meinem Gesicht zu sehen. Sieben Wochen war es nun her, und ich hatte das Gefühl, es sei erst gestern geschehen.

Ich hob mein Shirt ein Stück hoch und betrachtete meinen Bauch. Die Narben von den verschiedenen Messerattacken waren deutlich sichtbar. Die eine war verblasst, die andere klar zu erkennen. Das Schussloch war zu einer ekelhaften Wulst geworden. Dann betrachtete ich meine Finger. Wie Jesus hatte man mich mit dicken Nägeln an ein Kreuz genagelt. Auch hier zierten Narben meine Haut, genau wie auf der anderen Seite. Danach schaute ich nach unten auf meine Füße, die widerlich dicke Verschrumpelungen aufwiesen.

Mein Blick schoss wieder nach oben in den Spiegel und ich dachte an meinen Rücken. Einmal hatte ich ihn mir angesehen, als Sky sich im Hospital um mich gekümmert hatte. Dabei war ich in Tränen ausgebrochen. Niemals wieder könnte ich einen Badeanzug tragen oder ein Oberteil, das meine Haut zeigte. Ich glich einem Monster.

Es klopfte an der Tür und Devil kam herein. Sofort bedeckte ich mit dem Shirt meinen Bauch. Diesen Anblick wollte ich ihm ersparen und ich mir, wie er darauf reagierte.

»Ich habe nach dir gerufen«, teilte er mir mit.

»Entschuldige«, flüsterte ich. »Ich habe dich nicht gehört.«

»Ich habe die Salbe mitgebracht.« Er hielt eine Tube in der Hand und machte einen Schritt nach vorne. »Dein Rücken muss eingecremt werden.«

Mit schreck geweiteten Augen wich ich zurück, bis ich mit den Kniekehlen an die Badewanne stieß. »Das musst du nicht machen.« Panik breitete sich in mir aus.

»Du kannst es aber nicht selbst«, meinte er und zog eine Augenbraue hoch.

»Das ist nicht schlimm. Ehrlich nicht«, versuchte ich, ihn dazu zu bringen, die Tube fallen zu lassen. »Der Rücken tut gar nicht mehr weh.«

»Blake, ich reibe dich jetzt mit der Scheiße hier ein«, blaffte er, doch ich schüttelte vehement mit dem Kopf. »Ich habe ihn schon längst gesehen«, gestand er mir und ich sank auf den Rand der Badewanne. Devil kniete sich vor mich und legte seine Unterarme auf meinen Oberschenkel. »Als du im Krankenhaus warst, habe ich einmal geholfen, dich neu zu verbinden«, informierte er mich und ich ließ den Kopf hängen. Das durfte doch nicht wahr sein. Sein Daumen und Zeigefinger umschlossen mein Kinn und hoben es hoch, sodass ich ihn wieder ansehen musste. »Es macht mir nichts aus. Okay? Alles ist gut.«

»Mir macht es aber etwas aus«, erwiderte ich. Plötzlich wallte Zorn in mir hoch. Das alles hier, wollte ich nicht. Es durfte nicht sein. Nichts von alledem. Ich sprang auf die Füße, womit ich Devil fast umstieß. Doch er fing sich und stand auf. Der Raum war zu klein, ich konnte nicht mehr frei atmen. »Ich will nicht, dass du mich so siehst«, fauchte ich und griff mir in die Haare, als wollte ich sie mir herausreißen.

»Blake, es ist für mich ok…«

»*Nein*«, kreischte ich und zog mir das Shirt über den Kopf. Ich war außer Rand und Band und schaffte es nicht, mich zu beruhigen. »*Sieh es dir an. Findest du das schön? Mein Körper ist verunstaltet, hässlich, ekelhaft und widerlich*«, schrie ich. Tränen rannen mir die Wangen herunter aber das war mir scheißegal. »River und seine Leute wollten mich vergewaltigen, aber ich sagte ihnen, dass ich deine Frau sei, *dein Eigentum*. Er hat mich berührt, überall. Dabei hat er mir wehgetan, aber ich wollte unbedingt vermeiden, dass er seinen Schwanz in mich steckt. Weil ich dir versprochen habe, dass ich dir gehöre. Das habe ich nicht vergessen.« Mittlerweile hickste ich. Woher der Ausbruch kam, konnte ich nicht sagen, aber er schien mich zu befreien. »Er hatte dann gemeint, dass es dir nichts ausmachen würde, wenn sie mich durchfickten, aber dass du dich von mir abwendest, wenn sie meinen Körper zerstören. River sagte, er wolle damit ein Exempel an mir statuieren. Eine Botschaft für dich. Eigentlich war er davon überzeugt, dass ich die Folter nicht überleben würde und wenn doch, ich in deinen Augen ein Monster sei.« Mein Körper bebte und ich schaffte es nicht, mich zu beruhigen. Devil stand ungerührt vor mir und erwiderte nichts. Sein Gesicht glich einem Stein, kein Muskel bewegte sich. »Wenn sie mich nicht schlugen, dann peitschten sie mich aus. Gossen Alkohol auf meine Wunden. Und weißt du, was mich dazu gebracht hat, nicht aufzugeben?« Meine Stimme war nun ruhiger. Devil signalisierte mir keine Antwort, also sprach ich weiter. »Du warst es. Dein Gesicht, die Erinnerungen an dich. Immer wieder dachte ich an dich und an das, was wir gemeinsam erlebt haben. Und weißt du warum?« Wieder keine Reaktion von ihm. »Weil ich doofe Kuh mich in dich verliebt habe. Nur deswegen. Dumm, oder? Für dich vielleicht lächerlich, für mich war es die Rettung. Mir egal, ob du mich jetzt rausschmeißt oder was auch immer. Doch ich musste dir das sagen, weil ich ansonsten daran ersticke.«

Nach wie vor rührte Devil sich nicht und in mir machte sich pure Erschöpfung breit. Meine Füße bewegten sich von alleine. Ich schob mich an dem versteinerten Devil vorbei und rannte in mein Zimmer. Hinter mir schloss ich die Tür und legte mich ins Bett, kuschelte mich unter die Decke und weinte solange, bis ich eingeschlafen war.

Kapitel 42

Devil

Sie liebte mich! Das war das Einzige, was sich in meinem Kopf eingebrannt hatte. Über den Rest, den sie mir gestanden hatte, versuchte ich, nicht nachzudenken, denn ich wollte nicht hören, was man ihr angetan hatte. Dennoch tauchten einige Bilder vor mir auf, wie Blake gefoltert wurde, alleine war, unter Männern, die ihr Schmerzen zufügten.

Dieser feige Haufen, würde sterben. Qualvoll und ohne Gnade. Ich würde die *Cold Bastards* dem Erdboden gleichmachen und River würde ich meine ungeteilte Aufmerksamkeit schenken.

Immer noch völlig überfordert mit ihrem Geständnis, legte ich die Creme in das Waschbecken und ging hinunter in die Küche, wo ich mir ein Bier aus dem Kühlschrank griff. Ich öffnete die Flasche und nahm am Tisch Platz.

Sie liebte mich!

Weder Panik noch ein anderes Gefühl, dass mich dazu bewegte, abhauen zu wollen, machte sich in mir breit. Nichts dergleichen setzte ein, sondern ein innerer Frieden, wie ich ihn noch niemals zuvor gespürt hatte. Blake bedeutete mir viel, sie war etwas Besonderes für mich geworden. Ob es Liebe war, die ich für sie empfand, konnte ich nicht mit Bestimmtheit sagen. Was dem Umstand geschuldet war, dass ich wahrscheinlich noch nie zuvor geliebt hatte. Ich wusste nicht, wie das funktionierte und ob ich dazu überhaupt in der Lage war. Dennoch stach es in meiner Brust, wenn ich nur darüber nachdachte, dass sie mich eines Tages verlassen könnte. Dieser Gedanke setzte mir zu, weil ich das nicht wollte. Die *kleine Kampfmaschine* sollte bei mir bleiben, solange es eben dauerte. Keine Ahnung, ob wir es schaffen würden, ob ich dazu fähig war, auf andere Frauen zu verzichten, aber ich würde es versuchen. Um ihretwillen.

Blake nie wieder sehen zu können, trieb mich in den Wahnsinn. Eine andere Frau? Innerlich musste ich lachen. Nicht mal mit Mercedes war ich vor Wochen bis zum Äußersten gegangen. Wir hatten uns befummelt, sie mich am Hals geküsst und als wir im Zimmer standen und sie sich an meiner Hose zu schaffen gemacht hatte, hatte ich sie aufgehalten. Lächerlich, zumal ich ja zu diesem Zeitpunkt beabsichtigt hatte, Blake und dem Rest der Jungs zu zeigen, dass zwischen mir und dem *schwarzhaarigen Gift* nichts lief. Doch ich hatte mich damals selbst belogen, etwas, was ich noch nie getan hatte. Ich war ein Arschloch, immer gewesen, aber ein ehrliches.

Als ich an Blakes Worte von gerade eben zurückdachte, wurde mir übel. River hatte ihr eingeredet, dass es mir nichts ausmachen würde, wenn er sie vergewaltigt hätte, sondern mir Schmerzen zufügte, indem er ihren Körper verunstaltete. Der Wichser kannte mich kein Stück.

Mochte sein, dass ich vor Blakes Auftauchen oberflächlich gewesen war, doch seit die Kleine in meinem Leben eine Rolle spielte, hatte sich meine Einstellung diesbezüglich verändert. Sie war für mich wertvoll geworden: Stark, kämpferisch, tough, gutmütig, hilfsbereit und sie trug ihr Herz am rechten Fleck. Dieses Mädchen würde in meinen Augen niemals widerlich, hässlich oder ekelhaft erscheinen. Das konnte nicht passieren. River hatte sich getäuscht, denn sie war wieder bei mir und mehr zählte für mich nicht. Das alles musste ich ihr bei Zeiten sagen, denn sie verkannte mich.

Nun, dazu hatte sie auch allen Grund, denn bislang hatte ich mich ihr gegenüber nicht mit Ruhm bekleckert. Sie konnte mich nicht einschätzen, weil ich ihr dazu nie die Möglichkeit gab. Vielleicht war ich für sie da gewesen, als sie mich gebraucht hatte. Aber ich hatte ihr nicht erlaubt, mich wirklich kennenzulernen. Dazu bestand nun Zeit, und ich würde mein Bestes geben, um mich zu beweisen, dass ich gut genug für sie war.

Gegen acht Uhr machte ich es mir auf dem Sofa vor dem Fernseher bequem. Gerne wäre ich zu ihr gegangen, aber ich wollte ihr Raum geben, damit sie sich wieder fangen konnte. Um neun hörte ich oben Geräusche und dann Schritte, die nach unten führten.

»Hey«, murmelte sie, als sie links von mir stehenblieb.

»Geht es dir gut?«, wollte ich wissen, doch sie zuckte nur mit den Schultern. »Komm her«, bat ich sie und klopfte neben mich auf die Couch. Mit nackten Füßen tippelte sie zu mir und kuschelte sich an meine Seite. Sofort nahm ich die Wolldecke, die über der Lehne lag und breitete sie über ihren Körper aus. Ihr Kopf ruhte auf meiner Schulter, meine Finger streichelten ihren Nacken.

»Es tut mir leid«, flüsterte sie. »Ich wollte dich nicht anschreien, es ist einfach aus mir herausgeplatzt.«

»Entschuldige dich nicht«, meinte ich und zog sie näher an mich heran. »Dazu gibt es keinen Grund. Ich will nur, dass es dir wieder gut geht. Wir kriegen das alles hin.«

»Ist gut«, wisperte sie und mir kam es so vor, als schenkte sie mir keinen Glauben. Es war meine Aufgabe, sie vom Gegenteil zu überzeugen. Und genau das hatte ich vor. Niemanden würde ich mehr in ihre Nähe lassen. Sie gehörte zu mir und das war das Einzige, was für mich zählte.

»Du solltest etwas essen«, schlug ich vor, immerhin musste sie wieder zu Kräften kommen.

»Ich würde jetzt gerne einfach nur mit dir hier so sitzen«, sagte sie und ich schloss die Augen. Ohne sie loszulassen, legte ich mich auf den Rücken, nahm sie mit, sodass sie mit ihrem Oberkörper auf mir lag. Die Decke schwang ich so, dass sie über uns ausfächerte.

»Liegen finde ich viel besser.« Ich tupfte ihr einen Kuss auf die Nasenspitze und drehte meinen Kopf wieder zum Fernseher.

An diese Position könnte ich mich gewöhnen. So wollte ich öfters mit ihr liegen und einfach nur den Abend genießen. Ich mutierte wirklich langsam zum Weichei, dennoch genoss ich ihre Nähe, unsere Zweisamkeit. Das alles, was zwischen uns war, bedeutete mir gerade mehr, als jeder Sex, den ich gehabt hatte. Sie war *mein* und würde es immer sein.

***

Weitere zwei Wochen zogen ins Land, in denen ich nicht ein einziges Mal mit Blake geschlafen hatte. Es fehlte mir, mich in ihrer Enge zu versenken, aber ich verkniff es mir. Sie brauchte Zeit und die wollte ich ihr geben. Dummerweise setzten mittlerweile Schwielen an meinen Händen an, so oft, wie ich mir unter der Dusche einen runterholte. Aber sobald Blake sich in meiner Nähe befand, stellte sich mein Schwanz auf, wie eine Eins. Er rief förmlich nach ihr.

Wenn wir nicht zuhause waren, hielten wir uns im Club auf. Einige meiner Brüder waren noch immer in Hillsboro, um das Lagerhaus im Auge zu behalten. Allerdings gab es von der Front nichts Neues. Ice wartete auf eine Lieferung, ohne uns zu informieren, um was genau es sich dabei handelte. Die meiste Zeit verbrachte er in seinem Büro. Niemand wusste, was er ausheckte.

Death' Gesundheit baute immer mehr ab. Auch Doc war die Sorge um meinen Ziehvater deutlich anzusehen. Dummerweise war unser Präsident starrsinnig, aber dazu musste ich ihm leider einige Takte sagen.

Heute würde ich mit Blake erneut zum Club fahren, weil Killer endlich mit seinem Patenkind reden wollte. Vor vierzehn Tagen flog er zurück nach England, da es dringende Clubangelegenheiten gab, um die er sich kümmern musste. Gestern Abend war er zurückgekehrt, was Steel mir in einer Nachricht mitgeteilt hatte. Außerdem berichtete er mir, dass Killer nicht mehr länger warte wollte, Blake die Wahrheit zu sagen. Der Meinung war ich ebenfalls, denn es war an der Zeit, der Kleinen reinen Wein einzuschenken. Gerne hätte ich ihr davon berichtet, doch ich musste Death versprechen, kein Wort darüber zu verlieren. Es war mir schwergefallen, aber Befehl war Befehl. Darüber hinaus musste ich endlich wissen, wie Blake zu der neuen Identität gekommen war, wie sie fliehen konnte und wer ihr dabei geholfen hatte. Das Zeugenschutzprogramm hatte ich nicht mehr auf dem Schirm, denn niemand hatte sich bei uns blicken lassen.

Was Blake selbst betraf, hatte sie sich körperlich wieder vollkommen erholt. Die letzten Untersuchungen ergaben, dass all ihre Wunden sauber verheilt waren. Ihre Rippen schmerzten nur noch, wenn sie sich falsch bewegte. Was mir allerdings immer noch nicht gefiel, war ihr Blick, mit dem sie mich hin und wieder betrachtete. Das Glänzen daraus war verschwunden, sie lächelte kaum noch. Jegliche Freude schien ihr abhandengekommen zu sein. Nicht mal Cynthia oder die anderen Frauen schafften es, die Kleine aufzuheitern.

Dahingehend musste ich mir etwas einfallen lassen, nur wollte mir noch nichts Konkretes in den Sinn kommen. Aber auch dafür würde ich eine Lösung finden.

»Ich bin soweit«, hörte ich Blake hinter mir sagen und wandte mich ihr zu.

Sie trug enge blaue Jeans, die an den Knien aufgerissen waren, dazu ein Shirt, das einen großzügigen Rundhalsausschnitt hatte. Ihre Füße befanden sich wie immer, in Sneakers. Sie war keine Diva, aber sie war meine Göttin. Innerlich musste ich lachen, weil ich weiß Gott immer angenommen hatte, nur Mädels in High Heels und Röcken, könnten mich scharfmachen. Ich hatte mich absolut getäuscht.

Ihre pechschwarzen Haare trug sie in letzter Zeit offen, das lag wahrscheinlich daran, dass ich ihr ständig das Band, womit sie sich einen Dutt drapierte, klaute, weil ich auf ihre lange Mähne stand.

»Dann lass uns mal los«, meinte ich und hielt ihr meine Hand hin, die sie umgehend ergriff.

Gemeinsam stiegen wir auf mein Bike und düsten los.

Am Hotel angekommen, marschierten wir Hand in Hand in das Gebäude. Meine Jungs hatten sich bereits daran gewöhnt, denn ich machte kein Geheimnis mehr daraus, dass die Kleine zu mir gehörte. Anspruch hatte ich noch keinen erhoben, nahm mir aber vor, es bald nachzuholen. Noch war ich nicht bereit, aber teilen kam für mich nicht infrage. Sie war mein!

»Hey«, begrüßte Steel uns, gab Blake einen Kuss auf die Wange und klopfte mir auf die Schulter.

Mittlerweile bekam ich keinen Kotzanfall mehr, wenn Steel ihr zu nahekam. Die beiden verband etwas, was ich unter gar keinen Umständen zerstören würde. Vielleicht lag es daran, weil sie Seite an Seite gekämpft hatten. Letztendlich war es mir egal, wichtig war nur, dass meine Jungs die Kleine akzeptierten und Blake in Steel einen Freund gefunden hatte.

Gemeinsam machten wir uns auf den Weg zur Bar, wo sich Thunder, Angel, Death, Soldier, Shadow, Hellboy und Killer aufhielten.

Die anderen Männer der verschiedenen Clubs mussten sich im Hotel verteilt haben, weil der Saal deutlich leerer war als sonst.

Killer nahm nicht für eine Sekunde den Blick von meiner Kleinen und ich wusste, dass der Moment der Wahrheit gekommen war. Blake war noch immer ahnungslos, was Killer oder gar den Tod ihrer Freundin betraf. Bislang hatte es sich nicht ergeben, oder ich hatte den Moment verpasst. Vielleicht hatte ich auch einfach Schiss, vor ihrer Reaktion.

Am liebsten hätte ich allen verboten, auch nur ein Wort an sie zu richten, aber Blake sollte alles erfahren, was wir schon wussten.

Nun würde eine weitere schwere Zeit auf sie zukommen und ich war gewillt, sie erneut aufzufangen. Ich war ihr Mann, würde es immer sein.

Kapitel 43

Blake

»Möchtest du etwas trinken?«, wollte Devil von mir wissen.

»Kaffee, bitte«, teilte ich ihm meinen Wunsch mit.

In der nächsten Minute stand eine mit dampfender Flüssigkeit gefühlte Tasse vor mir. Dann nahm Devil auf einem Hocker Platz und fing eine Unterhaltung mit Steel an.

Währenddessen schaute ich mich um. Von den zahlreichen Bikern waren nur wenige zu sehen. Wo waren die bloß alle? Manches Mal, wenn wir hier waren, füllten sich die Räume mit gefühlt hundert Männern und dann gab es so Tage wie heute, wo kaum jemand zu sehen war. Aber das Gebäude war nicht klein, weshalb ich vermutete, dass sich viele im Hotel aufhielten, mir nur nicht auffielen.

Plötzlich versteifte sich Devil und schaute an mir vorbei. Auch Steel und er Rest der Jungs starrten hinter mich, weshalb ich mich umdrehte.

Der Mann, der die ganze Zeit hier stand, machte einen Schritt auf mich zu, sodass ich zurückwich und gegen Devils Knie stieß. Sofort fühlte ich seine Hände an meiner Hüfte. Er zog mich zwischen seine geöffneten Schenkel und hielt mich fest. Sein Körper war angespannt und ich wunderte mich über seine Reaktion.

Der große Biker, der sich nun in meiner unmittelbaren Nähe befand, war ungefähr Mitte/Ende vierzig. Genau konnte ich das nicht sagen. Seine Haare waren an manchen Stellen gräulich, das Gesicht jedoch wirkte jung. Er kam mir bekannt vor.

»Blake.« Er hauchte meinen Namen, als wäre es das Glaubensbekenntnis.

Mit seinen blauen Augen musterte er mich, aber nicht wie ein Kerl eine Frau betrachtete, sondern wie ein Vater seine Tochter. Nur war der Typ ganz gewiss nicht mein Dad.

»Kennen wir uns?«, erkundigte ich mich und packte Devils Finger. Der Mann vor mir musterte die Geste zwischen Devil und mir und lächelte mich an.

»Ich bin Killer«, stellte er sich vor und ich hob eine Augenbraue. Wollte ich wirklich wissen, wieso man ihn *Killer* nannte? Nein, nicht wirklich. Eigentlich sagte der Name schon eine Menge aus. Schluck! »Wir haben uns über den Bildschirm vor längerer Zeit gesehen.«

Wie Schuppen fiel es mir von den Augen, als ich mich an den Tag erinnerte.

Natürlich, das hatte ich komplett vergessen.

Dennoch fragte ich mich, was er von mir wollte! Allerdings sprach ich es nicht laut aus.

Man konnte ja nie wissen.

»Freut mich, Sie persönlich kennenzulernen.« Ich streckte ihm die Hand entgegen, die er sofort ergriff.

Vertrautheit überkam mich, obwohl ich nicht genau wusste, warum. Dann ließ ich von ihm ab. Nach wie vor sagte keiner der Anwesenden ein Wort. Das behagte mir ganz und gar nicht, weil ich wusste, dass irgendetwas im Busch war. Das konnte man förmlich riechen.

»Mich auch, mein Mädchen«, seufzte er. *Mein Mädchen?* »Können wir uns kurz unterhalten?« Ich sah über meine Schulter zu Devil. Unsere Blicke trafen sich und er nickte.

»Okay«, meinte ich und Devil gab mich frei.

Killer legte seine Hand auf meinen Rücken, um mich zu begleiten, aber ich machte einen Schritt zur Seite, da nur Devil und Steel das durften. Vielleicht würde ich es Shadow auch erlauben, wenn es mal dazu käme. Aber nicht jeder durfte mich anfassen.

Gemeinsam betraten wir das Zimmer, indem die Jungs seinerzeit mit Killer geskypt hatten und ich nahm auf einem der Sessel Platz. Killer direkt mir gegenüber auf der Couch.

Mehrmals fuhr er sich durch die Haare, versuchte anscheinend, Worte zu finden, wie er das Gespräch beginnen sollte. Seine Reaktion verstand ich nicht, weil ich gar nicht wusste, wer er eigentlich war.

»Ich weiß, wer du bist«, fing er schließlich an und ich riss die Augen auf. »Du bist Shaileen Sullivan.«

»Woher?«, erkundigte ich mich mit zittriger Stimme und bekam Panik.

»Dein Vater war mein bester Freund«, setzte er mich in Kenntnis. »Du wirst dich nicht mehr an mich erinnern, dafür warst du noch zu jung. Aber ich bin dein Patenonkel. Wir haben viel Zeit miteinander verbracht, als du noch in England gelebt hast.«

»England?« Ich bekam keine vollständigen Sätze zusammen. Seine Erklärung haute mich um. Meine Gedanken spielten Karussell, das Gehirn war plötzlich leer.

»Deine Familie und du, ihr habt in London gelebt«, klärte er mich auf. »Dort bist du geboren, bevor ihr nach Tucson umgezogen seid. Du warst fünf. Vielleicht auch erst vier, ich weiß es nicht mehr genau.«

»Mein Dad war ein Biker, richtig?« Mir schossen Rivers Worte in den Kopf, sein Geständnis, wie er jeden aus meiner Familie umgebracht hatte, sowie die Hintergründe der Tat. »River hat meine Familie ausgelöscht, weil mein Vater und er verfeindet waren, oder?«

Verzweifelt schüttelte ich den Kopf, und wünschte mich weit weg. Eigentlich wollte ich darüber nicht noch mehr erfahren. Meine Welt, die ich bis vor kurzen gekannt hatte, war eine reine Lüge gewesen. Wir hatten nie in Sicherheit gelebt, mein Dad musste das gewusst haben. Warum sonst, hätte er für eine mögliche Flucht Vorbereitungen treffen sollen?

»Dein Vater war ein sehr angesehener und toller Mensch, Shai«, meinte Killer. »Er war gutherzig, fair und er hat dich, deine Mutter und Geschwister über alles geliebt. Ein paar Jahre nach deiner Geburt hat er seine Mitgliedschaft bei den *Dark Bloods* niedergelegt, um mit euch neu anzufangen. Er wollte nicht, dass ihr mit dem Clubleben in Berührung kommt, deswegen habe ich dich nie besucht. Aber Cold hat mir regelmäßig Bilder von dir geschickt, damit ich sehen kann, wie du aufwächst.«

»Cold?« Wieder schossen mir Rivers Erklärungen durch den Kopf, aber in diesem Keller hatte ich mich nur auf das wesentliche konzentriert und ganz gewiss keine detailgetreuen Fragen gestellt.

»Der Clubname deines Vaters«, teilte der Mann mir gegenüber mit.

Cold? *Kalt?*

Mein Daddy hatte nie einen kalten Eindruck auf mich gemacht. Er war warmherzig, hatte viel gelacht und mit meinem Bruder nur Blödsinn im Kopf. Dad war nicht kalt und hatte nichts mit den Bikern, die ich hier kennengelernt hatte, gemein.

Und doch war er einer von ihnen gewesen. Das war alles so … surreal für mich.

»Wie passt River in das Ganze?«, wollte ich wissen und versuchte weiterhin, meine Trauer und Erschöpfung, die sich in mir breitmachte, zu verdrängen.

»Was River betrifft …« Killer atmete tief ein und wieder aus, während ich um meine Selbstbeherrschung kämpfte. »Er ist ein Schwein, wie du am eigenen Leib erfahren musstest. Dein Dad hat alles in seiner Macht Stehende getan, um ihn aufzuhalten. In gewisser Weise waren uns aber die Hände gebunden. Niemand von uns hat mit einem derartigen Anschlag auf deine Familie und dich gerechnet. Damit ihr ein neues Leben beginnen konntet, ist dein Vater mit euch in die USA gezogen. Hier hatte er keine Vergangenheit, sondern einen Start in ein besseres Leben.«

»Das hat ja nicht viel gebracht, oder?«, sagte ich schroff, weil ich plötzlich unbändige Wut in mir spürte. Das war ein besseres Gefühl, als die Leere, die sich in mir ausbreitete, wie eine Krankheit. »Meine Familie ist tot. Ich bin fast gestorben und das zwei Mal. Nur weil mein Dad Krieg mit River hatte. Mein ganzes Leben ist eine einzige Lüge. Vier Jahre bin ich allein gewesen. Ich bin geduckt durch die Weltgeschichte gegangen, aus Angst, jemand könnte mich finden. Und warum das alles? Weil mein Vater ein Biker war.« Ich war außer mir vor Zorn. Das hätte nicht passieren müssen, wenn meine Familie und ich anders gelebt hätten als die reichen Menschen, die wir nach außen hin präsentiert hatten. Meine Mom hätte es auch besser wissen müssen, denn sie wusste immerhin, welcher Szene mein Vater angehört hatte.

»Shai. Ich …«

»Nenn mich nicht so«, blaffte ich. »Mein Name ist Blake. Shaileen ist vor vier Jahren gestorben.«

»Blake«, seufzte er. »Es tut mir leid. Hätte ich gewusst, dass du den Angriff überlebt hast, ich wäre gekommen, um dich zu holen. Aber wir haben dich und deine Familie begraben und damals schwor ich mir Rache. Rache für euch alle. Dein Vater war ein wirklich guter Mensch, Blake, das musst du mir glauben. Er hätte alles für euch getan und das hat er auch. Du bist wie er und deswegen hattet ihr so eine starke Verbindung zueinander. Cold hat dich geliebt, mehr als sein Leben.«

Gott, mir platzte gleich der Schädel, dennoch versuchte ich, über Killers Worte vernünftig nachzudenken. Er hatte recht, mein Dad war für mich der Beste und ich hatte ihn über alles geliebt.

Jeden aus meiner Familie.

Sie waren mein Leben gewesen und ich hatte immer angenommen, dass wir auch eine Zukunft haben würden.

Doch die hatte nur ich.

»Er war der beste Dad auf der Welt«, krächzte ich und verlor die erste Träne, als ich das Bild von ihm und mir vor Augen hatte. Wie er mich durch die Luft wirbelte, lauthals lachte und ich mich an Daddy festkrallte, als wäre er meine ganze Welt. »Ich will nicht wütend auf ihn sein, aber es schockt mich einfach, dass ich davon nichts wusste. Mir war immer klar, dass er anders war, als die Väter meiner Freunde. Alle hatten Angst vor ihm, sogar meine Lehrer. Für mich aber war er mein Held. Gott, ich vermisse ihn ganz schrecklich. Alle … sie alle fehlen mir unglaublich, so sehr, dass der Schmerz in mir, mich fast zerreißt.«

Dahin war es mit meiner Selbstbeherrschung und ich weinte im nächsten Moment bitterlich. Ich erinnerte mich an jeden Einzelnen meiner Familie, an Momente, die ich mit ihnen verbracht hatte, mit ihnen lachte, stritt, vertrug und wieder lachte. Wie sehr sie mir fehlten, konnte ich nicht in Worte fassen.

Plötzlich kniete Killer vor mir und streichelte über meine Oberschenkel. Es fühlte sich gut an und mit dieser Geste beruhigte er mich sogar ein bisschen.

»Ich schwöre dir, Blake.« Killers Ton wurde finster und gefährlich. »Egal, was es mich kostet, ich werde für dich und deine Familie in den Krieg ziehen. River wird mit der Tat nicht davonkommen. Das ist ein Versprechen, das ich dir hier und jetzt gebe.« Er holte tief Luft. »Und wenn das alles hier vorbei ist, weißt du, dass du mich hast. Ich bin deine Familie und wir werden es zusammen schaffen. Niemals wieder werde ich dich alleine lassen. Gib mir die Chance, dir zu beweisen, dass ich dein Onkel sein kann. Noch einmal verlieren, will ich dich nicht.«

Mit den Handflächen wischte er mir die Tränen von den Wangen und wir starrten uns an.

»Ich will nicht mehr alleine sein«, flüsterte ich. »Kämpfen will ich auch nicht mehr. Ich bin so verflucht müde.«

»Du bist nicht mehr allein.« Er drückte meine Knie und nickte mir entschlossen zu. »Wir sind eine Familie. Ich werde es nicht zulassen, dass dir noch mal etwas passiert. Es wird Zeit, dass du dein Leben zurückbekommst. Dafür müssen wir jetzt stark sein. Okay?«

»Ich versuche es«, wisperte ich.

»Mir tut das alles so leid, Blake«, meinte er und ich glaubte ihm jedes Wort. »Der Verlust deiner Verwandten, der Verrat deines Freundes und der Tod deiner Mitbewohnerin. Das River sich deine Freundin auch schnappt, damit konnte wirklich keiner …«

»WAS?« Was hatte er da gerade gesagt? Tod meiner Mitbewohnerin? »Wovon sprichst du?«

»Oh Baby, ich dachte, du wüsstest das.« Killer schüttelte den Kopf und ich starrte ihn fassungslos an. »Rachel ist tot.«

Ich sprang auf die Füße, womit ich den Mann vor mir fast umwarf. Aber er konnte sich gerade noch fangen und erhob sich langsam zu seiner vollen Größe. Wie eine Irre lief ich im Raum auf und ab. Nein, ich würde ihm das nicht glauben. Rachel konnte gar nicht tot sein. Das durfte nicht sein. Warum sollte sie auch? Sie war Rachel.

»Das ist nicht wahr«, widersprach ich und schüttelte den Kopf. »Bitte, bitte … nein, ich glaube dir nicht.«

Mein Körper zitterte, Tränen rannen erneut über meine Wangen. Der Druck in mir baute sich auf, ich wusste nicht, wohin mit mir. Ich musste hier raus, jemand musste mir sagen, dass das gelogen war.

Sofort schoss ich in Richtung Tür und rannte in den Saal. Nach wie vor saßen Devil und seine Jungs an der Bar. Mein Blick ruhte auf Shadow, der ebenfalls dort verweilte und in die Ferne starrte. Er unterhielt sich nicht mit seinen Brüdern, sondern schien die Einsamkeit zu suchen. Mir ging es nicht anders und aus welchem Grund auch immer – ich dachte nicht über meinen nächsten Schritt nach – rannte ich los.

Shadow bemerkte mich, denn ich steuerte ihn an. Er stellte sein Getränk auf den Tresen und kam einen Schritt auf mich zu. Aus dem Augenwinkel erkannte ich Devil, der sich von seinem Hocker erhob. Nun sahen mich alle an, aber ich konzentrierte mich ausschließlich auf Shadow.

Mit Wucht warf ich mich in seine Arme, und er fing mich auf. Ich weinte, schaffte es kaum, mich zu beruhigen als ich meine Lippen nah an sein Ohr platzierte.

»Bitte, bitte sag mir, dass es ihr gut geht«, flehte ich ihn an. »Shadow, sag mir, dass Rachel zuhause auf mich wartet.«

Seine Arme verfestigten sich um mich und er hob mich hoch, sodass ich den Boden unter den Füßen verlor.

»Das kann ich nicht, Kleines«, sagte er. »Ich würde gerne, aber ich kann nicht.«

Mein Gesicht presste ich an seinen Hals, schniefte und weinte um alles und jeden. Vor allem aber über meine Verluste.

Rachel war meine Freundin, sie war immer für mich da gewesen, hatte mich nie alleine gelassen. Sie hatte sogar versucht, mich zu beschützen. Verdammt, sie hatte mit diesem Krieg hier nichts zu tun gehabt und River kein Recht, sie mir wegzunehmen.

Ich wollte doch mit ihr reden, ihr die Wahrheit sagen. Nun war es zu spät, weil sie einfach … sie war fort.

Würde nie wiederkommen.

Keine Ahnung, wie lange ich an Shadow hing, es fühlte sich wie eine Ewigkeit an, als er mich irgendwann herunterließ. Seine Augen waren klar, kein Anzeichen, dass er traurig war. Dafür aber kalt.

Mit dem Daumen wischte er mir die Tränen aus dem Gesicht und schob mich zu Devil.

»Sie darf nicht tot sein«, schniefte ich und flehte nun Devil an, dass er alles aufklären soll, aber er zog mich einfach nur an sich und presste mich an seine Brust.

»Alles wird gut, Baby«, flüsterte er.

Doch ich glaubte ihm nicht. Nichts würde wieder gut werden, alles war vorbei. Nichts mehr, wie es war.

Zwei Freunde hatte ich gehabt.

Einer davon hatte mich verraten, die andere wurde mir genommen.

Der Einzige, der mir noch blieb, war Killer. Ein Mann, der sich mein Patenonkel schimpfte. Dennoch spürte ich in mir nichts weiter als Leere und tiefe, verzweifelte Trauer.

Kapitel 44

Devil

Blake fiel förmlich in sich zusammen. Keine Minute dachte ich nach, sondern hob sie auf meine Arme und brachte sie nach oben. Sie musste Abstand gewinnen. Das alles war zu viel für sie.

Am liebsten hätte ich Killer abgeknallt, weil er die Schuld daran trug, dass mein Mädchen sich fühlen musste, wie ausgekotzt. Fuck, sie hatte genug erlebt. Es war an der Zeit, dass sie wieder aufatmen konnte. Vielleicht würde es eine Weile dauern, bis es dazu kam, aber ich würde bei ihr sein, sie halten, wenn sie fiel und aufbauen, wenn sie aufgeben wollte. Blake war stark, stärker als so mancher Kerl. Und sie würde es schaffen, mit mir an ihrer Seite. Das war ein Versprechen.

Als wir in meinem Zimmer angekommen waren, legte ich sie auf das Bett. Die Schuhe streifte ich ihr ab, stieg aus meinen Stiefeln und ließ mich neben ihr nieder. Sofort zog ich sie an mich, sodass ihr Gesicht an meiner Brust ruhte. Der Körper in meinen Armen bebte und ich fuhr immer und immer wieder beruhigend mit den Fingern über ihren Rücken.

»Hat sie sehr leiden müssen?«, hörte ich sie fragen.

»Lass uns nicht darüber reden.« Unter gar keinen Umständen würde ich ihr beichten, wie ihre Freundin den Tod gefunden hatte. »Behalte sie einfach in Erinnerung, so wie du sie kanntest.«

»Habt ihr sie … ist sie schon beerdigt?«, flüsterte Blake. »Ich will zu ihr.«

»Das ist sie, Baby.« Die Wochen, die Blake im Koma gelegen hatte und die Zeit ihres Aufenthaltes, mussten wir Rachel beerdigen. Sie hatte keine Familie, die wir benachrichtigen konnten, deswegen übernahmen wir alles. Eigentlich Shadow, denn er hatte die Beerdigung organisiert. Zwar kannten wir übrigen das Mädchen kaum, dennoch hatten wir sie verabschiedet. Vielleicht nicht unbedingt für Rachel selbst, sondern vielmehr für Blake und Shadow. »Sobald etwas Ruhe eingekehrt ist, werden wir zusammen zu ihr fahren, okay?«

»Ich habe jetzt niemanden mehr«, hörte ich sie schniefen. »Keiner mehr da.«

Gott, wie falsch sie lag. »Kleines, du hast mich, du hast Killer, Cynthia … die ganzen Jungs hier mögen dich.«

Dazu äußerte sie sich nicht mehr, sondern blieb still in meinen Armen liegen. Ihr Körper entspannte sich, das Beben ließ nach. Es vergingen einige Minuten, bis sie ruhig und gleichmäßig atmete. Sie war eingeschlafen, wahrscheinlich vor Erschöpfung. Ich blieb noch eine Weile bei ihr liegen, weil ich nicht bereit war, sie schon freizugeben.

Nach einer halben Stunde jedoch, löste ich mich von ihr, gab ihr einen Kuss auf die Stirn und schob mich vom Bett. Leise stieg ich in meine Stiefel und verließ den Raum.

Unten angekommen winkte ich Cynthia zu mir, die umgehend kam.

»Könntest du bei ihr bleiben?«, bat ich sie.

»Selbstverständlich«, stimmte sie zu. »Dein Zimmer?«

Ich nickte, klopfte ihr auf die Schulter und begab mich zu den Anderen. Der Raum war so gut wie leer, nur meine Brüder befanden sich, bis auf Ice, vollständig an der Bar.

Shadow starrte mich an und mir fiel wieder ein, wie Blake sich vorhin in seine Arme geworfen hatte. Für sie musste es keine andere Möglichkeit gegeben haben, als sich an ihn zu wenden. Der einzige Mensch, der Rachel ebenfalls kannte. Mein Bruder litt, dahingehend machte ich mir nichts mehr vor. Sobald er bereit war, mit mir zu reden, würde ich für ihn da sein. Das würde ich immer, weil wir eine Familie waren.

»Wie geht es ihr?«, wollte Steel wissen.

»Beschissen ist noch untertrieben«, meinte ich. »Zwar haben wir ihre Freundin beerdigt, aber wir sollten noch irgendwas auf die Beine stellen, damit auch Blake die Möglichkeit hat, sich von ihr zu verabschieden. Zum Grab will ich nicht mit ihr, solange die Kacke noch am Dampfen ist.«

»Das können wir übernehmen«, hörte ich eine weibliche Stimme sagen, der ich mich zuwandte. Es war Mercedes, die mit ein paar Mädchen an der Wand links neben mir stand. »Wenn ihr nichts dagegen habt, organisieren wir etwas.«

»Nichts Großes«, bat ich sie. »Es soll für Blake sein. Nicht für uns. Bekommt ihr das hin?«

»Das schaffe ich«, gestand sie. »Sobald du mir das *Okay* gibst, fangen wir an.«

Ich nickte und wandte mich wieder an meine Brüder. Killer sah aus, als bräuchte er literweise Alkohol und gönnte sich auch welchen.

»Wie ist es gelaufen?«, erkundigte ich mich, auch wenn ich mir die Frage hätte selbst beantworten können. Immerhin hatte ich Blakes tränenüberströmtes Gesicht gesehen, als sie in den Saal gestürmt kam.

»Blake wusste nichts«, seufzte er und nahm auf einem Hocker Platz. »Sie hatte keine Ahnung von dem Leben, dass ihr Vater in England geführt hat. Die Kleine war völlig ahnungslos. Leider kam ich nicht so weit, herauszufinden, wer ihr damals bei der Flucht geholfen hat. Aber ich würde meine Hand dafür ins Feuer legen, dass es nicht die Bullen waren.«

»Sprecht ihr vom Zeugenschutzprogramm?«, wollte Hellboy wissen und wir nickten. »Kann ich mir nicht vorstellen«, meinte er und schüttelte mit dem Kopf. »Ich kenne mich ein wenig mit der Materie aus. Wenn sie unter der Aufsicht von Marshals stünde, hätten die schon längst eingegriffen. Frühestens dann, als die Kleine den Club hier betreten hat, spätestens, als sie im Krankenhaus lag. Die hätten sie da rausgeholt – auch während sie im Koma lag – und verschwinden lassen. Davon hätte von uns keiner auch nur im Ansatz etwas mitbekommen. Dein Mädchen steht unter gar keinen Umständen unter der Beaufsichtigung der Federal Marshals.« Er unterbrach sich und schüttelte erneut den Kopf. »Cynthia hat mich über Blake aufgeklärt. Verflucht, die Kleine hat ganz schön viel Scheiße erlebt. Wir sollten uns wie ein Schild um sie stellen. Sie hat mit zwei meiner Brüder Seite an Seite gekämpft. Sie gehört zu uns und fertig. Wir sollten herausfinden, was wir brauchen, River unter Druck setzten, damit er aus seinem Versteck gekrochen kommt und die Wichser niedermachen.«

»Ganz deiner Meinung«, warf Thunder ein. »Allerdings sollten wir warten, was Ice hat. Heute ist ein Paket für ihn angekommen und er hat sich verschanzt. Mal sehen, was er uns berichten kann.«

»Angenommen, Blake steht unter dem Zeugenschutz«, mischte sich Angel nun ein. »Was tun wir dann? Sollte Hellboy sich irren – fuck, ich selbst glaube auch nicht daran – aber sollte es der Fall sein, wie handeln wir?«

Eine Frage, die immer wieder durch meinen Kopf strömte. Was sollten wir tun? Es gab keine Alternative.

»Wir halten uns an den Ko …«

»Ich habe nichts mit dem Zeugenschutzprogramm zu tun«, unterbrach mich Blakes Stimme, der ich mich sofort zuwandte. Dicht gefolgt von Cynthia, marschierte sie in den Raum. In meiner unmittelbaren Nähe blieb sie stehen und schaute jeden von uns nach und nach an. »Mein wahrer Name lautet Shaileen Sullivan und ich stamme aus Tucson, Arizona.« Das Einzige, was in meinem Kopf angekommen war, dass sie nicht unter dem Schutz einer Behörde stand. Innerlich atmete ich tief ein und füllte meine Lungen mit Sauerstoff. Der Kodex war hinfällig und sie konnte bei mir bleiben. Der Rest war nebensächlich. »Vor vier Jahren sind mehrere Männer nachts in das Haus meiner Familie eingedrungen. Wir waren alle schon in unseren Betten.« Blake musste einige Male schlucken, aber sie vergoss keine Träne. »Ich sollte gar nicht daheim sein, weil ich eigentlich bei meiner Freundin übernachten wollte. Aber wir hatten uns gestritten, sodass ich zuhause blieb. Durch laute Geräusche bin ich wachgeworden. Leider war ich zu langsam, als meine Tür aufgestoßen wurde. Eine Kugel traf mich im Bauch. Ich rollte mich auf den Boden, weil ich unter das Bett kriechen wollte, aber dann wurde mir zwei Mal in den Rücken geschossen. Irgendwann drehte mich jemand um und ein maskierter Mann saß auf mir. Er murmelte irgendwas, das ich nicht verstehen konnte. Dann zückte er ein Messer und verletzte mich erneut.« Mein Mädchen kämpfte mit ihrer Selbstbeherrschung, das war deutlich zu erkennen, aber sie verdrängte immer wieder die aufkommenden Tränen, als wollte sie keine Schwäche zeigen. Und das kotzte mich an, sie musste nicht immer stark sein. Verdammt, sie hatte ihre Familie verloren. Ihre Gesamte! »Aufgewacht bin ich im Krankenhaus. Es glich einem Wunder, dass ich überhaupt überlebt habe. Zwei Marshals betraten mein Zimmer, informierten mich darüber das … dass meine … Familie tot sei. Meine beiden Schwestern Leslie und Kathy, mein Bruder Scott, sowie Mom und Dad. Ich war als Einzige übrig. Warum? Ich weiß es nicht.« Sie zuckte mit ihren

Schultern, als könnte sie es bis heute nicht verstehen, doch ich dankte Gott dafür, dass er sie mir geschickt hatte. »Jedenfalls erklärten die Marshals mir, dass sie mich in das Zeugenschutzprogramm aufnehmen werden, dass sie einen Verdacht hätten, wer hinter dem Anschlag steckte.«

Es vergingen einige Minuten, bis Killer die Stille unterbrach. »Wie bist du entkommen?«

»In der Nacht kam der Pfleger Darell in mein Zimmer«, klärte sie uns auf. »Er hat mich gebeten, mit ihm zu kommen, weil ich mich in Gefahr befinden würde und die Marshals mich nicht schützen könnten. Ich wusste nicht wieso, aber ich vertraute ihm. Er brachte mich an einen Ort, den ich nicht kannte, Fragen stellen durfte ich nicht. Das Einzige, worüber ich aufgeklärt worden war, dass mein Dad für ein neues Leben vorgesorgt hatte. Für jeden aus meiner Familie. Darell schleuste mich aus Tucson raus, brachte mich nach Oregon. Hier pflegte er mich gesund und verpasste mir die neue Identität, Blake Crawford.« Die kleine Kampfmaschine atmete einige Male durch. »Bis zu meinem neunzehnten Lebensjahr wurde ich von ihm in Waffenkunde unterrichtet. Er brachte mir bei, wie ich geduckt durch die Welt laufen konnte, worauf ich achten muss und befahl mir, niemandem zu vertrauen. Darüber hinaus wurde ich in Krav Maga trainiert. Ich wurde darauf vorbereitet, mich zu wehren, sollte mich jemand erkennen, oder die Mörder meiner Familie mich entdecken.« Eine Träne löste sich aus ihrem Augenwinkel, die sie sofort mit der Hand wegwischte. Sie schaute uns immer wieder abwechselnd an. »Nachdem mein Unterricht beendet war, und Darell meinte, es würde reichen, erstellte er einige Zeugnisse und Unterlagen, mit denen er mich an der Universität anmeldete. Es dauerte nicht lange, bis ich die Zusage erhielt. Da er es nicht als sicher empfand, im College ein Zimmer zu mieten, suchte er nach einer Wohngemeinschaft und stolperte über Rachels Inserat. Er überprüfte sie und es stellte sich heraus, dass sie ebenfalls keine Familie besaß und allein war. Keine Vorstrafen, kein Bezug zu irgendwelchen kriminellen Organisationen. Kurz darauf machte er einen Termin aus. Rachel und ich lernten uns kennen und obwohl wir total unterschiedlich sind … waren, verstanden wir uns auf Anhieb. Also zog ich bei ihr ein. Schnell freundeten wir uns an. Aus irgendeinem Grund beschützte sie mich, war immer an meiner Seite, hat mich nie alleine gelassen. Sie war meine beste Freundin.« Erneut verlor sie Tränen, aber wieder entfernte sie sie sofort. »Bruce lernte ich in der Uni kennen. Wir paukten zusammen, verstanden uns gut und fingen an, gemeinsam zu joggen. Ich habe – obwohl ich es nicht durfte – Beiden in gewisser Weise vertraut. Immer wieder stand ich kurz davor, ihnen die Wahrheit über mich zu erzählen, habe es dann aber doch nicht getan. Dass Bruce mich verrät, damit hätte ich niemals gerechnet.« Sie hickste bereits, weil sie vehement versuchte, sich zu kontrollieren. Ich dachte nicht lange nach, schnappte mir ihre Hand und zog sie seitlich zwischen meine Beine, nachdem ich mich auf den Hocker setzte. Ihre Finger ruhten auf meinem Oberschenkel, während ich ihr beruhigend über den Rücken streichelte. »Rachel war unschuldig«, flüsterte sie. »Sie war meine Freundin und hat es nicht verdient zu sterben.«

Wie gerne hätte ich ihr die Trauer genommen! Sie hatte unglaublich viel durchgemacht, dass es jetzt wirklich reichte. Die Kleine hatte nichts falsch gemacht, war in ein Leben hineingeboren worden, dass sie sich nicht ausgesucht hatte. Aber sie war stark, hatte sich nicht unterkriegen lassen. Hier und jetzt hatte sie den Mut gefunden, ihr gut beschütztes Geheimnis mit einem Haufen Bikern zu teilen. Menschen, die sie mochten … Leute, die sie nicht alleine lassen würden. Sie vertraute uns, obwohl sie das laut diesem Darell nicht durfte.

»Warum ich euch das alles erzähle, hat einen bestimmten Grund«, fuhr die kleine Kampfmaschine fort. »Ihr beschützt mich. River hat mir gestanden … als ich … während er und seine Freunde mich gefoltert haben … dass er für den Tod meiner Familie verantwortlich ist. Das alles nur, weil mein Dad ihn verbannt hat. Mich wollte er als Schadensersatz einfordern. Mit seiner Rache hatte er gewartet bis ich siebzehn war, weil ich somit seiner Meinung nach, bereit für ihn sei.«

»Du wusstest über all das gar nichts?«, hörte ich Cynthia fragen.

»Nein.« Blake lachte auf, was sich freudlos anhörte. »Ich dachte immer, wir seien die typisch amerikanische Familie. Gott, wie naiv ich war! Mein Vater war ein Biker und ich habe nie etwas geahnt. Meine Geschwister und ich sind so behütet aufgewachsen. An Liebe hat es uns nicht gefehlt.«

»Dein Vater war ein großer Mann, Blake.« Death betrachtete meine Kleine intensiv. »Er hat sein Leben hinter sich gelassen, um für euch da zu sein. So viel Mut, verlangt hohen Respekt. Er hat euch geliebt. Zweifel daran nicht.«

»Das weiß ich«, murmelte sie. »Und das werde ich auch nicht. Killer hat mich über alles aufgeklärt. Jetzt verstehe ich so einige Dinge.«

Blake lehnte ihren Kopf an meine Schulter, ihr Atem fuhr über meinen Hals. Wir waren für einen Moment still, ließen ihr Geständnis erst einmal sacken. Wenn ich meine Brüder genau betrachtete, schienen auch sie in Grübeleien versunken zu sein. Das verstand ich, denn Blakes Geschichte war heftig und ich zog meinen Hut, für ihren Mut und ihre Tapferkeit. Mit siebzehn ihr Leben umzustellen, eine kleine Kampfmaschine zu werden, zeugte von Charakterstärke. Vielleicht hatte Killer recht, Blake schien nach ihrem Vater zu kommen.

Aber auch wenn ich sie gerne in Ruhe gelassen hätte, so mussten wir noch einige Dinge in Erfahrung bringen, denn ich wollte für mein Mädchen die Rache einfordern, die sie verdiente.

»Wer ist Darell?«, erkundigte ich mich und hob ihr Kinn, damit sie mich ansehen konnte. Ihre Augen waren blutunterlaufen und geschwollen, aber sie weinte nicht.

»Das weiß ich nicht«, antwortete sie. »Er hatte mir damals erzählt, dass er mit meinem Vater gut befreundet war. Mehr ist mir nicht bekannt. Aber er hat mich gerettet und mir viel beigebracht.«

»Wie würdest du dich mit ihm in Verbindung setzen, wenn du Hilfe bräuchtest?«, wollte Steel wissen.

»Ich besitze mehrere Nummern von ihm«, erwiderte sie und mir kam der Name in ihrer Kontaktliste in den Sinn. »Seit zwei Jahren haben wir nicht mehr gesprochen. Aber wenn ich ihn bräuchte, müsste ich ihn nur anrufen.«

»Data?«, wollte ich wissen, und Blake nickte.

»Ruf ihn an«, verlangte Killer. »Wenn er deinen Dad kannte, ist er mir bestimmt auch bekannt. Ich will erfahren, wer dich die letzten Jahre beschützt hat.«

»Das ist nicht nötig«, hörten wir Ice sagen, der sich von der Wand am Eingang abstieß und mit mehreren Unterlagen in der Hand auf uns zukam. Ich hatte gar nicht mitbekommen, dass er sich ebenfalls im Raum befand. Anscheinend hatte er Blakes Geständnis aufmerksam gelauscht. »Gestern habe ich mich mit ihm unterhalten. Er ist auf dem Weg hierher. Sollte in den kommenden Tagen eintreffen.«

Ice war gut, das musste ich ihm lassen. Er dachte mit und handelte, ohne sich lange mit Fragen aufzuhalten. Wenn wir ihn manches Mal nicht gehabt hätten, wären wir tatsächlich aufgeschmissen gewesen.

»Was ist das?« Mit dem Kinn deutete ich auf die Papiere.

»Kommt mal mit«, forderte er und marschierte auf einen großen Tisch zu. »Ich will euch etwas zeigen.«

Ich schob Blake ein Stück von mir, rutschte von dem Hocker und griff nach ihrer Hand. Gemeinsam folgten wir Ice, der einen riesigen Stadtplan auf der Holzfläche ausbreitete. Es handelte sich um Oregon. Auf dem Blatt waren mehrere Kreuze markiert.

»Ich habe lange recherchiert«, fing Ice an. »Mir kam es seltsam vor, dass River sich hier befindet, aber keine Sau auch nur eine Spur von ihm findet. Man kann nicht einfach abtauchen, ohne etwas zu hinterlassen. Wie ich euch bereits unterrichtet habe, konnte ich Devils Handy zwischen Newport und Corvallis lokalisieren. Besser eingrenzen ließ es sich nicht, was mich stutzig gemacht hat. Also bin ich los und habe mir die Gegend angesehen.«

»Ohne einem von uns Bescheid zu geben?«, vernahm ich Shadows Stimme und erkannte, wie sauer er über diese Information war. Das konnte ich nachvollziehen, weil es von Ice mehr als unüberlegt war. Es hätte einiges passieren können.

»Mach dir nicht ins Hemd«, witzelte Ice und Shadow schüttelte den Kopf. »Ist ja alles gut gegangen. Jedenfalls schaut mal hier …« Er deutete auf mehrere nacheinander folgende Kreuze, die er gezeichnet hatte. »Ein Tunnel, der unterirdisch verläuft. Er wurde dicht gemacht.« Mit einem Stift verband er die Punkte.

»Ein Tunnel?«, wiederholte Death.

»Jepp«, stimmte Ice zu. »Er wurde 1908 errichtet, als die Arbeiter den Siuslaw Natural Forrest angelegt haben. Sie wurden dort untergebracht, damit sie die langen Fahrten spät nachts nicht auf sich nehmen mussten. Der Tunnel ist in Vergessenheit geraten, auf den neuen Stadtplänen ist er schon nicht mehr gekennzeichnet. Deswegen dauerte es, bis ich aus dem Stadtarchiv die alten Pläne erhalten habe. Er führt von Newport durch Corvallis, bis Salem und zurück direkt nach Springfield.«

»Ich habe mich in einem Keller befunden«, mischte Blake sich ein. »Wenn sie das Licht ausgeschaltet haben, war es stockfinster. Das Zimmer war feucht und muffig. Keine Fenster. Deswegen habe ich jedes Zeitgefühl verloren. Konnte nicht sagen, ob es hell oder dunkel war.«

»Das würde passen«, sagte Ice. »Laut Recherchen befinden sich dort verschiedene Räume, die seinerzeit als Schlafplätze fungiert haben. Wenn ich mich nicht täusche, Jungs, befindet sich River genau dort.«

»Das könnte auch erklären, wie sie Blake hergeschafft haben, ohne dass irgendwer davon etwas mitbekommen hat«, dachte Steel laut. »Weißt du, wo die Eingänge sind?«

»Genau, das war nämlich auch mein Gedanke«, erwiderte Ice. »Mich hat es die ganze Zeit gewurmt, wie es mehrere Männer unbemerkt schaffen, Blake neben unserem Club abzuladen. Kommt mal mit.«

Gemeinsam folgten wir meinem Bruder nach draußen, rechts um die Ecke, zu dem Ort, wo wir Blake vor Wochen gefunden hatten. Ice marschierte einige Meter weiter, in das offene Feld hinein, und blieb irgendwann stehen. Auf dem Boden erkannten wir tatsächlich eine Klappe, die aus Holz bestand. Niemals wäre ich auf die Idee gekommen, dass es sich hierbei um einen Eingang in einen Tunnel handelte. Abgesehen davon, wäre es mir wohl auch niemals aufgefallen, immerhin hielten wir uns nie im Feld auf. Bei genauerer Betrachtung war die Öffnung groß genug, um ein Kreuz durchzuheben.

»Hier müssen sie rausgekommen sein«, bestätigte Ice.

»Gibt es noch weitere Eingänge?«, erkundigte ich mich.

»Insgesamt sechs«, teilte Ice mir mit. »Springfield, Siuslaw Forrest, Corvallis, Salem, Toledo und Newport.«

»Das heißt nichts anderes, als dass wir zuschlagen können«, meinte Death. »Ich habe einen Plan. Lasst uns reingehen.« Dann wandte er sich an Killer. »Trommel deine Männer zusammen. Ich hole Soldier. Wir müssen reden. In einer Stunde im Besprechungsraum.«

Damit wandte er sich ab und marschierte gemeinsam mit Killer zurück ins Hotel. Wir anderen blieben an Ort und Stelle stehen und betrachteten uns. Es waren keine Worte nötig, wir wussten, was zu tun war.

Wir würden gemeinsam in den Krieg ziehen und versuchen, River und seine Männer auszulöschen. Niemand würde überleben, keiner konnte Gnade erwarten. Am allerwenigsten River.

Kapitel 45

Blake

Die Besprechung der *Demons Hell* dauerte weit über drei Stunden. Während dieser Zeit unterhielt ich mich mit Cynthia und Mercedes. Gott, bei Letzterer fragte ich mich, warum zum Teufel sie nicht auf dem Laufsteg ihre Karriere machte, anstatt in einem Anwaltsbüro. Ihre langen, dunkelbraunen, glatten Haare, glänzten und sahen so gesund aus, als würde sie ständig einen Friseur aufsuchen. Nicht mal der Ansatz von Spliss war zu erkennen. Für ihre Figur würde ich alles geben. Vor mir stand ein Mädchen, das definitiv die Maße neunzig sechzig neunzig besaß. Alles war perfekt proportioniert. Hinzu kamen ihre karamellfarbenen Augen, Beine bis zum Himmel und ein Arsch, den ich mir hätte versichern lassen. Ein Traum von einem Weib.

Sie trug ein Hauch von Nichts an ihrem Körper, ein schwarzes Kleid, das an manchen Stellen durchsichtig war und so kurz, dass sie sich nicht setzten könnte, ohne dass man ihren Slip sehen würde. Ob sie überhaupt einen anhatte? Es zeichnete sich nämlich nichts ab. Oh Gott, nein, darüber wollte ich nun wirklich nicht nachdenken. Die High Heels an ihren Füßen glänzten, waren mörderisch und ich brach mir alleine beim Hingucken schon das Fußgelenk. Um das Bild perfekt zu machen, hatte sie eine natürliche Bräune, die jegliche Schminke überflüssig machte.

Was zum Teufel wollte Devil eigentlich von *mir*, wenn er *sie* haben konnte? Das verstand ich einfach nicht. Innerlich schüttelte ich den Kopf, um wieder zur Besinnung zu kommen.

Devil schlief mit mir, verbrachte momentan seine Zeit mit mir. Ich war jung, unschuldig und für ihn eine Herausforderung gewesen. Darüber hinaus musste er mich beschützen. Außerdem lebte ich in seinem Haus, da konnte man Arbeit und Vergnügen gleich miteinander verbinden.

Bald würde es soweit sein, und die *Demons Hell* zögen in den Krieg. Ich machte mir nichts vor, denn ich dürfte sicherlich nicht dabei sein. Allerdings hatte gerade *ich* einen Grund mitzumischen, oder?

Jedenfalls würde bald alles vorbei sein, auch wenn die Angelegenheit mehr als gefährlich war, so wusste ich mit Bestimmtheit, dass die Jungs letztendlich als Sieger das Schlachtfeld verließen. Das bezweifelte ich nicht eine Sekunde. Für mich waren sie die Besten und ich glaubte an sie. Doch was würde passieren, wenn alles erledigt war? Wie ging es dann weiter?

Würde ich in Oregon bleiben? Mit Killer gehen? Mein Leben der letzten vier Jahre hatte hier stattgefunden, nicht zu vergessen, mein Studium.

Die Kurse würden in drei Wochen weitergehen. Devil hatte mich informiert, dass einige seiner Freunde aus anderen Chapter das Appartement von Rachel und mir bewohnten. Mir war einfach nicht klar, wohin mein Weg führen würde und das überforderte mich immens.

»Wir werden sicherlich wieder im Clubhaus bleiben müssen«, unterbrach Cynthia meine Gedanken. »So, wie immer. Alles wird abgesperrt und wir hocken hier drin und kommen vor Verzweiflung fast um.«

»Was ist, wenn ich mitgehen will?«, erkundigte ich mich.

»Würde Death niemals zulassen«, erwiderte sie. »Und wenn Death nicht interveniert, dann auf jeden Fall Devil. Der nimmt dich doch nicht mit.«

»Aber ist das nicht meine Entscheidung?«, wollte ich wissen. Immerhin war ich kein Kind mehr. River hatte meine Familie umgebracht. Wenn ihn jemand erschießen dürfte, dann ja wohl ich.

»Nein, das ist es nicht«, konterten Mercedes und Cynthia zeitgleich.

»Devil würde dich niemals einer Gefahr aussetzen«, fügte Mercedes noch hinzu.

»Warum nicht?«, fragte ich, weil ich ihre hochgezogene Augenbraue, die fast schon aussagte, *Hast du sie noch alle?,* erkannte.

»Das ist doch offensichtlich«, meinte die dunkelhaarige Schönheit.

Bevor ich nach dem *Offensichtlichen* fragen konnte, hörte ich mehrere männliche Stimmen, schwere Schritte und bemerkte dann schon die ersten Köpfe, die den Saal betraten. Ihre Gesichter waren steinhart.

Nachdem einige Kerle sich rundherum niederließen, tauchten auch Devil und seine Jungs auf.

»Können wir los?«, fragte er mich, hielt mir seine Hand entgegen, die ich ohne zu zögern ergriff und vom Hocker hüpfte. Ich nickte Mercedes, Cynthia und den Jungs zum Abschied zu und ließ mich von Devil nach draußen führen.

Wortlos setzte er mir den Helm auf und verschloss ihn unter meinem Kinn. Das hatte er schon lange nicht mehr getan, schließlich wusste ich mittlerweile selbst, wie das funktionierte.

Unsere Blicke trafen sich und in seinem konnte ich nichts lesen. Nichts war zu sehen, als würde er eine Maske tragen. Mir gefiel sein Verhalten nicht und er jagte mir mit seiner Art, Angst ein. Allerdings hakte ich nicht nach, sondern setzte mich hinter ihn auf das Bike, nachdem er sich draufgeschwungen hatte.

Die Fahrt dauerte dieses Mal länger. An jeder roten Ampel hielt er an, streichelte meine Hände, legte seinen Kopf zurück, damit er meinen berühren konnte. Alles war anders, und ich machte mir genau aus diesem Grund riesige Sorgen.

Als wir in Salem ankamen und abstiegen, legte er einen Arm um meine Schultern und gemeinsam schlenderten wir gemütlich hinein.

Ich hielt die Spannung in mir nicht mehr aus, der Druck baute sich immer weiter auf und die Furcht übernahm die Kontrolle. Sofort machte ich mich von ihm los, drehte mich um und schaute ihm direkt in die Augen.

»Was ist los?«, fragte ich ungeduldig.

»Was soll los sein?«, wollte er scheinheilig wissen.

»Devil«, mahnte ich ihn. »Irgendwas stimmt nicht. Sag mir, was passiert ist.«

Er schnaubte, ließ den Blick aber nicht von mir. »Es ist alles okay«, log er mich an. »Lass uns einfach auf die Couch setzten und ausruhen. Okay?«

»Nein«, widersprach ich knapp und verschränkte die Arme. »Erst sagst du mir, warum du dich so seltsam benimmst. Was hat Death gesagt? Wie sieht der Plan aus?«

»Kleine Kampfmaschine«, seufzte er und lächelte. Wie ein Raubtier kam er auf mich zu. Ich wich zurück. Er konnte mich jetzt nicht mit seiner Wärme mundtot machen, auf keinen Fall.

Deswegen wandte ich mich um, und marschierte in die Küche. Dort stellte ich mich hinter den Tresen, damit genügend Abstand zwischen uns lag. Devil war mir gefolgt. Er betrachtete mich so intensiv, dass mir ein Schauer über den Rücken lief. Aber ich konnte mich jetzt nicht auf meine Gefühle für ihn konzentrieren.

»Bitte, Devil«, flehte ich schon fast. »Was wird geschehen?«

»Stell keine Fragen, auf die du keine Antworten haben willst«, raunte er. Verdammt, seine Stimme verfehlte die Wirkung auf mich ganz und gar nicht. Dieser Mann wusste genau, wie er mich kleinzukriegen hatte. Mistkerl!

»Ich will es aber wissen«, versuchte ich es weiter, trotz der Hitze, die durch meinen Körper jagte.

»Clubinterne Angelegenheiten gehen kleine Mädchen nichts an«, knurrte er, aber nicht böse, sondern verrucht.

»Ich bin kein kleines Mädchen.« Im Moment musste ich mir selbst auf die Schulter klopfen, so mutig fand ich mich. »Vielleicht bin ich keine Mercedes, aber ich bin eine erwachsene Frau. Warum siehst du das nicht?«

Der letzte Satz war nicht gewollt, er hatte sich einfach aus meiner Kehle geschlichen. Verdammt, ich war so dumm.

»Wie kommst du darauf, dich mit Mercedes zu vergleichen?« Der Satz verfehlte seine Wirkung nicht, denn er traf mich mitten ins Herz. Natürlich durfte ich mich nicht mit dieser Schönheit auf eine Stufe stellen. Immerhin war ich nur die *kleine Kampfmaschine*, ein Girl im Gegensatz zu dem Männertraum. Wie konnte ich das bloß vergessen?

»Sag es mir jetzt«, verlangte ich und versuchte dabei, meine krächzende Stimme unter Kontrolle zu bringen. Auf seine Aussage wollte ich unter gar keinen Umständen eingehen.

»Alles, was den Club betrifft, ist nicht für deine Ohren bestimmt«, brummte er. »Das geht nur die Mitglieder etwas an. Du bist keines, soweit ich weiß.«

Der nächste Pfeil, der meine Brust nicht verfehlte, wobei ich wegen dieser Äußerung nicht böse auf ihn sein durfte. Im Club waren ausschließlich Männer Mitglieder. Frauen waren nicht erwünscht. Nur die *Old Ladys* gehörten dazu … gehörten zu ihren Männern.

Ich war keine *Old Lady*, weil niemand Anspruch auf mich erhoben hatte. Nicht *niemand*, sondern Devil hatte das nicht getan. Wenn er mich fragen würde, ich hatte nicht gezögert, *ja* zu sagen. Aber das würde er niemals tun, er war nicht in der Lage, mir sein Herz zu schenken, so viel wusste ich bereits. Auch wenn er mir nicht erklären wollte, was die Jungs heute besprochen hatten, so wusste ich mit Bestimmtheit, dass es gefährlich für jeden Einzelnen werden würde.

Doch eine Welt ohne Devil, konnte ich mir nicht mehr vorstellen. Egal, wie es für mich weiterging, ob ich bei ihm blieb, mit Killer gehen oder einfach wieder in mein altes Leben zurückkehren würde … Devil musste leben.

»Für meinen Geschmack, siehst du zu traurig aus«, flüsterte Devil plötzlich neben mir und ich erschrak.

Ich war so tief in meinen Gedanken versunken, dass ich seine Bewegung überhaupt nicht mitbekommen hatte. Dann wurde ich auch schon an seinen harten Körper gezogen. Unsere Lippen prallten aufeinander und damit erstickte er jeden Protest, den ich vielleicht noch hätte aufbringen können.

Devil führte mich zur Kücheninsel. Dort drehte er mich um, sodass ich mit dem Bauch an die Marmorplatte stieß. Seine Lippen berührten mein Ohr.

»Du gehörst mir, Baby«, flüsterte er, griff um meine Kehle und zog meinen Kopf zu sich herum. Erneut nahm er meinen Mund mit seinem in Besitz. Sofort öffnete ich meine Lippen und erwiderte den Kuss. Gleichzeitig berührte er meine Brustwarzen, die sich schon schmerzhaft aufstellten. An meinem Hintern spürte ich seinen harten Schwanz und griff hinter mich, um ihm über seine Hose zu streichen. Devil knurrte, unterbrach den Kuss und entkleidete mich in Windeseile. Alles ging ganz schnell, dass ich gar nicht genau mitbekam, wie er das alles bewerkstelligte. Ich stand einfach nur da und betrachtete ihn wie in Trance.

Als ich nackt war, fiel mir ein, wie viele Narben mein Körper zierte und versuchte mit den Händen, jede Stelle zu verdecken. Das war gar nicht möglich, und ich fühlte mich so unglaublich verletzlich, hässlich und ekelhaft.

Devil machte einen Schritt auf mich zu und nahm meine Hände in seine. »Versteck dich nicht vor mir, Blake«, befahl er und ich schaute hoch, direkt in seine schwarzen Augen. »Nichts hat sich verändert. Du gehörst mir. Hast du das verstanden?« Ich nickte, sprechen war mir nämlich nicht möglich. »Sag es!«, verlangte er in seinem gewohnten Befehlston.

»Ich habe es verstanden«, wisperte ich.

Erneut presste er seine Lippen auf meine, gab mir einen Kuss, der mir den Boden unter den Füßen wegriss. Wie eine Ertrinkende klammerte ich mich in sein Shirt und konnte nicht genug von diesem Mann bekommen.

Langsam löste er sich von mir, machte einen Schritt zurück und fing an, sich seiner Klamotten zu entledigen. Dabei ließ er mich nicht für einen Moment aus den Augen.

Als er ebenfalls nackt war, drehte er mich wieder um, und drückte mich mit meiner Vorderseite nach vorne. Mit den Fingern fuhr er mir zärtlich über den Rücken. Sofort schloss ich die Lider und musste alles dransetzen, um nicht in Tränen auszubrechen. Gott, ich liebte diesen Mann so sehr, dass es in meiner Brust schmerzte. Mein gesamter Körper zitterte und ich konnte nichts dagegen tun.

»Können wir ohne Kondom?«, erkundigte er sich.

»Ja, ich müsste jetzt geschützt sein«, murmelte ich und spürte, wie Wärme meine Wangen durchflutete.

Gott sei Dank musste ich ihn nicht ansehen. Auch wenn ich schon oft mit ihm geschlafen hatte, so war ich dennoch manches mal etwas schüchtern.

Ein paar Tage, nachdem ich aus dem Koma erwacht war, bekam ich meine Periode. Da Devil mir einige meiner Klamotten eingepackt hatte – darunter auch die Pille – hatte ich sie angefangen zu nehmen, ohne ihm davon etwas zu sagen. Das war nun vier Wochen her. Meine Ärztin hatte diesen Zeitraum festgelegt, bis ich mit einem Mann ohne Kondom intim werden sollte. Der Augenblick war nun gekommen.

»Ich kann es kaum erwarten, in dir zu kommen, Baby«, raunte er nah an mein Ohr und ich konnte mir ein kleines Keuchen nicht verkneifen.

»Devil«, flehte ich, dass er mich endlich nahm.

»Was willst du, kleine Kampfmaschine?« Zuerst wollte ich ihm sagen, dass ich so nicht mehr genannt werden wollte, verkniff es mir aber, ich wollte ihn einfach nur noch in mir haben.

»Liebe mich«, verlangte ich und erst als ich die beiden Worte ausgesprochen hatte, erkannte ich den Sinn dahinter.

Verflucht, war ich noch zu retten? Wenn er sich jetzt von mir zurückzog, würde ich das sogar verstehen. Ja, ich hatte ihm meine Liebe bereits gestanden, aber er hatte sie nicht erwidert. Das musste ich akzeptieren, denn ich konnte ihn nicht zwingen, dieselben Gefühle für mich zu entwickeln, die ich für ihn hegte. Er war kein Mann, der sein Herz verschenkte.

Für ihn war ich nur ein Mädchen, aber keine Frau.

Wenn ich ehrlich zu mir selber war – und das wollte ich endlich sein – konnte ich doch auch gar nicht erwarten, dass er mich als die wahrnahm, die ich gerne für ihn sein wollte. Oder? Ich kleidete mich wie ein Girl, nicht wie eine Frau. Shirt, Jeans, Sneakers. Die anderen Mädels im Club stöckelten fortwährend in High Heels und knappen Kleidern umher. Teilweise sahen sie bombenmäßig aus. Nein, ich würde niemals solch einen Eindruck hinterlassen. Wie auch? Ich wüsste gar nicht, wo ich bei meinem Äußeren anfangen sollte, mich zu verändern. Das hatte Rachel ständig für mich übernommen.

Plötzlich spürte ich Devils Finger zärtlich an meiner Hüfte entlangfahren. Er äußerte sich nicht zu meinem Patzer, entfernte sich aber auch nicht von mir. Mit ein bisschen Druck presste er meinen nackten Oberkörper auf die kalte Arbeitsfläche, positionierte seinen Schwanz an meinem Eingang und stieß mit voller Kraft in meine feuchte Mitte.

Gemeinsam stöhnten wir laut auf und ich schloss meine Lider. Das Gefühl, wie er mich ausfüllte, dehnte, in seinen Besitz nahm, genoss ich mit meinem ganzen Sein. Seine Brust berührte meinen Rücken, dann spürte ich seine Finger, die meine Klit streichelten, woraufhin mein Körper anfing zu beben. Die Stöße wurden heftiger, seine Hand war plötzlich verschwunden, griffen an meine Taille und nur Sekunden später, erhöhte er das Tempo. Unsere aufeinander klatschende Haut und das Stöhnen, waren die einzigen Geräusche in diesem Raum.

»Devil«, rief ich, weil sich in mir eine Spannung ansammelte, die nicht von dieser Welt war.

Auf einmal spürte ich seinen nassen Daumen, wie er langsam und vorsichtig in meinen Anus glitt. Zuerst verspannte ich mich, doch es tat nicht weh, es war einfach nur ein anderes Gefühl. Ein Schönes, um genau zu sein.

»Irgendwann, werde ich dich auch hier nehmen«, hörte ich Devil hinter mir sagen.

Immer wieder glitt er mit seinem Finger in mein anderes Loch, zog ihn heraus und führte ihn wieder ein. Diese Prozedur wiederholte er einige Male, bis er ihn ganz in mir versenkt hatte, während er mit seinem Schwanz unaufhörlich in mich stieß, und mich mit dieser Folter um den Verstand brachte.

Kurz bevor ich meinen Höhepunkt erreichte, hielt er still, bewegte sich keinen Zentimeter mehr.

»Bitte«, flehte ich frustriert. Mein Körper schien zum Zerreißen gespannt zu sein und ich wollte nur noch eines: Erlösung!

»So ungeduldig, kleine Blake?«, verhöhnte er mich und ich musste mich zusammenreißen, um nicht loszuheulen. Der Druck in mir war fast zerstörerisch.

»Mach, dass ich komme«, bettelte ich förmlich.

Devil griff um mich, fand erneut meine Klit und pumpte wie von Sinnen in mich. Sein Keuchen übertönte mein Stöhnen. Meine Brüste presste ich immer näher auf die kalte Fläche, versuchte Devil mit dem Hintern entgegenzuwirken, was bei dem schnellen Rhythmus absolut unmöglich war. Jedenfalls für mich.

Mit der einen Hand reizte er meinen Venushügel, der Daumen der anderen Hand füllte meinen Anus aus, und sein Schwanz folterte meine heiße Mitte.

Meine inneren Wände zogen sich um ihn zusammen, und ich zersprang mit einem lauten Schrei in winzige Stücke. Devil brüllte meinen Namen, bevor er auf meinem Rücken zusammenbrach.

Wir atmeten beide hektisch und ich war davon überzeugt, dass ich mich von diesem Orgasmus nie wieder erholen würde.

Als wir uns endlich wieder ein wenig beruhigt hatten, zog er sich sanft aus mir heraus. Liebevoll drehte er mich um, vergrub seine Hand in meinen Haaren und küsste mich so leidenschaftlich, dass ich wirklich Probleme hatte, meine Tränen in Schach zu halten.

Er war so anders, so zärtlich, wie ich ihn niemals zuvor erlebt hatte. Ein Gedanke schoss mir bei dieser Erkenntnis durch den Kopf: Ob er glaubte, dass es heute unser letztes Mal sein würde? War es das denn? Mir musste keiner sagen, was die *Demons Hell* vorhatten. Den genauen Plan kannte ich nicht, aber sie würden in Kürze River und seine Jungs angreifen. Und zwar mit allem, was ihnen zur Verfügung stand. War das hier Devils Abschied? Glaubte er, dass er den Krieg nicht überleben würde? Oder nahm er an, dass sich unsere Wege – wenn alles vorbei war – trennen würden? Fragen über Fragen und niemand konnte sie mir beantworten.

Sollte das hier, das letzte Mal sein, dass wir uns spürten, würde ich die wenige Zeit, die uns noch blieb, auskosten. Ich wollte nicht daran denken, dass ihm etwas passierte. Das durfte nicht geschehen. Wenn er mich wegschicken würde, dann blieb mir keine andere Wahl, als seine Entscheidung hinzunehmen. Aber nur deswegen, weil ich dann wüsste, dass er weiterhin auf dieser Welt existierte. Mehr war mir nicht wichtig!

»Leg deine Ellenbogen auf die Marmorplatte«, forderte er mich auf, nachdem er seine warmen Lippen von meinen gelöst hatte.

Sofort kam ich seiner Aufforderung nach, positionierte mich mit dem Rücken an der Kante und stützte mich ab. Mit meinen Fingern suchte ich zusätzlichen Halt am Rand.

Devil griff um meinen Po und hob mich hoch. Mein Rücken lag im freien Fall, aber er hielt mich ganz fest. Er würde mich nicht loslassen. Ich vertraute ihm.

»Nur deinetwegen laufe ich ständig mit einem Ständer herum«, moserte er und ich starrte nach unten. Obwohl wir vor wenigen Minuten beide einen Orgasmus erlebt hatten, stellte sich sein bester Freund wieder aufrecht. Das konnte unmöglich wahr sein. Dann sah ich nach oben und unsere Blicke trafen sich. Der Mann, der zwischen meinen Schenkeln stand, grinste mich diabolisch an. »Ganz genau, Baby. Du machst mich wahnsinnig, und ständig muss ich an deinen heißen Körper denken. Du bist Schuld, dass ich mich nicht mehr konzentrieren kann.«

»Devil«, stöhnte ich, als er sich langsam in mich schob.

Seine Worte sickerten in mein Gehirn, durchfluteten meinen Blutkreislauf und Hitze überkam mich. Es war kein Liebesgeständnis, nein, aber seine Worte bedeuteten mir dennoch sehr viel.

Wegen mir konnte er sich nicht mehr konzentrieren. Das nahm ich als Kompliment hin und es freute mich, dass ich genauso in seinem Kopf war, wie es umgekehrt der Fall war.

Meine Beine konnte ich nicht um seine Hüfte legen, weil sie über Devils Unterarmen lagen. Himmel, in dieser Position spürte ich ihn so intensiv, dass ich fast ohnmächtig wurde.

Dieses Mal folterte er mich nicht, sondern füllte mich einfach nur ausgiebig aus. Immer wieder stieß er in mich, erhöhte im Sekundentakt das Tempo, bis er anfing, in mich zu pumpen. Ich biss mir auf die Lippen, warf den Kopf in den Nacken und atmete immer hektischer.

Erneut baute sich eine Spannung in mir auf, die kaum auszuhalten war. Wieder zog ich mich um ihn zusammen, und wir stöhnten zusammen auf, als er sich vollständig in mir entlud. Dabei stieß er noch einige Mal in mich. Ich hob meinen Kopf und wir sahen uns an, unser Atem ging schwer und ich konnte nicht glauben, was dieser Mann mich empfinden ließ. Es war unbeschreiblich.

Sanft ließ er mich runter, umfasste meine Oberarme und zog mich an sich. Unsere Lippen prallten aufeinander und wir gaben uns einen leidenschaftlichen, fast schon zärtlichen Kuss.

Devil war alles, was ich mir für mein Leben wünschte, er war der Mann, der mir mein Herz gestohlen hatte. Es war ohne ihn nichts mehr wert und auch wenn ich gehen sollte, würde ich es bei ihm lassen. Denn ich konnte es nicht mehr gebrauchen, wenn er nicht mehr bei mir war.

Kapitel 46

Devil

In ihren Körper zu spritzen, sie auszufüllen mit meinem Samen, war ein unbeschreibliches Gefühl. Noch nie zuvor hatte ich ohne Kondom mit einer Frau geschlafen und mich anschließend in ihr entleert. Blake war meine Ausnahme, in vielen Belangen.

Ich bückte mich und hob sie – nackt wie sie war – auf meine Arme. Wortlos brachte ich sie nach oben, direkt in mein Schlafzimmer. Dort stellte ich sie vor dem Bett auf die Füße, zog die Decke zurück und bat sie mit einem Nicken, sich hinzulegen. Sie kam meiner Aufforderung sofort nach. Umgehend ließ ich mich neben ihr nieder, deckte uns zu und presste ihren kleinen Körper an meinen. Engumschlungen ruhten wir hier, ohne dass jemand etwas sagte.

Blake hatte mich durchschaut, als wir nach Hause gekommen waren. Die Veränderung an mir, war ihr nicht entgangen. Ich wollte mich allerdings auch nicht verstellen, denn es brachte nichts.

Ob ich den morgigen Tag überleben würde, wusste ich nicht. Das erste Mal, war es mir jedoch nicht scheißegal, ob mein Dasein beendet werden würde. Nein, nunmehr verhielt es sich so, dass ich nicht bereit war, auf die Kleine zu verzichten. Keine Ahnung, ob das mit uns funktionieren könnte, aber ich war bereit, es zu versuchen. Mit Beziehungen kannte ich mich nicht aus, dennoch war ich lernfähig. Für Blake würde ich Bäume versetzen, wenn ich die Möglichkeit dazu finden würde.

Sie hatte mir die letzten Monate viel gegeben und beigebracht. Nicht nur über das Leben selbst, sondern auch über mich. Ich war nicht das gottverlassene Arschloch, das ich immer geglaubt hatte zu sein. Blake machte aus mir einen besseren Mann … einen besseren Menschen. Für niemanden würde ich den Club verlassen, aber ich wusste, dass sie es nie von mir verlangen würde. Meine kleine Kampfmaschine liebte mich und ich war davon überzeugt, dass sie an meiner Seite bleiben würde, wenn ich sie nur darum bat. Bislang brachte ich es aber nicht über die Lippen, meinen Anspruch auf sie geltend zu machen, obwohl jeder meiner Jungs wusste, dass sie mir gehörte. Jetzt musste ich nur den Mut zeigen, es mir auch öffentlich einzugestehen.

Nichts täte ich lieber, als ihr die Weste zu überreichen, die ich vor kurzer Zeit für sie habe anfertigen lassen, aber ich holte das Leder nicht aus der Truhe. Noch nicht.

Zuerst musste ich die Angelegenheit mit River klären und wenn ich den Krieg überlebte, würde ich sie zu meiner Frau machen. Das hatte ich mir fest vorgenommen. Wenn ich es jetzt täte und morgen starb, würde ich ihr das Herz brechen. Vielleicht würde sie eine Zeitlang unter meinem Verlust leiden, aber irgendwann, wäre der Schmerz vorbei und ich nur noch eine dunkle Erinnerung.

»Kannst du mir etwas über dich erzählen?«, hörte ich Blake flüstern. »Ich weiß rein gar nichts über dich, obwohl ich das gerne möchte. Du aber kennst meine gesamte Geschichte.«

Damit hatte sie nicht ganz unrecht. Mir waren so gut wie alle Details von ihr bekannt, sogar ihr Geheimnis hatte sie mit uns geteilt.

»Du warst übrigens sehr mutig heute«, gestand ich, ohne auf ihre Frage einzugehen. »Warum hast du es mir nicht früher erzählt?« Bis vor einer Weile hatte ich sie noch verurteilt, und war der Meinung, dass sie mich verarscht hatte. Doch die Zeit hatte mir gezeigt, dass sie es nicht tat, um mich zu verletzten, sondern um sich zu schützen. Sie wollte nur eines: Überleben! Und warum sollte sie ausgerechnet mir ihr Seelenleid zuflüstern? Das hätte ich an ihrer Stelle auch nicht getan, immerhin war mein Verhalten ihr gegenüber nicht sonderlich freundlich gewesen. Aber auch das wollte ich ändern, wie so manch andere Dinge in meinem Leben.

»Weil ich dir nicht vertrauen durfte«, erwiderte sie und bestätigte damit meine Vermutung. Sie atmete einige Male ein- und wieder aus. »Es tut mir leid, dass ich gelogen habe.«

»Das muss es nicht«, beruhigte ich sie und meinte jedes Wort ehrlich. »Ich habe es im Nachhinein verstanden. Du hast viel Scheiße erlebt, Blake, und es tut mir für dich leid, dass du deine Familie verloren hast. Aber ich bin mir sicher, dass sie verdammt stolz auf dich wären.«

»Das hoffe ich«, murmelte sie. »Ich vermisse sie ganz schrecklich. Jeden Tag muss ich an sie denken, höre ihre Hilferufe. Träume ständig von dieser Nacht. Ich bekomme die Bilder einfach nicht aus dem Kopf. Nur wenn ich bei dir bin, lassen mich die Gedanken los.« Blake kuschelte sich enger an mich und ich zäunte sie mit allem, was ich hatte, ein. Bei mir war sie in Sicherheit.

»Als ich acht war, hat Death mich gefunden«, fing ich an, ihr meine Geschichte zu erzählen. Nicht einmal Death kannte sie in allen Einzelheiten, aber ich war meiner Kleinen die Story schuldig. Sie hatte Mut bewiesen, also konnte ich das auch. »Damals habe ich mit meinen Eltern auf einem Campinghof in einem Container gelebt. Beide waren Junkies und mein Vater dazu noch Alkoholiker. Ich entstand durch einen Unfall. Meine Mutter hätte mich besser nie bekommen sollen.« Die Erinnerungen an damals, machten mich nach wie vor rasend vor Wut. »Wenn mein Alter mich nicht schlug, vermöbelte Mom mich. Teilweise wurde ich in meinem Zimmer eingesperrt, wenn ich mich erdreistete, nach einem Stück Brot zu fragen. Hin und wieder kam es vor, dass ich tagelang nichts zu essen bekommen habe.« Blake versteifte sich und keuchte, als die Worte in ihrem Hirn anzukommen schienen. »Jedenfalls konnte ich auch nicht auf die Toilette und machte meine Geschäfte eben in dem Raum, wo ich mich aufhielt. Dadurch, dass der Container irgendwann anfing noch mehr zu stinken, erhielt ich weitere Strafen. Entweder sie traten oder boxten mich nacheinander. Kam ganz auf den Gemütszustand meiner Eltern an.«

»Wie alt warst du da?«, flüsterte sie.

»Vier oder fünf«, meinte ich, weil ich es ehrlich gesagt, nicht mehr genau wusste. Es ging irgendwie die ganzen acht Jahre so. Es gab kaum einen Moment, wo ich durchatmen konnte, geschweige denn, mal in den Arm genommen wurde.

»Wie ging es weiter?«, wollte sie leise wissen, tupfte mir einen Kuss auf die Brust und streichelte mit ihren Fingern über meine Haut.

»Je älter ich wurde, desto brutaler schienen sie zu werden«, fuhr ich fort. »Es gab Momente, wo ich vor Hunger fast ohnmächtig wurde oder dehydrierte, weil ich keine Flüssigkeit zu mir nehmen durfte. Na, jedenfalls zwang mich mein alter Herr, meine Pisse zu trinken oder meine Scheiße zu fressen.«

Blake löste sich von mir und starrte mir ungläubig in die Augen. Natürlich konnte sie so eine Kindheit nicht nachvollziehen. Wie auch? Sie war behütet aufgewachsen, mit Liebe und Menschen, die ihr alles bedeutetet hatten.

»Hat das denn keiner mitbekommen?«, fragte sie fassungslos. »Nachbarn? Jugendamt?«

Ich gab ihr einen Kuss auf die Stirn und zog sie wieder an mich. »Du kannst dir die Gegend nicht vorstellen, Blake. Ich bin in keiner Siedlung großgeworden, wo die Menschen sich grüßen. Bei uns war alles dreckig und vermüllt. Jeder kümmerte sich um seine eigenen Probleme. Und das Jugendamt hätte den Weg zu mir nicht mal gefunden, wenn man sie direkt dort hingeführt hätte. Also nein, es interessierte kein Schwein.« Wie oft hatte ich am vergitterten Fenster gestanden, meine kleine Hand durch die Stäbe geschoben, um irgendwen auf mich aufmerksam zu machen! Niemand hatte mich wahrgenommen oder reagiert. Mit sechs hatte ich aufgehört nach Hilfe zu suchen und ergab mich meinem Schicksal. »Bis dahin habe ich die Schule niemals von innen gesehen, nur davon gehört. Ich wäre gerne dorthin gegangen, aber ich glaube, meine Eltern haben mich noch nicht mal beim Amt angemeldet. Meine Geburt fand im Container statt und nicht im Krankenhaus.«

»Devil … ich …«

»Nicht, Baby«, unterbrach ich sie. »Ich will kein Mitleid. Nicht von dir.« Das wäre für mich das Schlimmste. »Mit acht bestand ich nur noch aus Haut und Knochen. Du hättest mir das Ave-Maria durch die Rippen blasen können. Nicht mehr lange, und ich wäre einfach verhungert oder verdurstet, wenn mich meine Alten nicht vorher totgeschlagen hätten.« Fuck, damals hatte ich kaum noch die Kraft, mich auf meinen Beinen zu halten. »Nun und dann eines Abends wurde der Container gestürmt. Ich vernahm lautes Gebrüll, dann wieder ruhige Stimmen. Kurz darauf wurde meine Zimmertür eingetreten und Death stand vor mir, wie eine Superheld-Figur. Ohne zu zögern packte er mich und schaffte mich raus. Seitdem bin ich bei ihm.«

»Er hat dir das Leben gerettet«, wisperte Blake und ich hörte sie schniefen. »Er ist dein Dad.« Ein paar Mal holte sie tief Luft. »Was geschah mit deinen … mit deinen Erzeugern?«

»Death legte sie um«, gestand ich.

Zuerst keuchte sie auf und sagte nichts. Ich verstand ihre Reaktion, war ja auch eine beschissene Story. Es dauerte eine Weile, bis sie die Stille durchbrach.

»Darf ich ehrlich sein?«, wollte sie leise wissen.

»Ich bitte darum«, konterte ich.

»Sie haben es beide verdient«, meinte sie und presste sich eng an mich. »Ich bin froh, dass Death dich gefunden hat und du zu dem Mann wurdest, der du jetzt bist.«

»Ich stehe tief in seiner Schuld«, gab ich zu und küsste sie auf den Schopf. »Er beauftragte einen Privatlehrer, der mir alles beibrachte, was ich in den Jahren verpasst hatte. Als ich soweit war, wurde ich in die Vorschule und dann auf die Highschool geschickt. Nebenbei wurde ich aber weiterhin privat unterrichtet. Es war eine harte Zeit, aber ich wollte das für Death durchziehen und irgendwann auch für mich selbst. Ich holte mir meine Zeugnisse mit Bestnoten und besuchte daraufhin das College. Schlussendlich machte ich meinen Abschluss in Betriebswirtschaftslehre.«

»Du kannst unglaublich stolz auf dich sein.« Ihre Worte trafen mich in der Brustgegend. Ein Gefühl, dass ich nicht kannte, sich aber in meinem Körper ausbreitete. Warm und beständig. »Es bedeutet mir viel, dass du mir deine Geschichte erzählt hast. Dein Geheimnis ist bei mir sicher aufgehoben.«

Dazu äußerte ich mich nicht, denn das wusste ich, auch ohne, dass sie mir das Versprechen gegeben hätte.

Wir lagen noch lange zusammen, bis ich irgendwann ihren ruhigen und gleichmäßigen Atem spürte. Ich konnte nicht schlafen, denn ich bereitete mich innerlich auf den morgigen Tag vor. Es würde hart werden, nicht jeder würde lebend zurückkehren.

Aber ich würde alles dafür tun, um möglichst unbeschadet aus der Angelegenheit zu kommen.

Hier wartete eine Zukunft auf mich, eine, die sich gerade in meinen Armen befand.

***

Am nächsten Morgen standen wir um acht Uhr auf. Gingen zusammen duschen, hin und wieder stahl ich mir einen Kuss von Blake, anschließend tranken wir gemütlich in der Küche unseren Kaffee. Meine Kleine schien nervös zu sein. Auch wenn ich ihr unseren Plan nicht verraten hatte, durfte ich sie nicht unterschätzen. Blake war nicht dumm, ganz im Gegenteil. Wenn jemand eins und eins zusammenzählen konnte, dann sie.

Nachdem wir uns fertiggemacht hatten, verließen wir das Haus, setzten uns auf das Bike und fuhren zum Club. Blake hatte nicht viel geredet, eigentlich sprach sie kaum zwei Worte mit mir. Ich verstand sie, aber ich konnte nichts an der bevorstehenden Aktion ändern. Es war an der Zeit, River zur Strecke zu bringen und nur wir, die *Demons Hell* waren dazu imstande, gemeinsam mit unseren Verbündeten, die *Cold Bastards* auszulöschen.

Als wir vor dem Hotel ankamen, blieb Blake weiterhin still, aber sie ließ nie meine Hand los. Damit gab sie mir unglaublich viel Kraft, die ich dringend nötig hatte.

Mir entging nicht, dass sie Angst hatte, das musste sie nicht mal zugeben, denn ihr ganzes Verhalten schrie danach. Allerdings konnte ich nichts tun, um ihr diese zu nehmen. Dazu war ich gerade nicht imstande.

Wir gesellten uns zu den Anderen an die Bar. Bis auf Hellboy, Thunder, Doc, Shadow, Angel, und Steel, waren alle bereits zu ihren Zielpunkten gefahren. Das Gebäude war komplett leer. Das sollte für die Frauen, die sich noch im Hotel befanden nicht ungewöhnlich sein, immerhin kam es öfter vor, dass nicht viele der Biker zu sehen waren. Und damit es nicht auffiel, hatte Death befohlen, dass nur noch wir uns hier aufhalten sollten, bis es Zeit für den Aufbruch war.

»Hey, ihr Beiden«, begrüßte Cynthia uns, die wie eine Klette an Hellboy hing. In ihren Augen erkannte ich dieselbe Furcht, die ich auch bei Blake ausmachen konnte.

»Hallo«, sagte meine Kleine und nahm – zu meiner Überraschung – ihre neue Freundin in den Arm, ohne meine Hand loszulassen. Innerlich musste ich grinsen, weil das alles neu für mich war und ich es trotzdem genoss. Ich mutierte zum Schoßhund und verflucht, es machte mir gerade nichts aus.

»Lass uns einen Kaffee trinken«, schlug ich vor und nickte der Bardame zu. In kürzester Zeit standen zwei Becher vor uns.

»Es wird Zeit für eine weitere Party«, unterbrach Angel die angespannte Stimmung. Blut lag in der Luft, das konnte jeder riechen. »Muss mal wieder mit meiner Süßen das Tanzbein schwingen. Wir sollten das schnellstmöglich in Angriff nehmen.«

»Gute Idee«, sagte Hellboy. »Meine letzte Feier ist schon ziemlich lange her. Bevor ich wieder abhauen muss, will ich mit euch einen trinken.«

»Wann musst du wieder weg?«, erkundigte Steel sich.

»Keine Ahnung«, meinte Hellboy und zog sein Mädchen näher an sich. »Aber ich werde sicherlich bald wieder einberufen. Ist doch immer so.«

»Dann steht es fest«, mischte Thunder sich ein. »Wird Zeit, dass ich dich unter den Tisch gesoffen bekomme.«

»Wird nicht geschehen, Alter«, konterte Hellboy und lachte laut auf.

Während er sprach, nahm ich Shadows Blick wahr. Er nickte mir kaum merklich zu. Es war so weit, die Show würde gleich losgehen.

Shadow zog sich als Erster zurück. Danach folgten Angel und Thunder, die Vorgaben, etwas erledigen zu wollen. Steel trabte mit Doc davon, ohne ein Ton zu verlieren.

»Ich muss mal für kleine Hellboys«, log mein Bruder, gab seiner Frau einen Zungenkuss, wandte sich ab und marschierte davon.

»Devil, kann ich dich kurz sprechen«, hörte ich Shadow am Eingang nach mir rufen. Ich nickte, bevor ich zu Blake sah.

»Bin gleich wieder da.« Ich wollte sie nicht anlügen, aber wir mussten gehen, ohne die Frauen zu involvieren. Sie würden in Kürze dahinterkommen, allerdings wären wir dann schon weg. Außerdem sorgten vier Prospects dafür, dass das Gebäude verriegelt würde, sodass wirklich keiner hier rein oder rauskam. Schon gar nicht Blake. »Komm mal her«, bat ich sie und zog sie an mich.

Ich beugte mich zu ihr herunter und presste meine Lippen auf ihre. Sie öffnete ihren schönen Mund für mich und hieß meine Zunge willkommen. Wir gaben uns einen leidenschaftlichen Kuss. Ihre Finger fanden den Weg in meinen Nacken, ihre Brüste schmiegten sich an meinen Oberkörper und wenn ich das hier nicht gleich unterband, würde ich sie einfach auf mein Zimmer bringen, um uns beiden das Hirn rauszuvögeln.

»Beeil dich, ja?«, flüsterte sie, als ich mich von ihr löste.

»Bin gleich wieder da«, wiederholte ich meinen Satz von gerade »Wir reden, wenn ich zurück bin«, fügte ich noch hinzu, weil ich die Furche auf ihrer Stirn bemerkte. Blake schien etwas zu ahnen, aber ich zwinkerte ihr zu, womit ich sie zu beruhigen versuchte.

»Okay«, wisperte sie und machte einen Schritt zurück.

Ohne sie noch mal anzusehen, wandte ich mich um und ging. Es wurde Zeit Death' Plan in die Tat umzusetzen. Der Moment war gekommen und ich bereit, mein Mädchen und ihren Verlust zu rächen.

Kapitel 47

Blake

»Wo bleiben die denn?«, fragte Cynthia, und äußerte genau die gleichen Bedenken, die ich hatte.

Devil und seine Freunde waren bereits seit zwanzig Minuten fort und kamen nicht wieder. Während dieser Zeit war auch kein anderer der unzähligen Biker zu sehen gewesen. Es war komplett leer und die Stille in diesem Gebäude trieb mich an den Rand des Wahnsinns.

»Ist es für euch nicht auch etwas zu ruhig hier?«, fragte Mercedes.

Cynthia, Mercedes, Minni und ich standen in dem großen Saal und warteten wie die Idioten, auf die Männer. Andere Mädels, die ich nicht kannte, hatten sich in der Küche verschanzt. Keine Ahnung, warum sie sich dort aufhielten und nicht bei uns.

»Mir kommt das alles seltsam vor«, murmelte ich und lief aus dem Saal in Richtung Eingang. Dieser war abgesperrt und sogar mit Ketten versehen. »Hey, lass uns raus«, rief ich, als ich Dragon sah. Doch er ignorierte mich gekonnt und lief mit seiner Knarre in der Hand auf und ab. »Hörst du nicht? Mach die verdammte Tür auf«, verlangte ich mit lauter Stimme.

»Was ist los?«, hörte ich Cynthia hinter mir.

»Die haben uns eingesperrt«, teilte ich ihr mit und rüttelte wieder an der Tür. Noch immer ließ sie sich nicht öffnen. »UND DRAGON IGNORIERT MICH«, brüllte ich, damit er mich auch verstehen konnte. Bastard!

»Oh mein Gott«, krächzte Cynthia plötzlich und fing am ganzen Leib zu zittern an. »Sie sind weg. Sie sind in den Krieg gezogen.«

»Wovon redest du?«, wollte ich wissen, weil ich gar nichts mehr verstand, bis mir ein Licht aufging. »NEIN«, kreischte ich, drehte mich wieder um und trat mit voller Wucht gegen die Tür. »LASS MICH RAUS, VERDAMMT NOCH MAL«, schrie ich, nur wurde ich überhört.

Devil hatte mich ohne ein Wort verlassen. Ich hätte es merken müssen, als er mich zum Schluss geküsst hatte. Es war anders, viel intimer, als es gestern noch gewesen war. Er hatte mir im Bett seine Vergangenheit erzählt, obwohl er wusste, dass heute Tag X sein würde. Deswegen war er auch nicht auf meine Fragen eingegangen. Ich hatte gewusst, dass es in Kürze soweit sein würde, aber doch nicht so schnell. Mir blieb überhaupt keine Möglichkeit, mich richtig von ihm zu verabschieden, keine Chance, mit ihm zu gehen.

In diesem Moment hasste ich ihn und nahm mir vor, ihm gehörig in den Arsch zu treten, sobald er wieder zurück wäre. Falls er die Scheiße überhaupt überlebte.

»Ich muss hier raus«, sagte ich und machte mich auf den Weg zum Hintereingang, der zur Veranda führte. Doch auch diese Türen ließen sich nicht öffnen und waren mit Ketten versehen. Ob die mal darüber nachgedacht hatten, dass hier ein Feuer ausbrechen könnte und wir bei lebendigem Leib verbrennen? Diese Idioten. »Ey, mach die gottverdammte Tür auf«, rief ich dem Typen vor dem Gebäude zu, der mich ansah und sich dann wieder abwandte. »SCHEIßE«, schrie ich.

In der nächsten halben Stunde durchquerte ich jeden Raum in diesem Gebäude, auf der Suche nach einer Fluchtmöglichkeit. Als ich die Verbindungstür zum Nebenhaus durchlaufen wollte, prallte ich gegen das Holz. Auch diese war verriegelt.

Die Mistkerle hatten uns wirklich eingesperrt! Danach suchte ich ein Fenster, doch die waren alle mit Gitterstäben verziert.

»Was hast du vor?«, wollte Cynthia wissen, die mir die ganze Zeit mit den anderen Mädels gefolgt war.

»Ich will hier raus«, erklärte ich das wohl Offensichtliche.

»Es wird einen Grund haben, warum die uns hier eingesperrt haben, Blake«, mischte sich nun Minni ein, die mir mit ihrer Ruhe gehörig auf die Nerven ging.

»Dieser Grund ist mir scheißegal«, motzte ich. »Das ist nicht nur deren Krieg, sondern auch meiner. Und ich lasse mich nicht einsperren wie ein Tier.«

Gott, ich war außer mir vor Zorn.

Dann fiel mir der Keller ein und steuerte umgehend diese Richtung an, wieder mit den Frauen dicht an meinen Fersen.

»Blake, da darfst du nicht runter.« Cynthia hielt mich am Arm fest und starrte mich mit tellergroßen Augen an. »Das ist ausschließlich für Clubmitglieder.«

»Siehst du hier irgendwo ein Clubmitglied?«, preschte es aus mir heraus und ich machte mich von ihr los.

Natürlich ging die Tür auch nicht auf, aber sie war nur zugeschlossen. Also nahm ich Anlauf, trat mit all meiner Kraft gegen das Holz, so oft, bis es sich aus seinen Angeln hob und die Treppe nach unten fiel.

»Oh, wir sind sowas von geliefert«, vernahm ich Minni hinter mir und verdrehte die Augen.

»Die werden uns kaltmachen«, sagte Mercedes.

»Foltern«, kam es von Cynthia.

Genervt schüttelte ich den Kopf und rannte die Stufen hinab. Zuerst hörte ich hinter mir keine Schritte, doch keine zwei Minuten später, waren die drei ebenfalls nach unten gekommen.

Wir befanden uns in einem langen Flur. Von diesem gingen mehrere Türen ab. Einige waren mit Schlössern zugesperrt und andere standen offen. Meine Beine führten mich nach links. Irgendwann befand ich mich in einem Zimmer, das nicht hätte kälter sein können. Rundherum standen Aluschränke. In der Mitte wucherte eine Werkbank, auf der einige Werkzeuge lagen: Seitenschneider, Bolzenschneider und verschiedene andere Zangen. Der Keller sah aber nicht unbedingt nach einer Werkstatt aus, sondern vielmehr … Dann sah ich den Stuhl mit den angebrachten Schnallen für Beine, Hände und Kopf. Oh mein Gott! Das war ein Vernehmungsraum.

Verdammte Scheiße!

Hier wurden Verräter und Feinde fixiert und wahrscheinlich über Stunden gefoltert. Neben der Sitzgelegenheit befand sich ein Eimer, der mehrere Blutflecke aufwies. Mir wurde schlecht.

Als ich den Boden musterte, machte ich einen Schritt zurück. Alles war voll mit verblichenem Blut. Es stank entsprechend. Kurz schloss ich die Lider, versuchte mich, wieder zu konzentrieren.

»Ich glaube, ich muss mich übergeben«, krächzte Minni, wandte sich ab und verließ den Raum.

Weichei!

»Schaut in den Schränken nach«, forderte ich von Cynthia und Mercedes, nachdem ich mich wieder im Griff hatte und steuerte bereits einen an. Ich riss die Türen auf, doch bis auf Folterinstrumente war nichts zu finden.

»Wonach suchen wir denn?«, wollte Mercedes wissen.

»Waffen«, war alles, was ich sagte.

»Was hast du vor?« Cynthia trat hinter mich, legte mir ihre Hände auf die Schultern und drehte mich zu sich um. »Egal, was in deinem hübschen Kopf vor sich geht, du kannst das nicht tun. Wenn Devil dich nicht umlegt, dann ein anderes Mitglied, falls du die Scheiße überhaupt überlebst. Bist du wahnsinnig geworden?«

»Ich liebe ihn«, gestand ich mit fester Stimme. »Ob er nun die gleichen Gefühle für mich hat oder nicht, Cynthia, er bedeutet mir alles. Außerdem, habe ich nicht dasselbe Recht, dort zu sein und zu kämpfen? Was meinst du?«

»Doch, schon«, murmelte sie. »Ich verstehe dich ja, aber bist du dir über die Konsequenzen im Klaren? Du könntest draufgehen.«

»*Das ist mir egal*«, rief ich laut, besann mich aber sofort wieder. »Ohne ihn bin ich nicht vollständig. Darüber hinaus schulde ich es meiner Familie. Bitte, hilf mir.«

Es dauerte einen Moment, bis sie schnaubend nickte. »Ich weiß zufällig, wo die Waffenkammer ist.«

»Bring mich hin«, bat ich sie und drückte ihre Hand, die ich mit meiner umschloss.

»Ihr seid völlig durchgeknallt.« Mercedes schüttelte den Kopf und seufzte. »Aber was soll's! Wenn wir in dem Tunnel nicht draufgehen, dann auf jeden Fall, wenn wir wieder hier sind. Scheiß drauf, ich wollte schon immer mal Soldatin spielen. Also, lasst uns loslegen.« Dann schaute sie an sich herunter und betrachtete uns wieder. »Vielleicht sollte ich mir dafür etwas anderes anziehen.«

Das war keine schlechte Idee, wie ich fand, denn für den Krieg war sie deutlich zu sexy gekleidet.

Gemeinsam verließen wir den Raum und befanden uns dann erneut im Flur. Cynthia ging in die Richtung, aus der wir vorhin gekommen waren und Mercedes war dabei, die Stufen nach oben zu laufen. Da fiel mir etwas ein.

»Moment«, stoppte ich die Beiden. »Könnt ihr überhaupt mit Waffen umgehen?«

Immerhin hatte ich zwei Jahre Training und konnte mich auch körperlich wehren. Das machte mich noch nicht zum Fighter, aber ich hatte dadurch wenigstens ein paar Chancen.

»Mädchen.« Mercedes schnalzte mit der Zunge. »Cynthia ist eine *Old Lady* und ich seit zig Jahren ein Clubmädchen. Meinst du nicht, dass wir die ein oder andere Erfahrung gesammelt haben? Außerdem ist mein Vater beim Militär.«

»Nun, und mein Mann *ist* Soldat«, fügte Cynthia hinzu. »Er trainiert mich, seit wir zusammen sind in Waffenkunde. Ich kann mit allem schießen. Also, können wir dann?«

Grinsend schüttelte ich den Kopf und folgte Cynthia, während Mercedes den Keller verließ.

Was ich vorhatte, war mehr als gefährlich, das war mir klar, aber ich würde nicht hier herumsitzen und darauf warten, bis der ein oder andere zurückkehrte. Nein, ich wollte kämpfen, egal was passierte.

»Blake?«, hörte ich eine dumpfe Stimme nach mir rufen. »Blake, bist du das?« Ich horchte an den Türen, wartete darauf, dass derjenige noch mal etwas sagte. »Blake?«

Ein Schloss befand sich an dem Stahl, aber das konnte ich knacken, wenn ich nur … Ich sah zu Cynthia, die ihre Augenbraue hochzog. Sofort lief ich zu ihr, und rupfte ihr zwei Haarnadel aus der Mähne. »Hey«, moserte sie, aber das überging ich. »Blake, tu das bitte nicht«, flehte sie, als ihr aufging, was ich vorhatte. »Wir bekommen massig Ärger. Ich kann das jetzt schon spüren.«

Als ich das Schloss geknackt hatte, löste ich es und öffnete die Tür. In dem Raum befand sich kein anderer als Bruce, angekettet wie ein Tier.

Sein Gesicht war geschwollen und blutig. Über seinem Kinn und Mund wucherte ein Bart. Die Haare, vor Wochen noch stylisch drapiert, waren nun fettig und länger.

»Blake«, hauchte er. »Du bist hier.«

»Bruce«, begrüßte ich ihn und nickte.

»Es ist so schön, dich zu sehen«, sagte er und versuchte zu lächeln, was ihm schwerzufallen schien, immerhin waren seine Lippen geschwollen und aufgeplatzt.

»Das ist nicht dein Verdienst«, zischte ich.

»Blake … ich …«

»Du hast mich verraten«, unterbrach ich ihn barsch. »Wegen dir wurde ich gefoltert. Warum?«

»Sie haben mich gezwungen«, erklärte er. »Meine Mom befindet sich in Rivers Gewalt und er drohte, sie umzubringen, wenn ich dich nicht verrate. Es tut mir so unendlich leid. Du bist meine beste Freundin. Bitte, verzeih mir.«

»Rachel ist tot«, teilte ich ihm mit und war erstaunt, über meine tonlose Stimme. Er riss seine Augen auf und schüttelte immer wieder den Kopf.

Innerlich suchte ich nach einem Gefühl für ihn, doch ich fand nichts, außer unbändige Leere und Kälte. Wegen ihm hatte ich gelitten … Wegen ihm wurde es River leichtgemacht, mich zu kriegen … Wegen ihm wurde ich bestialisch gefoltert. Das konnte ich nicht vergeben.

»Es tut mir so verdammt leid«, schniefte er und verlor einige Tränen. Aber auch das berührte mich nicht.

»WEIßT DU, WAS SIE MIR ANGETAN HABEN?«, spie ich ihm entgegen, und zog mein Shirt nach oben, um ihm die neuesten Narben zu präsentieren. Dann drehte ich mich um, starrte dabei in Cynthias aufgerissene Augen und zeigte Bruce auch meinen Rücken. Meine neue Freundin legte beim Anblick meines Bauches die Hand vor den Mund, als könnte sie nicht fassen, was sie hier zu sehen bekam. Bruce keuchte auf und erst dann wandte ich mich ihm wieder zu. Hellboys Frau, die sich nun hinter mir befand, hörte ich schniefen, als sie meine Kehrseite in Augenschein nehmen konnte. Erst dann ließ ich das Oberteil wieder runter und bedeckte meine zerstörte Haut. »Sie haben mich ausgepeitscht und zusammengeschlagen. Als ich schon fast tot war, haben sie mich wie Jesus an ein Kreuz genagelt.« Zur Demonstration hob ich meine Hände. »Fünf Wochen lag ich im Koma. FÜNF WOCHEN«, brüllte ich. »Du bist nichts weiter als ein mieser kleiner Feigling. Thunder ist dein Onkel, VERDAMMT NOCH MAL. Du hattest die Möglichkeit, dich ihm anzuvertrauen. Immerhin geht es um seine

Schwester.« Ich versuchte mich zu beruhigen, und atmete kurz durch. »Vor nicht allzu langer Zeit habe ich dich sehr gemocht, dir vertraut, obwohl ich genau das nicht durfte, aber du hast mich Monstern überlassen, die mir verflucht wehgetan haben. Hier und jetzt bist du für mich tot, Bruce. Du existierst in meinem Leben nicht mehr. «

»Blake, bitte«, flehte er, doch ich drehte mich um, warf die Tür zu und legte das Schloss wieder an.

Dann ließ ich die Lider sinken und verbat den Tränen an die Oberfläche zu gelangen. Dieser miese Verräter hatte sie nicht verdient und dennoch litt ich. Er war mein Freund gewesen und ich hatte ihn gern. Egal, warum er das getan hatte, es spielte keine Rolle mehr. Er hatte mich verraten.

»Was ist los?«, holte Mercedes mich aus meiner Trance zurück und stellte sich neben Cynthia.

Sie hatte sich umgezogen und trug nun eine dunkle enge Jeans, Sneakers und einen schwarzen Pullover. Sogar in legerer Kleidung sah sie wundervoll aus.

»Blake hat sich Luft gemacht«, erklärte Cynthia und hielt mir ihre Hand entgegen, die ich sofort annahm. »Kommt. Lasst uns den Männern ein bisschen den Weg freischießen.«

Nachdem wir uns im Waffenlager, dessen Schloss ich an der Tür ebenfalls geknackt hatte, eingedeckt hatten, machten wir uns auf den Weg. Wir drei trugen sogar schusssichere Westen unter unseren Oberteilen.

»Wo zum Teufel ist eigentlich Minni?«, wollte ich wissen, als wir wieder im Saal angekommen waren.

»Die ist bestimmt in der Küche«, meinte Mercedes. »Sie war grün im Gesicht, als wir im Vernehmungsraum waren. Oder sie hat sich versteckt. Beides möglich.« Sie zuckte mit den Schultern. »Also, wie willst du hier rauskommen?«

»Cynthia, leg dich auf den Boden«, verlangte ich. »Spiel einen Anfall vor. Zuck ein bisschen.«

»Jetzt kann ich mein schauspielerisches Talent endlich mal zeigen«, witzelte sie, obwohl die Situation wirklich ernst war. »Hier ist meine Chance. So, es kann losgehen.«

Cynthia fing wie wild an zu zucken, spuckte sogar, was mich erstaunt dreinblicken ließ. Sie war echt gut.

»HILFE«, brüllte ich und rannte zum Eingang. »Dragon. Cynthia … sie hat einen Anfall. Ruf einen Krankenwagen.«

»Hör auf damit, Blake«, meinte er und verzog das Gesicht durch die Scheibe. »Ich mach die Tür nicht auf. Die Jungs würden mich töten.«

»Hellboy wird dich abknallen, wenn du seiner Frau NICHT SOFORT HILFST«, kreischte ich hysterisch.

»Blake, sie atmet nicht mehr.« Mercedes kam mit einem Affentempo auf mich zugelaufen, Panik zierte ihr Gesicht. Ich nahm ihr das zu hundert Prozent ab. »Komm, hilf mir. Ich weiß nicht, wie man das mit der Wiederbelebung macht.«

Völlig außer sich riss sie an meinem Ärmel, und ich schaute zu Dragon, der uns verwirrt betrachtete. »Verdammt, Dragon, unternimm was«, rief ich und ließ mich von Mercedes zurück in den Saal ziehen.

Keine drei Sekunden später kam Dragon reingerannt und kniete sich vor die zuckende Cynthia.

»Was hat sie denn?« In seiner Stimme erkannte ich Angst.

In diesem Moment erhoben Mercedes und ich uns und richteten unsere Waffen auf den Prospect. Auch Cynthia drehte sich nun um und hielt ihm ihre Knarre vor die Nase.

»Fuck«, fluchte Dragon.

»Nicht bewegen«, befahl ich ihm. »Hände hinter den Kopf.«

Cynthia erhob sich und machte drei Schritte zurück, sodass Dragon nun mittig in unserem Kreis kniete.

»Knarre weg, Dragon«, verlangte ich und er kam meiner Forderung nach.

»Lasst den Scheiß, Mädels«, bat er uns. »Das wird böse enden. Für uns alle.«

Mercedes ging auf ihn zu, stellte sich hinter Dragon, holte aus und schlug ihm mit dem Knauf der Knarre auf den Kopf. Wie ein nasser Sack fiel der große Mann in sich zusammen.

»Wir werden auf dem Scheiterhaufen verbrannt«, sagte Cynthia und grinste mich diabolisch an.

Gemeinsam verließen wir das Gebäude, schauten uns um und erkannten niemanden der Aufpasser. Sofort schloss ich die Tür hinter uns und legte die Kette wieder davor.

»Wir müssen irgendwie nach Newport kommen«, flüsterte ich und hielt mich geduckt. »Jemand eine Idee?«

»Die Bikes«, schlug Cynthia leise vor.

»Kann jemand von euch Motorrad fahren?«, erkundigte ich mich.

»Was für eine Frage«, meinten beide pikiert.

»Habt ihr eigene Maschinen oder wenigstens Schlüssel für andere?«, stellte ich die nächste Frage, weil ich in dieses Gebäude sicherlich nicht mehr reingehen würde.

Mercedes und Cynthia schüttelten den Kopf. Na, dann brauchten wir ja darüber nicht weiter sprechen.

»Da ist ein Taxi.« Sofort rannte ich los. Mir war es gerade egal, ob ich entdeckt würde, denn das war unsere einzige Chance. Wie eine Irre sprang ich auf die Straße und der Fahrer kam mit quietschenden Reifen zum Stehen.

Verdammt, das war knapp.

Ich winkte den beiden Frauen, die auf mich zugelaufen kamen und gemeinsam stiegen wir ein, als wir jemanden »*Bleibt sofort stehen*«, rufen hörten.

»*Los, Mann, geben Sie Gas*«, schrie ich den Typen hinter dem Lenkrad zu, der daraufhin sofort das Pedal durchtrat.

Die Prospects hatten uns nicht bekommen. Die erste Hürde war geschafft. Stand jetzt nur noch der wichtigste Teil aus.

»Wohin soll es gehen, Ladys?«

»Siuslaw National Park«, verlangte ich.

»Wenn Sie uns in Schallgeschwindigkeit dorthin bringen«, sagte Cynthia von hinten, »sind für Sie Zweihundert extra drin.«

»Warum sagen Sie das nicht sofort?« Der Fahrer nahm das mit der *Schallgeschwindigkeit* ziemlich genau, denn er gab mehr Gas und kümmerte sich wenig um rote Ampeln, Fußgänger oder Kreuzungen. Ich hoffte inständig, dass wir niemanden überfuhren oder von einem LKW gerammt würden.

Mittlerweile waren fast zwei Stunden vergangen, seit die Jungs aufgebrochen waren. Ich betete gen Himmel, dass alle wohlauf waren und noch intensiver, dass Devil bloß nichts passierte.

Bald würde es soweit sein, dann konnte ich Seite an Seite mit dem Mann kämpfen, den ich so sehr liebte. Und wenn ich ganz viel Glück hatte, würde River am Ende ausschließlich mir gehören. Mir ganz allein!

Kapitel 48

Devil

Es dauerte über eine Stunde, bis wir in Toledo eintrafen, wo wir unsere Bikes in einem nahegelegenen Wald abstellten. Hier in der Nähe gab es einen weiteren Eingang, der durch den Tunnel nach Newport führte. Der Fußweg würde ungefähr zwanzig Minuten dauern. Wir trafen uns hier mit ungefähr fünfzig Mann. Die restlichen waren an den anderen Eingängen positioniert, sodass wir von allen Seiten zuschlagen konnten. Es war ein Überraschungsangriff und River würde gar nicht wissen, wie ihm geschah. Immerhin musste er annehmen, dass wir nach wie vor seinen Aufenthaltsort nicht kannten.

Normalerweise würden wir im Dunklen zuschlagen, tagsüber war es natürlich gefährlicher, allein wegen der Bullen. Dennoch hatte Death vorgeschlagen, den Krieg am heiligten Tag zu beginnen.

Damit rechnete River nicht und außerdem kämpften wir in einem Tunnel, der sich unter der Erde befand.

»Seid ihr soweit?«, erkundigte sich Death und schaute sich um. »Schießt, um euer Leben zu retten … schießt, um eure Brüder zu schützen … schießt, um die *Cold Bastard* auszulöschen. Blood.«

»*Blood*«, riefen wir alle im Chor.

»Lasst uns die Bastards ausrotten«, sagte Hellboy und entsicherte seine Knarren, was wir ihm gleichtaten.

Dann wurde die Luke zum Tunnel geöffnet. Nach und nach stiegen wir die Leiter hinab, bis wir alle vollzählig waren.

»Hier entlang«, meinte Ice und deutete in die Richtung, in die wir gehen sollten.

Leise marschierten wir wie ein Mann und versuchten, so wenig Geräusche wie möglich zu machen. Die Taschenlampen, die wir wie die Bullen an unsere Waffen hielten, gaben uns etwas Licht. Hier unten war es stockfinster. Das erschwerte uns die Aufgabe massiv.

Nach fünfzehn Minuten vernahmen wir Stimmen und löschten gemeinsam die Lampen. Geduckt schlichen wir weiter und wurden von den Kerzen, die sich an den Wänden befanden zu einer Tür geführt.

Death legte zwei Finger an sein Ohr, worin sich das Headset befand. Eine kleine Ausrüstung, die wir vor Jahren von Hellboy erhalten hatten. Das erleichterte manches Mal unsere Arbeit.

»Verstanden«, flüsterte der Präsident, bevor er uns betrachtete. »Soldier hat mir das okay gegeben. Killer befindet sich ebenfalls in Position. Alle sechs Punkte sind bereit für den Angriff.« Ich nickte und zeigte meinen Daumen nach oben. »Ich zähle bis drei«, flüsterte Death.

Bei der letzten Zahl angekommen, trat ich die Tür ein und wir eröffneten das Feuer. So wie es aussah, hatte niemand mit unserem Erscheinen gerechnet. Auf jeden Fall aber hatte Ice mit seiner Vermutung recht behalten. Das hier waren alles *Cold Bastards*. Oder wollten es zumindest mal werden.

Ich knallte jeden ab, den ich finden konnte und rannte gemeinsam mit Doc, Shadow, Steel, Angel, Hellboy, Death und Thunder durch den Raum, um in den nächsten zu gelangen.

Wir schossen, ignorierten die *Stopp-Rufe* und marschierten weiter. Wenn ich nachladen musste, stellte sich ein Bruder vor mich, wenn einer meiner Jungs das Magazin wechselte, schützte ich ihn.

Raum für Raum durchquerten wir, legten jeden um und ich hatte nur ein Ziel vor Augen: River zu finden.

Doch der Pisser war nirgends zu entdecken, also liefen wir weiter. Von überall hörten wir Schüsse, Nebel verdichtete sich, versperrte uns die Sicht. Aber all das hielt uns nicht auf, denn wir marschierten einfach weiter.

Ich hatte keine Ahnung, wie viele Bereiche wir gesichert hatten, oder wer alles getroffen wurde. Von uns hatten einige was abbekommen, denn die Stöhn-Geräusche hinter mir, als wir das Feuer eröffneten, hatte ich gehört.

Allerdings konnte ich mich jetzt nicht darauf konzentrieren, wenn wir erst einmal die Kontrolle verlieren, würden wir sterben. Dazu war ich noch nicht bereit. Immerhin wartete mein Mädchen auf mich, die sicherlich stinksauer war.

Wenn ich zurückkäme, würde sie mir vermutlich den Arsch aufreißen, aber irgendwann würde sie mir verzeihen. Davon war ich überzeugt, denn sie liebte mich.

»Steel, hinter dir«, rief ich und stieß meinen Freund brutal zur Seite, hob die Hand und schoss unserem Feind in den Kopf. Er fiel um, wie ein Brett.

»Danke, Alter«, sagte mein Bruder und ich nickte.

Wieder liefen wir weiter, wie eine Einheit und schossen auf alles, was sich bewegte, so lange, bis eine Tür aufgestoßen wurde und wir unseren eigenen Männern gegenüberstanden.

»Sauber«, rief einer.

»Wo zum Teufel ist der Wichser?«, brüllte ich. »Hat ihn irgendwer erwischt.«

»Der hat den Angriff sicherlich nicht überlebt«, meinte jemand aus meinem Team.

»*Sicherlich* ist für mich noch kein Beweis«, knurrte ich. »Ich will seine Leiche oder den Hurensohn selbst. Verteilt euch.«

Die Männer taten, was ich befohlen hatte und die Gruppe löste sich auf.

»Wir sollten weiter Richtung Newport gehen«, schlug Ice vor und deutete mit dem Kinn in den entsprechenden Gang.

»Also los«, meinte Death und joggte voraus. Meine Brüder und ich folgten ihm, auch Soldier und Killer sowie einige andere Männer, schlossen sich uns an.

Es dauerte eine Weile, bis wir über die Leichen hinweggestiegen und die Räume hinter uns ließen. Rechts und links gingen weitere Gänge ab, die vollgestopft mit unseren Leuten waren. Hier hatte niemand von unseren Feinden überlebt.

»Wartet mal«, stoppte Ice uns und leuchtete auf seine Karte. »Seht ihr das?«

Ich lugte über seine Schulter und fand den Punkt, auf dem er seinen Finger hielt.

»Ein Bunker?«, wollte ich wissen, weil es genau danach aussah.

»Durchaus möglich«, meinte er und zuckte mit den Schultern. »Laut Plan sollte er …«

Plötzlich wurde das Feuer auf uns eröffnet und wir warfen uns auf den Boden. Männer um mich herum fielen um, begruben mich unter sich. Es war mühsam, die Körper von mir zu schieben, um die Schüsse zu erwidern.

Die hellen Blitze schienen plötzlich durch die Wände zu kommen. Scheiße, wir waren eingekesselt.

Dann sah ich aus den Gängen, wie immer mehr von unseren Leuten versuchten, das Gefecht für sich zu gewinnen, aber es wollte nicht funktionieren.

Die, die noch lebten und auf dem Boden lagen – was mich ebenfalls betraf – robbten zu einem Flur, der ruhig zu sein schien. Immer mehr Körper sah ich umfallen, unsere Brüder und ich konnte nichts dagegen unternehmen.

»Woher kommen die Schüsse?«, hörte ich Steel laut sagen, der es ebenfalls in den leeren Gang geschafft hatte.

Nach und nach tauchten auch Doc, Angel, Hellboy, Shadow, Death, Killer, Soldier, Thunder und Ice auf.

»Ich habe das Gefühl, die sitzen in der Mauer, verfluchte Scheiße«, knurrte ich.

»Wir müssen versuchen, die Scheißkerle von hinten zu erwischen«, schlug Killer vor und betrachtete Ice. »Wie gelangen wir dahin?«

Der Angesprochene musterte seinen Plan, schaute in jede Richtung und dann wieder auf die Karte.

»Einmal die rechte Passage hinter euch«, teilte er uns mit. »Der gegenüberliegende Flur müsste zur anderen Seite führen. Zwei Teams, dann könnten wir beide Punkte absichern.«

»Devil, Killer, Steel, Shadow und ich gehen nach rechts«, befahl Death. »Soldier, Ice, Doc, Hellboy, Thunder und Angel«, sprach er den Rest an, »ihr nehmt die andere Variante.«

»Blood«, sprach ich aus und wir stießen unsere Knarren aneinander.

Dann machten wir uns geduckt auf den Weg. Es dauerte einen Moment, bis wir uns orientieren konnten, immerhin befand sich die verkackte Karte nicht in unseren Händen, sondern in denen von Ice.

Verflucht.

Denk nach, Devil!

Ich spähte den abzweigenden Gang hinab, suchte nach einem Anhaltspunkt und fand ihn.

»Da ist eine Tür«, flüsterte ich und deutete mit dem Finger nach unten, wo ein Lichtstrahl zu erkennen war.

Inständig hoffte ich, dass sich hinter dieser Tür der Feigling befand. Sollte er sich in meiner Nähe befinden, würde ich ihn mit meinem Magazin durchlöchern.

Wenn ich hierbei draufgehen würde, dann würde ich ihn auf jeden Fall mitnehmen. Komme was wolle!

Kapitel 49

Blake

Wir waren an unserem Zielort eingetroffen und verließen das Taxi, nachdem Cynthia bezahlt hatte. Sofort begaben wir uns zu dem Punkt, den ich noch im Gedächtnis hatte. Und wie vermutete, stand die Luke auf. Ich schaute mich um, sah aber nirgendwo einen Biker, was mich irgendwie wunderte. Wenn ich geplant hätte, so würden meine Leute an jeder der sechs Eingänge stehen. Aber was wusste ich schon!

»Bereit, Ladys?«, fragte ich und entsicherte meine beiden Berettas. Auch Cynthia und Mercedes waren bewaffnet und nickten. Gemeinsam stiegen wir die Leiter herunter und sofort wurde ich von einem brennenden Gestank erschlagen. Es roch nach Feuer, Blut und Tod. Übelkeit kochte in mir hoch.

»Oh Gott«, keuchte Cynthia, als wir die ersten Leichen fanden. Langsam stiegen wir über sie, versuchten, niemanden zu berühren. Es waren so viele und einige gehörten nicht den *Cold Bastards* an. Aus weiter Ferne hörte ich Schüsse und fing an, zu rennen. Meine Mädels folgten mir auf dem Fuße.

»Na, ihr Hübschen«, hörte ich eine männliche Stimme sagen.

»Nicht heute, du Penner«, meinte Mercedes, hob ihre Hand und schoss dem Hünen in die Stirn. Mit aufgerissenen Augen starrte ich sie an, doch Mercedes zuckte nur mit den Schultern. »Was denn?« Ich schüttelte den Kopf und wir marschierten weiter. Die lauten Geräusche kamen immer näher, bis wir auch die Lichtblitze der Kugeln sahen.

»Lasst uns nach rechts gehen«, schlug ich vor. Wenn wir geradeaus weiterlaufen würden, hätte man uns durchsiebt.

Irgendwann ging es nicht mehr weiter und wir standen vor einer Mauer.

»Was jetzt?«, flüsterte Cynthia. Dann hörte ich Stimmen, die dumpf waren und irgendwie aus dem Bereich hinter mir zu kommen schienen. Aber da war nichts, nur eine Mauer.

Ich tastete die Wand ab, bis ich eine Unebenheit spürte. Schnell kniete ich mich hin, beugte mich vor, legte meine Wange auf den Boden und schaute unter dem kleinen Spalt hindurch. Sehen konnte ich nichts, aber Licht war zu erkennen und Schatten, die sich bewegten.

Dann plötzlich hörte ich einen Knall und erschrak dermaßen, dass ich zur Seite fiel. Umgehend rappelte ich mich auf und legte mein Ohr an die Mauer. Geschreie, Schüsse, Gebrülle alles gleichzeitig war zu vernehmen.

»Wir müssen da rein«, sagte ich schon fast verzweifelt.

Cynthia und ich versuchten irgendwie, den Öffner zu finden, während Mercedes Wache stand. Dann spürte ich etwas, dass sich wie ein Knopf anfühlte. »Ich habe was gefunden. Macht euch bereit. Achtet bloß auf unsere Männer.«

Meine Mädels nickten und auch ich schnappte mir eine Beretta, die Andere steckte in meinem Hosenbund auf dem Rücken. Ich nickte den beiden zu und drückte auf die Vorrichtung. Der Eingang öffnete sich und dann befand ich mich in der Hölle.

Überall waren Menschen zu sehen, Nebel, der die Sicht deutlich verschlechterte. Weitere Schüsse.

»Death«, hörte ich Devil brüllen.

Lange überlegten wir nicht, sondern hoben unsere Hände und feuerten auf die Männer, mit den Westen der *Cold Bastards*, die sich mit dem Rücken zu uns befanden.

»Ich bring dich um, du Hurenbock«, vernahm ich Rivers Gebrülle aus weiter Ferne. Ich würde ihn unter Millionen von Menschen wiedererkennen. »Dein Weib habe ich ja schon erledigt. In Kürze folgst du deiner kleinen Nutte.«

Meinte er mich? Dachte er tatsächlich, dass ich tot sei? Das war mein Vorteil.

Mercedes, Cynthia und ich schossen immer weiter, zielten auf Westen mit Rivers Aufnähern. Mir war es scheißegal, ob ich gerade tötete, ihnen ging es auch am Arsch vorbei, meine Familie und Rachel zu killen und zu versuchen, mich zwei Mal unter die Erde zu bringen. Ganz zu schweigen von der Folter, die sie an mir ausgelebt hatten.

Die Laute wurden weniger, die Lichtblitze nahmen ab. Geräuschlos schritten wir voran, bogen um die Ecke und dann sah ich etwas, dass mir das Herz brach.

Death lag auf dem Boden und bewegte sich nicht.

Devil hielt den Kopf seines Ziehvaters auf dem Schoss.

Steel, Killer und Shadow knieten alle der Reihe nach vor fünf Mündungen, die auf sie gerichtet wurden. River stand in der Mitte seiner Jungs mit dem Rücken zu uns. Die hatten uns noch gar nicht bemerkt.

Das war unsere Chance!

Ich nickte Mercedes und Cynthia zu. Gemeinsam schlichen wir uns von hinten an. Devils Augen weiteten sich, als er mich entdeckte, was auch auf seine Brüder zutraf.

Aber ich konzentrierte mich nur auf mein Vorhaben.

Wir drei stellten uns direkt hinter die Männer. Ich steckte meine Knarre weg und bereitete mich auf den Angriff vor. Erschießen würde ich River nicht, das wäre ein viel zu schneller Tod für ihn. Er sollte leiden, so wie ich gelitten hatte.

Cynthia und Mercedes hoben in jeder Hand eine Waffe und schossen. Währenddessen nutzte ich die Irritation Rivers aus, der seine Glock kurz sinken ließ und sich umdrehte. Mit voller Wucht trat ich ihm die Waffe aus der Hand und brach ihm dabei wahrscheinlich die Knochen. Er beugte sich schmerzfluchend nach vorne, sodass ich mit meinem Knie nach oben sprang und es ihm ins Gesicht schmetterte. Er taumelte zurück, aus seiner Nase rann Blut und ich hob die Fäuste.

»WIE VIELE LEBEN HAST DU FOTZE EIGENTLICH?«, brüllte er mich an und zog dieses eine Messer, das ich unter tausenden wiedererkennen würde, hervor.

»Komm, River«, sagte ich laut. »Bringen wir es zu Ende.«

Ich achtete nicht darauf, was Devil und Co. hinter mir taten, sondern konzentrierte mich nur auf meinen Feind.

Konzentriere dich nur auf deinen Gegner. Paralysiere ihn, finde seine Schwächen heraus, versuche, seine Schritte vorauszuahnen. Wenn du das schaffst, bist du unbesiegbar. Steels Worte schossen mir wie ein Gebet durch den Kopf

River hielt die Klinge vor sich, grinste mit blutverschmierten Zähnen und griff an. Ich machte einen Schritt zur Seite, boxte ihm gegen das Handgelenk, bückte mich und schoss mit dem Kopf wieder hoch, sodass ich gegen sein Kinn prallte. Vor Schmerz ließ er die Klinge fallen und ich prügelte wie eine Geisteskranke auf ihn ein. Ich traf ihn überall, wo es richtig wehtat.

River fiel auf den Boden. Schweratmend hob ich die Klinge auf und machte einen Schritt zurück. Meine Kehle war staubtrocken und das Atmen fiel mir schwer.

Hinter mir hörte ich ein Röcheln und wollte mich so gerne umdrehen, um zu sehen, was mit Death war, aber ich fixierte nur River, der sich zur Seite drehte, womit er mir seinen Rücken zuwandte.

Meine Schultern sanken und hoben sich in einem schnellen Takt. Ich müsste nur noch zu ihm gehen, und ihm die Klinge in den Hals rammen. Oder die Knarre aus dem Bund meiner Hose ziehen, und ihn abknallen. Aber nichts dergleichen tat ich.

Immer noch hektisch atmend schritt ich weiter zur Seite, als wollte ich mehr und mehr Abstand zwischen mich und dem Monster am Boden bringen.

Wieso konnte ich ihn nicht einfach umbringen? Er hatte mein Leben zerstört.

»Alles in Ordnung?«, wollte Mercedes wissen, die mir beruhigend über den Arm strich.

»Ich weiß es nicht«, gab ich ehrlich zurück.

»ICH BRING EUCH ALLE UM«, brüllte River plötzlich, hielt aus dem Nichts eine Waffe in seiner Hand und kniete sich hin. Er zielte auf Devils Kopf. Lange dachte ich über meinen nächsten Schritt nicht nach.

»NEIN«, schrie ich, schubste Mercedes weg und sprang vor Devil.

Ein Schuss löste sich und traf mich mit voller Wucht in die Brust. Der Schmerz war brutal. Dennoch zog ich meine Waffe, was Steel, Devil, Killer, Shadow, Mercedes und Cynthia mir gleichtaten. Gemeinsam drückten wir ab und durchsiebten River mit allem, was uns zur Verfügung stand.

Dann weiß ich nur noch, dass mir die Pistole aus der Hand glitt und um mich herum alles Schwarz wurde.

Kapitel 50

Devil

Was sollte ich tun? Mich auf Blake konzentrieren, die quer über Death Beinen lag, oder den Kopf von meinem Ziehvater weiter halten?

Die Entscheidung wurde mir abgenommen, als Steel sich gemeinsam mit Shadow um die Kleine kümmerten. Gemeinsam hoben sie mein Mädchen hoch, um sie ordentlich hinzulegen.

Steel tastete sie sofort ab und seufzte kopfschüttelnd. »Schusssichere Weste, Bruder.«

Ich atmete tief durch und konzentrierte mich auf Death. Er röchelte und spuckte Blut.

»Wir brauchen dringend Doc hier«, meinte ich, ohne jemanden anzusehen. »Du kommst wieder auf die Beine, alter Mann.«

»Hör mir zu, mein Junge«, flüsterte er. Mit zittrigen Fingern riss er sich das Präsidentensiegel von der Weste, drückte es mir in die Hand und verschloss sie mit seiner. »Jetzt bist du der Präsident. Mach deine Sache gut, mach mich stolz, so, wie du es immer getan hast. Sei der Mann, zu dem ich dich erzogen habe.«

»Erzähl nicht so einen Bullshit«, versuchte ich, mir selbst einzureden, dass er wieder gesund werden würde. Aber ich war nicht blind. Er wurde zwei Mal in die Brust getroffen, und verlor sekündlich mehr Blut. »Doc ist gleich hier und …«

»Junge, auch wenn ich das hier überleben würde«, unterbrach er mich, »werde ich trotzdem in Kürze gehen. Mein Dad hat mir nicht nur die Weste übergeben, sondern auch die Krankheit vererbt. Ich wollte es dir nicht sagen. Ich wollte im Gefecht sterben, wie es sich gehört. Eines musst du mir aber versprechen …« Ich nickte, zu mehr war ich nicht mehr fähig. »Behalte die Kleine. Erhebe Anspruch auf sie, mach sie zu deiner Frau.« Erneut konnte ich nur nicken. »Ich will es dich sagen hören.«

»Wenn ich sie geschüttelt, ihr den Arsch aufgerissen habe und irgendwann wieder mit ihr spreche«, versprach ich, »werde ich Anspruch auf Blake erheben.«

»Sie hat dir das Leben gerettet«, erinnerte er mich. »Zum zweiten Mal. Sie liebt dich und du sie auch. Hör verdammt noch mal auf, und steh zu deinen Gefühlen. Du bist nicht wie deine Eltern. Du bist … wie ich und ich habe es dir nie gesagt, aber ich lie …«

Das waren seine letzten Worte, bevor mein *Vater* für immer die Augen schloss. Meine Lider senkten sich von alleine. Seine Finger fielen aus meiner Hand und ich zerdrückte den Aufnäher, den er mir gerade überreicht hatte.

Mein *Vater* war tot! Death war von uns gegangen.

Nach und nach kamen unsere anderen Brüder in den Raum, wo wir uns befanden. Doc stellte nur noch Death Tod fest und wir trauerten im Stillen um unseren Präsidenten.

Eine Stunde später waren wir aus dem Tunnel raus. Zwischenzeitlich hatte Shadow Monti angerufen, einen unserer Prospects, und ihm mitgeteilt, dass er mit dem Bulli zu uns kommen sollte. Wir konnten nicht alle gefallenen Männer auf einmal mitnehmen, aber Death würde ich nicht zurücklassen. Steel hatte Blake auf dem Arm, Shadow, Angel, Hellboy und ich trugen unseren ehemaligen Präsidenten.

Thunder hatte seine Schwester gefunden, die mehr oder weniger lebte. Man hatte sie übel zugerichtet. Deswegen beschloss er, sie ins nächste Krankenhaus zu bringen.

Death wurde im Fahrzeug transportiert, in dem auch Blake und Mercedes mitfuhren. Wir anderen holten unsere Bikes und machten uns auf dem Heimweg. Cynthia stieg auf meine Harley und ich nahm das Motorrad von Death. Es sollte nicht hier herumstehen, sondern vor dem Club.

Gegen Abend trafen wir im Hotel ein. Bis auf ein paar Ausnahmen fanden sich die meisten von uns auf der Veranda zusammen. Da wir vor dem Bulli eingetroffen waren, warteten wir auf Monti. Als er parkte, hob Steel Blake aus dem Fahrzeug und brachte sie direkt zu Doc, damit er sich ihre Wunden ansehen konnte. Wir übrigen holten Death von der Ladefläche.

Cynthia und Mercedes verzogen sich umgehend, als wir den Saal betraten.

Auch wenn ich heute mit den drei Frauen das Gespräch nicht mehr suchen wollte, morgen würde ich sie strammstehen lassen. Vor mir, vor Hellboy und vor den ganzen Jungs. Sie hatten scheiße gebaut, unsere Befehle missachtet. Das konnte ich nicht durchgehen lassen. Doch jetzt nahmen meine Brüder und ich uns die Freiheit, den Verlust eines der größten Präsidenten zu betrauern.

Im Keller wurde ein separater Raum eingerichtet, extra für einen gefallenen Präsidenten. Eine Kühlkammer umfunktioniert in ein Totenzimmer. Als wir mit Death auf den Armen zur Kellertür gingen, bemerkte ich, dass sie nicht mehr existierte. Sie lag unten auf der letzten Stufe. Jemand hatte sie eingetreten. Darum würde ich mich morgen kümmern. Nicht heute!

Wir legten Death auf die Bahre, die in der Mitte des Zimmers aufgestellt war. Wir standen noch einige Minuten um ihn herum, bis wir wieder gemeinsam nach oben gingen. Dort wartete bereits Bier auf uns. Jeder von uns nahm sich eine Flasche und ich hielt meine in die Luft.

»Auf Death, Präsident *Demons Hell, MC*«, sagte ich den Trinkspruch.

»Auf Death«, riefen die Männer um mich herum, sogar die, die draußen standen.

***

Bis auf Doc, Shadow, Angel, Thunder, Hellboy, Killer, Soldier, Ice, Steel und ich, waren die anderen bereits auf ihre Zimmer gegangen. Es war spät am Abend, als wir an einem großen Tisch saßen, Bier tranken, Zigaretten rauchten und in Erinnerung an Death schwelgten.

»Was wirst du wegen Blake, Cynthia und Mercedes unternehmen?«, wollte Hellboy wissen.

»Sie werden definitiv morgen Rede und Antwort stehen«, teilte ich ihm mit. »Sie haben Dragon niedergeschlagen, die Tür zum Keller eingetreten, sich in unserem Waffenlager bedient und sind dann auch noch türmen gegangen. Die drei haben sich in Lebensgefahr gebracht und Befehle missachtet.«

»Welche Befehle?«, lachte Thunder. »Wir haben sie hier einfach stehenlassen.«

»Cynthia und Mercedes sind die Regeln bekannt«, widersprach ich. »Sie hätten es besser wissen müssen. Und ich bin davon überzeugt, dass sie es auch sicherlich verhindern wollten. Ich kenne Blake. Die beiden hatten keine Chance.«

»Aber verdammt, sie sahen echt heiß aus«, hörte ich Steel sagen. »Wie sie hinter den Typen gestanden haben mit ihren Knarren? Wenn ich nur daran denke, bekomme ich einen Ständer. Aber jetzt mal im Ernst: Wenn sie nicht gewesen wären, würden wir hier nicht sitzen.«

»Ist mir bekannt«, gestand ich. »Ändert nur nichts an der Tatsache, dass sie nicht hätten dort sein sollen. Frauen haben mit unseren Kriegen nichts zu tun.«

»Ich stimme dir zu, Alter«, mischte sich nun Shadow ein. »In einem Punkt jedoch habe ich eine andere Meinung. Wenn jemand ein Recht darauf hatte, dort zu sein, dann dein Mädchen. Immerhin hat sie wegen River ihre gesamte Familie verloren, ihr Leben und ihre beste Freundin. Darüber hinaus hat er Blake fast zwei Mal umgebracht. An das letzte Mal muss ich dich nicht erinnern. Hinzu kommt, dass sie sich – genau wie die anderen beiden – verdammt gut geschlagen hat.«

Das hatte sie tatsächlich. Wie sie River außer Gefecht gesetzt hatte, ihn zusammenschlug, als sei er ein Sandsack, sich an ihm austobte … sie hatte ihre Rache erhalten. Vielleicht nicht so, wie sie es sich vorgestellt hatte, aber sie konnte sich ein bisschen von ihrem Leben zurückholen. In ihrem Gesicht hatte ich gesehen, dass sie den Mörder ihrer Lieben umbringen wollte, aber sie schaffte es nicht. Das lag daran, dass sie keine eiskalte Killerin war, sondern sich nur verteidigte, wenn man sie oder ihre Freunde angriff. Sie wollte die Menschen in dem Tunnel nicht töten, das wusste ich, aber für sie waren wir in Gefahr gewesen. Wenn sie nicht zuerst geschossen hätte, würde sie jetzt nicht mehr leben, oder eben einer meiner Jungs beziehungsweise ich.

Ihrem Mut zollte ich meinen höchsten Respekt, dennoch war ich stinksauer auf sie. Die Wut, die ich vorhin gespürt hatte, gemischt mit Angst, als sie den Kellerraum betrat, war ein Gefühl, des absoluten Kontrollverlustes. Und dann hatte sie nichts Besseres zu tun, als sich in die Schusslinie zu werfen. Für mich! Nur damit mir nichts passierte. Das konnte ich kein weiteres Mal zulassen. Auch wenn ich Death ein Versprechen gegeben hatte und ich mich wirklich gerne daran halten würde, war ich mir im Klaren darüber geworden, dass sie in meiner Welt zugrunde gehen würde. Sie passte nicht hierher. Dafür war sie nicht geschaffen. Ich brauchte Zeit, um mir in Ruhe über all das, was heute geschehen war, Gedanken zu machen.

»Wann fahrt ihr?«, erkundigte ich mich bei Killer.

»Ich denke, in den kommenden Tagen«, erklärte er. »Die meisten meiner Jungs schicke ich morgen schon los. Der Rest wird bleiben, bis Death' Beerdigung vorbei ist. Dann wird es Zeit für uns.«

»Was ist mit Blake«, fragte ich freiheraus.

»Was soll mit ihr s …«

»Alter, Mann, mach das bloß nicht«, unterbrach Steel Killer und betrachtete mich intensiv.

»Willst du sie mitnehmen?«, stellte ich die nächste Frage, ohne auf Steels Aussage einzugehen.

»Das ist nicht meine Entscheidung«, meinte Killer und zuckte mit den Schultern. »Wenn es nach mir geht, würde ich sie einpacken und nach England bringen. Jedoch glaube ich nicht, dass es das ist, was sie möchte. Willst du das?«

Nein, wollte ich brüllen, besann mich jedoch. Hier ging es nicht mehr länger darum, was *ich* mir wünschte, sondern darum, was für Blake das Beste war.

Sie brachte sich ständig in Gefahr, versuchte jeden zu beschützen, der ihr etwas bedeutete. Zwei Mal war sie schon fast gestorben, heute hatte sie Glück, weil sie eine schusssichere Weste trug. Sie war nicht wie Cynthia oder die anderen *Old Ladys*. Blake war eine Kämpferin, die sich mit einbrachte, Befehle missachtete, ihren eigenen Kopf besaß und ihn auch durchsetzte. Warum auch immer, aber ich war mir sicher, dass mein Leben nicht mit ihren Vorstellungen kompatibel war.

Ich wollte sie nicht gehen lassen, aber sie bedeutete mir zu viel, als dass ich sie weiterhin in Gefahr bringen wollte. Was wäre, wenn der nächste Krieg kam? Würde sie sich dann erneut meinen Anweisungen wiedersetzen? Wieder alles mit Füßen treten, woran ich glaubte? Wenn ich kämpfte, musste ich mich konzentrieren und konnte mir unmöglich Gedanken über Blake machen. Mich fragen, ob sie auch wirklich im Hotel sein würde, oder ob sie wieder einen Weg fand, um mit uns zu kämpfen.

»Du solltest es ihr jedenfalls anbieten«, antwortete ich endlich und ignorierte die Blicke meiner Brüder.

»Du machst einen riesengroßen Fehler, Alter«, blaffte Shadow, knallte seine Flasche auf den Tisch und erhob sich. Schnellen Schrittes verließ er den Raum und war in der nächsten Sekunde auch schon verschwunden.

»Ich sehe das ähnlich«, kam von Steel, der sich mit Angel ebenfalls auf den Weg machte.

Thunder, Doc und Ice standen auch auf und verließen den Tisch wortlos. Nun, wahrscheinlich waren sie alle der gleichen Meinung.

»Ich leg mich dann mal aufs Ohr«, vernahm ich Soldier. »Bis auf drei, mich eingeschlossen, verlassen meine Jungs euer Haus morgen auch. Wir verschwinden, wenn ich Death die letzte Ehre erwiesen habe. Wir sehen uns, Brüder.«

Nun starrte Killer mich an, als sei ich ein Alien.

»Du solltest dir das noch mal in Ruhe durch den Kopf gehen lassen«, schlug er vor. »Du machst gerade den gleichen Fehler, den ich vor vielen Jahren begangen habe. Wenn ich die Zeit zurückdrehen könnte, würde ich anders handeln und auf alle Konsequenzen scheißen. Aber das ist deine Entscheidung.«

Er nickte mir noch einmal zu und war dann auch fort. Nun saß ich hier alleine und hing meinen trüben Gedanken nach.

Mochte sein, dass ich einen Fehler beging, aber im Moment schien es mir die beste Lösung für uns alle zu sein.

***

Am nächsten Morgen, stand ich gegen neun Uhr auf. Wir hatten beschlossen, im Hotel zu übernachten. Mein Bett war leer, Blake war nicht zu mir gekommen. Wahrscheinlich war sie sich im Klaren darüber, was heute auf sie zukommen würde. Und ich hatte nicht vor, mich zurückzuhalten. Die drei hatten Mist gebaut und sich in Clubangelegenheiten eingemischt. So etwas durfte ich nicht zulassen. Unter gar keinen Umständen. Mein Entschluss stand fest.

Vor dem Spiegel betrachtete ich meine Weste, mit dem Aufnäher. *Präsident, Demons Hell, MC.* Nun, ich hatte mich nicht drum geschlagen, vielmehr hätte es mir gefallen, noch einige Jahre mit meinem Ziehvater verbringen zu können. Aber das hatte das Schicksal mir nicht vergönnt.

Schnaubend und schlecht gelaunt verließ ich mein Zimmer, traf unterwegs Hellboy, der mir mit ebenso finsterer Miene folgte. Cynthia sah ich nicht an seiner Seite.

»Warst du heute Nacht auch allein?«, erkundigte ich mich.

»Ja«, brummte er knapp.

Als wir unten in der Lobby ankamen, befanden sich einige Männer mit Gepäck dort. Sie verabschiedeten sich gegenseitig voneinander und ich blieb auf den Stufen stehen.

»Ich danke euch für die Unterstützung«, sagte ich laut, sodass sie die Unterhaltungen einstellten. Alle sahen zu mir auf. Hellboy war weiter nach unten gegangen. »Auch im Namen von Death. Eure gefallenen Männer werden wir in Ehre begraben. Solltet ihr irgendwann Hilfe brauchen, die *Demons Hell* werden für immer eure Verbündeten sein. Blood!«

»*Blood*«, riefen alle.

Einigen Jungs reichte ich die Hand, nickte den Anderen zu und marschierte in den großen Saal. Ein kurzer Blick genügte, um zu erkennen, dass von Blake, Mercedes und Cynthia jegliche Spur fehlte.

Meine Jungs standen an der Bar, andere *Demons Hell* hielten sich auf der Veranda auf. Sofort ging ich nach draußen.

»Sobald es dunkel wird«, sprach ich meine Brüder an, »will ich, dass sich ein Team nach Newport aufmacht. Sammelt unsere Brüder ein. Was ihr mit den anderen machen müsst, wisst ihr. Ice ist der Anführer der Aktion. Er wird euch instruieren. Begrabt unsere Männer in Würde. Bringt mir ihre Westen.«

Diejenigen, die wussten, wen genau ich ansprach, nickten. Es handelte sich wie immer um das Team von Ice. Mein Bruder hatte Erfahrung mit solchen Aufräumarbeiten. Wenn er alles erledigt hatte, würde es uns so vorkommen, als sei nie etwas vorgefallen.

Aber ich wollte die Kutten der gefallenen Jungs. Sie hatten unseren Respekt verdient. Gemeinsam mit Death würden wir sie verabschieden.

Ich wandte mich ab, ging schnellen Schrittes auf Shadow, Steel, Hellboy, Angel, Thunder, Doc und Ice zu. Letzterem nickte ich zu, was er mir gleichtat. Seine Aufgabe war ihm bekannt.

»Hast du dir Blake angesehen?«, erkundigte ich mich bei Doc.

»Zum Glück nur Prellungen«, teilte er mir mit. »Sie wird einige Zeit etwas davon haben, aber die schusssichere Weste hat das Schlimmste verhindert.«

»Wo sind die Frauen?«, wollte ich nun wissen.

»In der Küche«, informierte Steel mich.

»Bringt die drei her«, befahl ich, ohne direkt jemanden Bestimmten damit zu beauftragen.

Shadow marschierte los und ich ließ mir von Minni einen Kaffee vorsetzen. Es wurde Zeit einige Dinge in die richtigen Bahnen zu lenken. Ungehorsamkeit konnte ich nicht länger dulden. Nun war ich der Präsident und ich würde Death Erbe weiterführen. Seinen Weg vorantreiben und seinem Beispiel folgen.

Scheiß auf das Herz! Mein Club, meine Familie. Blake machte mich schwach, trieb mich in den Wahnsinn und ließ mich Dinge fühlen, die ich gerade nicht gebrauchen konnte. Außerdem war sie jung, studierte und hatte nun ein ruhiges Leben vor sich. Sie sollte glücklich sein, die Vergangenheit hinter sich lassen und mich vergessen. Oberste Priorität war, sie zu beschützen. Das konnte ich nicht, wenn ich sie bei mir behielt.

MOTORCYCLE CLUB
DEMONS HELL

Kapitel 51

Blake

Es war vorbei, und ich fühlte mich ausgelaugt, kraftlos. Egal, was heute passieren würde, ob Devil mir verzieh, mich wegschickte, es spielte keine Rolle mehr. Die ganze Nacht hatte ich hier in der Küche gesessen, geweint, überlegt und wieder geweint.

River zu jagen, Devil zu schützen, Deaths Tod … ich konnte nicht mehr, meine Energie war erschöpft. Ja, ich liebte Devil mehr als mein Leben, aber das hieß nicht, dass ich verblendet durch die Welt ging. Ich hatte alles verloren, meine Familie … Freunde … jeden.

Die Jungs aus dem Club waren mir ans Herz gewachsen, sie würden immer in meinen Erinnerungen bleiben aber ich musste erst mal zur Ruhe kommen, versuchen, das Erlebte zu verarbeiten.

Ich schaute hoch, direkt in die grünen Augen von Cynthia. Sie war vor mehreren Stunden gemeinsam mit Mercedes zu mir gekommen. Viel geredet hatten wir nicht, jede von uns hing ihren eigenen Gedanken nach.

»Es tut mir leid, dass ich euch da reingezogen habe«, flüsterte ich.

»Das ist nicht deine Sch…«

»Devil will euch sprechen«, unterbrach Shadow Cynthia und ich drehte mich zu ihm um. Er stand mit finsterer Miene angelehnt im Türrahmen und nahm seinen Blick nicht von mir.

Cynthia, Mercedes und ich schauten uns an und wir wussten, dass unser letztes Stündlein geschlagen hatte. Vielleicht hatte ich einen riesen Fehler gemacht, aber ich bereute ihn nicht. Ich hatte ein Recht darauf gehabt, im Tunnel zu sein und Devil hätte es mir nicht verwehren dürfen. Egal, was nun auf mich zukommen würde, ich würde es mit hoch erhobenem Haupt akzeptieren.

Wir Mädels erhoben uns von den Stühlen. Gemeinsam folgten wir Shadow nach oben, bis in den Saal, wo immer die Partys stattfanden.

Devil, Steel, Angel, Ice, Thunder, Doc und Hellboy befanden sich an der Bar und schauten uns an. Niemand grinste, keiner zwinkerte, jedes Gesicht zeigte deutliche Finsternis. Vor allem das von Devil. So hatte er dreingeblickt, als wir uns kennenlernten. Arrogant und furchteinflößend.

Drei Armlängen vor ihnen blieben wir stehen. Keine von uns Frauen senkte den Blick. Und ich wusste genau, was ich zu tun hatte, wenn der Moment gekommen war.

»Ihr habt euch einem klaren Befehl wiedersetzt«, fing Devil mit tonloser Stimme an und betrachtete ausschließlich Cynthia und Mercedes. »Ihr hattet nur eine Aufgabe: Im Hotel zu bleiben und die Sache auszusitzen. Doch plötzlich steht ihr bis an die Zähne bewaffnet in diesem Tunnel.«

»Wir wollten …«

»Was wolltet ihr?«, unterbrach Devil Cynthia. »Ihr hättet bei eurer Aktion draufgehen können. Habt ihr für eine Sekunde darüber nachgedacht, dass ihr Teil des Clubs seid? Meint ihr, wir stellen solche Regeln auf, um euch zu ärgern? Nein, wir wollen euch beschützen.«

Um uns herum wurde es mucksmäuschenstill und alle Augen waren auf uns drei Frauen gerichtet. Wir standen vor einem Tribunal, so kam es mir jedenfalls vor. Devil war sauer, das konnte ich nachvollziehen.

»Wir …«

»Cynthia.« Schnaubend schüttelte Devil den Kopf, was ihm Hellboy gleichtat. »Ich erwarte von euch…«

»Lass sie doch mal ausreden«, unterbrach ich Devil, weil ich in diesem Moment für mich eine Entscheidung getroffen hatte. Das hier musste ein Ende haben. Devils Augen wurden erst groß, dann verengten sie sich. Die Mädels neben mir zogen scharf die Luft ein. Verdammt!

»Wie bitte?« Devils Tonlage wurde leise, fast flüsternd.

»Ihr hattet kein Recht, mich hier zurückzulassen«, teilte ich ihm mit und versuchte, dabei mit ruhiger Stimme zu sprechen. »Weder Cynthia noch Mercedes tragen die Schuld daran. *Ich* habe sie dazu überredet. Sie wollten mich davon abhalten, aber das ließ ich nicht zu. Wenn also jemand an den Pranger gestellt werden sollte, dann allein ich.« Ich atmete einige Mal tief ein- und wieder aus. »Euer Krieg war auch meiner. Und mir hast du überhaupt keinen Befehl erteilt, sondern mich zurückgelassen, mich angelogen und wie ein Tier eingesperrt. Aber ich treffe meine eigenen Entscheidungen, denn ich bin kein Mitglied der *Demons Hell,* wie du selbst immer so schön feststellst. Keine *Old Lady*, ich gehöre nicht mal zu euch.« Den letzten Satz äußerte ich eher flüsternd.

»Ehrenhaft von dir, die Schuld auf dich zu nehmen«, meinte Devil und verschränkte die Arme. »Hast du die Tür zum Keller eingetreten?« Ich nickte und hob provozierend eine Augenbraue. »Dann war es auch dein Plan, Dragon niederzuschlagen?« Erneut nickte ich und zuckte zusätzlich noch mit den Schultern.

»Nein, das war ich«, gestand Mercedes.

»Und ich spielte das Opfer«, verkündete Cynthia. »Wir haben alle drei die Entscheidung getroffen. Blake hat uns zu nichts gezwungen.«

»Blake, auch wenn du es mir vielleicht nicht glauben willst, aber ich verstehe dich.« Mit allem hätte ich gerechnet, aber nicht, dass Devil einsichtig mit mir sprechen würde. Ich war auf ein Wortgefecht vorbereitet, einen Streit, der mir mein Vorhaben erleichtern würde. Aber er machte es mir verdammt schwer, konsequent zu bleiben. »Doch das ändert nichts an der Tatsache, dass dieser Krieg nicht für dich bestimmt war. Das hier ist *unsere* Welt, und wir gehen mit solchen Situationen anders um, als es in deiner Welt der Fall ist. Das müsstest du mittlerweile begriffen haben.« Er schien noch etwas sagen zu wollen, schloss aber den Mund. Devil musste aber auch nicht weitersprechen, denn er äußerte genau das, was ich bereits seit Wochen wusste. Das hier war nicht meine Welt, sondern seine. Wahrscheinlich wäre ich niemals in der Lage, mir Befehle erteilen zu lassen, weil ich gerne selbst Herr über meine Handlungen war. Das war aber in Devils Leben fehl am Platz. Wir passten einfach nicht zusammen, egal, wie sehr ich mir das wünschte. Mein Kopf war voll, und es fröstelte mich. Am liebsten hätte ich mich auf den Boden geworfen, um zu heulen, doch ich blieb mit hoch erhobenem Haupt stehen. So, wie ich es immer schon getan hatte.

Devil schnaubte und wandte sich an Cynthia. »Nach dem Kodex müsste ich euch aus dem Club schmeißen. Aber meine erste Handlung als Präsident wird ganz gewiss nicht sein, unser bestes Hab und Gut vor die Tür zu setzen. Wir brauchen euch und das solltet ihr nicht vergessen. Genau deshalb haben wir euch eingesperrt: zu eurem Schutz! Ich möchte so ein Gespräch nie wieder führen müssen. Dir sind die Regeln bekannt, Cynthia, halte dich an sie. Keine Alleingänge mehr. Klar soweit?«

»Verstanden«, gab Cynthia ruhig von sich.

»Mercedes«, sprach Devil nun die Dritte von uns an. »Gerade du müsstest wissen, wie das hier abläuft. Du bist nicht erst seit gestern im Club. Wir möchten ungerne auf dich verzichten. Ich habe das Versprechen, das ich deinem Vater seinerzeit gegeben habe, nicht vergessen. Aber dadurch hast du hier keine Narrenfreiheit. Ist das angekommen?«

»Klar und deutlich«, erwiderte Mercedes.

Devil schaute zu Steel, der kaum merklich den Kopf schüttelte. Mir schien es, als führten sie eine stumme Unterhaltung, nur verstand ich nicht, worum es ging.

Ich hob meinen Kopf und sah Devil an. Unsere Blicke trafen sich, nur dass in seinem kaum etwas zu erkennen war. »Für dich besteht keine Gefahr mehr und Killer wird in Kürze das Gespräch mit dir suchen«, fing er an, ohne die Spur von Emotionen. »Du solltest dir in Ruhe überlegen, wie es für dich weitergeht. In den letzten Jahren hast du viel durchgemacht und ich bin der Meinung, dass du dir die Zeit nehmen solltest, über alles, was geschehen ist, nachzudenken.«

Zwar warf er mich nicht raus, oder verbannte mich, aber mich schmerzte es irgendwie, dass er nicht um mich … um *uns* kämpfte. Aber konnte ich ihm das vorwerfen? War ich es nicht, die ihm klar signalisiert hatte, dass ich gehen will?

»Ich verstehe«, sagte ich endlich. »Danke euch allen, dass ihr in den letzten Wochen auf mich aufgepasst habt. Das vergesse ich euch nicht.« Mir tat mein ganzer Brustkorb weh, aber ich hatte später noch genügend Zeit, um zu trauern. »Ich möchte gerne zurück in mein Appartement. Dazu benötige ich mein Gepäck. Entweder begleitet mich jemand, oder ich nehme mir ein Taxi.«

Erst sprach er kein Wort und die Stille, die sich breitmachte, wurde sekündlich unangenehmer. Dann nickte Devil.

»Ich werde dich zu mir fahren.« Oh Gott, ich hätte in ein Taxi steigen sollen.

»Falls mein Handy noch existiert«, sprach ich ruhig weiter, »würde ich es gerne zurückhaben.«

»Ice«, war alles, was Devil sagte.

Nach wie vor fixierte er mich. Eine innere Leere machte sich in mir breit, und es würde nicht mehr lange dauern, bis ich zusammenbrach. Doch nicht hier und schon gar nicht vor den Männern.

Ice verließ den Raum und kam einige Minuten später wieder. Er reichte mir mein iPhone, das ich umgehend in meine hintere Hosentasche steckte.

»Es ist geladen«, teilte er mir mit.

»Danke«, gab ich zurück. »Ich würde dann jetzt gerne gehen«, richtete ich mich an Devil.

Cynthia umarmte mich und drückte mich fest an sich. »Ich werde dich so sehr vermissen.«

»Ich dich auch«, flüsterte ich ihr ins Ohr.

»Komm her, du Verrückte«, hörte ich hinter mir Mercedes sagen und drehte mich zu ihr. Ihre Augen waren glasig, dann zog sie mich auch schon an sich. »Du bist ein toller Mensch und ich habe dich gern.«

»Kann ich nur zurückgeben«, wisperte ich und schloss die Augen. Aber diese Schwäche erlaubte ich mir nicht lange, sondern rief mich sofort zur Räson. Dann löste ich mich von ihr und nickte ihr noch mal zu.

Jedem der Männer, mit denen ich die letzten Monate Kontakt hatte, reichte ich die Hand und alle schüttelten sie. Steel hielt mich am längsten fest und ich meinte, in seinem Gesicht Trauer zu entdecken. Doch das bildete ich mir sicherlich nur ein. Immerhin hatte er rein gar nichts zu alledem gesagt.

Ohne Devil noch mal anzusehen, drehte ich mich um und ließ die *Demons Hell* und das Leben, das ich die letzten Wochen geführt hatte, hinter mir.

Die Fahrt zu Devils Haus war anstrengend, denn ich hielt mich nur an seinen Seiten des Sitzes fest und lehnte mich auch nicht an seinen Rücken.

Als wir ankamen, stieg ich ab, legte den Helm auf den Sitz und ging zum Eingang. Nachdem er aufgeschlossen hatte, stürmte ich rein, lief die Treppen nach oben und fing an, meine gesamte Kleidung und alles was ich besaß, in meinen Rucksack zu stopfen. Dann holte ich meine Utensilien aus dem Bad und betrachtete noch mal das Zimmer, das die letzten Wochen mein Zuhause gewesen war.

Einige Male musste ich tief durchatmen und mich zwingen, den Tränen nicht die Freiheit zu schenken. Es dauerte einen Moment, bis ich mich im Griff hatte, straffte die Schultern, nahm mein Gepäck und ging wieder nach unten.

Devil stand im Wohnzimmer, die Eingangstür noch immer offen.

»Danke, dass du auf mich aufgepasst hast«, gab ich so selbstbewusst von mir, wie es mir möglich war. »Und es tut mir leid, dass du Death verloren hast. Er war ein guter Mensch und ich mochte ihn.« Devil nickte, sagte aber kein Wort. »Jedenfalls wünsche ich dir alles Gute und viel Glück mit deiner neuen Position als Präsident. Du wirst deine Sache gewiss gut machen. Death wäre über deine Entscheidung, die beiden Frauen nicht rauszuwerfen ganz sicher stolz auf dich.« Nach wie vor blieb Devil stumm, nur sein Blick ruhte auf mir. Kalt und eindringlich. »Also, ich bin dann mal weg.«

Ich schob mich an ihm vorbei, er hielt mich nicht auf. Erst als ich an seinem Bike vorbeiging, hörte ich ihn hinter mir.

»Ich bringe dich zurück in die Stadt«, sagte er und ich wandte mich ihm zu.

»Nicht nötig«, widersprach ich. »Ich werde alleine klarkommen. Bin ich immer.«

Eine weitere Fahrt würde ich nicht durchstehen. Nicht mit ihm in meiner Nähe. Ohne zurückzuschauen, marschierte ich durch das kleine Waldstück.

Es war vorbei, Devil und ich gingen ab sofort getrennte Wege. Auch wenn mein Herz schmerzte, so versuchte ich mich, auf die Momente zu konzentrieren, die mich für eine kurze Zeit glücklich gemacht hatten. Das waren die Augenblicke, die ich mit Devil verbrachte. Durch ihn hatte ich viel über mich selbst gelernt, wurde vom Charakter stärker und selbstbewusster. Dafür dankte ich ihm im Stillen. Ich war nicht mehr die Blake, die ich gewesen war, bevor er in mein Leben trat. Nein, ich war eine erwachsene Frau, die keine Angst mehr hatte … nicht mehr geduckt durch die Weltgeschichte laufen musste.

Ich war jemand und würde niemals wieder ein … niemand sein.

Bevor ich die Straße erreichte, blieb ich stehen. Mein Hals schnürte sich zusammen, die Tränen rannen einfach über meine Wangen, ohne, dass ich sie aufhalten konnte. Schniefend ließ ich mein Gepäck fallen. Dann gaben meine Beine nach, sodass ich auf den Knien im Dreck landete. Ich brach einfach zusammen, schaffte es nicht, mich in den Griff zu bekommen. Meine Hände legte ich auf mein Gesicht. Ein lautes Hicksen konnte ich mir nicht verkneifen. Es war keine Energie, keine Kraft mehr in mir, auf die ich noch zurückgreifen konnte. Ich fühlte mich unsagbar leer.

Ab sofort würde ich wieder alleine sein … niemand war mehr da … keiner, der mich einfach hielt und mir sagte, dass irgendwann alles wieder gut werden würde.

***

Fünf Tage waren bereits vergangen, seit ich Devil das letzte Mal gesehen, ihn hinter mir gelassen hatte. Na ja, das stimmte so nicht ganz, denn ich konnte nicht aufhören, an ihn zu denken. Aber ich redete mir täglich ein, dass ich es bald schaffen würde. Die Zeit heilte Wunden und ich brauchte einfach nur ein bisschen mehr davon.

Zwei Wochen noch und meine Uni würde beginnen. Mein Leben ging weiter, als ob nie etwas geschehen war. Meine Ausbildung war das Einzige, was ich noch besaß.

Freunde hatte ich keine mehr. Rachel und Bruce waren nicht mehr da. Was aus Thunders Schwester geworden war, wusste ich nicht. Ich hoffte aber, dass es ihr gut ging. Ob Bruce noch lebte, konnte ich genauso wenig beantworten. Wahrscheinlich nicht!

Ich war wieder zurück in Rachels und meiner Wohnung. Es fiel mir schwer, hier zu sein, aber ich wollte auch nicht fort. In diesem Appartement hatten meine Freundin und ich unendlich viel Spaß gehabt, gelacht, geheult und geredet. Sie fehlte mir und noch immer wusste ich nicht, wo sie beerdigt war. Gerne hätte ich irgendjemanden gefragt, aber ich hatte keine Nummer.

Ich war einmal in ihr Zimmer gegangen und hatte es nicht wiedererkannt. Die Möbel waren neu, die Wände gestrichen, ihre Klamotten nicht mehr da. Alles war fort, genau wie meine beste Freundin. Einfach weg, als hätte es sie niemals gegeben. Danach hatte ich den Raum verschlossen und nicht mehr betreten. Dennoch fühlte ich mich ihr nah und musste täglich an sie denken. Jeden Abend wünschte ich ihr eine gute Nacht, genauso wie meinen Eltern und Geschwistern. Alle Menschen, die ich liebte, waren fort und ich fühlte mich auf dieser großen Welt verdammt alleine.

Mein Handy piepste und ich legte das Buch, welches sich auf meinen gekreuzten Beinen befand zur Seite, beugte mich vor und starrte auf mein Telefon.

Darell: *Wo bist du?*

Ich riss die Augen auf. Er hatte mir schon so lange nicht mehr geschrieben und da fiel mir ein, dass Ice sich mit ihm in Verbindung gesetzt hatte. War er in Eugene? Ich tippte sofort eine Antwort.

Ich: *In meinem Appartement.*
Darell: *Wir kommen vorbei.*

Wir? Wer war wir? Natürlich hätte ich fragen können, tat es aber nicht. Devil wird es ganz gewiss nicht sein. Außerdem würde ich es in Kürze sehen.

Eine Stunde später klingelte es und ich lief zur Tür. Schwere Schritte waren zu hören und plötzlich stand der Mann vor mir, der mir vor vielen Jahren das Leben gerettet hatte.

Mit Tränen in den Augen fiel ich ihm um den Hals und er hielt mich fest an sich gedrückt. Meine Lider presste ich zusammen. Ein Schniefen konnte ich mir nicht verkneifen, weil ich jetzt erst merkte, wie sehr er mir gefehlt hatte. Als ich mich etwas beruhigt hatte, sah ich den Kerl hinter Darell. Killer war hier.

Sofort löste ich mich von meinem Helden, bat beide in meine Wohnung und brachte sie in die Küche. Dort setzte ich einen Kaffee auf und wandte mich ihnen zu. Sie saßen am Tisch, ich lehnte mit der Hüfte an der Arbeitsplatte. Zum Sitzen fehlte mir gerade die Ruhe.

»Wie geht es dir?«, wollte Darell wissen.

»Ganz gut«, sagte ich und es stimmte auch. Bis auf mein gebrochenes Herz, war alles bestens. »Es ist schön, dich zu sehen.«

»Das kann ich nur wiedergeben, Honey«, meinte Darell und lächelte. »Ich habe gehört, was passiert ist. Du bist wirklich eine Granate, Mädchen. Hätte nicht gedacht, dass du das alles so gut durchziehst. Bin verflucht stolz auf dich.«

»Kennt ihr euch?«, erkundigte ich mich, als ich sah, wie auch Killer grinste und Darell nach seiner Äußerung zunickte.

»Jetzt weiß ich endlich, wer dein Data ist«, erwiderte Killer. »Ein alter Freund deines Vaters und mir. Er gehörte nie dem Club an, aber er ist und war immer ein treuer Verbündeter. Ich hatte keine Ahnung, dass dein Dad den Kontakt aufrechterhalten hatte. Und unter dem Namen Darell war er mir auch nicht bekannt, ich lernte ihn als *Cleaner* kennen.«

Cleaner? Wollte ich wissen, wieso er so genannt wurde? Nein, nicht wirklich!

»Dein Vater hat mir vor vielen Jahren, als ich noch sehr jung war, den Hintern gerettet«, informierte Darell mich. »Ich lebte in der Gosse und tat Dinge, über die du nicht unbedingt etwas erfahren solltest. Jedenfalls hat dein Dad mich aufgegabelt. Er war ein gefürchteter Biker und jeder kannte Colds Ruf. Doch für mich war er ein Held. Wegen ihm habe ich mein Leben komplett umgekrempelt, bin wieder zur Schule gegangen und habe hart gearbeitet. Dabei unterstützte er mich immer. Cold wollte mich einfach nicht aufgeben.« Darell schien in Erinnerungen zu schwelgen, denn er schüttelte schmunzelnd den Kopf.

Ich war in der Zwischenzeit damit beschäftigt, all das erst mal zu verarbeiten. Mein Dad hatte Darell das Leben gerettet. Er war sein Held, genau wie meiner.

»Wie kamst du an die gefälschten Papiere?« Das hatte mich damals schon interessiert. »Meine Zeugnisse, alles, was du für mich zusammengestellt hast.«

»Nun, ich war schon als Kind ein Computer Ass«, antwortete er. »Irgendwann wurde ich zu einem der besten Hacker. Wenn ich mich nicht täusche, stehe ich sogar auf den FBI und CIA Listen unter den fünf größten Amerikas. Ich half den *Dark Bloods* hin und wieder mit meinen Fähigkeiten. Bevor das Massaker in deinem Elternhaus passiert ist, bat Cold mich, für jeden von euch, neue Identitäten zu erstellen. Zu der Zeit hätte ich niemals damit gerechnet, dass es zu so etwas kommt, wie es schlussendlich geschehen ist.«

»Ich verstehe«, gab ich zurück. Diese neuen Informationen musste ich erst mal verdauen. Dass Darell mich im Krankenhaus gefunden hatte, musste an seinen IT-Erfahrungen gelegen haben. Vielleicht galt ich als tot aber sicherlich hatte er etwas im Behörden-System über mich herausbekommen. Anders konnte ich es mir nicht erklären.

»Warum wir hier sind«, durchbrach Killer die Stille. »Morgen ist die Beerdigung von Death, wie du durch die Medien bestimmt erfahren hast.« Ich nickte, weil die Presse über nichts anderes berichtete, als über den Tod des Präsidenten der *Demons Hell*. Der Club hatte angeblich einen Antrag bei der Stadt gestellt, damit einige Straßen für den geplanten Konvoi gesperrt würden. Gerne hätte ich Death ebenfalls die letzte Ehre erwiesen, aber ich war dort nicht willkommen, also würde ich mich im Geiste von ihm verabschieden. »Danach steigt im Clubhaus eine Party für ihn und am Samstagabend werde ich zurück nach England fliegen. Ich möchte, dass du mich begleitest.«

Damit hatte ich nicht gerechnet. Mein Patenonkel wollte mich mit nach England nehmen, in ein Land, das mir vollkommen fremd war. Aus seinen Erzählungen jedoch, war ich dort geboren worden, aber meine Heimat war Amerika.

Auf der anderen Seite hatte ich nichts mehr, was mich hier hielt. Keine Freunde, keine Familie und auch keine Liebe. Nur meine Uni.

In England hatte ich einen Patenonkel und damit einen Teil von Verwandtschaft. Allerdings kannte ich ihn nicht. Doch ich könnte die Zeit nutzen und ihn in Ruhe kennenlernen. Wir hatten beide Menschen verloren, die uns wichtig waren. Lange hatte er getrauert und ich auch. Uns verband etwas und vielleicht sollte ich mir Gedanken machen, sein Angebot anzunehmen. Auch in Großbritannien gab es Unis. Dort könnte ich versuchen, von vorne anzufangen.

»Ich werde es mir überlegen«, teilte ich ihm mit.

»Was Devil betr…«

»Über ihn möchte ich nicht sprechen«, unterbrach ich ihn sofort. »Er existiert in meinem Leben nicht mehr.« Wenn ich mir das noch ganz oft einredete, würde es vielleicht irgendwann mal wahr werden.

»Wie sieht es mit deinem Namen aus?«, wechselte Darell das Thema. »Blake Crawford oder wieder Shaileen Sullivan? Du hast die Wahl.«

»Blake«, entschied ich mich sofort. »Shaileen ist vor langer Zeit mit ihrer Familie gestorben.« Und das stimmte. Ich war nicht mehr die naive kleine Stadtmaus, die immer beliebt war und zu den coolen Cliquen gehörte. Nein, ich war jetzt nur noch ich.

Blake!

Kapitel 52

Devil

Der Konvoi lief wie geplant, es gab keine Unterbrechungen oder Störfaktoren. Die Bullen fuhren auf ihren Bikes am Anfang, danach kamen zwanzig meiner Jungs und ich, in der Mitte der Leichenwagen und dahinter der Rest meiner Brüder, sowie unsere Verbündeten und Freunde. Den Schluss übernahmen wieder die Cops.

Der Weg zum Friedhof war nicht weit, aber wir cruisten gemütlich durch Springfield, um Death die letzte Ehre zu erweisen.

Als wir ankamen, trugen Doc, Hellboy, Shadow, Thunder, Angel, Ice, Steel und ich den Sarg in die Kapelle.

Die Kirche füllte sich, aber es passten nicht alle rein. Der Rest der Trauernden blieb einfach vor der geöffneten Tür stehen.

Der Freiredner gab alles wieder, was wir ihm in einem kurzen Gespräch über Death erzählt hatten. Die Rede war gut und wurde meinem Ziehvater gerecht.

Ich lauschte den Worten des alten Mannes, der über unseren Präsidenten sprach, als hätte er ihn jahrelang gekannt.

Death fehlte mir. Er war mein Vater, der Mensch, der mich ohne zu zögern, aus meinem Leben befreit hatte. Wie ein Dad hatte er mich großgezogen, mir die Anerkennung geschenkt, die ein Kind nötig hatte. In diesem Moment wurde mir klar, dass ich ihm all das niemals gesagt hatte, aber ich hoffte dennoch, dass er es wusste.

Ich schaute mich um, betrachtete all meine Brüder und die Blicke von Cynthia und mir trafen sich, doch sie schaute sofort weg.

Seit dem Tag, als ich die Frauen zu mir zitiert hatte, waren Mercedes und Cynthia mir gegenüber reservierter. Der Grund dafür war mir durchaus bekannt.

Blake!

Sie nahmen es mir übel, dass ich die Kleine hatte gehen lassen, sie nicht aufgehalten hatte.

Ich erinnerte mich noch sehr deutlich an das Gespräch und wie Blake auf mich gewirkt hatte. Sie war hart gewesen und nach wie vor war ich der Meinung, dass sie eine Entscheidung für sich getroffen hatte, genau wie ich.

Dennoch fehlte sie mir, auch wenn ich das nicht laut äußerte. Sobald ich zuhause war, wollte ich sofort wieder verschwinden, weil mir die Stille auf den Sack ging. War ich im Club, gesellte ich mich kaum noch zu meinen Brüdern, sondern kümmerte mich um die Geschäfte.

Nebenbei hatte ich Steel zu meinem Vize ernannt, obwohl Shadow das Vorrecht hatte. Aber in einem Gespräch hatte er mir mitgeteilt, dass er das noch nicht wollte. Also trat er sein Recht an Steel ab. Diesbezüglich stellte ich keine Fragen, denn das war seine Entscheidung. Die Veränderungen an meinen Freund waren mir seit Rachels Tod durchaus nicht entgangen, und ich hatte ihn sogar darauf angesprochen. Doch Shadow hatte abgewunken und das Thema gewechselt. Das musste ich respektieren und das tat ich auch.

Meine Brüder und ich gingen normal miteinander um, dennoch lag eine gewisse Spannung in der Luft. Was wohl eher an mir lag, denn meine Laune sank täglich weiter.

»Nun möchte ich die hier Anwesenden darum bitten zur letzten Ruhestätte zu folgen«, hörte ich die Schlussworte des Redners.

Das war unser Auftakt, sodass wir uns erhoben und den Sarg zu Grabe trugen.

Der Weg war lang, aber wir brachten ihn mit Würde hinter uns. Alle Männer und Frauen, folgten uns auf dem Fuße. Es war heiß und die Sonne schien.

Wir ließen den Sarg auf die Vorrichtung sinken und traten zurück. Wir sprachen gemeinsam das Vater Unser und schauten dabei zu, wie Death in die Erde hinabgelassen wurde.

Um mich herum hörte ich schniefende und keuchende Geräusche. Die meisten stammten von den Mädels.

»*Blood*«, rief ich, was die Anwesenden laut nachsagten, als der Sarg an seinem Ort angekommen war.

Nach und nach löste sich die Gemeinschaft auf. Heute Abend würden wir uns auf unsere Art von Death verabschieden.

»Ist im Club alles vorbereitet?«, fragte ich Steel, der nach wie vor neben mir stand, während der Rest bereits verschwunden war.

»Die Mädchen sind mit allem pünktlich fertig geworden«, setzte er mich in Kenntnis.

»Perfekt«, erwiderte ich und starrte weiterhin auf den Sarg.

»Cynthia und Mercedes haben gestern das Gespräch mit mir gesucht«, informierte er mich. Ich sah zu ihm. Steel kratzte sich am Hinterkopf. »Sie wollen Blake zu der Feier einladen.«

Kurz musste ich blinzeln. Was?

»Aus welchem Grund?«, wollte ich wissen und schaute wieder runter zum Grab.

»Sie sind der Meinung, dass auch die Kleine das Recht hat, sich von Death zu verabschieden«, klärte er mich auf. »Was nicht ganz von der Hand zu weisen ist, Bruder. Death mochte sie. Das dürfte dir nicht entgangen sein und ich muss zugeben, dass ich den Vorschlag nicht schlecht finde.«

Nun, was sollte ich dazu großartig sagen? Allein der Gedanke, Blake würde heute Abend im Club auftauchen, behagte mir nicht sonderlich.

Als ich vor einigen Tagen den Entschluss gefasst hatte, der kleinen Kampfmaschine die Freiheit zu schenken, sie gehen zu lassen, war ich davon überzeugt, die richtige Entscheidung getroffen zu haben. Allerdings hatte ich mir die Trennung einfacher vorgestellt.

Doch diesbezüglich hatte ich mich getäuscht. Sehr sogar, denn ich dachte ununterbrochen an sie. Noch immer konnte ich sie schmecken, spüren und das Gefühl nicht verdrängen, wie sehr ich es genossen hatte, Blake im Arm zu halten.

Das mir ihr Verlust dermaßen zusetzten würde, damit hatte ich nicht gerechnet.

»Wenn das euer Wunsch ist«, gab ich von mir. »Dann werde ich euch nicht daran hindern.«

»Killer und Darell waren gestern bei Blake«, teilte er mir mit und ich schloss für eine halbe Sekunde die Augen. Noch mehr gute Informationen.

»Und?« Warum ich das wissen wollte, ging über meinen Verstand hinaus.

»Sie will über Killers Angebot nachdenken.«

Dieser Satz setzte mir mehr zu, als ich zugeben wollte. Blake in England, in einem anderen Land weit weg von mir, diese Erkenntnis stach mich in die Brust.

»Wenn sie schlau ist, wird sie mit ihrem Onkel gehen«, antwortete ich dennoch und hasste die Aussage wie die Pest, denn sie klang falsch. Trotzdem ruderte ich nicht zurück.

»Du hast einen Fehler gemacht.« Steel drehte sich zu mir und sein Blick war finster. »Devil, du bist mein Bruder, ich respektiere dich und schätze alles, was du für die Gemeinschaft in den letzten Jahren getan hast. Aber …« Er unterbrach sich, wartete, bis auch ich ihn anstarrte. »… du bist ein Wichser. Sollte sie heute Abend kommen, werde ich sie als Freund in Empfang nehmen. Wenn sie sich entscheidet, nicht aus Amerika zu verschwinden, dann …«

»Was dann?«, knurrte ich und stellte mich direkt vor ihn.

»Dann werde ich handeln«, gestand er.

Wut überkam mich und ich hatte nicht wenig Lust meinen Bruder an Ort und Stelle zusammenzutreten. Er würde einen Teufel tun! Das würde ich nicht zulassen. Vorher musste er mich umlegen.

»Das wirst du lassen«, brummte ich.

»Diese Entscheidung triffst nicht mehr du«, murrte er. »Sie ist frei, keiner hat Anspruch auf sie erhoben.« Steel zuckte mit den Schultern. »Wird also Zeit, dass sich das ändert.«

Bevor ich mich dazu äußern konnte, drehte er sich um und marschierte schnellen Schrittes davon.

Meine Hände ballte ich zu Fäuste und war gewillt, auf ihn loszugehen.

Innerlich schnaubte ich und schaute wieder zu Death herunter. Hatte Steel nicht recht? Blake war frei, und ich hatte die Chance, sie für mich einzufordern, verwirkt.

Konnte ich ihr denn das bieten, was sie verdiente? Ich wusste es nicht. Aber könnte ich dabei zusehen, dass ein anderer Bruder sie einfing? Auf keinen Fall, vorher würde ich sterben.

Die Frage lautete nur: Warum machte mich allein der Gedanke daran, dass ein anderer Mann sie im Arm hielt, dermaßen zornig?

Du kennst die Antwort, schrie mich meine innere Stimme an. *Du kanntest sie schon die ganze Zeit.*

Das konnte unmöglich wahr sein! Dazu war ich doch gar nicht fähig.

Oder?

Kapitel 53

Blake

An der Tür klingelte es Sturm. Verwirrt erhob ich mich von der Couch und schaltete den Fernseher auf stumm. Irgendwer schien ziemlich ungeduldig zu sein, denn mittlerweile ließ derjenige die KLINGEL NICHT MEHR LOS!

Ich lief zur Tür und drückte den Summer, damit der Eingang sich unten öffnete. Himmel, diese Ruhe. Durch den Spion beobachtete ich, wer die Treppen hoch kam.

Mercedes und Cynthia?

Sofort riss ich den Eingang auf und starrte beide fassungslos an. Was suchten sie hier? War nicht heute die Beerdigung?

Wortlos stürmten sie auf mich zu und warfen sich in meine Arme. Dabei stolperte ich zurück und wir drei fielen einfach um. Auf dem Boden liegend, lachten wir und mir tat der Hintern weh. Ein Fall auf das Steißbein war nicht angenehm.

»Es ist so schön, dich zu sehen«, rief Cynthia, als die beiden sich von mir lösten. Wir lagen nebeneinander mit dem Rücken auf dem Parkett.

»Hast uns im Club ganz schön gefehlt«, kam es von Mercedes.

»Ich habe euch auch vermisst, Mädels«, gestand ich. »Vielleicht sollten wir langsam mal aufstehen. In der Küche habe ich tatsächlich Stühle.«

Erneut lachten wir und erhoben uns. Am Tisch nahmen wir Platz und ich stellte eine Flasche Wasser und drei Gläser in die Mitte, bevor ich mich hinsetzte.

»Was sucht ihr denn hier?«, wollte ich endlich wissen. »Ist heute nicht der Abschied von Death? Ihr solltet im Club sein.«

Sie sahen sich in die Augen, dann wieder zu mir. Irgendwas stimmte hier nicht, vor allem, als ich die Entschlossenheit in den Gesichtern bemerkte. Was ging hier vor sich?

»Wir haben uns überlegt«, fing Mercedes an, »dass Death nicht ohne dich verabschiedet werden kann. Er mochte dich und auch du hast ein Recht darauf, ihm auf Wiedersehen zu sagen. Deswegen sind wir hier, um dich zu holen.«

»Lieb von euch«, krächzte ich, als die Worte in meinem Hirn angekommen waren. »Aber das ist keine gute Idee.«

Sie waren hier um mich zu holen, weil ich für sie immer noch dazu gehörte. Ich war so gerührt, dass ich mich am liebsten in ihre Arme geworfen hätte, um Rotz und Wasser zu heulen. Ich hielt mich aber zurück.

»Wir haben mit Steel gesprochen«, klärte Cynthia mich auf. »Er und die Jungs sind einverstanden. Sie sehen es genauso.«

»Alle Männer?«, hakte ich nach und hob eine Augenbraue.

»Fast«, erwiderte Mercedes. »Devil wurde in Kenntnis gesetzt.«

Wenn ich den Namen hörte, zuckte ich nach wie vor zusammen. Mit all meiner Kraft versuchte ich, ihn aus meinem Schädel zu verbannen, nicht an ihn zu denken, mich auf sämtlichen Scheiß zu konzentrieren. Doch ich scheiterte ständig.

»Ich fühle mich geehrt«, meinte ich ehrlich. »Aber … Devil … wir haben beide eine Entscheidung getroffen. Die Wahrheit ist, dass ich noch nicht bereit bin, ihm gegenüberzutreten.« *Es wahrscheinlich niemals sein würde*, fügte ich im Geiste hinzu. »Aber wir drei können uns bestimmt ein anderes Mal treffen, oder? Wenigstens noch bevor ich gehe.«

Der letzte Satz war mir rausgerutscht, aber es stimmte. Mein Entschluss war am Morgen, als ich die gesamte Nacht gegrübelt hatte, gefallen. Hier hielt mich nichts mehr, niemand war mehr da, bei dem ich sein wollte. Also war es das Klügste, mit dem einzigen Verwandten mitzugehen, den ich noch hatte.

»Bevor du gehst?« Mercedes schaute zu Cynthia, die mich mit tellergroßen Augen anstarrte.

»Jepp, ich werde mit Killer nach England gehen«, teilte ich ihnen mit. »Aber damit bin ich nicht aus der Welt. Wenn ihr möchtet, treffen wir uns ein paar Mal im Jahr.«

Sie ganz zu verlieren, zwei neue Freundinnen, wollte ich nicht. Wir hatten gemeinsam gekämpft und ich mochte sie. Sie bedeuteten mir etwas. Deswegen würde ich mich bemühen, den Kontakt aufrecht zu erhalten. Komme was wolle!

»Nun«, murmelte Cynthia. »Ich verstehe dich, auch wenn ich deinen neuen Plan echt scheiße finde. Liegt aber eher an meinem Egoismus, weil ich dich damit verliere. Das ist jedoch noch ein weiterer Grund dafür, heute Abend mit uns beiden die Sau rauszulassen. Für Death.«

Mist, ich kam ins Wanken. Für Death! Wegen diesem Mann war ich beschützt worden, er hatte mich immer liebevoll und nett behandelt. Kein einziges Mal hatte er mich davongejagt, angeschnauzt oder war gemein gewesen.

»Außerdem …«, mischte sich Mercedes ein und hob ihren perfekt manikürten Fingernagel, »… würden die Jungs sich bestimmt auch gerne von dir verabschieden. Allen voran Steel. Der mag dich wirklich sehr und hat sich über unseren Vorschlag, dich abzuholen, gefreut. Jedenfalls hat sein Mundwinkel gezuckt. Das konnte ich genau sehen.«

Wir prusteten los, weil die Jungs allesamt unglaublich waren. Aus eigener Erfahrung hatte ich feststellen müssen, dass sie gute Kerle waren. Wenn man deutlich hinsah, konnte man sogar hier und da ein Schmunzeln erkennen. Kam selten vor, aber es passierte. Jeder von ihnen war hart wie Stein, dennoch hatten sie auch etwas Weiches an sich. Egal, ob Steel, den Fighter; Shadow, den Geheimnisvollen; Angel, den Clown; Hellboy, den Menschlichen; Ice, den Macher, Thunder, den Unergründlichen oder Devil, den Gefährlichen. Letzteren liebte ich, den Rest mochte ich.

In den vergangenen Monaten waren sie mir ans Herz gewachsen, obwohl ich nicht mit jedem so engen Kontakt hatte, wie beispielsweise mit Steel oder Shadow. Sie würden mich mein Leben lang im Geiste begleiten. Dass ich sie seinerzeit kennengelernt hatte, egal, was zwischendurch passiert war, bereute ich nicht für eine Sekunde.

»Können wir nicht morgen einfach tanzen gehen?«, versuchte ich mich, vor dem heutigen Tag zu retten.

»Das können wir auch im Club«, widersprach Mercedes mir und sprang vom Stuhl. Erst dann nahm ich sie genauer in Augenschein.

Sie trug einen kurzen Lederrock, der ihr bis zur Mitte der Oberschenkel reichte, dazu dunkel und wahnsinnig hohe Schlangensandaletten. Das Oberteil sollte bestimmt mal ein Top werden. Der Träger führte nur über eine Schulter und bedeckte gerade mal ihren Busen. Unterhalb sah man links den

Bauch und rechts lief der Stoff im Zipfel zum Rockbund. Sie hatte eine traumhaft schöne Figur. Verflucht!

»Ich habe nichts zum Anziehen«, redete ich mich weiter raus. »Schaut euch mal an, ich gehe nicht in Jeans, Sneakers und Shirt. Das könnt ihr vergessen.«

Die Zeiten sollten vorbei sein. Es gab keinen Grund mehr, mich zu verstecken. Ja, vielleicht hatte ich nicht so einen flachen Bauch wie Mercedes oder so schlanke Beine, aber verdammt noch mal, ich war auch nicht dick. Kurvig, okay, aber fett? Nein. Ich trieb täglich Sport und hatte muskulöse Schenkel sowie Waden. Was ich ändern musste, war meine Garderobe. Es war ja nicht so, als hätte ich nicht auch schöne Kleidung. Die besaß ich sogar in Mengen, aber bislang hatte ich sie einfach nicht angezogen. In den letzten Tagen hatte ich bereits angefangen, die Sneakers im Schuhschrank stehen zu lassen und sie gegen Pumps oder Ballerina zu ersetzen. Ich trug weiterhin enge Jeans und mittlerweile auch Oberteile, die ein bisschen mehr von meiner Figur zeigten.

Keiner sollte mich mehr als ein Mädchen betrachten, sondern als das, was ich war: Eine FRAU.

»Lass uns mal deinen Schrank durchstöbern.« Mercedes wartete gar nicht erst auf meine Antwort, sondern riss mich am Arm auf die Beine und zog mich hinter sich her. »Wo lang?«

»Rechts«, murmelte ich und wurde dann auch schon weiter geschliffen. Cynthia folgte uns lachend. Sie war mir gerade keine große Hilfe, um ehrlich zu sein.

Dann schubste Mercedes mich auf das Bett und fing an, meinen Kleiderschrank zu durchzuwühlen. Oberteile flogen durch die Gegend, Hosen ebenfalls und einige Tops.

In Kürze würde mein Raum aussehen, als hätte hier eine Bombe eingeschlagen. Ich hasste Unordnung. Das nur mal am Rande.

Ich schaute zu Cynthia, die sich hinter Mercedes befand und sich halb schlapp lachte. Wenigstens die beiden hatten Spaß.

Im Gegensatz zu Mercedes hatte Cynthia ihre blonden Haare zu einer Banane hochgesteckt. Vorne waren sie zu einem Seitenscheitel geteilt. Ihr Gesicht war geschminkt, als hätte ein Profi Hand angelegt. Die Augen waren in

Pastellfarben Smokey-Eye gehalten, die Wimpern unverschämt lang mit Mascara gekämmt. Der rote Lippenstift rundete das Bild ab.

Sie trug einen engen schwarzen Lederrock, der ihr bis zu den Knien reichte und darüber eine Off-Shoulder Tunika, in der gleichen Farbe. Natürlich fehlte die Weste des Clubs nicht. Diese hatte sie immer an. Ihre Füße steckten in dunklen High Heels. Sie sah fantastisch aus.

»Aha«, rief Mercedes plötzlich und hielt mir ein schwarzes Nichts vor, dass ich irgendwann mal von Rachel geschenkt bekam, nachdem wir eine Shoppingtour gemacht hatten.

Ich hatte es nie getragen.

Mercedes warf es auf das Bett neben mich, und ich fuhr mit den Fingern darüber. Wieder musste ich an Rachel denken, die in dem Zimmer am Ende des Flurs gestorben war. Auch wenn mich wahrscheinlich niemand verstehen würde, ich konnte diese Wohnung nicht aufgeben. Nur hier hatte ich meine Erinnerungen an sie. Sie fehlte mir so sehr, dass es mir die Kehle zuschnürte.

»Sieh mal einer an«, vernahm ich Cynthias Stimme, die aus dem unteren Bereich meines Schrankes hohe rote Sandaletten hervorzog.

Ich verdrehte die Augen und schüttelte schmunzelnd den Kopf. Dann schaute ich die beiden an und seufzte.

»Für mich ist das nicht leicht, Leute«, flüsterte ich fast schon. »Ich weiß nicht, ob ich die Begegnung mit Devil bereits standhalten kann. Es ist viel …«

»Stopp.« Mercedes kam zu mir und kniete sich vor mich. Cynthia nahm neben mir Platz. »Wir verstehen das mit Devil. Ehrlich. Aber vielleicht solltest du es mal von einer anderen Warte aus betrachten: Er hat dich gehen lassen! Fein. Aber deswegen musst du dich hier nicht verschanzen und auf einen geilen Abend mit deinen … nun mit deinen Freundinnen verzichten. Devil ist ein Idiot, aber das wusste ich vorher schon. Heute geht es nicht um dich und Devil, sondern um Death. Und um uns drei. Wir haben uns in dieser beschissenen Zeit gefunden, und sollten uns nicht so leicht wieder aufgeben. Lass uns Spaß haben und Death feiern. Während wir das machen, Honey, sollten wir verdammt geil aussehen. Zeigen wir den Kerlen, was sie haben könnten, aber aus Dämlichkeit, nie einfordern werden.«

»Hey, ich bin eine *Old Lady*«, mischte sich Cynthia ein und wir lachten.

»Du«, sagten Mercedes und ich unisono.

»Was ich damit sagen will …«, fuhr Mercedes fort. »Du bist viele Jahre geduckt durch die Weltgeschichte gegangen, hast nur versucht, zu überleben. Die Gefahr, die über dir schwebte, ist vorbei. River ist tot. Es wird Zeit, am Leben teilzunehmen. Blake, du bist jung, wirklich bildschön und hast eine Ausstrahlung, für die ich Morden würde. Hinzu kommt, dass du Kampfsport beherrscht, mit Waffen umgehen kannst und dich jedem in den Weg stellst, der dich oder deine Lieben bedroht. Du bist eine Wahnsinns Frau und Devil ein Penner, weil er das nicht erkannt hat. Aber andere haben das gesehen. Männer, die du kennst. Mit deinem Auftauchen hast du im Club etwas verändert, Baby. Das ist nicht nur meine Meinung, sondern auch andere Mädchen haben das bemerkt. Lass mich nicht betteln und verbring den Abend mit uns.«

Ihre Worte rührten mich. Niemals hätte ich vermutet, dass Mercedes und ich Freundinnen werden würden. Jetzt und hier gestand ich mir ein, dass ich zwar Rachel verloren, aber dafür Cynthia und Mercedes gewonnen hatte. Man konnte die drei nicht miteinander vergleichen. Jede war auf ihre Art besonders. Rachel wird immer ein Teil von mir bleiben, aber eventuell hatte Mercedes recht. Vielleicht war es an der Zeit, aus mein Schneckenhäuschen zu kriechen und mich zu präsentieren. Die gesamten letzten Tage hatte ich mir genau das vorgenommen und wollte es in England umsetzten. Nur, warum aufschieben, wenn ich jetzt schon die Möglichkeit dazu hatte? Heute ging es nicht um Devil, sondern um Death, um Mercedes, Cynthia und mich. Um uns alle!

»Ich brauche Hilfe beim Schminken und den Haaren.« Ich grinste beide Mädels an und zuckte mit den Augenbrauen auf und ab.

»Dann lass uns dich mal in einen Vamp verwandeln«, jubelte Mercedes.

»Die Jungs werden Augen machen«, rief Cynthia und sprang auf.

Sofort wurde ich nach oben gerissen und von meinen Freundinnen ins Bad geschubst – nachdem sie es endlich gefunden hatten. Dort wurde ich auf die Toilette gesetzt. Sie fanden meine Schminksachen. Mercedes kramte in ihrer Handtasche herum und holte fast schon ein Beautycase daraus. Das war keine Tasche, sondern ein Koffer.

Cynthia kümmerte sich um meine Haare, Mercedes um das Gesicht. Oh. Mein. Gott.

Wozu hatte ich hier gerade eigentlich zugestimmt! Ich war doch total BESCHEUERT!

Kapitel 54

Devil

Ich hatte keine Lust zu trinken, kein Bock zu rauchen und auch kein Interesse mich mit irgendeiner Schnalle zurückzuziehen. Angebote hatte ich genug, aber ich scheuchte sie alle von dannen. Ice war mit einer Brünetten beschäftigt, Angel mit seiner Madeleine, die gestern Abend eingetroffen war, Thunder knutschte mit einer Rothaarigen herum und Doc verzog sich mit einer Blondine. Killer und Soldier saßen mit ein paar von unseren und ihren Jungs an einem Tisch, andere befanden sich draußen, die sich um das Lagerfeuer kümmerten. Von fast überall hörte ich Gelache, Gekicher oder Stöhn-Geräusche.

Shadow, Steel, Hellboy und ich standen trübselig an der Bar und starrten Löcher in die Luft.

Da ich Cynthia und auch Mercedes nicht entdecken konnte, nahm ich an, dass sie sich bei Blake aufhielten. Einerseits hoffte ich, dass die Kleine nicht hier erschien, andererseits wünschte ich, sie würde endlich den Saal betreten. Ich hasste meine Widersprüchlichkeit und hätte mich am liebsten auf das Bike gesetzt, um durch die Weltgeschichte zu rasen. Einfach weg von hier, Kopf abschalten und alleine sein. Aber heute Abend war das nicht möglich, denn er gehörte Death. Meinem Vater allein! Immer wieder erwischte ich mich dabei, wie ich den Raum absuchte. Bei schwarzhaarigen Mädels hielt ich grundsätzlich inne, versuchte zu erkennen, ob *sie* es war.

Ich war ein Narr gewesen, weil ich gedacht hatte, sie vergessen zu können. Ein Idiot, weil ich sie habe gehen lassen. Ein Arschloch, weil ich genau wusste, dass ich ihr mit meiner Entscheidung wehtun würde. Ich hatte mich die ganze Zeit selbst belogen, hatte mir eingeredet, sie fortschicken zu MÜSSEN, um sie zu schützen. Dass sie nicht in meine Welt passen, sie mich vergessen würde.

Alles Bullshit! Keine Ahnung, wie lange ich am Morgen noch an Death Grab gestanden hatte, es hatte sich wie eine Ewigkeit angefühlt. Dort erinnerte ich mich an mein Versprechen, das ich ihm gegeben hatte. Das hatte ich mit Füßen getreten, ihn in seinen letzten Momenten belogen, weil ich ein

Feigling war. Erst Steel hatte mir mit seiner Ansage die Augen geöffnet, mich dazu gebracht, einfach mal nachzudenken. Ja, ich wollte meinen Freund umlegen, aber er hatte verflucht noch mal recht.

»Meinst du, sie kommt?«, wollte Hellboy an Steel gerichtet wissen.

»Keine Ahnung, Bruder«, seufzte Steel. »Wenn ich sie wäre, wohl eher nicht. Die Mädels sind schon verflucht lange weg. Daher gehe ich davon aus, dass sie Blake nicht überreden konnten. Außerdem ist es gleich soweit. Das Lagerfeuer brennt. Wir sollten langsam anfangen.«

»Schade, ich hätte mich gerne von der Kröte verabschiedet«, mischte Angel sich ein, der sich tatsächlich von seiner Frau lösen konnte. »Sie war cool.«

Ja, das war sie!

»Vor allem war sie mal was anderes«, kam von Ice, der plötzlich neben uns stand. »Die hatte es echt drauf. Wäre genau die Richtige für mich gewesen.«

Ich musste hart schlucken, setzte die Bierflasche an meine Lippen und trank sie bis zur Hälfte aus.

»Sie war nicht nur cool, sondern auch verflucht hübsch«, warf Thunder ein, der sich ebenfalls zu uns gesellte. »Wenn sie sich mal wie eine Frau gekleidet hätte, wäre ich ihr wohl auch nachgestiegen. Leider stehe ich nicht auf Sneakers Mädels.«

Die Sneakers hatten mir gefallen.

»Sie ist absolut hinreisend, um es auf den Punkt zu bringen. Dummerweise hat sie nur Herzen für unseren Devil geschissen«, schnaubte Steel. »Was für eine Verschwendung.«

»Halt deine Fresse«, schnauzte ich ihn an.

»Wo er recht hat!«, setzte Shadow noch einen drauf. »Die Kleine hätte gut zu dir gepasst, aber du hast es ja voll gegen die Wand gefahren. Wäre ich sie, würde ich dich mit dem Arsch nicht mehr ansehen. Wenn sie schlau ist und das ist sie, sollte sie sich für England entscheiden. Dort hat sie wenigstens eine Chance auf einen Neustart. Wenn es einer verdient hat, dann sie.«

England! Das war verflucht weit weg. Einerseits wünschte ich ihr einen Neuanfang und andererseits? Hoffte ich, dass sie nicht ging.

»Habt ihr mitbekommen, dass sie wieder in der Wohnung lebt, wo ihre Freundin gestorben ist?« Thunder schüttelte den Kopf. »Die Maus ist echt hart. Andere hätten sich was Neues gesucht. Blake lässt sich nicht so schnell unterkriegen. Echt cool, das Girl.« Als ich erfahren hatte, dass sie tatsächlich wieder in dem Appartement eingezogen war, hätte ich sie am liebsten an den Haaren herausgeschliffen. Jeder normale Mensch hätte keinen Fuß mehr in diese vier Wände gesetzt. Aber Madam sah es offensichtlich nicht ein, ihre Wohnung zu verlassen.

»Ich mochte sie von Anfang an«, seufzte Hellboy. »Alleine schon deswegen, weil meine Frau sie liebt und sie Devil Kontra gegeben hat. Traut sich auch nicht jede. Eigentlich keine, um es genau zu sagen. Meinen Respekt hat sie.«

»Sind wir jetzt fertig, Blake in den Himmel zu heben?«, maulte ich. »Sie ist weg, ich habe es vergeigt, freut euch. Lasst uns endlich das tun, wofür wir die Party heute geben.« Ich drehte mich zur Bar, knallte die Flasche auf den Tresen und orderte direkt eine Neue. Es reichte schon, dass ich die Kleine nicht mehr aus dem Schädel bekam, dann musste ich nicht auch noch stundenlang über sie reden. Sie war fort und das war allein meine Schuld, weil ich ein Penner war.

»Oh, verdammte Scheiße«, hörte ich Thunder fluchen.

»Heilige Mutter Gottes«, vernahm ich Steel.

»Leck mich am Arsch«, stöhnte Ice.

»Verflucht«, raunte Hellboy.

»Eine Erscheinung«, seufzte Angel, der dafür direkt einen Hieb von seiner Frau auf den Arm bekam.

»Nehme ich«, kam von Shadow.

Als ich mir mein neues Bier schnappte, drehte ich mich endlich um und erstarrte in meiner Bewegung. Das konnte unmöglich wahr sein! Niemals.

»Fuck«, sagte ich und meine Jungs nickten zusammen. Alle blickten auf die Frau, die in Begleitung von Cynthia und Mercedes hereinkam.

Das konnte auf keinen Fall Blake sein. Wo waren Jeans, Shirt und Sneakers? Davon war nichts mehr zu sehen. Ihr Körper steckte in einem schwarzen Kleid, das schulterfrei war. Am Bauch zierte ein großer roter Gürtel. Der Stoff reichte ihr bis zu den Knien. An den Füßen trug sie mörderisch rote High Heels in denen sie zu schweben schien. Die dunklen Haare waren kunstvoll zur Seite frisiert, sodass ihre Mähne über die linke Schulter wellte. Trotz, dass Blake es nicht nötig hatte sich zu schminken, sah sie aus wie eine Diva. Eine heiße, sexy und gleichzeitig verruchte Göttin. Meine Göttin! Ihre Augen stachen hellblau hervor, die Lider waren mit dunklen Farben bepinselt und dann dieser Mund. Knallrot.

Die drei Schritten an uns vorbei, bis Cynthia stehenblieb und auf ihren Mann zuging, um ihm einen Kuss zu geben. Blake nickte allen zu, auch mir, betrachtete mich dabei kurz, schaute dann aber wieder nach vorne. Kein Lächeln, kein Augenklimpern, kein Nichts. Sie schlenderte einfach weiter, direkt auf die Terrasse zu. »Was habt ihr mit ihr gemacht?«, wollte ich von Cynthia wissen.

»Wieso?«, fragte sie pikiert. »Wir haben ihr nur vor Augen geführt, dass sie eine Granate ist. Und wie du siehst, haben wir recht.« Dann wandte sie sich an ihren Mann. »Ich bin bei meinen Mädels. Wir sehen uns nachher draußen.«

»Okay«, hörte ich Hellboy sagen, der immer noch mit offenem Mund dastand. »Ich komme gleich nach.«

Alle starrten Blake wie die Trottel hinterher. Nicht, weil sie jetzt eine Cinderella war, sondern, weil sie vollkommen anders aussah, als wir sie kannten. Für mich war sie vor längerer Zeit schon meine Göttin gewesen aber in diesem Aufzug war sie ein wahrgewordener feuchter Traum. Eine Vorlage, um es sich unter der Dusche, im Bett oder auf dem Klo selbst zu besorgen.

»Ich schwöre bei allem, was mir heilig ist«, seufzte Steel. »Wenn du nicht zugreifst, dann tue ich es. Du hast noch eine letzte Chance. Verbockst du es, gehört sie mir.«

»Ich wäre fürs Duellieren«, gab Shadow seinen Senf dazu. »Da wäre ich dabei.«

»Haltet eure Klappe«, knurrte ich. »Das ist immer noch Blake. Nur eben etwas verändert. Also, Griffel weg, sonst Kopfschuss. Die Kleine gehört mir.«

»Dann solltest du das auch endlich mal offiziell machen, Präsident«, brummte Hellboy. »Ansonsten ist sie schneller weg, als du A sagen kannst.«

Damit klopfte er mir auf die Schulter und ging mit den anderen nach draußen.

Wie ein Oberpenner stand ich weiterhin vor der Bar, die Flasche in meiner Hand vergessen und in meinem Kopf befanden sich winzig kleine Bauarbeiter, die mit einem Abbruchhammer ihren Auftrag vollzogen.

Bevor ich mich jedoch Blake widmen konnte, musste ich die gefallen Männer und vor allem unseren Präsidenten verabschieden. Das war oberste Priorität.

Mit meinem Getränk folgte ich meinen Brüdern und gesellte mich zu ihnen auf die Veranda. Von Blake war nichts zu sehen, und als ich den Blick durch die Menschenmenge schweifen ließ, erkannte ich sie bei Mercedes, Killer und Soldier. Mein Mädchen sprach mit ihrem Onkel und grinste ihn an. Darauf lachte er und zog sie in eine innige Umarmung.

Wenn ich vermuten müsste, würde ich wetten, dass sie soeben auf sein Angebot eingegangen war, ihn nach England zu begleiten. Sie wusste es zwar noch nicht, aber sie würde keinen Fuß in das Land der Inselaffen setzen. Allerdings müsste ich das später in Ruhe mit ihr klären.

Die Meute wurde ruhiger, bis sie ganz verstummte. Das war mein Zeichen, das Wort an meine Brüder zu richten.

»Vor nicht allzu langer Zeit hat Death hier gestanden und mehrere gefallene Männer seinen letzten Respekt erwiesen«, fing ich an. »Nun stehen wir hier, ohne ihn, weil unser Präsident im Krieg sein Leben gelassen hat. So, wie viele andere gute Brüder, die für unsere Sache gestorben sind.« Kurz atmete ich tief ein- und wieder aus. »Wir sind zusammengekommen, um den Verstorbenen unseren Respekt zu zollen, für ihre Liebe, Loyalität und Menschlichkeit. Genau das war es, wofür Death eingestanden war: Menschlichkeit. Wir sind Biker, die nicht vergessen haben, woher sie kommen, die ihre Seele nicht verkauft haben, sondern für das Einstehen, woran sie glauben. Unsere Seelen gehören uns, wir heben uns von anderen Clubs ab und genau das Gleiche, werde ich als neuer Präsident weiterführen. Das verspreche ich.« Ich schaute zu Blake, die mich mehrmals blinzelnd musterte. Sie schien mit ihren Tränen zu kämpfen. »Familie ist für uns das Bedeutsamste und das dürfen wir niemals vergessen. Gemeinschaft ist unsere Stärke, denn dadurch sind wir gefeit vor allem Übel. Liebe ist unsere Droge und Freundschaft das, was uns zu denen macht, die wir sind. Wir sollten nicht beiseiteschieben, wer wir sind, und zu wem wir gehören.« Beim letzten Satz trafen sich Blakes und mein Blick. Ich hoffte inständig, dass sie meine Botschaft hinter den Worten verstanden hatte. Doch sie senkte den Kopf und ich erkannte, wie sie mehrmals hart schlucken musste. Wieder schenkte ich den Anwesenden meine Aufmerksamkeit. »Den gefallenen Brüdern und meinem Vater Death zolle ich meinen uneingeschränkten Respekt und werde sie immer im Herzen tragen.« Dragon überreichte mir die alte Weste von Death. Die restlichen Kutten bekamen Steel und Shadow. Es waren insgesamt siebenundsechzig. Zu viele. Gemeinsam gingen wir zum Feuer und stellten uns direkt davor. »Wir sehen uns in einem anderen Leben wieder«, sagte ich laut. »In diesem werdet ihr uns fehlen.«

Zuerst warf ich Death Weste in die Flammen, die weiteren folgten kurz darauf. Um mich herum war es still, alle beobachteten, wie sich das Leder auflöste.

Keine Ahnung, wie lange wir hier gestanden hatten, es fühlte sich wie eine Ewigkeit an.

Irgendwann fingen die Unterhaltungen wieder an, hinter mir dröhnte die Musik laut aus den Boxen. Death Lieblingslied wurde gespielt und ich musste schmunzeln, weil er das immer und immer wieder auf Repeat gesetzt hatte, wenn er alleine in seinem Büro gesessen hatte.

Hotel California von den *Eagles!*

Die Menschen verteilten sich, einige marschierten rein und andere blieben draußen. Die Hitze war kaum auszuhalten und ich wünschte mir den Winter herbei. Ich suchte die Menge ab, konnte aber weder Blake noch ihre Freundinnen ausfindig machen. Es wurde Zeit, sie zu suchen, um ihr zu sagen, was sie unbedingt hören musste. Viel zu lange hatte ich damit gewartet. Sie gehörte hier her, das hier war ihre Familie und ich ihr verdammter Mann.

In der Menge machte ich Killer aus, der sich seinen Weg zu mir bahnte. Vor mir stehend, stieß er seine Flasche an meine und nahm einen Schluck.

»Blake hat mir gerade gesagt, dass sie mich nach England begleitet«, teilte er mir die Neuigkeit mit, die ich vorhin bereits vermutet hatte. »Morgen werden wir ihre Sachen holen und dann wird gebucht. Ihr wird es bei mir an nichts fehlen.«

»Vielleicht ist das die beste Entscheidung, die sie treffen kann«, sagte ich und nickte auch noch. »Dennoch kann ich das nicht zulassen.«

»Wie bitte?«, fragte Killer verwirrt.

»Du hast mich richtig verstanden«, meinte ich und zuckte mit den Schultern. »Ich werde sie nicht gehen lassen. Sie gehört zu mir. Das ist mir nun klargeworden.«

»Hast du ihr das schon gesagt?«, wollte Killer nun mit hochgezogener Augenbraue wissen.

»Noch nicht«, gab ich zu.

»Deine Entscheidung hat nicht zufälligerweise etwas mit ihrem neuen Look zu tun, oder?« Killers Blick verfinsterte sich. »Sollte es nämlich so sein, werde ich dir die Knochen brechen. Sie ist meine Nichte und ich werde es nicht zulassen, dass du ihr noch mal das Herz brichst.«

»Ihr heutiges Auftreten interessiert mich nicht«, gestand ich. »Natürlich sieht sie fantastisch aus, aber das tut sie auch in Sneakers. Ich habe einen Fehler gemacht und ich kann nur hoffen, dass sie mir verzeihen kann. Deswegen bitte ich dich, aus Respekt, mir dein Einverständnis zu geben.« Es dauerte eine Weile, bis Killer sich bequemte, zu antworten.

»Ich verlange, dass sie mich regelmäßig besucht«, stellte er seine Forderungen. »Darüber hinaus, werde ich hier ebenfalls des Öfteren auftauchen. Ich kann und werde es nicht zulassen, sie wieder zu verlieren.« Ich nickte, weil das für mich selbstverständliche Dinge waren. »Tust du ihr noch mal weh, breche ich dir die Knochen. Verstanden?«

»Angekommen«, meinte ich.

»Na, dann sieh zu und hol sie dir«, sagte er und klopfte mir auf die Schulter. »Ich hoffe für dich, dass es noch nicht zu spät ist.«

Das hoffte ich ebenfalls! Ich begab mich auf die Suche, schob mich an gefühlt hunderten Menschen vorbei, um Blake zu finden. Doch nirgends war sie zu sehen. Es dauerte eine Weile, bis ich den Garten durchkämmt hatte, bis ich mich entschied, reinzugehen. Dort schaute ich mich ebenfalls um, was gar nicht so leicht war, bei den vielen Menschen.

»Sie ist auf dem Klo«, vernahm ich neben mir Steels Stimme und wandte mich meinem Freund zu. »Hol sie dir, aber vergeig es nicht wieder. Ein drittes Mal werde ich dir den Platz nicht freimachen.« Damit klopfte er mir auf die Schulter und schob sich an mir vorbei. Umgehend begab ich mich zur Bar, schnappte mir ein Handtuch und lief zu den Toiletten. Gegenüber der Tür, hinter der sie sich befand, lehnte ich mich mit dem Rücken gegen die Wand.

Es dauerte einige Minuten, bis sie herauskam und in ihren Bewegungen innehielt, als sie mich bemerkte. Ihre Augen wurden tellergroß, hatte sich allerdings schnell wieder im Griff.

Wie vor vielen Monaten warf ich ihr das Handtuch entgegen und wie damals, fing Blake es umständlich auf.

»Du hast die Chance, mir den Schweiß von der Stirn zu wischen, der sich wegen dir gebildet hat.« Sie wusste, dass ich fast die gleichen Worte verwendete, wie bei unserem zweiten Aufeinandertreffen, nachdem sie mir das Bier ins Gesicht geschüttet hatte. Gott, mir kam es vor, wie Jahre.

Blake schluckte hart, kämpfte um ihre Beherrschung, als sie mir den Stoff zurückwarf. Nur ich fing ihn nicht auf, sondern ließ ihn zu Boden gleiten. Während all das geschah, blickten wir uns an. Keiner senkte für einen Moment den Kopf.

»Geht's noch?«, flüsterte sie mit brechender Stimme. »Hast du das Gefühl, ich sei eine von den Ischen hier? Wasch dich selber. Scheinst schon groß zu sein.«

Sie hatte es nicht vergessen. Ich musste grinsen, weil ich sie einfach unglaublich fand. Mit einem Schritt war ich bei ihr, drängte sie zurück an die Wand, kesselte sie mit meinen Armen ein. Ihr Geruch stieg mir in die Nase und ihre Augen brachten mich um den Verstand. Für mich war sie schön, mit oder ohne Make-up, in einem Kleid oder in Jeans und Shirt gehüllt. Blake war meine Göttin.

»Bist du auf den Kopf gefallen?«, murmelte ich und strich ihr mit den Fingern eine lose Strähne aus dem Gesicht. »Oder bist du einfach nur lebensmüde? Hast du eine Ahnung, mit wem du hier sprichst?«

»Hast du denn eine Vorstellung, mit wem *du* hier redest?«, stellte sie die Gegenfrage.

»Wer bist du denn?«, wollte ich mit hochgezogener Braue wissen.

»Ich weiß nicht, was dich das angeht«, antwortete sie leise.

»Mich geht jeder etwas an, der sich im Clubhaus aufhält«, informierte ich sie und tupfte einige Küsse auf ihre Wange. »Und genau dort, hältst du dich zur Zeit auf.«

»Oh, kein Problem.« Sie legte ihre Hände auf meine Brust, schob mich aber nicht von sich. Erneut trafen sich unsere Blicke und ich war hoffnungslos verloren. »Ich wollte sowieso gerade gehen«, fügte sie noch wispernd hinzu.

Auf ihre letzten Worte ging ich nicht mehr ein, sondern presste meine Lippen auf ihre und ergab mich einem leidenschaftlichen Kuss. Himmel, mir kam es so vor, als hätten wir uns seit einer halben Ewigkeit nicht mehr berührt. Erst jetzt wurde mir wirklich vollends bewusst, wie sehr sie mir gefehlt hatte. Ohne sie, war ich nicht mehr Devil.

Wie hatte ich bloß jemals annehmen können, mein Leben fortzuführen, indem sie nicht mehr vorkam?

Würde ich schlau und vernünftig handeln, müsste ich sie nach England gehen lassen, damit sie dort in Ruhe leben könnte. Aber ich war weder klug, noch handelte ich in der Regel überlegt, was mich zu einem egoistischen Arschloch machte. Das war mir jedoch scheißegal. Blake löste sich von mir und lehnte ihre Stirn an meine Brust. Mein Kinn ruhte auf ihrem Schopf und für einen Moment schloss ich die Augen. Ich öffnete sie erst wieder, als meine Kleine sich bewegte, ihr Gesicht hob und wir uns erneut ansahen. In ihrem Ausdruck erkannte ich so viel Liebe, aber auch Leid und Schmerz. Für Letzteres war wohl hauptsächlich ich verantwortlich. Meinen Fehler musste ich wieder beheben, wenn sie mir die Chance dazu einräumen würde.

»Ich muss jetzt gehen«, hörte ich sie leise sagen und ihre Worte kamen nicht sofort bei mir an.

»Was? … Nein«, widersprach ich ihr. »Du musst nicht gehen. Wir müssen reden.«

Ihre Finger berührten meine Wange, über die sie zärtlich streichelte. Fuck, ihr Blick gefiel mir ganz und gar nicht.

»Wir haben gesagt, was zu sagen war«, meinte sie und ließ von mir ab. »Ich habe Killers Angebot angenommen und begleite ihn nach England.« Die erste Träne löste sich aus ihrem Augenwinkel. »Und ich werde gehen. Um unserer beider Willen.«

»Das kann ich nicht …«»«

»Doch, du kannst und du wirst es zulassen«, unterbrach sie mich. »Ich habe meine Entscheidung getroffen. Und jetzt bitte ich dich, mich gehen zu lassen.«

Ich machte einen Schritt zurück, ohne mich gegen ihre Worte zu wehren. Blake nickte und rannte los. Wie ein Trottel starrte ich ihr hinterher, solange, bis sie aus meinem Blickwinkel verschwunden war.

War ich es ihr nicht schuldig, sie ziehen zu lassen? Nichts anderes hatte sie verdient. Vier Jahre hatte sie um ihr Leben gekämpft, ganz allein auf sich gestellt. Jetzt waren die Gefahren, nicht mehr da, und sie endlich frei. Aber für mich fühlte es sich nicht an, als würde ich hier gerade das Richtige tun, ganz im Gegenteil. »Willst du sie wirklich gehen lassen?«, vernahm ich hinter mir eine weibliche Stimme, die ich sofort Cynthia zuordnete. Langsam wandte ich mich ihr zu und erkannte neben der Blondine auch Mercedes.

»Das ist ihr Wunsch«, teilte ich ihr mit.

»Männer sind manchmal unglaublich begriffsstutzig«, moserte Mercedes. »Blake will doch gar nicht weg, aber sie kann es nicht ertragen in deiner Nähe zu sein. Mensch, Devil, die Kleine liebt dich und wünscht sich nichts sehnlicher, als dein Herz. Sie glaubt einfach, dass du keine Gefühle für sie hast. Was totaler Quatsch ist, aber mich fragt ja niemand.«

Cynthia machte einen Schritt auf mich zu. »Du musst sie jetzt wieder zurückholen«, gab sie mir zu verstehen. »Mit Blake bist du anders, Devil. Als wäre sie dein Gegenstück, wie Hellboy es für mich ist. Du solltest dir nur im Klaren darüber sein, was genau du für sie empfindest.«

»Sie macht mich wahnsinnig«, gestand ich. »Ständig widerspricht sie mir, ist stur. Die Kleine raubt mir den letzten Nerv.«

»Na, dich hat es aber ganz schön erwischt«, konterte Mercedes und grinste. »Du solltest ihr jetzt hinterher. Hol sie nach Hause, denn hier gehört sie hin.«

Mich hatte es tatsächlich *erwischt.* Dass ich dazu irgendwann fähig sein würde, hätte ich nicht für möglich gehalten. Aber es war geschehen. Wann, konnte ich nicht sagen. Was ich allerdings wusste war, dass sie Eugene nicht verlassen würde, ohne mich vorher anzuhören.

Ich nickte den beiden Frauen zu, wandte mich um und rannte los. Vor der Tür lief ich auf und ab, aber von Blake war nichts mehr zu sehen. Wahrscheinlich war sie auf dem Weg zu ihrer Wohnung. Sofort begab ich mich zu meinem Bike, als ich Dragon nach mir rufen hörte.

»Ich habe jetzt keine Zeit«, brummte ich und setzte mir den Helm auf.

»Blake ist in ein Taxi gestiegen«, erklärte der Prospect. »Habe mir die Taxinummer gemerkt und mein Cousin arbeitet für die Gesellschaft. Ich muss nur einen Anruf tätigen, wenn du möchtest.«

»Ruf ihn an«, bat ich ihn und Dragon zückte sein Handy.

Es dauerte einige Minuten, bis er das Gespräch beendete und sich wieder zu mir umdrehte.

»Der Fahrer hat die Route nach Albany durchgegeben«, informierte der Bengel mich und ich nickte. Mehr brauchte ich nicht zu wissen, denn ich wusste, wohin genau sie wollte.

Ich hielt Dragon meine Faust hin, die er mit seiner abschlug. Dann warf ich die Karre an und gab Gas. Viel zu lange hatte ich gewartet, ihr zu sagen, was zu sagen war. Viel zu lange hatte ich mich hinter meiner Mauer versteckt. Die Zeiten waren jetzt vorbei und ich war gewillt, das Versprechen, dass ich Death gegeben hatte, endlich einzulösen.

Sobald sich Blake wieder bei mir befand, würde ich sie als das einfordern, was sie war: Meine Frau!

Kapitel 55

Blake

Nach fünfzig Minuten kam ich in Albany an. Ich bezahlte den Fahrer und stieg aus. Der Himmel war dämmrig, sodass ich den Weg noch gut genug erkennen konnte. Für diese Tortur hatte ich zwar das falsche Schuhwerk an, aber ich würde das kleine Stück durch den Wald schon irgendwie bewerkstelligen.

Als ich das Gestrüpp hinter mir gelassen hatte, steuerte ich direkt den kleinen Steg an. Rundherum standen einige Laternen, die diesem Ort genügend Helligkeit verliehen, damit es nicht ganz so aussah, als befände ich mich in einem Horrorfilm.

Keine Menschenseele war zu sehen, als wäre ich ganz alleine auf der Welt. Umgehend machte ich mich auf den Weg zur Bank, nahm Platz und streifte meine High Heels ab. Meine Füße zog ich unter meinen Hintern und starrte auf das ruhige Wasser.

Hier hatte Devil mich das erste Mal geküsst. Die Erinnerung daran war wunderschön und ich würde diesen Platz vermissen, denn er bedeutete mir etwas. Auch wenn ich nicht nur schöne Momente auf diesem Steg erlebt hatte.

Warum ich mich ausgerechnet hierhin hatte bringen lassen, konnte ich nicht genau sagen. Aber nachdem Devil mich vorhin vor den Toiletten abgefangen hatte, brauchte ich Abstand. Seine Lippen jedoch konnte ich nach wie vor auf meinen spüren.

Mit den Fingern fuhr ich mir über den Mund und schloss die Augen, in denen sich Tränen sammelten. Gott, wenn er mich doch nur lieben würde! Nichtsdestotrotz, wie groß der Wunsch auch war, dass er mich ebenfalls so sehr liebte wie ich ihn, konnte ich ihm nicht übel nehmen, dass er es nicht tat. Nachdem ich von seiner Kindheitsgeschichte erfahren hatte, war ich mir im Klaren darüber, dass er niemals gelernt hatte, sein Herz zu verschenken. Wie denn auch? Er wurde jahrelang misshandelt, zu Dingen gezwungen, die nicht schrecklicher hätten sein können. Ein Kind durfte auf keinen Fall so etwas erleben. Die Geschehnisse mussten ihn geprägt haben.

Mit dem Handrücken wischte ich mir über die Wangen. Es war vorbei. Alles war vorbei.

River war tot, die *Cold Bastards* existierten nicht mehr. Death war im Gefecht gestorben, was mir unendlich leidtat, denn er war ein guter Kerl gewesen. Rachel war mir genommen worden und Bruce hatte mich verraten. Killer war aufgetaucht und klärte mich über mein echtes Leben auf. Ich hatte nicht nur verloren, sondern auch gewonnen. Darüber hinaus hatte ich zwei neue Freundinnen gefunden, die mir sehr fehlen würden. Hinzukam, dass Devil mir meine erste wahre Liebe geschenkt hatte. Er hatte mich Dinge fühlen und spüren lassen, die ich ohne ihn wahrscheinlich niemals kennengelernt hätte.

In den letzten Monaten hatte ich mich verändert. Es war an der Zeit, neu anzufangen und diese Chance hatte Killer mir geboten. Für mich war es das Beste. Für mich und meine Seele.

Die Entfernung würde mir sicherlich dabei helfen, Devil zu vergessen. Vielleicht nicht hundert Prozent aber es würde mit der Zeit nicht mehr ganz so sehr wehtun. Zumindest hoffte ich das.

»Ist es angebracht im Dunklen hier alleine zu sitzen?«, vernahm ich hinter mir die Stimme, die mich jedes Mal zum zittern brachte. Erneut schloss ich die Lider, weil ich nicht fassen konnte, dass er hier war.

Devil nahm neben mir Platz, und als ich ihn betrachtete, ruhte sein Blick auf dem Wasser. Sein Geruch vernebelte mir das Gehirn und ich wusste nicht, wie ich mit der Situation umgehen sollte. Mir brannten die Augen, aber ich wollte nicht wieder weinen. Ich hatte genug Tränen vergossen.

»Was machst du hier?«, wollte ich leise wissen. »Woher wusstest du, wo ich bin?«

»Ich hatte dir im Club bereits gesagt, dass wir reden müssen«, meinte er. »Es war nicht schwer herauszufinden, wo du dich hast hinbringen lassen. Wir haben unsere Spione überall.«

Devil lächelte mich an und ich bekam eine Gänsehaut. Schnell schaute ich weg. »Du hättest nicht kommen sollen.«

Das meinte ich ehrlich, weil er mir damit meine letzten Stunden in Oregon schwerer machte.

»Bevor du in mein Leben tratest«, fing Devil an zu reden, und griff nach meiner Hand, die er auf seinen Oberschenkel legte. Mit seinem Daumen streichelte er über meine Haut. »War ich zufrieden. Mein Tag war strukturiert, ich hatte meine Aufgaben und eine Familie, für die ich alles tun würde. Doch dann kam die Wette, und damit auch du. Gott, ich habe dich am Anfang gehasst, obwohl du nichts dafür konntest. Als ich merkte, wie stur und dickköpfig zu bist, wurdest du für mich zu einer Herausforderung. Niemand vor dir hat mir jemals die Stirn geboten, alle erzitterten, wenn ich an ihnen vorbeiging. Du nicht! Jedes Mal, wenn ich dachte, ich hätte dich durchschaut, hast du mich erneut überrascht. Ich habe schnell gemerkt, dass du anders bist, als alle Frauen, die ich jemals kennengelernt habe. Vielleicht hast du mir deshalb auch ein wenig Angst eingejagt. Solltest du das irgendwem erzählen, werde ich abstreiten, dass ich diese Äußerung gemacht habe.« Ich grinste, weil ich ihm das auf jeden Fall abnahm. »Mit dir hatte ich meine Ausnahmen, Blake. Du warst die erste Frau seit Jahren, die ich geküsst habe. Meine erste Jungfrau, das Mädchen, mit dem ich engumschlungen eingeschlafen bin. Die ich gehalten habe, wenn sie Albträume hatte. Niemand vor dir hat jemals mein Schlafzimmer betreten.«

Seine Worte stellten etwas in mir an und ich war nicht stark genug, meine Tränen in Schach zu halten. Sie rannen mir über die Wangen und ich war zu ergriffen, sie mir wegzuwischen.

»Ich war die ganze Zeit davon überzeugt, dass du mich nur beschützen würdest«, gestand ich, weil ich ehrlich sein wollte. »Das du nur Sex mit mir hattest, weil ich unter deinem Dach lebte. Manchmal warst du wirklich gemein zu mir und ich wusste nicht, wie ich damit umgehen sollte. Aber dennoch habe ich mich in dich verliebt. Was sagt das über mich aus?«

»Das du eine starke Frau bist, Blake«, meinte er und unsere Blicke trafen sich. Plötzlich kam Bewegung in Devil. Seine Hände griffen um meine Taille, hoben mich hoch, als wöge ich nichts und platzierte mich rittlings auf seinem Schoß. Dadurch schob sich mein Rock extrem weit nach oben. »Sag mir, dass du mich liebst.«

»Ich liebe dich«, schoss es aus meinem Mund, ohne dass ich auch nur eine Sekunde nachdenken konnte. Aber das war die Wahrheit. Er war mein Leben und würde es immer sein.

»Du kannst nicht nach England gehen«, erwiderte er und wischte mir mit den Daumen die Tränen aus dem Gesicht.

»Warum?«, hakte ich nach.

»Weil du an meine Seite gehörst«, meinte er. »Weil du Teil des Clubs bist. Weil dich meine Brüder mögen. Weil ich erschossen werde, wenn ich dich nicht zurückbringe.«

»Nur deswegen?«, wollte ich wissen und hob eine Augenbraue.

»Nein!« Zur Untermauerung dieses Wortes schüttelte er noch den Kopf. Seine Arme umschlossen meinen Oberkörper, womit er mich näher an sich zog. Unsere Münder waren sich jetzt ganz nah, unsere Blicke trafen sich und ich hörte kurz auf zu atmen. »Wenn meine Gefühle für dich Liebe impliziert, dann liebe ich dich, Blake Crawford. Nur habe ich mir das nicht eingestanden. Aber du gehörst mir, das hast du schon die gesamte Zeit. Ob ich immer alles richtig mache, sei dahingestellt, aber ich will es versuchen. Ich bin nicht bereit, dich gehen zu lassen. Wahrscheinlich werde ich Scheiße bauen, Fehler machen, aber dann wirst du da sein und mich wieder auf den richtigen Pfad führen. Was meinst du? Würdest du es mit mir aushalten?«

Darüber brauchte ich nicht lange nachzudenken. Er hatte mir gesagt, dass er mich liebte. Mehr hatte ich mir nicht gewünscht. Er wollte mich an seiner Seite haben.

»Heißt das, dass du mich zu deiner *Old Lady* machen willst, Devil?« Grinsend biss ich mir auf die Unterlippe.

»Scheiße, verdammt«, fluchte er. »Und wie ich das will.«

Dann prallten unsere Münder aufeinander. Wir ergaben uns einem fordernden und leidenschaftlichen Kuss. Meine Arme schlang ich um seinen Hals, ich konnte ihn gar nicht nah genug an mich ziehen, wie ich es gerne gewollt hätte. Devil liebte mich. Mit dieser Aussage hatte er meine Welt wieder ins Gleichgewicht gebracht.

In mir breitete sich eine Wärme aus, die jegliches Gefühl der Kälte und Leere ausfüllte. Während Devil mich hielt und mit all seiner Liebe küsste, spürte ich das erste Mal seit vier Jahren eine Vollständigkeit in mir, an die ich nicht mehr gewagt hatte, zu glauben.

Devil löste sich von mir und lehnte seine Stirn an meine.

»Lass uns nach Hause fahren, Baby«, flüsterte er.

Ohne zu antworten, schob ich mich von seinem Schoß und hielt ihm meine Hand entgegen, die er sofort ergriff. Dann bückte ich mich und griff nach meinen Schuhen.

Bevor wir den Wald betraten, schaute Devil auf meine nackten Füße und hob mich auf seine Arme. Dann brachte er mich zu seinem Bike, setzte mich darauf und ließ sich ebenfalls nieder. Wir befestigten unsere Helme und ich schlag meine Arme um ihn. Wie immer lehnte ich meine Wange an seinen Rücken und genoss die Nähe zu ihm.

Die Fahrt nach Salem dauerte viel zu lange, denn ich wollte mit ihm zusammen sein, wollte ihn in mir spüren. Als wir endlich ankamen, sprach immer noch keiner ein Wort. Umgehend zog ich ihn an der Hand zum Eingang, den er öffnete und ich die High Heels fallenließ. Dann packte ich Devils Shirt und riss ihn förmlich zu mir herunter. Als würden wir verhungern, küssten wir uns und stolperten mehr oder minder ins Innere.

Auf einmal löste er sich von mir, beugte sich vor und warf mich über seine Schulter.

»*Devil*«, schrie ich und konnte mir das Lachen nicht verkneifen.

»Ruhe, Weib«, lachte er und gab mir einen Klaps auf den Hintern.

Er brachte mich nach oben, steuerte direkt sein Schlafzimmer an und warf mich auf das Bett. Mit einem kleinen Aufschrei kam ich zum Liegen und konnte gar nicht richtig Luft holen, da schwebte Devil schon über mir. Erneut prallten unsere Lippen aufeinander und aus dem Impuls heraus, drehte ich uns um, sodass Devil nun mit dem Rücken auf der Matratze lag.

Ich griff seine Weste, entfernte sie mit Devils Hilfe. Sein Shirt folgte als Nächstes. Dann machte ich mich an seiner Hose zu schaffen, schob mich von ihm, riss an dem Stoff, bis ich ihn endlich von den Beinen gestreift hatte. Zum Schluss folgte die Shorts. Mit der Zunge leckte ich mir über die Lippen, als ich seinen wunderschönen Körper musterte. Wie konnte ein Mann nur so fantastisch aussehen?

»Komm her«, verlangte er und hielt mir die Hand hin, doch ich schüttelte den Kopf. Immerhin hatte ich noch zu viel an.

Schnell zog ich mir das Kleid sowie die Unterwäsche aus. Nackt wie ich war, nahm ich rittlings auf seinem Schoß Platz, beugte mich vor und küsste ihn mit all meiner Liebe. Wir keuchten beide, dämpften gegenseitig unser Stöhnen, als ich mich aufrichtete, zwischen uns griff und seinen harten, langen und prallen Schwanz in mich führte. Es dauerte einige Sekunden, bis ich ihn vollends in mir aufnehmen konnte. Immer wieder hob ich meinen Hintern und ließ mich wieder nach unten gleiten. Nach und nach dehnte er mich und nahm mich in seinen Besitz.

»Scheiße, Baby, du bist so verflucht eng«, fluchte Devil und stimulierte gleichzeitig meine Brustwarzen mit seinen Fingern.

Dabei legte ich meinen Kopf in den Nacken, fing an mich auf ihm zu bewegen und ließ meine Hüften in einem ruhigen Tempo kreisen. Es fühlte sich so gut an, er passte perfekt in mich hinein.

»Devil«, stöhnte ich, als sein Daumen und Zeigefinger meine Knospen zwirbelten. Diese Empfindung war unglaublich.

»Sieh mich an«, befahl der Mann unter mir und ich kam seiner Aufforderung nach. »Du bist meine Frau, Baby. Du gehörst mir, für immer. Verstanden?«

»Ich gehöre dir, für immer«, wiederholte ich seine Worte und erhöhte dabei das Tempo. »Und du gehörst auf ewig mir.«

»Darauf kannst du Gift nehmen«, erwiderte er und packte meine Taille. Von unten stieß er heftig in mich, und ich wurde ebenfalls immer schneller.

Wir blickten uns in die Augen, stöhnten beide vor Leidenschaft und Lust. Dann zog Devil mich zu sich herunter, umschlang fest meinen Körper und pumpte unaufhörlich in mich.

Innerlich baute sich eine Spannung von ungeahntem Ausmaß auf, sodass ich mir ein lautes Keuchen nicht verkneifen konnte.

»*Devil*«, schrie ich und biss ihm in die Schulter, weil ich nicht wusste, wohin mit der Anspannung, als mich mein Höhepunkt erreichte.

Devil stieß noch zwei Mal zu, als auch er laut stöhnend seinem Orgasmus erlag. Wir beide atmeten schwer, krächzten fast schon, hielten uns aber wie Ertrinkende fest.

Nach einigen Minuten hatten wir uns soweit im Griff, dass ich meinen Oberkörper leicht anheben konnte, um ihn anzusehen.

»Ich liebe dich«, flüsterte ich.

Devil strich mir die Haare aus dem Gesicht, die sich aus meiner zusammengesteckten Frisur gelöst hatten. Mit einer einzigen Bewegung drehte er uns herum, ohne aus mir herauszugleiten. Jetzt lag ich wieder auf dem Rücken und er auf mir.

Seine Lippen streiften zärtlich meine, als er mit ihnen zu meinem Ohr wanderte.

»Du gehörst mir, für immer«, wisperte er und ich schloss die Augen. Zwar hatte er die Worte nicht erwidert, aber sie mir mit seinen eigenen gesagt. Devil war kein Mann, der seine Emotionen frei lebte, was mir absolut bewusst war. Mir machte es nichts aus, denn ich wusste, dass er genauso viel für mich empfand, wie ich für ihn. Daran würde ich niemals wieder zweifeln. Nicht nachdem, was er mir am See gestanden hatte.

Devil war bei mir, wir liebten uns und in diesem Moment wusste ich, dass wir es schaffen würden. Egal, wie viel uns noch bevorstand, was noch auf uns zukam, gemeinsam würden wir alles bewältigen, solange wir zusammen waren.

Meine Welt war vor vier Jahren auseinandergebrochen. Seither hatte ich nur existiert, fühlte mich alleine, leer und einsam.

Vor einigen Monaten hatte ich Devil kennengelernt und zu diesem Zeitpunkt für arrogant gehalten. Aber mir wurde schnell klar, dass mehr hinter seiner Fassade gesteckt hatte, als er nach außen präsentierte.

Damals hatte ich einige Probleme mit meinem Selbstwertgefühl gehabt, bestand aus Vorurteilen und machte Fehler. Nicht nur Devil hatte sich verändert, sondern auch ich. Wir hatten uns gegenseitig geheilt, vollständig gemacht, ohne dass wir es bewusst wahrgenommen hatten. Der Weg bis hier hin war schwer, hart und schmerzvoll gewesen aber der Kampf hatte sich gelohnt.

Devil und ich hatten nicht aufgeben, so unterschiedlich unser innerer, wie auch der äußere Krieg gewesen war. An irgendeinem Tag hatten wir es geschafft, uns das zu schenken, was das Wichtigste auf der Welt war: Respekt und Liebe!

Epilog

Devil – Einen Monat später

»Was zum Teufel hast du mit meiner Frau gemacht?«, motzte ich Steel an, der mit Blake vor fünf Minuten in den Club reingeschlendert war. Beide sahen ein wenig lädiert aus. Mein Mädchen hatte einen Bluterguss unter dem Auge. Dafür war die Lippe von meinem Bruder aufgeplatzt.

»Sie hat angefangen«, verteidigte sich der Vize der *Demons Hell.* »Wie eine Furie ist sie auf mich losgegangen. Konnte ja keiner wissen, dass sie bereits ein Ninja ist.«

»Hey, du hast gesagt, ich soll dich angreifen«, schoss Blake zurück und konnte sich ein Grinsen nicht verkneifen. »Außerdem bist du selbst schuld. Immerhin hast du mich so fit gemacht. Also hör auf, dich zu beschweren.«

»Ich trainiere nicht mehr mit der Verrückten.« Steel hörte sich an, wie ein weinerliches Baby, was allerdings nur als Spaß gemeint war. Hoffte ich zumindest!

»Lass meine Frau in Ruhe«, mischte ich mich jetzt ein und zog Blake an meine Seite. Dabei war mir ihr Blick nicht entgangen, den sie Steel zugeworfen hatte. Es war ein ziemlich provozierendes Grinsen.

»Du bist eine kleine Hexe«, schimpfte mein Bruder, denn auch ihm war ihre Geste nicht entgangen. »Morgen mach ich dich fertig.«

»Tust du gar nicht«, widersprach Blake und ich musste innerlich schnauben. Jetzt ging das wieder los.

»Wieso nicht?«, wollte Steel mit hochgezogener Augenbraue wissen.

»Na, weil du mich lieb hast.« Blake zuckte mit den Schultern, als wäre das doch wohl vollkommen klar.

»Das weißt du auch noch nicht«, konterte Steel, zwinkerte ihr zu, nickte und verschwand.

Ich seufzte, die beiden waren unmöglich. In den letzten Wochen waren sie zu engen Freunden geworden, trainierten täglich zusammen und redeten viel. Mir machte es nichts mehr aus, dass Steel und Blake Zeit miteinander verbrachten, weil ich ihnen vertraute. Sie mochten sich und das wollte ich unterstützen.

»Hey Leute«, vernahm ich Shadows Stimme, der auf uns zukam. »Wir haben O'Brian gefunden«, setzte er mich in Kenntnis und kratze sich am Hinterkopf.

»Wo ist er?«, hakte ich sofort nach.

»Santiago«, klärte er mich auf. Mehr musste er nicht sagen.

O'Brian war anscheinend übergelaufen und für den Drogenbaron tätig geworden. Das wiederum erklärte, warum wir nicht herausfinden konnten, wo unser Koks gelandet war, dass er uns seinerzeit geklaut hatte. Unser kleiner dreckiger Junkie hatte es nicht für sich verkauft, sondern musste es dem Wichser Santiago übergeben haben.

Der Typ hatte sich anscheinend in den Kopf gesetzt, unsere Geschäfte zu boykottieren, was ich allerdings nicht zulassen konnte. Wenn Santiago wirklich der Meinung war, sich mit uns anzulegen, dann sollte er ruhig kommen. Langsam hatte ich von dem Arschloch die Nase voll. Sobald ich jedoch O'Brian in die Finger bekam, würde ich ihm persönlich den Hals umdrehen.

»Wir werden ihn erst mal im Auge behalten«, schlug ich vor. »Bei der nächsten Versammlung sollten wir in Ruhe darüber reden.«

Clubinterne Angelegenheiten würden wir nicht vor Blake diskutieren. Zwar war sie meine *Old Lady*, aber damit noch kein Mitglied der *Demons Hell.* Einige Dinge gingen sie schlicht nichts an.

»Wie sieht es aus Shadow?«, wechselte Blake das Thema, weil sie wusste, dass wir über etwas sprachen, was nicht für ihre Ohren bestimmt war. Sie war wundervoll und ich musste zugeben, dass ich sie von Tag zu Tag mehr liebte. Obwohl das gar nicht möglich war. »Sollen wir gleich los?«

»Ich bin soweit«, meinte mein Bruder. »Lass uns fahren.«

Blake drehte sich zu mir, stellte sich auf die Zehenspitzen und presste ihre Lippen auf meine. Dabei fuhr ich ihr mit meinen Fingern über den Rücken. Sie trug täglich ihre Weste, die ich ihr seinerzeit in meinem Schlafzimmer gegeben hatte. *Eigentum von Devil, Demons Hell, MC,* stand auf dem Aufnäher. Sie war mein. Für immer!

»In einer Stunde sind wir wieder zurück«, versprach sie. »Wenn ihr Jungs dann fünf Minuten Zeit für mich hättet, würde ich gerne ein Anliegen vorbringen. Ist das okay?«

»Worum geht es?«, wollte ich sofort wissen.

»Das würde ich nachher mit euch bereden«, überging sie meine Frage. »Jetzt möchte ich erst zu Rachel.«

Ich nickte, obwohl mich die Neugierde packte, worüber sie mit uns sprechen wollte. Mit *Jungs* meinte sie nicht den gesamten Club, sondern meine besten Freunde. Da ich ihr keinen Wunsch abschlagen konnte, würde ich die Mitglieder zusammentrommeln. Immerhin wollte ich wissen, was ihr auf der Seele brannte.

»Okay, wir sehen uns gleich«, erwiderte ich und tupfte ihr noch einen Kuss auf die Lippen.

Dann wandte sie sich ab, nahm den ihr dargebotenen Arm, den Shadow ihr entgegenhielt an und hakte sich unter.

Mein Bruder war nicht mehr der Mann, den ich noch vor wenigen Wochen kannte. Zwar schob er keine schlechte Laune mehr, oder stand trübselig in der Ecke, aber dennoch waren mir seine neuen Charaktereigenschaften nicht entgangen. Wenn er lachte, nahm ich ihm die Heiterkeit kaum ab, er verbrachte viel Zeit im Sportcenter und arbeitete stundenlang. Er benahm sich wie ein Pitbull. Aber wenn ich ihn ansprach, winkte er nur ab. Deswegen ließ ich es bleiben. Vielleicht brauchte er einfach nur Zeit für sich. Keine Ahnung, immerhin war ich kein Seelenklempner.

Den einzigen Menschen, den er allerdings an sich heranließ, war Blake. Mit ihr machte er Spaß, trieb sogar gemeinsam mit ihr Sport und redete auch das eine oder andere Mal mit ihr. Hin und wieder nahm meine Frau ihn in den Arm, was ihn anfänglich etwas verwirrt hatte. Aber er gewöhnte sich schnell daran. Vielleicht waren sie sich freundschaftlich einfach nähergekommen, weil sie Rachel verloren hatten, einen Menschen, den sie gern hatten.

Was weiß ich!

Aber seit gut drei Wochen besuchten die zwei regelmäßig Rachels Grab, brachten frische Blumen hin und verbrachten Zeit dort. Ich hatte nicht interveniert, auch wenn ich meiner Kleinen angeboten hatte, sie zu begleiten. Aber sie wollte lieber mit Shadow dorthin. Das verstand ich und akzeptierte ihren Wunsch.

***

Nach circa eineinhalb Stunden tauchten Blake und Shadow wieder auf. Thunder, Steel, Angel, Hellboy, Ice und ich gesellten uns zu ihnen. Mein Mädchen holte tief Luft und atmete mehrere Male ein- und wieder aus.

»Ich weiß, dass ich im Prinzip kein Recht dazu habe«, fing sie an und verlagerte ihr Gewicht von einem Bein auf das andere. »Es geht um Bruce.« Meine Kehle schnürte sich für einen kurzen Moment zusammen. Wut stieg in mir auf, wenn ich nur an diesen Namen dachte. »Mir ist absolut klar, dass er mich und damit auch euch verraten hat, aber …« Blake betrachtete nach und nach jeden von uns, bis sie meinen Blick einfing. »Ich habe lange darüber nachgedacht und möchte euch um einen Gefallen bitten. Wäre es möglich, ihn frei zu lassen?« Sofort wollte ich etwas sagen, doch sie hob nur ihre Hand und schüttelte den Kopf. »Es hat eine Weile gedauert, um mir über vieles im Klaren zu werden. Ja, er hat Mist gebaut und wegen ihm habe … habe ich ganz schön was erlebt. Dennoch hat er es aus einem bestimmten Grund getan. Er hat nur noch seine Mama. Sie ist bei der Entführung von … River richtig übel zugerichtet worden.« Sie schaute zu Thunder. »Deine Schwester hat überlebt, aber auch nur gerade so. Ich habe sie besucht, um zu erfahren, wie es ihr geht und Leute, sie leidet tierisch.« Blake schluckte und hatte Mühe sich in den Griff zu bekommen. Es schien, als setzte ihr die Angelegenheit mächtig zu. »Wie ihr wisst, kann ich ihr Leiden gut nachempfinden. In dem Punkt haben wir einiges gemeinsam.« Sie war bei Thunders Schwester gewesen, ohne mich vorher darüber in Kenntnis zu setzen. Sie handelte wieder mal impulsiv. Vielleicht hatte sie die Regeln noch nicht ganz verstanden. Es wurde Zeit für eine intensive Unterredung. »Ich habe keine Eltern mehr, keine Geschwister«, erzählte sie weiter. »Wenn ich in dieser Situation gewesen wäre, weiß ich nicht, wie ich reagiert hätte. Gut, Bruce hätte sich mit Thunder in Verbindung setzen müssen, das alles verstehe ich. Aber er hat falsch gehandelt, weil es um seine Mom ging.« Sie zuckte mit den Schultern. »Ich bin kein Clubmitglied, das ist mir bewusst, dennoch wollte ich euch das Anliegen vortragen.«

Eine Weile sagte niemand etwas. Jeder hing in seinen eigenen Gedanken fest. Dann schaute ich zu Blake, die mich ebenfalls betrachtete.

»Geh bitte in mein Büro«, brummte ich. »Ich komme sofort nach.«

Sie nickte, wandte sich ab und marschierte schnellen Schrittes in den Raum, wo ich viele Stunden mit arbeiten verbrachte. Death altes Zimmer!

Dann drehte ich mich zu meinen Brüdern und fuhr mir mit der Hand durch die Haare. Dieses Weib würde mich eines Tages in den Wahnsinn treiben. Es brauchte nicht mehr lange dafür.

»Verdammt, die Kleine hat echt Eier in der Hose«, kam es von Hellboy.

»Nicht mal ich habe einen Antrag gestellt«, mischte sich Thunder ein. »Was meine Schwester allerdings betrifft, hat deine Frau nicht ganz unrecht. Dennoch ist Bruce ein Verräter.«

»Der noch im Keller hockt und Essen und Trinken erhält«, argumentierte Angel. »Sogar duschen durfte er bereits mehrmals.«

Damit lag er nicht ganz daneben. Warum auch immer, aber ich hatte Thunder die Entscheidung überlassen, wie wir mit seinem Neffen weiter verfahren sollten. Wenn es nach mir gegangen wäre, hätte ich ihn schon längst dem Erdboden gleichgemacht. Nichtsdestotrotz war er Thunders Familie.

»Wie wollen wir damit umgehen?«, hakte ich nach, sprach aber in erster Linie Thunder an.

»Er war mal Blakes Freund«, hörte ich Shadow sagen. »Zwar hat er meiner Meinung nach nicht verdient, am Leben zu bleiben, aber der Kleinen scheint was an der Situation zu liegen. Vielleicht sollten wir das nicht ignorieren.«

»Thunder?« Ich starrte meinen Freund an, der bislang nichts weiter von sich gegeben hat.

»Nun!« Er kratzte sich am Hinterkopf. »Wir könnten ihn und meine Schwester außer Landes bringen, wo sie von vorne anfangen können. Das wäre eine Option.«

»Willst du diesen Antrag stellen?«, erkundigte ich mich.

»Für mich persönlich? Nein«, erwiderte er. »Für meine Schwester und Blake? Ja!«

»Hat jemand von euch einen Einwand?«, fragte ich in die Runde.

»Nein«, kam es von allen.

»Der Antrag wurde einstimmig angenommen«, teilte ich den Anwesenden mit und wandte mich an Thunder. »Schaff ihn hier fort. Bring ihn weit weg. Sollte er mir noch einmal unter die Augen treten, werde ich ihn abknallen.«

»Ist so gut wie erledigt, Boss«, meinte er und machte sich, dicht gefolgt von Angel, auf den Weg in Richtung Keller.

Das würde wahrscheinlich in die Geschichte der *Demons Hell* eingehen. Keiner entkam dem Keller. Im Normalfall! Bruce hatte verdammt viel Glück, dass Blake für ihn gesprochen hatte. Die anderen Feinde hatten niemanden, der für sie eintrat und deswegen waren die Räume auch mittlerweile wieder frei.

»Ich bin dann mal bei meiner kleinen Kampfmaschine«, teilte ich den restlichen Jungs mit. »Wird Zeit, ihr die Regeln ins Gehirn zu tätowieren.«

»Viel Erfolg«, sagte Steel und lachte. Was Shadow, Ice und Hellboy ihm nachtaten.

Umgehend begab ich mich in mein Büro. Hinter mir knallte ich die Tür zu, sodass Blake, die sich vor dem Fenster stehend befand, zusammenzuckte.

»Es tut mir l …«

»Wieder einmal hast du ohne ein Wort eigene Entscheidungen getroffen«, unterbrach ich sie. »Das sind Clubangelegenheiten und du hast dich erneut eingemischt. Wie kommst du dazu, Thunders Schwester zu besuchen?«

»Ich will einfach nichts mehr in meinem Leben haben, was mich belastet«, verteidigte sie sich. »Es war eine ungeklärte Angelegenheit für mich, die mir den Schlaf geraubt hat. Alles soll endlich vorbei sein. Wirklich alles. Deswegen habe ich nichts gesagt.«

Ich hob sie hoch und setzte sie auf meinen Schreibtisch. Ihre Beine spreizten sich von alleine und ich stellte mich dazwischen.

»Du raubst mir den letzten Nerv«, moserte ich.

»Weiß ich«, flüsterte sie. »Dennoch liebst du mich.«

Wie recht sie hatte und sie wusste genau, wie sie mich um ihren kleinen Finger wickeln konnte. Sie war eine Hexe und meine persönliche Droge.

»Du weißt, dass du eine Strafe für dein Ungehorsam verdient hast, oder?« Bei meinen Worten wurden ihre Wangen leicht rot. Ich liebte es, wenn ihre Haut sich vor Scham verfärbte. Das hatte sie bislang nicht abgelegt und ich hoffte inständig, dass sich das niemals änderte.

Ohne ein weiteres Wort schlang sie ihre Arme um meinen Hals und zog mich zu sich. »Ja, aber ich würde viel lieber von dir geküsst werden.« Bevor ich antworten konnte, presste sie auch schon ihre Lippen auf meine und wir verloren uns in einem leidenschaftlichen Kuss. Irgendwann löste ich mich von ihr und lehnte meine Stirn an ihre.

»Keine Alleingänge mehr«, befahl ich ihr.

»Ich verspreche es«, flüsterte sie.

»Du wirst alles mit mir absprechen«, forderte ich und tupfte ihr einen Kuss auf die Schläfe.

»Alles«, sagte sie deutlich und ich zog meinen Kopf zurück.

Unsere Blicke trafen sich und ich musste sie noch einmal schmecken. Meine Zunge schob ich zwischen ihre Zähne und küsste sie mit all meinen Gefühlen.

Als wir wieder zu Atem kamen, löste sich Blake von mir und schaute mich an. Ihre Finger streichelten über meine Wange und ich genoss jede einzelne ihrer Berührungen.

»Ich liebe dich, Devil«, sagte sie mit einer so klaren Stimme, dass mir ein Schauer über den Rücken jagte.

»Heirate mich«, schoss es aus meiner Kehle, ohne dass ich die Wörter aufhalten konnte. »Werde meine Frau.«

Ich zog die Schublade auf, holte eine kleine Schachtel hervor und überreichte sie ihr.

Mit zittrigen Fingern öffnete sie die Schatulle und betrachtete den Ring, den ich vor einer Woche gekauft hatte.

»Der ist wunderschön«, wisperte sie und schaute zu mir auf. »Ja. Ja, ich will dich heiraten.«

Ich nahm das Schmuckstück aus der Vorrichtung und streifte ihr das Silberteil über den Finger. Dann schlang sie ihre Arme erneut um meinen Hals und drückte mich fest an sich.

»Wir beide für immer«, hauchte ich ihr ins Ohr.

Nichts und niemand könnte uns jemals wieder voneinander trennen. Wir waren nicht nur ein Paar, sondern Freunde, Sexpartner und Seelenverwandte.

Blake war meine Retterin, meine Heldin und alles, was ich mir je für mein Dasein erhofft hatte. Sie war die Liebe meines Lebens, der Mensch, der mir mehr bedeutete, als meine Existenz.

Niemals wieder würde ich sie gehen lassen, vorher würde ich sterben.

Ende

Nächster Band: Demons Hell MC: Steel

Danksagung

Devil und seine Blake haben mich Tag und Nacht wachgehalten, weil sie endlich ihre Geschichte erzählen wollten. Obwohl ich mich auf andere Projekte konzentrieren wollte, schaffte ich es nicht, den beiden den Mund zuzukleben. Also gab ich nach und schrieb ihre Story. Jetzt bin ich absolut glücklich, diese Entscheidung getroffen zu haben, weil ich jeden einzelnen der Demons Hell, liebe.

Bei meinen Recherchen zu diesem Buch habe ich viele interessante Menschen kennengelernt. Dabei ist mir bewusstgeworden, dass auch ich viele Vorurteile hatte, die absolut nicht der Wahrheit entsprechen. Erst da habe ich angefangen zu überlegen und musste mir eingestehen, dass das Leben der Outlaws, nicht nur interessant, sondern genauso hart ist, wie unseres. Eben nur anders. Und es ist tatsächlich so, dass wir in zwei verschiedenen Welten leben, obwohl es nur eine ist. Ich verbeuge mich und ziehe meinen Hut. Danke für diese fantastische Erfahrung und den Einblick, den ich in diese Welt werfen durfte.

Auf diesem Wege möchte ich dem Written Dreams Verlag danken für ihre Geduld, das Verständnis und die Hingabe. Lucy, danke, dass du mich verstehst und den Weg mit mir gemeinsam gegangen bist. Du weißt einfach, wie ich denke, wohin ich will und begleitest mich, ohne Fragen zu stellen. Danke, dass du mit mir gemeinsam, Devil zu dem gemacht hast, der er jetzt ist.

Katrin, danke dass du mit so viel Liebe meine Bücher vorab liest, dir unglaublich viel Mühe gibst, und auf jedes Detail achtest. Ich liebe es, dir meine Geschichten zu geben, weil du einfach weißt, was ich mit jeder ausdrücken möchte. Es ist so schön, dass wir uns gefunden haben.

Nicole, zu dir brauche ich gar nichts mehr sagen. Wir verstehen uns blind. Danke, dass du mich schon seit Jahren bedingungslos begleitest. Auf die nächsten hundert Jahre. Wir sind ein tolles Team.

Sarah, dir möchte ich auch einen großen Dank aussprechen. Bleib wie du bist und lass dich niemals verbiegen. Du bist wundervoll. Danke, dass du zu mir stehst und meine Bücher genauso liebst, wie ich.

Kirsten und Frank, danke für eure Freundschaft, Unterstützung und Liebe. Wenn ich euch manches Mal nicht hätte, wüsste ich nicht weiter.

Es gibt sicherlich noch einige andere Menschen, denen ich meinen Dank schulde, aber sie hier alle zu erwähnen, würde wohl den Rahmen sprengen.

Zu guter Letzt, wie immer den größten Dank an meine Leser. Ich verbeuge ich vor euch. Seit Jahren steht ihr mir zur Seite, begleitet mich und unterstütz mich. Ihr seid alle so unglaublich, dass mir jedes Mal das Herz aufgeht, wenn ihr mir schreibt. Ich hoffe, dass ich euch weiterhin mit meinen Geschichten entführen kann und ihr immer hinter mir steht. Ohne euch, wäre ich nicht Kimmy.

Fühlt euch gedrückt.